主编/王 帅

副主编/李荣堂 肖兆东 张 敏

青实韶光

——《葡萄园》二十周年文选

上海文艺出版社

Shanghai Literature & Art Publishing House

图书在版编目（CIP）数据

青实韶光 :《葡萄园》二十周年文选 / 王帅主编.
上海 : 上海文艺出版社，2025. -- ISBN 978-7-5321
-9314-1

Ⅰ. Ⅰ217.1

中国国家版本馆 CIP 数据核字第 2025TD7471 号

责任编辑　徐如麒　毛静彦
特约编审　姚海洪
出版策划　唐根华
装帧设计　凤婷婷

书　　名　青实韶光 :《葡萄园》二十周年文选
主　　编　王　帅
出　　版　上海世纪出版集团　上海文艺出版社出版
地　　址　上海市闵行区号景路 159 弄 A 座 2 楼 201101
发　　行　上海文艺出版社发行中心发行
　　　　　上海市闵行区号景路 159 弄 A 座 2 楼 www.ewen.co
经　　销　全国新华书店
印刷 装订　三河市中晟雅豪印务有限公司
开　　本　889 毫米×1194 毫米　1/16
字　　数　325,000
印　　张　33.75
版　　次　2025 年 6 月第 1 版　2025 年 6 月第 1 次印刷
书　　号　978-7-5321-9314-1 / Ⅰ·7306
定　　价　98.00 元

敬启读者　如有印装质量问题，请与承印厂联系调换:13121110935

主 编

王帅,男,中共党员,本科学历。全国先进工作者,全国模范教师,全国高中数学联赛优秀教练员。安徽省特级教师,正高级教师,宿州市第六届人大代表。灵璧一中校报《葡萄园》重要发起人和创办人之一。现任灵璧一中党委书记、校长。

2018年在一中主持工作以来,牢记"立德树人"使命,为党育人、为国育才;坚持走内涵发展之路,保持从容行走的办学定力;以"学生好一切都好"为办学准则,以学生"身心健康、人格健全"为育人宗旨,为学生可持续发展、终身发展打下坚实基础。近年来,清华、北大、南大等高校相继为一中授牌"生源学校""实践育人基地""最佳生源基地"。一中一本达线率、本科达线率及绝对数一直全市领先。2024年一中荣获"安徽省教育工作先进集体"称号。

班主任工作期间,培养了数百名优秀学子进入清北等C9高校,其中2名安徽省高考理科状元、1名安徽省高考理科第三名、3名宿州市高考理科状元。学科竞赛上,辅导多名学生参加全国高中数学联赛获安徽赛区一等奖。学术研究上,在《中学数学》等国家级期刊上发表论文数十篇。

副主编

李荣堂,男,1938年7月出生于安徽省灵璧县。大专学历,语文高级教师。1978年参加工作,历任小学、初中、高中语文教师。

2002年创办灵璧一中校报《葡萄园》,任主编。2003年退休,遂返聘继任《葡萄园》主编二十年。

2021年着手编选《葡萄园》二十周年文选。2023年正式退休。

肖兆东,男,北师大硕士,宿州市骨干教师,灵璧县优秀青年教师、教坛新星,灵璧县中学语文兼职教研员,安徽省陈崇洲名师工作室核心成员,安徽省教育考试命题库候选教师,灵璧一中优秀教师、学科带头人,灵璧县优秀班集体(担任班主任)。灵璧一中校刊《远航》主编、校报《葡萄园》执行主编,安徽省跨学科主题学习基地培育校(灵璧一中)项目主持人。参编学术论著一部,主持市级课题一项,深度参与国家级课题一项和市级课题三项。获得论文优质课等比赛市一等奖以上多次,发表省级以上论文三篇,编写《百衲本:高中语文学习全程记录本》《诗教:中小学古诗文全解析及拓展》《致青春·毕业文集》等校本教材多部,创建微信公众号"兆东语文"。

张敏,女,本科学历,毕业于安徽师范大学中文系。高级教师,灵璧县先进工作者,宿州市先进班主任,曾参与国家级作文教研课题并获奖,发表获奖论文多篇,辅导学生作文获奖近百篇。从教三十年,积累了深厚的语文教学功底和丰富的班主任管理经验。现担任灵璧一中校报《葡萄园》主编,使校报成为学校师生交流思想、展示才华的重要平台,在校园文化建设中发挥了重要作用。

2005 年文学社暑期话别会

老校区的梧桐树

荣誉证书
HONORARY CREDENTIAL

灵璧一中《葡萄园》在安徽省第三届优秀校报校刊评选中被评为安徽省十佳校报。

安徽省校报校刊联谊会　　　安徽青年报社

二〇〇八年七月

证　书

安徽省灵璧第一中学　葡萄园文学社：

第二届全国九十九佳文学社团

中国作家出版集团　中国校园文学社团联谊会　中国校园文学杂志社

二〇〇八年十二月

安徽省省级示范高中校报校刊
**Anhui provincial Demonstration
School School Association**

联盟单位
Alliance Unit
安徽青年报社
Anhui Youth Daily
安徽省校报校刊联谊会
Anhui province newspaper magazine Association

内容简介

　　《青实韶光:葡萄园二十周年文选》是一部集合了多位学生创作的作品集,涵盖 2003 年至 2023 年间不同年级学生的散文、诗歌、小说及随笔。

　　全书以青春成长为核心主题,通过细腻的笔触展现了青少年在校园、家庭、友情与自我探索中的喜怒哀乐。文章风格多样,既有《胖就胖吧》以自嘲化解外貌焦虑的轻松笔调,也有《爱的境界是无言》中父女间深沉情感的动人叙述。

　　书中作品普遍呈现出强烈的时代印记与青春气息。作者们以真诚的视角记录成长的困惑与蜕变,如《青春无悔》用校园民谣般的语言追忆青春与离别。此外,文选中不乏对亲情、友情的深刻体悟,如《光阴没有名字》以毕业季为背景,道出对母校的眷恋,而《鞠躬离场,微笑道别》则以散文诗的形式祭奠青春的落幕。

　　整体而言,这部文选不仅是学生文学才华的集中展示,更是一部记录横跨二十年青少年精神世界的鲜活档案。作品语言质朴而富于感染力,情感真挚且视角多元,既有对日常琐事的敏锐捕捉,也不乏对生命意义的哲学思考。尽管部分篇章在技巧上稍显青涩,但正因如此,更显青春书写的本真与可贵。作为校园文学的缩影,《葡萄园》以文字为纽带,串联起一代人的共同记忆,为读者打开了一扇理解当代青少年内心世界的窗口。

目 录

我的野蛮女友

宋　莉

各位千万别误会,在下这里所要写的乃是我一位"女性朋友",而并非"女朋友"。为避"同性恋"之嫌,特作此交待。

她,姓徐名旭,是我的同桌兼好友。一头短发,整齐而又精神,是特清纯的那种。标致的五官,标致的脸型,标致的身材……总之,是从头"标致"到脚的高一(16)班一大美眉。

和旭子不太熟悉的人,都会认为她是个文静、不爱说话的温柔小女生。其实不然,实际上她可是个疯疯傻傻的假小子。就像韩国美女全智贤,外表温柔恬静,一旦接触久了,那野蛮的本性便暴露无遗。

何为野蛮?鄙人想用几组镜头加以说明。

镜头一:"Ouch!"听这惨叫,一定是徐旭在殴打某个她看不顺眼的男生了。因为有"就近原则",前座的男生看起来免不了这场厄运了。"瘪三,把本子还我!""谢了,旭姐,借我看一下嘛……"哎,受不了,鸡皮疙瘩都掉满地了。却见旭怒目圆睁,手握钢笔。在"奋笔疾书"?不不,人家可是鲁迅大弟子——鲁迅不是以笔作匕首直刺敌人胸膛吗?旭的"匕首"直刺向敌人脊梁。怪不得那男生叫苦不迭。

镜头二:众所周知,我、徐旭和"大憨"王韵涵是真正意义上的好友,但"暴力事件"仍不可避免。每天下课,这里总会爆发较为激烈的战争,涵爱在课间倚到后排旭的桌子上,顺势便可扯掉旭的几根"青丝",恼羞成怒的徐旭便会以牙还牙,并加倍索还。(举例:涵若扯掉 1 根,旭至少拉掉她 2 根)之后便是唇枪舌剑的较量:"好你个徐旭,竟然拔掉我 2 根!""哼,倒霉,谁叫你坐我前面哩?"

镜头三:我决定要写徐旭的"野蛮"了,便向被她"欺负"过的男生讨素材。可悲的是,没人理我。"你们说实话,徐旭到底是怎么压榨你们的?""嘿,谁说徐旭压榨我们了?宋莉,你可别在这里挑拨离间……"我愤然,正欲发作,却发现旭已盯了我很久了。阳光下,那眼镜片后却闪过一道寒光,我打了个寒颤,只好作罢。

哎,敢怒而不敢言啊,拳头的滋味我可不想领教。

但值得一提的是,徐旭的野蛮并没带来什么负面影响。原因是这个女生实在太可爱。稍稍简单的头脑,总是让人忍不住便"怜香惜玉"起来,旭要让某男生请客,那人一定没二话,只乖乖掏钱罢了。而我总能沾光,喜煞我也。以后,我和徐旭走在一起也趾高气扬了,回头率也开始一路飚升……

啊,不好,徐旭过来了!我得收尾了,不然的话,整整一小时的成果就该进历史博物馆了。妈呀,我说不出话,但以此纪念我的野蛮女友!

(2003 年 6 月 26 日,总第 10 期,第一版)

寻人启事

紫 薇

　　现在的我在努力寻找一个人,她无忧无虑,快快乐乐,她是曾经的我。

　　杜拉斯说,人一开始回忆,就已经开始变老了。我在努力地回忆,或者说,我在努力地变老。

　　红了樱桃,绿了芭蕉,你走你的独木桥,我唱我的夕阳调。

　　谁的孤独,像一把刀,杀了我的外婆桥,杀了我的念奴娇。混乱是我的墓志铭,因我走过的路枝蔓横生而支离破碎。如果我们快乐,我们便会坐下来一起欢笑。但如今,我担心明天的我会哭泣。是的,我担心,明天的我会哭泣。

　　我知道我不喜欢那些宠女孩子的商业音乐,也不喜欢被人包装出来的漂亮歌手,他们硬是把五官拧在一起说成投入。或许是因为一个人的时候太孤单了,想有一个人来给我爱,给我关怀,便喜欢上了某种叫做自欺欺人的感觉。我长大了,想要一颗心,一颗懂得珍爱与欣赏,一颗年轻人应有的易激动也易感动的心。

　　或许,它仅仅是一种信念——让我感觉到迷惑而美好的东西。现在,它依旧顽强地生长在我心灵的这片泥土上,没有离开。

　　然后我听到Jay的歌,我说,就是他了。

　　他的唱腔很特别,是一种好像跟不上节拍的怠慢。"一盏黄黄旧旧的灯,时间在旁闷不吭声,寂寞下手,毫无分寸,不懂得轻重之分……想回到过去,思绪不断阻挡,回忆播放,盲目的追寻仍然空空荡荡,灰蒙蒙的夜,睡意又不知躲到哪里去了,一转身孤单已躺在身边……"隐在自己表现里的那些对旁人的讽刺,是很难让别人体会的,就如张楚的《孤独的人是可耻的》一样。孤独的人是可耻的吗?不,孤独的人如秋风中飞扬的玫瑰花瓣——高傲而又脆弱。那是一种想要表述给人看,却又没有人赏识的隐痛。说不出来,只好沉默。

　　有人说:"午夜十二点不开灯照镜子,会看到自己的灵魂。"我经常这样地盯着自己看,看到有层泪让我周围模糊,在泪眼蒙眬中想象自己变成骷髅

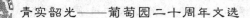

时的样子,想象是谁又是怎样地创造了"以貌取人"的经典。

我是一只孤独而咳嗽的夜鸟,我的羽毛很白而且没有灰尘。告诉我,怎样才能不折翅地飞向快乐?想保持一种飞翔的姿势,谁的目光如雨,将这个夜晚淋湿?我感到些许的累,前面的脚印也许是另一种形式的沼泽。

我用了17年的时间思考一个问题:每一个人,伤心了是不是都会哭泣。那天一个孩子对我说,"你的眼睛为什么会出汗?""不要问我为什么,要问我为谁"。

"为谁呢?"

"为了那个再也无法寻觅的过去的我。"

在别人眼中我从来都是骨子里聒噪偶尔安静的女孩,可我知道我是骨子里安静偶尔聒噪的女孩。但无论如何,我已不再是那个快乐的女孩。

我是一只孤独而咳嗽的夜鸟,大雪染白了我的羽毛,要长大就匆匆地长大,不要回头,没有人永远走在夜色茫茫……

(2004 年 1 月 6 日,总第 15 期,第二版)

爱的境界是无言

张妍妍

跨出教室的时候,星星已放肆地侵占了整个天空,这时才想起跨进教室时西天那抹如血残红。

车棚,开锁,回家……

"明天早上几点叫你?"爸习惯性地问我。

"六点半。"我依旧低头不停地扒饭。

"那你早点睡。"

"噢"——连我自己都听得出这话背后的空虚;吃完饭后照例坐在那温柔的灯光下。爸的房里已没有了声音,想来他是睡着了。

在这个巨大无底的黑洞面前,我没得选择,还得笑着告诉别人:黑洞是挺好玩的,我是自愿进去的。我真该狠狠地抽自己两下。于是我把最乐观、最轻松的我留在外面,给每个人看——善良的人和不善良的人;而那个无奈忧伤的我只好躲在山洞里,只等夜深人静,别人熟睡的时候,才敢睁开眼睛舔着流血的伤口。

不要再想了,我在心底对自己乞求,否则我会哭出来破坏了我在别人面前一直伪装的坚强形象。

去看看爸吧。他是我的勇气,是我在黑洞里唯一的光线。

轻轻走到门前,屋里真的没有声音,爸真的睡了。他明天要比我早起,叫我起床,为我做饭。

透过门缝,我看见了这辈子最令我感动的一幕:爸,我亲爱的爸,竟然在"看"电视——真正的"看"电视,没有一点儿声音!那屏幕上小小的"静音"两字,如针扎得我心痛;我赶紧闭了眼,躲进自己屋里;任苦涩的透明血液无声地流下,流进嘴里,又回到出发地——心里。爸竟为了不打扰我学习,一个人默默地在死寂中看着本该欢声笑语的节目;他一定是不忍心把我个人扔在漆黑的夜里,他要在每晚11点的时候准时提醒我该睡觉了,他要做好随时为饭量特大的我再做一碗面条的准备……他从没有说过他很疼爱我,我也

从没有告诉他他是我最爱的人,让我想成为第一的人。只是这些,我都明白,并将它们深深地藏起来,在心里;我想他也一样。

曾经我也相信我活得很快乐,整天嘻嘻哈哈,和同桌开着不着边际的玩笑,课上偶尔开个小差,成绩也很"稳定"——永远在十名之外(他妈的!)可是一到夜晚我就静了下来,变得很忧愁,很想哭,像玻璃,掉地儿就碎了……

算了,我真的不能再写,再想下去了。可除此之外,我还能做什么呢?只有偶尔写些未曾给别人看过的文章,才会找到一丝安慰。

我终于不再向下想了。因为快 11 点了。为了不让爸操心,我钻进了被窝。接着传来轻轻的脚步声,之后依旧是沉寂。

(2004 年 3 月 6 日,总第 17 期,第二版)

胖就胖吧

马 艳

　　虽然本人不至于让人一看就省下三天饭钱，但打外貌分时，我当倒数第二，那估计我们班没人敢摘倒数第一的桂冠。这倒不是因为我长得特别难看，只因我是业余美食家，而营养又偏偏不纵向输送，全都支持横向发展了。

　　小时候，叔叔阿姨一见我妈就羡慕："瞧你们家千金，肉嘟嘟的多可爱，我们家的那位祖宗，哄也不吃，喂也不吃。"于是很长一段时间我都以胖为荣。可是如今，十年河东，十年河西，我正处在"人生中最美的花季"。看看别人，一个个如出水芙蓉，漂亮的再稍微一打扮，锦上添花。如果再有学学"闲静时如姣花照水，行动处似弱柳扶风"，那就活脱脱一个再世林黛玉。就算中等的也可以把自己扮成清纯少女。只有我，眼睛舍不得睁开，脸蛋上的肉拼命向四周扩大战线，点点头，哇塞，双下颌暴露无遗。

　　我除了"深深太平洋里深深伤心"以外，别无办法。因为我天生就是"馋虫党"和"懒虫党"轮流执政。所以任何减肥计划不出三天一定夭折。于是"一个人不是因为美丽而可爱，而是因为可爱而美丽"、"外貌美不如内心美"、"胖代表你支持国家'拉动内需、刺激消费'的政策"，这些优美的话便天天伴随着我进入梦乡。

　　但是生活不是优美的散文诗，在班里我显然成了别人嘲笑的对象。一日，A君皮笑肉不笑地邀请我去踢足球，这不是诚心笑我跑不动吗？我的速度是公认的"蜗牛型"。我一气之下说出了番惊天地泣鬼神的话："好啊，那我去当守门员，我朝球门一站，就会把球门堵个滴水不漏，对方一定进不了球。到那时，如果你还不能赢，那么就个个是'饭桶'。"说完我还摆了个pose！把A君吓得差点倒地！不过我也蛮吃惊的，看来我已经能"既胖之，则安之"了。

　　哎，胖就胖吧。不能鹤立鸡群，"鸡立鹤群"也是一种与众不同呢！

（2004 年 4 月 6 日，总第 18 期，第二版）

在路上

小　丁

　　在路上，这是一个我很喜欢的短语，说不清为什么。此刻我正坐在一辆汽车上，汽车在颠簸地前进，此刻我在路上。

　　有很多电影是以在路上发生的故事为题材的。比如我所知道的一部很有名的外国影片讲述的是两个一同开车去度假的都市女人，在途中经历了一些意外，于是莫名地使自己的身份变成了在逃杀人犯，最终两人手握着手，将汽车开下了山崖。影片多少会夸张，但我很喜欢那种经历一段旅途便经历一种人生的浪漫与新奇。尤其是两个女人最后相视一笑的一瞬，仿佛开向的不是深渊而是幸福。

　　但，抽身回到现实，我注定经历不了那样的传奇。此时我只是在一段十分普通甚至平庸的路途上，你大可以想象为从《泰坦尼克号》突然转换成《秋菊打官司》那样的差距。

　　我的起点是一个缺乏激情的小城，终点只不过是同样的但稍大一点的小城。需要说明的是，我已经很久没有经历哪怕是这样平凡的旅程了，所以我的感受仿佛刚获得了些许自由，有些新鲜。这使我有耐心观察这一路上的见闻。

　　汽车刚行驶没多久就已经将相对繁华的城区抛在身后了，可见小城是多么的小。

　　此时进入眼帘的是一片片的农田、零星的泥坯小屋或空着的砖头房子，路上少见有人，偶尔有几个在田间劳作的农民。车子开得很快，所以那画面一瞬间在我脑海中定格，仿佛是一幅纯朴而逼真的画作，画上的人或者如稻草人般直立着，或者如虾米般深深地躬着腰，使自己彻底湮没在澄黄的麦丛中。这使我想起了曾经看过的一篇文章，说的是农民挑起了喂养那么多张嘴的重担，却还要背负贫穷和城里人的歧视，这似乎有些说不过去，但谁又能否定它的真实性呢？

　　然后就有一个农民上了汽车，但和售票员讲价失败被轰了下去。事实那么快地赶来印证我的想法就像编排好的一样,这是我始料未及的。而我能做的只是庆幸还好我有足够的钱买票确保可以到达目的地且不被歧视。我也只是这蹩脚的剧中的一员罢了。

车子在不停地前行。

看惯了农田矮房及刷在墙上的大字标语,偶尔会有两个较为清澈的池塘跳入眼帘令我惊喜。我不明白一片宽阔的水塘中央有一块干地上面插着木桩是什么意思,但我在想象如果干地上有座小木屋,我在里面看书写字周围全是波光粼粼的水会是什么感觉。

我总是喜欢把自己安插在某个特定场景中然后想象自己的言行。这或许可以从某个方面说明其实我还不成熟。

还是在路上。天是阴的但是一望无际的蓝。远处有一排排的树仿佛朝圣一般在向同一个方向倾斜着,可能是长期受一个方向风吹造成的吧。或许下次我再来的时候会是另一个季节了,它们会不会朝另一个方向谦卑地倾身呢? 冥冥之中我仿佛把它们当成一个个的人,或者一群孩子。我开始明白一句"来世做一棵树"的台词会在我心里历久弥新的原因。做一棵树,寂寞而又简单。

视线中渐渐映入了成排的房子,广告牌,我知道旅程结束了。回来的时候改坐计程车。前排两个女人在不厌其烦地谈论着孩子,孩子的成绩。而我在昏昏欲睡。池塘,农田,一排排的树,在我的幻觉中飞快地掠过。

(2004 年 6 月 6 日,总第 21 期,第三版)

在过去之前说再见

漆 雕

　　以前,我老是想着自己七岁来着。

　　薛绍对太平说:"人的一生会遇到很多幸福,可只能对一桩幸福许下承诺。"我已经十六岁了,不再是抱着娃娃睡觉的年纪了,于是羽西和芭比去了可以一览众山小的地方。过去了,不见了。

　　我喜欢承认自己是小孩子。那种有着奶香的脸蛋、软软的头发和不必刷却一直和盐一样白的牙齿的小孩。每次逛街我会流连在童装专柜,看那些巴掌大些的鞋子和镶着流苏的白纱裙子,每一件衣服我都会用手指头划过,去感受穿在身上轻轻的感觉。

　　法国因为有了夏尔·贝洛和博蒙夫人而变得浪漫可爱。因为永远会有人记得最初诞生在贝洛笔下的《灰姑娘》和《小红帽》,当然还有那只万能的穿靴子的猫和最机智勇敢的小拇指。知道好莱坞的人也会顺带记住博蒙夫人的《美妞与怪兽》。童话是儿时的标志。因为那是儿时。儿时之后才幡然明白:世界上没有任何东西能够永恒。如果它流动,它就流走;如果它存在,它就干涸;如果它生长,它就慢慢地凋零。

　　一直都很羡慕《小意达的花》里面的花:趁天亮之前把歌唱完,只怕乐极生悲。秋天到了,过一个最狂欢的舞会,把舞鞋跳破也大有可能。这样,第二天早晨即使枯萎也没有遗憾。

　　不能飞和不能永不长大是我的遗憾。杰姆·巴里说过,只有欢乐、天真、无忧无虑的孩子才能飞向永无岛。所以我便不再相信可以飞。飞?这个世界已经有了彼得·潘和他的永无岛,如果我能飞,我要飞到哪?

　　所以无奈,所以要选择离别。

　　我拿着那一摞摞的童话书,哭了。"你为什么哭呢?"我的童话在问我。"因为我害怕自己会把你们忘记。""忘记才正常啊!有一天你肯定会忘记我们,我们也会忘记你。然后再在某个不知的一天互相亲密地想起。""那我还会找到你们吗?""如果用心一定会找到的。你的心不在了,心在的地方幸福就在。"

我的心不在了。是呀,童话是给孩子看的。如果把童话看得追根究底,看得出它的俗套和最初的雏形,我就不再是看童话了。

我想再找到我的小时候。因为我在小时候离开之前说过呆会儿见。我们一定会再见。

(2004 年 9 月 6 日,总第 22 期,第三版)

秋天的童话

徐　旭

又一个秋天来了，枯黄的叶子带着对枝头深深的眷顾，翻飞，落地。每一片叶子都是一个日子，在妈妈的身后堆积成过去。春、夏的童话都已泛黄，夹在落叶中不见了踪影。在这个秋天，阳光依旧温暖，金黄的落叶仍可以编成一篇童话献给秋天，我又何尝不可写出要报答妈妈无私的爱的心情？

每次和妈妈走在一起，我总习惯慢她半步，我喜欢看妈妈凝重、静谧的身影，估计是受朱自清的《背影》的影响吧。我希望能用彩纸把妈妈的背影剪下来，夹进书页，成为永久的记念，可那毕竟只是一个影子，转瞬即逝，妈妈匆忙的身影总是摇曳不定。

其实，我要珍藏的不只是那背影，还有妈妈披羽衣时的美丽神情。

每个妈妈都有一件美丽的羽衣，那是我看了席慕容的散文《妈妈的羽衣》后才知道的。她说，每个母亲原来都是一个美丽的仙女，都有一件可以让她飞翔的羽衣，可是当她们决定做一个母亲时就把羽衣锁进了箱子，她们便再也不能飞翔了。可我却希望妈妈能再穿上羽衣。

也许是我拴住了妈妈的心，有了我之后，妈妈悉心地用她的双手，为我编织年少的梦，我成了妈妈最欣喜的风景。

小时候，妈妈明亮的眼睛会唱歌，就像天上的星星。云儿、草儿、花儿、月亮都在妈妈的歌谣里生动起来。后来，妈妈就是童话。《灰姑娘》《海的女儿》《拇指姑娘》在妈妈的声音里哭也动人，笑也动人。只觉得那时的妈妈就是个美丽的仙女。

再后来，妈妈又忙了起来。"谁言寸草心，报得三春晖！"是她教育我做人的起码标准：有孝心；"做任何事都要用心，不能三心二意"是她教给我的处事的方法：踏实、认真；"自己的事情自己做"是她教给我的做人的基本原则：自力更生……

我终于明白了，妈妈的羽衣并未收起而是披在了我的身上。十五年来妈妈用她无私、真诚的爱养育了我。今天，当我有着妈妈当年的青春、披着她的羽衣时,我多想给她多一些体贴,可我又被书本埋了起来,我只有把爱写在今天,把报答留给明天。这竟成了我无奈中唯一的诺言。

翻着妈妈的相册时,看到了妈妈的青春,怀抱吉他的她,手捧书卷的她,伏身草地的她,每一张都洋溢着青春的活力,令我羡慕不已。

可是如今没有了羽衣的妈妈不再那么神秘。她没有时间再去享受轻音乐的柔和了,因为她正尽力把爱奉献给她的学生。每天晚上的电视剧是她放松的唯一方式,可是累了一天的她也总是在节目结束之前已悄然睡去。

秋天仍需要童话,妈妈仍需要羽衣。在这个金黄的季节里,妈妈的收获应该是一个长大的我。而我长大后的第一件事,就是要把羽衣还给妈妈,让她不会感到秋天的凄凉和萧瑟。秋天,风雨会因为有了童话而变得温馨。阳光下,我和披着羽衣的妈妈一起走着,走着,我们扯着太阳的丝缕,我们编织着秋天的童话。

(2004 年 10 月 6 日,总第 23 期,第二版)

七　天

寞　坟

星期日:日升月沉,草木枯荣。我在梦魇中感知万物的轮回,从被窝的罅隙窥探我的新世界。

我起床的时候已经 12:10 了,可我仍然睡眼惺忪,我都睡了 16 个小时了。看来并不是身体疲劳那么简单。

下午我把写给斯诺的信投进了邮筒。其实写这封信是迫于一句话给我带来的恐惧感——所有的东西在时间面前都不堪一击！多逆耳的忠言。

我不敢想象在同一栋楼上课的我们如果某天相遇时擦肩而过、形同陌路该会是怎样的悲哀,所以我动用了这最古老的联络方式来巩固我们岌岌可危的友情。

星期一:华美的青铜器斑驳了几千年依旧华美,而我青葱的年华在一天之后就不再青葱了。

期中考试分数出来了,我败得惨烈。

我的心情就像我的成绩一样在减函数图像上下滑、下滑。亚子挺幸灾乐祸地说终于有人给他垫底了, 然后特奸诈特喜庆地笑。我不知道该作何反应,也跟着同样的笑。

我想我是一边在自己绽开的伤口上撒盐,一边唱《欢乐颂》。我多牛啊！

我想过看开些,却万万办不到。想到我十六岁乃至十七岁、十八岁的青春都要被分数牵制着,我不甘心。

我想青春真是个容易溃烂的东西,至少我的是。

星期二:秋风又刮了一次,我的心又痛了一次。阴冷的空气中竟有翩跹的蝴蝶,但我的生命里再也不会出现。

我竟然看到了一只蝴蝶。

这个夏天被拉得很长然后突然跌到深秋,我措手不及。所以在急剧降温的情况下我感冒了。

每隔五分钟清理一次鼻涕的滋味真不好受。低得可以让我妈生气的分数也多多少少让我窒息。现在又鼻孔阻塞,所以我总是很费劲地寻觅周围的氧分子。

晚上叔给我买来药,看着叔慈祥的脸就觉得自己真不争气。叔说,没什么大不了,下次好好考。叔一向有着惊人的宽容,这让我难受!

我想起早晨遇到的那只蝴蝶,还会遇到吗?

星期三:有谁说过他的生命在十七岁就老了,而我在十六岁时就不再年轻。

中午放学路过一幢刚拆的楼房,废墟上的痕迹表明它建成不到一年。为什么拆掉崭新的楼房?我为死去的楼房抱不平也为我刚开始就要消失的青春。

郭敬明总是一遍一遍说十七岁就老了。不过他起码有过单车上的青春以及青葱年华里绽放的清澈笑容,而我没有。

我怕人笑我玩深沉,但有些过早来临的不快确实大摇大摆走进我紧张的生活,然后我就不快乐。

这一点我不得不说。

星期四:梧桐还是落光了叶子,我的伤口莫名其妙地盛开。我会和梧桐一起等待,噩梦醒后的春天。

梧桐树叶纷飞。

我从三楼的窗口让视线穿越一百多米的距离,我看到城龙在梧桐树下走得神色安然,旁边有我不认识的女孩。

我知道他考得也不好,但我唯一羡慕的是他那种洒脱,不被缚束。

我远远看到他笑得一脸灿烂和衰老哀伤的梧桐树形成很鲜明的对比。或许梧桐并不哀伤,它们只是暂作休息明年春天又会青春焕发。而我还会吗?

"还会吗?"我问自己。

星期五:某某某说人生是个骗局。我就想起了柏拉图,那场再华丽不过的自慰。我心,隐隐作痛。

突然觉得人生是个骗局。挣扎一番后是骨灰一堆。不只我一人有这种感觉,有谁说过关于此类的名言,可惜我忘了。

我是个大傻冒!这是在我看完四维的《左手倒影,右手年华》时意识到的。

我只是想通过一次次痛苦思考去平衡因某些事而失衡的心理，但这有用吗？

　　我想当人痛苦时就应该从某个角度适度去堕落，这样才能有所解脱。说白了就是随它去，就像城龙。

　　这对于我是个突破。

　　星期六：午夜。灯光寂寞，青春孤苦，都在题海中沉没。痛苦的轮回转完了，我在寻找通向天堂的路。

　　斯诺告诉我："其实快乐很简单，拥有少一点就可以；当天使很简单，只要实实在在去做就可以！"我很受感动。

　　我想到了和我纠缠了五天的坏心情做个了断的时候了！

　　我说过我是个大傻冒！我在失败后不找原因只一味沮丧，顶个屁用。我应该从头开始，实实在在去付出汗水两个月后快乐天使就是我！

　　（2004 年 12 月 6 日，总第 25 期，第二版）

那一年,和许巍有关

朱 丹

我喜欢在夜深人静的时候听音乐。用的不是随身听,不是复读机,而是有着两个大音箱的古老的立式录音机。声音很小,放的不是轻音乐,不是纯音乐,却是流泄出男人特有的质感的摇滚,此时耳边是许巍的声音。伴着这种声音,我在一片漆黑中写下这些文字。

当别人问起我听什么的时候,我告诉他们我听许巍,可他们总是句不变的话,许巍是谁?我无法解释,于是我回答,地下类的摇滚乐手,上个世纪的,不喜欢张扬与宣传。然后他们若有若无地点点头。我知道他们关心的是周杰伦、SHE,他们不了解许巍和《那一年》的精彩。

每个人的灵魂不同,所以引起不同灵魂共鸣的音乐也不同。许巍叩开了一部分人的灵魂,如我。我亦不习惯宣传许巍和他的音乐,并不是每个人都能喜欢他的音乐,也不是每个人都能听懂他的表达,包括这些文字,不是为他而为我自己。

98 年,许巍用《在别处》让我们为之感动着、疼痛着、荒凉着。

那一年,许巍用新疆小调音阶加上李延亮的吉他创造了无休止的忧伤。

还是那一年,许巍的歌词中反复出现的词语是:茫然、孤独、忧伤、等待、自由……如今也是。这些都是属于摇滚的词语,摇滚并不只是代表"疯狂"。

后来的许巍剪了头,从《今夜》开始再一次为我们吟唱。

我听《今夜》的时候想着《那一年》,听《简单》的时候想着《完美生活》,听《故乡》的时候想着《温暖》,听《九月》的时候想着《浮躁》,听《一天》的时候想着《那闪亮的瞬间》,听《流淌》的时候想着《时光》……

许巍的声音里有种特有的沧桑感。走在大街上,猛然听到许巍的声音"每一天走在纷乱的世界里面/我才感觉现在要的是简单",你没有办法不为一振,驻足思考:自己是否也失去了某些最简单的东西。坐在深夜里,无意地听到"悠然见南山/依稀在云里/缥缈",你不会再抱怨生活的烦恼,你会觉得自己太不知足。

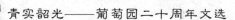

那么多的歌，我实在不能说出最喜欢哪首。

那首单纯的吉他《情人》，漂亮得一塌糊涂，一次又一次在深夜里撞击着听者的灵魂。闭上眼睛，开始呈现：一片丛林，绝壁上倾流直下的瀑布，散发迷人香味的救命仙草，微笑着四处轻奔的小鹿……耳边正在环绕"像丛林深处静静流淌的溪水/蓝色夜空轻轻闪动的星星"，这种状态下，感觉心都被陶醉了。

接着是《完美生活》，似乎是专为我们而作的："青春的岁月/我们身不由己/只因那胸中燃烧的梦想/青春的岁月/放浪的生涯/就任这时光奔腾如流水"。是啊，青春，总是激昂澎湃的。就是这样一个"身不由己"的完美生活，为了梦想"体会这狂野体会孤独"的完美生活。

然后是《蓝莲花》，在这里，他用不一般的嗓音诉说着有关自由的思考。在没有背景音乐的寂静下开始吟唱，"没有什么能够阻挡/你对自由的向往/天马行空的生涯/你的心了无牵挂"，那告白式的声音穿过寂静有种不可言语的号召力。听着"心中那自由的世界/如此的清澈高远/盛开着永不凋零/蓝莲花"，恍惚中可以感受到他在他的自由世界里飞翔，一直飞过太阳飞过月亮，飞过沧山决水四季春秋，飞过绵延的河流和黑色的山峰，飞到那大片大片盛开蓝莲花的地方。

还有《执着》，为田震写的那首，近十年经久不衰。

太多了，太多了我无法再列举了。许巍用那个时代的"道具"唱出了几个时代的声音。沉沦但不绝望，无助但不放弃，忧伤但依然执着。

听着他的歌，用心感受着生活。

我们彼此微笑，相互祝福。

（2005 年 3 月 6 日，总第 28 期，第四版）

牵着蜗牛散步

子 末

题记：有个故事说一个心烦意乱的人请求上帝帮助他，然后上帝给了他一只蜗牛并让他牵着这只蜗牛散步。于是他非常气愤，但渐渐地他才发现路边有那么多美妙的风景。于是开始把脚步放慢，把心情放开。

一、星期六

从窗户下闪出一道阳光，撕裂了我手下的稿纸。于是，我抬头去寻"刽子手"。我看见，成群的灰尘在阳光下飞舞、跳跃。我的视线停留在那群快乐的灰尘身上，我并没有打扰到它们，它们依然我行我素地展现着自我。而我，思绪开始跟着飞舞跳跃。

窗外是一片青绿，猛然意识到这已经是个春天的星期六了。心里默念：真好！然后在想，朋友那里是否也如此灿烂？朋友的心情是否也如我样明朗？窗下偶尔会有单个、两个、三个悠闲而过的人，看到他们的时候，心里默祷：平安！记得有首歌唱过，所有知道我名字的人们，你们好不好？

我想对他们说，所有知道我名字的人们，你们平安否？

二、感动

发现我学会感动是在我懂得感动的涵义之后，从此开始不停地感动。就像一个刚学会骑单车的孩子总想不停地骑着单车，总想多多地体会那种"滑翔"的感觉。我总泛滥似的感动，总想多多地品味那种内心的愉悦。

于是，在吃着外婆的蛋炒饭时我会感动，在看见路人的微笑时我会感动，在看见朋友用"落花流水"形容我的文字时我会感动，在闻着青草味儿时我会感动……我似乎已经将感动当成一种养分贪婪地吸吮，支持着我的活性。

三、孤单

不知道什么时候，我们悄悄地在风里长大了。

不知道什么时候，一群衣食无忧的孩子说他们孤单，说他们寂寞。

evening 说，很多时候，我都习惯用"很多时候"开头，接着便不知该怎么继续下去。我想我们是犯了同样的病，而"病毒"就是长大。我们都记得一些事，只是我忘了是什么时候，而她混淆了那些事。可是那些缠绕我们内心的，一直一直都没有离开。但我们还坚持说自己是孤单的。

每次想到这里，我就觉得孤单像是落日一样。无穷无尽地奔跑，最终充满了整个天与地的罅隙。

我曾经喜欢的作者说，"不过当我们决定了孤独地上路，一切的诅咒，一切的背叛都丢在身后，我们可以倔强地微笑，难过地哭泣。可是依然把脚步继续铿锵。"完了之后，我看见了一直孤单与寂寞的自己，我勉强地踏上了一条艰难的路，可我没办法回头。于是，泪水在脚下摔碎然后四溅。微笑在头顶飞舞然后盘旋。

四、行走

走不尽的起伏山峦，河流和草原，数不尽的密密的村庄，鸡鸣和狗吠。

幻想有一天，可以背着一个简单的行囊，带着一架相机，夹着一本地图册，骑上单车去寻找那些灰白色的印迹。我曾跟朋友说，18 岁之前我要骑单车旅游一次，不计较路程远近。站在 19 岁的年华上，我无法改变食言的事实。只是老天太会开玩笑了，原本 18 岁该拥有的一切都化成了乌有。

我开始明白，对朋友说话是要负责任的，所以现在的我很沉默。好像所有的事情都可以在沉默中变得更加纯净和善良。我开始学会了自然去沉默，而不是以前那种带着难过与怄气去不说话。后来又发现，在沉默中我可以更好的回忆与思考。

我依然要感谢老天给了我 18 岁以前的 18 年时光，我可以不用对一切负责，可以随意挥霍我的青春而毫无压力。但那样纯粹的生活注定已经离开了我，我钻进 18 岁最后一刻打造的躯壳里开始行走。那些艰难行走而造成的疼痛一点一滴地从皮肤渗到骨骼，并不断地漫延。

五、三月

这个三月我写了很多的文字有时间就不停地写,写信、写随感告诉我的朋友们我的喜怒哀乐。在写字的时候,我有一个安静的面孔,但内心却在不停地翻涌。我快迷恋上了这种状态,只有我自己明白是怎样一种感觉。

三月,是春天开始的日子。

三月,有温暖不刺眼的阳光,有夹着青草味儿的新鲜空气,还有些小小的幻想。

在这个三月,我抛弃了以前种种烦乱的心情,我将重新开始,我又拥有了我盼望的一切。

后记:走了那么久,一直想把些小小的心情表达出来,但总是"心有余而力不足"。我怎么也写不出那些流畅的文字。于是开始模仿那种断章式文体,断断续续道出那点点滴滴的心情,所以就有了《牵着蜗牛散步》。

(2005 年 5 月 6 日,总第 30 期,第三版)

光阴没有名字

徐 旭

清楚地记得《葡萄园》文学社刚刚成立的时候,我们还在高一过着没事能写写文章的小日子,而时光如流水般飞逝,《葡萄园》已经快三岁了;我们也跨进了高三,即将迎来载着离别的高考。可是我们不舍……

不知不觉中就走到了六月,分离的现实也突兀夺目地展现在我们面前,心中或多或少有些感伤和不舍,毕竟我们是一起用心奋战的战友。二模后的日子,尽管老班明令禁止,可大家还是开始背着他拼死拼活地利用课余时间进展一份份同学录。人之将走,千头万绪堵在胸口,而诉诸笔端时却感到茫然。面对离别我们有太多的话被高考压得只剩下无言。一个朋友写道:三模已经近,高考还会远吗?这句话具有一定的时效性。对于我们来说忧伤几乎是劈头盖脸的,不经意间我们已经开始怀念曾经一起走过的日子、流下的泪水和从前美丽的天色,本以为离别的悲伤会随叫随到,而现在我们却连哭的冲动都已尘封在心底了,才发现自己手中剩下的仅是一个关于记忆的存折。

不过离别也真的没什么,也许天各一方会更好地教会我们挂念彼此。

一位作家说,前方的路很美,因为它未卜;走过的路很美,因为它永恒。而我们就在这两者之间,一边向往梦想的远方,一边又不住地驻足留恋。

遥远的路程昨日的梦以及远去的笑声,再次的见面我们又将经历多少路程,再不会是旧日熟悉的我有着狂热的梦,也不是旧日熟悉的你有着依然的笑容。流水带走光阴的故事改变了我们,就在那多愁善感而值得回忆的青春。

我们变了,变得学会珍惜自己的现在了,因为我们知道当我们以珍惜的态度和进取的精神面对世界,人生将完美而生动;当我们以强者的姿态蹚过高考的河,我们留在时间里的东西才会久难磨灭。

蓦然回首,才觉得我们真的义无反顾地长大了,才发现我们走过的路上有那么多深深浅浅的脚印。才明白我们也见证了许多历史。学校是我们最亲密的场所,始终是世界上最纯洁的地方。我们陪一中长大的时候,我们很快乐,我们快乐着一中的快乐,一中也将为我们的胜利而飞翔着快乐。

　　还记得那些曾在《葡萄园》里播洒欢乐忧愁、放飞希望梦想的日子,还看得到《葡萄园》里带着微露的水晶葡萄和新生的芽子。而今面对分别,我想我已无法用显浅的文字来记录这几年所有复杂的过往的日子。我只能在毕业记念册上写下这些文字:光阴没有名字/但我见过光阴的影子/静默的我们身旁落下叶子/静默的除了我们还有椅子/光阴欲言又止/风竟然清新。至此/蓝天下有穿白衣裙的孩子/念着梦一般的句子/他们说/岁岁年年人不同,年年岁岁花相似。

　　(2005 年 5 月 6 日,总第 31 期,第一版)

没头脑和不高兴

田

　　苏打粉长我一岁,天生一副好嗓子。只可惜叫各种排演给糟蹋了,说起话来老是拖尾音,就跟唱歌似的。

　　要是赶上她在后面喊我:"等等我哎,田哎。"字字抑扬顿挫,听着就跟我最爱嚼的粘牙糖一样,倍儿甜。

　　好姑娘苏打粉六岁的时候,就已经能像模像样地哼唱一些儿童歌曲了。第一首叫《幸福在哪里》,苏打粉倒背手站我跟前,左右摇晃,表情特陶醉:"幸福哎在哪里哎,朋友哎我告诉你哎……"但凡老师教过的歌,她也一首不落的,全在我这给过了一遍,叫我提前领略了上学的好处。

　　不过,真等上了学才知道我受骗了。学校里根本就不是唱歌的地儿。那些个头比我大很多,成天让我喊他们老师的家伙,只会出一些诸如"市场上苹果五毛钱一个,买七个要多少钱?"之类低能题目。我当时虽然年龄尚小,但已经懂得表示自己的不满,我从一年级三班的第七排站起来,说:"老师,苹果是论斤卖的,不是论个。"

　　当然,这类事是怎么也不会发生在苏打粉身上。那时候她已能一边看小人书,一边将九九乘法表横着背,或者倒着背。

　　苏打粉十岁生日的时候,我妈送了她一个特别好看的塑胶娃娃。是那种衣服可以褪下来换套,能眨眼睛,装上电池还能自己走路的玩具娃娃。

　　我妈的意思很明显,是想等苏打粉玩腻了、玩旧了,那娃娃自然就归我了。不过,我可不乐意,朝我妈闹得厉害:"凭什么她有我就没有,凭什么就她玩新的?"我妈替苏打粉说话"今天你姐过生日,你过吗?"我一听这语气,眼泪也出来了,好好的蛋糕也不吃了,就差没把那娃娃抢了来。倒是苏打粉还算够义气的,她一看我这阵势一时半会是停不了了,就把塑胶娃娃朝我怀里一塞,安慰我:"给,你先玩儿。"结果,那娃娃当天晚上就躺在了我的床头。不过,有时候能看见苏打粉离着老远地看我床头上的塑胶娃娃,那眼神……怎么说呢,特忧伤。对,忧伤。

再大点,我还是爱吃粘牙糖。花五毛钱就能在兼卖贴画跟本子纸的李老婆婆那儿买上很多,七彩的,嚼起来甜腻,粘劲特别大。我的上、下牙齿就经常给粘在一起,没办法说话。尽管牙齿蛀得厉害,满口的黑牙,而且夜晚还会痛,你还是能从我的左口袋翻出一两块泡泡糖、粘牙糖之类的小零食。

我刚上初中的时候,牙已经换得差不多了。我当时挺关心自己的上门牙会不会长成龅牙(因为听大人说,老是用舌头舔牙齿,那颗牙就会长成龅牙),于是,早晨刷完牙,老爱对着镜子龇牙咧嘴地照那颗长到一半的上门牙。

然而这个时候,苏打粉已经出现在学校的大小联欢会、什么会上做学生主持了。

再看见时,就有人指着台上苏打粉,问我:"那真是你姐?""是又怎么?"

那人仍表示怀疑:"怎么也没听你喊过她姐呢?""不高兴呗。"凭什么她比我大就该喊她姐,我比她小还没听她喊过我妹妹呢。既然她叫我"田",我就喊她"苏打粉"。两不相欠。

那人看着无限风光苏打粉,再瞅瞅我这身邋遢相,就跟见了不长命的小鸡仔一样,直叹气,唠叨着"不像,不像,不像……"

我一听他这么叹气,自己也觉得长成这样实在也挺对他不起的。再抬头看台上苏打粉——说起来,长这么大,我还是头一次这么耐心地看着她。苏打粉大眼睛、小嘴巴,长到十来岁还是白白透透的发酵粉儿样。头发在太阳底下泛着层亮金色,有点自来鬈,半奄在肩上。这使她看上去就像躺在我九岁床头的塑胶娃娃一样,美好,但不真实。

我揉揉眼睛,从口袋里掏出块泡泡糖,嚼着,吹出一个巨大泡泡,炸掉。转身从联欢会的人群里挤出来。苏打粉,我就不信她就没担心过自己会不会长龅牙。

打那以后,我再跟苏打粉说话就有点自卑样了。我比她黑,眼睛比她小,成绩也没她好。而且有蛀牙,还老是丢三落四……转眼成了世界上最不幸的人。

苏打粉打算帮我补数学和物理的时候刚中考完。我则面临升入暗无天日的初三。那年夏天我仍然不会做受力分析,给三角形做辅助线不是多一条就是少一条。而每次苏打粉拖着尾音给我讲解"力的相互作用"的时候,我总能忍住不让自己笑出来。

苏打粉上高中得住校。我妈让我陪苏打粉趁着刚放暑假,先把洗漱用具买齐了。路上我比苏打粉走得快。她一被落在后面就不住地喊我："等等我哎,田哎。"字字抑扬顿挫,听着就跟我最爱嚼的粘牙糖一样,倍儿甜。

临我开学前几天,苏打粉不知从哪找来了几本旧的《少年文艺》。傍晚,天能凉快点的时候,我们俩就歪在床上,有一本没一本地翻看着。原本放在床头的塑胶娃娃,掉了一只眼睛,早就被妈妈收拾进旧储物箱里。苏打粉拿着本五六年的《少年文艺》推到我跟前,笑起来,说:"田哎,看,写的可不就是小时候的你哎。"我一看标题《没头脑和不高兴》,也笑了:"没头脑哪会不高兴,没头脑应该特高兴。"

我们有一会没说话。知了在外面探头探脑地叫着,树的影子透过窗户在墙壁上晃荡。我看着苏打粉的白色 T 恤,说:"姐,我赖着不肯长大呢。"

(2005 年 5 月 6 日,总第 31 期,第三版)

写在高一（虚构版）

田由甲

这个城市不算繁华,可每天上学也要经过五个红绿灯。妈妈再三叮嘱不要闯红灯。可有时忍不住地总想赶时间,于是就闯了过去。不知道从什么时候开始,对于妈妈的话不再言听计从。不会像以前那样听她说爱哭的孩子,大灰狼就得来,马上停止哭,然后用手揉揉眼睛,抽泣几下。

道路两旁种满了香樟树。一大早,穿着蓝衣服的环卫工人正扫着路上的树叶。只是很纳闷,为什么初春的早晨会有这么多落叶,也许是昨夜的那场大雨。环卫工人很认真,路上的落叶层层叠叠,真的让人很难分辨出是春天还是秋天。

走在大街上,看见小腹有点挺挺的中年人,心中不禁想起初三的数学老师。那个一直嫌自己小腹太挺,悔恨自己喝酒太多的,并且在我们面前发誓不再喝啤酒的,总说我不动脑筋的数学老师。忽然,觉得他离我很近。也就笑了出来。

超人匆匆地冲进了教室,连说声报告都忘了。于是重新走出去,用嘹亮的声音叫了声报告,引得全班哄堂大笑。这不知是第几次,他又睡过了时间。超人头发凌乱不堪,衬衫的领子也极不对称。同学们喜欢叫"超人",也许是他的行为与超人相似吧!

以前父母是我们的闹钟,离开了他们,自己就不能成为自己的闹钟吗?

三毛把父母描写成守望天使。

天使们用翅膀护着孩子,怕孩子吹了风淋了雨要生病。我应该怎样形容我的父母呢?应该是天底下最好的父母吧!

嘎嘎写信给我,说非常想我。坐了两年同桌,的确有点友谊。我说也很想她。嘎嘎笑起来眼睛眯成条线的样子,很可爱。有点儿失望,不能再品味她的可爱了。有时真不希望熟悉的仅仅变模糊,不过这是不可能的。除非那个叫时间的永远定格下来,那个叫地球的停止转动。

体育课,老师带着我们跳起了健美操。同学们好奇地学着,都说体育老师年轻极了。她调侃地说,我本来就比你们没大几岁。很惊讶老师仍像个学生,似乎说谁年轻,谁也不会否定。不知道说谁仅还是个孩子谁还会欣然接受。

妈妈把我的大笨熊洗了。又放进洗衣机缩水了。它全身的毛都卷了起来。也许妈妈说得不错,我已不再适合那只大笨熊了。不过,在那些掉眼泪的日子里,我还会抱起那只大笨熊。不知道为什么,即使它的毛都卷了,可仍会抱起它。也许是种习惯吧……

(2005 年 10 月 6 日,总第 35 期,第二版)

生活随想

路

（一）

走在路上，有一种孤寂落寞的感觉，身边那一排排被秋更改了容颜的树木在风中瑟瑟地摇摆。没有人告诉我哪一棵是我一直想见的法国梧桐，更不会有谁能告诉我在萧瑟的秋季里它们是不是也拥有属于自己的心事。

它们大多时候是没有必要在乎人世间的太多是是非非的。

所以，我总认为它们来到这座城市是一种机缘，装扮这里则是种默契。

街头的那个老钟依旧在不知疲倦，不分昼夜地来回摆动着，仿佛在告诉人们一个关于"时间一去不复返"的永恒哲理。

不知是老钟提醒了我，还是自己真的被这秋所感染了，匆匆地从地上捡起一片被秋染了色却被时间遗弃了的树叶夹在自己的书里。

（二）

高考录取的红榜又贴在了骄傲的橱窗里，又有一大群心潮澎湃的新生在红榜前叽叽喳喳地指手画脚，如同曾经的我们。

我瞥了一下被太阳照得惹眼的红榜，眼睛像烫伤似的疼了起来，迅速低下头，发现明媚阳光下自己的影子是那么的短小。

张晓风说："给我一个解释，我就可以再相信一次人生，我就可以接纳历史，我就可以义无反顾地拥抱这个荒凉的城市。"那么谁能给我一个解释，让我相信自己，让我不会为在红榜里寻找不到自己的名字而悲怆？

带上这个疑问独自徘徊在那个以前每天早晨和小迅一起跑步而如今已荒草丛生的地方，突然有一种被小迅遗弃的感觉，有一种更加绝望的悲伤。那个笑起来就像一朵太阳花的女孩仿佛又浮现在自己的眼前，那句她临去上大学的话再次在耳边响起——我们心中应当是一片土地，可以耕种，未来才有希望！

这时阳光已不再刺眼,一只白色的鸽子扑棱棱地从空中飞过,我突然从口中自语了一句话:"每个人都有一双能飞翔的翅膀。"

踏上返回的路,又经过了光荣榜,新生依旧很快乐,红榜依旧很自豪,我努力挺直腰,满眼希望,笑着,把低调和冗长抛给夕阳。

(三)

其实生活就是一条隧道,在我们从隧道的这一头通往那一头的过程中,随时都可能遇到我们意想不到的壮美或凄迷。

其实,生活里的阴影并不浓重,浓重的是人们明明听到自己灵魂召唤的声音却不能靠近它的无奈。

在这个冗长的生活隧道里我们不会每一步都踏空,每一步都无法着力,只要我们抬头看一下隧道那头隐隐出现的亮光,我们就要义无反顾地奔过去,奔过去,我们会因此而得到一片灿烂美丽的天空。就像北岛所说的那样:

一切都是命运/一切都是烟云/一切都是没有结局的开始/一切都是稍纵即逝的追寻/一切欢乐都没有微笑/一切苦难都没有泪痕/……一切希望都带着注释/一切信仰都带着呻吟/一切爆发都有片刻的宁静/一切死亡都有冗长的回声

(后记:随想是悄然升起的,如同月上梢头,秋寒乍起,难免为这些生活中的片断随想平添几分凉意,于是我把它们从心底最隐晦的部位拿出来晾晒晾晒,这样到冬天我就不会太冷了。)

(2005 年 11 月 6 日,总第 36 期,第二版)

十　年

寞　坟

岁月斑驳,年华灼灼。所有的所有一切的一切,都败给了伟大的时间。包括我那些像伤口一样缠绵疼痛的记忆!

——题记

公元 1995 年,我开始有长大的记忆所有的完整所有的破碎充盈着我的脑壳。这个世界,这个可恨抑或可爱的世界,给我一些不给我一些。

十年之前那个背布缝书包穿开裆裤的脏小孩一直活在我的记忆里,不曾离开。他在我无数个梦境里都是急匆匆地跑着回家并不停地说"晚了妈会担心的!"可是现在,十年之后的现在他成了一个落拓的男孩:表情空洞麻木有玩世不恭的眼神还经常和妈妈吵嘴惹她生气。

天上的星星不说话,地上的娃娃想妈妈。

他再也不会唱了。再也不会了!

生活无所谓快乐不快乐充实不充实,一脸恐慌地启程竟会忘记带上理想。那个孩子,那个曾经将理想坚持到倔强的好小孩成了现在这个样子:对前途一片绝望还侥幸地相信前途是光明的道路是走不通的, 他甚至搞不懂自己日复一日运行的思想轨迹正如搞不懂简单的抛物线能暗藏什么狗屁奥秘。一切都很简单但又难以解释。

十七岁的孩子没有了理想该是多么可怕呀!

十七岁的孩子寂寞得企图相信烟草和酒精该是多么危险呀!

我弄丢了我自己,在时光一晃十年投下的暗影里。

郭敬明 1995-2005 夏至未至, 可我却有关于夏天潮湿甚至可以说是汹涌的记忆:小规模的山洪席卷着所有的燥热从村中的小河流过,一群赤裸上身的孩子用网兜劫获不知从哪里流浪至此的鱼类。那个每次收获最多皮肤最黝黑的男孩就是我,可以把捉来的鱼做成鲜美鱼汤的早熟小孩。我是个好孩子!

那条曾经流淌欢乐的小河不知在我哪一年的记忆里消失不见。没有孩子会再去进行那么土的游戏，也没人会明白那些幼稚的游戏怎样感动着一颗不幸福的灵魂。

没有了河。

只剩下稀里哗啦的流水声和一阵阵撒落到水里流进鱼网里的欢笑在记忆里苟延残喘。还有一个男孩在伙伴散尽后穿着短裤依然呆在水中央的孤独画面。被泪水氤氲不清了。

所有繁盛的杨树叶，所有不倦的知了，所有小河流水里遭遇不幸的鱼儿，所有落花流水的笑声，所有无忧无虑的午后或黄昏，所有没有顾忌的开心游戏，所有努力过后接近满分的试卷，所有值得骄傲的表扬……所有在这十年的开始就遗失的美好，你们究竟都到哪儿去了。谁知道，它们让我记得自己曾经那么用力地学做一个平凡的小孩。

这些童年的往事注定在我年轻的记忆里狠狠刻下藕断丝连的难过么？

十年，湮没了太多还没来及开始和收尾的童话故事。只有青蛙王子。

有时候自己都会吓一跳，十七岁就拥有十年的暗恋史，却从来不觉脸红或羞耻。敢爱或敢接近爱的孩子是很勇敢的孩子。那些在我无知懵懂年华里开放过的女孩都只是我的寄托，我排遣空虚的工具(对不起，请允许我用这个词)。N个月后，我让她们凋谢。有个人说过："喜欢只是一种感觉，爱却是一份责任！"想一想，一个七八岁的乳臭未干的毛头小孩能对谁负责任。

不说爱不许诺只想谢。曾经被一个小小毛孩暗恋的小女孩们，你们知道吗？你们不经意地一个微笑会让一个不幸福的孩子在很长一段时间里那么幸福！

可爱的小公主们，能接受我的感谢吗？

那些明媚可爱的春日，那些流光溢彩的夏日，那些奉献金黄的秋日，那些拥有寂寞白色的冬日，那些让我的记忆有尖锐伤痛的四季。四十季。多么像一场永劫的轮回，连着命轮一起永远悄无声息地消磨。磨合出一地晶莹的眼泪。

十年的每一寸岁月我想问问你们：如果我还记得你们的话那你们会不会也同样记得我呢？你们都像黑色潮水汹涌着流浪到天涯了吧？

你们都老了吧，你们在哪里呀！

跨度十年，10×365次日升月沉，一个孩子可以长高365毫米可以有N×

365次哭泣。

谁都可以像一个兽类躲起来舔自己盛开的伤口,只有我不能。我一直在用力地学着坚强学着长大,学着不轻易暴露自己的眼泪。就这样,时光凌厉地飞越十年,在我身上割破了多少伤口流下了多少血泪?也同样教会了我多少躲避的方式和疗伤的技巧。

秒针不厌其烦地跳完315360000下之后,我不是我,谁也已经不是谁。没有人可以历经十年毫发无损。没有人!我用这些苍白无力的文字祭奠自己头也不回就流走的童年少年。凭吊结束我还是那个为了高考而痛苦生活的高中生最后相信自己可以穿越单薄的青春。

(2005年12月6日,总第37期,第三版)

青春无悔

走 走

那些死了的回忆早已沉进了大海。

最早是在自己喜欢的 DJ 的节目中听到这旋律。每个夕阳来临的黄昏，这熟悉的歌声便会在空气中弥漫开，伴着阳光的味道，很笃定的步调，是我听过演绎得最完美的对唱歌曲，唱得很干净也很温暖。

天天会在身边响起的旋律，但是并不知道它的名字。与此同时，读着很多的文字，常会看到有人提到高晓松，提到《青春无悔》，似乎那已成为一些人很喜欢引用的东西。一天一天，"青春无悔"四个字便记在了心里，也总想听听这反复被引用歌词的歌到底是怎样的感动人，却始终不知其实那歌声自己日日都听着。有一天，找到一个校园民谣网，于是马上搜索《青春无悔》下载、聆听，"开始的开始是我们唱歌……"才听了一句，不禁微笑起来，这歌便是从前自己日日听得到的，很喜欢的那声音。

那个每天黄昏会播出的电台节目已经没有了，那个喜欢着阳光的 DJ 也不再每天伴着夕阳说话了。但是在每个夜里，我仍会准时打开 radio，伴着月光，聆听她在星空中为每颗心灵说话，声音是和以前一样的，但是我再也听不到《青春无悔》了。

一遍又一遍地给自己放着这歌，"都说是青春无悔包括所有的爱恋"，我不知道是不是每个孩子在成长时都能真正做到像这句词所唱的。懵懂时喜欢一个人，微笑着望着他，自己的眼神便已是一种表白。一起歌唱，一起说笑，一起走过所有的快乐与不快乐。

有一天，他认真地望着她的眼说自己是真心的喜欢她，希望这份情感能够珍藏到永远。

傻傻的孩子不说话，望着他的眼睛不点头，其实心里在说，我当然相信你的诺言。

栀子花开的夏天，他牵着她的手穿过一条又一条街，轻轻地为她唱着一首歌,说以后我们的小孩一定会很可爱,我们要好好爱他疼他和他一起玩。幸福的孩子还是不说话,但是仍是望着他的眼睛,对他微笑着,相信着他的诺言。

带着所有的单纯的小幸福,却不知一切一切只是个童话,童话是不会被兑现的。说童话的人也终有一天会才思枯竭或者厌倦。懵懂的孩子却依然深信着所有的承诺,望着他的笑脸,但未发现他已在渐渐抽身离去。直到有一天,所有的童话被抽空,孩子才发现自己的心亦被抽空。一个人茫然地望着大海,海风吹干了她的泪,她躺在沙滩上睡去。而曾经讲童话的他已到达了海的另一边。他说傻孩子你真的太单纯了,我不是故意骗你,只是我们不能永远活在童话里。

阳光暖暖地照着孩子时,泪眼蒙眬的她揉揉眼,自己的 CD Player 里一直转着的《青春无悔》伴了她一个夜晚。站起来,一直走一直走离海愈来愈远,一直走回到自己的城市,走过那每一条曾经和他走过的街,空气中弥漫着的味道是不是已改变,那所有唱过的歌一遍又一遍再听时是不是仍是原来的声音。所有的人都知道,已经道了再见,纵使再见面,一切也一定已经改变。

又是一个栀子花开的夏天。他在海的另一边怀念以前,她不知道那里是否能闻到栀子花的味道。而她依然被花香包围着,在这个城市属于她的角落里度过一个个夜。他说自己住的地方靠近海,但是海是黄色的,生活很安静,但是安静得只剩下回忆。她说她在午后独自闲逛吃冰淇淋,在夜里听歌写很多字看很多书,也很安静,但是很充实。

她又走近大海,那颗仍是被抽空的心灵呼吸着海风,冰淇淋不可能灌满她所有的思念。歌声仍在耳畔,但是什么时候她才能真正学会青春无悔。隔着长长的海岸线,她轻轻地唱起那曾经一起唱过的歌,海另一边的他会听到吗?隔着长长的海岸线,彼此都怀揣着自己的梦想,喜欢的大学在心里浮动。

又是一年,她亦要离开了,离开这个城市,带着对所有人的思念独自远行。她仍是微笑着望着大海,他会看到那泪从她的笑脸上滑落吗。而他,从海的那一边回来了。他们都考上了自己心里的大学,所有的人都觉得一切似乎很美好,只有他们自己知道各自心里滑落多少泪痕。

曾经讲童话的那个人如今讲什么都是小心翼翼了,其实她早已不再在乎他的语言,童话也好,散文诗也罢,不变的是自己曾经对他的爱恋海的一边,她又唱起这歌,海的另一边,他也在唱着,只有海水能听到他们的和声吧,潮水是他们歌声的伴奏吗?一年、两年……她早已过了听童话的年龄,但是身边的孩子们喜欢围着她听她讲童话。

和着潮水声,嗅着海水的味道,她给孩子们讲一个又一个童话,她深爱着这些小孩,因为她要让自己多年前许下过的诺言兑现,只是那些孩子和海另一边的他是没有什么关系的吧。

这些孩子又会渐渐长大,不知道这样的故事是不是又会再一次上演。

开始的开始　是我们唱歌
最后的最后　是我们在走
最亲爱的你　像是梦中的风景
说梦醒后你会去　我相信
不忧愁的脸　是我的少年
不仓皇的眼　等岁月改变
最熟悉你我的街
已是人去夕阳斜
人和人互相在街边　道再见
你说你青春无悔包括对我的爱恋
你说岁月会改变相许终生的誓言
你说亲爱的道声再见
转过年轻的脸
含笑的　带泪的　不变的眼

(2006 年 2 月 16 日,总第 39 期,第四版)

随便说说表在意

沈　琪

一直都想说点什么,却又不知从哪开口,只好拿着三块钱买来的钢笔在手里不停地转着,等它掉下之后捡起来再转,没人知道我已把这种无聊的消遣当成上帝赐给无聊的我的一种无聊的安慰。

以前曾有人指出了我这种陪衬品的重要性,但还是觉得对不起党和人民,总想干点什么惊天动地的大事,又苦于没非凡的胆识,只能不停地对自己说:"上帝与你同在听的次数多了也就开始信耶稣了。"

没事的时候,会拉着帮狐朋狗友去漂亮宝贝,虽然花的是钱放的是血,但总算是为社会主义发展提供了不可磨灭的贡献。厚道的我从来没怀疑过自己的善良,直到有一天故意在街上给一个叫我大婶的小弟弟指错路,才暴露了我歹毒的一面。开始沉默,像小P孩一样哀悼自己曾经的单纯,结果……

哎,过去的就过去吧,何必欲盖弥彰。

踮起脚回头望发现自己习惯了很多陌生的事物;习惯了欺负窗台上的蚂蚁来显示自己的彪悍;习惯了戴根红绳,因为没有安全感;习惯了吃一口辣椒喝口水,喜欢那刺激;习惯了写出上面的汉字,因为无聊。

有句话说得好哇,"开始的开始是我们在挥霍,因为我们很快乐,最后的最后是我们在流泪,因为我们很后悔,只留下中间,我们唱着歌挥霍着走过。"

以前不明白,现在懂了,可惜我只记住了开始和结果,丢失了过程。思念无果,转瞬滂沱,地下的孩子们在想念另一堆孩子。

(2006 年 4 月 16 日,总第 42 期,第二版)

那些宝贝时光

最后的 Amber

那　些

那些人。坐在地铁中会不由自主地学会反省。到了站,哗啦哗啦下去一些人,哗啦哗啦上来一些人。有时面前站得满满的,有时一个车厢还剩下许多空位。我一遍一遍地想,一遍一遍猜测,到了终点时,会是谁和我手拉手走下地铁?

走下那呼啸而过的回忆?

那些事。站在一个废弃的工厂中会不由自主地颓废起来。碎石,破旧的机器,好像一个时代的变迁。我坐在天台上,两腿耷拉在空气中,吹着忧伤的口哨怀念以前的画面。

画面渐行渐远,曲线终于变成直线。

没有大米糖的童年

一天在放学路上听到两个女孩在谈论童年的大米糖。我切实地感受到什么叫一听钟情。

大米糖。我的童年里没出现过这个词。小时候有两毛钱一袋的汽水、三毛钱一个的豆沙冰棍、一毛钱两袋的牛羊配和一毛钱一根的巨长的辣条。

还有夏日里,院子里几个 3 岁的 boy 光着屁股排队到沟里抓猫鱼的糗样儿。

三年级时有一次丢了 1 块钱。急得直哭,还一口气奔到了校长室。校长是个超级冷的中年男子。他看着我哭得一佛出世、二佛涅槃的样子特手足无措,忙问我:小朋友,怎么了?我说我丢了 10 根辣条,就是说我丢了 20 袋牛羊配,也就是我丢了 5 袋汽水。我们家原先是卖零食的,所以这些我背得倍儿熟。校长就更郁闷了,特无助地叫来我班主任,老班脸色红一阵白一阵,一把抱起我,说:她其实就丢了 1 块钱。校长突然就笑了,第一次见他笑我还吓着了。校长看我哭得更跩,就把我抱到怀里,然后到我家对我妈说,给她拿吃的。我妈至今都不知道校长那天为什么给她50块钱说是我的零花钱。

这笔巨款我一直花到了四年级。直到吃厌了那些东西。

后来终于在实小门口买到了大米糖。

P颠P颠地买了一大把,老板娘高兴坏了,说你买了这么多,送你袋牛羊配吧。

差点把我噎到。

牛羊配刚塞到嘴里,那个笑容就立即跑到眼前。想到那个第一次在学生面前笑,第一次为我笑的校长。

校长去年去世了。

好了,就回忆到这儿吧。

大米糖全部扔掉。一个一个地啊着牛羊配。

游乐园里不转的木马

有一阵子,我和小沭巨喜欢王菲的《旋木》。有那么几句,小沭总是不着调,在调教了她N百次后她还是那个"小沭叫兽"(教授)时,我挥挥手你哪儿凉快哪儿歇着去吧。

大概就是这么一挥手小沭就不见了的。

小沭应该算是个很乖的小孩,齐肩短发,安静的笑容,永远不会消逝的发香,不打架,不上网。偶尔会传张纸条过来:Amber,我们逃课吧。于是我们就会手拉手在夕阳的余晖下唱歌,划船。再勇敢地到超市里逛二大圈然后在收银台小姐异样的眼神谋杀下昂头空手出去。

Amber是小沭给我取的名字。有一次我发现还有人叫这名字就发脾气:怎么会重名?改名!小沭小心翼翼地写:不知道Amber会不会记得,这个名字是我给她取的。

后来我说小沭我以后就叫这名儿了,不改了。稍一侧脸看到小沭好看的酒窝在绽放。

游乐园里,木马不再转动,场地开始荒凉。音乐停下来,你将离场,我也只能这样。

我走在这个有些老去的小城里　面无表情　我穿梭在人群中希望看到那张熟悉的脸　天气凉了　找不到了

因为我真的不知道　如果真的见到你　我该给你我怎样的表情　是你

喜欢的笑　还是让你安心的漠然　如果你肯给我这个答案　我就不用再讨好我们的回忆　我们都是第一次这样坚决　坚决到不肯给回忆上色　那样灰的美好　那样模糊的我们的笑

我来过,我很乖

已经想要收尾了。

刚看到一个故事。她是个孤儿,好不容易被收养长大到6岁时又得了白血病,7岁时死去。她的墓碑上写:我来过,我很乖。

我希望我也可以这样对我的宝贝时光交待。

所以在高考前夕,我学会对人们说。

我最大的理想是像××一样有倍儿棒的成绩。

我会忘记我的那个被批判为扯淡的梦想。背上背包,带着DV机去流浪。

这样,算不算很乖?

啦啦

大致看了下上面写的,大多不以喜剧收场。

我应该快快乐乐地吃下大米糖,和好朋友依旧在一起,依旧保持童真放飞风筝。

事情本该是这样的。电影里都是这么演的。

只是常常,我们不是演员,我们只是板凳上看电影的人。

我不呻吟,不吵闹,不会觉得不公平。

就像那谁谁一样。

我也会唱着《啦啦》,平静地自得其乐,平静地悲戚,平静地演出一场电影。

它的名字叫做——

那些宝贝时光。

后记:Amber,琥珀的意思。用来祭奠,也用来重生。

(2006年4月16日,总第42期,第三版)

质 感

暖 暖

雪纺裙

十七岁生日后,给自己买了第一条雪纺纱的小礼服。无袖细吊带,纯白色没有任何花纹,胸前的雪纺成"V"字相叠,欧式的裙摆刚好遮住膝盖。是在一家小店里淘到它的。当时它被藤质的衣架撑着,静静地挂在角落里,第一眼看见时就喜欢。很多时候,物品比人更容易让我一见钟情。

穿上它时可以明显感到婴孩亲吻般的感觉,顺滑的绉丝如水波一样起伏,腿上的肌肤赤裸在亲昵视线之中。夏天晚上的凉风吹过来,心就会像蔷薇一样盛开。用一条绿色的纱质滚花镶珠丝巾盖住裸露的肩膀,在左肩的二分之一处松松的打一个结,右肩便有柔顺的丝巾滑下来,稍稍露出一点皮肤,自有一种矜持。

雪纺本身难以处置,仿佛一些女子让所爱的人用熄灭的火柴为自己画眉,都需要被爱着。它不像棉布可以一洗再洗,洗旧了也自有一种邋遢的美。它不能被伤。

微微偏过头时可以闻见丝巾上母亲的香水味。是 BOSS 的"212",成熟而妩媚。

年轻女子无法散发这种气息,她们的味道来自内心的激越。静静地,能在暗中发出光来,带着自己青春的怅惘与渴求。

旗 袍

在帮母亲整理衣柜时发现了一件古雅的旗袍,喜俏的梅红色,黑色和金色的龙凤团花,黑丝绸滚边和盘扣,摸上去有细滑的质地。便问母亲为何会有这样一件衣服,母亲说,中国女子总要有一件旗袍的,即便是不穿,也是要有的。

于是在一次陪父亲散步的时候,要求他给我买件旗袍。他很不解,我便告诉他,中国女子总是要有件旗袍的,即便是不穿。他很不认同,但仍是给我买了一件,是改良式的旗袍,不似母亲的那件,有高高的开叉。是棉布的料子,不到膝盖,黄底小碎花,双斜侧盘扣。

父亲付过钱后微笑,说有上海女孩的味道,仿佛50年代的上海女子在晨雾中端着豆浆走过积水点点的石板小巷。

回家后把它脱下来,小心折好放在柜子底下。轻轻抚摸,内心温暖。

高跟鞋

在夏天,穿拖鞋式的凉鞋,最为适宜。不穿袜子,也不用蹲下身多其他动作,一双光脚感受阳光和雨水,直截了当。但是,上学的时候,不可以穿这样的鞋。常看见很多朋友穿那种有长长带子一直绑到脚踝的鞋,强悍的古典美感,只是常需要蹲下身来系,很麻烦。

曾经有一天在一家店里看见一双玻璃鞋,当时惊讶得很,以至现在也无法忘怀。虽然我知道通常那些卖衣服的小店中随便放在橱窗里的鞋子,会比专卖店中的别致很多,但没想到可以看见玻璃鞋。准确地说,那是用透明人造革做的一双鞋,鞋尖和鞋跟是钢化玻璃。看了心中欢喜,便坐下来试。穿起来并不是很舒服,于是又脱下来拿在手里细看,想到并不是每个女孩都可以是仙杜瑞拉,可以成就灰姑娘的童话。可手中的鞋子突然被抢走,转头看时是一双情侣。女孩看见那双鞋子时表情很夸张,让她漂亮的脸有些扭曲。

她吵着男朋友买给她,试也不试。于是男子宠溺地摸摸她的头,去付了钱。他们准备离开时,女孩笑着向我说抱歉,说刚刚有些粗鲁,然后又说,这样的鞋,自己买,就没有意思了。当时她的脸上有幸福,真的像仙杜瑞拉和王子跳舞时一样神采飞扬。原来没有王子和白马也可以像公主一样幸福。

(2006年5月6日,总第43期,第三版)

寿 司

暖 暖

"醉笑陪君三万场,不诉离伤。"　　　　　　　　　　——题记

　　第一次去吃寿司,是和 Amni 一起。那是回家后的第三天,阳光刺眼,远远地看见她在百盛门口等我,脚上穿着高跟鞋,下楼梯的时候,便先晃扭一下,碎钻的耳环也晃荡着,无限妖娆,依旧的波西米亚风格,绿色吊带和同一款的裙子,自来卷的长发天然无修饰,妩媚中带着强悍,难以想象她只是个16 岁的女孩。

　　漫无目地地晃了一上午最后晃进一家小小的日本料理店。掀开蓝色布帘,却见到干净宽敞的大厅,很符合日本人的特点,"利用有限空间,发挥无限可能"。

　　坐在椭圆的传送带前,细看从眼前转过的每一盘寿司,Amni 似乎是常客,熟络地向老板要了瓶清酒就开动起来,并不时地向我介绍。

　　"竹盘的 3 块,红盘的 5 块,紫盘的 8 块。"吃的最多的是竹盘,因为那里放的全部是素食寿司。我对生食一向都很没信心,看见 Amni 把一堆鱼子酱、三文鱼和北极贝寿司不停地向嘴里塞,就替她胃疼。她瞄了我一眼,支支吾吾地边喝清酒边说:"平时学习那么忙,哪有时间吃好呀! 寿司最快,又有营养,但一定得吃有肉的,不然太素净了,没营养……"笑了笑,继续吃着手里的黄瓜、玉米、胡萝卜寿司,玉米是煮过的甜玉米,黄瓜、胡萝卜事先用酱汁泡过,感觉清爽。

　　一个年轻的男子在传送带中间捏寿司,手上没有任何修饰,没有手表,没有戒指,没有镯子,手非常洁净,洗得略有些发白,清秀的手指,微微的骨节突起,静脉明显。

　　先铺紫菜,排上寿司饭,然后用力地捏,再铺上一只剥了壳的大虾,挖一勺鱼子酱。所有物质在他的手指之下,充盈着一种柔顺的生命力。

后来,常常一个人去吃寿司,铺里人很少,多半都坐在传送带前,只有几个跪坐在窗边的榻榻米上,每次都是这样。从来不喝清酒只喝店里提供的大麦茶。自制的茶包早已放在杯子里,每人面前有一个小水龙头,拧开就是热水。偶尔吃面,有人说东京的味道就是面条的味道,我吃不出来。

还是喜欢吃火锅,这是和寿司完全相反的食物。一大桌子人围着一个大锅,乱七八糟的食材全放进去煮,大家大声说笑,就算是不熟的人,三句话下来也像认识了几百年一样。在寿司店不行,就算是向同伴说话,也小声有礼,而在火锅店就算你没心没肺地喝酒划拳也没有人管你。

爱吃火锅的,多半内心脆弱害怕独处,喜欢热闹,在辛辣、热烫之中感受安全。而爱吃寿司的人就不,他们多半,独立自主,冷静理智且珍惜时间。

最近一次吃寿司,是在"五一"时和 Amni 一起。还有一个月,她就要走过高考这座独木桥了,我问她:"能上北大吗?"

"开什么玩笑,争取上人大就不错了!"然后用看外星人的眼光看着我。

"难道就一定要去北京吗?""不一定,北京气候不好,也许会找个有海的地方,管它呢!考完了再说。"

"不怕从高考的独木桥上掉下来吗?"

"怕什么,掉下来,就从水里趟过去,更潇洒。"然后开始大笑,桃红的唇彩和紫色的眼影在灯光下扭曲。

就是这个女孩呀!高考过后就满 18 岁。

在自己的 QQ 资料上写着:"我有慈悲的佛性,也有残忍的狼性,要拼命很伤和气,怕最后死的是你。"在我还穿牛仔裙的时候,把大包大包她爸从日本带来的小洋裙往我衣橱里塞说不喜欢柔软脆弱的东西。

在别的家长都巴不得多往孩子的脑子里塞几本书的最后三个月,她妈拉着她的手说:"你去谈场恋爱吧,就最后三个月了,过了高中就不叫早恋了,那你人生轨迹多荒芜呀!"

在全省最好的中学读书,却在老师警告她不许穿低腰裤的当天下午换上了超短裙,然后拿着全是"甲"的成绩单回家,告诉她妈又不用去开家长会了,接着母女俩在佛像面前念一下午的《大悲咒》。

喝完最后一口清酒,她拉我出门,仗着 175cm 的身高俯视我说:"送我走的时候可不许哭啊!"我说:"打包一盒寿司让你路上吃。"我看见她的唇彩和眼影又开始扭曲,突然想到一句词:"醉笑陪君三万场,不诉离伤。"

(2006 年 5 月 26 日,总第 44 期,第三版)

梦与梦交界

蚊子

我固执地要关上生涩的窗,却忽地感到指尖轻轻地崩溃,刚刚留起的指甲生生地断掉了,不疼。

静静地端详它参差的截面,很快它又会变得完好的,是的很快。安妮说过:很多感情就像指甲,剪掉了还会重生,无关痛痒。

据说每个女孩子身上都有属于自己的体香,独一无二的味道。

我把脸贴在自己身上嗅来嗅去,我闻不到,因为整个世界都充斥着洗发水、肥皂、沐浴露、护肤霜的味道,那些化学品的香气很迷惑人,所以我找不到自己的味道了。

午睡时的被子是刚刚晒过的,阳光特有的香味,很幸福,我搂着它沉沉睡去。

打开电脑,却突然想起打印机已经很久没用,没有墨水了,我不喜欢发邮件,潜意识里总觉得它是不安全的,怕它会莫名地消失,没有痕迹。我想要留下真实,留下证据,让我将来有理由纪念或悼念它。关机,是最沉重的步骤,看着显示屏一点一点提示……正在保存设置……正在关机……虽然早有准备,虽然有足够的时间等待它寂静的那一刻,但当机箱突然停止轰鸣的时候,胸口却总有一种失重。

晚上躺在床上,窗外的路灯亮得耀眼,斑驳的树影映在窗上,然后,路灯忽地灭了,然后,整个房间都陷入了黑暗里,然后,睡着。

"每一天,都在徘徊孤单中坚强。

每一次,就算很受伤也不闪泪光。"

安妮的文字里总是充斥着那些固定的名词,那些词语,也总是宣扬着安妮的存在。木制扣子、棉布裙子,我都没有,我有的只是滴泪痣,有泪痣是不是就代表很爱掉泪呢?是这样吧,但是我哭并不代表我屈服。其实掉泪和哭泣是两码事,掉泪很容易,洋葱、沙子或者肉体的疼痛都可以让眼泪流下来,而哭泣是需要内心的大坝彻底决堤。坚强的孩子只流泪,不哭泣。

"在离童话很远的世界漂流,完美是个多奢侈的念头。

终于搜集够多的伤口才懂,八十分的幸福已足够。"

高三的人们在作着最后的奋战,我们也在等待中日渐惶惶不安起来,就好像目睹死亡有时候比死亡更可怕。当时光所剩无几的时候,每个人都会收起锋芒,变得安详起来,我们渐渐顺服在这永无止境地看书做题的日子里,不再挣扎。其实麻木也是一种幸福,或者卑微,也可伟大。

"让我们回去从前好不好,天真愚蠢快乐美好。"

我们总是惧怕着长大,但就在我们不停地拒绝长大的过程中,就这样慢慢长大了。成长总会受伤,我们却还没有足够坚实的臂弯去抗拒伤害。现在我的脸上擦着"郁美净"面霜,很多年过去了,我发现这个老牌儿童护肤品的包装上依然是那个笑吟吟的小女孩,很多年前,我们一样是个笑吟吟的小孩子,现在我长大了她却依然还定格在那个时光里。久违的味道,很熟悉的香气。其实我们怀念一些事物并非怀念它们本身,我们所追溯的不过是封存在这些事物里的记忆。

最初的我们都生活在自己的伊甸园里,很幸福,没有忧伤。有一天,有人划着船在渡口诱惑我们,说要带我们去看外面精彩的世界,我们贪婪地渴望更大的幸福,就跟着他走了,船划啊划,我们离自己的家园越来越远,天黑了,我们找不到幸福,也找不到回家的路。我们慌了,开始寻找自己最初的伊甸园,路过无数的岛屿,无数的风景都无心停靠,只是不断寻找,不断离开。到了最后一刻,我们幡然醒悟,也许我们曾经路过伊甸园,也许我们曾遇到比伊甸园更幸福的地方,可我们一直只顾寻找幸福,却一再把手里的幸福不断放弃。

伊甸园不是个好地方,它不曾真实存在过,它只是一个信仰,只是一个梦想的代名词,只是甜美的乌托邦,其实只要你愿意,哪里都可以是天堂。

(2006 年 9 月 16 日,总第 47 期,第二版)

一分钟仰望

火　禾

太阳和我都懒懒的。

院子里到处弥漫着阳光的香味,包括妈妈晾晒的被子,包括菜地里刚刚结苞的马舌花。猫猫趴在我怀里,"呼噜噜","呼噜噜"。

我也眯上眼,随着猫打鼾的节奏呼吸,在阳光与眼皮共同为我营造的橙色世界里去想或不去想一些事情。时常有鸽子飞过,我和猫就同时睁开眼睛,观察这种可爱鸟类的笨拙飞行。舒服……

就这样习惯了仰望天空,看淡淡的飞机尾痕,看肥胖的鸽子,看邻居家里树上结的果实,看猫猫威武地出现在屋顶伸个懒腰趴下睡了。不远处的天空,太多美好。

总是背着沉重的双肩包在校园中匆匆走过,但喜欢在路过 D 教学楼时抬头看看上面的球形屋顶。那里落着鸽子,不大的地方挤满了鸽子,有着稍带滑稽的感动。它们或许在休息,或许在相互取暖,或许,只是在仰望天空。它们有它们的向往。

安妮娃娃说,一个人仰望天空是因为孤独。那我呢?也许只是习惯了目光涣散地发呆吧。

记起那一天晚上 Mouse 拉着我跑到楼顶对我说:"回家哭一场,第二天早晨起来看着天空深呼吸几次就好了,明白了吗?""哦!"我似懂非懂地点了点头,只是不明白有什么好哭的。我一直认为自己是个幸福的小孩,只不过我的幸福有点小遗憾而已。问题是,谁的幸福能没有遗憾呢?

此后总拽着 Mouse 坐在广场的石阶上看天,我说:"Mouse,你为什么仰头看天?"Mouse 说:"我在看天上有没有猪飞过,你呢?""……治驼背。"然后两人大笑,继而默然。

进入秋天,天空变得愈发可爱,却很少再有时间驻足观望,就连 Mouse 也很少见面。两次月考的成绩让我不得不重新审视自己的位置,班里的气氛让我紧张。"你一定行的。"拱拱拍着我的脑袋说。这个漂亮的小姑娘总会适时地鼓励我,忍受我孩子气的胡闹和鸽子式的笨拙。她是个好人,愿上帝保佑她。

听 Jolin 的《天空》,不喜欢,太过沉郁。生活本可色彩明朗地过。却断章取义地偏爱其中的歌词:"雨后的天空,是否有放晴后的面容;我静静地望着天空,试着寻找挫折后的从容;只能用笑容,期待着雨过天晴的彩虹。"

后记:近日来感冒,糟蹋了不少"心相印"手纸,包装上几米画的小人像极了初中时的我:留着微微爆炸的短发,抱着白猫坐在树下呆望着天空。很傻,很纯净,令人怀念。

(2006 年 11 月 6 日,总第 49 期,第二版)

被遗忘的时光里有谁的曾经

蚊 子

　　小时候奶奶家住在一幢老式楼里。每一层有一个相通的长长的阳台,门前的走道摆满各家的煤炉,楼梯拐角摞着成堆的蜂窝煤。墙面和地面的水泥因年代太久呈青灰色并有柔和的光泽。小时候顽皮打闹不小心把幼嫩的皮肤狠狠从墙面擦过也不感觉疼痛,只是凉凉一片。楼道里的灯有着那个年代典型的白色琉璃灯罩。

　　每天中午放学可以老远地闻到奶奶炒菜的香味,听见"嗞啦,嗞啦"的声音想象溅起的油花在锅里跃动。咽着口水故意怯怯地站在奶奶身后,然后奶奶把盛有刚炒熟的菜的锅铲递到我眼前,我很乐意帮她尝尝咸淡,事实上每一次味道都刚刚好,奶奶的厨艺是毋庸置疑的。

　　在一个几岁孩子的眼里没有什么事情是奶奶做不到的。她总是出其不意地让我惊喜,几块水果糖、自制的点心甚至是一颗荔枝。她把我压扁的小皮球放在开水瓶上,然后我看见球一点点膨胀恢复滚圆,那时我觉得她有神奇的魔法。

　　楼前面是城区的街道,是这个小县城繁华的地段,尽管那时在热闹的街上并不能找到多少机动车辆。柏油马路踩在上面很笃实,隐隐能够看见几颗青色的石子嵌在里面。路两旁有很粗大的梧桐树,枝叶繁茂,路边的空地上是清晨和夜晚居民们闲聊的地方,周围有炸油条的摊子,卖咸菜的铺子,还时常有捏泥人的来,总会吸引一大群小孩子。还有炸爆米花的,小孩们从家里捧一茶杯玉米或大米,拎着口袋或竹筐,手心里握着五毛钱来到楼下等候,待听到"砰"的一声巨响,空气里便弥漫着诱人的气息。有时会看见卖麦芽糖的老人,在干净的白色瓷砖上铺上一小团糖稀,然后用勺子拉成各种动物的形状……后来,那些梧桐树在某一个早上被砍掉,我在放学路上看见了拉木材的卡车,我在刺眼的阳光下看到了那些残枝。再后来,这幢地处繁华街区却又破败的楼房终究没有逃掉被拆除的噩运,被摧毁,被改造,现在成了这个小县城里最大的超级市场。门前有拥挤的人流,有刺耳的汽笛声,却再也找不到从前的影子。

我一天天长大,逐渐彻底脱离儿时的生活,不再跟在奶奶身后依赖她。她渐渐失去了魔法,她听从我的所有建议。我发现她老了很多,有更多的白发,她做不出世上最美味的菜了,她总是忘记放盐,她甚至忘记烫河虾的水需要烧开……搂着她小小的身体我开始难过,我想给她我所有的温暖,我想天天陪着她晒太阳,我想带她去吃爷爷在去世前说要带她去吃的牛肉面……可是我现在什么都做不了。我没有时间,我只能够每个星期天中午去看看她,搂着她的肩膀彼此幸福微笑,看她忙忙碌碌地削水果,倒水,拿零食,默默接受,然后把她做的并不好吃的饭菜乖乖吃完。

Jay 的那首新歌让我感到意外而温暖,听到我的整颗心都沉寂下来。奶奶不懂音乐,她不懂我总是在她面前哼哼唧唧唱的是什么,可我还是要唱给她听,我的奶奶,我爸爸的妈妈。"……妈妈的辛苦不让你看见,温柔的食谱在她心里面,有空就得多握握她的手,把手牵着一起梦游,听妈妈的话,别让她受伤,想快快长大,才能保护她,美丽的白发,幸福中发芽,天使的魔法,温暖中慈祥……"

被遗忘的时光里有我们的曾经。老房子被摧毁,爷爷的离去。奶奶,就算时光没有等我们,我,不会忘记带你走。

(2007 年 1 月 1 日,总第 51 期,第二版)

相交的平行线

乱　乱

春光不如秋色美,秋色也不比春光强。尽管连我们自己也不愿相信,但毕竟,我们还算是好朋友。

——写在前面

十四岁的记忆,清浅而澄澈。在单薄的过往中,我看到明亮的忧伤。它们有急促的呼吸,用顽强的生命,沿着心灵的轨迹滑行。时间,一如既往地流淌,而她就如同冬日的暖阳,在我的世界里缓缓地升起又安静地沉落。

"放下一把刀,敌人就成了故人"

"你是个让人放心不下的女孩子,在你面前心就软了,在你背后就会恨你恨得咬牙切齿。"当我痛心地质问她为什么在背后把我骂得一塌糊涂时,她表情僵硬,用若有若无的声音回答。我愣住了,细细咀嚼这耐人寻味的话。她突然扑哧一声笑了,狠狠地在我脸上香了一口。我顿时面红耳赤,捂着被偷袭的脸去打她,她却像小鸟儿一样,霎时飞得无影无踪。于是刚才的愤怒,刚才的委屈,全都飞到九霄云外。为什么又是我输了呢?看着鬼精的她,我忿忿地想。

拿着145分的数学试卷,本想得意一下,可瞥见同桌的她手中的试卷,鲜红的150分在阳光下熠熠生辉,我彻底打消了这幼稚的想法。为什么总差这么一点呢?曾经的我,便是现在的她——同学们眼中不可超越的高度。如今,第一不再属于我,赞美不再属于我,崇敬不再属于我……她的出现,使我变成了一个彻头彻尾的穷光蛋。她本应是我的"敌人",我本应不择手段地反击她,可为什么,我却恨不起来呢?

她强悍地命令我把大片桌面留给她,她粗鲁地要求我把昨天的日记给她看,她鬼鬼祟祟地偷出我的零食,大把大把分给同学。我气愤地扬起手,要扇她一耳光,她又像猫儿一样温柔地挠挠我,用发嗲的声音请求原谅。唉!没用的我,就一次又一次输给她同一个差劲儿的伎俩。

每当有人向我问起她,我总保持缄默;每当有人说起她的好,我总不屑一顾;每当有人问起我们的关系,我总艰难地从牙缝中挤出两个字:同、桌。

可不争气的我,为什么总会在周六的晚上想起,我有一天没看见她了。

"我们不是一个世界的人"

"求求你告诉我,我该怎么办?"无助充盈着她的眼眶,却没有马上坠落,而是在思绪间打着旋儿,然后,一股脑儿撞击着我的心扉。我茫然了——该说些什么好呢?说我幸灾乐祸,还是说我爱莫能助?

那一段时间她被一男生追得颠沛流离,上课心不在焉,下课少言寡语,或猛地抓住我,慌乱地说:"我要理智!我要理智!"那紧张的表情如同一只受惊的小鹿。而她的家中,也硝烟四起,父母的冷战使她连一日三餐都没有着落。而随遇而安的她,吃着百家饭,竟快活得不得了,每天见到我,脸上的笑容都比成熟的向日葵还灿烂。

期中考试,第一次,她没考第一。

本来,这是多么令我狂喜的爆炸性新闻。可面对受伤的她,我的心都要碎了,还有什么快乐可言呢?

然而,还未等我开口安慰,她早已换上一副幸福死了的表情,大声嚷嚷着,凑热闹去了,丢下莫名其妙被人耍了的我。

以后的日子,她的"朋友"总会从四面八方传来许多小纸条儿,她每打开一张,眼中就有晶莹的光芒闪烁。下课时,"她的朋友"也会把我赶出座位,众星拱月地簇拥着她,安慰着她……然而,在我面前,她从不掉一颗眼泪,从来都是一副幸福死了的表情。看着她大张旗鼓地宣扬自己的幸福,我都担心会吓跑那些伪装的笑容。

我好奇地伸长脖子,想窥探纸上的秘密,她却灵巧地避开,严肃地说一句很伤人的话:我们不是一个世界的人。

"我总会在你最狼狈时出现"

我的小日子也不是一帆风顺的。只要不遂心,老师马上请我去办公室"喝茶"。有一次老师大发雷霆,像一只发疯的老虎冲我大吼大叫,夸张的手势在空气中挥舞,咻咻作响。我瑟缩成一团,泪水混着鼻涕,吧嗒吧嗒下来。

"吱——"是她！"老师,去上课吧。"她一脸诡异的微笑,轻盈的脚步像是在跳舞。

我忙用双手在脸上胡乱抹一把,不想在她面前出丑。到了班里,她总是在我的鼻涕混着泪水快落下的那一瞬,递来一张劣质卫生纸。我一边大声擤鼻涕一边说:"谁希罕的纸？你为什么偏偏那个时候去办公室？准是计算好的,真缺德！"

她的大眼睛眨巴一下,幽幽地说:"得了吧你。我就要看你多丢人,别忘了,我总会在你最狼狈时出现。"

"春光不如秋色美,秋色也不比春光强"

弹指一挥间,我的初中三年,本应美好却因她而晦暗的三年,一去而不复返了。

写同学录时,我把最后一页留给了她。她大手一挥,苍劲而有力地写下一行隽秀的颜体:

春光不如秋色美,秋色也不比春光强。(想哕 yuě 就哕吧)

尽管连我们自己也不愿相信,但终究,我们还是好朋友。

我捧着那张纸,突然间才明白:两个女孩子,一个坚强,一个柔弱,命运的波浪把她们推到了同一岸上,她们不愿认输,于是暗暗地,彼此羡慕,却又彼此被羡慕;彼此了解,却又彼此被了解;彼此拒绝,却又彼此被拒绝……

后记:如今,我们为了前途而各奔天涯。她远离了我的视线,在那所有保送名额的学校读书。留下的,只有三年的回忆和那一行隽秀的颜体。三年,我不知道这是否足够两个人相识,相知,相顾,相惜。然而,我总会在月儿弯弯的夜晚,勾起她的过往。的确,有些短暂的美好和忧伤,需要用一生来铭记,或者遗忘。

(2007 年 1 月 16 日,总第 52 期,第二版)

心情也有颜色

宁温馨

每一年,我都会买一本小巧的卡片日历,不是用来看日子,而是用来记录心情。心情好时,就在相应的日子涂上亮丽的颜色,不高兴时,就用灰暗的色调。这样到了年底,一年的喜怒哀乐,一目了然。

前年,我随父母搬离了生活九年的大院。我依依不舍,因为那是一个鸟语花香的院子。那里有婆娑的大树,任意蔓延的小草,未经修整的野花,活蹦乱跳的昆虫和叽叽喳喳的鸟儿。最重要的是,那里有我朝夕相处的小伙伴,那里有我欢乐的童年。而如今,家搬走了,人走了,童年却是带不走的。我当时的感觉是,我失去了我的整个童年。可想而知,我的心情卡片很长一段时间都是灰色的。

有一天,我童年的伙伴们从老院子来看我,让我诧异的是,他们竟认为我所在的新院子也很美,难道这个到处有人工雕琢痕迹的院子真的能与充满田园乐趣的老院子相比吗?我开始注意起这新院子,果然发现了许多美丽之处,我的心情卡片上又有了亮丽的色彩。

清晨,旁边的高中生们在花坛旁读书,我捧起书本加入他们的行列,立刻因自己的举动而欣慰起来,于是有了橘黄色的心情。上午,约对门的朋友去操场上打球,尽情挥洒青春的激情,又有了火红色的心情。下午,学习之余在阳台小憩,极目远眺,郊区公园连绵起伏的绿树枝头掠过几只白色的小鸟,宛如海浪中的点点白帆,我的心情变得像大海一样湛蓝。晚间,我漫步在教学楼前的小道,薄薄的月光披在身上,顶楼音响里柔和、低沉的萨克斯旋律阵阵传来,淡紫色的心情油然而生……

我的心情卡片又变得色彩斑斓了。年底的时候,我看着那由灰暗到明亮,由伤感到喜悦,由怀旧到迎新的变化,突然有所感悟。我于是在日历的最后一页记下这样一段话:"虽然我们不能改变天气,不能改变环境,不能改变生活中的许许多多,但是我们可以改变心情,涂抹心情色彩的画笔握在我们自己的手里。"

让我们用心挖掘生活中的美,天天有一份好心情。

(2007 年 1 月 16 日,总第 52 期,第二版)

鞠躬离场，微笑道别

蚊 子

如果回忆是座空城，我该遗忘还是铭记；如果幸福是堆废墟，我该微笑，还是哭泣。

——题记

假如六月意味着某种结束，我想我有必要郑重其事地用文字在青春的尾巴上留下最后一抹痕迹，尽管很多时候我会有点语无伦次。

生活单调而忙碌，偶尔会停下来想想从前的事，想想在那幢老楼里挥霍大半的童年，想想那些早已消失的风景，还有那些教会我成长的人。张小娴说：人是无法在快乐中成长的，快乐使人肤浅。也许，如果有谁一直快乐，那么他一直停滞，直到有一天他领会到什么是痛和遗憾，才会在痛苦中蜕变，然后学会坚强或假装坚强。

我们都曾愚蠢过，或者一如既往地愚蠢；我们都曾单纯过，或者一如既往地单纯。总不去怀疑自己深信不疑的东西，总是太迷信别人给的依赖，然后被信任的人背叛，被一直坚信的真理欺骗。因为我们总是擅自放大别人给的温暖，也总是擅自忽视掉真理的盲点。其实，谁也不是救世主，而谁也不需要被救赎。

每天走在校园里都会有一种安详的感觉。我们已经过了那个在校园里乱跳乱撞的年龄，不再有那种明媚而张扬的表情。一年的时间足以沉淀太多东西。空气里开始弥漫出离别的伤感气息，我不太确定我对现在的留恋是否大于对未来的向往。我只知道我很想珍惜现在简单的快乐，想永远记住你们闪着明亮的瞳仁对我笑的样子。有时会偷偷地担心将来会不会彼此遗忘，有时会幻想将来各自的生活。

总有些事是聪明如你也不能预言/总有些话语是年少时不能了解/总会有一些简单的话语简单得一如从前/总会有一些一些改变随着这岁月变迁

我不知道这些日子我们要承担多少哀伤，才可以面对那些即将支离破碎的梦想，那些年幼时单纯而宏伟的愿望，变得那么渺茫。也许，那么多关心至少会带来一线光芒，这里，兴许还有希望。时光所剩无几，我们选择一种最平静的方式去纪念最后的青涩。

长期以来规律的生活已成为一种根深蒂固的习惯，我依然沿着轨道努力走到最后。当我们沉溺在幸福守恒的错觉里，我们听不到幸福离开的脚步，直到有一天，我们发现自己的节拍终究不再属于当初的旋律，那也不歇斯底里，悄悄地回味那些或明或暗凋谢的温暖，轻轻地凝视那些或深或浅凌乱的忧伤，微笑道别。

曾经的交集，幽微瞬间，带来的光亮，足够温暖心底的冰凌。

很多事情，已经毫无畏惧地落幕，一些事情，一直无能为力不知所措。谁都曾梦想做自己青春的导演，内心企盼，快乐而孤独地等待，独自搭好美丽的布景，却一直到落幕都等不来该出场的人。尽管我们在伤害或被伤害中，但青春就是一场妩媚的舞蹈，所有的姿势都是美丽而不需要理由的。所有的事情都会经过，最后都会回归安详，那些青春的印记，时过境迁之后都会变得微不足道。

欢迎光临真实生活/请往前走/无论你我喜欢与否/都得经过/当回忆静止在相框里头/写下沉默/当岁月刻画出我的轮廓/我已成熟/换上不同的笑容

我光着脚踩在地板上，脚底有一种麻木的凉，在地板的方格里玩着跳房子的游戏幻想回到过去。我想要铭记我希望记住的东西，我想要遗忘我希望忘记的东西，我想要把幸福的点点滴滴都泡在福尔马林里，随时光鲜地等待我的检阅，我想要把遗憾都扔进泛黄的青春里，坠入时光的悬崖里。

生活一如既往，青春即将落幕，鞠躬离场。

我依然充满希望地朝前奔跑，即便一路踩空。

(2007 年 5 月 26 日,总第 56 期,第二版)

迷 宫

陈金龙

迷宫一　夜晚

披影而睡，他同时叉开他的头发和双脚。

记忆的月光笼罩他的房子，遗忘的轻风避开他的肋骨。他躺在空荡的床上，发觉真正空荡荡的是自己。

他哭泣时，另一个人沉默。他沉默时，另一个人哭泣。他大声喊叫，另一个人也跟着大声喊叫。

另一个人，走在夜晚的小巷子里，面孔模糊，声音低微。

他在梦里杀死一只小鸟，放走条长蛇。他摸摸自己的额头，空中便有一滴露水滴落。他在梦里捡回一条绳子，那条凌乱的绳子便将他牢牢绑住。

平庸的蜘蛛死于迷宫，幸运的桃花羞于长久地观望。

他在梦里为死去的蜘蛛流血流泪，在梦里抚慰桃花微颤的心灵，之后又在花蕊上燃起一场大火。

他抱着头在墙下、在草中，悔恨交加，并非没有人看到。

漆黑的猫儿低下它们的小脑袋给祖先叩头，它们睁着泉水的眼睛、明镜的眼睛、饥饿的眼睛打量夜间的一切。

而这一切是多么安静！

他躺在那片空荡荡的房顶下对我说："不要相信你的心灵和嘴巴，他们救不了你，也拿你没有办法。"夏季的雷电击打在树木的脸，我忘记他冰冷的面庞和言语，却分明陷入另一个声音："走在夜晚的道路上，请不要怀疑自己的影子。"

迷宫二　夜晚的天空

在夜晚的天空俯视，寻找一个人的故乡。

一个人的故乡，一百人的故乡。

老鼠的故乡,河流的故乡。古老的村庄紧紧应对着天堂。

又高又美的天堂,不发出一丝声响。

大风抱着月亮跑过山岗。无休止的大风呵,从那熟睡的人的发间迈出第一步,又从一场混乱的梦中迈出第二步。无视未来与空虚。

他记住了这一切,他遇见一个在桥下哭泣的人,便造出一对翅膀。

为此,他又不得不杀死一大群麻雀或天鹅。

而在夜晚的天空中飞行的不是麻雀,更不是天鹅。

那是一大群躲过唾液,躲过麦田的乌鸦。

我哭天喊地迎来的却是一群乌鸦?我歇斯底里最终被一群没有出息的乌鸦驱赶。

月亮屈服于命运,星星相望于未来。

他已听不见自己的声音,也摸不到自己的影子。他怀疑自己的喉咙是否已被群鸦借走,连同他的脸和脚趾。

他试着对古老的河流说出自己所有的秘密,但他只是在自言自语。

一辆破旧的自行车从河岸飞过,他便追着那辆车子狂奔不止。

然而,他已分辨不出北极星所指引的方向。面对满天繁星,摸不着头脑。

他望着那些沉默的星星。只张嘴不说话的星星,给了他飞翔的可能。我将怎样赶走我自己。

我将以何种方式将迷失的小绵羊一次又一次领回它的栖居地。如果它们栖居在夜晚的天空,我将怎样面对我内心的火焰。

迷宫三　静寂的庭院

在沉寂的庭院里,我毫无准备地献出了我的一切。

在萧条的庭院里,一个隐秘者对另一个隐秘者说道:"哪儿也别去,你的家里居住着尘土和太阳。"青草躲过瘸子艰难的步伐疯长在阴湿的墙角,它们忽略风欲望的嘴唇,把眼睛对准那个刚学会走路的孩子。那个孩子无缘无故地哭泣,定是由于他们的注视和虚心。

面对这沉寂的庭院,面对阳台上盛放的花朵,时间已变成虚假和多余。

而在此刻他获得了暂时的慰藉。

他把多余的水洒在地上,每洒下一滴就有一只优美的鸽子降临。

面对一大群没有私心的鸽子,他咳嗽,他把自己逼得满脸通红。

对白鸽讲述命运,让它在虚构的手掌中沉沉睡去。

让它悄悄转过小小的脸蛋儿,趴在一个人的肩膀上对这庭院和庭院里的阳光说出内心的秘密。

而在此刻他的手掌被撕裂,他迟钝的舌头被尘土和预言占据。他飞奔的灵魂摔倒在泥泞中。

深深的注视,像老虎注视它的倒影,像黄鼠狼注视它的儿女,像电灯泡注视光秃秃的头顶,通过这小片天空,可以看到更广阔的天空,他害怕这一切,或许是渴望。他的身体已被稻草填满,他常常听见没有呼吸的稻草在他体内吱吱作响。

他跑步,他拍手,他试图打起精神看看从身边走过的美女。

他想象着这一切,一只疲倦的猫站立在阴影之中向他张望。

迷宫四　迷宫

吹去迷雾见道路,拨开云朵见天空。

在天空的白肚皮下,我抱住他的脚,却抱不住他的腰,我抱住他的腰,却抱不住他的肩膀。

无休止地重复着一个动作,直到灰喜鹊在古老的房屋后坠落。

只是他奔跑的步伐越来越轻越来越慢,最后连一只蚂蚁也踩不死,连一只蝴蝶都撞不落。

他自言自语:"从哪儿来的,还给我滚到哪儿去。"他坐在一片碎裂的云朵上面自言自语,"从哪儿来的,还给我滚到哪儿去。"碎裂的云彩瞧不起完整的云彩。

他试图瞒天过海,却被海水淹没,他试图说出一个凄美的故事,却在一扇向阳的窗户后面打起呼噜。

从日出到日落,他照看婴儿,被婴儿搞昏头脑,他点灯照路,在灯光的指引下走入歧途。

面对开放在小路边的野花,他心里有说不出的愧疚和疑惑。

盘问每一只麻雀,直到它们耷拉着疲倦的翅膀昏昏欲睡。

可它们是无辜的,它们从不关心人类和狐狸的那点私事。

在海水中想象,在天空中表白。

在狗窝中找出野猫的爪子,在鸡蛋中找出细细的骨头。那看不见的风呵,吹得他一边哭泣,一边举手谈笑。

那看不见的风呵,吹得老子飘飘欲仙,吹得孔子内心空旷。吹得做游戏的孩子们欢天喜地找不到北。

迷宫五　胡言乱语

在胡言乱语中把脑袋放在屁股下面。

在胡言乱语中擦着一根火柴点燃整个大海。燃烧的大海无边无际,用一口唾沫将其熄灭。

在胡言乱语中摸着雨点的小脚,向它告别。再看它最后一眼,越看越美丽,越看越厌烦。

在胡言乱语中掏出老虎的心脏,让它平安的飞过平原。在胡言乱语中,赐予狗一颗忠诚的心。

在胡言乱语中,一棵草越长越矮。一片带毒的叶子,落入你的口袋。

一道奔跑的闪电突然停下自己的脚步,但它将藏起婴儿与老人,戳穿你的小把戏。

在胡言乱语中找寻你内心的棉花糖,找寻你灵魂的突破口。你看着东方的落日大喊大叫,你惊恐的喊叫只有你能听见。

在胡言乱语中看着自己的脸沉默无声。

在胡言乱语中脱去梦的衣服让他赤裸的身体站在太阳下。它还能否睁开它盲目的小眼睛。

世界多么大,花朵多么美。爬上一座空洞的山峰,唱出你内心的赞叹之声吧!孤单的大雁一只接一只从你的头顶跌落。

在胡言乱语中沉睡一个世纪,在胡言乱语中抚摸自己凌乱的骨头。

在胡言乱语中敞开紧闭的窗户。在胡言乱语中抱着自己一起舞蹈,跟着窗外鸟鸣的节奏,跟着窗外流水的韵律。

(2007 年 6 月 16 日,总第 57 期,第三版)

红山之恋

白 糖

一

秋天的红山。候鸟从英金河的北岸飞向南岸。

6路公交车从新城区开到植物园,坐在车上听一路风声。清晨的雾不是很重,隔着车窗看外面的景色依然觉得朦胧。8点30分经过黄金大厦。眯着眼睛看人群中行色男女,隔着车窗听不到他们口中的声音,仿佛荧幕上上演的哑剧。经过加速度网吧看见里面人很多。以前自己经常坐的座位上有个绯红色头发的男子嘴里叼着烟,眯着眼睛。电脑屏幕上依稀可见是大话里的大雁塔。不知道他和我是不是一个区的。如果是在塔里练级,那他的级别一定不超过30,属于那个庞大虚拟世界里的弱者。

8点35分经过文化广场。人很多。因为是白天,广场四周的霓虹灯不再闪烁。粉饰入时的男女面孔脆弱寂寞。城市的寂寞不在于喧嚣,在于面对喧嚣的人群身边没有朋友。强烈的反差,空洞的眼睛和怀抱里艳丽的鲜花,孤单地跪在地上的乞丐向走出肯德基的情侣磕头。

男儿膝下无黄金的求生时代,城市陷入艳丽的冷漠里。

8点47分到植物园,花3元钱买票。2元钱的瓜子,3元的百事。坐在草坪上看《维以不永伤》。20米以外的草坪上一对不过十五六岁的情侣,衣着光鲜,旁若无人地接吻,我依然旁若无人地看书。瓜子吃完之后放进百事瓶里,扔进垃圾箱,经过他们身边看见满地的果皮。

救救孩子。

二

在朋友家看赤峰的电视点播台。不断地放卡通片的片段。想必点播这些的都是孩子。《宇宙英雄奥特曼》《兔八哥》《海尔兄弟》……看完之后仰面朝天地躺在床上。第1000遍的回忆奥特曼及时出现制止怪兽毁灭城市摧残人类时的温暖新鲜。动画放到一半忽然被切断,想必是被人点了别的。忽然想跑到外面的音像店买一大堆的动画光碟看个够,随便别人说我挺大个男孩看动画片,智商?

小时候,大约在7岁以前家里没有电视,经常因为去小伙伴家看动画片和人家打架。当时发誓长大以后一定要看尽天下所有的动画片。

那里面没有现实世界那么脏。

三

赤峰因为红山而得名。赤峰的红山,像极了天边的红霞。生长在红山下的小伙子,没有草原男人该有的彪悍耿直,没有南方都市人的精打细算。只是实在,那种很圆滑很现代的实在。这指的是大部分,极少数公园里草坪上的男人不能映射这个群体。红山的男人,就像《笑傲江湖》里的令狐冲,在酒精醺然的迷醉里以特有的清醒生活。友善,热情,清醒,灵活。确切的说,他们都在活自己。不经营算计也不卑躬屈膝地活真实的自己。

人本为人,何必刻意为人;世本是世,何必精心处世。

酒桌上的推杯换盏,家门里的柴米油盐,街道边的家长里短,菜摊边的斤斤两两……

一种很让人爱的生活方式。

小城市,小男人,小生活,小乐趣。

笑傲江湖曲。

四

别看不起红山女子。不像四川辣妹风风火火,不像上海美女靓丽时尚,不像东北大嫂性格直爽。红山女子,不冷不热,不强不弱,不追求时尚也不土得掉渣。可以强势也可以温柔。不像林妹妹,柔弱如水,缠的只是宝哥哥的心;不像凤姐,机关算尽,让人敬畏;有点像鸳鸯,你给我以温柔,我就以温柔相待,你给我以强硬,我就柔中带刚。

不怕你不服。

红山的女子,走到哪里都会被同乡认得出。她们不会妖艳精灵柳暗花明,不会柔情似水百转千回。无论身处怎样的环境,她们都不会轻易被改变。

本色。

五

玉龙文化是否只是一种口号？要么为什么我在那种可以被命名为文化的精神下思想这么畸形？要是红山脚下没有那么多我看见了就想流泪的人多好。要是北京的夜色里有人陪我喝酒多好。要是我没有那么多激烈的梦想多好。要是我那么多激烈的梦想可以实现多好。

要是我不再做梦多好。

红山的颜色依然红得像霞，红山脚下的人们笑颜如花。可是，为什么一想到这些我的心里就黯淡荒凉？

2005年的夏天，考场外来来往往的人，恐慌的表情，太阳伞下的人不断地流汗，卖冷饮的人笑歪了脸。想到大话，曾经玩过的网络游戏，别人练到98或102都去转生了。我还没见过大雁塔六层是什么样子。

失败。

阳光怎么这么性感，刺得每一双眼睛都在不停地眨。他们都受不了了，于是转生之后换了另一种身份生活，我还是30级。

坚定吧！

六

头发长了人长大了烟火灭了春天来了。从北京到赤峰的车上人真多，挡住了窗口让我在离开的瞬间没有望见红山。令狐冲离开去做恒山派的掌门了，任盈盈留在黑木崖。坐在沙发上眯起眼睛看令狐冲孤独的喝酒。吸支烟吧！亲爱的婆婆，我没有时间再跟你学抚琴了，可笑傲江湖我还不会弹呢！

妈妈，那个在我心中和您一样美丽的女孩和您一样在赤峰守望红山。

可是，妈妈我想她，像想您一样地想她。

《半生缘》里吴倩莲扮演的顾曼桢在小酒馆里对黎明说：我们都回不去了。

……

缘分天空下一场有缘无分的爱情故事。

遗憾还是可悲？

没有任盈盈令狐冲凭什么笑傲江湖？一柄剑？一杯酒？一身的放荡不羁？

都会过去的，尘事如潮人如水，只叹江湖几人回。

想你们，我亲爱的红山，我红山脚下的亲爱的人们。

（2007年6月16日，总第57期，第四版）

那群唱歌的阿甘

魏梦妮

从《时光机》那张专辑开始喜欢五月天。

我知道,有点晚。

我清楚地记得06年的3月24日,五个人在北大的百年讲堂里谈起自己的愿望:"我们希望明年再来,后年再来,大后年再来,再唱他一百年!如果五月天没有办法唱到那个时候,你们就是五月天!"现场人声鼎沸,你们的笑容穿透了周围的镁光灯。

那一刻,感动铺天盖地袭来。

——写在前面

"那阳光,碎裂在熟悉场景,好安静。一个人,能背多少的往事,真不轻。谁的笑,谁的温暖的手心,我着迷。伤痕好像都变成了曾经。"

——《时光机》

2001末,《人生海海》发行。有人要出国,有人要当兵,五月天暂时解散。

还好,2003年的秋天,随着《时光机》的热卖,五个人华丽归来。

那么宽容勇敢真挚的声音,一辈子都忘不了。最最感动的词曲,敲打着尘封的冷漠。

我想,如果不是偶然在电视上看到你们的MV,也不知道要多久才发现有这么棒的一支乐队。

很快记住了你们的样子,最帅的是主唱阿信,戴眼镜的鼓手冠佑,笑起来憨憨的是吉他手石头,眼睛电圆的是团长怪兽,娃娃脸是贝司手玛莎。

然后开始听你们所有的歌,听《拥抱》,听《纯真》,听《温柔》,好多好多,多到我写不下。

从那一天起,我告诉自己,在心底最温暖的角落,为你们留一个最梦幻的位置。

"最美的愿望,一定最疯狂,我就是我自己的神,在我活的地方。我和我最后的倔强,握紧双手绝对不放,下一站是不是天堂,就算失望不能绝望。"

——《倔强》

这个前身叫"So Band"的四人乐团加入石头后决定要闯出自己的世界,可是,连个像样的名字都没有,只好用了当时其中一个人的 ID——May Day,"中文就是'五月天',还蛮不赖的嘛!"怪兽得意地笑着说。

因为没钱租用专业场地,团长怪兽把他自己的房间改成练团室——玛莎用吸音海绵把墙壁和天花板贴满,石头带来小音箱和杂牌鼓。小小的房间里,玛莎的贝司撞到阿信的肚子,怪兽的吉他柄打到鼓的铜钹。

我最爱听的《拥抱》,就是在这种环境下出炉的。

他们说不能坐在原地等机会。于是,装满勇气去滚石唱片敲门递上 DEMO 带,还很厚脸皮地说:"要丢的话请一定要听过再丢掉。"

还好,李宗盛听到了他们那盘超级不起眼的 DEMO 带。

"有了梦想,咸鱼总会翻身。"阿信这样说。

他们,不满足只做台湾的披头士,要做全世界的五月天。

"陪你熬夜聊天到爆肝也没关系,陪你逛街逛成扁平足也没关系,你是空气,但是好闻胜过了空气;你是阳光,但是也能照进半夜里。"

——《恋爱 ing》

《知足最真杰作选》的第三首听到了这首超阳光的《恋爱 ing》。

2 分半钟就完成了,真是不可思议。

不过,谁让他们有最爱的另一半呢?

告别演唱会上,石头求婚成功,和女友紧紧拥抱在一起,台下的歌迷哭倒一片为他们祝福。

阿信有个交往 9 年的女朋友,不漂亮,可是他爱她,为她写《心中无别人》,叫她"蛋蛋",尽管人家有个很淑女的名字陈名好。

冠佑效仿老友石头在演唱会上向女友求婚:"行芝,你说幸福离你很远,可是,让我牵着你的手,相信我……"女儿"小小玫瑰"的出生已经让他幸福过头了。

我想,正是因为这样,五月天才会走得更远,"像孩子依赖着肩膀,像眼泪依赖着脸庞,你就像天使一样,给我依赖,给我力量。你是天使,你是天使,你是我最初和最后的天堂。"

——《天使》

看到《天使》的 MV 里五个人插着翅膀的帅样,让我激动到不行。

他们就是这样单纯可爱善良率直。

为了唱出《叫我第一名》里的印度味道,每个人唱的时候荒谬地用手刀边唱边砍自己的喉咙。

他们本来想给工作室起名叫"疯人院",但又喜欢吃鸡腿,干脆叫"大鸡腿工作室"。

冠佑生怕女儿长得像自己,叫怀孕的老婆千万别看他的脸;龟毛的他被团员说家中的梳妆台上摆了一大堆自己用的瓶瓶罐罐。

阿信超级不喜欢大自然,他个人认为人类生存的三大必要条件是水、阳光、冷气。

玛莎说自己的猫咪"菜头粿"很红,因为他总是带它上镜。

他们最有名的名言是:能坐着绝不站着,能躺着绝不坐着。

这些,总是让人忍不住微笑。

五月天说过,他们要像披头士一样,到 60 岁还在一起,像阿甘一样傻傻跑下去。

我相信,你们做得到。

PS:"我们要击破这个世界上的冷漠,用摇滚,那是我们唯一的本事。"

(2007 年 6 月 16 日,总第 57 期,第四版)

暖流　无端

王楚君

key-words:真相　割裂人心　迎风而立　想飞出去

壹:【那么近,那么远】

记得最初的照面是在某个沉闷的午后。

老师的粉笔在黑板上龙飞凤舞地画着,一大片白色的数字与符号交错相纵,如水墨画般渲染开来。细微的阳光透过窗帘织缝将教室染得一片光亮。

下课了,我眯缝着眼睛从位于二楼的窗口望去。那时窗边的大树正萧条,剩下的也只有半黄半绿的叶子挂在树枝上,风一吹它们就缓缓掉下去,积尘在树底形成一个个小丘。然而本应无人的树下却站立着一个少年,穿着衬衫,袖口上翻到腕处露出有些苍白的皮肤。一晃,他的脸部线条暴露在阳光下,消瘦的下巴细长的凤眼,紧抿的嘴唇。他低头,手里把玩着打火机,旁侧的小丘正燃着袅袅青烟。正当我以为这是常见的翘课的一幕时,那少年却抬起了头看上二楼。呼……我把头缩了回来。

我又一次朝楼下望去,树下堆积成的小丘缥缈着青烟,枯黄的草颓败的花枝。然而本应该站在小丘旁的少年,却犹如突如其来的风一样,吹散得无影无踪。感觉像是虚幻的烟雾。远了,一片朦朦胧胧;可近了,却依旧看不清。

贰:【但愿我是你,寻找我自己】

说真的,我有点厌倦了几米厌世童话的华丽幻想,乏味了弯弯高木直子单调幽默的简幻生活。

我想住在海边。房间对着海湾,耳边经常回荡着海浪起伏的声音,恍惚间好像住在海上一样,海的温柔可以让我忘记很多事情。那样就可以有很充足的睡眠,可以天长地久地睡下去,不用因为半夜的噩梦而惊醒,不用因为恼人的指骂而揪心。

朋友说,你啊可以补充睡眠后再重出江湖。可她不知道,在我绵长的梦境中并无杂念。我梦见寂寥的蓝天,梦见迎着太阳肆意生长的野花,还有一片汹涌的向日葵田。我总是梦见自己在花田中独自踟蹰前行。没有目标,没有方向,哪里都是一片了无声息的锦绣繁华。

有些幸福看上去平庸,但属于自己,了然于心;有些华丽看上去绝美至极,但是繁华易逝,寂寞深入骨髓。

叁:【单数,双数】

邻居家的猫已经长得那么胖了,也从"生人敢碰我就咬"的胆小变成了"你是谁会给我东西吃吗?那就勉为其难给你摸下哦"。

猫儿都会变,会成长。

单数——寂寞安然。

双数——年华倒数。

单数——花红流淌。

双数——声色光年。

单数和双数之间,不是没有例外。

黑色和白色之间,也不是没有灰色地带。

那么,在记忆与现实之间,也不是没有其他的存在。

仔细想想,树叶间有阳光闪烁,可是再也不是昨天那一束。

印痕会长好,头发会变长,个子会高,身材会苗条,记住的也会忘掉。

有时候,想起来可能会很难,可是做起来却会简单,比如疏离比如忘记再比如习惯。

逐渐成了点头之交,逐渐淡忘了彼此的过去,也逐渐淡忘了曾经深疼的伤痕。

把"逐渐"换成"刻意"也一样适用。

一切的一切,连个正式的 Good-bye 都不需要。

也许几千年后岁月流转这个星球上我们会成为擦肩而过的陌生人。

就像 Holy　Bible 的开篇:神说,这个世界要有光。于是就有了光。

(2007 年 9 月 6 日,总第 58 期,第二版)

邂逅凤凰

张明明

她安静地存在着,连绵的青山与温润的流水环绕着她历经沧桑的面孔,刻下了她亘古不变的过去,她就是边城——凤凰。

初中时,读过沈从文先生的名作《边城》,知道了凤凰,从那之后那座古老而美丽的小城便住进了我的心灵深处。终于有机会在假期里随老师一起前往这被不尽的传奇妆扮的古城,去领略一下作家饱含深情的文字里的湘西凤凰。

沿虹桥,我们踏上了被鞋底打磨得光滑发亮的青石桥路,走进了临江老街。小街幽深而神秘的氛围,唤起了我对久远年代纯朴民风的向往,恍然依稀,让我回忆起先生笔下的风月。凤凰的街道并不宽,两旁富有民族韵味的店铺一家挨着一家,有扎染、蜡染、纸扎、玻璃吹画、印花布店、银饰作坊……具有湘西特色的蜡染画、蜡染服饰,苗家手工刺绣的红肚兜、背包、钱包都很漂亮,价钱也不贵。虽然店铺很多,但鲜有逼人的广告、招牌,很多店铺门口挂的招牌都是印染布做的。或许不是旅游旺季,街上的游客并不是很多,几束斜阳投射的光影里,偶尔可以看到上了些年纪的苗族妇女头缠黑布,身穿大襟绣花的苗服,背着竹篓,从我们身边匆匆走过。这倒让我想起了拉萨的小街头上,摇着经筒的喇嘛们与我擦肩而过的情形,都是异域的风景呀。这里几乎家家户户都敞开门扉和窗户,坦然地任你欣赏,这是都市里找不到的亲切与温情。门边窗前,不时能看到有老妪、孩童好奇且毫不戒备的眼睛在闪亮。"你站在桥上看风景,看风景的人在楼上看你。"看风景的我,分明是成了他们眼中一道陌生的风景。

沈从文先生的故居就位于这条石板小巷的深处。两进两厢,和北京的小四合院颇为相似,青瓦白墙,木格花窗。毕竟岁月沧桑,人犹如此,"屋"何以堪,故居宛如一位风烛残年的老人,默默地注视着整座小城。

沿着小巷继续朝前走,拐个弯儿,一股浓浓的姜香传了过来,只见前面有不少人围在一个小摊前。早就听说姜糖是这里的特产,这里的百姓,几乎家家户户都会制作姜糖,如此美味,我自然不会错过。摊主是一个胖胖的可爱老头,背后的门上挂着一个牌子:祖传正宗贾氏姜糖。姜糖是褐黄色的,大小不一,形状各异。闻着喷香,初咬极脆,碎了之后有点粘牙,甜中带有姜的辛辣。我一口气吃了好几个,口味果然不错,齿颊留香,回味悠长。

且行且看,不知不觉到了北门。红色砂岩砌成的城墙伫立在城边,古老的城楼巍然耸立,楼顶四角悬挂的大红灯笼迎风而动,平添了几分生机与活力。出了城门,走近沱江。江水清澈见底,平滑如镜,肆意漫长的墨绿色的水草,在缓缓流动的江水中婀娜着漂动。坐上供游人欣赏风景的小船,老师在他的速写本上留下了巍峨的碉楼,留下了古老的石板寨,留下了苗族女孩甜美的笑容和行进中的沱江……

离开时,隔着车窗向凤凰望去,远处只是一片雾霭,但我似乎仍能看到那小城、那城墙、吊脚楼、风雨桥……一切的一切,就像沈从文先生的那段话:"这虽然只是一个轮廓,但那地方的一切情景,却浮凸起来,仿佛可用手去摸触……"

我知道这就是最完美的邂逅,这只美丽的凤凰将久久地萦绕在我的心底,不会离去……

(2007年10月6日,总第59期,第三版)

摩天轮

毛线球

但愿幸福不停止，悲伤不再来。

——题记

一

妹妹第二次牵我的手，是一个明媚的下午。温暖的感觉，一种流在血液里与生俱来的触动，很微妙。第一次牵我的手是在一个褪色的下雨天，雨水染灰了整个城市，我们撑着红伞在雨中走，雨水浸湿了脚下鲜艳的凉拖，一双粉红，一双浅蓝。走在灰暗的六边形水泥砖上，用力踏下去，溅起偌大的水花，笑声像断了线的玻璃珠子"咯咯"地迸在地上。妹妹牵起我的手，一种久违的感动，很自然，很久以前我们就这样。

我有很多的发夹，小熊、风车、星星……两天换一只。妹妹在猜想下次见到我，又会看到什么可爱的东西。妹妹问我："见过摩天轮吗？就是那种大大的可以在空中旋转的轮子。"我笑，点了点头。她眯了眼想了一会说："姐姐，我也要牵着你的手，坐上摩天轮。"我们都笑了，她睫毛很长，像蝴蝶的翅膀。

二

午夜 12 点，对着镜子削苹果，可以看到以后的模样。可我却在镜子中寻找，寻找淡化的稚气，寻找铅笔记的笔记，寻找吃着大米糖睡着的岁月。不知该欣慰，还是该哭泣。

我想起了企鹅，第一个抱着我哭的人。她不是一个爱哭的女子，我也不是。我说我们是冰糖，透明、甜美却很坚硬。坚强的女子会被人忽略去呵护。我们坐在水泥路上，我问她："幸福是什么？"她说："是坐在摩天轮上，吹肥皂泡，洒落满天的幸福。"

三

偶然在精品店的橱窗里看到一只精致的摩天轮,铜制的轮子,复古的颜色,和我想象中的摩天轮一样,可价钱好贵,只能隔着玻璃窗看。

爱是一个大大的游乐园,有的人喜欢起落不定的跷跷板,有的人喜欢过客陪伴的过山车,有的人喜欢不停追赶却始终保持距离的旋转木马……

摩天轮不停地旋转,忘记所有的方向,四周的人不停地旋转,混乱我的视线,迷了眼。

我问花:"我的轮子呢?"

花说:"再等等吧,等我攒一大笔钱。30岁,应该可以扛一个回来了。"

(2007年12月6日,总第61期,第二版)

黄昏印象

小楼昨夜

"蜡烛有心还惜别，替人垂泪到天明"——他们坐了一夜，就要分离，沥沥烛泪叫人樽前笑不成；时光后退一些，"灯前呵手为伊书"——此刻到了最初的黄昏，灯未上，夕阳穿树，穿过窗户，划开阴影，在墙上缓缓地爬。彼时，那相依着的人儿，定有一个要融化了，融化在光影里，融化在广阔的天与地，一份小小的爱也融化为人与世界的大爱。

黄昏是催生爱的。不必偏要沽酒就花阴，不必伤情地把十二阑干倚遍；单是乍一仰望那高洁的天空，变幻莫测的云霞，交错的光与影，和着大地披着灿烂外衣的植株所体现的生命的律动，都要让我们感念万物之和谐，企盼岁月之静美。也许不经意间，我们与从神处借来的光彩打了个照面，那样的黄昏是绝美的，无由你去把握。黄昏之美又怎是可左右的呢？它不带任何目的，似没有结局的故事，不会满足你任何尘世的欲念。它只有绚动如幻的本身。即便是贵如恺撒，面对苍穹与夕阳又能怎样呢？欣赏、赞美，但无法拥有。

杜拉斯说："最初的黄昏，在室内不应点灯。"也许是这层意思吧——不必过急地让人造之光闯入你对世界的观察。灯光下，一片通明，但黄昏的美却被抹去了，再也寻不到。仿佛觉得，这句话也与杜拉斯那些关于"孤独"的说法是遥相呼应的。那是怎样的一种孤独，固执的疏离感，是属于创造者与其创造物的孤独，是从创造者的身体感觉蔓延进作品而不可侵犯的孤独。"这种孤独至今仍始终在我身边，旁人无法拿去。有时候，我关上门，切断电话，闭上嘴，我什么也不需要。"夜色像一张扇面，慢慢打开，夕阳倚在山头作最后的回眸。身后是正在逝去的白昼，那儿有我们的无奈、假面、丝丝缕缕的疲惫；面前是君临的黑暗，我们也不会为了聆听子规啼鸣，一味枯坐长夜。只有此时，恰恰是最初的黄昏，藉着天光移行与心潮涨落的接合，就让自己努力属于自己，让自己努力属于黄昏。隔窗望向这浮世，思考着什么，或者什么也不思考。世界就是如此安静，孤独守在你身边，发出了声响。

　　倚靠窗前,你读这世界,也读你自己。心中倩影打夕光中走来——那是风雪中的娜拉,是绣一枚红 A 的海丝特,是北方有佳人的李夫人,是葬花的黛玉,是瑞卡米耶这风华绝代的沙龙女主人,是为人类低唱《安魂曲》的阿赫玛托娃——她们为你珍藏读书的记忆,她们将时代的广袤无垠慢慢打开。还不快撷一束灵光,为那倩影献一首赞美之歌,刻在黄昏里,就像爱伦·坡致海伦:"海伦,你的美在我眼里/有如往时尼西娅的三桅船/航行在飘香的海上,悠悠地/把已倦于漂泊的困乏海员/送回他故乡的海岸……"或者可以天真地把她们想象为一本书,穿越时代的沧桑来到你案头,可以无微不至地关照她,可以当作你最钟爱之物加以呵护。"把她藏起来,以躲开亵渎的双眼,为她穿上摩洛哥纹革与金箔"——正如诗人尤金·菲尔德在见到卜伽丘笔下的菲娅梅塔时所说:"假如她是一本书,她将不会因为嫁给林肯郡的一位农夫的愚蠢行为而深深愧疚。"

　　华灯初上,车流如织,谁在暮色里凝神沉思。从世界的喧闹里脱身,回想自己,让内心里失去自己。任最后的霞光把自己抛向遥远的童贞,抑或未来的神秘。

　　(2008 年 3 月 6 日,总第 64 期,第三版)

鸿鹄苑幽思

蒋一鸣

阳春三月,我校历史组老师带领同学外出考察,参观了雪枫公园、大泽乡的鸿鹄苑和涉故台、垓下古战场遗址及虞姬墓,颇有感触。

来到大泽乡,第一眼看到这里时感觉很惊诧。

一个不大的破败庭院,安静地待在这个似乎被城市遗忘的角落里。这里的寂静似乎从未被打破。老妪在门前种菜,很专注的样子,老翁坐在屋内一个矮方凳上,两位老人似乎是这座古旧但有着不同寻常过去的庭院里唯一而又忠诚的守望者,一直看护着这座被历史浸透的宅子。这般平凡、这般宁静,似乎与陈胜喊出"燕雀安知鸿鹄之志哉!"的豪气不相称,以至于"鸿鹄苑"这个宅名也像是为它套上了一个过于华丽的冠冕。我想这个有些过大的头衔是这座庭院所难以承受的吧。

然而当我走进去,先前一切的揣测都站不住脚跟了。尽管眼中映入的依旧是破败与萧条,但心却能在这古老的宅第中嗅到那藏匿于青砖、老树、古井、石碑中的一股充满张力的气息。它的气魄是内敛的,是毫不张扬浮夸的,只有用心去触摸这沉寂两千年的容颜才能够发现,原来它并不憔悴,反而从古老和破败中渗出一种宁静的震撼。

时光在古旧的围墙上雕刻出沧桑,而正是这千年沧桑见证了那次起义的精神!"官逼民反,不得不反。揭竿而起,地覆天翻!"这帝王般的霸气让它在破旧中愈显昂扬,谦卑中愈显孤傲,安详中愈显肃穆。

上蹿下跳的我们这些不速之客打破了这里如止水似的寂静,让这儿刹时变得波光浩淼。

看护院子的老翁满面春风为我们讲起了这儿的故事,是一些落满尘埃的故事,仿佛从未有人像我们这样专注地听他讲过。他讲的故事让我觉得他对这座古宅的每一块砖、每一片瓦、每一寸土地、每一方碑文都了如指掌,好像他生来就知道这些,恍惚中不禁有种感觉,他也陪伴这座庭院度过了千年了罢。

短短的时间就让我爱上了这里,这儿没有官殿檐头浮夸的琉璃,没有高大城门上炫耀的朱红,更没有玉砌雕栏,所以,时光就无法将这里的任何东西剥蚀了、淡褪了、散落了。

这庭院在古老中阅尽沧桑。

鸿鹄苑不远处就是涉故台。进去就看到两排松树在两边隔出两条路,而中间则是荒草凄迷。我选择了中间难走的路,这让我有种帝王的感觉。

如今正值春暖花开,这儿遍地艳丽让我很难想象出那铁甲重重、长矛林立的场景。但待我登上涉故台向下俯瞰,很自然地有了君临天下的感觉。马匹的嘶鸣、将士气壮山河的呐喊犹在耳畔。普天之下,唯我独尊的王者之气也旋即在胸中回荡,因而首领高呼"王侯将相宁有种乎?"的恢宏场面也像穿越了遥远的历史风尘浮现在了眼前。

一个人如果听到深山古刹中徐徐的钟声,可能会感觉到心灵受到一次洗礼,但在这儿,那种跌入历史被古韵浸润的感受是更加无与伦比的。

当我们离去,带走了喧闹,涉故台和鸿鹄苑立刻又安静下来。我们回首凝视,它们似乎又安详地闭上了眼,在和风中酣睡了。是的,它们就在千年中酣睡,酣睡着……

(2008 年 4 月 6 日,总第 65 期,第一版)

思维的断想

独步天下

一

我并不酷爱文学,但又不愿被数理化所折磨。文学对我,只是生活中的一种信仰和习惯。报文理科的时候很多女生看着自己红灯高挂的考试成绩坚定地咬着牙说,就是死也要死在理科班。我没有这种魄力,我只知道楼上那些理科班的学生,每个人都蓬头垢面的一心只想着学到天荒地老。

没完没了地做习题,就像我以前邻座的男生,除了去厕所和吃饭以外,就再没有任何位移了。正在我徘徊不定的时候,伟大的奥地利作家卡夫卡让我看到了希望,他用神奇的文字告诉我,假如你走过一片平原,假如你有良好的走的意愿,可是你却在往回走,那么这是一件多么令人绝望的事情;但你如果是在攀登一座峭壁,它就像你自身从下往上看一样的陡峭,那么倒退也可能是地理形态造成的,那你就不必绝望了。

所以我说 all right,看似很轻松地在志愿表上填了文科。

我的思想突然变得有知觉但我无法确定它只是我的感觉,还是现实本身。我站在楼下遥望五楼,希望可以看到那一张张熟悉的面孔。他们来了,我看到了他们,他们的侧脸在人群里若隐若现。

我正要决定究竟是朝他们微笑还是将头偏向一边的时候,我的视线模糊了。那个时候,连我最信赖的思想也背叛了我。这种愚蠢就像是拽着自己的头发,想把自己拽出沼泽。我想起了一句话——背叛和拥有都是一种痛苦。有些太简单的道理因为没有逻辑而变得复杂了。我只好带着我良好的意念去攀爬某一座陡峭的山峰。

二

生活在我失去信仰的时候柔软,而又倔强地延续着;在电视剧对白的争执中,在 CD 机闪动读秒的瞬间,在我仰望蓝天的时候。

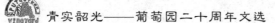

想起以前养过的一只猫,总喜欢躲在沙发后面咕噜咕噜地啃红薯皮。它大概是世界上唯一爱吃红薯皮胜过吃鱼的猫。我曾试着与它沟通,然而它除了使劲在我手臂上咬出血印来,便再无其他表现了。有时候我为了表现不满会将它扔到浴缸里,它像所有怕水的猫一样尖叫着,浑身的毛无一例外地全体起立。可是过后,我又会抱着它没完没了地说对不起,它往往趁我不备再狠狠咬我一口,然后飞快地从我怀里逃开。

我怀念它,就像想念手臂上深深浅浅的伤痕一样。

回望那些渗出血的过去,是否也会像吃红薯皮一样地快乐呢。

我终于和我的猫怀有了相同的模糊感,所以,我一使劲儿,在手臂上留下了一排伤痕。

三

我的思维断裂,发出清脆的声音,碎屑溅到我的格子睡衣上。

于是我明白,我需要给自己新的灵感,去弥补这样一个缺口。

三月,在春天刚来临之际,我想让我的思维断裂。我想抹掉我的记忆。我突然间想要找某个人聊天,然后才发现,原来我们还仅仅是陌生人。站在人群中,春风灌满我的外套。春天来了,可我却觉得春天更远了。

有一首歌叫《Crucify love》,我的爱钉死在十字架上。英文里面所以有Crucify这个词,大概是耶稣的缘故。生活也是这样的,因为我理智又顽固的思维支持着,才让我在这个有一点点残忍的世界里,坚强地快乐。政治书上用黑体字写着,世界和物质不会以人的意志为转移,那么我顽固的思维是否终于战胜不了世界的客观性呢?在很多很多年的成长过程中,它还是学会了沉默,断裂,消逝。留给我另一种现实,和无限的怀念。

Crucify my love

if my love is blind

Crucify my love

If it sets me free

Never know never trust

that love should see a colour

If it should be that way

Swing the heartache

feel it inside

When the wind cries
I'll say goodbye
tried to learn tried to find
to reach out for eternity
Where's the answer
is it forever?

PS:文理分科后竟觉得心里是如此的空虚。
而空虚就是什么都没有。
所以这篇文章是为了纪念我的原班级—高一(22)班。
同时也写给我的思想和意志。
愿(22)班的同学都能开心度过每一天!

(2008 年 4 月 6 日,总第 65 期,第二版)

印　象

骆　驼

我问母亲：五月十一
您记得吗？她答：你生日。
我说还有。她不解。我笑：我们的重生！

——题记

一日同母亲散步，母亲说了句很微妙的话："衣服脏了，用肥皂水可以洗干净。灵魂若脏了，该怎么洗……"那时我没太在意，而今真切地从内心感触了一回，也因此想到了我与母亲恩怨的二三事。

父亲说母亲生我的时候难产。他和医生劝母亲"忍痛割爱"，她不肯，愣是折腾了两天，在母亲节那天把我带到了世界。那年的五月十一日，成了母亲与我"新生"的日子。

母亲总是念叨我不孝，说费尽周折生出我这么个没用的儿子。每每此时，我定会迎脸一句"谁叫你生我？！"母亲愈是生气，我当时的叛逆劲就愈大。然而最终她只会在我一句又一句"妈，你烦不烦"的话中沉默。母亲有一头很好的长发。父亲总是逗趣说追我母亲的时候多因那一头靓发。每听于此，她笑，我亦笑。只是我知道她笑的是骄傲，是甜美，却不知道我笑的是什么。或许只是如她一般单纯地笑笑，也或许，更多的是觉得心有愧疚。

十四岁我上初三。一日与某君打架，某君重伤，住院。我因此被停课两周回家反省。两方家长争执不休，我倚仗父亲的权势，没有理会。不想母亲执意要我道歉。我不肯，母亲给我一记耳光，我出走。母亲生平第一次打我，我哭。母亲最懂我性格，走不远，更离不开家，但那晚我反常地逃了一回。母亲觅影夜寻。那晚的后来我不记得了，只知道自己醒来后躺在自己的床上，而母亲趴在我的床边。我第一次看见那张历经沧桑的脸挂满了泪痕，那一刻，我无语。

母亲见我醒来便转身持刀割发,念我不忠,不义,不仁,不孝!我夺刀,下跪,争执之间,一束发丝滑落,我与母亲的手上爬满了刺眼的殷红。终于母亲没能胜于我,是的,她哪里还能争执我。虽然刚满四十的年龄,但飘落的发丝中却有了斑白的踪影,母亲,老了。那一刻,母亲哭,我亦哭,大声地哭,心也痛,撕心裂肺地痛。

那日母亲与我都没有吃早饭,我跟在她的身后怯怯地来到某君床前,我第一次见到母亲向别人低头,为了我,为了我年轻的罪过,却只换来某君轻蔑地一笑。那一次,我记忆犹新,充满悔恨。

从那以后,我就再也没有轻易哭。因为回家的路上母亲跟我说了句我这辈子都会铭记的话:你不孝,你没有权利去哭,要哭,就先挖个洞把自己埋起来!我不知道这句话在我脑海中浮现了多少遍,也忘记了自己当时的悔恨有多痛。从那时起,我只记得自己暗自起誓,此生不要再教母亲担忧。这辈子,我都要孝敬母亲!兴许时间可以冲淡记忆是真的,但对于母亲给我的爱,我永记不忘!

自母亲生我至今,转眼十八年过去了。五月,我将满十八岁。母亲说:兴许以后她不会再为我做些什么。我半晌没出声。晚饭的时候我跟母亲说了一句话,母亲便像个孩子一般哭得稀里哗啦。

是的,因为我对她说:妈,这辈子,我都离不开您的爱!

PS:忙碌的高三快节奏生活让我忽略了母亲。翻日历数高考倒计时的时候数到了"5 月 11 母亲节",我心头一晃,当夜辗转翻腾无法入睡。

谨以此文表示对母亲的歉意和对母亲十八年来的爱的感谢,以及用以祭奠自己生命的最后一尾青春。

(2008 年 5 月 6 日,总第 66 期,第二版)

落花时节

王韵涵

殇春·起居篇

前些日子的温暖忽被几场春雨置成微凉,等到这厢姗姗结束,才发觉春天也不知不觉抽离了。月初还吟着"皖南花信",还吟着"梨花风起正寻春",还吟着"百草千花寒食路,香车系在谁家树",眨眼间,何止梨花,迎春、山桃、连翘、玉兰、榆叶梅……一茬一茬地都过了季节。图书馆前面还剩了大朵大朵的牡丹,扑面的富贵古韵气息;自是还有遍野烂漫的二月兰和紫藤的甜蜜香气。只是,这二三簇自顾自的绚烂盛景,衬在整园子的深绿里,也只能是单薄的。这花季,终究是过了。

春天总是这样———乍来之光华遍地,去之细水长流,却只一恍惚就剩了落寞惨绿,收拾不起。

古代女儿家叹一句良辰美景奈何天,愁的是如花美眷都要在那似水流年中去得尽了;今天我们行走在喧闹不失安静的季节,想的是案头书成堆论文空自悬着,而未来生计诸般大事也终于压上了肩头。竟这样,又让一个春天从足间滑过。

怕。怕这一路的奔波逐鹿,停下来思考都来不及,也不能够。只顾着放弃现有去追求我认为更好的东西,结果却是什么都得不到。

怠懒或泄气时常说一切如浮云,那么浮云又如什么。

明日何其多。三秋三冬,没有说过不想长大,只是想着怎么就突然,老大了呢。

时间委实是狭窄,明明还没做什么,明明还没学什么。却真是,莫等闲且空悲切了。

其实再想想圣人尚言十五志于学三十而立,那么我们继续在书本中耗费大把光阴和青春,也还不差。

早上阳光似暖不暖。看到路边 4 月 19 日北大开放日遗下的招贴,恍然就想起似是很多年前的高中时代,每天重复着上下五楼,日日在教室里坐着非必要不太出屋———北大对我来说还很遥远。

再后来就来了。浸淫在动物植物、实验室和各种报告论文中,虽然第一周植物课的老师就领着我们逛遍了这个以后注定要日日长看三百眼的地方,丁香、木槿、棣棠、紫薇……却从没有,好好地,记录下她的馥郁华美,娴雅绰约。明年的明年,继续因着慵懒忙碌种种理由冷落了相机,自忙着那些或重要或琐碎的冗事。

而很多事情,也都和这念头一样,杂杂起了,切切念了,却终是淡淡抛了。

世事纷然如此。便刻几行断简残章,至少也能得散漫苍白的文字握在手里,免得转头,记忆里只剩的短短一瞬也模糊了细节。

人亦有言,日月于征。

怀旧·友谊篇

前面想是悲情了些,死不悔改的煽情风格。本为了学校建校三十周年而来,约了宋彦铮和徐旭一起写点什么,其实高三毕业就有这个想法。她们说,写什么呢,有什么好写呢。

时隔三年,物是人非,铁打的校园却是流水的学生。多少事,在淡淡似水流年中湮灭。

回忆,怀念,似乎只有它们是依旧与过去锚接的轨道,却是虚雾一般觅不着实体,载不住重量。幸好清晰的还有我们。勉力凑些,致我们终将腐朽的青春。

其实我不喜欢北京,围城一般的城市。阿旭笑说我现在首都人民一个,我莫名地就起了些对周围的恨意。这里不属于我,它的相聚别离,悲伤欢喜,皆抵不过交通灯又红变绿。唯堪堪停驻了四年。

我的好多怀念的东西,这里什么都没有。比如说……

比如说,夏天大片的云,清凉的雨,秋风飒爽的气息。打在伞上的雨声,春天土地那柔软的触感,夜晚跐着拖鞋爬到房顶那种轻松的感觉。还有,下课后那股沁凉的空气,板擦的味道,深夜卡车渐行渐远的声音。夏天傍晚骤雨扫过后柏油路的味道。还有我的亲人和朋友。

奈何,一入宫帷深似海,头不可回,积重难渡。现在只有偶尔地纠结于曾经。

曾经。有个刚上初一的小屁孩每次轮到坐靠窗边的位置时,心里就很像早春青涩的菁葵儿,被捏开了一条小小的缝般,也想伸出嫩生生的蕊来。我向来是喜欢阳光的。春日的明媚虽然很滥俗,也很让人想把自己好好交给它被怜爱一番。我自然也忍不住诱惑成了这温柔的俘虏。

那一个个午后,尚不懂得慵懒这种小资情调的小不点,乖乖合了眼,支着手肘梳理颊上的流光。现在我坐在图书馆宽大的落地窗前,闭目都还记得那抚绕过稀落的枝桠,再透过有着陈年垢痕的玻璃,停在我脸颊上轻轻喘气的暖和。好像它也有张红扑扑的面庞,在奔波之后还泛着晕。

又经历了很多事。懵懂、轻狂、叛逆、屈服、转性、懂事。大部分时间忙着吊儿郎当,针锋相对欺负别人,鸡飞狗跳四处冒烟。整个初中精彩绝伦,现在想起来,也情不自禁地微微笑,带些黯然。

不念春风得意,青骢难御,难复叼柳少年行。

回忆如日光倾城。后来自然是要长大的。真正与阿旭和宋宋的开始,是高一那年秋天。尚惝惝懵懂之时撞入眼帘的,便是某人的笑容如阳光般干净温暖。一个诗词等身的才女,温婉而个性;一个情调小资的美女,现代又贴心。我的高中算是贫瘠得无可一言,可从那一刻,命运开始画一条不长不短的弧线,刚刚好掩盖住一段荒芜。

尤记那时年纪小,你爱谈天我爱笑。

那年一中喧嚣,我们风风雨雨的友情,踩着金黄的落叶开始,点亮了整个明丽葱郁的年华。吵架的时候拍桌子掀板凳,冷战还止不住偷偷写了和好;也曾被我的顽劣气哭,也曾上课跨了三四排偷递小纸条;还有合计着整人,肆无忌惮笑得花枝乱颤。三年。我的桀骜,我的冷僻,就这样崩解于无形。凌厉的碎屑也被她们温柔地消融。

生物楼上站着的鸽子唱:找啊找啊找朋友。不是不感激的。

后来我们各赴前程。上次我还抱怨说宋你望望你去的弄么远干甚,找都不好找得。宋回复说你俩个都搁北来,俺这不是来南方开辟根据地了么?!——不用想,肯定是一脸无辜相。噗嗤,什么东西就在空气中轻轻爆开。

我们都在自己的生活中行走,却牵扯不断细细的思念。

有时候走着走着路,就那么一瞬间触动,我在想些什么呢?你们会想些什么呢?我的宋宋和阿旭。

有一首歌唱,我们的故事真难忘,太多的情节要发展。常想以后,以后,这个词真是充满了希望。以后我们在一起吧。你看,医生,记者,科研工作者,都占全了。

我不喜欢北京,对我来说它只不过是个城市,跟其他成千上万的城市没有什么两样……可是,如果你们来了——

如果你们来了,我就会认得出这个城市,跟别的都不一样。我不喜欢陌生的人群,繁华的购物场不适合我,万家灯火也只让我觉得阑珊和空落。

可是如果你们来了。走在人群里会让我想起你们的身影,我也会驻足于商店关心我们一起购物,夜幕繁星样的窗户灯亮,我知道定有一束灯光下你们在忙碌,这让我感到安宁。

友情,这真是个有魔法的词。一起分享,一起走一趟,相识一场收藏所有感动不能忘。未来我们牵着手一起闯。

2008.4.27 于宿舍

(2008 年 5 月 26 日,总第 67 期,第一版)

透明　沉淀

宋彦铮

南方的瓯越，阳光灿烂着一如往年。这样的灿烂让我的懒散仿佛也有了堂而皇之的理由。午后在教室抬起头来伸个懒腰，任凭视界被照亮，透过窗户却只看到自己的虚像，呆滞的眼神，木木的表情。对视，却没有交流。

又到夏天。这一季春天的走远，毫不留情地向我耀武扬威着，一年又一年。接着我想，等我们老去了，记忆力开始减退的时候，我们还会记起多少个往昔。

如果淡忘在所难免，那我要及时记下，因为文字终究是恒久的东西。

当我把现在和三年前的我相比时，我还是狠狠地吃惊了一下。不记得有多久了，可好多好多的细节还是那样鲜活，像本老相册，随手一翻，拾起一串故事，然后可以会心一笑。

怀念那个时候，为了高考作文储备素材，经常在晚自习前溜出校园买《读者》《青年文摘》一类杂志，语文晚自习课上，便开始如饥似渴地读诸如"真情世界"、"青春风铃"之类的对考试完全没营养的短篇情感小说。去年回来看到在备战高考的学弟学妹们，发现他们看的都是诸如《散文》这类的更加文学化的杂志了，据说是因为《读者》《青年文摘》里面的例子都已经被用滥了。我很是感慨了一番。看来我真的离开很久了。

怀念那个时候，总有每逢必看的《葡萄园》。总觉得好多文采卓然的师姐是那么那么地可望而不可即，为什么文字从她们的笔下出来就突然间有了灵性。在毕业时候的社员交流会上，见到她们，互相留字纪念，一位学姐说我们有一样安静的性格，要惺惺相惜，让我整个人都快浮起来了。而现在，写的越来越多的却只有实验报告和论文作业，想用文字来表达一下对往昔的怀念却也总觉得辞不达意，力不从心。

怀念那个时候，看书烦了郁闷了，就去红楼前面的布告栏边。那里立着口破旧不堪的钟，是停电时候用来打铃用的。我们踢它晃它，弄出极大的响动来,以求发泄。不知道这个早该作古的东西现在还在不在,但三年前它却在帮我们疏解压力方面立下了汗马功劳。当时我们的高三教室都被安排在教学楼的最顶层。当时还曾经开玩笑说,是不是这样使高三生压力太大的时候如果选择"鹰击长空"可以解决得彻底点。终于那个黑色的季节已经过去了。现在的我,郁闷了却再也找不到发泄的工具和调侃的玩笑。一半因为没空,一半因为懂得:前面的路愁也是过乐也是过,如果必须面对,还是直接的好。

　　……

　　还有好多好多的那个时候。这才发现早该给记忆泄洪了,我们就是在一年年的匆忙间忽略了太多。

　　那个时候美丽得惹人留恋,总想回去却总也回不去了。往事难忘不能忘,不是这简单浅显的几个字就可以概括的,只有体会,体会。去报到前,最后一次逛了这个小城,和朋友说起来"要看她最后一眼"的时候,突然觉得有了苍凉和悲壮的味道。想必每个即将离开这里出去寻找的人都会有这种感受,文字从我笔下出来总是苍白——

　　老朋友在19岁生日时候给我发了条短信:

　　有时候很不甘心,想着为什么会有大学这种东西,能把我们所有人从一栋楼里发射到天涯海角;烦的时候很不甘心,我们怎么就没在一个城市啊;怀念着就不甘心,想我的高中,我转头就借笔芯的那些一成不变但沉静踏实的日子。就像一种归属感,才会越往后越要珍惜。有时候,有些人,有些事。习惯吧,就像起床刷牙,虽然一年只一次,习惯了,不会当什么大事,但我忘不了。

　　我想我一辈子不会忘记这段话,我想我也不会忘记捧着手机掉眼泪的那一刻。我能说什么呢,我只愿歌颂友谊的永恒。我只愿告诉他们我所有所有的珍惜。

　　走开是为了重聚,正如我们回望是为了再次出发。

　　蓦地就想起 Stefenie 穿着黑色的紧身背心,瘦小的身影奔跑在街道间,一直到满目白亮的光的冰雪北极,奋力地奔跑着懂事——还有 Gump,奔跑着想事情,跑到尽头到海,折回头继续跑,跑到突然不想跑了,就转身回家。潇洒地懂事。就像现在,我已跑回到记忆的起点,发现我们已经比以前更加懂得思考。我们正在懂事——用时间的速度。用时间来经历,想要学着成长,学着担当,学着有力量。

那么就不用对时间感伤。

其实生命是无数个圆,我们都是尖尖的细脚圆规。不是么,从出生开始,就把一脚插定,然后奋力地一点点扩大着半径,日日夜夜一年年,画着自己的许许多多个同心圆。那张开的双脚,努力探寻着与外面的交集。于是,生命与生命之间,上演着相离、相切、相交的每一个步骤。我们之间要有交集,原来是这么多偶然的结果。缘,应该是与"圆"有关的吧。

我们所要做的,就是随着时间,随着同心圆的数目的增多,把线条画得越来越圆满而坚挺。我想我们都还画不好我们的圆,我们的技艺还是拙劣。没人能帮,我们得自己学习,旋出漂亮、干净利落的线条,把每个相交的圆都衔接得完美。

经历,长大。

写下这些,为了在这个特别的季节,给后来的朋友一点点提醒,要珍惜着过,要用心去过。更为了做个小结和纪念。

淡忘在所难免,如果有一天记忆要褪去鲜亮的色彩,泛黄了,黯淡了,透明了,不能见了,那么我要趁现在把她们捡起来,捡起来,用光阴之剑磨她,用生命之泉洗她,再任她们慢慢沉淀,沉淀成安静的永久。这样等我们老去了,可以在寂静的日子里回忆这些往事,而且能首先回忆起来的,总是在心里留下痕迹的事。

而她们无疑是在我心里溅起了些永恒的涟漪了。

(2008 年 5 月 26 日,总第 67 期,第四版)

偶然了　交叉了

徐　旭

题记：我们不可能放弃探索，探索的终点将是开始时的起点，就让我们重新认识它吧。

影视语言课，老师放了《LOLA　RUN　RUN》这个片子，是由"德国的吕克·贝松"之称的新锐导演汤姆提克威编导及配乐的，据说被誉为德国有史以来最棒的电影。

"我们不可能放弃探索，探索的终点将是开始时的起点，就让我们重新认识它吧。"片头出现艾略特这段话。在我看来，整个片子就是对这句话的完美诠释，虽然有些许浅陋，但也形象。

在这段话后，画面随即展现的是人群变幻莫测的移动，镜头不时定格于某个茫然的表情。突然一个警察闪现于人群中间，抬手举起一个足球，这时旁白响起："人类也许是这个星球最神秘的动物，一个充满疑团的奥秘。我们是谁？从哪里来？往哪里去？怎能确定自以为是知道的是什么东西？为何会相信事物？数不尽的没有答案的疑问，即使有答案也会衍生出另一个疑问，下一个答案又衍生出下一个问题。但最终是否与原来是同一问题，同一答案？球是圆的。游戏只有90分钟。其他一切均属理论。"话音刚落，警察将足球一脚踢起，镜头拉远，人群的轮廓变成影片的名字——LOLA　RUN　RUN。

片子中劳拉不停地奔跑，为自己的人生不停地跑。除此之外，记忆最深刻的就是劳拉那一头亮红的中长发，太惹眼。当然片子本身没什么太深奥的东西，让我深思的其实是同学对于影片只言片语的评论和看法，引发我思考更多。

NO1.关于生命的偶然性

来到世上,你遇到我,我遇到你,都只是一念之间的事,也许因为一秒钟的差别,我也许就一辈子与你形同陌路,也许根本不会与你相识。就像劳拉的跑一样,每一次她遇到的人仅仅因为晚了几秒或者早了几秒,他们的命运就完全不同了。可能早一秒时他会犯罪,而晚一秒时他也许就中了彩票……

一切太偶然,来到这个世界,有着什么样的家庭,走进什么学校,交什么样的朋友,似乎命中注定,实则充满了偶然。

老师说,他的一个朋友被请去上海帮电影节选片,那天晚上选完出来,在路上被车撞了,然后就永远走了。说的时候他眼里有些悲伤。他说,谁知道会这样呢,他自己知道吗,电影节筹备处的人知道吗,没有人知道。也许选完时他上了个厕所,他就不会遇上车祸,或者选片时工作人员递了杯咖啡给他,他多喝几口,时间就不会正好卡在车祸上了,再或者……

可是都发生了,说也许有用吗?

"如果说结婚是一种必然,那么和谁结婚就是一种偶然。"

觉得相当有道理。于千万人中遇见你所要遇见的人,于千万年之中,时间的无涯的荒野里,没有早一步,也没有晚一步,刚巧赶上了,那也没有别的话可说,唯有轻轻地问一声:"噢,你也在这里吗?"

很自然地想到了张爱玲的这段话,淡淡的,道出淡淡的人生。

NO2.关于生命的交叉性

一个同学说到钱钟书的一个比喻,他说一个人对于另一个人来说总是只是一个片段。就像我们听收音机,调台。N多节目,而我们调台时总是把按钮从头旋到末,最终只会在自己感兴趣或者喜欢的频道停下来,而对于其他的,只能听到它节目非常短的一个片段或者只是一个声音或者只是一句话。

但是实际上,我们旋过去的每个节目都是自己完整的一个节目,有属于自己的精彩,只是我们不喜欢才没有去听它们,没有去感受它们的精彩。所以它们跟我们的人生的交叉只是那么个小片段小节目或者一个旋律,甚至只是主持人的一句话。

是这样的,每个人对于另一人来说都只是他生命中支离破碎的 part 中的一个,我们今天的相遇,对我来说可能很快就忘记了,也许对你来说却永远触动心扉,但是我们的交叉却只是这么个点了。

但是总是会有人和你一辈子走下去,就像我们和亲人的交叉一样,是一生的交叉。

尽管是偶然的一个人,但是,如果你相信缘分,相信命运,相信直觉。

那么他就是那个人。

他一直在那里。

等你遇到他。

后记:涵发短信说一中建校三十周年我们得写点啥的时候,我正有感于这部电影。没有什么直接联系,可是我想说就像我们和亲人的交叉一样,我们这些被一中培养出来的孩子,与灵璧一中的交叉也是一生的交叉。我们永远不会忘记一中的一切,那里有我们最美好的时光。三十年过去了,或许现在是一个新的起点,我们愿母校的未来更蓬勃,更辉煌。

(2008 年 5 月 26 日,总第 67 期,第四版)

神　伤

后　天

　　我从来都不知道冬天也会有飞鸟停留,如果不是那次漫无目的地慵懒,记忆中空白的一面或许会永远空白。我从来都不知道有一天上苍也会为我们两个流泪,雨水打湿了我们的发,往事在沉默中搁浅。我从来都不知道曾经要延续一辈子的友情也会干涸。三年的朝夕相处,患难与共,彼此之间却留不下只言片语,徒留满地的悲伤堆积。有一阵风,名叫岁月,蚀去了我们之间最美好的曾经,只剩下赤裸裸的灵魂在两条平行的轨道上踽踽独行。

　　"一汪纯碧,满腔渴慕,在回荡又回荡中,纵然千山万水,情谊永难绝!"这枚干枯得只剩躯壳没了灵魂的银杏叶像历史的车轮在几世几年中穿梭,如今却带着我们曾经的渴望与梦想在别人的故事里旅行。曾经稚嫩的誓言经不起时间的考验,受不了风浪的侵袭,就像一只用纸叠成的小船,在波浪翻滚中没了航标,迷失了方向。渴望与梦想在浑浑噩噩中触了礁,被遗弃在荒岛徘徊不前。

　　昏黄的街灯模糊了我们的视线,脚步停止在两年前。今天,我们试图重拾往日的碎片,却已在朦胧的记忆中没了归路。我知道,我们再也回不到从前,曾经死心塌地的友情在茫然中失去了炽热。两个人分两边,在两个毫不相干的世界里演绎着彼此的传奇。

　　"谁说风吹无影,雁过无痕,往日情永记在心头!"银杏叶上的谎言将我的梦一次次扯断。正在飞走的回忆里只剩下两个模糊的影子。脑海中那个片断像被风吹散,再也拼凑不成完美的画面。我只记得在那一年,的确有两个女孩在做着天真的梦,对不起,原谅我最终回想不起那是谁和谁。如果说故事一开始便意味着结束,我宁愿记忆中没有你,这样就不会尝到聚了散、散了合、合了又分的痛苦,我们也不至于到现在形同陌路。

　　雁飞去,带不走依恋和希冀,带不走伤心和遗忘。时间会抚平一切,岁月会把一切填满。一个人举头望天,雁早已逃离我的视线,怎么望也望不到边。

历史的车轮在不停地转,而我们却放弃了前行。

终于有一天,大海恢复了往日的平静,天空又重拾往日的蔚蓝,我们在两条单行道上逐渐释怀。忙碌的生活不容许我们牺牲一分钟甚至一秒来品尝过去。记忆中所谓的美好在空中渐渐模糊,终于消失不见。风乍起,一声叹息抖落雨水三两滴,化作柳絮随风而去。

回首来时路,我们笑过,哭过;遥想当年事,我们激动过,感伤过。日子一天天过去,我们在一天天长大。年轻的生命里,我们得到过很多,失去的也很多。如果得到的本该失去,想必也不会在生命里停留太久。在未来的希冀里,我们固执着传承。

闭目,耳畔传来陶埙的呜咽,诉不尽神伤千万,在缥缈迷茫中,天荒,地老,统统湮灭。

(2008 年 5 月 26 日,总第 67 期,第三版)

挥手再见

Scally

校园竟越来越诗意了。

这是以前从未觉得的,也许人总是这样吧。到发现失去某种东西并意识到再也回不来的时候才会发觉原本事物的美好。我摇摇头,猛然感受到了我骨节振动的酸楚和四周不可思议的寒气。

离所谓的解脱还有 40 天的时候,我在上午走进校园,很安静。安静得让我刹那间莫名其妙地觉得这个校园离我越来越远。哈,这个我熟悉了六年的校园忽然陌生得像一幅明亮、充满希望的画,而我只是个误闯画中的无知孩童。

篮球场、足球场整齐地摆放着,亭子回廊错落有致;绿色的草坪,红色的跑道,干净光洁的地面看上去赏心悦目;两排葱绿的法国梧桐树柔顺地成长着,和树下同色的垃圾箱相得益彰;腊梅早已凋零了透明似的花瓣,换上了绿丛丛的宽大叶片,虽无精致却也别有味道;高三楼层顶上不知何时启动的夜光钟,规律又节奏地转动着。还有二楼东侧那个心里无比熟悉的地方,一间小小的屋子,极其简单的摆设,却是学生满满的世界。

此时昂着头带着笑,却还是要再见的,而且这一次说再见是真的再见了。

对那些曾经有过却再也回不去的时光说再见,对那些单纯任性的属于自己的岁月说再见,却还是忍不住回头,舍不得挥手。面对过去毫不留情地离开走远,面对未来的渺茫和不确定,极度地茫然和措手不及,那种被刻到骨子里头的感觉时不时地麻痹着。

也说不清那是一种什么样的感觉。

仿佛是夏日里白晃晃的光刺进眼睛而流出的泪,无关痛痒用手背可以轻易擦干却依然模糊视线,似乎是手背上不知何时长出的芒刺,没来由的痛,然后触摸时会有惊心的酸楚。

就像是梦中会有被交错层生的海藻纠缠时不可抑制的窒息感。胸腔跳动得犹如上升的鱼泡泡那样急促,那样恐慌。

可是,还是要说再见,尽管一千个忍不住,一万个舍不得。因为那些时光不再属于我们了,我们已经被定格在过去了。那些如装帧画般精美的时光是属于过去、属于历史的了。当有一天,看到蝉翼般薄薄的痕迹在心底擦过,看到六月梧桐树下清凉的身影和笑容,看到自己刻意尘封的记忆瞬间涌上来,也许,我们会泪流满面,借以追悼和祭奠。

故事如果还在上演,我们都不得不留下来。而现在故事以一种预知的方式即将结束,我们也应挥手再见,决绝地走开走远。

(附诗一首:)

遐　想

萤火虫有一些光亮
挂在悬了半边的月亮上
夜空很晴朗
星星和萤火虫有些相像

仰着头　于是我问你
是否你也看到

风唯唯诺诺靠在两旁
孩子晃晃悠悠地做梦
很抽象

我在问你话　问我的园子和花
你却歪着脑袋不说话
偌大的眼眶迷离得很紧张
闭上的眼睛无端地在遐想

我微着笑　摇摇头
结局早已定好
故事已容不得你遐想

(2008年5月26日,总第67期,第三版)

写在黎明前

风雨·灯下

　　急促与匆忙永远是初三的主旋律,似昙花一现,匆匆滑过……时间犹如离弦之箭,一掠而过,所有初三的学子,每天都在与时间赛跑;思绪在笔尖飞扬,青春在纸张中流逝。当右手在奋笔疾书后略感发麻时,我们也许会不由自主地感慨:初三真苦!初三带给我们的是什么?仅是疲惫和埋怨吗?当然不是。

　　少年时代是幼稚、轻狂而又充满幻想的,即使是处于特殊时期的初三,谁能说流星划过天际的一刻没有留下任何痕迹?初三的生活紧张而压抑,如果没有初三(2)班这个温暖惬意的家,真的是简直不知道如何挨过这初中生涯。晚自习突然停电,或是楼道里声控灯灭了,我们班就会有人用惊恐的声音大叫:"不是我干的,我真的什么都没碰!"放学后,也能听到我们班有人冲同学大喊:"司机,把我的车开过来,就是那辆二八的!"记得一日,数学老师在讲关于圆的题目时,同学们在下面叽叽喳喳说个不停,老师很生气地一拍黑板擦,教室里立刻鸦雀无声;因为老师一向学识渊博,所以稍稍延伸了一点,面带微笑地说:"古代县官断案,就是这样一拍惊堂木,堂下就肃静了。"突然,咪咪大喊:"冤枉啊!!!"

　　日子就是这样,很快乐,也很匆忙。于是终究,我们每个人都要在蜕变中告别这满载童话的年代,踏上生命的前方,像一朵石榴花,完成了历史使命,载着对未来的憧憬,在空中划过一道稚嫩而又完美的弧度,然后悄然而逝。而留在枝头的正是在等待着黎明的果实。于是,青春在此刻迸发芳香,所有的期待所有的梦想都在迸发出火花,点燃了你我的青春岁月,因为燃烧,所以灿烂,因为付出,所以,会有收获。六月,终究是来了,朋友寄了封信,信中说高考后,我们只有十五天了。心中那根弦再次被崩紧,九年了,我们风里来,雨里去,不就是为了这次的中考吗?冥冥中,我们注定要分离,这是宿命!可我不信,是不敢信,更不想信。

"选择幸福,你只需活在当下;选择意义,你则必须设计未来。"这是《英雄》剧中坏蛋林曼达说过的话,却说到了本质。的确,作为人,想有怎样的人生是个重要的问题,你又不能同时选择幸福的人生和有意义的人生,我们乐于选择道路,寻找我们最终渴望的。

物是人非,狠狠地扇了时光一个耳光,清脆的声音让我心碎。你说,我们一起勉励,一起接受黑色六月的洗礼。在结果未知之前,我恐惧,因为有些事情可能早就有答案了。可是我不敢相信,也不愿相信,我怕三年前的那一幕又重新上演,理想与目标的距离,强烈得让我心寒,有点落寞,有点彷徨……

"落花人独立,微雨燕双飞",晏几道的小词,我独爱这一阕《临江仙》:她站在花下,幽幽人影,落花满地;梁间燕子不解人愁,依旧双飞,呢呢喃喃。一瞬间,我恍惚了,到底是人生似词,还是词如人生?

后记:不知道我以后还属不属于这个我熟悉了三年的校园中的一员,无论怎样,我都会记得这个温馨美好的班级,记得这个美丽的校园,最真诚的祝福致初三(2)班可爱的全体师生。

(2008 年 6 月 16 日,总第 68 期,第二版)

铭·遗

失魂鱼

故事说,鱼的记忆只有7秒,也就是说一条鱼在7秒间就会完成一次记忆的轮回。7秒以后,之前的种种声色光影于它而言已若隔世,它会重新回到一个新的世界里安身立命。所以,为了找寻那消失的记忆,为了找寻7秒前擦身而过的另一条鱼,它总是在一刻不停地游着……

我们无从知晓一条鱼在这只有忘却没有铭记的世界里是否快乐,也无从知晓对于一条鱼而言,如果可以选择,它是否真的愿意忘记7秒前它所生活的水池泽国。同样,滚滚红尘中的你我,在忘记与铭记穿行的无数次瞬间,在熙熙攘攘、繁华似锦与寂静黑夜、心如止水的一次次交错中,我们是否能够平静如昔。

现实世界里,人们总是在有意无意地试图找寻一种方式,能够在一刹那铭记他们愿意铭记的人和事,在一瞬间让一切不想留存的记忆如过眼烟云。于芸芸众生而言,快乐和感动总是希望历久弥新、永世不忘的,而痛苦和忧愁人们却几乎毫不犹豫地选择长久的忘记。世事难料,记忆弄人,现实常常让我们一次又一次的失望。

有时候生活就是这样如流水一般自顾自地过去了,再大的痛苦和快乐都会消逝,唯一能停驻的是你记忆里的那些人,那些事。

鱼的记忆只有7秒,但人的记忆可以不灭。一转身离开的人,却要用一辈子忘记。但记忆这东西真的是一种很奇怪的载体,往往你越想忘记的越不会忘记,越想铭记的却越是慢慢变得不再明晰。

很多人都在寻觅着可以遗忘的良方妙药,似乎真的可以让快乐从忘记开始。而忘记真的好像比铭记更困难,就像结束比开始更让人心潮澎湃。

其实我们每个人都走在铭记与遗忘的边缘,哪怕只是些梦境、哀愁。离人和故乡,早已变换青春的模样。《东邪西毒》里说,当你不能拥有的时候,你唯一能做到的就是让自己不再遗忘。不知道什么时候开始,自己也慢慢沉溺于细微的回忆中,可当那些不可能再拥有的时光匆匆而去,才发现试图挽留一些什么。原来,都只是一场刻舟求剑。原来,在空旷的生活中,我们无论怎样都无法完整的记录,而闪过心神的恍惚,亦不过是自给自足的荒芜。

　　生命中,不断地有人离开或进入。于是,看见的,看不见了;记住的,遗忘了。生命中,不断地有得到和失落。于是,看不见的,看见了;遗忘的,记住了。然而,看不见的,是不是就等于不存在?记住的,是不是永远不会消失?

　　(2008 年 6 月 16 日,总第 68 期,第二版)

影片·1900

艾叶蓝

这该是怎样的一种音乐,让我从心里疼痛。一痛到底。

平静,温婉,波澜不惊。电影就在这样的伴奏下缓缓前行。

在最初那段并无跌宕起伏的情节中,这是观看者唯一的慰藉。

我把它当作一只温润柔软的女子的手,轻柔地安抚着我的眼睛。一点一点,一寸一寸,让它们想要流泪。

很久没有这样的音乐了。倾国倾城,美轮美奂。言语无以复加的柔情似水。

让我在屏幕前,记起了一些人一些事,起伏不定,却无比清晰。他,她,它,还有夹杂其中的过往。

忧伤的眼睛,肆意的笑容,温暖的话语。都在这段音乐中若隐若现,此起彼伏。

这是前不久看的一部电影。

《海上钢琴师》。

一个在 1900 年的第一天被发现的婴儿,被一个黑人劳工收养,从此开始他传奇的一生。

他没有亲人。没有户籍。也没有国籍。他只有一个名字:1900。

他的一生曾看尽繁华,以音乐为全部的生存意义……

他曾爱上一个萍水相逢的女子,为她写下美妙而淡淡忧伤的歌……

他曾打败前来挑衅的爵士乐王,展露的绝技令人叹服……

他曾面对钢铁森林的城市不知所措,终于选择与船同沉,一生没有下船……

他生于一个巨变的时代,却似乎始终在这个时代之外,不以物喜,不以己悲,与音乐和钢琴为伴,度过了孤独的一生。

有谁能明白他在想些什么呢……

当他沉默着,没有表情的,仿佛在凝视,又仿佛在眺望,眼神坚定又似乎已远离了你,如此飘忽着。

他曾对小号手说,他知道城市的街景,描绘得生动而温馨,但他却从未想过下船。

当他在钢琴前自由发挥,他的思绪已经插上音乐的翅膀在世界漫游。你相信么……

他对未知的一切有着深深的恐惧。他的生活如此单纯。

人们喜欢他的音乐,他用音乐给人们带来欢乐。这样就足够了。他不愿放弃自己的生活方式,也不愿放弃音乐。

他的坚持是因为他向往简单的生活,属于自己的生活。

他的固执,是因为他敏感地察觉到船以外的俗世的海,对他而言是强大而危险的力量。这样的人是无法在城市里生存下去的,尽管那里有他心爱的女子,也不足以令他鼓起勇气走下船去。

他的思想与那个时代的人们是格格不入的,他的心灵注定与世隔绝,坚持自己的简单的同时,迎向注定悲伤的结局……

淡淡的忧伤始终笼罩着他的一生。

被遗弃在船上,在黑暗的船舱里长大,喜欢一个人静静地从舷窗向外望着大海。养父死的时候他没有哭。

他过于安静地站着,周围的空气仿佛凝固了一般,一种难以言传的感觉,是深深的孤独……

只有音乐是永恒的,尽管忧伤,尽管破碎,它始终带有某种温情的力量,令人无法忘怀。

一个时代结束了,他死了。最后我记住了他的笑容,他寂寞的神情,和他音乐中挥之不去的忧伤。

还有他的名字:1900。

附:《海上钢琴师》经典台词

"城市是那么大,看不到尽头,尽头……尽头在哪里?可以给我看看尽头吗?"

"当年,我踏上跳板,并不觉得困难;我穿上大衣,也很漂亮,自觉一表人才;有决心,有把握,也有信心,我停下来,不是因为所见,是因为看不见,你明不明白———是因为看不见的东西!连绵不绝的城市,什么都有,除了尽头,没有尽头!"

"我看不见,看不见城市的尽头,我需要看得见!拿钢琴来说,键盘有始也有终,有88个键,是的,错不了,这并不是无限的,但音乐是无限的。在琴键上,奏出无限的音乐,我喜欢,我也应付得来。而走过跳板,前面的键盘……有无数的琴键,事实如此,无穷无尽。键盘无限大。无限大的键盘,怎奏得出音乐?不是给凡人奏,是给上帝奏。"

"唔!!!只是街道!已经好几千条!上了岸,何去何从?爱一个女人、住一间屋、买一块地、望一个景、走一条死路?太多选择,无所适从,漫无止境,茫茫无边,思前想后,你不怕精神崩溃?那样的日子怎样过???"

"我生于船,长于船,世界千变万化,这艘船每次只载客两千,既载人,也载梦想,但范围离不开船头与船尾之间,在有限的钢琴上,我自得其乐。我过惯那样的日子。陆地,对我来说,陆地是艘太大的船,是位太美的美女,是条太长的航程,是瓶太浓的香水,是篇无从弹奏的乐章。我没法舍弃这艘船,宁可……我宁可舍弃自己的生命,反正,世间没有人记得我,除了你,麦士,只有你知道我在这里,你属于少数,你最好习惯一下……朋友,原谅我,我不下船了。"

(2008年10月6日,总第70期,第四版)

腐　朽

魏梦妮

今天星期二。晴。最高气温 26 度。

我很后知后觉——夏天就这么过去了。陈绮贞说每当夏天结束的时候她就会很失落。我不仅夏天结束时失落，我每天都很失落。

刷牙我想哭，洗脸我想哭，走路我想哭，静止我想哭。听《疯子》，我怀疑自己也疯了。

这个暑假太短促，像食堂的肉包子——第一口没吃到肉，第二口已经吃完了。我还有很多的事情没做——看了一半的电影，没翻完的杂志，没来得及整理的书柜，这样孤单地垂在半空中，荡啊荡，泪两行。

如果可以重新来过，是不是有另一番景象？

谁知道呢。

经历过的，就是重重的痕迹，抹煞不了的记忆。别去想从前，要记住，我要的幸福，往前走，别回头，在不远处。

我喜欢《军鸡》里吴镇宇对余文乐说的那段话："错，就不要后悔，你后悔，就说明你以前都是错的，这样就没办法证明，你是对的。"

有些事，不是我们想改变就改变。

有些人，解散后各自有际遇作导游。

青春。苦夏。知秋。忍冬。反正就这样吧，循环的期限是一场幻觉，我们在幻觉中起伏。忘记了谁的笑脸，吹散了谁的孤寂，离合中荡漾的地老天荒。到此境地，却又忘年无终。

眼泪是假的，悲伤是真的，而真实的，你没那么幸运看得到。

在世界地图上，柯那克里和蒙罗维亚之间，有一个地方叫自由城，Free Town，是不是我们一辈子都到不了的地方……

《心动》里的金城武，躺在天台上拍照，一盒子的照片，然后寄给她，告诉她，这是我想你时的天空。

他让时间在按下快门的那刻静止了。

我们做不到。

我要跟过去告别,天涯那么长,我希望可以走到另一端。

外在的一切并行无恙,生活以安详的姿态继续,我们在似水流年中醉生梦死,然后离别和遗忘。

这就是一切了,再没有别的什么了……

(2008 年 10 月 6 日,总第 70 期,第四版)

文字让我说

张　默

　　喜欢让文字在笔尖纵横飞舞，因为文字可以让一切事物用一种特殊的形状安置于我的思维空间，无拘无束。

　　坦白说，刚好踩在十七岁原点的我对文学仍旧是没有什么完整概念，只是凭着感觉，抓住对细节一时间的感受，再用文字表述出来。简简单单，便是我的生活。

　　走在"物理量"与"分子式"的征途上，我依旧会乐此不疲地记下随行的点点滴滴，因为我总是坚信两个极端总会相互吸引，而我就如同一颗逐流的电子，在其间逍遥回旋，好不自在。

　　这就是我想要的那种生活，有文学，有生活。

　　文学，或许就是我笔下的现实，难以捉摸却又切实地赋予一种姿态，或积极，或消沉。那些，虽不过是即逝云烟，在消散前一秒用言语按下快门，用情感染上色彩，轻松加工便一点一点地铺就了我的文学之路。

　　说起我的"文学之路"，不妨把它看成一条通幽曲径，很多时候，总觉得所有文字都堆存在一个磁场，因为它们有一个共同的方向，由我导航。

　　随心驾驭笔尖的我总能够收获到一些意外的惊喜。比如在作文大赛中获奖，或是让自己的文字骄傲地生长在《葡萄园》这片乐土，这些都让我对写作更加的情有独钟。

　　我想，每个人都是站在自己的刻度线上，所以每个人都有对生活独到的见解与体会，就像"一千个人眼中就有一千个哈姆莱特"一样，每一瞬间与生活的心有灵犀都不一样，每一种思维中的感悟都是独一无二的，所以每个人都可以用文字去宣泄自己的想法。文学本身就是一个梦幻与现实的完美结合，缥缈而贴切，源于生活而高于生活。

　　仔细算来，我的阅读量并不多，陷在高二这样一个"无边试卷萧萧下，不尽考题滚滚来"的炼狱，我几乎每天都在与数字、定律较劲而无暇顾及那些新鲜词藻。休憩时,倒也有种释然。我很庆幸我的文字可以去流浪,可以不受束缚地徜徉,可以肆无忌惮地拼接在一起。我也很乐意于我所罗列的段落能够勾勒一道别具一格的风景。那些情境在我的心里一幕幕都清晰可见,而我就置身于那样的画面里,亲眼看到细微处一点点升华,凝结,直到架起一座虹桥。

在一个旁观者的眼里,我的文字有时会令人费解,却又能在尾声里抛给你一个恍然大悟,这便是我的特质,在文学里流浪的特质。

我是个喜欢怀旧的孩子,总喜欢站在时间游走过的痕迹旁边搜肠刮肚地感叹,直到真正地嚼出隐藏在淀粉后的麦芽糖味道才恋恋不舍地走出回忆。

每一次重温,每一次回顾都是不一样的心情,我想生活也就是一种心情,你调制什么颜色,它就会用什么颜色铺展在你面前,从不掩饰什么,因为生活不会骗你,我也从不肯相信普希金的那种假设。

文学亦是如此真诚,无论我是站在任何视角去看待它,它都会以截然不同的光泽折射出最真实的自己,你也会发现,文学是能够映射本质的艺术形式。像山涧中的写真,因为有了最天然的雕饰,所以才能引人入胜,让我流连其间。

曾忘乎所以地在文学殿堂里呼吸,也曾饱尝文学所给予我的那种淋漓尽致的舒畅,而今的我仍在贪恋笔尖飞扬的快感。

很感激这些古老的中国字所搭建的不朽空间,它让一切年少轻狂的感知都可以找个地方落脚。

感激这些亘恒的文字可以让我说,爱生活,爱文学。

(2008 年 11 月 6 日,总第 71 期,第三版)

纯真年代

王璐璐

家里面的房子正在装修,暂时搬到奶奶家去住,和小叔一个院子。小叔家的琪琪今年 5 岁,正在县幼儿园上大班,是个机灵顽皮的小孩子。最喜欢的游戏是拿块小黑板一个人扮老师,挥着用小棍做成的教鞭自言自语,一会是"训斥"小朋友,一会又跟"家长"沟通,自己一个人玩得兴高采烈乐此不疲,再不理会任何人。那天中午吃饭,又听到琪琪一个人在院子里大呼小叫,我妈突然笑了,说我们家璐璐小时候也是这样的。我爸捧着碗也笑:是,问她干什么呢,她说当老师呢。我在一旁愣了一下,更是笑得厉害,想起了那个傻得可爱的纯真年代。

三岁之前还没上幼儿园,我爸我妈都忙着上班,没人管我,又黑又土,顶着一头短短的乱七八糟的黄毛,跟着附近的一群孩子到处乱跑疯玩。老房子那边曾经有一片槐树,夏天的午后,阳光透过繁茂的枝叶洒下点点火热的光,树丛里面,知了一声声地叫,到处都弥漫着浓郁的槐花香。我们这群脏兮兮、疯癫癫的小孩子们于是爬上不知哪里骑来的三轮车,争先恐后地摘下那一串串奶白色的小花塞进嘴里,甜甜的,有微微的苦涩。

我那时候是个活泼机灵的小姑娘,已经能站在椅子上用筷子敲着碗唱当时特别流行的"妹妹你坐船头啊,哥哥我岸上走"。我妈有时候把我带到她单位去,结果我把她办公室里的人都召集起来听我唱歌看我跳舞。首先得让他们坐好,不准说话,要先鼓掌,等我表演完了说"谢谢大家"还得继续鼓掌。一办公室的人都是乐呵呵的。在家里面,有时候淘气惹得我爸不高兴,他刚一变脸,我便蹿到他怀里"叭"地亲他一口,然后笑眯眯地看着他,我爸那绷着的脸蹭了我的大鼻涕后终于又开起花来。我妈有次给我买了双小皮鞋,上面粘了三朵小花。我欢天喜地地穿出去玩了,回到家,一低头才发现左脚鞋子上的小花不知什么时候掉了一朵。我妈又着腰问我那朵花呢，我支吾了半天答不上来，一手挽住了我妈的胳膊，一脸认真地说："妈妈你今天怎么这么漂亮啊！"

也有特别傻的时候。我妈总喜欢给我买很多好玩的小玩意。跟我玩的都是比我大的小孩，结果那些小玩意总是被他们哄骗了去，然后灰溜溜地两手空空地回家，我奶奶就又带着我一家一家的给要回来。可最后仍然是被哄骗去。

偏偏我那时候脾气暴躁又古怪，经常和男孩子打架。有一次一个男孩子扔石头不小心碰到了我，我捡起脚旁的小砖块追了他几条巷子，我妈在后面拼命叫着也没能拦住我。我奶奶就说我是"吊梢眼"，厉害，一直叫我"杂毛"。

刚刚满了三岁我爸我妈就迫不及待地把我扔进了幼儿园。一开始进门的时候不停地哭，在院子里玩了一上午的滑梯和木马后就很乐意地呆在里面了，天天跟着老师"咿呀咿呀"地唱儿歌。中间休息的时候还给发零食，饼干啊果冻啊，最喜欢的是"荷金来"牛肉干。

那个时候开始辫两个小辫子，穿一套一套的花裙子，慢慢干净漂亮起来。开始学电子琴，被老师找去跳舞，到各个地方比赛，演出。我妈还专门花五十块钱给我刻了张碟，里面是我所有的节目。我一跟着我妈去菜市买菜，那些卖菜的就笑嘻嘻地跟我妈说哪天哪天又在电视上看到你家闺女了。我们幼儿园老师也都很喜欢我，其他小朋友的妈妈也都经常在我妈跟前感叹说你们家王璐璐真是啊，什么都好。以至于我妈现在还时常沉浸在当初的风光里，回过神来又开始狠狠地瞪我，你看看你现在！我便很识趣地从她眼前消失。

其实那个时候是有一点点自卑的———个子太高。站在小朋友中间总觉得格格不入，不知所措，所以性格内敛许多，文文静静起来。那大概是最淑女的时期。可是我的最见不得人的一件事也就在那个时候发生了。

那时候幼儿园门口开始流行卖一种带壳的棒棒糖，糖吃完了那个壳可以当玩具玩，五毛钱一个。我发誓，我真的不是一个好吃爱玩的小孩，可当时就是要命地对那种棒棒糖着了迷！然后我拽住正巧路过的同班的一个小女孩向她吹嘘那种棒棒糖怎么怎么好，把她也说动了心，终于掏出钱同意我帮她去买。结果，我举着钱买到了梦寐以求的东西，坐在幼儿园的木马上美美的吃掉了糖，正津津有味地玩剩下的玩具外壳，那个同班的小女孩气冲冲地要我还她的五毛钱，说："我爸爸是警察，有枪！"真的是，小时候就怕警察。小朋友一起吵架的时候总是会说"我爸爸是警察"之类的，而我们还就是信，就是害怕。结果我就瘫在那木马上了，动也不能动。后来还是我妈来了，然后怎么解决掉了。从此以后，见到那个小女孩就躲，再也不敢借别人钱了。这么多年了，我妈一直拿这事来压我。上两年还觉得羞愧得不得了极力阻止她再说出来。到现在，已经能很坦然地面对，再提到，就跟着我妈一起哈哈大笑。

是，真的就长大了。

家里面，一本一本的相册装满了我从小到大的影子。我妈没事的时候老是翻着看，微微笑着再叹口气："小时候多好啊。"是啊，小时候多好啊。那个辫羊角辫，眼睛明亮，笑吟吟的黄毛小丫头，纯真可爱。慢慢长大，经历人事，一点一点变得世故，无奈。爸爸妈妈的眼角也开始爬上细细的皱纹，发线也开始留下白雪的痕迹。那么多的苦闷压抑，所以才会有那么多怀念过去的人吧？可是，不管怎样，一定要记得，我们都曾那么纯真可爱过，我们都是好孩子，会有好的未来。

PS：不小心被剪刀戳到了手心，留下小小的伤口。晚上回到家跟我妈撒娇让她给我洗脸。我妈拿着毛巾定定地看我说："都比我高了。"然后边给我洗脸边哄着："给宝宝洗白白，抹香香嚎！"一起笑了。

（2009年5月6日，总第77期，第二版）

英语课上的走神

姜夏安

我最美的年华却在这浮想联翩的岁月里凋落了。

左耳里塞着 earphone,头发顺下来刚好遮住整只耳朵。姐在讲台上面讲课,张牙舞爪,极其亢奋,边攥着粉笔在黑板上孜孜不倦地写着,一边时不时地回头望着我们,一边滔滔不绝地讲着,还一边在写出的单词上画圈并点点,板书搞得跟鬼画符似的,一节课下来圈和点加起来比单词多。我这样低着头每写几行字就要抬起头看着她汗涔涔的脑门,配合地点几下头,甚至还要故作恍然大悟的样子,猛一睁眼并伴随着一声拉长音的"哦"。这个时候,我往往会觉得自己真欠揍,但没办法,在该做这件事的时候你非得去做那件事,就要付出代价,你看,我脖子都拧疼了。

已经快上课了,球场上还有人在打球。一个篮底下十来号人抢到球就往篮板上砸,也不管板上有没有筐。还没有人防守,乱成一团,真难看。据我观察我们学校学生平时打球的时间有三个:早读下课,上午大休息和傍晚自由活动。

每天傍晚我都会雷打不动地趴在窗台上,一边啃苹果一边看大猩猩打球。啃完苹果,再吸完一盒奶就该上课了。大前天傍晚,我看大猩猩打全场的时候,送风的脑袋突然冒出来说:"呦~又看大猩猩的么,难道你看上他了??"我说你们这些男生思想真是污浊,我还经常看发哥(我们物理老师)打球呢您有何看法? 说着就看到发哥在西南角那个篮投三分——又是"三不沾"——"这太正常了,"我说,然后又调整视线继续看大猩猩打球。大猩猩刚完成一次绝妙的助攻,奥尼峥就啃着烤肠挤过来说:"其实我觉得吧,大猩猩打球并不是很好,他主要是身体壮。"阿尔卑斯也在一边附和:"像这种靠身体而不靠技术打球的人并不值得欣赏,你看我……"我冲着奥尼峥下巴上新萌发的青春痘和阿尔卑斯的酷头白了一眼,感觉这两个人真欠扁。班长站我身后说:"在篮下咱学校还没有能比过大猩猩的嘞。"于是班长的形象在我心目中立刻高大了起来,还熠熠生辉。

不知不觉第一节课都下课了。我还在这"笔耕不辍",这就明显假了。耳机中传来的《有何不可》戛然而止,我一看 mp4 没电了,唉,换手机吧,南拳妈妈的《下雨天》,"下雨天了怎么办……"我该怎么办我该怎么办呢?虽然外面一直阳光明媚,甚至有点刺眼,球场早已变得空旷,可是我为什么不可以空旷起来释然起来呢?

我是说我快高考了,所以有些事情必须要放下而我却一直放不下,比如晨,比如我一直企图囚禁的他的声音,比如那个曾经许诺要娶我的嘴唇的男孩。还好终于听到《日落》了,意味深长的绕舌:"……失去总比得到简单……得到不证明你不会再失去。"

呀上生物课了。早出晚归的 Ball 都已经拉开架子准备开讲了。我急忙扯下耳机翻出试卷,开始装模作样地听课。我的同桌也在人模狗样地听课,但他这样是因为成绩太好了,没有空听课;而我这样却是因为成绩太差了没有劲听课。有时候想想我们这样两个人坐在一起也真是搞笑。老师需要语重心长地教导我要跟他学好,还要隔三差五地警告他不要跟我学坏,真辛苦。

哎,我突然发现我的走神已经走到生物课上了。那这篇文章的题目可能就要改了,但改过又太难听——"起始于英语课并不小心蔓延至生物课上的走神"——那还是不改了吧,反正一直都在走神,管他是哪节课呢。猫在后面两眼放光地玩游戏,旁边的张指导目光呆滞地盯着生物试卷。如果没有调位的话,我左边的弱智应该在歪着脖子伸着脑袋攻 X-Man,憋笑把脸憋得跟挨人扇了巴掌似的那样好看。

你看看你看看,那些专家教授们一天到晚绞尽脑汁地给我们高三学生减压,可我怎么看都觉得我们生活在桃花源。

我想我也应该找点事干了吧。这时候手机"昂昂——"地振了起来,我这破手机最强的就是振动比和弦还响。原来是博子的短信,要我下午放学陪他去上网,我回他"好啊,你掏钱"结果发不出去,一查没钱了,唉还得去充话费,又多一件事,天天都忙死了,就是不知道忙的什么。我扭头看了看球场心想马上又有人来打球了,对了下午放学还要看大猩猩打球呢,那就不去上网了吧,下星期就二模了,还上什么网!我得回家学习!这么想着手机又振了,博子说你怎么不吱声啊。

我默默地说我吱了你没听见。真烦人,都振得我腿疼,索性关机。同桌用胳膊肘捣了捣我,示意生物试卷该翻页了。我向他报之感激的一笑又扭头看

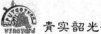

了看窗外的天依旧那么蓝,就像那天中午一样干净。那天中午,我站在楼上往下看,偌大的球场上只有一个穿蓝色运动服的男生在独自忘我地练球,运球,带球,过人,三步上篮,后仰跳投。"嘭、嘭、嘭"的声音穿过寂静的校园撞击着我的耳膜调戏着我的神经。篮球架边停靠着一辆红色的自行车,反射的阳光有点晃眼,我轻轻地对身边的珊珊说,那个男生真帅。

呵,没错,正如你所想的,那个男生就是大猩猩。

直至今天,我还会记得那种声音是怎样狠狠地刺向我的心脏,穿透我的身体,然后,马不停蹄地奔向远方——

"嘭、嘭、嘭。"

(2009 年 5 月 26 日,总第 78 期,第二版)

旁 白

Joshua

想法在我的左手 旋律在右手/就这样找到了自由/生命中许多片刻欢笑和忧愁/都在升降记号中/太多事敲不动太多梦太沉重/不如简单的歌让人感动

——《D 大调卡农》

01

又到了一个新的阶段,我觉得很轻松。

现在,有些东西,我不需要。我需要一个小窝,重整力量,整装待发。并不是所有存在的东西,都要赋予他们一定的含义。拥有很多力量的,不止超人,还有我。我只是想做得好一点,虽然,付出的努力与得到的结果都要大打折扣,但是,这并不影响我的信心。

有些事情像场无声电影,回头却已经回不去了。不管如何遭遇,如何继续,都是希望。

02

脑海中一直出现自己走在荒芜一片的茫茫大道上,风,吹乱我的发,我就一直那么孤单地走下去,一直走,好像没有尽头。

有人说:感觉孤独的人更容易相信所谓的超自然力量,认定上帝、天使或奇迹确实存在。我依然相信什么,正如我期待某一日的到来。它将会是一个温情脉脉的小故事,故事的主题有关幸福。

或许,我已在创造着某种永恒。

03

当时觉得没价值的东西,因为时间、记忆而变得珍贵起来。努力把平淡的生活冥想成快乐的日子。不知道的,其实奇怪的事情总是时有发生,就像,熟悉转瞬成了陌生,亲切忽然成了疏离。

要是有些事我没说,别以为我忘了,我什么也没忘,但是有些事只适合收藏。不能说,也不能想,却又不能忘。

互相一次次说"时间已经不早了",时间不早了,可我一刻也不想离开,一刻也不想离开,可时间毕竟不早了。有那么多孩子气的念头,不管多么漫长的时光也是稍纵即逝,那时他便明白,每一步每一步其实都是走在回去的路上。

但是太阳,他每时每刻都是夕阳也是旭日。

04

当雾散了的时候,人生变得清晰了,可是也变得更加残酷。王阳明说:世间事多为半逼、半激而成。

我觉得那是一种刺激,要看情况而定。因为我不知道明年的我会有怎样的心情,会用怎样的心情面对这一切。

我不知道自己是否是可以坚持到最后的勇者,能有机会去迎接更美的风景。所以,面对前面的那道坎,一起,做最好的自己。

05

一切都是新的,与以往没有任何关系。它们在一个荒漠上建立起来,新的人面对新的世界,只有蓬勃野心,没有风月心情。

——安妮宝贝

后记:

我想对妈妈说,我真的长大了哦,以后会努力让你过上更好的日子,虽然你一直都说我不孝顺的。

我想对外婆说,我记得你给我所有的好,外婆我永远爱你!

我想对朋友们说,很幸运会遇到你们这群对我如此之好的天使。因为有你们,我会坚定地走下去。

(2009 年 5 月 26 日,总第 78 期,第三版)

自命题

张　默

我们不该在自由里过分逗留,即使在将要老去的某天,哪怕我们要死很久。

——写在前

感冒

东东一个接一个地打着喷嚏,我数得乐此不疲,可怜那小子撕光了我的卫生纸感冒就好了,我百感交集地哀叹:"灰太狼进耗子洞,不拿自己当外人了还!"说完我狠狠地白他一眼,觉得瞅够本了,眼珠子差点没转回来。

其实,都是些有的没的,码成字,也就这么回事儿。

正是因为有了太多的条条框框不能与不许,所以我们时常感到压抑。有什么了不起?何必头疼脑热就拿自己当"H1N1",活得太累,不靠谱。我时常义愤填膺、慷慨激昂地准备发表演讲,却都在开头"I have a dream"的冒号之后被扼杀在摇篮里。玄子拿我当高尔夫,恨不得给甩到北冰洋。他常常幻想把我送北大荒接受再教育去,其实他要是愿意把火车票给报了,我早就成全他了。

谁谁狐疑满腹地问道太阳为什么打东边出来,我笑了,其实并不好笑。这也许跟感冒了就不能打疫苗一样一样的吧,我们终归是要活在这被操纵的世界,欲罢不能。

老电影

长胶片,老电影。黑与白的鲜明节奏,简单却强烈。

真正的老电影,不用声音也可以将情节完美展现,大概是缘于我常在家偷看电视把音量调到最小日积月累地参悟出的结果吧(这倒是其次,主要原因还是央视6套的原声版电影凭我这三脚猫的英语水平听起来还是有一定难度系数的)。完整地看完一部电影,就像看到一个被压缩了的时代掰开,揉

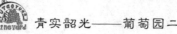
碎在你面前,岁月有了一瞬的倒流,这种感觉,算作一次幻妙的旅行,所以让我有种偏执的热爱。

表情

从小就害怕看见有人哭泣,害怕悲伤会逆流成河,掩住我的鼻息,让我缺氧。

那女孩在哭,一脸斑驳的妆,让我莫名地嗤之以鼻,不是我太漠然,而是深恶她们从前老练地拿捏 cute 的表情,一个电眼也当成核武器。我说宪法也能再加一条美女头上要顶个高压电警示牌,谨防假冒。套句玄子的话:"说你长得好看还硬往灯底下站,有你解决中国人口问题,计划生育还要出台吗?"别怪我损人一套一套的,只是不想看到那么多纯真的脸过早掩埋在虚伪里,青春毫无光彩地开过荼蘼。我们只需要做一块璞玉,贵于本真,没必要让自己活得那么隐忍。

刚刚接触到萨顶顶的歌,像西藏的天空,干净得可以像天堂一样。曲调妙逸而微带张扬,肆意而原始的声音让我对她膜拜顶礼。唯有匠心人取下锁骨去伴奏,才能与之契合吧,我想。

Ball　哲学

酝酿已久的母亲节礼物把老妈的皱纹都乐得更清晰了,我倍儿自豪地跟老妈说:"看,我都比你高了。"老妈忽而很担心地感慨:"等我和你爸老了,你要还这么孝顺就管了。现在就一个孩子,这一注彩票中不了,那明个老得动不了,想喝西北风还得看天气预报来。"我说:"妈你数学没学好,孩子多了还不得把你们当足球踢,你们就指望我一个,是要把你们当橄榄球抱着的。"

结果你猜怎样?这句话在十里八乡算不上,反正老妈是在菜市场拽到个还指不定熟不熟的人也要传唱一遍,呵呵,足足让我在母亲节以后的 N 天里小日子过得春风得意的。

关于

呀呼哩啪啪———

我说,谁教的来着,管它呢,反正要把你变胡萝卜。

在动画片里捡着小 P 孩的快乐,无论是关于哪一类人或事物,对我的人生总是幸福的铺垫,所以我会在防震演习上跑得贼快,所以我保留对生活的依恋,像钱小样一般,坚守蚂蚁的幸福。

　　某一天老去,我们还能对着这一尾青春感怀,和身边的人一起笑了,激起一波鱼尾。挺好的,真的,挺好的。

——小尾

(2009 年 6 月 16 日,总第 79 期,第七版)

火车开往冬天

王子冠

礼拜日。

我躺在温暖的被窝里，换了一个更加舒服的姿势，在罅隙之中窥探着09 年倒数第 N 场雪的融化全过程,思绪却不知甩到哪个冬天去了。话说冬天总是相似的,而夏天各有各的夏。这个时候是最惬意的了,不需要老歌就能自然而然地回到过去游历一番,快乐的不快乐的,都像看回锅电影一般再浏览一遍,然后以一个局外人的身份念叨着:乖乖,那时候我也太烧饼了吧……

这时候战友们应该都在第一线笔耕不辍地战斗着,一个个"眉目间惨淡唇齿间相挨,惨淡相挨我都想不明白"。不行!我得学习了!这都快十二月了,马上又月考了,马上的马上就联考了,马上的马上的马上都模考了……想着想着,我一个鲤鱼打挺蹦了起来,潇洒未遂,头直接撞到墙上,杯具了。我站在镜子前检查伤势,手却极其不自然的摸着只有胡碴的脸。这是我第二次刮胡子,就在前一天的晚上,美其名曰"剃须迎月考",和第一次的"刮胡迎国庆"遥相呼应,还熠熠生辉。这一切源于昨晚上的一个简单的对话:

我:我觉得我不能再刮胡子了,因为刮过胡子像太监。

小元童鞋:知道你不刮胡子像什么吗?——老太监

我:&＊@…@#…

阿跃对我的第一次刮胡子很是感伤,因为他近乎虔诚地认为型男是需要胡子的,你比如说很有型的 Justin Timberlake,你再比如说很鬼马的 Johnny Depp,他更虔诚地认为自己是属于型男那一款的,于是留着和发型同样失败的胡型。

我只觉得:

岁月催人老啊,催人老,催熟了少年,催老了太监。

所以一直觉得这个冬天来得有点早,早得让身体很不适应。我看着班里那些空着的小桌子小板凳,心中好生嫉妒。这就明显假了,灵璧乃温带季风气候,往年气候再恶劣也不能病倒那么多,所以真相只有一个:H1N1来了!我柯南般的高深理论换来了周围的应和:

"有道理有道理,H1N1是明年高考热点。"

"尤其是文科,得抓紧找这方面材料。"

"如果我没记错,《试题调研》第一辑就有。"

其实这不是我本意……

想来老五生日刚过,我一如既往地没送礼物,话说我去年生日他送的那个保温杯质量真好,被我当成"流感杀手"一直用到今天,春花用成夏星,秋月用成冬雪,就像友情,对吧?想想什么都不表示有点说不过去,况且人都快去自招了(不是自首),于是我花了一个课间写了个贺词,其中一段是:

"明年今日,你将成年,我会坐公交车去清华园送你成人礼物,你带我参观你们学校的女生宿舍,就这么定了。"

不同的是有些人喜欢把梦想高声喊出来给自己信心和压力(我每天早读课都要读的李阳乃此中翘楚),而有些人更适合将梦想小心包裹,谨慎地藏在胸间,只为用三个月的时光在太阳底下曝光;但相同的是梦想,永远承载着所有人如花的青春,如水的年华,这是不会变的。

英语老师在班里说过一句:我们还有很多的事要做,我们还有很长的路要走。

我记着了。

所以呢,唱一支赞美的歌,带上试卷和mp3,走向冬天吧,在这个火车的季节里。

轰隆——轰隆——轰隆——

(2009年12月6日,总第83期,第二版)

乱感觉

Infinite

我觉得我越来越像一个大茶几，上面摆满了各种各样的杯具。

宁静的雨夜，你可以撑着雨伞 step on the rainy street，然后走进一家"高档"兰州拉面馆。你温文尔雅地向侍应生点了一份茄丝盖饭，之后你又倍儿绅士地细嚼慢咽。饭毕，你漫不经心把双手插入衣袋。顿时，成了一块木头。然后心里暗暗地爆了句粗口："王八羔子的，出门忘带钱了。"最具悲剧色彩的是前文的"你"变成了"我"。

环顾四周，不大的面馆里人不少，除了我这位忘带钱的消费者外，还有五位店内工作人员，每一位的眼神都好像一挺机关枪，无情地在我的身上打出了 N 个弹孔。怎么办？等死？不行！沉默了几秒后，突然，神明附体，灵光闪现，我大手一挥，高声叫道："老板，再来份牛肉炒饭！"然后借口买烧饼，冲出门外。吃霸王餐是不对的，于是我奔回家拿钱。回面馆后，无人惊异于我未买烧饼，抑或是他们早就看见一个人和大烧饼，在痛苦地吞下第二份饭菜……

感觉如何？除了很撑，就是很乱。乱得我理不顺，剪不断。使劲搅和，便成了一团糨糊。于是乎，我便顶着糨糊般的脑袋去上学。

在班主任多次最后通牒下，我不迟到了，但很困。为了防止早读课成了睡觉课，为了防止老师第 N+1 次抓住我。我得打起精神，先唱首歌，搜罗出英语选修 6，高呼："Hush, little baby, don't say a word, papa's going to buy you a mockingbird!"之后，趴倒，在老师没来前，打个小盹，盹打得不好，因为大脑里不断有"高考还剩 6 个月"回响。我想起了我的梦想，我的未来，于是起身抱起英语书读了起来。蜗居在班里独自奋斗是一件很令人激动的事。

老爹问我："有理想么？"我说："有……"

多得让我数不清了。我想考上戏，毕业做导演，搞不好哪部电影大卖了，我就出名了。我想学经贸，学营销，毕业做商人，投机倒把貌似也让人激动。

干脆现在休学,跑去学 DJ,做自己的音乐,组建一个地下乐队,在废弃的剧场里完成自己的音乐梦想。我还要买一辆 rolls royce 幻影敞篷,开着它在光明大街兜风绝对是件拉风的事。

老爹说:"什么乱七八糟的,风马牛不相及。"不乱就不像我了,我永远是没有调理的不正常。

坐在椅上,望着窗外的车流,点上一支烟卷,深吸一口,吐出淡蓝色的烟雾,我伸手掐灭了父亲的烟卷说:"吸烟伤肺。"老爹没再点燃,转而问我:"不久就十八了吧?"

我点点头。老爹忽然很伤感:"时间就是快呀!一眨眼十几年过去了。"

忽然心里起了雾。时光啊!一去不复返。忽然想起老妈说过,如果一切顺利,我会渐渐地疏远这个家,离开这栋住了多年的房子,走自己的人生路。忽然大脑变成了幻灯片,闪过了一张又一张旧时的照片,怀旧是因为当下不好。对,现在很乱。

十二月的阴雨连绵,忽然想起此时如果听 stan,感受 dido 沧桑的嗓音,可以使伤感迷离的气氛更加浓郁,但我戒音乐戒了好久。听音乐的确很浪费时间,但更多的是喜欢听硬核风格音乐的我,只会被那种杂乱的节奏打乱我那本不平和的心境。

打开电脑,翻阅着每一个人的空间心情,或喜悦,或哀伤,或哲思或怅惘。我思索着幽默的词汇,连接成好笑的语句,评价着别人的生活。又打开百度灵璧一中吧,重新顶起那些离开母校的毕业生们的寻人贴,离开了家乡,怀念的当然是曾经的同窗好友。网络时代,总有人不会用 QQ,不会玩校内,然后消失在茫茫人海。

"这是一个历史性的契机!"我说,"我得好好思考,我得安静几天,思考未来的路。"其实要想么?我们已经有了一条明确的路,六月的高考。时间不多了,而且在飞速地流逝。得努力,但得有理由,要实际,不遥远。

我深思了许久。忽然想起了世界杯,嗯,为世界杯而读书,为高考后能无悔地看世界杯而努力地读书!有动力了,令人激动。忽然我又觉得我野心勃勃,我蓄势待发。我忽有所感,在贴吧里发了一个极其简短的 Freestyle:

只要我努力,

他们会叫我永远;

只要我奋斗,

我能冲破无限。

They call me forever,

因为我撕裂的黑暗……

吧友说："小伙激动了,貌似打了鸡血。"

我回复："嘿嘿,任何修饰词也表达不出我乱糟糟的感觉。"

我又发了许久的呆,接下来做什么呢?嗯,睡觉。值得确定一定以及肯定的是,身体是革命的本钱。

末了,想起尼古拉斯的一句空间心情:"人生就像超级女声,走到最后的都是纯爷们。"

(2010 年 1 月 1 日,总第 84 期,第二版)

秋枝·驴哥·我

柔化舒听

当缕缕春风拂过乡村的早晨，一群摇摇摆摆的鹅趟下了坎沟，小河上便欢快地铺上了一层绒绒的白。旷野里的株株小草一起做着深呼吸，漫漫大地忽地就向着蓝天蓬勃起丛丛绿色的火焰。孩子们乘着风，升起了一张又一张艳丽的风筝，放飞了他们的欢乐……

此时，我倚在一块简陋的石碑上，躲在一片幽静的小树丛中，透过树缝，静静地看着。我感觉到孩子们正在渐渐地离我远去，风筝们也正在悄悄地隐匿在蓝天中，留下的尽是绵绵的愁！我转过头去看那碑，上面粗糙地刻着"陆秋枝"，身后便是她孤独的坟。我对她说："嘿！秋枝，春天真的来了。"

秋枝是我的好朋友。听大人们讲，她和母亲是十几年前的一个冬天不知从哪里跑来的。当时她母亲把她背在襁褓中，疯疯癫癫的。人们本想拿点东西给她吃，把她打发走，可是在下了一夜雪之后，第二天，人们在麦草堆中又发现了她们母女俩。人们以为她们都死了，到了医院中抢救了好长时间，才救醒了她们。从那以后，她们便在我们小潘庄住下了。对了，跟着她们的还有一头驴子呢。后来，我和秋枝都叫它"哥"，也就是——驴哥！秋枝的母亲也没有闯过什么大祸，只是有时做些疯事罢了。

秋枝本没有名，没有姓，"陆秋枝"是我给起的。我觉得她就像一根秋天的树枝，命运隐去了她的青春与生机，送来的只是无尽的寒冷与萧瑟。小时候的我和秋枝很要好，当然还有驴哥。每天我们三个都会在一起好长时间，我陪着她一起牵驴哥替人家干活而要些饭吃。直到上了小学，我们见面的机会便少了。初中我到了灵璧广志寄宿，见到她和驴哥就更少了。可是幸好还有长长的暑假和寒假，所以我和秋枝和驴哥之间的感情不但没有淡化，反而因为离别而变得更加浓厚，特别是她对驴哥比对我还要好。

一切都太平着，又一个开心的时刻到了。2007 年的暑假像一个无形的礼物，砸到了我的头上。可是谁又知道，秋枝的灾难才刚刚开始。

　　暑假刚过了一个多星期。像往常一样，一大早我便起身去了秋枝所住的破草屋前。可是这里除了被栓在柱子上的驴哥，谁也见不到了。过了一会儿，突然一群人涌了过来，前头几个人扶着秋枝的母亲，而秋枝则在旁边哭着。人群中不时有人发出议论的声音：

　　"听说是在快到灵璧的一条沟里找到的。"

　　"呀！怎么跑这么远！还被人给打了腿？"

　　"不知道，好像是因为在哪偷东西被人发现了吧。"可是正巧被秋枝听到了，她便哭喊道："我妈不是小偷！"后来人们渐渐地退去，只剩下了我。我没有说话，只是默默地帮她倒热水。她把热毛巾敷在母亲那青紫的腿上，母亲在呻吟着，而她在哭着。我平息了一下，坐在凳子上，又想说什么，但是泪水塞住了我的嗓子。我的四周充满了哀声，似乎有万斤重闸压着不能呼吸。终于，我还是选择了沉默，如果沉默是最沉的悲哀，那一晚秋枝便送给了我永久的沉默。

　　又过了好些天，我又去看她。她一大早便伏在窗前，见她第一面，便是一张苍白而又无精打采的脸。见我来了，她便笑了，可是笑容却带着很重的沧桑感。我也冲她笑了。突然，她一下子倒了下去。我迅速冲到屋中将她扶起，她醒了说："刚才头有点晕，不过没事，老毛病了。还有一些像骨头感到痛了等毛病常有的事。"我也就没说什么，只是陪她说笑。我不敢问她母亲的事，我更是因为不忍心，我不愿让这朵凄苦的花再次为了悲伤而绽放。开学前一天，我向她作了告别，之后便离开了。

　　时间过得飞快，第二学期又放了 7 天长假，说是"秋忙假"。我也记住了这个秋天，因为这是秋枝的最后一个秋了。秋枝的母亲又出事了，秋枝家的土墙塌了，砸断了她母亲的胳膊。可是这要一大笔钱治疗，秋枝被逼上了绝路，终于想了一个办法——把驴哥卖了！

　　第二天，三哥和我一起陪她去，是为了能讲个好价钱。可我的心里是多么难受啊！秋枝沉默着，死死地盯着驴哥，走着。秋收时节，大树林子里有枯黄的叶回旋着，那些黄叶都呼叫着。我望着林子的那端，全林的树棵，仿佛是天落下来的大伞。阴沉的阳光，晒着所有的秃树和远近的人家。深秋的田地好像光了毛的秃头，远远近近平铺着。

　　一张叶子落到了秋枝的头上，叶子是安静地伏在那里。秋枝牵着老驴哥，头上顶着飘落的叶子；老驴哥，秋枝，配着一张枯老的叶子，我们一起挪着沉重的步，缓慢地蠕动着。

走着,走着,到了一条小河旁。老驴哥便走上前去喝水,这是它最后一次饮水吧！老驴哥需要饮水,也想要休息,便在小河旁倒卧下了！它慢慢呼吸着。过了好一会儿,秋枝用低音,轻声呼唤着:"起来吧!我又有什么办法呢?"可是老驴哥仍然仰卧着。秋枝继续唤着,但,任她怎样拉缰绳,老驴哥仍是没有移动。终于,秋枝恼怒了！她用短枝打着它起来。虽是起来,老驴仍然贪恋着小河。秋枝因为这苦痛的人生,使她易于暴怒,树枝在老驴哥的脊背上断成了两截。秋枝对驴哥大声哭喊道:"我也快死了,快走吧!"我和三哥都沉默着,都被泪水给堵上了嘴。突然,秋枝跑到老驴哥前面,用手抚着它的脖子,连声说:"对不起,我不好。"老驴哥立刻响了鼻子！它的眼睛哭着一般,湿润而模糊。悲伤立刻掠过我的心头。我终于忍不住,哑着嗓子说:"算了吧!算了吧!"三哥也说:"是呀!"可是,秋枝沉默了一会儿,平静地说:"走吧。"

深秋秃叶的树,被惨厉的风脱去了灵魂。老驴哥走在前面,秋枝和我们走在后面,一步一步屠场近了,一步一步风声送着老驴哥归去。

走到了街上,一群孩子拾起土块,或是垃圾打着老驴哥。这是一条短短的街。就在街的尽头,张开两张黑色的门扇。再走近一点,可以发现门上斑斑点点的血印。仿佛是箭,又像火一样刺烧着秋枝和我们,她看不见一群孩子在打驴哥,她忘了怎样去骂那群顽皮的孩子。走着,走着,便走到了屠场院子的中间。

四面板墙上钉住无数张毛皮。靠近房檐立了两条高杆,高杆中央搭着横梁;驴蹄或是牛蹄折断下来后用麻绳把两只蹄端扎连在一起,做一个叉形挂在上面,一团一团的肠子也搅在上面;肠子因为日子久了,干成黑色不动而僵直的片状的绳索。那些折断的腿骨,有的从折断处滴着血。在南面靠墙的地方也立着高杆,杆头晒着冒着蒸气的肠子。不知哪个刚被杀死！肠子还热着！满院在蒸发腥气,在这腥味中,秋枝快变成一块铅了！沉重得没有感觉了！

老驴哥,它孤独地站在板墙下,它借助墙在搔痒。此刻它仍是驴,过一会它将也是一张皮了！

一个凶神恶煞般的人跑出来,大声说道:"牵来了吗?啊!价钱好说,我先来看一下。"那个人打了打驴哥的尾巴,用脚踢一踢驴蹄;对于秋枝和我来说,这是多痛心与难忍的一幕啊！

三哥上前与那人讲价钱,最后三哥满意地领我们回去了。当我们跨出门槛时,突然后面有人大喊:"不行,不行,……驴走啦！"

秋枝回过头来,驴哥又走在后面;驴哥什么也不知道,仍想回家。屠场里走出几个男人,个个都带着邪恶的面孔,想把驴哥抬回去,终于驴哥躺在道旁了!像树根一样盘结在地上。没有办法,秋枝又走回院中,驴哥也跟进院中。她像小时候一样给驴哥搔着头顶,它渐渐躺在了地面上了!渐渐想睡着了!秋枝抱着驴哥哭着说:"对不起!对不起!"忽然秋枝迅速站起来向大门跑去,跑到了路口听到了一阵关门声,接着一声驴哥凄厉的号叫!秋枝终于被击垮了!

回来的路上,三哥背着昏迷的秋枝。我问道:"三哥,秋枝为什么说她也快死了呀?"三哥说:"你不知道呀!她被查出得了白血病,已经晚期了,好像过不了这个年头。唉!"我惊愕了!她从未给我说过。一路不知又洒向大地多少苦涩的泪水。

到了家中,又一个晴天霹雳打了下来,秋枝的母亲失踪了。秋枝躺在床上再也起不来了。她用颤抖的声音说:"妈没了!驴哥也死了!我一个人活得好害怕!"我哭了,说:"别怕!我来唱歌给你听。""喂,你别吓我了,还是我来吧。这辈子活得不长,有你这个朋友和驴哥也没算白忙活!"我苦笑并哭着。

"我们欢笑着——奔跑,所过——之处有——鲜花——次第绽放。刹那间的——绽放,便——是永恒!咳!咳!咳!"秋枝最后一次唱歌了。

始终,秋枝的母亲也没回来过。一个多月之后,快入冬了,一天夜里,秋枝走了,第二天人们发现她真的死了。终于,秋枝没能走过这个寒冬,再也没能看到下一个春天。

2010年1月1日,秋枝和驴哥离开有近4年了,可每当我去为秋枝扫墓时,总感觉就在昨天一样。我庆幸我的童年有她们陪我。我从秋枝的坟旁站起身,说:"秋枝,你和驴哥还好吧。"声音又哑了下去,又哭了。我离开了,再也没有回头。我走出树林,又看到了风筝和孩子,他们正如我们当年那样天真地玩耍着。

春天好啊!我带着秋枝和驴哥一起活着呢。

(2010年4月6日,总第87期,第三版)

宫崎家的夏天

苹果核

　　我插上耳机听到里面的木琴声,咚咚,像风铃。那是叫"龙猫"的曲子,听着听着就舒服得像只猫,眯了眼睛,甩了鞋子赤了双脚,踩了午后落在地板上的阳光。

　　反正我是很现实的人,不相信童话,却矛盾地喜欢童话。大概也是拿来聊以自慰,得到暂时的安全感,所以看几百集的日本动漫都不厌其烦。明知那些残忍的死亡和消失,那些感伤的画面和对白,都只是拿来哄小孩玩儿的,却一边骂自己庸俗一边涕泗横流。怪小孩。我想。怪小孩喜欢宫崎骏的动漫。

　　我还记得第一次看到的是黑猫吉吉,蹲在魔女的扫帚上,从蓝得像玻璃糖纸一样的天空中穿过,风带起琪琪的墨蓝裙子和大大的红色蝴蝶结。真好,我说。我也想飞。其实不一定是扫帚,飞行船飞行石都可以,比如《天空之城》里悬浮在气旋中间的一片晴空下,长满了树的城。我觉得自己很难忘记靠在古树下的机器人周身缠着藤蔓的样子。你说人类什么时候才能如此,待到耗尽生命后安睡在草地边,化为泥土或树叶,终日看纷飞的鸟群,看低矮的大团云朵软软飘过。或是像幽灵公主一样,卧在高大的白狼身边,等待在繁密的山林中,由巨人变成巨鹿的山神的到来。或是像《再见萤火虫》的结局一样,小小的灵魂牵起小小的手,相携着走过夜空下缀满萤火虫的柔软草地,走过夜空下沉睡的森林。

　　宫崎骏总是这样,创造太多奇妙不可思议的美好。干净的天空,干净的云朵,干净的长风,干净的树林,干净的繁星,没有波澜起伏的剧情,总是有一个笑容干净、眼眸干净的女孩,安静地穿越一个又一个让人揣摩不透无路可逃的美好,只是没有一个美好属于我罢了。看完后心头像刮过一阵风,这些情节不知来源没有去处似乎向四周无限延展,很多事都未明了,便也没有必要追根溯源,没有必要多作评析,就只是哭了笑了结束了,而已。

耳机里的下一首,《千与千寻》的插曲。闭上眼睛就能看到影片里在响起这首曲子时的画面。水面下浅浅的车轨,没有回程的单向车,墨蓝夜空中千寻的侧脸映在车窗玻璃上,瞳孔无比清澈。

窗外的车站上,稀疏地来往着没有面目行动迟缓的旅客。说不清情绪,连结局都分辨不出悲喜。千寻坐的车就不回头地消失在丛林尽头,一切终止时一切似乎也都不会终止。

我站在地板上,心里空落落的,空得像那个夏夜看完《龙猫》后一样,摇晃着回去睡觉,结果过了午夜还是睡不着。总是无法克制地看到树林中间大大的草地,草地上白色的、房梁破损的小木屋,木屋里落满灰尘的黑暗房间,房间里一群一群的黑煤虫虫。然后,就是草丛中跳跃的奇怪兔子,树洞里睡着了的胖胖龙猫,在田野上电线上飞奔如风的怪猫巴士,还有蓝得像玻璃糖纸一样的天空,软软飘过的大团云朵。

我把音乐又换回了《龙猫》,木琴声叮叮咚咚,像风铃。有点难过且十分莽撞地扑到枕头上。一直耿耿于怀的是,我看不到龙猫,因为我早就弄丢了无忧无虑无比简单的童心,就好像只有小月小梅能在星空下和龙猫一起做怪异的仪式,趴在龙猫肚皮上站在树梢唱歌,而大人们却看不到这一切一样。

可我很想知道,大龙猫,如果在某个下着雨的夏夜,我带着两把透明的伞等候在森林中间的公车站牌下,等候路头驶来的不知起点没有终点的巴士,那么你会不会突然出现,扭着胖乎乎的庞大身躯向我走来然后停在我身边?那么你会不会接过我递去的伞,捏着柄学着我的样子撑在头顶?树林里如此安宁,叶子和雨点在唱歌,抬头看到风儿在空气中漾起幸福的旋涡。

(2010 年 5 月 6 日,总第 88 期,第五版)

有梦不觉天涯远

刘 丹

　　一中有个传统，就好像新兵入伍时"第一年挨揍，第二年揍人"一样，总有一些毕业生在葡萄园上发表些"高三就像魔鬼训练集中营"、"这日子简直不是人过的"之类的吓唬新人的话。作为一个心地善良的(有点自恋，跳过再读)被吓大的过来人，在"多年媳妇熬成婆"之后，俺还是要以自己减肥失败的惨痛经历告诉大家，高三没啥可怕的！所谓的"大考小考"、"半夜睡觉"其实就像一中的食堂一样，听着怪吓人的，但真进去也没传说中那么恐怖，像俺这样吃了六年，智商也仅从 39 降到 37 而已，怕啥！

　　如果你知道自己要去哪里，全世界都会为你让路。很多人进入高中直至高三，其实是不知道自己为什么学习的，他们以为学习就是为了拿高分，考个好大学，风光一番，仅此而已。也有人觉得学过的东西迟早要忘的，学不学无所谓，反正以后工作又用不上。而我觉得，一个成功的人，并不在于他拥有多少学识，而在于他是否具有成功的品质。无尽的作业可以锻炼你的耐心，重复出错的习题让你变得细心，老师的批评增强了你杜绝"邪恶"的勇气和"死不悔改"的执著，文理大杂烩让你长成"感性"、"理性"的思维。无论以后干什么，都离不开这些品质。我以前渴望"在未名湖畔，看风轻云淡"，但那并非梦之终点，我真正想要的，是在所谓的应试教育下，仍能拥有堪称成功的人生。既然如此，学习也便不那么辛苦乏味。以前数学可谓我前行路上的拦路虎，一见它我就腿脚发麻直打怵，可这又算什么？问题不在于它是否很难，而在于你是否愿为梦想而努力解决它。"一天一套数学试卷"在以前等于"慢性自杀"，可就这样把什么 38 套、45 套都做得差不多了，再天天跑办公室接受"摧残"后，不也没死成吗？相反，在攻克了这一大难题之后，俺即使见到校长也不觉得那么可怕了，真是勇气大增啊！如果你真的知道自己要去哪里，就别吝惜用现在的辛苦为未来铺平道路。即使你将成为一名清洁工，像卓原一样也会很与众不同。

学习其实是场得失之间的互弈，我们自然也要学会取舍，"舍车保将"，为的是最终的胜利。面对众多资料习题，书山题海，我在漫无目的地瞎逛之后，终于锁定《试题调研》和金考卷，上学期平均每期六本地买回《试题调研》，下学期则一摞一摞地抱回金考卷。或许也错过了其他优秀材料，但"任凭弱水三千，我只取一瓢饮"。正如妙玉品茗时所说"一杯是品，两杯是解渴，三杯五杯下去就与饮牛马无异了"。我即便是自己的资料，也无法全做，而是重点攻选择题，舍弃大部分大题，做错之后立马翻书查找，作下标记，复习时直接拿来，比什么资料都好。

作为一个"沾上枕头就做梦，从来不闻闹钟响；见到足球停不住脚，看到电视迈不动步"的小孩，到了高三以后，对于取舍之道可是感触更深。整整一年没碰足球；过年之后高考之前没回过家，为的是远离电视。或许怪我自制力不够强，但我毕竟有勇气舍弃暂时的玩乐，远离诱惑。不知是否有小男孩愿为梦想而赌上一年不打篮球，不玩电脑？

晚上 12:30 前睡不着觉(或者是不忍睡觉)，早上 6:30 前起不来床，在我的高三生活中如家常便饭。每天早晨拎着包子踏着铃声跑进班，然后站在墙脚吃饭读书，都已成为俺们班一道"亮丽的风景线"；老班无力的话语和无奈的眼神成为最好的注解。没办法啊，早晨打死不起床，也只有在晚上多花精力了，有时学到两点多也无所谓，毕竟白天睡太久啦！后来时间更紧，连中午的全午睡时间也挪一半给文综，当然，只要我躺下，就摆脱不了迟到的魔咒，如果哪天去早了，就好像把头发梳齐一样，是会引起轰动的。

成绩有时就像环城河里的水一样，无论你是否付出，结果都是一样的臭，有些人就失去信心，不再努力。但其实，付出与否，终究不会相同。竹子在刚种下去后，几年内都可能不会破土而出，但一旦出土，数十日内便可长数十米高，这难道不是它数年如一日地吸取天地精华、储存能量的结果？别相信一夜成名的神话，每个偶然的成功背后都有必然的付出。无论眼前如何，一如既往地学下去，总有一天达到你的临界值，之后就如"拨开云雾见青天"，前景定然光辉！连一中的水塘都能长出鱼来，咱有啥干不好的？光想想那鱼儿的艰辛咱也该奋斗啊！

考试失利俺也不是一次两次的了，咋办？笑呗！无论是傻笑憨笑，笑过就好！人家笑我太痴癫，我笑别人看不穿。考试结果出来后，我就寻思着，几分钟前和几分钟后，我不还是我吗，又没少块肉，也没过保质期，为啥要伤心呢？其实父母在意的，并非你真的多拔尖，而是你是否付出自己应有的努力；

自己只要努力过，就不曾后悔。我一直坚信并践行着"接受已经发生的，改变可以改变的"这个信条，对我来说，重要的不是为无法改变的事实难过，而是奋然前行，把握可以改变的人生！

有梦不觉天涯远。与其问你明天能否撷取梦想，不如自问：今天，我是否在追梦途中？

附：在这里，我要感谢被誉为"铁托"的班主任，跟您上的这几年，我们最想送您一首歌，"给我一节自习课，让我从此不难过……"（按《忘情水》旋律唱）无论如何，您要爱惜身体，别太辛苦，对不听话的小孩要宽容，太听话的小孩就不好玩了！

另外，还要感谢我们的"心理大师"王老头，憨厚可爱的政治杨，博学多识的语文老师和风度翩翩的历史老师。我最觉得对不住的是我们最年轻可爱有时爱傻笑的Jack，我在英语上失利，以致见面都不好意思跟您讲话，请您见谅。希望您的Dick长大后仍像您一样不移本心，真诚可爱！

（2010年9月6日，总第90期，第二版）

带上世界去兜风

王子冠

　　非常诚实地说，为了写这篇文章，我的情绪在五脏六腑中酝酿了很长时间。我本以为会像高三时那样一下子喷涌出很多感情，然后迫不及待地记录下来，生怕这情绪流产，这次面对电脑屏幕却有种久违的苍白的感觉。

　　还是喜欢自由自在的文风，据说流水账是最真实的文体。

　　记不清有多少个这样的高三夜晚。躺在床上睡不着觉，寂寞的种子在夜间肆意生长。于是爬起来打开阳台上的窗户，真的一星灯光都没有，天空偶尔会有白得很夸张的月光，和基本上都没怎么下过班的晚风。月朗风清，只有这一个词能概括那些不平静的心情。

　　高三，我曾以为会刻骨铭心一辈子的，再回首时却模糊得让我措手不及。

　　那时为了能让生活充实起来，大家都在思考高考后干什么。这个话题足够让很多人兴奋，有的准备高考结束那天晚上就去表白的，也有打算去揍欺负过自己的人的，还有准备先上个七天七夜的网再说下文的。我记得我当时就想，高考过后一定要多看看那些平时没时间看的小说啊电影啊，然后多写点影评去贴吧和天涯申精去。现在呢，这个计划进行到中途就夭折了。影评写了六个就实在写不下去了，写过的那些实在是惨不忍睹，不过最后还是在灵璧一中贴吧骗了个精品。

　　暑假比我想象的要空旷，每天要腾出十五六个小时来睡觉，哪怕是连续上三个高三，只要一个暑假就能把睡眠给补回来了。睡醒了就大家一起吃吃喝喝玩玩跑跑打打闹闹唱唱乐乐，空虚得一塌糊涂。这样的生活里，我成功地找到了一个活动。

　　一个足够让我知道自己活着的活动。

　　基本上每天晚上大概八点到十点，有一个少年，骑着个不是很干净但是还算能跑的电瓶车，绕着灵城一圈又一圈。工业园区，龙山广场，飞翔学校，奇石公园，新大桥，世纪碑，奇石小镇，凤山北路，凤山豪庭，花园街，北关桥头，隔顶口，东关桥头，工业园区。这是每天晚上的基本路线，偶尔也会窜到磷肥厂、汴河、三槐堂这些更偏远的地方。凤山北路的大道最适合兜风,宽阔悠远,两边的路灯氤氲出最迷离的氛围,九点以后除了膀大腰圆的渣土车之外很少有其他的车型。上海世博会筹备期间,渣土车们为了赶工,速度极快,所以面对渣土车最是兴奋和谨慎,因为生命在打擦边球的时候轮廓才会更加清晰。

当你的前方摆着一条宽广的大道,两排黄色路灯打湿你的视线,夜风吻着你,不要命的渣土车在距离你几十公分的地方为所欲为,稍稍偏离自己的手,就会向这个世界说拜拜,那个时候,你会像我一样觉得命运牢牢地在自己的手上颤抖。

除了这些,我还喜欢在车上顶风大唱,曲风不限,视心情而定。从深沉浓郁很少人听的《千千阙歌》到杀猪宰羊公车杀手的《爱情买卖》,都在那些迷离但清晰的夜晚抛入天际。这是我和世界交流的方式。有那么一瞬间,我觉得世界真美好得可以了,有车骑,有路跑,有歌唱,有风吹,有姑娘追。克拉玛依大火、沙兰镇涝灾、舟曲泥石流,这些人灾天灾再也不需要我去想,路边的流浪狗流浪猫也不需要我去管,世界刹那间像新闻联播一样和谐地唱欢乐颂。

还是太慢了,我的电瓶车,五十码远远满足不了我和世界的对话。我下一个梦想就是用自己挣到的钱在北京买一台正不倒的摩托车,在首都的国道上路灯下像少年啦飞驰,排气管粗到能伸进去一个拳头,马达声大到足够盖住我的破锣嗓子,更重要的是速度,足够快到令我在车上只想着怎样保命而不是其他的烂事儿。有一个人说摩托车不如电动车舒服,颠簸而又噪音太大,后来我成功的把这个人说服了,剩下的只需要去实现这个梦想。亲爱的千万别说我不现实,现实是一个人人都可以用但只有极少数人才抓得到的名词,年少的理想不仅仅是为了击碎,你还可以实现,退一万步,至少你,可以为之努力到流汗流血。

上面提到了北京。是的,我就要走了,离开待了十七年半的灵璧、六年的一中,去一个能安抚我四年、或者更多年青春的城市。

还有更重要的你们,选择留守广外、飞外和党校的你们,岂能用时间来衡量的朋友。

把枕头边的悲伤眼泪扔给往昔,把路灯下的孤独等待当成现在,把大排档里的开怀扎啤留给未来,我们会重逢。

那么现在,让我一个人上路。

风往北吹。

(2010 年 9 月 6 日,总第 90 期,第三版)

折以时记

胡　越

九月将要结束,夏天,也早就一去不回了。

高考后的生活枯燥又乏味,毫无洒脱可言。以至于考前梦寐以求要做的事在现在看来,还不如好好睡一觉来得实在。

成绩出来前,我妈正在一边上网看我准备要走的大学,一边对我说:"这学校不错呢,食堂还有三层电梯……"那时的我也在一边使劲乐呵,没有一丝担忧的气息。没多久 Seven 给我发了简讯说可以查成绩了,我便急急忙忙把早已准备好的网页点开。

我不明白出了什么状况,或者说这成绩和我想象中的差距这么多,以至于看到语文 58 分的时候我真想在我的前面拿一张小黄牌挡着,然后对我妈说:"对方'离线或隐身',可能无法立即回复。"

只是他们什么也没说,我在此后两天就转身去了上海。那是个可以寻觅安慰的地方。当你挫败的时候,以一个游客的身份去那样一个地方看那样一群人为了生活拼死拼活拧破脸皮的样子,自己的种种愤懑都将化为一种观赏者的心态。

7 月 9 日夜里坐上回返的火车,7 月 10 日上午到家,7 月 10 日下午在美术复读班上课。

就这样开始,我没有丝毫的停歇,将自己关在一个空旷的房间里,每天过着与世无争的生活。

直到这个房间的人越来越多,原本属于自己的一整间房子变成只有一平米左右大小的地方。我开始变得浮躁,焦虑不安,被压抑得难以呼吸。像浮游生物样漂泊在湛蓝的海洋里,无从依靠。没有边际的海洋,真正令人恐惧的是望不到岸,靠不到边。

校园里正在日夜赶工盖起的房子,每日清晨都会盛开的又在夜里静静消失的白莲,以及每晚我都会播放的《Farewell　to　Govan》。种种这些细小杂碎的事物,都被我看成生活中不可或缺的成分。这些东西将我的生活凝结成一条宁静的大河,并且周而复始地不停流淌在我的每一片足迹上。我渐渐变得敏感,以至于我可以清晰地感知我身体上的每处细微的变化,诸如寒毛掉落这样不起眼的事情。

所以,我常常失眠。很多很多个夜里我都是如此,孤零零地躺在床上,开着台灯,房间被映射得仿佛傍晚五点以后的夕阳。

风扇的旋转声音显得格外突兀。

我会把风扇开到最大,然后用毯子把自己包裹得严严实实。这是长久以来的一个坏习惯,却让我可以找到短暂的安宁。

脑袋里会流过许多的残影景象,它们互相撕扯,出现又消失。把我折磨得苦不堪言。每当此时我都会起身在房间里转上几圈,最后坐到书桌前拿起画笔在纸上开始写写画画。看着那一串串飞腾着的线条,像是拨动着心跳起伏不定的旋律,内心深处源源不断涌出难以言传的冲动。

当窗外漆黑的夜空切割出来一条完美的弧线,苍生万物都泛起了光辉,那些飞鸟雀跃在阴霾的天空中,街道早餐店的炊烟袅袅升起。这时我才会意识到我真的僵坐了很久,于是起身一头栽倒在舒服柔软的床上,用三十秒或者一分钟的时间沉沉睡去。

孤寂,空虚,激昂,悠然,落寞。这是生存在我身体里另外一个世界的生活模式,它像是一个巨大的转轮在运行我的身体、我的思维。所以我难以控制自己,时常变得慌张,心跳莫名地加速,手臂也不停地发抖,精神恍惚。像是我置身世外,紧紧望着周围的一切。

我一直记得弗兰兹·卡夫卡的一段话:"每个人都生活在自己背负的铁栅栏后面,所以现在写动物的书这么多。这表达了对自己的、自然的、生活的渴望,而人的自然生活才是人生,可是这一点人们看不见。人们不愿看见这一点。人的生存太艰辛了,所以人们至少想在想象中把它抛却。"

Vicente 曾对我说如果有一天我沦为奴隶,那一定是被我自己逼得走投无路。所以我也一直难以正视我的人生,我生来便有惰性,所以我喜欢强迫自己去做一些自己不喜欢,但是对的事。可是对于一些事情,我却无能为力。友情、爱情、亲情、学业于我来说,我很小心翼翼地把它们放在我的保险箱里,即使长途跋涉我也一直在用心地守护着。可到最后它们还是混成了一摊泥浆。

小隆是最后一个上大学前请我吃饭的人。也是我整个"暑假"喝得最多的一次。我终于感受到七瓶酒对我来说意味着什么概念,真真正正地站立起来会不由自主晃荡,恍若隔世。酒精的最终效应是让我哭了,我觉得用"哭"这个字会显得很矫情,所以我还是用"流泪"。

小隆说的最后一句话是:你相信我,我真的很在乎你。我没有回头看他,背着他挥了挥手以示再见。

我蹲在街道上的某棵树下,街灯的影子向远处延伸,直到黑暗的尽头,连心里情绪都难以平息。朋友都走了,最终我还是选择了驻留。当初我放弃填志愿的机会时我就已经选择好了,可是现在心里却波涛汹涌。我拿出手机给 spring 打了电话,不知不觉眼泪就止不住往下掉。我在憋屈什么,我有什么资格去憋屈?不过人有的时候就应当醉一醉,找个空旷的地方,找个亲近的人歇斯底里地倾诉一把。起码,不至于让自己太过压抑。

我想,哭并不体现一个人的软弱,而是因为那深藏于我们心中的执着的信念,并不是为了我们自己。而是为了爱的人。

哪怕再有一天我在世人面前泪流满面,哭得歇斯底里。那一定不是我懦弱,也一定不是我虚伪。

流泪,是因为赤诚。

(2010 年 10 月 6 日,总第 91 期,第四版)

冲天辫的信仰

青 橙

她们说,我是一杯清水,怎么看都透明。

我常托着腮遥望教室内上空,看着那些陈年旧迹、饱经沧桑的灰白墙,问自己:我是一个好人吗?答案很肯定:我是一个好人。这是小雨她们给我的回答。当然,我也只是纯属脑袋抽筋外加被门夹被驴踢而无聊想出的老革命一代的问题。至于她们为什么说我是好人,鄙人也搞不清楚,大概是女子一连笔就是好人啦!啧啧!我真是太有才了!

正当我沉醉于她们对我的完美高尚评价时,小丁的一句话让我彻底崩溃。不过是一句话,无非是声带稍微扭动舌头卷起,可我的心被万箭射穿,凄风猛烈吹。

"青橙,有人说你品行恶劣。"

"谁?"

"这个我不能说。"

"谁?"

"不能说……"

事情的经过是这样的,我在空间里说了些较狠的话,然后又将图截进了群中,某位男生看不惯,让小丁转告我以后别再说那样的闲言碎语了。因为太碎了。如碎玻璃,很容易将人弄伤。那个 boy,我不知道你是谁,当然,你的一句话让我琢磨了一天,我挖心掏肺地反思过,是我不对,Q 群我已想要退出,以防以后再犯错误。

呵。其实我中午梦游时是这样想的:是的,我品行是恶劣,我为我自己而活,我有我属于自己的生活方式,我不是人偶,不是你说赋予好品德与坏品行就会存在的。罢了,都同班同学。本是同根生,相煎何太急。还有啊。十五班的亲们,我有不好的地方,请直接进谏。在你的眼中我是一杯透明的清水,那你们也别是什么百事可乐、雪碧了,成分太复杂,我摸不透你们。

我喜欢一句话,很绝望的一句话:我就是那么地热爱绝望。

"啊,这谁家闺女生得这么俊。"我拿着镜子开始孤芳自赏。小楚看不下去了,开始了他的批斗会,"你啊,似风似雨,似梦似幻,似云似电……"我以为他要来句漂亮的收尾,谁知他一字一顿,字正腔圆地说:"就是不像人!"我打不过他,要知道,他从不量身高只测直径,一个巴掌能将学校大楼拍倒,一个咳嗽就把乌鸦吓得从天上掉下来。我还是选择沉默好了。毕竟有句话说得好啊!好女不和男斗!

谁让我是好人呢!罢了,罢了,写今天摘抄吧!小雨今天生病又没来,每天我倒是可以省下半小时写字时间。(要知道,时间对于我这样的写字人是有多么温暖,温暖至幸福。)

翻开郭敬明的散文,一句话很是吸引我眼球——我就是这么地热爱绝望。啊!这话简直就是说我的!我用胳膊蹭了蹭灿灿:"呐,呐,你说我是不是个绝望的人!""我厌恶绝望,我热爱希望。"这是她的原话。看来,她就是那种天之骄女,对于像我这样将头发剪得短短的,将刘海扎个朝天辫,向日葵般愤怒地朝阳生长的女孩来说。

那是日本武士的风格,可我和他们不一样,我这叫做朝天辫的信仰。

刘海已接近四个月未剪了,依稀记得上次剪头还是在军训。那天热的,就像是但丁的炼狱。

既然决定要将刘海扎起,那就来个刺激的——

将刘海竖直向上,直直地如杆子。只可惜猴子爬不上去,因为在刘海末梢无香蕉可摘。

"啊!日本武士!你个小卖国贼。我枪毙了你!"然后我就狠狠地挨了一顿K!可惜了,为啥不是请我K饭呢?为了想出这个发型,我可是都到了肢解的地步了呐!可怜天下才子心!

窗边,一束阳光很耀眼,射入眼睛全是金灿灿的,满天星星成了遍地黄金。冬天的阳光很暖和,晒着那冲天的头发,洋溢的全是饱满的幸福。我很满足、很享受地闭上眼睛,尽情接受它赐予的洗礼。希望时间是静止的,不偏不倚的倒影,停驻在我的心上。

我爱一种植物,它是向日葵,依稀记得凡高画的向日葵是那么热烈,热得似一团火焰。我的头发,也正向着阳光,给它起个名字吧,就叫冲天辫的信仰!

(2011年1月6日,总第94期,第二版)

时光的旅行

苹果核

我在幻想一场旅行时会变得极为安静。

我想我八成是个心野的小孩。我跟妈坦白说："娘，我不想家。"她非常自然地甩了我一句"白眼儿狼"。

也许人只要开始行走就会心情开朗。不管终点在哪儿。不管有无归途。

而我们都在被时光带着做一场旅行。只有终点。并无归途。

没有理由地喜欢瓶子盒子和袋子，喜欢那些可以装东西的东西。这是一大奇怪的爱好。于是我常常问自己：如果一个人喜欢怀念，是不是说明他老了？有些时候不说出来并不代表不在怀念。就像那段看蚂蚁树开花的时光，有只笑起来眼睛眯眯允许我吊在她脖子上的兔兔陪我放学回家的时光。这都是一些开始泛黄的，有尘埃气息的老照片，总该有个地方毫无声响地安放。可是我的大部分盒子至今仍是空空的，就好像，再也没有什么珍贵的东西值得收藏了。

我在不同的时间段会喜欢上不同的字眼，念及它们时会有一种喉头拥堵心脏突然空旷的奇妙感受。比如"氤氲"，比如"安宁"，比如"苍老""古旧""岁月""流年"，再比如，永远。

其实这个世界，除了"爹娘爱我"这一铁证如山的事实外，没有永远，从来就没有永远。

在我幻想的旅行里，就有一列叫做永恒的火车，我坐在午后的阳光里，像一部无声电影，原野的绿色平静地呼吸，我只是看着掠过车窗的风，和风景。这一切来源于两年前听过的《一个人旅行》。在 MV 里袁泉背着行囊途经十字路口的斑马线，路过一片乳蓝的天空和海，走走停停，清新而安详。我并非偏爱这种风格，只在偶尔想起时会感到让人心灵沉静的力量。这是一首孤单却绝不寂寞的歌。

说到这里我得学着小四的深沉口吻补上一句，从没有谁忘了带走谁这回事,我们都会一个不漏地被时光的洪流卷走。

而我就是在这股洪流中,偏执地进行一个又一个令人兴奋得战栗的白日梦。

我的某一件棉袄,从初一穿到现在,并有望跟着我过完高三再进大学里去。它有大大的口袋,两个几乎成为垃圾桶的口袋。我每年冬天都会在里面发现各种不可思议的东西。一粒潮湿的瓜子及几片瓜子壳儿,一枚一毛的硬币,半包手帕纸,手套手表,或许还有我随手收下的好看糖纸,又或许是洗得变成硬团团的卫生纸。在空间如此紧张的情况下,我还要把手放进去焐着。

这两个口袋会让我想起海格的大衣,如出一辙。那年冬末春初我十一岁,还是正上初一的小朋友一个。生日那天我极其殷切地盼望会有一个混血巨人突然出现在我房间中央,拿着一把粉红色的伞,蓄着根本分不开的浓密须发,也许还一边生火一边把他装满各种不可思议的东西的大衣脱下来挂上衣架,有点艰难地坐在对于他来说过分低矮的椅子上,理理呼吸,调整了姿势直视着我,说:“你已经被霍格沃茨录取了。”声音厚重而柔软。

多美好的情节。果然,人有时候是需要白日梦的。

我在幻想一场旅行时会莫名地露出微笑。

就在今天,我家的小乌龟终于睡醒了。而我终于又旅行完一个春夏秋冬。

我刚过了一个没有雷雨的不像夏天的夏天,又过了一个几无风雪的不像冬天的冬天。立春过后,我的皮肤上终于开始逐渐淡去枯萎的味道。这是一种会让人不由地感慨“我已垂垂老矣”的味道,被我用一层一层的郁美净成功地掩盖了一冬。

我是如此喜欢天气渐暖的过程。捧了一大杯的板蓝根,睁大眼睛看着迎春枝头渐渐热闹,看着梧桐叶慢慢萌生,到柳絮四处纷扬,再到白色蝴蝶掠地飞过。假若某个夜晚被密密雨声叫醒,我推开窗来也许会看到盛夏的羽翼闪烁起来的风。

在一张演草纸上我偶然发现了一段文字,那是很久以前的我随手写下的极度煽情的文字:“我们一直形影不离。有一天,你突然不见了,我大声哭喊你的名字无助地四处寻找,你从街角出现,一边慌张地跑向我一边不断安慰,我于是破涕为笑。可是这一次,你再次消失了,我没有哭,因为我知道你再也不会回来了。”

我知道的。我们必须往前走,踢着正步往前走,昂首挺胸地踢着正步往前走。

这是无法抗拒的时光的旅行。

所以后来我再也没有好好去看学校里那两棵蚂蚁树,只是在我从他们身旁经过时,会偶尔想起那年初夏,我的丫头,穿着那种会招虫的黄色的上衣和鞋子,一边乱哼哼一边去捡被雨打落的粉色绒花,跳,跳,一直笑,一直笑。彼时阳光温润如水,透过树叶滴落下来,在湿漉漉的地面撞出一点一点斑驳摇晃的痕迹。漏在丫头脸颊上,兜兜转转,明明灭灭,激起的声音清脆如风铃。

已往。

(2011 年 3 月 6 日,总第 95 期,第二版)

十　年

阿波罗

2001 年 3 月 4 日

今天上午我又去教笨笨说话了,可是它怎么也不会说,怪不得叫笨笨。过了一会我说笨笨今天就上到这里了,明天我要考试。然后我又拿小铲子去挖土了,因为有一本很好看的书上说红胡子海盗会在地下埋宝贝,可是我什么也没挖到。最后我找到三个酒瓶盖,我把它们藏起来了,因为大人说东西放久了会很值钱。后来我又带咪咪和笨笨去河边玩了,玩得好开心。

我困了,就写到这里了,再见。

2004 年 6 月 17 日

今天是我有史以来第一次打架。

下午我和薇娜去扫地,阿明就一直在一边玩,还把瓜子壳吐在地上,我让他扫,他说:"就不扫,就不扫!"我要告老师去时,他把我书包从楼上扔下去了,我气死了!也把他书包拿来扔,他又说:"你不敢!你不敢!"我本来不想扔的,但一愤怒就真扔了,他上来就打我,我也打他。最后我打不过他,薇娜去找老师了,他就跑了。

我明天就让他还我上次借我的笔!哼!

2007 年 7 月 20 日

我今天又和薇娜讲了几句话,本来都想好了要讲什么的,却在说话时结结巴巴,语无伦次,又在她面前出丑了,好倒霉啊!

最近不知为什么老想见薇娜,想和她说几句话。真是的,薇娜都成为我邻居好几年了,我怎么最近才觉得她好漂亮,她笑的时候脸上会有两个小酒窝,脸也会红红的。不过我还是最喜欢她那双清澈的眼睛,真的很纯哎!

我还发现最近薇娜总会在九点时去给她爸爸送水，好几次我都在这时遇见她了，是不是很有缘啊？

　　马上快到 9 点了，我还是出门去看一下吧。

2011 年 2 月 16 日

　　今天晚上学校开恩没有上课。我在饭后爬上楼去欣赏夜景。天空中飘荡着不知来自何方的灯笼，孩子们也开始在楼下嬉戏了。

　　曾经，我也像他们一样拥有童趣，拿着铲子找宝藏，或是抱着小猫，牵着条比我还要高的狗在夕阳余晖下的河滩漫步；曾经，我也像他们一样因为一块破橡皮就和同桌大吵一架，或是对异性有着那种纯洁朦胧的感觉。

　　而如今，我再也找不到那些东西了。每天面对着堆积如山的作业或同学说出的"爱情对穷人只能是路过"之类的话语，让我不禁怀疑起来我们究竟是变得现实了，还是失去了那些最美好的东西？

　　天有点凉了，我还是打扫下房间吧。

　　在整理日记的时候，突然有什么东西唏里哗啦地从书柜里掉了下来。我把它们拿在灯光下端详了许久才认出，那是三个锈迹斑斑的酒瓶盖。

2011 年 6 月 9 日

　　未完待续。

　　（2011 年 3 月 6 日，总第 95 期，第二版）

木瓜杂记

阿　务

在教室里，老师绘声绘色地讲着"动词不定式"，说着什么有"to"没"to"的区别。哈！我发现了一只兔子，我聚精会神地盯着课本上的兔子——恍惚……

在遥远的天边，有一片安详的森林，至少现在很安详，森林里有一汪美丽的水塘，水边住着一只胆小的兔子，水边还有一棵木瓜树，我叫它"天边的木瓜树"。作为树上唯一一个有着远大志向的木瓜，我时常向树上其他的木瓜宣传着我的理想。我跟它们说，我要成为一个闻名整个森林的木瓜，我要做一件轰动森林的大事。可是，每次都只换来它们整整几张脸的鄙视。

过了些日子，我成熟了，"咕咚"一声掉进水里，水边那只兔子撒丫子就跑了，一边跑还一边喊："'咕咚'来了，大家快跑啊！"我疑惑地挠挠头："'咕咚'？在哪里？"然后那只兔子引发了森林有史以来最为严重的恐慌，大批的动物开始迁移，到处流传着关于"咕咚"的恐怖传说。最终，这场风波因为勇敢的野牛大叔而平息。"咕咚"事件至此告一段落。但是，关于"咕咚"的传说仍在流传。

那只兔子为了告诫自己不要再那么胆小，就把我捞回家，放在它家最显眼的位置——唯一的小桌子上。经过反复的思考，我终于想清楚了，那个神秘而又恐怖的"咕咚"就是我，我完成了我伟大的梦想呢！接下来的几天里，我那几个木瓜兄弟陆续成熟、落下，但是它们注定没什么知名度了。我沾沾自喜，洋洋得意：我果然是个天才，一直被模仿，从未被超越。哈哈，我很臭屁地骄傲着。

那兔子不知道从哪弄来一根胡萝卜，放在我旁边，然后一头栽倒在床上，迷糊糊地睡去了。自己一个瓜太无聊了，我看向旁边的小萝卜头，它一声不吭的，看起来很难过。为了逗它开心，我就把我轰动森林的光辉事迹向它炫耀了一番。它却说："骗谁啊你？"然后又不说话了，还是很难过的样子。没办法，我只好继续跟它说我很久以前的故事："那个，我叫阿务，再给你说个故事吧。"它做出要听的样子,还是没说话。我就开说了。

......

志成十分认真地问我:"你知道'阿务'这个词在十万年前是什么意思吗?"

我:"这能有什么意思啊?"

志成:"这词在十万年前的某个部落里是打猎的意思。"

我:"扯个啥呀你?"

志成:"真的!那些人打猎的时候,不就是这样拍自己的嘴巴,然后'啊呜啊呜'地叫吗?"说着他还做起了动作。

我倒......

......

听了我的故事,小萝卜头说话了:"你到底在说些什么啊,打猎?打猎......啊!人,你是人类!"然后"嘎"一下抽过去了。

我一头的黑线,直直地拉下来,看来,我比"咕咚"还要可怕。

兔子醒来后,抓起昏迷不醒的胡萝卜,一口一口地吃了起来,那对我来说绝对是真实度100%的恐怖片。这次换我带着一身冷汗,一下子抽了过去......

出于木瓜的终极生存理念,我决定——逃!

托起圆滚滚的身体,我连滚带爬地溜走了。

在费尽周折之后,我又滚回了水塘边。我遇见了一只梨叫"鸭梨山大",和它刚见面,它就跟我说:"来跳湖的吧,那边挤去。"我顺着它所指的方向看去。发现那棵"天边的木瓜树"下,挤得满满的都是水果,一个一个争先恐后地爬上树,然后"咕咚,咕咚"的跳下去。噢天哪,眼前的这画面,简直像飞翔的猪一样不可思议。我再怎么臭屁,也骄傲不起来了。

我跟那梨说:"我是溜过来的,不是来跳湖的。"

那梨:"你是一个木瓜,不会是那个'咕咚'吧?"

这个情况,我似乎不能承认:"啊?我不是,我叫阿务。"

那梨:"我一个兄弟,几天前就从那儿跳下去了,到现在也没见梨,估计早泡烂了。"

那湖面已是浮尸满布。我只能无语了。

那梨十分难过地说:"他还说出名了回来找我嘞。"

我想它一定需要安慰:"大梨呀,别难过,听哥给你讲个故事。"

那梨没作声,点了点头。

我:"嗯……我初中的时候,写过一篇作文,题目叫《小鱼》,因为写得还不错,老师就让我同桌,小添同学朗读一下。"

……

小添:"《小鱼》,阿务在沸腾的锅里,有一条法定死亡的小鱼。"

老师:"停!阿务后面有个停顿吧?"

小添:"哦,《小鱼》,阿务停顿在沸腾的锅里……"

我那个气呀,强忍怒火的问他:"你读《海燕》也这么读吗?"

小添:"什么啊?怎么读啊?"

我:"你嘞个读!"

小添:"哦,《海燕》,高尔基在苍茫的大海上……"

老师也有些怒了:"高尔基后面不用停顿的吗?!"

小添有点不知所措了,都有颤意了:"嗯,要用停顿。《海燕》,高尔基停顿在苍茫的大海……"

我释然了,连无辜的伟大的高尔基爷爷都可以在大海上与暴风雨搏斗,我在沸腾的锅里停顿一下,又有什么关系呢?

……

那梨:"虽然没听大懂,但是好像蛮好玩的。故事里都有谁啊,住在森林里吗?"

我:"他们是人,不住森林的!"

那梨:"人?人。啊!你,你是人!"然后它狂吐梨汁,抽了过去,"咕咚"一声跌进水里,湖面上又多了一只枉死的梨。

我无奈地笑笑,伸个大懒腰,舒服地躺下。

森林吗?乱糟糟的。

……

"下面自由背诵——"是英语老师的声音。

我想,我变回了可怕的人类。

我罪孽深重地打开书,然后——大声唱歌(定格)。

我很正常,只是精神太自由了,总是和常规起冲突。

我很努力地寻找我自己的快乐,我始终咧着嘴,向所有人强调,我很快乐。可是我就像那个不再安详的森林,充斥着悲哀。

我咬着牙齿承受因此带来的莫名悲伤。

(2011年5月6日,总第97期,第二版)

故 事

宁 宁

我在教学楼旁的一棵小树下遇到他。我坐在被落叶铺满的地方,那里白玉兰花瓣也落了满地。那棵小树在不久之前开着大朵大朵白色的花,我总是兴奋地拉着朋友说:"看,木棉花!开在春天的白色的木棉花!"然后她们如恍然大悟般点点头:"哦,原来是木棉花!"

后来它的一个枝丫上被挂了个牌子,上书"白玉兰"仨醒目的大字儿,我顿时觉得我这张脸都没地儿搁了。正所谓尴尬的人总要在尴尬的地方撞见,所以我就风风火火地撞见了他,在白玉兰树下。

他用指头夹起我的作文本扫了一遍意味深长地说:"你的应试作文质量果然不同凡响,在你的词典里是不是爱因斯坦来自中国的春秋战国,而唐玄宗可以和苏妲己恋爱?"我不满地扬了扬脑袋却依然没有看他,"那当然,我的考场八股那绝对是三流的!"

他坐到我旁边说我看你整天傻不拉叽人模人样地去上学觉得挺同情你的,给你讲讲我的故事吧。

"我在十岁的时候离开了家乡,离开了所有爱我的人,我一直朝着一个方向前进,也许它一直在变化,但我还是一步一步跟着走了。有一天一位雪天使告诉我说请你自由地飞吧,不要牵挂任何身体外荒芜的事物,用你智慧的大脑和流动的思维用足迹征服这个世界吧。于是我真的摆脱了所有事物在这个世界上自由地飞。

"宁夏你知道吧?那片弥漫伊斯兰风情的老土地,我在贺兰山上看百年千年的岩画群。"

"贺兰山上有岩画群吗?"我急切地问道。他轻蔑地看了我一眼站起身张开手臂说:"贺兰山,让我们瞻仰贺兰山充满魅力的岩画群吧!"

我说你应该站在那边六楼的楼台上再做这样的姿势,要不,请你用你智慧的大脑和流动的思维再克隆一个我,在这傻不拉叽地替我上学,让我和你远走高飞吧!让我们来膜拜贺兰山诱人的岩画群吧!他摇着头说你吗?呵呵,你哪配?

"我的故事还没讲完呢。"他接着说,"在漠河,中国版图的最北端,我亲吻她雪地里的长发,顺着她湍急的河流漂到北极村那块碑石上,我在高高的山坡上奔跑,我俯视辽阔的黑色土地。

"我在爱奥尼亚海的海滩上赤脚踩下一个又一个脚印,那里的水比这里下午的天空还要蓝,那里盛开大朵大朵红色的花,那里盖着刷白的房子,那里是流浪者的天堂。我和爱尔兰人做朋友,他们有着从不糊涂的头脑,他们在肥沃的红土地上将白色的墙壁拔地而起……"

他没有看到我渐趋愤怒的脸庞,我觉得他的眼睛像清澈在天空下的湖泊那么遥远,而我此时的眼神像春天里削尖脑袋的竹子那么锋利。

"庞培,那个被遗忘了1600多年的古城,我看到那些死去的人被雕成的塑像,他们扭曲的身子,被腐蚀的一块块坚硬的骸骨。我的庞培,它是罗马的梦想。我很骄傲那时传说的古城就在我的脚下,我和这座城一起兴奋,一同被淹没。我仿佛看到它愤怒时爆发的大团大团白色的气焰,接着黄色的炽热的岩浆彼此撕咬着喷发。我走在红色的土地上,我趴在它的胸膛上聆听它的心跳。黄昏的时候,夕阳是金黄色的,照在安静的河面上。那些画面一幅幅在我眼前放映,闪过所有我看过的美好的永远不会褪色的记忆……"

"够了!"我终于爆发了,并反身轻蔑地说:"你的故事真美好啊,可那又怎么样,那只是故事而已哟,你不也只是个故事吗?"然后我拿起书本帅气地转身离开了,头也没回地。

他恐惧地望着转身离去的我,随后突然就释然地笑了。他便永远地消失了。

可我还是会经常想起他,在我站在车上等红绿灯的时候,在我把书本装进背包的时候,在我坐在白玉兰树下发呆的时候,我会突然想起他,想起那个没有给我讲完故事的故事。

我想告诉他,其实我是嫉妒你的,嫉妒你可以在如此不羁的年岁里做着那么多不羁的事。

你是那杯咖啡中源远流长飘散到空气中的热气,我是你遗留在杯底的沉淀。你擎着高高的漂泊路线沿着所有我奢求的圣地和远方昂扬前进,而我每天走过一遍又一遍的小路我一直在走。你在漠河,在塞纳河,在所有经过的河滩上刻下你的记号,而我总在崭新的课本上书写自己的名字。你做沙漠的主人,在空灵寂静的沙漠上观星赏月,我做时间的奴仆,在分秒一针一针地转动里蓄长了头发。你突然告诉我,你在干渴的黄土高原上观赏雄壮的日出,我正努力用被子把自己从闹钟的蹂躏中解救出来。你是个美好的故事,而我独存在伟大的现实。

我想我会努力,让骄傲却寂寞的你有一天发现,我和你在经历同样的故事。

(2011 年 5 月 26 日,总第 99 期,第二版)

那些属于我的

未　殇

那些属于我的，小幸福

某天在外面闲晃，看见了日晕，是彩虹的样子。一刻的诧异瞬间转化成了惊喜的幸福。七种颜色，安静地排列，而且用竖直的姿态。我站在那里呆掉了，怕目光一挪开下一秒就消失不见，就这样看它们随着夜的降临慢慢淡下去。觉得自己被温暖。天空总是会变幻出奇妙的颜色，真实而不做作，华丽而不浮夸。总是习惯性地抬头看天，不想承认自己在寂寞，我只是在寻找什么。

天空给的幸福，是，不可比拟的。

那些属于我的，小灵感

在窗外的树枝上发现一只鸟，于是忽然很开心。鸽子，灰色的身体，翅膀有棕色的斑点，侧面的样子像鸭子。它在树枝上呆了很久，我以为它在单纯地晒太阳，可它忽然就飞走了。

这件事情，从某种角度，很可笑，于是我有些怅然。

呆呆地看着那根松枝，发现那只鸟竟然又回来了，再次踱步到松枝上，再次飞走。事情更加有趣了呢，此后一直重复这样的过程，一整天。于是我开始猜测它在干什么。灵光一闪，或许它是在筑巢。

觉得鸟的生命那么美好，它的家，有它的牵挂。

那些属于我的，小悲伤

《关于莉莉周的一切》，我看得很断续，可看得头很晕，只感到，内心充满无法言说的潮湿。

新学期开学，星野突然爆发，用椅子扔向平时在班里作威作福的男生，用刀子割断他的头发。这一刀，割断了过往。

一个人变了，一群人也变了。每个人都用自己的方式承受着伤害。

残酷致命的伤，只有浸泡在莉莉的歌声中才会不痛，只有莉莉是真实的。每个人的青春都扭曲了，扭曲得让人心疼。

我就怀着这样的悲伤在某个阳光很好的下午做一张根本不会的试卷，忽然很开心，因为可笑，用草稿纸承接阳光，很明亮。极鄙弃某环境，以及那里的空气，充满浮躁与不安静，暴力与无耻，鲜明的疯狂。

当空气都浑浊肮脏，本来自水中的空灵纯洁的生命，怎么安静地成长。

又开始怀念那群孩子的好。是我错，时间惩罚我开始苍老。就是要记得，就算万劫不复。

那些属于我的，难过

反正我看不清所有人的脸。

每天走在某个不喜欢的地方，看一群人匆匆忙忙，都想停在那里，狠狠地嘲笑自己，反反复复只能想到一句：反正我看不清所有人的脸。狠狠地嘲笑，只是为了寻求某种平衡，可每次都会把自己弄得……狼狈，非常狼狈。

就会很难过。

感觉自己深陷肮脏的沼泽，却还想保持自身的高洁，我能感受到一点点的沦陷。令人痛恨的沼泽，在我死去时都不让我干净的。我怕你也沉下去，想救你，可我在肮脏的沼泽里，怕碰脏了你。怕配不上你的美。非常深刻的，怅惘。

然后听到自己空洞洞的心跳，充斥着胸腔，并波及咽喉。有种回光返照的感觉，因为它们会死很久。

那些属于我的，决绝

如果真的要放弃一些才能获得另一些，我宁愿将自己放逐。不为了什么，我向往自由、纯洁、宁静，如果不是世界太悲哀，我也不至于把自己变得桀骜不驯，放浪不羁。好吧，这只是我想的，每个人心中都有一个世界，与他人无关，生存与死亡，真实与谎言，年轻与衰老，爱与恨，都是一个人的事，总是一个人纠结。没有人有资格干预、控制另一个人，除了心甘情愿。

没有资格，对谁都感到决绝。

想拥有良生一样的决绝，一次次地义无反顾，跟着莲安走。面对丈夫的疑问，她只是说：你们是不一样的。只是没有人像莲安一样……

那些属于我的,文字

文字是一种罪恶,我的迷恋与沉溺都是罪过。

怎么对得起时光,就算都是资本,全当垃圾扔掉,不安分的青春仍旧无处安放,把所有的绝望都凝结成白纸黑字,依然觉得自己亏掉了。

总想探寻自己的这些文字的结局,是在哪里,如果又一次被我亲手撕碎,那它们的存在过又有什么意义。可是如果就这样放弃,岂不对不起把我引上歧路的那个谁。你浅淡温润的笑容,一如从前,只是抓不到。只是,而已。却已经是全部,我就是这么肤浅的人。或许这只是借口,想让自己觉得爱的人在生活中有迹可寻。

终是放不下。

所有这些,属于我的,我都爱着。

(2011 年 5 月 26 日,总第 99 期,第二版)

幽灵协奏曲

崔柏杨

上半夜·梦呓

我坐前排，看着台上的陈 Sir 唾沫飞溅，呆呆地想着一些不应该想的事。我也终于是记不清了，一大滴唾沫啐过来，我轻轻地闪过，幻想着自己像小说里的剑客一样，飞身抽剑，一跃而起，唾沫星顷刻分为两半……只可惜，这是幻想。实际是我被啐在脸上之后，郁闷地抹掉唾沫，用特愤懑的目光盯了陈老一节课……

[颓废]

真的不知道自己在这干嘛，即使是每天我背一破包屁颠屁颠地往学校跑，一边跑还一边挽起袖子，看我幻想中的表，一副好像要迟到的样子。虽然手腕上空空的，完全没嘀嗒声，但我还是极力装出一副好孩子的样子。就算是路过四排楼时冲路边垃圾堆里的狗喊一句："嘿，哥们又来了！中午吃的啥？"就算是横穿二环时对来往的车把"喂，轧我脚了！"嚎个不停，就算是经过一家家网吧时，会反复掂量着口袋里的钱，用一次函数、二次函数、反比例函数确定最佳的分配方案……唉，不说了。但你要知道：我！真的曾经是个好孩子！级部第八，一千多号人呢。嘿，那都是初一的事儿了。

[化学老师]

对化学老师从来都很感兴趣，但也只是浅浅地好奇，我并不想因此而使我性情变得积极探索、阳光乐观之类的。我习惯了萎靡不振，或者说我更喜欢消极阴暗。这使我很舒服，很安逸。我喜欢漂着过日子，不希望热火朝天地干任何事情，包括上网。这使我有段时间化学课上得迷迷糊糊的，也忘却了上的是什么。只是化学老师很突兀地说了一句："水是冰的眼泪。"我不知道这是不是故意的，反正我在晚自习回家的路上在一条巷子里哭得稀里哗啦。当然，是在暗处，当然，身边没人。

你知道，人多的时候，我一直在笑。

你知道,这是因为我在那条黑巷子里与思念不期而遇了。

[凌晨两点]

梦是有醒的时候,我每天 10 点睡,6 点起,睡 8 个小时左右,所以,凌晨两点就算是我的梦醒时分吧。2 点之后是下半夜,我会睡得像头猪。我偶尔会在这个点醒来,有时候夜空没有云,月光就会从窗外投射进来,是很亮的那种月光,从地面反射过来,刺得我心烦意乱。于是我会想起一些人,一些我喜欢的女生,一些过去,一些以往。我没有像一些高中生深夜啜咖啡的习惯,只好缩回被窝去,用被角拭干出来闲逛、犯了宵禁的眼泪。

中夜·爱情碎碎念

一个人在一大群人中违心地过活是很累的。最好是有一个,或是有一些异性朋友来陪着自己,就算是在哭了的时候可以有人抱抱自己。这听起来多少有些不可能,但我真的希望有哪个女生可以在我很伤心的时候从后面环抱着我。当然,如果我可以抱她的话那就更好了,而且不一定只是在她伤心时,只要她愿意,我可以随时效劳。

[沉闷中的光]

我一向都是昏沉沉的,无目标,无上进,无热情,无意义地活着。嘿,这样还不如死嘛,至少省空气,省粮食,省二氧化碳排放量。在一大群男人之间,我浅浅地幻想可以找到一个女朋友,哪怕只是一个女的普通朋友。呵,天天跟男人、电脑混在一起,我不敢保证自己不会变态。在这些没情趣的同性生物中,我小心地掩饰自己的心思,虽然这些家伙不三不四,但个个海侃的功夫还是可以的。我不想以后都活在讥讽之中,于是我尽量不让别人看出一些端倪。我不想做诗人,那样的人总是很酸腐,你知道他们那种人从来都是没脑子,要么就是满脑子糨糊一样的幻想,虽然你还知道,他们只是登上陆地、行走在人群边缘的鱼。很可怜,很寂寞。

[刻耳伯洛斯的狗窝]

你大概会记得往昔吧。唔,记性真好,我统却都忘记了。只恍惚记得一只熊,会很沮丧地坐在阳光中。我实在忘却了它为什么会,又为什么要坐在一个台阶上。啊啊,我于是也就像那只笨熊一样,一身一脸的沮丧了。

我从来都不怀疑我的能力,所以我不曾怀疑过自己的行为。但好像总有人会看不惯,我很惘然,但是我很快就解脱了。我把自己纳进事情中看——把自己的精神拽出来看这场闹剧。不是我做作,是那些看不惯我的行为及我的人幼稚了。

她们太幼稚,或者,是我想得太多。

嗯……那就堕落吧。转过身,缓缓地走进那些泥潭里,看着污水从脚踝漫到脖颈,再到眼眸,终于淹没。

终于淹没。看见泥潭深处,有个三只头的怪胎在瞪着我。在一条河边,在一扇门前瞪着我。我啐了它一口,默默地说:"我就来。"双手合十,抬手祈祷。泥水裹着我向门的方向冲去,进那门时,我瞧见一个叫但丁的哥们在那涂鸦:入此门者,弃绝一切希望。他回过脸来冲我笑,我理都没理他。

下半夜·絮絮叨叨

我会在晚自习前的休息时间不去吃饭,就双手插兜地站在过道里。天那时大抵是昏暗的吧。我习惯漫无目的地向远处看着,远处的天有时灰蒙蒙的,于是我也就灰蒙蒙地站着不动了。那我大概会思念一些忧伤,至于为了什么,连我自己都说不清楚。这种时候并不少见,我经常会很没来由地伤感好一阵子,那时的风会很冷,我又习惯地拉上衣服,紧紧地缩在一起,轻轻地发呆了。虽然我一直都很喜欢这种情态。

在一些时候会打心底升起一股温馨来。就像冬日午后绵软的阳光一样,使久之消极的我顿时感到温暖,甚至是让我不由自主地打个寒颤。久久地泡在低落中,对美好的事物,我都有些很不习惯。就像是下晚自习回家时,我会像个贼一样独自拐进一条胡同,而当对面有车灯直射过来时,我会很快地转过身去,捂住眼睛或是紧遮着脸去避开那光。我很讨厌在黑夜时直射过来的任何光线。它们在我最希望被黑夜轻噬的时候重重地打在我身上,让我觉得很没礼貌。换句话说,我会很想背着包在夜里走路,穿过一条胡同时,我很享受从胡同另一端反射回来的我的脚步声。有时候在墙角上会停着一只猫,我知道它和我一样在这时不希望被任何事物所打扰,那它八成是在啃一只老鼠,或是在啃鱼头,再么,就是和我白天一样只是趴在墙头发呆吧,于是我静静从墙脚下走过,没留下一点声音。那只猫一定很感激我,我好几次回头看见它闪着绿眼睛在暗处看着我和我前方的灯火、人群,我知道它在想什么,因为我们都是孤独的。它一定是很担心我会在喧闹的人流中迷失,其实它多虑了。呵,你知道,我都偏执消极了十几年了。

黎　明

唔,天要亮了。你瞧,我都看见朝霞了,我得回家了。我妈妈说小孩子不应该在外面太久。我相信我们应该是能再会的吧。想我了的话,就在晚上到一条巷里找一只猫吧,随便一只都行,你问它,它会告诉你的。抬后爪是地狱,抬前爪是天堂。如果它一动不动地盯着你的话,那就是说——你还是去公墓吧。你那时是该下来陪陪我了吧……

(2011 年 5 月 26 日,总第 99 期,第四版)

是我不够好

愤怒的小马

我们真的已经不在一起。

那些青春的、热血的、傻勇的、叛逆的日子,那些或单纯或桀骜或疯狂的你们。都慢慢地厌了。倦了。散了。走了。

为什么?为什么你们都置我于不顾?为什么当迷惘它千军万马将我包围时,你们都充耳不闻?为什么当我陷入困境时,你们都视而不见?是我不够好吗?

我们常说,时光飞逝,稍转即纵。但若从物理学的角度看,以时间为参照系,流逝的就不是时间,而是我们。我们的分分合合,我们的是是非非,我们的打打闹闹,都被时间一口吞下肚去,然后拍拍肚子,打了一个饱嗝。

So,我们在不经意中忘记了很多,比如几天前在厕所旁边看到的那个帅哥,比如昨天你坑了校门口卖土家酱饼的5毛钱,再比如你今天早上与好友在课堂上的闲扯淡……哈!时间你还真是一个饭桶!你喝了我的梦想,吃了我和朋友们的小秘密。连我仅存下的那些幻想,你也毫不留情地夺去。看着你剔牙的贱模样,我只能仰天问道:"到底是谁不够好?"

在一个懒羊羊最喜欢的天气中,我认真地,反复地,不厌其烦地,一而再再而三地,深度剖析了我自己。这才发现,我真的很差劲!我会未经过同桌的同意直接抢走他的笔记,当然,嘴里还振振有词。我会当朋友正激情四射、唾沫横飞地发表演说时,给她当头一击或者根本不予理会。因为我的任性,我会伤害我最亲的亲人。因为我的自私,我从来不懂得关心他们……

的确,是我不够好。

But,没有什么事情是一成不变的。我是不够聪明,但至少我不是傻瓜;我是不够成熟,但我正在长大;我是不够善解人意,但至少我没有咄咄逼人;我是不够成功,但我正在和他的亲娘打交道;我是不够谦虚谨慎,但至少我不会骄傲自负;我是不够漂亮,但我还没丑到在人群中一眼就能看到的地步。现在我是很笨、很傻、很懒、很疯,但是我会努力、会拼搏、会奋斗、会改变!

但是,这也意味着我要放弃一些东西。自古以来,鱼和熊掌不可兼得!

所以,我放弃了。

我放弃了曾经痴迷不已的漫画,我放弃了在中考前夕仍然追看的《龙族》,我放弃了陪我走过一段段梦爱时光的回忆。

所以,别了,这次是真的别了。

别了,《偷星九月天》。别了,废柴师兄路明非。别了。逝去的。我们。

我看着你们越来越远,越来越远,还能听见我的声音吗?

对不起,我还没有资格将你们同时拥有。

对不起,请原谅有那么多缺点的我,请原谅我放弃了你们。

对不起,是我,还不够好。

PS:本人的作文分数不及格,受到了莫大的耻辱!我很愤怒!很愤怒!很愤怒!!!

为此专门写了本篇文章,希望各位大编小编行行好,让我的文章登在报纸上。使我一雪前耻。我在这里跪谢了! 头都磕瘀血了!

(2011 年 11 月 6 日,总第 102 期,第二版)

发酵着的小时候

Dana

那天的晚霞真是美得不像话。清澈的天边像是水彩晕开的图案,一朵朵血红的花绽放了。于是想起了小时候的一条红丝巾。嗯,小时候。

桌上放了一个猕猴桃,它躺在那里,就像一只穿了棕色毛衣的胖刺猬,懒得动弹。那是我几天前想吃的,可它摸起来硬硬的,怕是很酸,于是它就在我的桌子上开始了"静养"。空气中弥散着酒的味道,却有潮湿的甜腻的气息,是猕猴桃发酵了。我的小时候,大概也在一次次吹灭生日蜡烛后,像猕猴桃一样发酵了吧。它应该也成了氤氲在空气中的香甜,就像浮草中生出的伶仃的花。

小时候已经成了一座生锈的游乐场, 面目清晰得只剩下组装不完整的零件。就只剩下零散的片段了。

一岁时,和爸爸妈妈住在租来的小院子里,养了几百只小白兔(据说那些兔子起先只是养来给我做宠物的,可兔子的繁殖能力可不是盖的)。后来,我就只记得楼梯扶手上沾着黏稠血液的白色兔皮,那一次,我哭得歇斯底里……

两岁时,和爸爸妈妈一起搬到属于我们自己的房子里。记忆里只有一层又一层的楼梯, 那时还可以向妈妈撒娇或坐在地上放赖让妈妈把我一口气抱到 5 楼上,然后在到了家门口时无耻地破涕为笑……

上幼儿园时, 我是个见人就怕的胆小鬼, 我几乎从不和别的小朋友打闹,而且总是在别的小朋友和我开玩笑的时候轻易哭鼻子。我还记得我上中班时最好的朋友,一个黑黑的叫做大力的小男生,大力同学总会咧着嘴,露出一口白牙对我开心地笑,呵呵,现在想起他的笑容,我还是会那么开心……

上小学时,我还是个见到老师就会发抖,被同学欺负就会哭的小女孩。只是慢慢交了一大帮好朋友,我们一起在学校的沙堆旁翻单杠,一起把衣服穿得黑乎乎、油光光的,一起嘲笑班上的某个女生的花裙子破了个洞,或是一起分享从学校门口偷偷买来的两毛钱的零食……

不得不提的还有我们家养的那几百只鸽子(也是像养兔子一样,从养宠物发展成了养鸽专业户),每天早晨,洁白的鸽子都会一对一对地飞出去,然后,几百只鸽子构成的鸽群会掠过我的头顶,在我家屋顶盘旋一圈后,陆续地轻轻落在地面上,亲昵地啄食我手心里的玉米粒。只是后来家里实在养不下那么多鸽子了,它们被卖给了一些城市的公园,以至于我现在每次到不同的公园里喂鸽子时,都会想,这会不会就是我们家的鸽子,或它的儿子、孙子、曾孙子……

我小时候曾以为自己拥有拯救世界的力量,我现在才发现自己竟没有力量阻止自己长大,自己终究会变得和小时候不一样。

小时候以为自己是世界上最漂亮的小孩,现在才发现比我漂亮的人手拉起来可以绕地球好几圈;小时候以为只要太阳公公不累,天就可以一直亮下去,现在才知道,不管太阳累不累,只要他在天上挂够了 12 个小时,月亮都会来替他的班;小时候以为多吃肉可以长得很高,现在才知道,多吃肉不一定会长高,但一定会长胖;小时候整天不学习也可以每次都考第一,现在天天学习却每次都考不了第一;小时候以为生病了只要吃药、打针就能好,现在才知道有些病尽了全力也治不好;小时候以为善良的人都可以活到100 岁,现在才知道,有些善良的人很早就会死掉……

当小孩多好啊!当小孩可以没心没肺地笑,可以毫无顾忌地哭,可以饱含希望地等待埋在土里的糖果发芽。

可我再也回不去了,但那段纯白的记忆还在,它们被封锁在生锈的游乐场中,在时间的滋润下,发酵着……

(2011 年 11 月 6 日,总第 102 期,第三版)

山里山外

宁 宁

那时我还是山里顶着3厘米头发蹿上蹿下的小丫头，飘过山野里每个散发着红土气息的角落。

现在我在山外，山外离山很远的地方。

当我坐在宽敞明亮的教室里望着窗外高高耸立的各式挺威风的教学楼的时候，突然想起家乡的山来。我那家乡的山呵，她绝对比灵璧一中的教学楼高，也比它们壮观。我觉得，我真该为她写点什么。

虽然我本人比较活泼，每天都咧着嘴笑，一副挺开心的样儿，但已拽住冬天衣襟的深秋，毕竟是个容易让人伤感的季节。当我发现不断有梧桐叶落满校园，当我第一次裹着大大的棉衣走在人行道上，每呼出一口气便看到一团团热气在眼前凝结然后迅速散开的时候，我不停地哈气，兴奋得像个孩子。我想，我的山，她现在一定很美。

她应该把青绿色的衣裳渐渐换成泛黄泛灰的颜色，那里该有冷风吹过时集体舞动的小草，它们是生命忠诚的拥护者。当夜晚来临的时候，山上是宁静的，静谧得让人害怕。因为现在，山上早已没人居住。

她以前不是这样的。我小的时候，山里还零零落落地住着几户人家，我就随着堂兄堂姐们跟着奶奶住在山里，那时的山，是个永不孤单的巨人，托着我们这些顽皮自由、横冲直撞的孩子们。

我的山她好大，大得十几年来我都没走遍过，她披着倾斜的漫坡，凸起的石垒，雕刻着一个个惊心动魄的山崖，那里还有一片片结着大红果实的桃林和杏林。我经常就处于偷嘴者和被捕抓的逃犯状态，现在想来挺骄傲也挺怀念的。

在山里，我和哥哥姐姐们是个庞大的集体，因为我们，已足以让一大片山都活跃起来。白天里遍布各处的吵嚷声和轻快而急切的脚步声，晚上便傍着彼此躺在大场上仰望浩瀚的星空，我不停地数着天上的星星，天真地以为这样我就可以成为另一个张衡。时而会有提着灯笼的萤火虫飞过我们的头顶。黄昏的时候,住在矮崖下的本家的小叔向上喊着:"叭咕,叭咕,你家几口?"我们听到了便集体跑到场边用同样的方式回应他。我的哥哥姐姐总是喊着:"叭咕,叭咕,俺家四口。"我那时还没有弟弟,就独自冲下面喊:"叭咕,叭咕,俺家三口!"

我那时从没有在意过"叭咕"是什么意思,直到多年后我才知道,我们的对答声源于生在山里的布谷鸟。

慢慢地跟着怀念,我每天的午睡开始变成一个个极度昏迷与挣扎的过程。意识里完全知道自己没有睡着,却一直都在做梦,梦里眼前是我住的场边的矮崖下漫天飞舞的蝴蝶,我站在崖边,身子像被一种力量使劲地往下推,我向后退又退不了,只能努力挣扎着留在原地,梦里是小时候倒茶时被烫着的热塑料的味道,梦里还有一片片结满黄色果子的柿子林,我咽着干涩的嗓子在床上乱动乱抓。

这一切突来的思绪来源于我在一堆陈年旧事中偶然翻到的小学毕业合影,所有的记忆便铺天盖地席卷而来,不幸的是这些记忆带给我的并不是激情澎湃的浪花,而是黑色阴潮的暗流。因为我完全被那些永不能复原的过去的画面禁锢了,我强烈地认为我应该永远生活在那种百分之百幸福而满足的生活里,那种生活就寄托在我的大山里,而我现在似乎正要慢慢走向那些盖着比我的大山还要高的楼层的地方。这些或许并不是我真正想要追求的。我不懂政治学,可我知道自己是个矛盾的综合体。

从另一方面讲,即便我再背着重重的铺盖回到我居住的山中小屋,也再不会有哥哥姐姐们的陪伴,也不会有小叔帅气地教我骑自行车,也不会有住在山的另一边的邻居奶奶特意为我留下的甜饼等我享用,也不会在秋夜里有打着灯笼的萤火虫从我眼前飞过,所有这一切都不会因我的怀念而重新回来,我守护的将是一座孤寂冷漠已失去温暖的空山。

也许我应该意识到只有悲剧才是永恒的存在。

因此,我更愿意完全用美好的回忆来记录我的大山最美好的过去。

画面切至半山腰上。

我和伙伴们走在桃林畔的山路上,那里有一汪澄澈透明的泉水潺潺向下流淌,我的伙伴们开心地喝着泉水,我也开心地在旁边用泉水洗手,趁他们不注意的时候,就顺势把俩脚丫子也插了进去,他们察觉的时候,我早已溜之大吉。衣服里兜着的桃子踊跃地跳出并积极地在我之前迅速地滚下山去,停在另一片平坦的长着柿子树的地方,那是我最骄傲的地方,因为每棵高高的柿子树上,我总是爬得最高的那一个,也总是在打闹时能从最高的地方直接跳下来的那个。

无论从哪方面说,那时我都是个十足的疯丫头,因为我有大山的宠爱和纵容。但当我渐渐长大,离开大山走向庄里背起书包的时候,大山在我的意识中渐渐模糊。当我每一次再回到山顶向下眺望,渐渐地,山下我熟悉的视野里,由一块块亲切的青石瓦铺叠的地方逐渐被刷着锃亮锃亮油漆的楼瓦取代,我含着泪看着独自上山的自己,曾经那个以爬树和打架为骄傲的疯丫头早已随着大山的渐渐空寂而消失了,像所有我美好的记忆一样再也不会回来了。

接着便有一个在我的梦与意识里重复出现的画面。那是在我的大山里,我一个人或沿着夕阳攀爬过的树影一只只跳过,跳过斑斓的岁月,朝向远方背着晚霞的梦中河畔,或挣扎于腐烂淤积的沼泽地里最后累了倦了倒下被埋葬了,再或者用土壤积压了千年的红色岩石在我的小屋的石墙上写下一个个我热爱的亲人的名字,门旁我曾经埋下的杏仁突然间冒出了小芽,小屋却在瞬间倒塌了。所有这一切都让我独自承受着,直到蓄满泪水的眼睛不停地颤抖着然后随着闹铃声挣扎着醒来。我不停地思考人生要经历怎样的过程到最后再连本带利地归还给土地,我又要经历多少个这样的人生的循环与周期再像从前一样依偎在奶奶怀里,傍着我所有的哥哥姐姐们躺在那片被月色洒满银光的大场上,听布谷鸟沉郁而忧伤的呼唤,吮吸青草地上带来的浓重的晚风。

我经常无法摆脱那种逼真的似乎真的又发生在我身上的虚假的存在,那种存在拖沓着我的每一个神经对于山里无限的想念。

我在这种深陷的意识状态下拨开帘子,看到外面干涩而冰冷的楼房,还有听到住得很近却陌生的人家的音乐声。

我清醒地告诉自己:我在山外。

(2011 年 12 月 6 日,总第 103 期,第三版)

一路印痕

Aarif

当第三次月考的成绩出来以后，我用出乎自己意料的淡定接受了它。

——作文初感

时间按着顺时针一个方向不停地走着，我像一头烦躁焦急的小野兽，左冲右突，在通往后青春期的路途中，对每一朵有可能采摘到的花儿都要跑过去啃一番。但走了不到半程，便精疲力竭，回头，只看见一路混乱的印痕，我想要追求的东西，在这样焦躁的狂奔里，反而被我一一落下。

一

其实高三的生活并没有学长们说的那么夸张。饭还得用嘴吃，字还得用笔写，护城河还是那个样子，一元的还是那么地左冲右撞。我想最大的变化是我们的态度改变了，我们所处的环境氛围改变了。当每天眼睁睁地看着大家埋头做题自己却无动于衷时，当眼睁睁地看着原来成绩不如自己的同学一点点超过自己却无能为力时，我感到很迷惘很孤独。可我并不会强迫着自己拼命做题然后下次打个漂亮的翻身仗，我只是打开原来写过的东西和成绩单把它们再温习一遍。或许我已经麻木，当我把这些统统告诉某个人时，她对我说："你是在用原来的小小成绩来弥补现在小小的缺口使自己产生小小的成就感。"我说："听不懂。"她直截了当地撕开了我正在努力掩藏的伤口："你在逃避。"她的话总是一针见血。

二

每天晚自习放学从高三(1)班经过的时候，我都会转过头朝窗里看看那个雷打不动的学习型好学生——罗星同学。他总是给人一种遥不可及的感觉，让人在想要接触他的那一瞬间自卑起来。不知当有人向他调查户口时，他是否还记得那个暑假期间,在一间四五十平方却足足挤了70人的小屋里曾和他坐在一起喜欢把手搭在他肩上听课的同学甲。

国庆假期间和卢雪东通了视频,发现镜头里的他改变了很多,发型也很前卫地复古成"站妆"。我调侃他:"不会是开飞机时让风给吹的吧?"他没说什么,只是做了一个露出牙齿的表情。互相客套地寒暄了几句之后我恶心了一句:"还真有点想你了。"他说:"那你也报我们南京航大啊!"呵呵,我又是何尝不想呢?不过考虑到现实情况后,我还是勉强地挤出几个字:"算了吧,我还是更喜欢脚踏实地的感觉。"

三

灵璧一中著名英语教师赵林前几天在我们班开了个班会。看着他站在讲台上用惊人的魅力手舞足蹈,唾沫横飞,风生水起,我很配合地走了神。不过我分明听到他让我们在快要放弃的时候想想自己向往已久的大学。而我的大学呢?那个叫做上海的城市总是让我梦魂牵绕欲罢不能。我曾无数次幻想着自己站在东方明珠的塔顶,张开双臂把那个城市的一切尽情地拥入怀中。而现实总是这时候将我拉下来,是的,现实是如此的现实,我又何必那么现实。电影《岁月神偷》里小弟的奶奶告诉他:只要你把自己最心爱最珍贵的东西统统丢到海里,你的梦想就会实现。我把自己的梦想写下来,装在从一个每天都会到班里捡瓶子的阿姨那索要来的农夫山泉瓶子里,站在突破口旁边的桥上,我亲吻了下瓶盖,然后奋力把它抛进了护城河里,希望它能乘风破浪直达上海。

最后:

当我在人海里邂逅了罗星同学,如果他的余光能在我的身上停留三秒钟的话,我想那一定是个最美丽的意外。而我也会满脸明媚的翘起嘴角,然后浅浅的,笑了。

(2011年12月6日,总第103期,第二版)

五万零四十次笑

小　年

清晨，你一走进门，我就看到你的笑。当你看到面前徘徊着的班主任后，你强忍住笑，小步快跑作猥琐状逃到自己的座位上。我还是看到你忍不住地笑，你的笑容根本就没有离开过你的脸庞。

坐在自己的位子上，马上有人找你讲话。我离得很远，听不清你在和他们讲什么，我只看到你听到旁边某人讲了一句话，然后你就大笑，笑了大概十二秒。实际上，那也许并不好笑，但是你还会笑。

在没上早自习之前，加上你刚走进教室时，你一共笑了十二次，其中小笑八次，大笑四次，这之中，连续的笑有三次，总的来说，笑声都不大，因为班主任在旁边。

星期一的早读课是语文，你拿出书后装模作样地朗读起来。读了一句之后，你就停了下来，接下来发呆了几十秒。

过了三分钟，老师走进屋来，前排的男生顿时兴奋起来，依照惯例，他们马上就会起哄。起哄的原因一般有以下三点：

一、老师穿的衣服很少；

二、老师穿了不该穿的衣服；

三、老师剪了头发。

今天，老师穿得很少，所以前排的起哄委员会，一个接一个地传递一句话："剽悍。"然后，全体男生哄堂大笑，至于女生区一般不会有太大的动静，就算有，也可以忽略不计。

你从来都不会第一个起哄，但是你会跟着笑，和我一样，以及除了起哄委员会以外的人员。然而，你真是好笑，每次你笑都会比别人慢个半拍，所以我看到你笑，我也会感到很好笑。除了你以外，咱班的朱同学上数学课也总会比别人慢个几拍；老师问全班同学："是吧？"没有人作声，过了许久，老师刚想讲下一个课题，就传来朱同学的一声"嗯……"那声音极幽默，搞得班主任忍俊不禁。

早读课上,你一共笑了十次。和同学讲话笑了七次,看见老师穿得很少笑了两次,摸着书包傻笑一次。其中大笑一共三次,都是连续不断的笑;小笑一共七次。面带微笑十五分三十二秒,还有九分二十八秒是其他表情。

下课后,全体趴在桌子上小睡,你也不例外。你同桌摸了你一下,你惊醒,笑了一次。我发现了一个关于你的定理,如果对方和你没有矛盾,你和他们讲话都会冲他们微笑一次。之后,你脸上的笑容"永垂不朽"。下课十分钟,有五六个人找你说话一共十五次,你同桌找你讲话占了三次,你正规地笑了九次,保持微笑时长高达七分钟。

下面两节课是数学课,你听得很认真,没有面带微笑。然而课堂中的插曲是会让你大笑的。班主任是慈祥的老师,他一般绝不会主动讲笑话,但总会在不知不觉中讲了笑话,他本人不动声色,表现严肃,而我们早就笑得人仰马翻了。两节数学课,不连课间,你笑了五次。

第四节是英语课。我最怕英语课了,因为我无法统计你笑了多少次。英语老师本身就是让人想笑的源泉,即使他上课不想搞出笑话来,然而我们又岂能放过他,他光洁无毛的前额,他笨重的身躯,还有可爱的动作,想不笑都不行。我一边聚精会神地听课,一边用笔记录你笑的次数以及你笑的时刻。

在英语老师刚到的那一刻,你连续笑了四次。老师讲语法时,由于他总会弄出让人想笑的动作来,你的笑变得复杂起来,我分辨不出你笑了多少次。粗略地估算,你至少笑了五十一次。语文课上,你比较老实,竟然只笑了两次。

上午,你共计笑了93次。全天共计笑了139次。依此类推,你一星期笑了973次,一个月笑了4170次,一年笑了50040次。

上帝真不公平,他一年给了你50040次笑,而我偏偏缺少笑。如果你五万多次能平分一半给我,那该多好啊!

(2012年1月6日,总第104期,第三版)

冬天快乐

Dana

冬天是真的到了。

我真正发觉这一切大概是从早晨闹钟响了 N 次后仍然没有勇气把手伸出被窝的那一秒开始的。天冷之后，仅仅是从被窝里爬出来这个动作的耗时就被我豪迈地延长了十几分钟，整个早晨的起床过程就像一场痛苦又漫长的死前挣扎，可为了在老班在班门口看手表之前赶到班里乖乖地坐着，我每星期都要挣扎五回。于是，我常常赖在床上虔诚地许愿：等我从一数到三后睁开眼，我希望我已经坐在座位上开始吃从别人那里抢来的零食了。可我发现上帝总是忽视我的请求，我每天还是必须顶着寒风，向学校龟速前进。

每天把自己裹得像个粽子，里三层外三层的。我认为这严重影响了我的移动速度，于是开始无比佩服我老弟，那小子竟然可以在同时穿了两件棉袄、两条棉裤的前提下上蹿下跳地跟猴儿似的，偶像啊！中午上学时看到自己的影子，因为围了围巾，穿了韩版的棉袄，出奇得像一棵系了丝带的松树。那时我就在想，圣诞节那天穿成这样出去晃一定特别有节日气氛。

在看到自己的手被冻得像一对猪蹄时，很是怀念夏天。也许这是我每年必经的心路历程。我总是在夏天想起冬天的凉风，也总是在冬天挂念起夏日的骄阳。

成日成日地和未殇、小嘴黏在一起，就像一块用了吃奶的劲儿也拽不开的牛皮糖。下课铃一响，我们仨就拉开百米冲刺的架势冲向厕所。厕所永远都是灵璧一中人气最旺的地方之一，尤其是冬天，厕所里人的密度强有力地证明了生物老师"人在冬天汗少尿多"的说法，热闹得像是在赶集。某日，本人与未殇在厕所排队，由于等了很久，本人绝望得想撞墙，可是厕所的墙太脏，就只好撞向未殇……"干嘛撞我！头大了不起啊？""我不是头大，是脸大，好不好！"话音未落，只见两排美女同时转向我（是为了找自信吗，看了我的脸，就会突然觉得自己的脸又小又尖），我顿时石化……干嘛啊！没见过脸大的啊!

虽然在厕所遭遇了围观,但还是很开心,因为每天都可以欣赏到小嘴美妙的歌声,毫无征兆就开始的"八戒,八戒,心肠不坏……"毫无悬念地当选小嘴的万年保留曲目。有时也会因为别的事而感到开心,比如某个午后,冬日里异常珍贵的一束阳光偷偷地投射在牙的脸上,恍惚间发觉牙很像吸血鬼,拥有阳光下白得发亮的皮肤;比如在听完麦子的鬼故事后,猛然发现自己竟没出息地出了一身冷汗;再比如抬头时发现了一只很像鸭子的大鸟飞过……

也有发愁的事情,比如新年到了,自己又老了一岁。但是新年带来的快乐同样是无法比拟的,因为在新年里总会有许多可预见或不可预见的事发生,那些都是值得期待的快乐。我想我会遇见更多的人,听更多的故事,看更多的书,学唱更多好听的歌,收到更多好看的糖果,实现更多的愿望,当然,如果考试考到更多的分数那就更好。

无论怎么想,整个冬天都会很快乐。

新年到了,没有太多的愿望,只祝福黏在一起的我们可以手牵着手挨过整个冬天……

(2012 年 1 月 6 日,总第 104 期,第二版)

四 月

袁尚文

四月,又有倾城的日光。

孩子,快来这园中,欢唱。

作为葡萄园新一任的"看大门的",我又一次俗气地笑了。不为了别的什么,只因为楼下的白玉兰悄悄地开了。人到了春天就会莫名其妙地开心或忧伤,今年也一样,虽然春天迟到了。

躺在床上,戴着耳机,把音乐调到震耳欲聋,陈奕迅的歌声就像流水和空气,充斥了我的耳朵、大脑和眼睛,我鼓起腮努力地吹着泡泡糖,"叭",泡泡炸了,粘在了脸上,像呛着口水一样地,我笑了,两颊凉凉的,我没哭,只是流泪了,也许真的是呛的。歌里唱着,"我不唱声嘶力竭的情歌,不表示没有心碎的时刻"。

我整日都在没心没肺地笑。不快乐怎么对得起这明媚的春光。学校里开满了花,大的小的,红的白的,连空气中都弥散着甜腻腻的香气,阳光温暖透明。厕所旁边的那棵桂花树枝叶依旧繁盛,要过多久才到它的花期?于是时光退回到去年八月,我和小妍妍站在满树的桂花下,对着厕所兴奋地大喊:"好香呀!"是呀,桂花真的很香。朋友换了一拨又一拨,可最真的只有那几个,在那里静静守候,不离不弃,就像那棵桂花树,适时才会开放,平日里,馥郁的香气只能用来怀念。

受不了我那个精力旺盛的弟弟。今天他问了我一个让我额头出现三道黑线的问题:"姐姐,葡萄园里是不是结了满树的葡萄?我想去尝尝,你能不能带我去?"我倒是很羡慕这个吃不胖的家伙,因为我只能每天默念:"四月不减肥,五月徒伤悲,六月徒伤悲,七月徒伤悲,八月徒伤悲……"

四月,迟到的春天终于来了。又是一次新的轮回。我这个大俗人依旧俗气地活着。俗人总是最快乐。俗人却经不住零食的诱惑,即使俗人在减肥。

仍要谢谢葡萄园,给了我这个俗人一个容身之所。在园中,我可以偏执地认为相信童话就能不老。在园中,我可以爱自己的文字,我只当文字是凝在纸上的话语,我在跟自己聊天。我是个话很多的人,在这里,我很欣慰有人乐于听我胡说八道、啰啰嗦嗦,我乐于用自嘲换取别人脸上的微笑。我始终是个俗气的存在,葡萄园却收留了我俗气的梦想。

还是记得每次看到自己的文章用铅字印出来的感觉,很像孩子得到了糖果的奖赏,我窝在沙发里"咔吱咔吱"地啃着苹果,看着别人看完文章后绽开的笑颜,我的心也成了盛放的玫瑰园。我用一滴汗换了满园的花开。于是,我决定热爱文字,即使某天我将江郎才尽。

亲爱陌生人,欢迎敲门。园中的人都将是你的朋友。在这里,请轻轻挖开一个坑,用清晨的雾掩埋自己心中的红宝石,然后静等它发芽,过自己烟火世俗的生活。

只希望你也会热爱这里。园里的朋友都是自来熟。

孩子,快来园中跳舞、歌唱,趁着四月到来,阳光温暖,花一开放就该相爱。

(2012 年 4 月 6 日,总第 106 期,第一版)

做一只猪

菜　菜

朋友,你见过这样一只猪吗?

它浑身粉嘟嘟、圆滚滚的,左眼有一块胎记,眯着小眼,爱戴彩色帽子。

它出生的时候好肥,发育之后更肥,越来越肥,肥了更肥,史称"死肥猪"的名兜字仲肥的麦子第十八世孙——麦兜。

我一直觉得,我和麦兜有种冥冥之中注定了的缘分。不然,怎么会有那么多相似的地方。比如,我们都是猪(别误会,95年出生的同学,你们都懂的);再比如,我们都很胖,不仅没有腰,连脖子也没有;还有,我们都有一个爱唠叨、心地善良、望子成龙的能干的妈妈;最重要的,我们都是不折不扣的吃货……

和麦兜一样,我也有一个志愿,那就是当校长。"每天收集了学生的学费之后就去吃火锅。今天吃麻辣火锅, 明天吃酸菜鱼火锅, 后天吃猪骨头火锅。"除此之外,一星期内要轮流吃到五香牛肉、红烧猪蹄、清蒸鲫鱼、粉炖排骨和油爆小龙虾。每一餐都要有肉,并且不吃菜只吃肉。还有,早点一定要有南大门西侧的煎饼果子,晚餐必须是东大门拐口的水晶凉皮,课间休息还要来点"红薯沙拉""烤牛馍"等零食补充脑力。对了,差点忘了,每天还要一支"咔嚓"解暑降温……嘿嘿,各位不要夸我,我知道我终于找到生命的真谛了!

我常会睡眼惺忪地问我的朋友:"是我懒,还是屁股懒?"

"你懒!"

"是我懒,还是麦兜懒?"

"你懒!"

"那是麦兜懒,还是屁股懒?"

"你比它俩都懒!"

额,好吧,你们总不按常规出牌。我不会像麦兜得到同样答案那样嚎啕大哭,因为天知道呼呼大睡的滋味有多美好。告诉你们,少睡一分钟,便丢掉60秒的幸福!我现在真的很忙,忙到我很难保证一天有16个小时的充足睡眠。但是困难阻挡不住我们对睡眠的渴望,来吧,跟我一起喊:"给我一张床,我能睡到世界灭亡!"

　　木有鱼丸、木有粗面的日子里,偷偷告诉你一个秘密,我不想长大。古时候,女子十五岁的笄礼标志着成年,女子就可以嫁人了。想到自己空有一颗减肥的心,偏偏生了一条吃货的命,我就忍不住笑。那些年,我们也曾有过小蛮腰啊!妈妈至今还时不时地叫我"宝贝儿",爸爸告诉我,我永远是他的"小胖丫"。所以我天真地以为自己没有长大。也许这只是我一厢情愿的想法,但其实我一直是一只好吃懒做、胆小怕事、时不时又英雄气短的猪吧,类似麦兜……可是,我就是喜欢麦兜那样,傻傻笨笨的可爱模样。

　　我真想站起来说,麦兜不是低能,他不过是善良。

　　就像我,尽管又馋又懒,甚至有些迟钝,但这并不影响我们去爱身边的人。

　　"我希望老师继续唱歌,我可以很快学会写那些生字,不用那块橡皮。我希望我争气,妈妈不用挤眼泪,不用有更年期。我希望得到A,不会差一丁点。如果我争气,比屁股还争气,妈妈,我愿意……唔……我愿意以后再也不吃我喜欢吃的鸡。"每次看到这儿,我都情不自禁地抽鼻子,心里酸酸的。

　　虽然我妈妈不会做"纸包鸡"和"纸鸡包",也不会做"包鸡纸包鸡包纸",更不会做"包鸡纸包鸡包纸包鸡"……但是妈妈很爱我。她会在每天早上6点左右,轻轻地拍着我的头,叫我"宝贝儿,起床了",然后为我准备"鸡蛋+粥+包子"的营养早餐;她会在换季的时候为我买来新衣服,推推搡搡地把我拽到镜子前,然后津津有味地欣赏镜子里那个圆乎乎的傻孩子;她常常嘲笑我"日进斗斤",却乐此不疲地监督我跳绳,为了让我心服口服,她以身作则,结果每次都累得气喘吁吁……还有,我忘不了她披着袄闯进冰冷的雪夜为生病的我买药;她在厨房里为取得好成绩的我做最爱的酱香肘子,还哼着那首经典老歌:"今天是个好日子,心想的事儿都能成……"

　　母亲的心,是孩子的天堂。这让我不由得想起五年级的那个母亲节。我用2元钱给妈妈买了一套"黄金"首饰,镶着钻石珠宝,很招人喜欢。可是,妈妈只是洗了个澡,这些饰品就变得又黑又丑,还在妈妈白皙的颈部留下一条黄灿灿的漆圈。我哭了,我没想到会变成那样。妈妈捧着我的脸,微笑着吻了我的额头,温柔得像一股春风。妈妈和我约定,等我长大有出息了,买一套

"真金白银"来换这些掉漆的"首饰",在那天到来之前,她会好好保管手中的这套。时间推移到现在,尽管当时的幼稚已不复存在,但妈妈的期望一直是我前进的动力。没心没肺的丫头,亲情是你催泪的死穴,又何尝不是你最大的财富!

"我不是为了珊珊……我依然努力去抢那些包山,因为我爱我妈妈。"

……

长路且行且远,心里有最单纯而有力的愿望,做一只像麦兜那样的,简简单单、快快乐乐的小猪猪!

(2012 年 5 月 6 日,总第 107 期,第二版)

旧　事

尹晓楠

　　她哭的时候，只会暗暗红了眼眶，任酸楚的泪水肿胀在眼中，而不发出任何声响。这巨大汹涌的无力感将她紧紧包裹，几欲让自己踉跄倒下。她俯身抚摸眼前石碑，把全身气力都用来支撑自己的站立，手指因悲伤肆虐而微微颤抖。在这天空灰蒙、寒星高坠的凌晨，她无法接受那个曾爱护她、庇佑她、陪伴她、给予她温热疼爱的男子，因为疾病离她远去。如今，只留下冰冷生硬的名字不近人情地刻印在墓碑上。

　　她无法再多看他一眼了，她知道他终有一天会与她隔着生死，却不料想这么猝不及防。

　　那几日，雨水丰沛，强盛持久，以暴烈的方式冲刷小城。走廊深邃，曲折绵延，灰白墙壁上沁湿大片水渍，空气中蹿动着刺鼻的消毒水味。玻璃窗上雨迹斑驳。她轻轻推开病房的门，便看见弟弟削瘦疲倦的脸颊，他坐在病床边，眼圈通红，见她来，起身上前，他喊她"姐"。她没有理会，只觉周身发寒，一步一步走到病床前，盯着床上的人，眼前的他已消瘦得不成样子，皮肤苍白毫无光泽与血色，嘴唇微微泛紫。她一时没有认出，那是否是与她血肉相关的人。

　　外面依旧水声浩大，几声响雷闷闷地从厚重云层里传来，她回过神来，走到弟弟面前。弟弟瞳孔晶亮，水波涌动，哭腔浓重："他离开我们了。""不要哭"，她声音坚冷如冰。"我一直都知道爸最疼的就是你。"弟弟继续说。她抬手给他一个凌厉的耳光，"我说过不要哭"，她几乎是吼出来。他脸颊上潮湿温热的眼泪润泽了她的手掌。他沉默看她，她的脸偏过去，眼睛紧闭。"出去"，她对弟弟说。

　　房门被关上许久，她才艰难挪动脚步，来到病床前，尽量瞪大双眼，不让里面的水雾朦胧了视线。"不要哭"，她对自己说。她向来克制眼泪的流露。俯身，手掌迟疑犹豫，最终覆上爸爸的面容。她仔细小心动作轻柔，手指一寸一寸抚摸他的额头,他的眉毛,他的鼻子与嘴巴。然后,她听见自己胸腔深处破裂的声响。她知道她在做最后的偿还,却不知他是否知晓,她那么怕失去他,却又多么无能为力。

她抓紧他瘦长的手指,跪在冰冷地板上,脸颊紧贴他的手背,想给他些许温暖,她在做一件徒劳的事,她感到他皮肤底层渗出的寒意,他的肉体已坦然面对死亡,而她如手握长风,还妄想留下什么。

想起《约伯记》中的字句:"人为妇人所生,日子短少,多有苦难,出来如花,又被割下,飞去如影,不能存留。"倍感清醒,她知道他只能存活于往日回忆中,供她汲取微薄温暖,即使那些记忆刺得她千疮百孔,想来也是甘愿。

幼时自己单薄多病,瘦弱苍白,夜晚常常咳嗽,要吃很多小颗白色药片,他端来温热白开水,看着她皱紧小小的眉头,用力吞咽药片,便会从口袋中掏出两颗奶糖,塞进她的手心。他是沉默寡言又高大英俊的男子,不诉说爱,不会讨她欢喜,与她亦没有拥抱与亲昵。她从不会主动亲近他,甚至也记不起童年时与他有什么点滴旧事,记忆零碎,只记得他在自己手中留下的那两颗奶糖。但毫无疑问,他爱她,哪怕这爱长久缄默,不动声色。

待她长成青春年少的模样,骨节在身体中拔高,孤僻少言,眼神灼亮,终日困顿。学会逃课,独自一人,长久骑着单车,来到远郊,看落寞的夕阳余晖,及远处随风漾动的青青麦田,仔细嗅着泥土的馨香,再慢吞吞归家。他从老师那儿了解到情况,却对她不做回应。

家中庭院有高大桃树,春日临近,树上叶片浓密繁茂,生长着轻软甜嫩的花朵。他带她一起浇水、除草,彼此沉默,安静做好手中的事。他们质地相同却色泽殊异,会沉默对立,亦能尖锐伤害。她从不和他交流心中所想,打断他靠近的步伐,远离他,封闭自己。他的爱内敛深邃,暗自买好当下流行的玩具、衣衫,托母亲交给她。偶尔晚上放晚自修后,他站立在校门口接她,昏黄路灯把影子拉得细长。学校离家有很长一段路,他们只是心照不宣地互不交谈,沉默走路。小城的夜晚寂静安谧,灯火寥落,街道空荡。她已高到他的肩头,过马路时,无论有没有车,他总会牵着她的衣角向前走,却从不会试探性地拉她的手。她内心了然,他们想彼此靠近,窥探打量对方心思,想使对方内心愉悦,却束手无措,方式笨拙。经过还未打烊的商店,他进去给她买零食饮料,然后拎着沉甸甸的购物袋同她走。若恰逢繁星璀璨的夜空,他们便会停下步伐,仰头望天,他细心解说,指给她各种星座的模样与特点,她用心倾听,不懂便问。两个人都沉迷其中,身心欢畅,忘了归家。

待她上大学时,乘车离去,他独自一人站在月台上,背影寂寥地对着她,她瞳仁中全是他的模样。这个男人现今已经逐渐走向衰老,鬓发中已有零星的白,开始发胖,走路迟缓。她开始想着以后要对他好,不计付出,给予他满心欢喜。

可她忘了,这世间有太多曲折,可以以任何一种理由这么轻易让他离去。

她看到焚烧的火光照亮他最后的容颜,显得有些许暖意。但心中犹如钝器在重重击打,剧痛难忍,她险些没有支撑住。最后,他的归宿是一方小小的黑木匣。她紧抱着,贴在胸前,眼神空洞,她知道她失去了他。

她站在冰冷墓石前,旧事排山倒海地袭来,她想握住这个给予她骨血生命给予她丰盛爱意陪伴她成长的男子的手掌,让他带自己回家,可太迟了。

这个男子如今已渡过人世长河,到达分离的彼岸。她的心生生与过往断裂,如雪地孤火,明艳灼痛的伤痕。

她对着眼前石碑,喊出"爸爸"。

终于坍塌颓坐,热泪如倾。

(2012 年 5 月 6 日,总第 107 期,第五版)

我们是最亲的人

张一凡

狂奔着，无泪的痛

你，骑着"小鸟"，载着我，奔驰在二环宽阔的马路上。

道路两侧的草坪苍翠欲滴，在太阳强烈的照射下绿得很晃眼，闪着油亮的光，好像用手一挤便会出油。八车道的柏油路，亦是黑得发亮，从地面升腾起沉闷烦躁的热流。

车子急速行驶着，撩起的风直直地灌入我的鼻子和口腔，扭曲了我的脸庞。

你一直在沉默，可怕的沉默。我担心你过度压抑自己。伸出手臂，轻轻地环住你的腰，我趴在你的背上，强装无辜地问你为什么不说话。你用平静的声音对我说，你很痛。我说，痛就哭出来啊。你，微微地侧了脸，依然平静却很坚定地告诉我，泪水是不能解决问题的。那一年，你十八岁，高考落榜，尽管老师和家长都对你抱以很大的期望。

你决定复读是在一个极躁动的下午。空气里到处充满着膨胀的热的颗粒。你兀地打开房门，抱着一摞新旧掺杂的书本，汗水沾湿了的T恤紧贴在背上，细碎的刘海一绺绺地敷在前额上，汗珠就顺着它像坐滑梯一样直直落下。你勉强地冲我笑了笑，挤出一句："我要上高四喽！"然后不等我反应，便转身而去，又忽然停下来，很认真地补了一句："你可不能再走这条路了。"我愣愣地看着你瘦削的背影，一时语塞。同是那一年，我十六岁，还躲在空调屋里没心没肺地黏着泡沫剧。

对，你只比我大两岁，是我最亲的人。我叫你"哥哥"。

等你的晴天

你真的很忙。你不再和我嬉戏打闹，不再揪我的大耳朵，也不再嘲笑我的小眼睛。即使闲暇时间，也只是静静地坐着，看书或者听音乐。脸上仿佛就挂着副对联"非诚勿扰;闲人免进",横批"本人很忙"。

你真的很忙。从早上六点一直到晚上十二点,总在闷头做题,仿佛有做不完的书山题海。更有甚者,直到两三点还不舍得熄灯,干脆做个夜猫子。这样日复一日的生活,就像个循环小数,一遍遍重复上演,执迷不悟。

就像你说的,高四是一座炼狱,挺不住就灰飞烟灭,挺得住则涅槃而生。正是由于你的近乎自焚的拼命式学习,使得全家都紧张兮兮的,生怕稍大一点的喘息声都会打破这沉寂的平衡。尽管如此,你还是爆发了。这一天来得突然,在我还没搞清状况的时候就倾盆而来。无疑,我稀里糊涂就成了你出气的对象。

我委屈,难过,可我只有在自己的房间里抱膝痛哭。我知道当你心绪沉重的时候,最好的礼物,就是送你一片宁静。你会迷惘,也会清醒,当夜幕低垂的时候,你会感受到,有一双温暖的眼睛。而我,必须吞下所有的委屈。

然而,我意外地从你的床底下发现了被撕得零零碎碎的草稿纸,上面铺满了你的演算过程,密密麻麻地冲击着我的眼睛。这该是怎样的一种压抑和困扰!我的那点委屈又算得了什么?

你有没有过那样的感觉,一面墙堵在你跟前,许多次你都恨得很无力,它挡着你,让你连呼吸都不能。可是,忽然,你只动了一下,它就哗啦啦全倒了。然后连断壁残垣都不见了,仿佛什么都不曾有过。我一直在等待你的晴天,哭着哭着,天就蓝了。

你的依赖,我的幸福

不知从什么时候开始,竟习惯了去照顾你。习惯早起十分钟,为你盛好早饭,叫你起床;习惯听到下课铃就蹿出教室,脑子不停地琢磨为你准备什么样的午餐;习惯在夜深的时候削好苹果送到你面前;习惯回到家第一句唤你的名字……看着你整天愁眉不展,我也很失落。我开始固执地叫你"小帅帅",不仅是因为你的新发型。常常从后面拍着你的肩,充满挑逗地说:"帅帅,给大爷笑一个!"又或者在你上厕所的时候,隔着门叫你:"帅帅,来电话了!"终于,你从最初哭笑不得到后来欣然接受。每次我喊你:"帅帅!"你都会应景地附和一句:"美女,干嘛?"多恶俗的一对活宝!在爸妈费解的眼神里,我们咯咯笑得像小孩子。不管现实多么压抑,我们依旧可以活得很简单,就像一朵雪花吹开另一朵雪花的春天!

你越来越甘心被我劫持,这是你的幸福,也是我的幸福。因为我们知道,我们都在一天天长大。其实世上所有的幸福，原本都是平庸、细微、琐碎的。那天，我在厨房做你最爱的西红柿炒鸡蛋。你倚在门口，给了我一个没有丝毫偷工减料的笑，"妹，真的谢谢你啊！"你这简单一说，仿佛爬山虎细小的卷须，攀满我整个心灵。我最亲爱的人啊，你的依赖便是我的幸福。

带着我的祝福启航

你知道吗？我又梦见你了。离别的场景，满是眷恋与不舍。梦醒时，眼角的泪余温尚存。随着时间的迫近，我越发感到不舍，我真的不愿意你一个人漂泊在外。

即使满心的留恋，我也必须微笑着看你振翅高飞，去追求遗失的梦想。我想，我会站在最高处，目送你走进大学的殿堂。我希望，能陪你走得更久更长，哪怕仅是目光。我会清晰地记住你的走向，然后顺着你的脚印，与你会合在那一片知识的海洋。

飞吧，帅帅！到了你展翅飞翔的时刻了！请带上我最真最美的祝福，向着那心中的梦想，起航！

有你此生不寒凉，我最亲爱的，祝你成功！

PS:希望将此文献给所有即将步入考场的哥哥姐姐们，为了你们最亲的人，加油！

(2012 年 5 月 26 日，总第 108 期，第六版)

盛夏之光

褚可凡

　　我预想了很久，却还是不知该从何写起，也不知怎么的，稀里糊涂地就毕业了。

　　还记得高三的时候每次不想写作业或是考试考得不好，或是突然很感伤，就跟我哥传纸条。那个时候真的是文采飞扬，下笔如神，好家伙一写就是一大篇，一年光传纸条就用了不少草稿纸。

　　记得那时候最为激动的就是被帅哥找去聊天。简直包治百病，聊一次保证几天之内都是学习情绪高涨。尽管后来玉爷一人包了专场这一点让我们很不爽……记得那时候每天早上都要斗志昂扬地宣誓，而且总有个别同学在全班同学的目光洗礼中默默地走进来(迟到)……如果恰巧班帅那天心情大好，奇迹般地早起来看我们宣誓的话，这位同学基本就惨了。当然，这种概率极小，更重要的是，如果你是女生，撒个娇就过了……记得那时候我们每天都在想睡觉但要与眼皮做斗争的纠结中度过。早自习拿本语文书一挡就开始与周公约会。有多少次，生物老师一进门扫一眼就用不屑的语气对神思困顿的四爷说："拿本书后面站去！"有多少次，辉姐脸涨通红地吼："再 xxx，我就劈脸呼！"有多少次，化学老师念念叨叨地说："心中要有红太阳！""以后有哪位同学从美国回来了……别忘了给老师带瓶二锅头！"有多少次，发哥喝得晕晕乎乎地来给我们上课，扯着扯着就远了，还总要说一句："我们 29 班，啊，是什么班?!"有多少次，一看见英语老师拿了报纸走进来，我们就一片哀嚎……

　　记得那时候每个课间大休息我们都饿得不行不行的，关键食堂总是跟厕所一样人潮涌动，热闹非凡。于是四个人分着一包咪咪果打发咕咕叫的肚子……记得高二的一个下午，发哥在课堂上慢吞吞地讲着课，柱哥拿着一根红绳绑在桌子腿上专注地编着手链，老四侧着身子兴致勃勃地跟胡大爷海侃胡吹，张宇一个人拿着纸团一次次地往垃圾筐里扔着练习投篮，小可在我身边趴在桌子上睡得那叫一个香。阳光透过窗帘的缝隙散散地射进来，时光仿佛在这一刻静止，那个时候我想：岁月静好，莫过于此。

只是那么多的过去，都成了回忆。

我的高三，就这么过去了。一转身，恍如隔世。

还记得高考考理综的时候，填到最后几题，我手都抖得不行。当然，不管考得如何，都阻挡不了我们疯玩的心。考完后，我们宇宙无敌超级帅的班主任就立马带我们吃喝玩乐去了。第一次喝酒（帅哥教唆的……），唱歌唱到嗓子哑了一整个星期（我只能眼睁睁看着我的芒果沙冰一点点融化），在灵西闸划船差点搁浅。

吃了一场又一场的散伙饭，从六月吃到八月，终于真的散伙了。还记得我们跑到虞姬吃饭，大晚上的一行十几人唱着歌走田间小路，在前面开路的强哥一张大脸把蜘蛛网全挡住了，小胖听着《那些年》哭得一塌糊涂……还记得我们翻墙溜进奇石公园，几个旱鸭子在池塘里学游泳，结果第二天公园里就出了人命……还记得我们十几人大晚上坐在隅顶口马路牙子上唱歌聊天拍照求围观……还记得我们大晚上跑到鸭子家门口排成队对叔叔敬礼大喊"叔叔好！"……还记得……

怎么才整理了一下，回忆就变得那么多。

关于离别，我就不再多说。你看我们在强哥走时在书店里哭成一团，不知不觉感情就变得那么深，离开时有深入骨髓的不舍。不管我们以后各自开始怎样的生活，这份感情，都是不朽的回忆。

亲爱的，别忘了我们的那些年，别忘了我们的"再给我两分钟，让我把记忆结成冰"。这些独家回忆，是这个盛夏最为强烈的光芒，把我的整个十八岁都照亮。你们，是我的整个青春。

亲爱的，我们就要各奔东西，大家要各自好好生活，今年冬季落雪之时，让我们再重聚。

亲爱的，再见。

PS：1.在这里要特别感谢我那爆了无数次胎的破自行车，陪我走过高三的风风雨雨，不离不弃。

2.下一届的孩子们，如果你们有谁有幸拜在了我们帅哥的门下，就麻烦你们照顾我们的帅哥了。他身体不好，请大家多多体谅，让他少操些心，学姐在这里代表永远的(29)班谢谢你们了！

（2012年9月6日，总第109期，第二版）

恕我这样笨拙地活着

张文竹

世界末日前一天,山里下了很大一场雪,第二天被佳妮按在雪堆里迎接众人的雪球。如此紧密地贴着济南的冬天,我才对这个城市有了好感。说来极为惭愧,从暑假就嗷嗷着以大明湖畔的文竹自称,直到前几天才再次站在明湖泛舟的石头旁对着镜头羞涩的笑。我不曾到达我喜欢的地方,所以只能用别人和我一起在这儿行走的记忆来弥补期望与现实的落差。

老舍笔下济南的冬天骗了我好多年,现在才知道山里的天气永远和泉城不一样,因为361°无死角校风可能会把所有雨雪雷电全部吹走,只有夜幕的星星明明亮亮低低垂垂,让我在很多个晚上自己走夜路的时候抬头有个盼望。只有那么一次,回宿舍的路上身后有个女生一路低声啜泣,我就在前面放慢了脚步听着,心里头闷闷的,像有个拳头敲着心房,咚咚咚,咚咚咚。

我在暑假信誓旦旦地对小翠保证上大学以后不再随便哭了,可是泪腺发达的女生是无法控制这一点的。末日的那场雪让我一时脚滑从四楼顺着楼梯滚到三楼,说实话,滚下去的那个刹那我心里空空的还真的以为要死了,后来从物理学角度分析才觉得只不过是失重而已我未免太过矫情。然后便是以一个极狼狈的姿势瘫在墙角,埋头痛哭流涕,所有的孤独害怕无助难过外加生理疼痛让我愣了很久,接着起来继续背着书包去自习,在暖暖的自习室睡了一个下午,晚上拉着小么和梅花吃了两碗水饺又是手舞足蹈。末日的隐痛就被两碗水饺治愈。

圣诞节的时候不想自己过于是拉上大车去吃所谓的圣诞大餐,坐在餐厅二楼看喜羊羊,大车就突然对我说:你过得真糙,还是不是个姑娘。这句电影台词也就这么突然让我无言以对。当我真的进入大学面对一群比我大三四岁的同学的时候,我只觉得相处的时候手足无措。大多数时候我的感情是不加掩饰的,不知道该如何安放,就像赤足的孩子不知道该如何在山路置足。我活得如此笨拙,笨拙到不知道该如何去表达自己的善意或者去接受别人的好。也不会抽丝剥茧地把过往说给谁听，没必要把曾经的伤疤揭开再次流血然后去换取另一个人的同情，就连被问起的时候也只是打个哈哈说过去的事了然后装出一副深沉的样子。过去的喜怒哀乐爱恨纠缠全被我打包放在了小城，抑或跟着不同的人去了不同的城市。济南，自然是另一个故事了。

后来有一次我看到越儿给黑强的回复，那句过得很艰难但是撑得很努力瞬间戳中泪点。我过得没有你们想象得那么好，可是也不坏，我还在努力去让自己更开心一些。

我确是离别了熟悉的朋友熟悉的地方到了陌生的城市遇见陌生的人群，但仍然让疯疯癫癫的自己去融入这个环境。从第一次画海报干愣着到后来被美女部长拥抱鼓励，从第一次打辩论毫无经验到后来六院联合的时候拿下最佳辩手，从换课的时候在教学群楼里迷路到在六个校区之间转校车无压力。做英语网上视听说作业面对系统崩溃从北京从沈阳找人帮忙在截止时间前两分钟提交。做 PPT 从采访到搜集熬夜到凌晨两点只为了第二天做一个还过得去的 presentation。写总结陈词被各种批评一千多字改了七遍改到最后思维都转不过弯终于得到主席认可。为了迎新晚会的节目各种折腾临出场之前被告知由于时间两个节目毙掉一个还是傻乎乎第一个上去丢人。钱包里面装着身份证银行卡学生证全部家当却不知道丢在什么地方最后通过各种方式找到。我匆匆告别了熟悉的日程面对这些没经历过的，仍然鲁莽地兵来将挡水来土掩勇往直前，笨拙地前进。

我的 2012 就这么告别，一半是高中一半是大学，一半在小城一半在济南，从没想过就这样跌跌撞撞进了大学连滚带爬狼狈地长大。忽而新年。

你看，其实我们都一样，生活推着我们不断往前走。我在学霸和学渣之间交替，在理性和感性之间徘徊，在过去和现在之间浮沉，却不想寻找一个精妙的具有技巧性的平衡点。

恕我这样笨拙地活着，不愿取巧，不愿从众，成不了那些最优秀的人，又不甘于平庸。

恕我这样笨拙地活着，我还只是个孩子。

PS：我的大学生活的开始和我预期的不同，当我真的经历一些事认识一些人之后，才明白自己高三当初追求的是什么。所以无论怎么样，玉爷，小胖，少奇，韵菲，奔奔，希望你们都能好好的。

（2013 年 1 月 6 日，总第 113 期，第一版）

我和爸爸

陈若璇

关于用这个毫无含金量的标题的原因，还真得追溯到小学时期了。那时候老师要求交一篇题为《我和爸爸》的作文。我实在无话可写，就随便抄了篇文章，因为看上了"吞云吐雾"四个字儿，把我爸诬赖成了烟民。任务完成后的七年里，我的文章里再也没出现过这个男人的身影——就连杜撰的文章也是如此。

他是我小时候最讨厌的人。

我妈曾多次对他出去打牌表示不满，我倒没什么意见，每个人都有自己的爱好不是？不过我不是通情达理，只是觉得他在家会影响我看电视。我在看电视时，经常听到后面有人大吼一声："陈若璇！你又看电视！"害得我每次看电视都提心吊胆，甚至到现在如果突然在家里或学校听到我名字中的任何一个字，都会有严重的焦虑感和恐惧感。

那时候最盼望的就是周末，因为可以去奶奶家毫无顾虑地看电视。我清楚地记得有天晚上他来接我回家，我哭得昏天黑地不愿走，其凄惨程度堪比上刑场。他却不为所动，坚持要带我回家。我愤恨地看着他，说出令我自责不已的话："我不要你这爸爸了！"我不记得隔天我是怎么回的家，我只是记得他讪讪的笑和令人心酸的背影。现在我还是忘不了这件事，即使我把它藏起来密封在黑暗处，也阻止不了它在我心中不断滋长、腐烂，然后侵蚀我心脏一角，让我疼痛却不致死亡，不时提醒我因为幼稚伤害了他。我不曾忘记，更不敢提起。

相当长的一段时间里，我们以一种尴尬的模式相处。我住家里，他住店里。见面，却没有眼神交流；通话，不超过三十秒钟；坐在一辆车里，不知道该说些什么。这种要死不活的状态真够难熬的。

直到初中，我们的关系才有所转变。那时候家里刚刚开始经营棋牌室，他几乎把所有时间和精力都投进店里。看着他变小的肚腩，我心里有说不出的酸涩感。我才开始体谅他，他说的话我尽量少抬杠，多去做。

临近中考时,我有严重的心理压力,跟妈妈爆发一场激烈的争吵后我一怒之下吞了安眠药。他沉默着开车带着意识不太清晰的我去宿州的医院,在医院门口,他到后驾驶座上看我的情况。我举起还在输液的手摸着他的脸,突然间看到了他的白发。我想起妈妈好像对我提起过"你爸长白头发了",我当时只是"哦"了一声,没有在意。然而我却被眼前的丝丝白发刺痛了双眼。这些白发,有多少是因我而累,为我而白?泪水就这么肆意打湿眼眶然后汹涌而出。我哑着嗓子问他:"爸,你吓坏了吧?"他对我笑了笑,把我的手放进被子里:"没事的,你别担心,好好休息。"我轻轻应了声,莫名地安心。

我上了高中以后,他回家的频率越来越高,在家的时间也越来越长。起初我以为是因为他买了新车,来往方便,在家吃饭倒也省事儿。可是车坏了以后,他这么懒的人还是坚持步行回家。我问妈妈,她说:"你爸特地回家看你的。"我一时不知道怎么接话,心情复杂地回了房间。坐在床上细细回想,似乎他确实经常故意撩拨我,引我与他打闹,这是小时候不常有的。他还会在我吃饭的时候时不时看我,我问他看我干吗,他说看我的脸能让他恶心得少吃点,可还是很开心地吃很多……他好像,确实很爱我啊……

清明节他突然提出要带我去北京,我和妈妈都不以为意,权当他又开了个玩笑。因为他已经很久没带我出去,算一算,距离上次他带我出宿州市已有 11 年了。谁知这次他真的买了票,他说:"该带孩子出去玩儿了。"我听这话突然很想哭。一件你理所当然应该得到的东西,因为太久得不到,久到习以为常时,有一天你突然得到了,那种迸发出来的幸福感是你无法想象的。

我想到了曾经看过的一个微小说:

一个女孩在圣诞节前夕失恋了,她看着自己织的围巾,心想反正也送不出去了,于是把它随便放在桌子上了。她的爸爸看见了,以为是送给他的,于是高兴地拿起来,又是摸又是蹭,然后一脸幸福地戴上了。

于是我开始反省自己。我每次都为了送别人礼物想破脑袋,却忽略了身边的人。所以我跟妈妈说我想织围巾送给爸爸,可是妈妈让我好好学习,别想其他的。于是这个想法被妈妈扼杀在摇篮里了。可是总有一天,我会拿着织好的帽子毛衣毛裤手套和袜子到他跟前,让他过最温暖的冬天。

我想我现在不会让爸爸看到这篇文章。当他七老八十变成一个老头子,我在他旁边给他读报纸,悄悄把这篇文章读给他听,捕捉他的每个小反应,然后骄傲地告诉他:"陈广超同志,我是一直很爱你的啊。"

(2013 年 5 月 6 日,总第 116 期,第三版)

把每天当做末日来过

Silence

作为一名不折不扣的时间拖延症患者,本人在此先诚挚表明,请各位常年混迹江湖的汉纸妹纸们在看到本文标题时不要误认为以下内容全都类似于恐怖小说里的情节那样惊悚骇人。关于文题,它只是我这样急性子偏又慢动作磨蹭到让人想从屁股后踹一脚的人常会使用的一种特殊的方法,并无其他意思。

每天清晨六点迷迷糊糊地睁开困倦的双眼, 然后直到深夜零点才栽在床上沉沉睡去,这样忙忙碌碌的时间作息似乎已经成了固定模式,稍做变动便会感到空虚与不适。记得过去周六周日最期待的便是可以上网、看电视,而如今一到休息日唯一希望的就是能够睡上个超过六小时的觉。能一觉睡到自然醒太阳高悬仍不起床在现在看来早已成为奢望了。这样的变化令我心惊。每天十几个小时被各种定理公式充斥的日子仿佛在我不经意的磨蹭中便已消逝殆尽。时间像一副温和又不失凌厉的药,把握住了它再回首时你会为此欣喜庆幸,错过了它留给你的就只剩擦肩而过的懊恼与悔恨。你也许不满这样枯燥乏味的机械式生活, 你不甘心成为机器按部就班地踏下每一个脚步,你也许到了这时仍旧固执地认为青春就该充满刺激与幻变。可是朋友,倘若你的生命只剩最后一天,你又会怎样过?

时光本就转瞬即逝, 余下的二十四小时在这样一个问题面前每一刻都显得弥足珍贵。我想我的起床时间并不会变动, 或者我可能会起得更早一些,利索地穿衣,出门,迎着微湿的晨风看一场日出。在那一刻我甘愿将自己融入自然的怀抱,融入这微醺的天、这广袤的地,融入这薄雾、这微风、这晨光、这晴露,像个孩子一般,找到最初的故乡、最终的归依。

然后我会回家,静静地为自己泡一壶茶。平日里我从不喝茶,可突然在这样的时刻我想品一品这苦涩的滋味,想让这苦涩在我口中淡淡地浸入,散开,独留满口余香。世人说,茶如人生,我不知在这短暂的一刻,在我仍显青涩的岁月,我是否可以品出我的人生。

我想我会捧一本书。不管它的语句是否晦涩难懂,不管它的思想是否平和沉静,不管它的情节是否波澜壮阔,我想我会捧一本书,在我已然不多的岁月里成为平行时空的另一个人,为她欢欣,为她落泪,为她感受生命的厚重,为她体会时光的隽永。我想我会捧一本书,为我最后的人生奏演一曲完美的收章。

我想我会用一个小时的时间来回忆。分秒流转中,那些曾带给我无数欢笑的人,那些曾让我数度落泪的人,那些曾对我尖酸刻薄的人,那些我曾置之不理的人,那些曾与我擦肩而过的人,那些曾在我记忆中烙下深刻印记的人,那些我曾深深爱过与恨过的人,那些曾深深爱过与恨过我的人,那些留在我身边的人,那些离我而去的人,他们的面容一一清晰地浮现在我眼前交错变化。每一幅画面都深深地撞入我的心怀,震得我眼眶酸涩胸口生疼,所有影像都一拥而上挤入脑海让我眷恋而悲痛。然后我给自己一分钟的时间整理情绪,整理过去,整理自己。看,我曾那样深刻而沉重地爱过,也曾那样痛苦而心碎地恨过,我的人生即便短暂,有爱有恨已然足够。我在生命最后的时光,学会知足。

夜幕总在不知不觉间攀上灼目的白日,天空也跟随时间的流逝悄悄地一丝丝染上了暗沉。我想我会将最后的时光留给家人,再陪他们待在一起,一起聊天,一起看电视,一起吃饭,一起散步。我开始懊悔为什么以前没多花点时间陪陪他们。在这个世界没有谁能比他们更爱我了,而我却直到最后才懂得珍惜。

我想我会在接近零点的时刻独自出门,抬头,望向夜空。那里也许没有我最爱的繁星满天,但它一定足够广阔足够包容。我会小声地唱一首最喜欢的歌,一个人表演,一个人倾听,不再求他人欣赏,只愿成为自己唯一的听众,然后缓缓笑开。我的人生也许太过短暂,我还有许多遗憾无法完成,但至少生命的尽头我做完了所有最想做的事,我没有让一刻白白流逝,终点的记忆里我已足够感动,我在时间的静默里沉沉睡去,微笑着做一场永远不会醒来的梦。

这就是我最后的一天,不可复制的二十四小时。

生命是一种过程而不是一个目的,我们走过了很多风景,遇见过很多美丽的瞬间,但年少的我们似乎总是这样的大意,以为日子太多足够如此挥霍。时间从不会停下脚步等待谁的幡然醒悟,它只会微笑着看你年老之后步履蹒跚,看你那时是满足安然还是潸然泪下。就当作每一天都是末日吧,至少你会学着珍惜,至少你会开始懂得,时光荏苒,岁月不待,此时蹉跎,后悔徒然。

(2013 年 12 月 6 日,总第 121 期,第二版)

每个人心中都有一棵树

——读《比树更长久的》感悟

兰 鹜

人们对于生命比自己更长久的物类,通常报以恭敬和仰慕。对于活得比自己短暂的物类,则多轻视或漠视。前者比如星空、河海,比如久远的庙宇、沙埋的古物、寿命高渺的巨松和老龟。后者比如朝露、秋霜,比如瞬息即逝的流萤和轻风, 轻慢浮游的孑孓和不知寒冬的秋虫。在这种厚此薄彼的好恶中,折射出人们对时间的敬畏和对死亡的慑服。

文章《比树更长久的》所写的绿叶如千手观音般舞动的苹果树也罢,彝族作家李乔先生亲手栽下的高高的杉树也罢, 后来大家同栽的据说可以活一百年的棕树也罢,它们总是像人一样,不会永远长青的,再古老的树也有尽头。

是吗?真的不能永远存活下去吗?说真的,我不同意毕淑敏最后的观点。至少,心中的树不会老去吧。每个人的心中都有一棵树。你看,鸟儿若离开了树,便没了栖身之处;人们若没了树,便失去了栖居的诗意;灵魂若没了树,我想,每个人便都是一个流浪的游子。

"在我的后园,可以看见墙外有两株树,一株是枣树,还有一株也是枣树。"

这是鲁迅先生的散文《秋夜》开头的一句话。对于一个乡村时代的中国人来说,树是他最早的记忆。几乎每一个人都这样在树下长大,又或者说,是和树一起长大的。树总是静默的,树是家园的象征,是万物的守护者,总是静静地等待。电影中,树所传递的是一种典型的人类情感,从早期的《乱世佳人》到如今的《阿凡达》,树所承载的不仅仅是一身婆娑的叶子,它是家园的温暖旗帜。

"枯藤老树昏鸦,小桥流水人家。"从文化上来说,树完全是乡村时代的象征,这种文化象征在中国人身上更为铭心刻骨。《诗经》上说:"惟桑与梓,必恭敬之。"桑梓早已成为故土家园的标志。在中国北方,一直流传着一个"大槐树"的故事。"问我祖先在何处,山西洪洞大槐树。祖先故里叫什么?大槐树下老鹳窝。"我虽不是地道的北方人,却记得在历史书上有个故事:"明初洪武至永乐年的50年时间里,有多达百万的山西移民背井离乡,被迁往冀鲁豫秦等省份。而600多年来,这些移民生根落地,延绵繁衍,其子孙后代数以亿计。就这样,洪洞县的一棵大槐树便成为了他们共同的记忆故乡。"一棵普通的槐树连接了亿万中国人的家园情结。可见,人是一种寻根动物。

如果按照达尔文的《进化论》,人是从猴子变化而来的,那么人就是从树上下来的,或者说,人本来就是生活在树上的。卡尔维诺有一部著名的小说《树上的男爵》,说的是一个叫柯西莫的小男孩与父亲赌气,就爬上了一棵树,从此他便在树上度过了自己的一生,拿破仑还因此专程来到树下拜访这位"树上的男爵"。对柯西莫来说,这个世界有两种生活——树上的生活和地上的生活。后者象征着平庸、世俗与乏味,前者象征理想、高尚和精神性,"树上的生活"高于"地上的生活"。柯西莫爬到树上象征着他不甘于平庸的生活,他坚持决不下树象征他不放弃自己的理想,若用他自己的话,这是一种"抵抗"。

"野旷天低树,江清月近人。"树亦是自然的象征,人作为自然的朋友,甚至是与之不可分割血肉相连的亲子关系,一直在背叛自然的道路上狂奔不止,乃至提出"战胜自然"的口号,至此,自然已经成为人类的敌人,或者说,人类成了自然的逆子。

树是人类的生存基础,为人类提供不可缺少的氧气。对中国来说,直到30年前,树只是一种珍贵的生存资源。这种"珍贵"体现在树木的极度匮乏,因为一场席卷全国的大炼钢铁运动几乎将所有的树木都付之一炬,在相当长的时间里,人们没有足够的木材盖房子、做家具,更不用说做燃料。后来,煤炭和石油时代到来了,它们使树木被解放了。煤和天然气成为主要燃料,工具、住宅、家具、车辆都使用更结实耐用的钢铁和塑料,树木完全沦为一种可有可无的摆设;如果抛开夏天遮阳这种所谓的作用,那么树仅仅只剩下审美上的价值。

"古木阴中系短篷,杖藜扶我过桥东。沾衣欲湿杏花雨,吹面不寒杨柳风。"对于一棵历经人间沧桑的老树来说,曾经在树上筑巢的鸟儿到哪里去了?如果一棵树没有来历,没有记忆,没有身份,那么这棵树还是树吗?

城市时代,人和树一起失去了故乡与童年。

传统时代的城市，其实更似一个大的乡村，像我们小城一样，温暖，迷人。那里有并不宽阔的街道和高大魁梧的梧桐，一条条林荫道郁郁葱葱，浓密得如同一个日光隧道，伴随着一代人成长，迎送着一代人老去。马路永远是生活中最浪漫的一部分，谈情说爱其实就是"轧马路"。

　　"昨夜西风凋碧树。独上高楼，望尽天涯路。"村里的青年到城里来了，村里的树也到城里来了，终于，推土机也到城里来了。马没有了，路却越来越宽阔了，甚至让人望而却步，穿越马路不仅变得困难而且更加危险。汽车消灭了自行车，城市的扩张，变成了路的扩张。世界上有很多城市，中国正急切地奔向城市化，一切与乡村有关的东西都被弃之如敝屣。城市不仅越来越成为树的敌人，也正成为自然和人类的敌人。

　　一次偶然路过一个新建的小区，有许多来自乡村的老树。我无法知晓它们来自哪里，但我知道，从现在起，它们将在这里扎根发芽，继续在春来秋往里花开花落；好在这里的阳光仍然灿烂，这里的泥土仍然肥沃。

　　"几处早莺争暖树，谁家新燕啄新泥。"放学路上，抬头无意间发现一棵老槐树上原封不动地保留着巨大的鸟巢。这个鸟巢与老槐树一起来到这陌生的地方，在一片优雅的住宅深处，鸟与人找到一种共同情感，那就是家的归属。鸟与人不同，或许在于前者是"树上的生活"，后者则是"地上的生活"。

　　"月明星稀，乌鹊南飞。绕树三匝，何枝可依？"与利益、财富相比，树重要么？诗情画意重要么？说到底，就看人的最终目的是生活还是生存。

　　佛曰：一花一世界，一木一浮生，一草一天堂，一叶一如来，一砂一极乐，一方一净土，一笑一尘缘，一念一清静。在美丽热情的西班牙有一个传说，说一个人若真热爱某样东西，他就会在自己的心中栽下一棵树。但愿，每个人心中都有一棵树，春天开花，秋天结果，一直成长，永不老去。

　　PS：距离上次投稿已经半年了，不知不觉，好快啊！如果可以，请带我回到那园中。

　　（2013 年 12 月 6 日，总第 121 期，第三版）

流放十一月

徐煜轩

"又是这样让人苦不堪言循环往复的日子",我对着日历叹了一口气,然后习惯性地把昨天那页给撕掉。我想现在像我这样每年还买日历并且坚持一天天撕掉的中学生应该没有几个了,让我得以坚持下来的原因无非是每当我撕下那一页时,不管是昨天的还是几天前的更甚有几年前的记忆都会涌入脑海。不管是哪样的往事,好歹我都有段回忆。

一

我从不曾意料到我的生活会变成今天这般的光明,这大概是我几年前做梦也梦不到的事情。原以为我只能把那些非主流类的感情与话语藏藏掩掩一辈子,任由它们在心中腐烂,但是现实却没能如自己所想。

好友最近总是爱为我抱不平,在我面前一个劲地唠叨我所遭受的待遇不公平和我应该学会去反抗。但是我是个不愿相信常理的人,我也更不会用严谨的三段式英语文体去解释我的遭遇,所以当那些流言蜚语向我袭来的时候,我大都也不会立马拍案而起,然后找人对质事实并非如此。我更乐意的是我就那样安静地听着——并非软弱,只是觉得没必要。

一个人要走很长的路,经历过世态炎凉和人间百态后大抵才可到达成熟。我有时会抱怨这条路上风霜雨雪的次数太多了,就像今年的副热带高气压带变得异常,我想要的阳光却始终沐浴不到,它离我太远了。但是,希望尚远,但毕竟还有希望。

二

在和母亲对立两个多月后,最后还是母亲选择了顺从我,试着去接受一般人始终也理解不了的事实。我记得我回家的那一刻,母亲就站在门口对我笑着,似乎什么事情也没发生一样,说:"回家啦,快去楼上休息一会儿。"

那一刻我鼻尖一酸,泪腺又开始敏感起来。我突然想到那两个多月里我是怎么样自己承受过来了,回头想想那大概是我出生十八年来最不堪的日子。母亲从最开始的强硬到后来渐渐的态度舒缓,我想也只有她对我的爱才能改变她做任何事情的决定。母亲说,没事,从今以后你勇敢地往下走,大胆追求自己所爱的。

我的十八岁成人也夹在了这两个多月的时间里,在去年十七岁生日刚过完时我就想着一定要让自己十八岁成年的日子如何地轰动。确实,时间会在你的臆想与现实之间划上一道鸿沟。现在看来,我的生日没有怎么样的轰动,但是我却比任何一个时候都过得心安理得。今年夏天做出一些决定,这是我送给自己最好的生日礼物。

有时候,我们得不到我们想要的东西,只是因为我们少了那么点勇气。

三

天气变得寒冷,被时间灌了一头的凉水,它告诉我冬天到了。我盘算着,我离开的日子也就快到了。这些年,我越发地明白我自己,我也越发地明白在我头两年嚷嚷着我后悔来这个地方的话语是多傻。不论我去哪里,那里都将有令我改变的一些事情和一些人。请记住,能让自己改变的,往往都是自己爱至骨髓的人,不是吗?

夜晚跟泼了墨似的,天真的少年还在做着无邪的梦。在梦里,我要拯救很多单亲少年受伤的心灵,我还要收养很多的流浪猫和流浪狗,让他们在刚入冬的十一月不会感到寒冷。

但是,自己呢?继续流放在十一月里面吧。

(2013 年 12 月 6 日,总第 121 期,第二版)

小城如此美丽

就这样

夜啊,还未走得很深,窗外,柔柔绵绵,湿湿又润润地下起了小雨。素来不喜欢雨天的我,其实并不讨厌这夹杂着来自小城的隐约嘈杂的细雨。总觉得这雨落在小城的泥里是滋润的,踏实的,幸福的。要不然那随流水远去的一抹时光何以如此的从容欢快和心甘情愿?

小城故事充满忧和愁

突然就想到了那段随家庭而被迫转学的日子。大约是在八年前吧,那班沉重的绿皮列车,直接带我从载满童年的甜蜜回忆的厦门出发,昼夜不停,一口气行驶了三天三夜,像一匹跑累了的马,喘着气,终于在合肥这个中转站徐徐停下。而接下来,为了回灵璧而进行的,长达四个小时之久的颠簸,就算彻底带走了我对厦门这个城市所有的依赖和不舍。直到现在,一想起这件事,我的心情还会是和当初一样的不平。也许是因为眼前的景象相对来说太过贫瘠。无论怎么样吧,唯一不变的是,这个地方确实是让我厌恶了很久很久。原因很简单,就是那个时候的我实在不能适应和忍受一个这样的县城生活。即便是我第一次走在灵璧的大街上,也可以很容易地看到,它没有通向这个县城四面八方的公交,没有粉刷得像雪一样的斑马线,甚至轧坏了而又斜歪的人行道上可以允许婴儿车自行车三轮车并行。

我还记得那一天,街上后来就成了风和雨的世界,狂风卷着树叶从街的一头吹向另一头,树木都哈着腰,风在横着刮,雨在横着飞。虽然忘了带伞,但是我很高兴。因为街上不再有那么多的人,马路似乎宽了不少。我在心里发了狠地默念着:我迟早是要离开这里的。

若是你到小城来收获会很多

后来,渐渐地,我却开始后悔了。时间久了,我的心才发觉在这座小城里的生活会是如此的明丽。纵使这里没有闪烁的霓虹灯,又有什么关系呢?没有了灯光,有了明亮亮的白日不就够了吗?而每一个黎明时分,小城的太阳就会出现在天边。这时,小城的东方刚刚泛出了鱼肚白,深蓝的天幕上还闪烁着稀稀落落的星星。远远近近的窗口陆陆续续亮起了黎明前的灯光。那此起彼伏的锅碗瓢盆声,更增添了小城清晨愈发浓重的生活气息。寂静的夜晚褪去了,晨光唤醒了沉睡的小城。街上响起了行人的脚步。接着,生机勃勃的一天又开始了。光芒在顶上缓慢而又轻柔地移动,奇妙的美景便悠然呈现在眼前:街道上人来人往,小城里的人们都在为了生计而忙碌地工作着。这样的小城真是迷人。它的宁人悄悄地走过我的身边,让我感觉到了淡淡的清香。所以,走近小城的生活才总是那么的温馨。就好像小城的红日最终坠入了西边楼房的遮掩,不仅是头顶上的云朵,连小城里每家每户的屋瓦、窗子、墙砖都陷入了无穷尽的变化。就是这样明丽的小城啊,不留声息地掩埋了当初那个笨孩子的风雨,让它留下了这样冲天的红光。

人生境界真善美这里已包括

时光承载着往昔来到了多年后的今天,当我已止住了内心所有的躁动,小城的夜已是暗蓝的了,没有一点云。还有雨点落下呢,我抬头看着外面,雨越下越大,像一层薄烟,笼罩在窗前,随风飘来飘去。叶子和花仿佛在牛乳中洗过一样,又像笼罩着轻纱的梦。那么这个梦会有醒来的那一天吗?多希望永远不会啊。如今,我是多想站在这城中毅然不动。在未来的时光里,陪它度过不远万里的征程,行走在岁月长河中,直到所有的明丽逝去。哪怕,多年后的小城还是那么贫瘠,那么灰暗,这小城中的人都还是会像我一样相信它的美好,并与它相度一生。因为每一年,它都迎来了回城生活的游子,又敬畏地送去了南下北上的书生。任谁在这城中,也能看到它所闪烁的百般美好。

雨再也不下了,小城却充满了希望的气息。它也仿佛在原处明媚地笑着,等我满身风尘地回来任取。

(2014 年 1 月 6 日,总第 122 期,第三版)

梦在北方

嘉　木

　　最初的梦想紧握在手上
　　最想要去的地方
　　怎么能在半路就返航
　　最初的梦想绝对会到达
　　实现了真的渴望
　　才能够算到了天堂

——《最初的梦想》

　　如果说梦想是天堂，我想，我的天堂在北方。

　　我一直觉得自己的成长是一瞬间的。没有漫长的打坐，也没有光影明灭的交替，忽然有那么一天，就被时光拽到了成人世界，自此，泾渭分明。

　　七岁前，我都是怀着自己的梦想逐渐长大的，那时，我一直都坚信自己长大后，在服装设计与广告创意方面一定大有建树。七至十二岁，我的豪言壮志是考上清华北大。对于这个目标，我始终充满自信。直到某天某时某分某秒，梦想与现实的差距带给我的失落感真真实实地砸到我的心上。我恍然醒悟，突然感觉自己不能只过格式化的生活，每天机械地忙碌着，却不是为了自己真正的梦想。就在那天晚上，我凭借着自己仅认识的几个字，仔细翻看了每个大学的各个院系。当华北电力网页上出现"艺术创作系"时，我的眼前一亮，似乎整个人生路都明亮了。于是，一个小小的念想悄然驻扎在心中。我要考华北电力大学，我要进"艺术创作系"，我要从事我所喜爱的事业，因为梦想一路向北。我躺在床上，电脑里反复放着范玮琪的歌曲《有你真好》。窗外，星满天；屋外，梦正好。

　　总会面对这些问题，你的梦想是什么？我陷入思考，无言以对。梦想是一个说出来，就显得矫情的东西，它是暗地里的一颗种子，只有破土而出，拔节而长，终有一日开出花来，才能光明正大地让所有人都知道。在这之前，除了坚持,别无选择。

自己虽然还未高考,可父母早已规划好了我的人生蓝图,他们相信我能考上个不错的一本,学一个热门、好就业的专业,踏踏实实、平平凡凡地过好这一生。所以,我一直都没有勇气向父母坦白自己其实并不想要那样的生活。我害怕他们在劝告我回头是岸时无比期盼的眼神,畏惧我倔强的坚持给他们的失望与叹息。

《天空之城》里曾说过:我们的梦想就像是天空中漂浮的城市,仿佛是一个秘密,却无从述说。所以,我选择隐藏,但这并不意味我会放弃它。我坚信,只要我努力,最初的梦想绝对会到达。于是,我开始关注每个广告所有的独特的创意,每月购买《时尚芭莎》《瑞丽》《昕薇》等时尚报刊,仔细查看并记下最新的设计框图、条纹、风格,反复看着每一次的巴黎时装秀。以致每次电视在放广告时,都会有我的指指点点,评价这个套作,那个太虚假;以致每次看T台秀或主题秀,都有几个模特被我批评得"一无是处";以致我清楚地知道胡歌适合都市范儿,刘诗诗穿知性一点更有魅力,杨幂在上次巴黎时装周上穿的薄荷短衫很符合她的气质……我所做的对你们无关紧要,不解甚至不值的事情,只是想离我自己的梦想近一点,再近一点。

我也仔细想过如果我从事这个职业,会不会让深爱着我的人失望。对于我的一腔孤勇,所有好朋友都坚决反对,他们说,梦想就是打不死的小强,你何苦要抓着一个不放。我照旧没心没肺地对他们笑,但心里却没来由地空洞一大片,任由失落像海水一样灌进来。四年里,我努力过,失落过,想要放弃过,可内心对梦想的渴望还是让我义无反顾地继续走下去。

曾经读过雨欣的一段话:"我曾剪下自己的一段青春,用来奋不顾身地朝着一个目标狂奔,勇敢的模样,任何时候想起来都觉得很漂亮。像夏日里热烈的太阳,像原野里自由的风,像从不曾跌倒过一样。我永远深信,有点东西,冬天从你身边带走了,春天还会还给你。就像我与我的梦想。"我想,许多年后的自己站在时光路口望此时十六岁的自己,也定会有这刻骨铭心的感觉吧。

(2014年4月6日,总第124期,第三版)

天黑黑

默　默

我的小时候,吵闹任性的时候,我的外婆总会唱歌哄我。

——题　记

上课的时候想起你,明明嘴角带着笑,可眼泪却止不住。怕被同学看见,就低下头,将头埋进手掌里。若是你还在,一定会笑我没出息。我是家里最小的孩子, 你总是把好东西都藏起来等我回去拿给我吃。其实你藏东西的地方,哥哥姐姐们都知道,那个小柜子早已是公开的秘密。小时候,因为你的偏爱,我成了哥哥姐姐的公敌,他们吃着一毛一根的老冰棍,我乐滋滋地啃着五毛一根的“大脸狗”。于是趁你不在时,他们总是吓唬我,而我也总是特牛气地回过去:“敢欺负我,我就告诉外婆。”如今长大了,想起小时候刁蛮的样子也会不好意思,但却是骄傲的,因为我有你,有你护着我。

进入了紧张的高三,时间被安排得满满的,每个星期只能去看你一次。你在楼下和一群老太太晒太阳,看见我来了,就乐呵呵地对人家说:“你们在这坐吧,我孙女来了,我就回家了。”语气带着点骄傲像个炫耀宝贝的孩子。你拉着我的手走楼梯,你步子迈得特别大。你拉着我的手絮絮叨叨地说着,其实那些话你一下午可以说好几遍。

我要出去艺考了, 你叮嘱我一个人在外要好好照顾自己。你说:“下雨时,一定要打伞啊,要不就躲在屋檐下避雨。”我笑着回道:“我又不傻,下雨时肯定知道要打伞。”你不好意思地笑了。可能有太多话要交待,可能有太多不放心,太多不舍,你竟不知道还要说些什么,只是拉着我的手。就在你太多不舍中,我拉着行李箱奔向了艺考现场。

外面的日子过得很苦,苦的时候就特别想家。你用你的老年机给我打电话,我问你:“中午吃了什么?”你在电话那头回道:“好好照顾自己,别感冒了。”我问你:“最近身体怎么样?”你又回道:“好好照顾自己,别感冒了。”电话这头的我泪如雨下。日子一天天的过,艺考也进入了白热化,身体的疲倦和精神上的压力会让我突然地放声大哭,让我想要不顾一切地回家去。

有没有一个人的离去,让你对生命脆弱的理解更加根深蒂固。那天早上,我刚报名完回到住地就接到我妈的电话,她说:"你回来吧,你外婆快不行了,她想看看你。"我幻想过自己经历过艺考的艰苦回到家的场景,却从没想到会是因为这种原因而向家奔去。后来我才知道,在我出去艺考的第二天,你就病了,我每次打电话回家,你都让大家瞒着我,怕影响我考试。可是你知道吗?若是知道你病得这样重,我会不顾一切地赶回去,纵使我是在高考的考试现场,为了你,我也可以头也不回地离开。我可以承受复读的压力,却不能容忍自己在你这样痛苦的时候没有陪在你身边。回到家看见你躺在床上,带着呼吸机,身上穿着的竟是寿衣。我的心真痛,痛得我想把它挖出来。你在等着我,你硬撑着一口气等我回来,可是我回来了,你怎么不睁开眼看看我。

你最终还是走了。

关于你的记忆铺天盖地地袭来。还记得有一次,你给我说等到过寿的时候,你什么也不想要就想一家人可以在一起吃顿饭,一人拥抱你一下。你说你看电视的时候电视里的人说:"拥抱最温暖。"你想要儿孙一人拥抱你一下。我后悔当时为什么没有拥抱你,为什么只是笑着说:老太太你还挺潮的。当时以为时间还很多,所以很多感谢的话都没说。

你是"老来俏"型的老太太。你喜欢喝小兔子家的红豆奶茶,你喜欢穿红色格子衬衫,你喜欢一切红色的东西,你说红色比较喜庆。

我知道你不在了,以后再也没有人会颤颤巍巍地给开门,再也没有人拉着我的手絮絮叨叨一下午了。今天天气很好,阳光特别温暖,曾和你一起晒太阳的老太太们还在,可是你去哪了?

这样温暖的春天,你却不在了。

后记:我失去过,更珍惜拥有。珍惜你现在所拥有的,因为你不知道你什么时候会失去。

(2014 年 4 月 6 日,总第 124 期,第七版)

谈自由,我想踏遍世界上每一条山川与河流

崔 源

序:一个人,生活可以变得好,也可以变得坏;可以活得久,也可以活得不久;可以做一个艺术家,也可以锯木头,没有多大区别。但是有一点,就是他不能面目全非,他不能变成一个鬼,他不能说鬼话、说谎言,他不能在醒来的时候看见自己觉得不堪入目。一个人应该活得是自己并且干净。

Part 1

我们总是在追寻未来的道路上迷失自己,想象一下,那么多的人,那么多的事,我们生活在这个光怪陆离的社会。一生,得到什么,又失去了什么。纯粹的人死如灯灭、万物不复生的观点,我不信,也不想去信。我想,每个人真正应该追求的是自由,是一种天性的解放,尽量地减少这个社会对我们的束缚。

以前很少写这种文章,或者说,写的这种文章都存在我的自有文档里,觉得这些东西,好似大户人家的小姐闺房里的私物,不宜拿出公之于众。但是,就如同序里说的那样,一个人活得应该是自己,当我觉得想写一些东西的时候,就可以把它写下来。我们需要的是自由,是你清楚无疑地知道自己要干什么,不装蒜,不矫揉造作。很可惜的是,太多的人很难做到这些。活着,浑浑噩噩,永远分不清活了一万天和把一天活了一万遍二者之间的差别。或许是感受到了自己的状态,有所触动。

Part 2

"如果你认识以前的我,也许你会原谅现在的我。"被誉为民国四大才女之一的张爱玲,至今仍让无数的少男少女趋之若鹜,但其笔下的文字过于阴谋论和凄凉,显得小家子气过浓。就连《倾城之恋》那般的故事,都成了其小说中少有的大团圆结尾。傅雷曾撰文批评道:"我不反对青年作家写些男女

情长,风花雪月的故事,但是在这个年代,除了爱情,这个世界上还有许多其他东西。"胡琴咿咿哑哑地拉着,时光确也真正地使我们不再年轻。各个公馆里的故事,或许永远走不出上海和香港。

相比而言,我更喜欢三毛,不仅喜欢,而且敬佩。三毛的一生也并不顺风顺水,少时学习生涯的挫折,使得三毛心理上实际存在很大的问题,说是问题,其实更是一种机遇。一种培养天才必备天赋的机遇:敏感、细腻、不受约束、崇尚自由。我曾经的一篇说说《孝而不顺》,出自于她。她的生命、她的文字、她的所有给我的震撼就是自由与爱。自由在前,爱在后。荷西的出现,给了她陪伴和温暖,撒哈拉的故事给了太多点点滴滴的温暖。她缺爱,于是他尽其所能地给她。他离开后,《梦里花落知多少》中的哀伤和思念,每个文字都在传递。一生一人,如此这般,方为爱情。所以,爱她,敬她。

Part 3

"春水初生,春林初盛,春风十里,不如你。"因为一句诗,爱上一个人。倘若有来生,化为女儿身,想必冯唐这般的男人必是我理想中的伴侣。古时谢灵运评道:"天下才有一石,曹子建独占八斗。"冯唐之气,不减于此。告子曰:"食色,性也。"人自天生,存有欲望。现实却把人的欲望包裹住,如同裹小脚的女人一样,外表看来符合部分特定人群的审美需求,拆开一看,里面早已面目全非。冯唐的文字,放荡不羁,随性洒脱。随手翻开,都能使人安心看完。大雅和大俗,穿插其内。

所以,该吃的时候吃,该睡的时候睡。只要你不妨碍别人,这就是你的自由。《悟空传》说:"生我何用,不能欢笑,灭我何用,不减狂骄。"太多的人,表面看来一副样子,背地无人,换个面具,又成另外一个样子。你想做这样的人吗?至少,我不想。

Part 4

"城里的人想出去,城外的人想冲进来,婚姻也罢,职业也罢,人生的愿望大抵如此。"我们住在一个大城里面,在城市中,我们自己又给自己造了一个小城。不想去谈大范围的民主、自由,我只想谈我们自己的自由。通过《围城》我们可以发现,方鸿渐纵然有许许多多的不是和缺点,尽管那个所谓的克莱登大学子虚乌有,但是他有独立的思想、人格。因为这样,他才会丝毫不在乎父母联姻的点金银行大小姐,宁愿在归途的轮船上和鲍小姐鬼混,因为

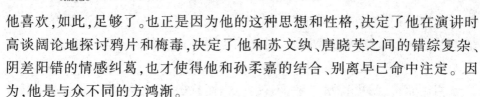

他喜欢,如此,足够了。也正是因为他的这种思想和性格,决定了他在演讲时高谈阔论地探讨鸦片和梅毒,决定了他和苏文纨、唐晓芙之间的错综复杂、阴差阳错的情感纠葛,也才使得他和孙柔嘉的结合、别离早已命中注定。因为,他是与众不同的方鸿渐。

Part 5

你信,即可得。我只信仰一切美好的事物,寒假里写过我爱太阳的温暖,自然也爱阴雨天的缠绵。但后来才发现,有的人,能够做到爱阴雨天的温暖和太阳的缠绵,如此这般,实非易解。就像我自己说的:我不相信虚无,却又时时与之相依。世间事,又能有多少一条条罗列清晰、解答完全。大多难有对错,就像阳说的:"从理性上讲,有适合不适合;从感性上讲,有愿意不愿意。"

我想做一个自由的人,像一只流浪的猫一样。我的灵魂可以与人交流,我的脚步可以踏遍世界上每一条山川河流。

Part 6

"仗义多从屠狗辈,负心每是读书人。"一句很有意思的话。我们经常鼓励人多读书,然后可以列举出无数项读书的益处,可是好像往往忽略了一点,有时候书读得越多的人幸福感会越低。我宁愿我一无所知,也不愿我知无所得。

活着活着就老了,走着走着就散了。我们都在前进的路上,你承认也罢,拒绝也罢,我们都在远离过去的自己。谈自由,《肖申克的救赎》里安迪在二十年后逃出生天,仰天长啸的那刻,会不会让你泪流满面?谈自由,《勇敢的心》里面华莱士最后临死怒喊的那句 Freedom 又会不会让你心在颤抖?

Part 7

我们太多的时候,明明想要,明明想上前,却败于自己内心的软弱和怯懦,止步不前。我曾经很多次地问自己,你为什么不敢去做,为什么不敢上前?很难吗?不见得吧,那些事情所带来最差的结果无非是面子扫地,但是,你收获的是什么,一颗强大的内心。

所以,我会改变,我在改变,我相信。

结束语:

一个人应该活得是自己并且干净,出自顾城。那句黑夜给了我黑色的眼睛,我却用它来寻找光明,是否耳熟能详?做个干净的人,外表干净,内心干净,我认为他做到了。

若天压我,劈开那天,若地拘我,踏碎那地,我等生来自由身,谁敢高高在上。二十岁的时候,你的一无所有,令全世界羡慕。二十岁的时候,如果你毫无冲劲,等你老了,回头看会不会后悔?

PS:本文作者,2011年毕业于灵璧一中,现就读于宁夏大学旅游管理专业。此文乃最近有感所发,无论是学习还是生活,我们都太过缺乏自由。但是,我想我们应该心怀自由,永远做一个有期许的少年。谨以此文送给一中的学弟学妹们,尤其是高三学子们,祝福你们考取理想的大学。

(2014年4月6日,总第124期,第三版)

呦,老校区

折 耳

你陪了我多少年,花开花落,一路起起跌跌。

1

我不是高一的学生,真的不是。

可惜这只是个悖论。

每当我如此异想天开时,现实总会在无形中用那凌厉的掌风甩脸给我一巴掌,丝毫不留情面:"睁开你的眼看清楚了,你不是高一的还能是什么?你现在从头到脚每一寸都属于高一,哪怕你现在死了,你的墓碑上也会刻上'于高一时,卒'的悲凉语句。"

"快承认吧快认命吧你个小崽子,你就是高一的。"

2

好吧。没错,我现在确实是高一的。说到我们这一届,那真是有人欢喜有人忧,有人潇洒有人怨。虽然早上 6:20 就预备了,虽然晚上 4 节晚自习,虽然有福利众生的小超市和坑爹无下限的食堂,虽然各班都配置了能用课件上课和偶尔看个电影的多媒体,虽然这一切看起来都还不算太糟,可我还是本能地有点抗拒这里。因为这儿的每一个人都被贴上了"新校区"的标签,像是被流放过来的钦犯,而那些在老校区的青葱岁月从此一去不返了。

偌大的校园空荡荡的,只有高一一个年级,就算在下课期间也只有我们这一幢楼会产生喧闹,很不成比例,和旁边热闹非凡的实验小学一对比,顿时显得十分凄凉。我反感这种感觉,我们所代表的新校区就像宝岛台湾隔着台湾海峡与大陆对视那样远望着昔日的老校区,我们又像一群孤单的小怪兽呆在未开发完毕的"新校区"星云上眼巴巴地期待着能前往老校区,大肆进行一番骚扰,哪怕被那儿的正义的奥特曼打回来也无妨。

也许是我太恋旧了罢,不然为何会有此般的荒凉感……可人多半都是

感性的,亦如我。

3

有些东西失去了后才会懂得珍惜。离开了老校区才会觉得它的好。但是在时光的洪流里,我们都无法再变回最初的模样,回到最初的地方。

家就住在老校区旁边,老校区看着我长大,这一看就是十五年。如若说我对它有着不可割舍的感情,倒也不算为过。每每靠近它,冥冥之中会觉得似乎与它有着不可触的微妙联系,每一下呼吸似乎都与它息息相关,有着相识了很久很久的熟悉感与归属感。

每天早上离家去上学的时候,总会看到一批批的学生陆续走进校园,像是给它注入了新鲜的热血,令原本被薄雾笼罩的老校区顿时变得清晰起来,热闹而富有生机了。而此时我却无法参与,只能在人群中逆流而行,远赴相距甚远的新校区,无奈地留下一个伶仃的背影。而晚自习回家时人夜已深,老校区早已拧开阀门放空了血与活力,仅被有些惨淡的灯光浅浅地照拂着,投下稀稀疏疏斑驳的阴影,氤氲着不知名的情绪,静待第二天学生的再次到来。日复一日,周而复始。

4

呦,老校区,我的老朋友你还好么?

你的身影,在新校区中,遍寻不着。

我时常会怀念,怀念你的一切,怀念与你相伴的时光。

我该如何遇见你,如何逢着那树影婆娑的梧桐道,逢着那紫藤萝绕梁的长廊,逢着那一抹明霞般的小亭,逢着那年岁已高的参天老松,逢着那一年四季总缤纷而至却又不尽相同的花的盛宴……它们的存在将你点缀得那么美丽那么令人魂牵梦绕,现在于我而言已成了可望不可即的幻景。新校区内仅有一些看起来营养不良的树,数量最多的能够开花的树也就只有金桂了,甚至整个校园连只鸟的影子都见不着……

唁,你看,多悲哀。

5

可是再不情愿又能有什么办法呢,人的一生中无能为力的事情多了去了,生活不也还是在继续么。时光头也不回地载着我向前,沿路经过一站又

一站,却不愿做短暂停留,而我一旦跳车结果便注定是粉身碎骨。所以我再也无法回到过去了,却也不能滞留在回忆里,所以只能撑起全身的骨骼摆出一副无畏也无所谓的样子,直面生活的冷嘲热讽。

只能随遇而安了,也只能到此为止了,接下来的新一轮学习也仍将在新校区展开。

不再有回到老校区上学的机会,但我会永远记着这个承载了我太多记忆的地方。

老校区和老校区的人们,愿你们安好。

(2014 年 4 月 6 日,总第 124 期,第五版)

林花又见春红

小娇情

昨日才匆匆地从学校赶回来,带着满身的疲惫坐在车上,微眯双眼,静想:杏花已开得盛了吧,桃花也静待绽放了吧,还有田野里的荠菜,也是时候褪去幼嫩开起白花了。还记得回家时舍友们惊讶地看着我这个几乎不回家的人,问,怎么想起来回去了。我当时想了想,就说了一句:回家看花。是的,就是回家看花。每年的三月,有不上课的时候我总爱回家,不为别的,就为那或红或雪的花朵在我眼前绽放,也许一阵风过,还有那树儿毫不吝啬地赠送的花雨。

回到家里,果真,杏树上已站满了洁白娇俏的花朵,沐浴着夕阳的余晖,那种美是任何笔下的词语都描绘不出来的。连包都没来得及放下,我就站在院门口惊叹不已,于是慌忙地翻找手机,想要记录下这心动的一刻。看吧,以被落日映红的天边为背景,花朵洁白俏立枝头,有多么美。那种美,无与伦比,让人窒息。

古人常说,"伤春悲秋",而我却没有什么伤的感觉,只觉得,在这样的季节里心都快要融化了。就这样带着暖暖的心情在花开的静夜安然入睡,窗外是花,窗内是我。

早上,只觉得耳边有鸟啼,当时只道是梦。之后当阳光透过窗帘的缝隙打在脸上时,才被那温暖吻醒。此时才确定了,那不是梦,窗外确实有鸟啼。

这样好的春日,我不忍浪费,起身出门。路边的草刚露出了些许嫩芽,风来了,它便羞涩地笑了;柳条许是闷坏了,憋出了全身的青色;还有那绿油油的小麦,早已换了铺盖。站在小桥边,柳下的流水哗哗啦啦,是要把被寒冬禁锢的郁气都唱走吗?明媚的阳光打在身上,暖暖的,是要留住人们的脚步吗?微微的风拂过面颊,是要撩拨少年的心弦吗?也许是吧,毕竟这是春啊,不是吗?

慢慢地行着,轻轻哼着自己的调:

三月的天

阳光媚得耀眼

吹拂的风儿撩拨着心弦

春归的鸟儿也不甘寂寞

喳喳地盘旋在林间

我走在路旁

看见了春天

(2014 年 4 月 6 日,总第 124 期,第六版)

念　旧
刘　畅

念旧的人活得总像个拾荒者。

——题记

Part1

就像吃了一粒安眠药然后趴在床上沉沉地睡去，忽然一刻梦中的光怪陆离让我惊醒,惶恐地看着被单上撒满凌乱不堪的照片,还有密密麻麻字迹的日记本。存在感只有扩大的瞳孔和豆大的汗珠。

于是我开始不断地行走,因为又想吹吹风,因为又想起城郊故地。

驻足时看着眼前刷着嫩黄色油漆的六层居民楼与塑胶跑道, 在阳光的照射下显得明亮而刺眼。每每回到城郊故地散心,却只会更加想念那段绵延细腻的旧时光。

Part2

旧时光的场景定格在七年前的城郊学校, 是我最初的温暖与最后的感动停留的地方。

学校里最显眼的就是渣土操场, 那时候我还住在灰色低矮的两层宿舍居民楼中。渣土操场西边有一个每天都会嗡嗡作响的水泥工厂,虽然后来倒闭,空气清新澄澈了许多,但是我却再也回不到那种在渣土操场上和小伙伴们拼命奔跑时大口喘气,就算跑起来灰尘呛得自己狼狈又踉跄,就算绊倒停下来伸懒腰深呼吸也会咯咯笑的时光了。

Part3

还是在偶然之间发现旧食堂后边有一个隐匿的小门, 印着星星点点斑驳的锈迹,打开时会发出吱呀的刺耳声响,门外就是树木森郁浓绿的凤凰山山脚。

小伙伴们凑钱买来一大堆魔鬼爆炸糖,拿去贿赂后勤阿姨家的孩子。急速奔跑后的他撑着膝盖大口喘气,伸着被魔鬼糖染得一半红一半绿的舌头,把趁他妈妈睡觉时偷偷拿来的钥匙递给我们。

"带上我吧,我不要什么魔鬼糖了。"

虽然知道门的那一边是什么,但还是哆啦A梦看多了的缘故,抱着蹿进任意门似的兴奋,屁颠屁颠手拉手跑进门的另一边打疯狗。直到后勤阿姨找到了我们,揪着那孩子耳朵,大喊:"一群小兔崽子!"

风吹过山上大片大片的野草和树林,阳光透过层叠的枝杈投下斑驳的印记。哗啦啦,哗啦啦,不到日薄西山不回家。就像狼族少年中黄昏下哲秀和伙伴们的嬉笑打闹,眼眸间流露出的是怎样的温情。

Part4

同在一个屋檐下的老友W告诉我她要搬家时,还是一个知了不停聒噪的晚夜,湿热的空气烦闷压抑。W莫名其妙把她平时珍爱到我一靠近就会大喊"你别乱碰啊"的吊兰浇了些水送给我。正巧我也听到了虚掩的门外,大人一边摇头一边叹息:"要拆了啊,好可惜。"

我抱着翠绿的吊兰和W一起蹲在天台上看着满天繁星发呆。

"要拆了啊,好可惜。"

我重复呢喃着。

三十九点五度的天气,水泥地被烤得炙热到洒杯水在地上,就会噼哩啪啦作响冒出一缕青烟。我抱着微蔫的吊兰坐在居民楼下的篮球底架上,眼睁睁看着挖土机突突突驶进校门,叫嚣着朝着房屋和渣土操场靠近,然后开始张牙舞爪。

当楼拐角的水龙头被挖掉,水源源不断喷射出来的一瞬间,我的眼泪唰地一下就跟着流下来了。

后来经常回想起来时,仿佛只是一个滚烫的午后的工夫,灰色低矮的两层居民楼和渣土操场就凭空消失了。要说吊兰还是通人性的,房屋拆迁后的三天就枯萎了。

Part5

记忆里的那段日子大概就是这样的,像春日融化的流水一样深邃静谧向前缓缓流淌,在阳光的照射下波光粼粼还荡漾着些许晕开的涟漪。

在后来大段空白乏味的时光里,没有了居民楼和渣土操场,伙伴们陆续搬家分道扬镳后覆上一层生疏的模样,通向凤凰山的门被学校严密地封住,小卖部里再也买不到魔鬼糖。

总觉得是自己做了一场梦,梦里触手可及的旧人旧事,醒来时一切都凭空消失。我曾拥有过后来却从指尖无意逝去的种种,想起来就没来由地心酸。

据说,吃魔鬼糖时含在嘴里,搓三下糖果纸,就会从脚底下飘出来一个从阿拉丁神灯里逃出来的青烟许愿魔鬼。我总想再在一个似曾相识的黄昏买来一堆绝版的魔鬼糖,抱着生机勃勃翠绿如初的吊兰,坐在渣土操场旁的秋千上来回地荡,搓着糖果纸直到手有些发麻发烫。

"让我再经历一次那段旧时光吧,哪怕一天也是好的啊。"

我看着面前的塑胶跑道和六层嫩黄色的居民楼轻声的许着愿。

Part6

就像梦中的场景过于熟悉,让我在心酸和怀念中骤然清醒,存在感也逐渐清晰。蓦然回首发现自己早在河流的右岸,而左手边流淌着的却是扑朔迷离遥不可及的旧人旧事旧时光。

"当你在穿山越岭的另一边,我在孤独的路上没有尽头。"

倘若思念是一种病,念旧亦是吧,而又有多少人已经病入膏肓。

(2014 年 5 月 6 日,总第 125 期,第二版)

爸 爸

倪红东

从未想过要写爸爸，却又突然很想写爸爸，因为突然觉得我很幸运，我们都很幸运。

没有将题目写成"父亲"，那太深沉，当然我从未叫过他"父亲"，这会令他满脸黑线。

爸爸是他那个时代的文艺青年，文采斐然，写过朦胧诗，梳过中分头，飘逸赛盲僧，不需带眼石(详见 LOL)。当然他有文青的典型特征——伪颓废。我那时还不认识他，零星的画面来自妈妈的话——"盐水下面条，四季夹克衫"、"走路不带抬头，看人不带正眼"。从他同学那里，我了解到更真实的他——闷骚。这两个字至少伴随他到了现在。

爸爸现在胖了些，比以前更帅了。可我不能忍的是，他比我帅……他皮肤白皙有光泽，双目乌黑，大而有神，眉宇间透露出一丝庄重。周润发，爸爸和他长得太像了，可我妈妈偏说他像个女的。话说，还真有那么一点儿……

"你那××可能收拾好？可能有点条理？"

"你也看看几点了！跟你妈学的弄什么都那么慢！"

"一天能梳八百遍头！"

"零食非得一下全拆开吗？"

"小男孩吃什么杨梅，小女孩喜欢吃酸的，你跟着凑什么热闹？"

曾经我还负隅顽抗，不知哪天我顿悟了，看开了，任他风吹雨打。妈妈总说他小心眼，我举双手赞同。

他爱足球(目前这个身材，仅限看)，欧洲杯、世界杯，红牛冲咖啡，半夜喊"好球！"。搞得很专业，比赛流程图画得妥妥的。打小我就钟慕于德国队，那雪崩一般势不可挡的进攻令我倾心，但我爸却说："德国队不行，西班牙人踢球多有技术含量啊。"结果上届世界杯半决赛德国被西班牙 KO 了，弄得我一阵子都不想和他说话。今年夏天我有时间陪他看世界杯了，陪他看德国队怎么淘汰西班牙！

爸爸一年换几副墨镜，放心，都是戴坏了才换的，他戴得勤……天天啫喱水喷着，头梳剔亮，以前西装革履，现在风衣皮褛，我滴天。我依稀记得小学四年级他送我上学时我一同学问我："那是你哥吗？"我听后一脸褶子。老爸，你究竟还要年轻多久？

爸爸平时很严肃，默不作声还面瘫，往沙发上一坐能看一天报纸。但那次他带我和我一死党出去旅游，我严重怀疑他平时是装的……面对一些窝心的状况，他各种吐槽，放弃治疗……"不惑之年"了都，这究竟要闹哪样？吐槽星人？我死党一路都在学他说话，我笑而不语。

他平日里不抽烟，但他会抽烟，每当家中无人又恰逢他思考人生的时候，他都会点上一支烟，慢慢品味。他抽烟时都是用大拇指和食指的指尖掐住滤嘴，然后一脸沧桑地吸上一口，无名指优雅地轻弹去烟灰后，细腻的白雾由微张的嘴均匀吐出，飘飘然然。

他酒量真心不行，但他好面子，所以他有几次喝得打吊瓶。妈妈生他的气不想管他，就把我支去照顾他，我就在他旁边看他又哭又笑，并听他讲一些令人啼笑皆非的话直至他鼾声响起。那时感觉他内心就是一个孩子，或者说每个爸爸都有孩子气的时候。

爸爸一路走来，并不是没有辛酸。

爸爸初中时，爸爸的爸爸就长眠了，所以爸爸是缺少父爱的，但他一直是个称职的好爸爸，我很佩服他。十年前，爸爸唯一的兄长，也就是我的伯父，与世长辞。他曾带着伯父去北京，到上海，穿梭于各大城市，为的就是能找一家最好的医院，以控制伯父的病情，但伯父只是苦苦挣扎了几个月……我清楚地记得那段日子爸爸是如此地消瘦。

我和爸爸也认识十几年了，想想这马上就要和他分开，心里也怪不是滋味。没有了每天早上的爱心早餐，没有了一整日的唠叨，没有了午夜穿墙袭人耳膜的呼噜声，这叫我怎么活？

总之我会一直陪着你（精神上），爸爸，你说去哪儿？

PS："父亲牵着我的双手，轻轻走过，清晨那安安静静的石板路。"谨以此文以及我最爱的一首歌——《以父之名》献给全天下的爸爸们。

（陈平老师选荐）

（2014年5月6日，总第125期，第二版）

余　温

原　一

　　像我这种突触延迟过长的人,整日处在漫长的认知状态中,而今也终于意识到我所偏爱的黑夜正如佝偻老妪的身影逐渐缩小,换句话说夏天终于到了。在白昼里感受不到一丝顺畅的人怎么会喜欢这个季节呢?何况高压高温下某种携带刺激性气味的分子也变得更加猖狂。值得庆幸的是,我就要解脱了,终于要脱离了。

　　在我听着"再不疯狂我们就老了"这些话并想付诸行动的时候,同时也接受了最后一批 90 后就要升级到高中而 00 后开始称霸校园的事实, 多么痛的领悟呀! 这意味着我终究沦落到了餐桌上有一只鸡但再也不会吃到鸡腿的年纪了。再想想,我那可悲的青春,我那可叹的年华已然成了应试教育的祭品。又听说将要实行的文理不分科制度,于是一面作为过来人教导着学弟学妹们不宜偏科一面享受着他们羡慕嫉妒恨的目光。

　　白天那样拥挤,各种欢喜,各种怅惘,也就只有在晚自习的时候能安下心梳理一下思绪。以前在一中本部每天晚上都有这样的反思时间,只是当时一心只想回家拥抱自己的大床,如今却只能怀念着。那时候几个小伙伴们总会出去"晒"月亮,看星星。记忆里最深的是一个夏夜,空气湿湿的,合欢树的花开得正盛,我和小喷在校园里走着,她抱怨这个,我抱怨那个,内容无非是男孩女孩、成绩分数。我记得最后我们迟到了,老师黑着的面孔把那天的星空映得格外璀璨。而就在刚才,我特地看了看外面,全黑的,没有星星很符合此时的氛围。我也渐渐学会享受它,告诉自己这也并没有多诡异。偶尔听到风打树梢的声响,想着窗外的树正在这样的黑暗里卖力生长,那样笔直地向天空伸展,就像此刻我该有的勇气和执着。而之前做过的性格测试也证实着我拥有偏执型人格,但就像本该叛逆一样,我也曾否定这样的结果。我说我善变,我讨厌执念的产生。因为执念一旦形成就会无所顾忌地去实践,话说回来,这就是偏执的后果。看,我就是这样生活在自我的纠结中,甚至经常连累周围的人们。在此真的很抱歉,抱歉对自己的不人性,抱歉对他人的不人道。但我也安慰自己:口才的提升得益于这些,耐力的升级得益于这些,理解了哲学上唯物主义和唯心主义的奥秘也得益于这些。

其实我没想说什么,也没想做什么,我就看着那些日记,回忆一些人、一些事。我记得初识侯子的那天傍晚,夕阳正好,我记得曾经的豪言壮志、信誓旦旦,我记得一些不会实现的约定,我记得他们的好。也许这些零散的记忆还原不成一个完满的故事,但只要能温暖此刻的我就够了。

侯子说我的记忆力堪比鱼儿,那真是抬举了。作为黑暗系女生的表率,我只能对一些人说你们只知道我的名字却从来不认识我。我曾努力记住那些词汇,那些从美好的、不美好的回忆中抽取出来的词汇,我将它们以特有的形态贮存在脑海中,只是不知是看得久了还是开始厌倦的关系,那些东西变得陈旧,开始腐烂,发出并不明了的独特气味,让我不知所措。我可以甩甩胳膊潇洒地说拜拜,然后踏上另一条路,找回自己的窝,把梦想这东西藏匿起来,伪装成无志青年从此没心没肺地活着。可我又清楚地认识到心安理得从来就不存在,真相是掩盖不住的。不是这样的人狠不下心做一些事,比如从来就没有超能力能够删除记忆。也许自己还是自私的,可毕竟,活着,是为了寻找更好的自己。而我只是过早地明白了这个道理。在某条路上踽踽独行的自己,总是在徘徊不行进之时想得最多,而看得到的未来,也总是最令自己恐惧的未来。想象一下什么场景也只会向往那些美好得几乎实现不了的光影。那么,还是对自己充满信心的,起码还没落魄到撷取别人的憧憬,还没纵溺自己成为偷取别人梦想王国的小偷。

我还是没习惯一些事情,比如那些词汇总在不经意间占据整个大脑,然后叫嚣着要霸占未来的世界,但最令我惊怵的是我会如此纵容它的肆意妄为。再比如我在腹诽的时候那些曾经看重的故事、人物被分割成不同的某种具像物质,任我天马行空,可悲的是我乐于干这种事。还有很多,邪恶的世界需要泡泡鱼的拯救或者只要把它粉刷成金黄色就好了,因为亮闪闪的世界给人的第一印象总是那样神圣高端不可侵犯。如果你不揭开它或者用力拉扯它,它就会一直存在,然后腐蚀长发公主手中的竖琴上那根最坚固的弦直到她再也无法用它弹奏。然而事实终究是我无法掌握的,也是改变不了的。一些人,一些事,时间的磨合里变了模样,但这些最后只能成为记忆,伤心的,悲凉的,所幸都会变得模糊不清。只要没有兴致去探究当初的自己如何在夜里辗转反侧或是如何在白昼里戴上盔甲,一切还是会从某种意义上来说重新开始,而自己也会重新成长。每次偏离初衷总会与这个世界碰撞,但我知道,终有一天我会将那些伤痕一一抚平。

No man is an island.可我终究还是不习惯人与人之间的交往。我知道很多人和我一样,但没有人会落荒而逃,毕竟诱惑太多,可以去的地方太多,越来越纷扰的世界也为人们提供更加多样的生存环境。生存方式很多,而我终究会成长得有些艰难,因为某些深入骨髓的想法是改变不了的。我对视过很多双眼睛,看得到美丽、丑陋、高贵、下贱,就经验看来,回应这些最好的方法就是回馈以一双傻愣到底的目光,接着脑袋飞速运转思考自己的事。自我麻痹说无所谓,后来真的无所谓了,身边换了一批又一批人,接受了不同种类的态度,而我还是那个我。有时候也腹黑一下,但似乎总是以两败俱伤结束。我向往着铜墙铁柱水火不侵的防卫系统,可我知道只要亮闪闪的假象不破碎,那些都只能成为泡影。如果真的有那一天,每个人将面罩都摘掉还会不会接受那样的自己。如果不行,那是不是要将人们的黑暗面都收集起来,涂上汞锻造一面光亮的大镜面,反射着各种美好,催眠自己原来是这样美好的人。可是,这些都是建立在那些黑暗面上呀!我宁愿呆在那暗黑的镜面之后做着正大光明的梦。

路,是只管往前走的,梦想,是不需要停下来的,我用着余温尚存的坚守,执拗地向前奔走,终有一天,我会抵达梦想的国度。而对于这座小城,我幻想过太多与它分别的画面,只是我知道,每一次离别都会是同样不舍的心情。我努力让小城沾染上我的气息,可是小城同我一样偏执,我和它的共通点也只有这个了。在我的印象里小城总是不变的,那样简单、纯真。如果真的到了告别的时刻,我能不能矫情的学着张爱玲说走得突然,我们来不及告别。这样也好,因为我们永远不告别。

亲爱的,要起风了。我们都要好好的。

晚安。

(2014 年 5 月 6 日,总第 125 期,第三版)

舌尖上的一中

刘 夏

这个世界上还有什么比吃更幸福的事情呢？

在一中六年，除了初一初二时晚饭是回家吃，其他几年都是在学校附近吃，吃完了就回班积极努力。这些年虽说不算吃遍整个灵城，一中周围的各种小吃却是基本"临幸"。作为一个资深吃货，每天下午第一节课下课就得想想晚上去哪儿吃、吃什么比较好。咳，吃货嘛，也就这点盼头了。

一中孩子们晚上吃饭的地儿基本有两个：东门和南门。也有去西门的，那边多是周边居民家庭小饭馆，我是没去吃过，但据别人说还不错。大部分人觅食还是去东门和南门的。先来说说南门。

出了南门右拐，一溜都是卷馍摊。要说这卷馍啊，真真是灵璧一大特色食品。南门的卷馍里最出名的当然是抛饼。不知道为什么叫这个名字，大家都是这么叫的也就跟着叫了。金黄的饼，煎蛋火腿鸡柳生菜任选，再刷上一圈酱。多少学姐学长直到大学毕业还会惦记一中南门的抛饼，卖抛饼的大叔更是人送外号"抛饼小王子"。想吃抛饼一定要跑得快，最好是下课铃一响就用百米赛跑的速度往外冲，去晚的话可能会排很久的队，等上一二十分钟的情况也是有的。不过，为了美味的抛饼，多等一会又有什么关系呢。

各种油炸串的卷馍是最常见的，南门东门都有。架一个小铁锅，烧上半锅滚油，玻璃柜里一层层码着各种用竹签穿好的串儿，什么蘑菇素鸡香菜卷，青菜茄子和花菜，还有腐竹油条茶叶蛋。想吃什么就下锅炸，食材一圈噼噼啪啪翻滚着热烈的泡沫，不多久就可以捞出来。卖卷馍的摊主这时候会把白面薄饼铺好，出锅的串儿往中间一放，一边抽出竹签一边问你辣酱要多放还是少放，一边手脚麻利地卷好，袋子一装，成了。

当然并不是只有卷馍的，土家酱香饼也很诱人，尤其刚做好的时候，盖子一掀，刷上各种酱，撒上白芝麻和碧绿的葱花，热气腾腾，装在牛皮纸袋里，可以一边走路一边拿签子挑起一块吃。铁板豆腐在这个小城里到处都是,吃起来也都差不多,无非就是铁板煎熟的豆腐上配排骨酱、孜然、胡椒、辣椒粉,南门是有的,每天"铁板豆腐"的招牌都会在固定的地方出现。烤面筋还是一对夫妻卖的最好吃。红豆饼、烤鱿鱼、烧饼什么的多聚集在钟馗路对面的桥上,桥北头的牛肉汤很好喝。

对南门的印象只有这些了,因为我还是去东门吃的次数比较多。出了高二楼和初中楼交界那个地方的铁门,左边是食堂,右边就是东门了。食堂的饭菜实在不敢恭维,不经常去那里吃,不过有段时间蛮喜欢那儿的冰糖葫芦。东门北侧是几家卷馍摊和一些小饭馆,上次听人推荐其中某家饭馆炒面,于是去吃了一次,结果是被里面太多的辣椒呛个半死。小饭馆门口也卖酱香饼和韭菜煎饺。北侧的小吃不太多,在我看来唯一的亮点是浴池门口一对老夫妻卖的茶叶蛋,用一个电饭锅煲着,很多时候都是老奶奶夹出一个茶叶蛋来,老爷爷拿袋子装好。老奶奶会笑着招呼来往的人:"快来尝尝咱家老头子煮的茶叶蛋喽!好吃得很呢!"——确是很好吃的,以至于我和同桌以及前排统共四个人连续吃了差不多有一个月,简直要上瘾。近来听说台湾有个教授宣扬大陆人吃不起茶叶蛋,嘿,我真想请他尝尝一中东门的茶叶蛋。

如果说在南门抛饼的人气是最旺的,那么在东门最受欢迎的应该就是土豆丝。圆形的白面饼从中间剖开,土豆丝在铁板上翻炒,也可以加青椒或者苞菜,只吃土豆丝是明显不够的,还要配些火腿烤肠鸡柳甚至辣条,全都在铁板上炒,仅翻动土豆丝时滋滋的声音就令人食欲大振,当真是种享受!炒好了就夹进面饼里,然后付钱挤出人群,开啃。土豆丝是东门南侧的,说来南侧的吃食比北边类丰富得多,手抓饼,爱情公寓第四季里曾小贤吃的就是这个。东门有个福和记是手抓饼专卖店,就是太远。大概天津包子店对面那个位置还有一家推车卖的手抓饼,有好几种酱可以选,不建议选甜酱或是蕃茄酱,吃起来会感觉太甜,甜辣酱的还可以。齐家擀面皮的面皮不错,不想在店里吃的话就向老板要个泡沫碗打包带走吃,只吃面皮就好了,他们家的米线不怎么样,个人觉得灵璧最好吃的米线是南关桥头"或与番"南边巷子里的那家,我很小的时候就在那里吃米线了,十几年的老店。紧挨着面皮店的是兰州拉面,如果是寒冷的冬天来一碗拉面,顿生"有面如此,夫复何求"之感。寿司个人偏爱那种切好的整整齐齐放在饭盒里的,又好看又好吃,而另外一种不切的根本就是米饭卷。肉夹馍是把大块肉细细切碎,拌上青椒丁,再加一片豆干,咬一口那叫一个香。卷凉皮我不太喜欢吃,笼蒸鸡肉馍打着鸡肉的名号里面夹的却不是鸡肉,吃起来也还说得过去。除了以上这些还有煎饼果子、豆腐脑、梅干菜烧饼、烤鸭脖等等好吃的。没办法一一论述。

如果不想吃这些。还可以叫外卖。首推唐人街,因为三周年店庆,很多套餐都是特价,优惠活动一直持续到五月底。套餐里的可乐可以换成橙汁,他们家的橙汁很好喝,不过前提是要冰的,热的口感会有一点酸。直接打电话订餐就行,指定时间送到南门拿回去就能开动了。东门的久久香鸭脖能送到教学楼下,可惜味道一般般。

要是想喝点什么,一中附近有好几家奶茶店可以选。个人觉得吧,这几家都不怎么样。还是小兔子的奶茶最好喝,他们家的芒果酸奶也超棒,只是离一中太远,什么时候能来东门南门开个分店就太好了。盒装鲜橙多蜜桃多以及统一奶茶很好,再有就是各种瓶装饮料了。

新校区的小吃没吃过,我至今连新校区大门朝哪儿开都不知道。也许标题改成"舌尖上的一中老校区"会更恰当一点。这里写的都是我个人常吃的,萝卜白菜各有所爱,还有很多没写到的美味,不能一一细说。

吃货最大的烦恼应该是体重吧。怎么吃都吃不胖的人算是例外。俺娘经常会一边翻弄锅里的可乐鸡翅一边数落我:"先不说你能不能考上大学了,就你现在这个样子怎么好意思去上大学啊,暑假你得好好减肥,哎,真是愁死人了……"胖就胖一点咯,只是会被瘦子们嘲笑,谁让自己总是不能抵制美食的诱惑呢。拒绝美味就是辜负生活。

我想,多年以后,不论我身在何处,我也一定会记得这段在一中吃得不亦乐乎的好时光。

(2014年5月6日,总第125期,第四版)

同桌的你

解小文

四月二十五日的那场《同桌的你》，也让我想起了同桌的你。

——题记

同桌的你

初入新校区，第一眼看去同桌的你是个很呆、很可爱、头发又微卷的女孩。戴着个眼镜，很有学霸的感觉。让一直想傍学霸的我第一眼就相中了你。可是，谁知，我看走了眼，同桌的你不是学霸，是那个烟灰的末，简称"渣"。但尽管如此，我们依旧很开心，不是么？为了方便，你那四个字的名字被我省去，我叫你——同同，你叫我——桌桌。我们坐在一起，每次写完作业后，我总是很自觉地借你 copy 一份，而你总是一挑眉说一句："小妞妞，真乖，好桌桌。"我一阵恶寒后，继续和你海扯。什么长腿欧巴，泰国人妖，班主任又批评谁了，班里谁谁又怎么了……总让我们乐此不疲。我们有个最大的共同点就是——讨厌体育课。上周，我们俩偷偷地在体育课上跑掉，其美名曰："解小文，心情不好。"本来十分感动的我拉你去小店买东西吃，一人一个雪糕。正吃得春风得意时，有人突然喊出了我的名字。我一愣，往楼上看，是灏哥（班主任）。豆在当时，我俩就把雪糕给扔了。我还问你："灏哥为何不叫你名字？"你说："因为你体积大，好认啊！"我很无奈，很生气，可我却牵着你的爪子一直走一直走，好像这辈子都会在一起一样。

同桌的我

其实，我想弱弱地说一句，我感觉，和我同桌的人都很幸福。

我承认，我是个小胖子。可我不占地方。真的。我每天都会尽量缩，给我的同桌留下一大片地方，供他自我发挥。我会在第一时间写好作业（我会的），给我的同桌，以解她作业多带来的痛苦与烦恼。我会在老师查背书的时候，给他"打电话"，打到全班人只听见我在背书。而当同桌在睡觉时，老师说，你就不能关注下你同位么。我拿起她的外套，默默地披在了她的身上，可怜兮兮地看着老师,老师瞳孔放大,当场惊呆了……犹记上次,同桌被物理老师提问,全班都认为她是错的,可我却在那么艰难的情况下力挺她是对的。老师让我给她辩解,然后我方大获全胜。从此以后,同桌的我和我的同桌一起浪迹高中的 2B 奋斗生涯算是拉开了序幕。

同桌的他

　　现在的同桌,他和我有着八十根杆子才能算打着一点的亲戚关系。可我,却每天屁颠屁颠地喊他"哥"。我们之间有太多的共同点,所以每次一聊,就像吃了五百斤的炫迈,根本停不下来。不过,我们之间讨论最多的还是如何变白,因为他白得实属不太明显。我建议他吃柠檬,喝柠檬汁,贴柠檬片。巧克力黑的不吃,只吃白的,只要是白的全拿下。可这段时间他还是没有变白,于是我安慰他说:"哥,你看英语书第九页的非洲小男孩比你黑得没影了。"他冷眼看着我,我一脸无辜。最搞笑的还是英语老师问:"我们主谓从句学了那么久,大家都是怎么不会的呀?"他淡定地说:"选择题,不知道选什么。"全班爆笑,我却红着脸,誓死和同桌荣辱与共。同桌的他很善解人意,很会安慰人。每次心情不好时,就对他倾诉,说到高潮时,他总是充作活靶子,可他依旧毫无怨言,听我在窸窸窣窣地说着我今天的不快与烦恼。偶尔,同桌的他也会告诉我很多他的琐事。前段时间,班里男生们喜欢"用夹子拔胡子",同桌的他也不例外。于是,我问他:"哥,你胡子,多久拔一次呀?"他说:"$f(x+T)=4$ 周,四周一个周期。"这一下戳中我的笑点,我狂忍爆笑说原来你也一个月一次呀~,他狂翻白眼,独留我一人对天长笑。这气氛好像说明,我们同桌的日子会很漫长,很快乐。哥,你说对不?

　　(2014 年 5 月 26 日,总第 126 期,第六版)

荒 园

章欣媛

对世界来说你也许只是一座园……但对一棵树来说你也许就是世界。

Part0

老树从未觉得有哪一年夏天园中如此荒凉。分明凤凰花漫山遍野盛放如撕裂的朝阳,棕榈的叶尖在正午泛着惹眼的白光。头顶燃烧的太阳让半个世界变得滚烫,大片大片的云朵在玻璃般瓦蓝的天空中缓慢爬过,影子温柔地投洒在冒着小小气泡的水面上。微风划过来,一瞬间波光粼粼。

知了面朝着空空如也的操场,对面的三棵樱花树在风中微微摇晃。紫藤萝安然沉睡,桂树收敛了芬芳。教学楼一栋又一栋老老实实地立着,影子在黄昏的时候拉得很长很长。

老树从未觉得有哪一年的蝉鸣如此响亮。

Part1

老树睁开眼时便满眼荒凉……那时它并不知晓自己所在的地方。老树是一棵法国梧桐,有笔直漂亮的树干,巴掌大的叶子翩翩如蝶翼。像所有的树一样,它安安分分地扎根、汲水,长出原原本本的模样。老树从未抱怨过什么,所谓既来之则安之,纵使荒凉又何妨。

再然后,就有了灵璧一中这个地方。简简单单四个字,开始在小城里传响。

再然后,世界变了样。

Part2

老树喜欢孩子,但它不能跑也不能跳,不能伸出枝干去抚一抚他们的肩膀。老树只能安静地站着,趁他们走过的时候悄悄观察他们的样子。他们背着书包抱着课本三三两两走在一起，他们咬着零食牵着自行车彼此开玩笑，他们穿着校服扯着衣角拉平褶皱，他们捡着叶子扫着垃圾扛着大大的扫帚。老树满心欢喜地看着他们走过来走过去，看到谁粗心地丢了东西它都急得不知怎么才好。有个背红书包的女孩子有一回丢了钥匙，来来回回找了一大圈最后抹着眼泪回家了。老树看红书包一抽一抽地走过去，老树觉得自己全身的叶子也一抽一抽的。钥匙在垃圾桶后面！就在我脚边！它想大声喊出来，但谁也听不见，回应的只有断断续续的抽噎。老树觉得自己真是没用啊，无能为力的感觉真糟糕。它难过地掉了一大堆叶子，像红书包掉了一大堆眼泪。

老树喜欢孩子，它表达喜欢的方式有点庸俗。无非是夏天伸长枝条长出翠色的叶子遮住阳光，秋天风一拂叶子就泛出金黄，再一拂满树哗啦啦响，一大群金色蝴蝶纷纷扬扬。冬天就把叶子全丢下，光秃秃的树干虽然难看……却不会被雪压断。老树喜欢孩子胜过喜欢漂亮。搞文学的文艺小青年最爱在梧桐下晃悠，敲一敲树干，拾几片叶子，踩一踩叶缝中漏下来的细碎的光斑，听一听蝶翼扑动的声音和碎裂的脆响。老树一边观察一边被观察，但仍旧是欢喜的。

Part3

老树觉得自己蛮幸运的，扎根在这个地方。偶尔有些树友托风传话给它，也无非是发发牢骚。大城市里的树说恨不得戴氧气罩，悬崖上的奇松怪柏说有只伤心的猿猴每天都在叫，歪脖子树说它只有一人高根本不能上吊，热带雨林则哭诉兄弟一年比一年少。沙漠里的骆驼刺说有只蠢蜥蜴尾巴被仙人刺勾掉了，风景区里的树却因为太孤独变成了话痨……老树在孩子们寒暑假的时候听着风声打发时间，然后得瑟着自己的幸运和幸福。

毕竟不是每一棵树都能像它这样，简单又安逸，踏实又满心欢喜。老树在校园空无一人的时候也不会寂寞，它知道只要铃声响起，就会有一大群孩子笑着在它庞大的树影下兔子似的跳来跳去。

老树觉得这么安静地等待他们回来也是很幸福的事情。

Part4

大概是心情愉快的原因，遥望园中两排梧桐，老树比同类们都要高出一个尖儿，微风荡漾之时老树总喜欢晃悠着树尖儿俯瞰整座园。操场上的塑胶跑道上有谁一圈一圈跑过,沙坑里谁又摔了个跤,谁在足球场上挥汗如雨,旗帜在风里猎猎作响。右边的篮球场上人声鼎沸,即使篮球架掉了漆,篮筐上没了网。远航雕像下的水池里有谁偷偷放了小金鱼,状元亭里又是谁坐在石椅上乱晃。老树甚至看得到教室,隔着冰冷的铁丝防盗窗。它看着那些排列整齐的桌椅,黑板上没来得及擦净的字迹,讲台上摆放的图书,垃圾桶里的零食袋,它在蛛丝马迹中想象他们的生活,它那么喜欢他们。

老树有时候也想成为一个桌子,承载一个小小的生活。

Part5

老树在光与影的交替中安静地等待,偌大的校园每逢盛夏便空空如也。老树想起体育加试时那些初三生顶着太阳狂奔的场景,既欢喜又心疼。它希望自己再大一些,影子便可以蔓延到跑道遮挡一些阳光。每逢这时园中的宣传栏便替换成新的,光荣榜上多出一个又一个名字。老树看着毕业生们在操场上合影,他们青涩的笑容和青春的时光便定格在小小的相框里也定格在老树的心里。

老树觉得自己越来越老,它喜欢怀念的东西越来越多。老树总想着孩子们可以走到更远的地方,但他们走出去了老树又会想念他们懵懂年少的模样。老树记得每个孩子的样子,它把他们的笑脸藏在叶子的纹路上。无聊时拿出来晾一晾,感觉又甜蜜又忧伤。

——你一点一点回忆起旧时的风景,你满心欢喜地沉浸在欢声笑语中。而你突然意识到这已经都是过去的事情,于是你平平淡淡的生活中便再无美好的风景。

老树的叶子在风里哗啦啦地响。

Part6

新校区,老校区。

越来越多地听到这些字眼。

老树的反应有些迟钝,它也没什么念想。身边的梧桐、樱和桂都是一副怨气冲天的模样,掉着眼泪说要被丢掉啦要被丢掉啦。老树默默听着拒绝发表意见。它只觉得那些孩子眉飞色舞地说起新校区的样子真是很可爱。

反正迟早要离开的,老树看着他们从初一傻乎乎的样子长到高三,长高,长大,变得成熟,为了人生去拼搏,去努力,老树就像看自己的孩子一样。

老树其实也挺多愁善感的。

Part7

今年……高一生去哪儿了。

老树有点儿小失落。叶子上分明记着他们的样子,一转眼暑假过去,老树没忘了他们,他们忘了老树了吗?

听说新校区很漂亮,有很大的操场,很亮的教室,很棒的体育馆,很好的图书楼。高一生们在新校区过得怎么样?他们会回来看一看吗?老树觉得心里酸酸的,它并不知道这种感情被称为想念。老树看着叶子下来来去去的新面孔,新面孔也抬起头来瞥一眼老树。他们笑得像花儿一样。

老树也笑,一树叶子翻出了新色。

Part8

又少了一批。

往年这个时候,高三已经披星戴月地开课了,今年却迟迟没有动静。

老树有点慌,再不开课就会落下进程的!它希望高三生们多休息几天,又担忧着他们的课程吃紧。学生不急老树急,但老树没觉得有什么不妥。老树很关心他们啊。

肩上的小雀叽叽喳喳,高三也搬到新校区啦。新校区的黑板后面藏着大屏幕,新楼一栋接一栋。刚开学的时候有些黑虫子乱飞,吓着了几个胆小的学生。

老树默默听着,心里木讷地想,回来吧,这儿没虫子。不久就会回来了吧?

就快开学了啊,开学就会回来了吧?

小雀叽叽喳喳,诶老树你知道么,新校区的路就要通了呢。诶老树你知道么,新校区挂了很多红色的条幅呢。诶老树你知道么,新校区的桂花香可以飘到六楼。诶老树你知道么,新校区的食堂有菜花一样的姑娘。

诶老树你知道么,二十八班的数学老师可帅了。

诶老树你知道么,高一生都长高了,每天都有人在楼下跑圈儿。

诶老树你知道么,他们也有很想你呢。

诶老树你知道么,他们说老校区就要没有了。

诶老树你怎么不说话?

　　老树心里碎碎念你让我说什么?我是一棵树,不能飞到新校区去看看那些孩子。我什么都不知道,我只能站在这儿等他们回来。我的根和心都在这儿,你让我往哪儿跑?老校区?没有了?没有了又是什么?我的根须已深扎土壤,这儿没了……我还要怎么等他们回来?我只能等他们回来啊。

　　我是一棵树我只能守着渐渐萧瑟的园。我是一棵树我只能等待下课铃响,你们回来。这是树的宿命,也是树的幸福。

Part9

　　玉兰树下没有人,樱花树旁没有人。教学楼外没有人,办公室里没有人。操场篮球场没有人,状元亭外没有人。

　　今天是开学的日子啊,是最热闹的日子啊。

　　小雀也不在。风从新校区捎来消息,那里人声鼎沸,植物们都抱怨太嘈杂了。

　　老树听着风里沸腾的笑声,也傻傻笑了起来。

　　园里园外,只不过一道门。园外像炸了锅,热闹得不像话。园里凉风习习,静谧如遥远的深海。

　　仿佛隔开了一个世界。

　　老树笑着回应风声,记得给孩子们嗅一嗅新鲜空气啊,记得提醒他们别丢了东西啊,记得让他们有阴影乘凉啊。记得记住他们每一个人啊。记得转告他们回来看看啊。要记得……老校区还有一棵老梧桐在挂念他们啊。他们每个人,都是被挂念的孩子啊。

　　如果想回来的话就回来看看啊,老校区一直在等着你们回来……你们什么时候回来门就什么时候开,反正我会一直守在这里,你们想什么时候回来都可以。

　　我会一直守在这里,等着你们回来。

　　(2014 年 9 月 6 日,总第 127 期,第三版)

未曾探险的小巷

齐梓同

误打误撞来到了小时候生活的地方。

微愣三秒后回过神来,"嗯,就是这儿。"这样想着,下车。我到底还是小看了时间的威力,紧闭的铁门,荒凉的庭院,斑驳的灰墙,与记忆太过明显的对比让我心惊。拔起一根狗尾巴草,也只有它仍是记忆中的模样了。是因为这里没人了吧,应该只有这个原因。

我好像真的没有独自来过这儿,就像现在这样。现在这里没有父母,没有外公外婆,没有童年的一切。自己一人捏着根狗尾巴草在风里傻站,想着那大铁门反正是没办法打开了,回忆不自觉地戛然而止。原来刚刚一直在神游。很巧的是刚才正好站在曾经豆角架的位置上,如果它还在,那豆角的味道一定很好。那时这手中的狗尾巴草是"害草",哪天没注意豆角架下就会冒出一大片,然后我就会得到一堆草穗。小时候研究很长时间用狗尾巴草编在一起做草环,可惜现实打败了想象,手残到现在也未成功。

好吧,我承认无意识神游不是个好习惯,例如说可能变话痨或者跑题。事情还得从一只小狗说起,我环顾四周时忽然意识到视线里出现奇怪物体,应该是本地的小花狗吧。我觉得我不认识它,但它就站在一旁定定地看着我,没错,抬头定定地看着,于是略吃惊后我就想是不是挡人家路了还是怎么了,自觉牵车向不远处的巷口移,然后就有了后面不悲不喜的故事。

为何那巷口入口是个大下坡!推着电动车本想靠边停一下然后车把不幸一歪直接就冲下去了!趔趄着手动加人工阻力刹车在几米远外停下,惊魂未定没有闲心注意行人惊异的目光了。真是不悲不喜。就这样奇奇怪怪地冲进了个巷口,然后我又发现了奇怪的东西。巷内房屋及树木的布局有莫名熟悉感,但对刚才那个大下坡却完全没什么印象。把车子靠边停好,看着地面时我忽然想起来了,对大下坡没印象是因为小时候这儿不是水泥地,当然也不存在那坡度整齐的下坡,对这里的布局熟悉是因为我曾在巷外向这里面看过不知多少次。这里，是一个未曾探险的小巷。

回忆起来后心中五味杂陈。当时年龄小，不被允许在凹凸不平的泥地上乱跑也是可以理解的，可又有谁知道在我长大一些后便搬离了这里。这里变成一条确实存在于童年但也确实没有交集的小巷。它在这儿，一直在；我没去过，一直没去。直到它被修葺一新，直到转换了近十个四季，直到我学会长久地回忆，也还是未曾去过那里。

近十年后的今天首次独自和它再相遇，或许我欠童年的自己一个交待，但此时却是不合时宜的犹豫。曾以为长远曲折到望不到尽头的小巷此时近在咫尺，其实微微踮脚就能看到尽头的那堵灰墙。确实太久了，记忆被稀释到只剩下零散的泡沫，以及童年对探险的欢腾的渴望也早已不见。我不知道前方是否存在探险所能带来的惊喜，藏于细节的物什可能会让我为之惊艳，抑或走到尽头才不得不承认其实一切只为寻常。

现在是 2014 年的秋天，已经开始穿长袖外套，我首次接触童年未曾探险的小巷，原因是一只小狗加意外，我觉得这是缘分，结果是我选择离开。

费力推车走上斜坡站在马路上，风有一点点凉，我再次向巷内遥望。我知道我早已错失它了，现在的我没有小时候的渴望，它自然也没有那时的乐趣。让它成为一个充满希望和乐趣的遗憾吧，因此我选择不打扰。又来到曾经的庭院中摘下一根狗尾巴草，转身离开。未曾探险的小巷，曾生机勃勃的庭院，以及美好的童年都已悄然逝去。它们是真实存在的，只是不再属于过去，那是记忆经过时间冲刷留下的面目全非的残骸。安妮宝贝说过："所拥有的，只是真实记忆的虚空。"时间会冲淡一切，但我还有回忆的能力，已为幸事。

或许存在某一个平行时空，扎羊角辫的小女孩会拎着她的小篮子，穿着她的红皮鞋，头戴狗尾巴草编成的草环，选择一个阳光甚好的午后，独自踏进一条曲折悠长的小巷。

"走吧，去探险。"

PS:《我以为我知道》

午夜已至

思绪混乱仍然睡不着

原因是什么？

我以为我知道

夏日已逝
声声蝉鸣夹杂着不存在的欢笑
这是为什么？
我以为我知道

东方将白
一直找不到繁星满天的繁华喧嚣
它们躲去哪儿了？
我以为我知道
以及那遥远的童年
如何找到通向它的小巷去重温美好？
我以为,我知道

(2014 年 11 月 6 日,总第 128 期,第二版)

猪 儿

徐晓璇

Part1

猪儿是一只猫。

猪儿是一只身材壮硕的猫。这一点似乎是从在动物收容所第一次见到它，把它高举并大脑短路命名为猪儿那一刻就注定了的，一不小心下了的谶语。

所以不要再问："哎呀这只猫叫猪儿是不是因为它很肥？"

虽然猪儿的确很肥，肥到摸着它的肚子一点没有别的猫那样的好手感，有的只是一坨一坨的油脂……不过千万不要在它面前说这一点，否则我可不会保证它不会挠你。

只是那天将它逆光高举，刚出生不久的幼小身躯，手掌上骨感的微妙触觉，柔软的绒毛，闪闪发亮的眼睛。私心想着，这就是天使。

Part2

猪儿是一只幸福的猫。

因为这是一个热闹的家。家庭成员不仅有猪儿，还有喜乐蒂乐乐、金毛犬十五。

是不是觉得很热闹？可是朋友你听我说，养一只那叫宠物，养一堆那叫废物。所以不要说什么热闹，这就是灾难。

"呜啊猪儿又占了乐乐的窝！""呜啊十五又在地板上拉稀了！""呜啊滚下我的沙发！""呜啊不要咬我的窗帘！""呜啊莫和别的狗打架！""呜啊不要睡在我的花上！"……

来来来跟我一起念，资哀灾，呢岸难。

当初在一大笼子各种萌的猫里之所以选了猪儿是因为在那一堆慌乱哭叫的小奶猫中，只有猪儿安静地趴在角落里不哭不闹，眼神相接的那一刻很没出息地被打动，于是异常坚定地说，就它了。

现在想想,猪儿真是非一般的阴险。

Part3

猪儿是一只领地意识很强的猫。

起初——沙发是我的。很快——床也是我的(话外音:滚下去!)。接着——狗窝是我的(乐乐＆十五:!)。最后——狗也是我的(乐乐＆十五:……)。

领地意识很强的猪儿会频繁地视察领地。爬爬沙发抖落一身傲娇的毛,到阳台上坐坐花刨刨草,将魔爪伸向窗台上的那些"天外来客",甚至连来访的朋友拎来的包也要翻个底儿透……喂!你够了,怎么可以翻别人的东西!

猪儿不屑地翻了个白眼,顺便把忘记收在冰箱里的红烧肉扔得到处都是。

防火防盗防猪儿。

Part4

放荡不羁爱自由的猪儿还是闯祸了。

忘记锁起来的针头线脑被猪儿翻了出来,等反应过来的时候一根针已经在猪儿嘴里不见了。

"猪儿!"

宠物医院在离家很远的地方,时间紧迫偏偏有很多司机看到猪儿就毫不客气地说拒载。终于赶到医院后,医生说,这得开刀。注射麻醉剂后,狂躁不安的猪儿安静了下来。剃光肚子上的毛的猪儿,让人心软。

从医院回来,猪儿变得虚弱。为了保护猪儿,只能在卫生间给它铺上毛毯当作隔离间,为了保持体温,把家里的暖炉小太阳搬到离它适当的距离一天到晚暖暖地照耀。

医生摇摇头说你怎么能把猫养得这么胖,肚子上油脂太多没办法愈合伤口,只能把油脂给去掉了一些。多好笑的笑话,可是看着卧在毯子上恹恹的猪儿,怎么都开心不起来。

几天来,虽然给了猪儿最细致的呵护,猪儿的体温却以不可挽回的趋势持续下降。医生说下降到一定地步,就真的挺不过去了。

就在所有人都以为我们要失去猪儿的时候,有一天早上,猪儿突然开口吃饭了。医生笑着说,恭喜啊,猫没事了。

没事了猪儿!休养几个星期后,猪儿重又回到了乐乐和十五的面前。"汪(欢)!汪(迎)!"猪儿不屑地翻了个白眼,身手敏捷地蹿上了沙发。

Part5

2014年5月暖暖的初夏。

猪儿被埋葬在花园里。

11岁已是高龄,应该是毫无遗憾了吧。

"那天下午,猪儿在我怀里,我从来没有如此长久地抱着它。猪儿,也从来没有这么安静。

以后,不用担心心爱的布艺沙发被抓坏了。

以后,不会有养了很久刚开的花被睡死了。

以后,不用害怕卧室门忘关床铺被折腾了。

以后,不用为被踩了好几个爪印的纸稿而烦恼。

以后,窗台上的访客可以安心降落不会被吃掉。

我看到猪儿在抓床垫,尖叫一声醒来,在床上坐了很久才明白,不会再有猪儿。"

Part6

我合上刚买来的《绘心》,长久地发呆。

是的,猪儿是一只与我无关的猫,是插画家扫把养了十一年的猫。

是一只以连载的形式被我们温柔注视长大的猫。

从初三开始,每个月都会和同桌一起关注猪儿。我们在喧闹的课间看着猪儿,在葡萄园的沙发上看着猪儿,在高中的走廊上说着猪儿。

一天,在30班的初中同桌找我。我问她,你知不知道猪儿死了。她苦笑,我就是想对你说这个的。

沉默。

猪儿是一只与我无关的猫,它的成长、死亡都与我无关。感到难过也许只是因为怀念有它相伴的那段时光吧,承载着旧时光的人、物一件件消失不见。

心里空荡荡的。

猪儿,猪儿。

(2014年11月6日,总第128期,第四版)

PAST IN PRESENT

徐煜轩

少年湖前嬉戏，浅水溅湿裤脚。远处灯火昏暗阑珊，苍穹星光愈发暗淡。少年扭了扭头，看向身后，看向远方，最亮的唯独自己的目光。

（一）

像是那种蚕虫蜕变般缓慢而目标明确的压力，它变得越来越沉重，躁动、不安、焦虑等情绪一点一点地在空气里面发酵，然后侵入并且席卷整个身体。那个时候，自己会在放学回家的路上把刚发的数学试卷全部扔到垃圾桶里，走过两步后回了回头，看着垃圾桶很久，然后走回来把试卷捡起来拿在手里抖几下再塞回书包里。

那些时光，那些路程，如影随形，像是空气里面的浮尘一样黏在身上。有的时候会做梦梦到上课的场景，周围的人都盯着黑板看着老师认真地讲解，而自己趴着放空。这样的梦境，在高三之后变得越发频繁。挣扎着醒来之后，感觉会像是从深海之中露出水面那样，侥幸几秒之后，眼角的泪水开始啪啪地往下掉。那些盐分都将时光变得温柔，都将自己变得年少。

高一啊成绩是班里倒数的，理科的课从来不听，趴在后面几排闲聊啊看杂志啊。我有一个同桌现在还总是会说我高一做的不地道的事情。我自己不学习，同桌在学习，我就跟她说"别学了，学了也没用，玩吧，我给你看老师"之类的话，现在想想，这些话挺害了别人的，她爸妈没上门找我算账我都觉得很幸运了。好好学习才是正经事。高二高三分科了还是玩着的，虽然成绩算是稳定就那几个名次浮动着，但是心里总是害怕着。有那一种感觉，就是自己没经过努力得到了一些东西，而一些人付出了很大的代价却始终得不到，然后自己就会觉得抢了别人的东西一样，忧心忡忡，生怕有一天真的跌得很惨。

我从来都是把自己归结到学渣这一类的人物。上的这个大学，我真的觉得我是靠着党中央国务院的惠民政策才踏进去的幸运儿，否则我现在就是一个在复读班复读的高四学生，还在没日没夜地做试卷背政史地。只能说自己没努力，只能说自己没用心。

（二）

灵璧的夏天着实让人难以捉摸，连续几天的阴雨天气把自己的心情扰乱得比一团麻还纠结，屋子里闷热的空气难受得让人窒息。索性，撑着伞去了学校逛一圈。

还是老样子，学校门口的一段路一到下雨天就积水，坑坑洼洼，在我三年的时间里面遇到了不知多少次。最耿耿于怀的就是有一段时间学校门口的路上都是水泥混合物，黄色的泥浆在下脚之后便向鞋两边洇开，沾在鞋上，让人心烦。搬离老校区后就不用再遇到这种情况了，不知是福还是悲。

我一直用"花园般的精致"这样的词语来形容学校的景色，林荫大道两边的梧桐，篮球场生锈的球架以及掉漆的地面，操场上孤零零的足球门以及稍显寒碜的主席台。对于那条大道的回忆最深刻的也不是深秋满地的落叶或是夏季浓绿的树荫，倒是那讨人厌的鸟儿。在三年的高中时光里面，那些鸟儿的排泄物袭击了我三次，一次在头发上，一次在眼镜上，另外一次在脸上。也许是，不好的事情总是砸在动作缓慢的人的头上，谁让我每次都把上学当作逛街一样慢吞吞的。

遗憾的是，整个高中时间我都没有好好看过高三楼东边的那一片绿色，最多我也只是趴在五楼往下看，看到那些绿叶撑起的巨大的沉甸甸的巨浪，翻腾在四楼左右的高度。很高兴，在十八岁的蓝色天空有这样一片的绿色，把我，把我们的青春照耀得极为明亮干净纯洁。我们都是在这些树荫下成长的孩童，我们都是正在走过时间卷轴的旅行者。

高一高二在操场北边的那个三层楼，大概是最轻松最闲暇的时光。教室在二楼，并不用像高三那样上个厕所都要来回爬个十层楼，虽然我现在还记得高一高二夏天时不时飘过来的厕所的味道以及每次下课看到女厕所的楼梯挤满了人的景象。座位会时不时地南北移动着，坐在后门的时候会在某个时间扭头看向操场，踢足球的人在快速移动着，慢跑的学生在嬉戏着，还有一些学生在树荫下坐着聊着；坐在北边的窗户旁会望向窗外，透过巨大的绿荫会看到初中楼的那面巨大的墨绿色镜子，阳光射在上面闪闪发光，就像是未经雕琢的璞玉，就像是少年纯净的眼眸，就是被你我握在手心里的那枚夏天。

不同姿态的人或物将世界画上色彩,最好的是不入世事的我们在这里。

以后的每一年夏天,都是回忆泛滥矫情的时候,伴着强烈的日光,脑海中的记忆碎片又开始自动浮现,像电影般的串成一个个完整的情节。在以后无数的岁月里,在以后苦得不堪负重的日子里,那些年发黄的作业本,那些吸引着蚊虫的白炽光灯,那些用了多年未变的课桌椅,都让自己在严寒中温暖得不像话。

当然,还有那些微微发亮的清晨,还有那些寂静得窒息的深夜。

(三)

离别的日子一点一点地在靠近,我每天也还在正常地生活着。看书,聊天,背单词,看电影,并没有任何的百无聊赖。我在高考前也以为高考后我会天南地北地跑着,但是因为一些缘故,就把三个月的时间放在了这个小城之中。事事未能遂人愿,事事皆因世事变。

在自己的脑海中我有很强烈的物哀意识,虽然我不能确定这种意识是小时候看过《源氏物语》以后才有的,但是它确实影响了我很多,以至于后来我看到川端康成的《雪国》由衷地有同感。紫式部对物哀的三个层次含义是对人感动,对世相感动和对自然物感动。的确,常怀感动之心,对人,对物,对自己。

清少纳言在《枕草子》里面有一句话印象最深刻:“往昔徒然空消逝。”对于这句话自己的理解就是,过去在回忆之间,而非人力所能挽回或改变,活在当下,面向现在,规划未来。

少年卷起裤脚,湖中倒影昏暗,手指轻拨水面,圆晕荡开,影子破碎。月光冷寂,无风吹拂,田野在碎碎作响。奈何人生寂寥,回忆轻薄,韶光易老,青缕难存。少年目光深邃,亦带彷徨——我们就是世界。

(2014年11月6日,总第128期,第三版)

我们失掉悲悯之心了吗

陈若璇

　　我知道这个话题非常敏感且有争议性，不论持哪种观点都可以得到支持或招来非议。再加上我这单薄得可怜的阅历，擅自评论未免显得太过狂妄。"世人原谅瓦格涅的疏狂，可是他们不会原谅我。"但我仍选择把它写下去，我要有能做我自己的自由和敢做我自己的胆量。

　　作为学校里年级最高的"老人家"，我常不自觉地带着看小孩儿的奇妙心理看待初中生(毕竟我的心理年龄已高达 47 了)。他们中的一部分"成熟"得让我惊讶，身上散发的世故气息几乎像是与生俱来的，我甚至怀疑当初哺育他们的羊水中盛着的，也是沉甸甸的现实。当鲁迅的弟弟偷偷摸摸做风筝时，当我处心积虑想要嫁给罗志祥时，他们已经在努力推动家里的电子产品更新换代了。

　　我曾在路边看见一群小男孩儿把一团灰灰的东西当球踢着玩儿，走近后才发现他们撒欢儿的小蹄子下的玩物，是一只死了的鸟——即使还是活物，经过这样的摧残，也该"瞑目"了。到底还是小男孩比较"勇敢"，不像女孩，一看到就皱眉道"恶心"。

　　我们失掉悲悯之心了吗？我开始深刻思考这一问题是几天前的晚上。

　　那天我出校门时，街边清冷异常，有种被扫荡的诡异寂静。大家心照不宣——城管来了。

　　她紧紧捂着围裙，像地下党一样快速蹿到我面前，带着希冀的眼神："姑娘，要卷馍吗？"我抿嘴，摇了摇头。看到这位"幸存者"失望走开，我心里是说不出的滋味。

　　买完东西回来，发现路边围了一圈人，出于好奇多看了两眼——是她！她死死捂住围裙。当两名城管将她围裙中的食物全部拿走时，她的双手认命似的突然垂下，强忍泪水，缓缓离开，步子细碎而沉重。

　　从网上得知城管将收来的食物免费发给路人，赢得了一些学生的高度赞赏,且言辞间充斥着对小摊主的不屑。这真是个好办法!如果我效仿,批一箱纸笔在校门口发,我肯定会有很多很多"铁粉"。

似乎所有城管都有这样一种令人惊叹的能力。

其实城管执法从政策上看是没有错的。只是那些小摊主有受打压却受到自命清高者揶揄有理由吗?我们为人子女,不难换位思考,如果是自己的父母的劳动付诸了流水,你还会为微不足道的小便宜欣喜吗?如果是自己父母受了委屈噙着眼泪回家,你还有叫好的雅兴吗?你不曾为家里带来一分收入,却坦然挥霍父母的血汗钱,你有什么资格对那些劳动者指手画脚?

你看,毫无悲悯之心。

所谓悲悯之心,并非是像三俗小说中的博爱圣母一样一味地委屈自己讨好别人,而是在可以做到的最大范围内,给予别人理解与包容,设身处地为别人着想,别人陷入困境时不落井下石,并乐于相助。悲悯之心,是从内心生出的与人为善的美好品质。

相比不知悲悯之心为何物的人,还有些人像追求奖誉似的追求悲悯。他们或是为了以悲悯抬高无钱无权的自己,或是权钱占足后妄想以悲悯为自己铸一座无字牌坊。只是菩提座下苦坐真可求得一颗慧心?呵,我想还是算了吧!无论世人在那镀金土偶下怎样诉喜说忧,它们总是目光低垂,脸上不带一丝悲喜。毕竟身在世外,又怎甘愿为一枝浮萍受尽世间风雨欺凌?古人云:"天地不仁,以万物为刍狗",只语间已将"悲悯"二字道明。身在世中,世人悲喜如一条巾带缠系腰间,肥细自己心中清清楚楚。我悯世人与我共同拘禁于天地熔炉煅烧,悯不知身往何处而彷徨于世间之人。

我一直以自己具有悲悯之心为荣,直到我在 Jack 老师的课上听到他说的几句"题外话"。

他说:"我和我的儿子一起长大,所以我十一岁了;我和我的学生一起成长,所以我十四岁了。"

他说:"(乞讨的人)骗不骗你是一回事,你愿不愿意帮助他是另一回事。"

他说:"喝完的饮料瓶没有必要收集起来,会有专门的人来收。我们收集也卖不了几个钱,而他们捡到瓶子会很高兴的。"

Jack 是我最敬佩的老师,不仅是因为他先进的教学理念和高尚的职业道德;还因为他优秀的人格修养和极具人文主义的个性;更因为他让我明白了:怀有悲悯之心只是人性中普通的一环,并不是让人引以为傲的资本,它

只能证明你还不致麻木。真正可贵的是受它驱使,做出相应的行动。

我承认自己不够 nice。我不指责你冷漠,你也别冤枉我伪善;我不揭穿你道貌岸然,你也别诬陷我沽名钓誉。

我们失掉悲悯之心了吗?

无人知晓定论,无人能下定论。

只是希望我们的悲悯能让我们异于那些寺庙之物,不会永远目光低垂,保持着亘古不变无悲无喜的脸。

后记:关于题目还是说两句吧。

本想以"愿你对世界常怀悲悯之心"为题,后觉得太过柔弱;又改以"中国人失掉悲悯之心了吗"抱鲁迅先生大腿,但又发现这种把别人优秀成果拿过来与自己的拼凑一下就把所有权归为自己的行为太过韩国, 于是改成现在的模样。罢了,无妨。

我也不知道自己写的这一堆乱糟糟的像小学生记叙文一样的东西会不会让人得到一点点触动,我只是希望更多的人能,善良一点啊……

(2014 年 12 月 6 日,总第 129 期,第三版)

写给亲爱的薇拉

丁天天

我总感觉是不是该写些什么来追忆一下，虽没什么可写，终于还是写了。

——题记

如果世上真有上帝的话,那上帝一定是个爱开玩笑的人:他跟我开了那么多个玩笑,让我措手不及。

我还是记得那个温柔的夏天,记得看你的第一眼。第一次见到你,周围的一切都黯淡下来,只有你,是明亮的。而我也在那一刻,忽然就懂得了什么叫一见倾心,什么叫怦然心动。从前,我不相信一见钟情,可那也只是因为未曾遇见你。在曾经的那个假期,我用了一整月的时间去想象我的高中。也许是被学习挤满的枯燥生活,也许是轻轻松松的快活日子……我也曾想过会遇见一个人,甚至……可我始终没有想到,会有这样一个明媚的你,将我的高中生活变得如此美好。

很想用一句话来形容我对你的心情。思来想去,我终于还是想到了周敦颐的"可远观而不可亵玩焉"。他写的是莲花,可我时常想:他写的真的只是莲花吗?会不会他心里也有一位美好的姑娘,却苦于无法说出口,只好用莲花这样清新的形象来隐喻,我们不得而知,也无需知道。这样的诗意,留在想象中,便是极好。

在我静静地凝望着你,静静地思念着你的时候,却又不甘心止于想象了。

和每个青春萌动的人一样,我不可避免地落入了那些俗套的情节。我想象着我们的亲密……可我每想到这些,又万分自责与自嘲起来,莲花是用来观赏的。

我总以为我只不过会像《一个陌生女人的来信》中的女主人公一样,将自己的想望深埋心底,直到死去。可现实终是现实,没有童话般的美好,却也没有悲剧似的凄惨。

也许上帝在某一瞬生了恻隐之心,不忍我这样辗转反侧下去。你我的距离就这样被忽然拉近了。

生活中的幸福来得太突然的话,我们都会有些猝不及防。可它的脚步又是那样地匆匆,我们徜徉其中时,又匆匆离去。我们相处的光景不过一眨眼的工夫。可流星是世上最美的,虽它也只转瞬即逝。

"我们总在最不懂爱的年纪,遇见最美好的爱情。"每次看到这句话时,我都在想,写出这句话的该是个什么样的人呢?竟一语道出了我的心声。不过,我也在心中闪过一丝窃喜。虽然我还不懂得什么是爱,可我却懂得了它的滋味,不是苦涩,不是辛酸,是一种无法言说的甜蜜。

然而,时间终会将我们都丢在身后。高中的三年,说是三年,可也只一瞬。渐渐地,我们都将步入期待已久的大学;慢慢地,我们都将踏进错综复杂的社会。然后,工作,结婚,生子。最终所剩无几,变成最普通的普通人。每每想到这些,我不禁十分犹豫起来。有些事,你不去争取,也许这辈子都得不到。

你还记得那个泡在阳光里的上午吗?知道吗?阳光下的你美极了。在我们互相沉默的几秒钟里,也并不觉得尴尬。你静静地看着远处,而我就那样站着,看着阳光下你的侧脸。那一刻,我觉得我是世上最幸福的人了。我也多么希望,时间可以在那里停滞。也就是在那一刻,我想起了卞之琳的《断章》:"你站在桥上看风景/看风景的人站在楼上看你/明月装饰了你的窗子/你装饰了别人的梦。"我一下子明白了这诗里的全部含义了。我想,卞之琳也一定遇见过一位温柔的女子,经历过一个这样美好的上午。也就是在那一刻,我突然坚定了自己以前所有的犹豫、彷徨。这样的时刻,也不必有第二次了。有时候,留在回忆里,比什么都好。

其实,我多么希望拥有一段只属于我们两个人的时光。在那里,我们可以互相倾吐心声。一切烦恼,都会在这愉悦的声音里消逝。也许我会在不经意间说出我的思慕。然后,你会低着头、红着脸,轻轻牵起我的手,将我带向梦开始的地方。

末了,我想赠你一首诗:

愿没有一颗星星燃烧你的剪影

愿没有一个神记得你的姓名

愿你走过的地方甚至没有风
为你
我将创造一个清纯的日子
自由得像风并周而复始
如同绽开的浪花重重
　　——索菲娅·安德雷森[葡萄牙]

(2014 年 12 月 6 日,总第 129 期,第三版)

告别麦乐蒂

马暮雨

麦乐蒂,Melody,美妙旋律。麦乐蒂是个能够伴随我的琴音在琴键上起舞的姑娘。曾经只有我能看见她,真的。

——题记

期中考试后休息中的某天,怀着与老友重逢般的心情掀开薄薄的琴罩,伴着明耀光线中翻飞飘摇的灰,YAMAHA280 那熟悉的灰色琴身出现在了眼前。没有开电源,只是用手指轻轻拂过那黑白分明的 61 个琴键,指头上有一层薄薄的灰尘。记忆慢慢回溯,我已经多久没有弹琴了?那些和麦乐蒂相伴的日子像是一部默片在脑中缓缓播放。是啊,自分别到现在,已差不多快三年了吧……

我与麦乐蒂姑娘相遇在多年前的一个夏日午后。如同许多个平凡的夏日午后,有强得刺目的阳光,炎热得让人想躲在空调屋里的天气,还有聒噪的蝉鸣。我被妈妈领着,穿过小小的老巷,走上窄窄的楼梯,敲开旧旧的木门——一个对于 8 岁的我来说是那么美妙的世界由此呈现。

那是个在小城颇有名气的音乐老师开的琴苑。里头摆了二十多架电子琴。听着那些正在练琴的孩子们弹的曲子,那些对于小小的我来说熟悉或陌生,轻快或低缓,简单或华丽的旋律就足以打动我了。最重要的是——我看见了在琴键上悠悠起舞的麦乐蒂姑娘。她拥有微微透明的身影,袖珍精巧的形体,长长的麻花辫子随着身体的回旋转动而来回晃着。窗外刺目的阳光经过玻璃窗的过滤在麦乐蒂姑娘身上洒下一层柔和的金色,那么迷人。她偏过头,发现了我,向我做了个噤声的手势,递过一个调皮的笑容。握了握因为激动而微湿的手,我了解麦乐蒂的存在只是我和她的秘密。当即我就决定要在琴苑学琴,为了美妙旋律,为了麦乐蒂。

练琴的时光是快乐而有趣味的。我从简谱开始,在麦乐蒂姑娘的陪伴下

"一指一个痕迹"地按照老师的要求开始练习。就算只是简单的"哆、唻、咪"，只要我的手指触及键盘，麦乐蒂姑娘那微透明的身影就会出现，耐心地陪着我不熟练的手指在琴键上跨着正步，一遍一遍，从不厌烦。渐渐地，我可以双手配合着弹出一些简单的小曲子了，像是《小兔子乖乖》什么的，单调却也单纯的旋律就足以让麦乐蒂跳一支很美的回旋舞了。微微有些严厉的老师在检查过关时也会毫不吝啬地表扬我的进步，我只是笑笑，心想：这可是麦乐蒂的功劳呢！

　　很快，我和麦乐蒂姑娘便配合得越来越好，老师也开始教我五线谱。初认五线谱上的那些"小蝌蚪"，我很不适应。低音谱表和高音谱表不一样也就算了，还有各种和弦也让我头痛，左右手更复杂的配合更让人手忙脚乱。这种时候，弹错音和弹错节奏的状况就会经常发生被老师教了几遍也变不过来。这时，老师那根手臂长短铅笔粗细的指谱小棒就会毫不留情地挥到我的手指上，手背上，啧——那可是很疼的。看着自己通红的手，我也耍过小性子，不想练了！然而出于对更美妙精准的旋律的向往以及对麦乐蒂更曼妙的舞姿的憧憬，我还是硬着头皮记着，练着。

　　再后来，我的级别越来越高，弹的曲子也越来越复杂动人。我可以像小时候希冀的那样，行云流水般地弹出一首首高难度的曲子，纤长的手指在黑白琴键上如蝶般翩跹舞动，与麦乐蒂的舞蹈交织一体，浑若天成！《卡门》中充满魅惑的探戈，《四小天鹅》中灵动轻快的芭蕾，《春之声》中优雅的华尔兹，《土耳其进行曲》中充满斗志的行军舞，《致爱丽丝》中恬淡的圆舞曲……相得益彰的配合更增加了我们的默契，也增近了我们的感情，虽然，我们不说话，只是用音乐彼此交流，彼此感知，但我却感觉自己越发喜爱麦乐蒂了。她像是融入了我的身体，成为我不可分割的一部分。多亏了她，我得到了音乐的享受和由衷的骄傲与欢欣。我释放了心中所有的杂质，回归最本真的自己。多亏了她，我在琴苑结识了不少朋友，我们一起练习，彼此分享经验，一起吐槽老师的严厉，一起度过与美妙旋律相伴的日子。

　　这样悠闲的日子，是何时偷偷溜走的呢？在考过10级后，我也升入初三了。与麦乐蒂分别前我曾在心中默默许诺：即使是在学业繁重的初三，我也不会忘记与麦乐蒂相伴的日子，我会尽量抽出时间去和麦乐蒂配合。可进入初三后，一心扑在书本和试卷上的我，被升学压力压得喘不过气的我，变得有些功利的我，早在心中将与麦乐蒂共度的时光视作一种浪费。我可笑地"节约"着时间，将麦乐蒂和自己的承诺抛在一边，初三一年中没有碰过一次琴。等到中考结束,再度回首想起麦乐蒂时,我发现已经晚了,我本以为麦乐蒂会在约定的地方等我——可我将手放在琴上时,我所能弹出的只是支离破碎的旋律残片了。无论我如何尝试,麦乐蒂姑娘已经不会再像以前那样出现了。

卡朋特在《昨日重现》里唱:"Those old melodies still sound so good to me,as they melt the years away."可是听了外界形形色色嘈杂的声音后,我变得"见多识广"了,我再也无法分辨出原来的旋律了。就算我不断反复,也找不回先前的感觉了,我把麦乐蒂弄丢了。我索性不再碰琴。

脑海里默片的放映戛然而止,我回过神来。最近总是做关于麦乐蒂的梦呢。梦中,我和着老师的拍子,与麦乐蒂一起演绎着那首我们都最爱的《致爱丽丝》,依旧和以前一样。午后暖和的阳光把人的影子拉得老长,像真的,却只是虚幻。惊醒后,我发现自己的眼角微湿了。

《十二夜》中那位公爵不是说过"够了,不再有了。就是有也不像从前那样美了"吗?我多想再靠近她,麦乐蒂,可我不再是从前的我了,我变得机械冰冷不易被触动。而麦乐蒂所承载的往日的那些我热爱的想念的人和事,亦已如潮水一去不复返了。

也许我们还有缘再见,也许再也无法相见,那么先就此别过吧。我擦完了琴,只是又盖上了琴罩。我在等一个契机。

再见,麦乐蒂,再见!

PS:每个人心中都有只有自己才看得见的"麦乐蒂",她承载着我们难以割舍的往昔岁月。谨以此文纪念我的麦乐蒂,我的美妙旋律。

(2014 年 12 月 6 日,总第 129 期,第四版)

舅　舅

刘　欣

　　"他给了我最好的童年时光。春天带我去看漫山桃花,在田野里找一片空地放风筝。夏天去看荷田,我顶着一片荷叶坐在水塘边,脚丫在水里晃来晃去,溅一身水花。秋天来了,他每天早晨把我凌乱的短发梳得整整齐齐,系上围巾之后再远走几步, 左右端详一番再满意地笑一下, 然后看我出门上学。"这是我在一篇名为《有父如此,女复何求》的文章中看到的一段话。读到这段时,我眼眶湿润。我搜遍了所有的记忆,却仍没有在童年时光里找到父亲的身影。

　　我很难过,因为我从未在父亲那里享受到如此待遇。小学时,最讨厌写关于父爱的文章,因为那时我还小,我不懂,我找不到那些回忆,所以作文每每写得很差。我当时就想,弟弟一定能将这篇文章写得很棒,因为他一直跟爸爸妈妈生活在一起。爸爸妈妈一定在雨天给他送过伞,晴天会带他到田野里玩,冬天会用围巾将他包得严严实实,夏天会带他去小河里游泳……

　　当我把文章读完后,我脑海中便出现一个人,他也曾给我最好的童年时光,他也曾将我宠爱到无法无天。他是我的舅舅,一个比我大了十二岁的舅舅。因为父母想要一个男孩,在生了姐姐和我后,便把我送到姥姥家寄养,而第二年,我的弟弟出生了。姥姥姥爷因为忙于农活,所以每天都是舅舅和小姨带我。那时小姨九岁,舅舅十二岁,见到小小的我十分惊奇。舅舅说,小时候的我特别乖,他和小姨在床外面玩,我在床里面静静地吮着手指。吮累了就睡,睡醒了再继续和自己玩。他们说我学走路特别快,会说的第一个字是"姨",第二个字是"舅"。

　　春天的时候,舅舅带着我去看满山桃花杏花,带我一起挖杏苗栽到园子里;夏天的时候,晚上他拿着手电筒带我去河岸上、树林里捉蝉,也带我下河抓过小鱼;秋天的时候,他也会在早晨将我凌乱的短发梳得很整齐,然后看我出门去玩;冬天的时候,他会帮我把脸洗好,把我裹成一个包子后领我去堆雪人或踩着积雪爬山。到了上学的年纪,他会骑着他那老式的大自行车,把我放在车杠上载着我去学校。他那时上高中,他会把姥姥给他的饭钱省下来换成一毛的硬币,每当我不愿下车时,他就会塞一毛钱把我"骗"下车。然后我就高兴地蹦下车接过钱冲他挥手:"舅舅再见!"舅舅高中毕业便出去打工了,姥爷送我上学便再没了这福利……

二年级的冬天,舅舅和小姨用他们打工挣来的钱给我买了一双小皮靴,我是村里第一个拥有小皮靴的女孩,每天穿着它舍不得脱。他还给我买了一盒"优酸乳",这是我第一次喝那种带吸管的饮料。五年级的冬天,舅舅打工回来给我带了一支钢笔,价值二十元。那是我至今拥有过的最贵的一支钢笔。六年级的时候,舅舅买了电脑带回家里,让我学习"盲打"。我那时第一次用电脑,新奇得不行,每天缠着他让他教我玩,可后来"盲打"没学会倒学会了两款游戏~~

舅舅毛笔字很好,他曾下工夫逼我学习毛笔书法,可我就是不愿,最后他只得放弃。他曾辛苦教我下象棋,说会棋之人心中自有丘壑,我终于听了他的话,可学到现在水平也不过如此。他曾给我买钢笔和字帖让我练字,可现在,嗯,字写得还是很难看……我发现,他曾似乎想把他会的、他不会的都教给我,可我最终也只学到了一星半点。

舅舅去年腊月初结了婚,我没有回去参加婚礼。那天虽是周六,但学校仍要求上课,爸爸不允许我请假,下午上完两节课我直接去了车站。回到家,我看到舅妈,她妆还没有卸。我笑着给她一个拥抱,说:"舅妈,我回来了。"她握着我的手,责备道:"手这么凉,怎么不多穿些衣服?"我想,这样一个善良的人,将陪我亲爱的舅舅过一辈子,我愿他们平安如意,幸福美满。他们结了婚,我仍住在姥姥家。舅舅舅妈也将我的房间打扫好了。崭新的写字台在我房间,舅舅的笔记本电脑在我房间,那只一米五的大熊也在我房间,我觉得我很幸运,也很幸福。

我初三的时候,父母为因弟弟的中考问题而被迫将弟弟从外地带了回来,在灵璧安了家。他们刚把我从老家接来的时候,我觉得我在他们中间特像一个外人。每次和弟弟吵架,我都会很想舅舅,很想很想。我想如果他在我身边我肯定不会被欺负。

舅舅今年28岁,他的女儿在今年重阳节出生了。因为是在灵璧的县医院,那日又是周六,所以我跟着妈妈一起去给他们送饭。我进病房的时候,小表妹正在睡觉,小脸儿红扑扑的,她那么小,我甚至不敢碰她。舅舅他们在吃饭,我趴在床边,看着小表妹。我想:她是我的小妹妹,我们之间有着血缘关系,我们的关系是那样的近。她要叫我的妈妈为姑姑,叫最疼爱我的姥姥为奶奶,叫我亲爱的舅舅为爸爸,她将来还会喊我姐姐。我比她大十六岁,我要尽我最大的努力去疼她,爱她,保护她,就像她的父亲曾对我那般。我会将她打扮成一个小公主,等她长大些,我就教她写字,画画,教她象棋、小篆,教她弹古筝……我会把我所有会的、不会的都教给她。

我就那样静静地看着她,却忽然有一种想流泪的冲动。舅舅此时忽然转过头来说:"闰闰(她的名字)以后肯定跟欣欣一样聪明的。"我笑,是的,她将来定会比我聪明,比我漂亮,比我可爱,比我坚强……我想舅舅以后也会带她去看漫山桃花,灼灼芳华;带她看荷花朵朵,碧叶连天;带她看秋风落叶,果实累累;带她看白雪皑皑,银妆素裹。舅舅也会给她一个最完美的童年,也会宠她到无法无天。

我仿佛看见远处舅舅牵着她的小手慢慢地向前走,又似乎看见了当年的我和舅舅……

(2015 年 1 月 6 日,总第 130 期,第二版)

离魂记

徐三瑞

今天是星期六,上双周的课,物物数数生生,全用来考试了,连考三场。

下午第二节课,我认真地答完了生物试卷,又仔细检查了一遍,才搁下笔。外头阳光正好,透过窗斜射到身上,暖暖的,让人不由自主地产生一种想出去晒太阳的冲动。

离交卷还有近二十分钟,我看着摊在桌子上的试卷,不禁走了神。我也不知道自己在想些什么,总之任思绪游离了半天,恍然间突然觉得有些轻飘飘的,低头一看,发现自己竟然飘了起来!

喔,不对,我看到了我自己!

难道我死了吗?变成了一个鬼魂或者幽灵?就这么英年早逝了?

苦思冥想了半天,我才得出一个比较靠谱的结论——大概是灵魂出窍了。

没想到这么稀奇而又不可思议的事竟会被我撞上!看来放学后一定要去买张彩票试试手气!我的心情一下子变得欢快起来,看到"自己"正保持着"盯着面前的试卷在思考"的姿势,一时半会儿肯定不会被老师发现破绽,便放心地飘出了教室。

刚开始还有点不适应,不过飘着飘着就习惯了。我晃悠了半天,一鼓作气飘到了教学楼的最顶端,俯瞰整个校园。啊哈,果然有一种"会当凌绝顶,一览众楼矮"的感觉。

就在这时,我发现在校门口那儿有好几个像我一样飘着的人影。他们是人是鬼?经不住好奇心的诱惑,我悄悄地飘了过去,打算一探究竟。

靠近了才发现,这是一小队阿飘。领头的那个胸前别着一枚标有"鬼差"的工作牌,正在对其余的七八个阿飘说些什么。我神不知鬼不觉地溜进了队伍中,凝神细听。

"……毕竟学生们的安危是非常重要的,所以才需要鬼保安来暗中保护他们……接下来我会带领你们将这所学校参观一番，对它有所了解之后你们再综合自身情况和个人想法来决定要不要应聘鬼保安这个职位……最后我将录取两名鬼保安在这所学校工作……"

居然还有鬼保安这种东西？我听得唏嘘不已，但见队伍前进了，连忙跟了上去。

在参观化学和物理实验室的时候，大家由鬼差带头，纷纷说起了自己生前在学生时代关于做实验的趣事。有的说化学老师每次做实验的时候，自己都会在底下默念一连串的"炸炸炸"；有的说自己在做物理实验的时候总把七八节电池接在同一个小灯泡上，为此不知道被揍了多少次；还有的说自己曾在小伙伴做实验的时候当众把他的裤子扒下来了……阿飘们笑得前仰后合，其中有个小个子因笑得太厉害，下巴都掉了，多亏了一旁的那个面瘫脸帮他捡了起来并安了回去。

在食堂的时候，一个胖阿飘贪婪地大口吸着食物的香气，被鬼差揍了。鬼差义正辞严地教育他："你怎么能这样呢？不知道食物被我们吸过后就没味道了吗？那学生们还怎么吃？吃不好还怎么有精力学习？做鬼不能只为自己，听到没？知道错了吗？"

见胖阿飘诚惶诚恐地点了点头，鬼差才继续带路。由此可见，这鬼差大概是一只严肃不失幽默，同时还很有责任心的阿飘。

参观的路线大致上是从东到西，实验楼——食堂——宿舍——操场——办公楼——各年级所在的教学楼，期间鬼差一直有在为我们进行解说。

飘到了高三楼的时候，一个白胡子老头感慨道："瞧现在的娃们学习条件多好哇，不仅坐在窗明几净的教室里，班里还装了空调，而且是一班装俩！要说我们那时候，那土坯房，那破桌凳哟……"

一个年轻阿飘冷冷地哼了一声，"装了能有什么用，又不开。"

"为啥不开？不开还装它干嘛？"有阿飘问。

"鬼都不知道！"那个学生模样的阿飘愤愤地说，"估计就是用来看的，不是有个成语叫望梅止渴吗？恐怕校领导们是都觉得我们学生看看空调就能觉得暖和了的吧！"

听到这话，我在心里默默给他点了个赞。

"小伙子，听你这话，你也曾在这儿上过学？"鬼差问道。

"可不就是！"他咬牙切齿地回答，"天天起得比鸡早，睡得比狗晚，早困午乏全天都不得劲。一天十三节课,早上去学校天是黑的,晚上回家时天还是黑的,光上课就累得要死了,谁还有心思学习!从星期天晚上一直上到星期六下午,说好的让学生充分进行课外活动培养能力德智体全面发展呢?时间都去哪儿了?"

"年轻人嘛,易冲动向愤青靠拢也是正常的。不过也不能太愤世嫉俗,还是心态放平点,试着接受与适应比较好。"老阿飘捋着胡子笑了。

"呸,若不是因为早上要求到班的时间太早,天黑路又看不清,我怎么会半路上被车撞了?弄得我年纪轻轻的就死了!"

此话一出,大家都面面相觑不知道该说什么好了。

最后还是鬼差率先打破了沉默。他问队伍里唯一的女阿飘:"姑娘,你怎么了?不舒服吗?"

我们闻言都看向那个看起来三四十岁的女阿飘,发现她两手攥得紧紧的,全身正隐隐地颤抖。

"我……我只是觉得他说的很对……我想起了我的女儿……她也是这个学校的学生,每天早出晚归,在家的时间少得很。我平时一天都见不到她多长时间,更何况我又死得早,没法照顾她……"说到这里,她有些哽咽,"就在我死后的第二年,因为晚上放学时间太晚,回家路上人少,她遇到了坏人,被……被……"

"我可怜的孩子啊!"她再也说不下去了,号啕大哭起来。

其他阿飘都表示出了同情和惋惜,并沉默地看着她。哭了好一会儿,她说要去洗把脸整理下情绪便飘向了厕所。我看了一眼她去的方向,默默地想:还好她去的是二楼,若是去四楼的女厕所,不仅没有水,还臭不可闻,坑里的秽物都快溢出来了。实在太糟心,她这么只阿飘怕是都待不下去了。

剩下的阿飘交谈起来,你一句,我一句,讨论着自己所知道的关于这学校的情况和对它的看法。我倒是听来了不少八卦和秘闻,暗自惊奇,怎么这年头阿飘的消息都如此灵通了。

女阿飘回来之后,鬼差问:"你们都考虑好了没?参观得差不多了,我该选出这一任的鬼保安了。"

他的视线在队伍里扫了一圈,最后落到了我身上。

坏了坏了坏了,他发现我了!这下完了!我心里暗叫不好,转身就想跑,但没飘多远就被追来的鬼差一巴掌拍在了天灵盖上,两眼一黑,急速坠落。

"哪儿来的回哪去,别乱跑了!"这是我最后所听到的一句话。

再睁开眼,便发现我已经回到自己的身体中,怎么也飘不起来了。不过正赶上收卷,我连忙把卷子交给了组长。刚转身打算跟好友说一说我刚刚的奇遇,便看到班主任进了班。

他大步走上讲台,让我们静一静后说:"都别收拾东西了,还有节班会课呢。从今往后每个星期六下午都加一节课,不能早退,必须放学了才能走,听到了没?"

"瞧你们吵吵嚷嚷的像什么样!你有什么资格大吵大声喧哗?有什么资格!"班里人被他说得顿时噤了声。

最后,他意味深长地看了我们一眼,"咱得好好学习啊,咱得干啊!"

我突然觉得,自己的这次奇遇也一下子变得索然无趣了。

唉,散了吧都散了吧,都学习去吧。

(2015 年 1 月 6 日,总第 130 期,第四版)

发 小

欣 瑶

发小,解释得文艺些就是"郎骑竹马来,绕床弄青梅",解释得另类些就是一路打架吵架长大看一眼就想打一顿的冤家。而我恰好有两个发小,一个内敛沉稳,现在在一中;一个开朗跳脱,现在在灵中。暂且称他们为"小一"和"小二"吧。

我们是自小一起长大的。一起躺在麦田里看着天空的云聚云散,一起爬到山顶朝山下大声地喊,一起下河去捉小鱼,一起在周末狂补作业,一起守着电视机看动画片,一起用小树枝做小木剑……我们都见过彼此最开心的时候,最骄傲的时候,也见过彼此最悲伤的时候,最狼狈的时候。小二挨打的时候我在,我挨骂的时候小一在,小一挨罚的时候小二在。

那时一二年级吧,我跑到小二家玩,当时他把我拦在门口,不让我进去,嘴角还沾着红红的油和芝麻粒。我猜想他肯定在偷吃好吃的不想给我吃。我说:"你为什么不让我进去!"他说:"我就是不想让你进去。""你是不是在偷吃好吃的?""没有。""就有!""就没有。反正,反正你不能进去。"我当时特别生气,恨恨地转身说:"不进就不进,谁稀罕啊!"说罢转身就走。我气愤地回到家,没想到他后脚就跟了过来,怀里还抱着什么东西。我也把他拦在大门口说:"你来干嘛!回去回去,我不和你一起玩了。"眼睛却狐疑地看向他怀里的东西。他吞吐了半天,最后把怀里的东西向我怀里一塞,说:"这是我大姑带回来的,叫桶面。直接加开水在里面泡就行了,里面还有牛肉、香菜和小叉子。我大姑就带来两桶,刚才我吃了一桶。这一桶,这一桶就给你了,小一我都没给。"

那天是周末,我和平常一样在小一家写作业,小二有事没来。

天很闷,闷得不同寻常。我正在写字,突然天就暗了。我抬头看向小一,我们又看了看窗外,眼中都闪过一丝恐慌:天怎突然黑了?紧接着就看一根根带叶的树枝被风吹断,落在地上翻滚。同时,豆大的雨点落下,打在地上,

"啪啪"的清脆声让人无端害怕。屋子里太黑,像晚上一样。我和小一在黑暗中寻到了蜡烛点燃,屋子里才褪去了黑暗。这时他的父母跑了进来,急匆匆地将我们带到了前面的厨房里。他的爸爸妈妈搂着我们,我看到房屋后面的大树被风吹得左摇右摆,然后"嘎"的一声折断,向着房屋狠狠地砸下,"轰"的一声房子塌了。我们连震撼和害怕都来不及就被小一的父母塞到了三轮车底下。我们的衣服已经湿了,就那样茫然地窝在三轮底下那狭小的空间里,不时有树枝被吹到我们身边。他的父母不知道去了哪儿,只有我和小一静静地坐在车下……

后来啊,我们升到了初中,却有了难以跨越的距离。因为我在飞翔学校,小一在尤集中学,小二在九顶中学。直至初中毕业,我们三人也再没有一起聚过。我记得有次飞翔休息,我回到家,见到小一却双双无话,沉默到最后:"你回来了?""嗯,你休息了?""嗯。"然后便各自分散了。我记得小二向我借初三的书(小二留级了),我说这些资料也都给你做吧!他却摆摆手说,不要资料,要不是老师强制,我连教科书都不想要。我突然意识到,以前热爱学习的他变了。不,不是他变了,是我们都变了……

现在的小一是一中某班的班长,成绩依旧出色,处事愈加沉稳,在我们面前也愈加沉默。现在小二是灵中某班的班长,文采依旧出色,处事愈加玲珑,在我们面前也愈加活泼。现在的我是一中的无名小卒,每日游走于各门功课中,在他们面前也依旧普通。许是性格问题吧,过于内敛的小一和偏于文静的我无话可谈,相对开朗的小二和我却无话不谈。我记得高一的暑假,小二来我家玩,我问他:"你没去找小一吗?"他说:"我都半年没见到了。"我以为他俩是特别好的兄弟,但是他们却半年都没见,我抬头正好和他对视,我们都从对方的眼中看到了惊恐和无奈,因为我们都有一种感觉,我们和小一快要失散了……

前几天小二来我家找我玩,妈妈去上班了。我晚上要正常上晚自习,一般都是吃完饭再去的。我不想动手,就喊:"小二,你给我下饺子吃吧,我家冰箱里有冻饺子。"他说:"好。"我在房间玩手机,他在厨房下饺子。下好了他盛好后喊我吃饭,我看到他盛了两碗,说:"咦,你怎么盛了两碗?你还吃吗?"他立马炸毛了:"我不吃吗?""额额,没,你吃,你随便吃。"中午吃的是火锅,没吃多少,剩下了很多排骨。我一直埋头吃饺子,他非常不自觉地边吃饺子边吃排骨。他边吃还边说:"其实我告诉你啊,在这个世界上,除了亲人,只有八个人走进了我的世界。""嗯。""他们就像我的亲人一样,你就是其中之一。""嗯。""你虽然不是我最好的朋友,但却是我最重要的人。"我看着盘中越来越少的排骨,终于忍不住一拍桌子:"停,今天,无论你说什么,都得把排骨给我吐出来!"结果他默默地夹起最后一块排骨放入口中,含糊不清地说:"不说了不说了……"留我二人风中凌乱……

小二说:"等你大一放假,我也高三毕业了,我们一起去打暑假工吧!"我说:"好。"他说:"再拉上小一,就怕他不愿意和我们一起出去。"我沉默。我说:"小二你下次再来我家玩吧,给我做饭吃。"他说:"好。"小二说:"你和小一愿意学就在一中好好学,反正我以后考艺术类院校,不想学文化课。"我说:"小二你既然选择了你就好好走下去。我和小一只能一个拼死拼活地背政史地,一个没日没夜地做理化生。我们没有你那么精彩的生活。你想靠写作赚学费那就好好写……"我和小二都在纵容着对方,即使我们不想承认,但我想,几年后我们的交情便不会如此深厚。那个时候,我不能随意支使他做这做那,他也再不能任意拍我的头揉我的发。人家说君子之交淡如水,就怕多年后我们的交情真的淡如清水。

今年圣诞节,我跑到小一的班级门口给他送了一个橙子和贺卡,我说:"圣诞快乐!"他说:"你也是。"我们又沉默了。最后我准备回班了,说:"我回班了,必须说一句,你这发型真丑,赶紧换个吧。"他竟然笑出声来,说:"人长得就不好看。"我笑,然后转身回班。有的时候真的不知道要怎样维持我们这段友情。我不知道他作为班长是怎样和班里人相处的,但是我知道我和他的关系再回不到从前。我和小二经常会感到恐慌,因为我们怕某天在某地遇到小一他和别人聊得很嗨,见到我们却突然无话,然后客气地打招呼:"好巧啊,你也在这。""嗯。""走了,拜拜。"我和小二都害怕这一天,害怕我们和他十七年的感情突然变得不值一文,害怕他和他认识一年的朋友亲密无间,然后和我们形同陌路。

我喜欢在洒满阳光的午后坐在阳台上边听歌边看书。那天阳光正好,温度正好,心情正好,我戴着耳机,捧着一本《人间词话》坐在阳台上细细品读。我的手划到了某处,却忽然觉得阳光太过于温暖,暖得我想要掉眼泪,然后我的眼泪就真的掉了下来。

因为我看到了一句诗:流光易把人抛,红了樱桃,绿了芭蕉

因为我听到了一句歌词:我们说好不分离,要一直一直在一起。

(2015年5月6日,总第133期,第四版)

大头与大胖妞

解雅文

古有伯牙与子期相悦，今有我与大头相知；古有鲍叔牙与管仲相悦，今有我与大头相知。

——题记

心理健康书说：在这个十七八岁的年龄里，我们要多与异性接触，彼此相互学习，成为良朋益友。

可作为一名中国学生我不得不给这句话加个条件："理想状态下"。

现实中的我们，你和男生接触多了，别人说你俩暧昧；不接触，人家说你老古董；经常和同一个异性玩，班主任会来一句："把父母都叫来认识一下吧！"不和同一个人玩，老师又说："那个谁谁，今天和张三好，明天和李四玩，怎么能……"我和大头就是在这种恶劣的、不易发生化学反应的条件下认识的。我们冲破了所有阻碍走到了今天，也从别人口中的"夫妻相"变成了"两百年好基友"。在这过程中的我们经历了很多，唯一不变的是"你我相知"的美好又纯洁的友情。

我最懂你

去年五月，大头喜欢了一妹子，有心没胆的他在我的怂恿下，去告白了。对方没有答复，他以为自己有了机会，每天对我吆五喝六的，还说要我随时躺枪。放学不再肩并肩，吃饭不再面对面。本以为这样他会成功，可谁知上天总是喜欢眷顾那些长相均匀的人，怎奈何他头大！妹子的否决令让他秒变成颓废的怂包。我安慰他说，妹子会有的，你还是可以"嫁"出去的！可他在我身边一直眼神呆滞不说话，表情像是熊大、熊二没了光头强那样郁郁寡欢的。我懂他，所以就陪他静静地坐着。感觉最悲伤的时候，你最好的朋友陪着你是种让世界静止的感动。可能霉运具有高分子聚合效应，接二连三的坏事再次对他"青睐"。可巧,那天班主任也找了他。班主任也不知道说了什么,他第一句话就是——"我和解雅文比较好"。听到这句话我差点没被刚喝的水呛死。心里默念了句:王大头,我要给你做头部缩颅手术。可等他回来时,那无精打采的表情让我把心里所有的话都咽了下去。就这样,妹子的事情过去了,可他也变了。变得勤奋努力了,变得又高又瘦了。远远看去他完美的身高与身材完胜大明星,近看那张沧桑又带有大叔气质的脸,我也是够了。

上周末车子坏了,让大头和学委陪我去修车。到了修车的地方,一个超有礼貌的小女孩站在我们旁边,甜甜地叫学委"叔叔好",到了大头变成了"大爷好"。当时我笑得前仰后合地说了句:"王大爷,长着急了哈!"所以没办法,你的脸成了你的痛,成了班主任说的"校花"(笑话)。我知他没有生气,因为他的性子素来温和。我与大头几乎形影不离,一起回家,一起上学,一起吃饭,一起学习,一起乱侃……难免有人说些什么。开始我们总是解释,无奈后来慢慢习惯了别人的说辞,每次听到相视一笑却不再解释。

因为我们内心都明白,这份感情不含任何爱情杂质,却又早已超出了一般友情的界限,成为了血浓于水的感情。上段时间,因为学习太过繁忙有点疏远他,别人说我们之间有了距离,我笑笑,根本不解释。因为亲人没有距离。我懂他,因为他是我前世的伯牙。

你最知我

纯洁的岁月里,也会拥有一双纯净的眼睛。于是我看什么都是它最干净的一面。正如你知我一样,我做了什么你都体谅着。体谅到不许别人给我委屈。

期中考试数学考了140多分也不知道走了什么运还是自己真的收到了回报。一时间班里难免有人说三道四,你站出来给我评理。我看着你和她们吵架的模样,像足了八婆,可心里的感动却是满满的。我对你说,我自己做了两本试卷60多张,自己心里最清楚。你偏不听,硬是叉着腰在那里像八婆骂街一样和别人说呀说的。我看着你心里想:是呀,你最知我,受不了我受一点委屈。

在这个容易动情的年纪里,每人都成了家长紧抓的对象,我也不例外。我们班的英语老师是我大娘。在学习上对我与其他同学无异,可她也是我的家人,自然会看见我和大头走得太近。大头戏称,为了避免怀疑,干脆我也叫老师"大娘"好了。我以为他只是开开玩笑而已,谁知从那以后他都叫我的大娘"大娘",还加上句"俺不要脸,就叫大娘。自从叫了大娘,俺英语都考及格了"。我瞳孔放大,心想,还有这功效!于是,没过几天班里就又多了几个乱认亲戚的。他们只知道效仿，却不知大头因知我才缘起了"大娘"之说，因怕我会被误解才乱认了亲戚。

春花秋月，两载已逝。我们的关系越来越好，好到已是亲人，成了兄妹。你像我的蓝胖子般，下雨时把雨衣给没带伞的我，天冷会让我多穿衣，会一边让我减肥一边给我带好多好吃的……任岁月如何变迁，你依旧在我身边，同我一起在学习之路上越走越远。你知我，我是你前世的叔牙。

相约上海可好

自从班主任把金丝眼镜换成了黑框眼镜，立刻从老古董的形象转战成了文艺小清新。还想出了"说出你的梦想"的高大上思想，让每个人都拥有一个为梦而战的高三。我说，我要去上海财大，我要学国际经济贸易。那是我可以完成的理想，不是梦想。有人说，高考是在经过各种电磁场运动后，因重力太大落入地面，被泥土中的酶进行分解后又和多种有机溶剂反应，生成沉淀。你要用语文功底解读，用数学的各种函数表达式计算，最后用英语表达出来。可我说，高考是道人生的选择题，而我要做成证明题。也许高三真的很苦，很累，可是心中装满了自己的信仰还有什么可犹豫的呢？大头说他没有想好要去哪里，我语重心长地对他说："你是朕最亲近的人，朕没了你，后宫没了总管，岂不是件伤神的事？"他给了我一个鄙夷的眼神后说："有妹子看，咱家就同你一起去。"我笑来了句："妹子遍地是，帅哥处处有，可谈情，变基友。"他两眼桃花就这么地轻易地要随我去追逐上海的妹子们了。

梦想的力量时刻闪着信仰的光芒，这寒窗十几载的拼搏尽展现在明年的战场上。我们都平凡，平凡如尘埃，是万物中的一粒沙。我们都不平凡，不平凡得似宇宙中唯一的星宿。我们因拼搏汇聚在这里，原本不过是彼此生命的过客最后都成了知己。高考给了我们人生开始，又给了我们分离，大头，我不愿分离。没有了子期的伯牙会断琴绝弦，没有了你的我会少了一份哥哥的温暖贴心。所以大头，相约上海可好？

生活中，知心之人皆为知己，所以趁你我青春年少，趁你我风发意气，协同知己默默努力，到那六月凤凰花开之时，为我们心中信仰举杯。

PS：亲爱的桌桌、素素，我们一定会在未来的路上吃遍所有好吃的。么么哒。呆萌，你说过要陪我努力的，不许放弃，漫漫人生路，因有了你们才开心。

（2015 年 5 月 26 日，总第 134 期，第八版）

二八 Syle

——发狂的高三

顾 念

桌子上的习题，黑板旁的倒计时，两周一次的休息，每月必有的考试……一切的一切都在诉说着一个残酷的事实——小时候背着小书包，屁颠屁颠走上的那条不归路,就要到头了!

Q1:高三啦! 生活发生了什么变化吗?

A1:上厕所由短途战役变成了长途征战,不计算好时间、不带好小伙伴都不敢轻易出动。带小伙伴的意思是:迟到了可以互相壮胆,均分众目睽睽下进班的尴尬。

A2:每连上一周课就元气大伤,周末回血时间不足,只能等到下周的周末来个大回血。当然对于血厚的学霸来说这都不是事儿。

Q2:高三啦! 班里有什么变化吗?

A1:刚开学的时候班里进了新面孔,一开始以为是新同学,后来发现是高一新生跑错楼,一个猛子扎我们班的。

A2:食物变得很充足。困了吃一点,饿了吃一点,累了吃一点……反正班主任说高三都会瘦下来! 所以不要压抑尽情吃吧!

A3:楼上在自欺欺人。

Q3:情绪会变得很坏吗?

A1:在极大的压迫下变得极易满足……周一语文不考试? 好开心! 周二英语不考试? 撞大运! 周四化学,考试? 棒棒哒! 周五数学不考试? 幸福指数到达巅峰。以上皆为理论。

A2:难受吗? 没关系,还有更难受的! 开心吗? 没关系,一会儿你就开心不起来了。

Q4:如何看待文科生?

A1:愿用一科物理,换他们政史地。

A2:老郑往黑板上甩了道数列题,告诉我们这是理数很常见的题,然后说:"这在文科数学里是最难的了。"好想把我们月考卷拿给他们看。

Q5:上课时的状态?

A1:语文课上得最踏实,因为不会有班主任趴窗户看了。

A2:老郑讲的45分钟课里会随机出现约4.5秒的神段子时间,一不留神就会错过去。你没注意你就会发现大家都在笑而老郑在讲课,段子走得太快就像龙卷风。

A3:物理课你一困师父就给你讲故事提神,你一有精神师父就给你讲课,一听课就困……

Q6:不能理解的事情?

A1:老郑上课讲题敲黑板敲得哐哐响,他连敲几节课手指不疼吗?

A2:不能理解为什么每次师父上课话筒都要呜哇呜哇一阵儿,下课时也会呜哇呜哇,感觉就像在打招呼:"我又来啦!""我走啦不要想我!"

A3:化学老师上课前会征求我们的意见:"考试行不行——""不行——""行,那发卷子……"

A4:英语老师对于汉字发音有种异常的执著。她的星座应该很好猜。

Q7:班里的日常?

A1:后桌写得一手好字然而吃相凶恶。字如其人,都是骗人的。有次回头看见他把一整块干脆面塞嘴里,一整块!整块!又有次老郑来班里送卷子,看到后桌在吃蒸饺,老郑和他的卷子们是惊呆的。再有一次我回头发现该同学一边吃柿子一边说:"公共场合不适合吃柿子……"他却吃得到处都是!

A2:最能咳嗽的两个人被封为哼哈二将……

A3:班里最隆重的时刻——石头剪子布,谁输谁去倒垃圾,不去就有一群赢了的人齐心协力唾弃你。

A4:HCL同学的作文题"让灵魂之火舞动"现已衍生出多种版本,例:等比数列之火舞动,KSCN之火舞动,文言文翻译之火舞动。

Q8:关于班长?

A1:把迟到名单记在印着"忘不了"的小本子,迟到一次罚五块。想象了一下多年后的班级聚会上班长掏出小本子:"忘不了,×年×月×日,××还欠五块钱没交……"

A2:比隔壁班班长白多了。

Q9:如何高效学习?

A1:我们班考试的时候可以听到前面班的英语课,后面班的生物课,有时还能听到高一的音乐课和初一的体育课,还有小学朗朗的书声……

Q10:下雨时没带伞回家的方法?

A1:前段时间晚自习天降大雨,淋回家后我爸语重心长地教了我最快回家的方法:"撒蹦跑。"

A2:淋~雨~一直走……有梦就不怕痛…

Q11:对于即将到来的月考有什么想说的?

A1:考完休息吗?

A2:考完休息吗?

A3:考完休息吗?

英语老师:……高三了,还休息?

Q12:关于楼下万能的黑板?

A1:高三x班灯又坏啦,给xxx同学投最美,捡到人民币若干、钥匙一把。明天上周六的课……我们班灯坏了,也去写了一把,然后真的有人来修了,好神奇。

A2:帅的人已经根据黑板的指示来修灯了。

(2015 年 12 月 6 日,总第 138 期,第二版)

我家小黄二三事

顾 念

01 家有仓鼠初长成

小黄来我家的第一天是在透明乌龟盒子里度过的。晚上我到贴吧里做足了功课,次日难得地起了个大早去买笼子。小黄住进双层小别墅之后上蹿下跳飞檐走壁,我把食盆放进去它就以光速从二层空降,蹲进心形小食盆一顿猛吃。吃完之后扒着铁丝笼噌噌爬了几下,两爪蹬着铁丝,抱着卡在铁丝上的水壶一顿狂喝。之前还一直惆怅它要怎么喝水的我完全惊呆了。这是我第一次见识到小黄的高智商。

下午我把小黄的笼子拎到凳子上,拉开笼门试图近距离观察小黄。刚一拉开就看见一小团毛乎乎的球状物飞奔而来,其姿态堪比一只射门的足球。我吓得啪叽按下了笼门,然后看见小黄半眯着眼睛伸着小脑袋,半张脸被门夹住了,小黄当场就被夹嚎了。然而嘴被夹着张不开,半秒钟后它发出了类似小狗被踩了尾巴的哀嚎。我赶紧又拉开笼门,小黄刷地把脸缩回去,蹲在木屑堆里拿小爪子揉脸。

那一天,涉世未深的小黄知晓了外面世界的可怕,从此宅住,不越雷池半步。

02 徐公不若小黄之美也

刚买小黄的时候,它还是一只小小的软软的瘦得跟赵飞燕似的黄色小仓鼠。现在我发现它越来越像一只老鼠了。据说仓鼠的品种里,布丁的基因最不稳定,具体表现是随着时间的推移它会反色。多数反黑,少数反白,而小黄明显是反黑了。再这么反下去你就要变成小黑耗子了啊。

好在小黄现在还没有反完,它还是一只胖胖萌萌的小布丁。有次在仓鼠吧发现一个贴子,楼主说怎么办我的仓鼠好丑啊!我点开图片一看,诶,这和小黄一模一样啊!楼主哭诉她的小伙伴纷纷嫌弃她的丑鼠,七嘴八舌地说它丑得不要不要的。

我于是举了个例子。东坡当年嘲讽佛印说,哈哈哈我看你是一坨臭翔!佛印说嗯,我看你是尊佛。东坡于是愉快地回家了。回家还朝妹妹得瑟,得瑟完了苏小妹说,心中揣着翔的人看人才是翔呢,呸。

楼主顿悟,决定不和那群丑货一般见识。

我又去看小黄,顺便塞了一粒瓜子给它。

小黄把瓜子抱怀里啃,啃得脸都歪了。好吧,就算我觉得你好看,你也不要那么任性好不好。

03　一只有节操的鼠

小黄有许多在我看来十分神奇的洁癖。刚来我家时它没窝,就钻在木屑里蹲着睡觉。我趁它睡着了偷偷戳它,它眯着眼往旁边挪了一下,没醒。我于是再戳,结果它就蹲着跑到了跑轮上,依然眯着眼,嘴里还叽叽叽地咕哝。后来它有了个饼干罐子、眼镜布棉花做的窝,小黄欢快地搬进去睡觉,把棉花刨得又松又软。我有时去看它,它就伸出两个爪子一扒拉,用棉花把窝堵上不让我看。我拿吃的引它,它伸了个嘴出来叼住,然后一甩,把吃的甩出去,如果甩得不够远它还会钻出来用爪子推出去。我再给它,它还给推出来,反复地给,反复地推。最后它大概是推烦了,示威似的给推到窝外,然后丢了一粒翔在上面。

我输了,但我不服。给小黄断了一天粮后,翔还在,粮没了。

总之小黄就是不在窝里吃东西,哪怕是它最爱的瓜子也得丢出来吃。除此之外它还不在我手上吃东西,每次抱起来它都摊开爪子扁扁地趴在手心上,支棱着耳朵到处闻。

我是对比了其他鼠友家的仓鼠之后才知道小黄是一只多么省心的鼠的,堪称仓鼠界模范。所谓笼子大了什么鼠都有,有的鼠生活作风极差,不乖乖用厕砂非得在跑轮上解决,于是其主人每次清理笼子都十分头疼。有的鼠智商低于平均水平线,不会用浴沙洗澡,不会用水壶喝水;还有的不会用楼梯,把脸卡在笼子缝里挤得跟狗似的。更有从笼子二层蹦下来摔断了脖子最后一命呜呼的惨剧。还有的鼠热衷于越狱,出来放风不愿意回去,一回笼子就不吃不喝搞破坏,啃铁丝,啃跑轮抗议。小黄生活作风优良,无不良习惯,教了几次就会在浴沙里打滚洗澡(也可能是自己学的,因为我也不知道浴沙怎么用),从二层可以准确空降到食盆里,安分守己从不越狱(毕竟当年有阴影),是一只浑身闪光点的鼠。最难得的是,小黄不凶。抓在手里怎么摸都不咬,手指头塞给它都不咬,非常乖。不过小黄刚到我家时偶尔也会咬人,我按网上教的治小仓鼠咬人毛病的方法,一手指头砸下去,给砸得一愣一愣的趴着不敢动。再咬再打,一手指头砸下去,后来我发现网上教的是轻轻敲鼻子。不过小黄真的就谁都不咬了,生人也不咬。至于别的仓鼠——"手被咬穿过""摸就咬""睡着了眯着眼都咬""两爪子抱着咬""你见过飞起来咬人的仓鼠吗?"

给小黄发奖状!

04 舌尖上的草圈

最初小黄吃的是五块钱一袋号称老鼠药的渣粮。毕竟被我带回家之前小黄和一大群仓鼠一起可怜巴巴地挤在玻璃箱子里,吃的是半个干巴巴的馒头,还会遭受暴力。第一次见小黄,它被一只银狐和一只三线按在玻璃拐暴打,打得直蹬腿。脱离了公共宿舍的小黄吃渣粮吃得喷喷香,我看着它蹲在食盒里吃吃吃,自己都有点饿了。吃了几天渣粮我给小黄换了口碑好又健康、性价比相当高的西班牙果蔬加钙,800g一大袋,抱着沉甸甸的。小黄来者不拒,有啥吃啥,早上添的粮晚上就没了。我于是换了个大点的食盆,让长胖的小黄也可以蹲在里面吃。事实证明,充足的粮食会导致铺张浪费。一段时间后小黄每逢添食就飞奔出窝,蹦到盆里扒拉来扒拉去找瓜子吃,不喜欢的就蹬出去。我买了些零食给它调节伙食,毕竟总吃一种口味的东西在我看来是件难受的事情。离乳饼、威化饼、羊乳冻、乳酪、芝士、冻豆腐、鱼丝还有另一些分装试吃的粮,这都是从我的零食里扣的钱给你买的啊喂。

我买零食的动机也不是很纯。按理说小仓鼠上手、躺手可以用零食诱惑,成功率达99.9%。然而小黄拒绝在我手上吃东西!啃威化饼啃得喷喷香,一抱起来就不吃了,放下之后又啃得喷喷香。作为一个始终达不到目的的主人我的内心是崩溃的,眼前的小黄脸上写满了六个字:爱我你怕了吗?

过了几天小黄吃上火了,而且嘴巴变得更挑。我一怒之下给它添了一把爱宝草圈。爱宝草圈,以适口性极差但营养均衡出名。十只仓鼠里有九只是拒绝吃的。挑食的小黄爪子一伸把心形小食盆扒翻,闻了闻,咬一口,扭脸就走。第一天,存粮充足的小黄还在幸福地啃瓜子,当天下午我没收了它的大食盆,当时缩在窝里。怎么拽都不出来的小黄箭一般支着耳朵蹿出来,爪子扒在大食盆上试图阻止我,再然后直接蹦了进去。我把它丢出来,它爬到笼子顶站起来看我,表情哀戚。

那一天,从未挨饿的小黄遭受了食盆被端走的屈辱,以致饿得不得不啃草圈。

05 猜不到的结局

先说仓鼠吧。因为小黄的存在,已经退隐贴吧的我重新上线,在几十个动漫贴吧中生生插入了一个仓鼠吧。事实上这个吧比我想的要有意思,除了不清楚的事可以在这里完全找到答案之外,一大波鼠友随时待命,比百度还好用。

我在这里看到了很多很多故事。

有多少仓鼠就有多少奇葩的主人,有多少奇葩的主人就有多少神奇的名字。饭团汤圆小笼包,苹果橘子水蜜桃。奥巴马、克林顿,二狗翠花小棉袄。吧里的明星鼠相当多,简直群星闪耀。比如那只著名励志鼠仓洁,当初它被老鼠咬掉了一只耳朵,半个脑袋鲜血淋漓,伤口一直到脖子下,触目惊心。一群吧友看着都心疼,纷纷劝其主人让它安乐死。仓洁的主人说,我看见它一直在喝水,努力舔伤口,它自己都想活下去,我又怎么能放弃它呢?结果仓洁就真的活下来了,只是少了一只耳朵。那种伤势下撑过来简直是奇迹。

很多人没入坑的时候就听说过银汉鱼。

"我叫银汉鱼,我的室友老黄是个傻×。""老黄问我要哪个零食,我只想说,每样来一份。""老黄今天去相亲,老黄爹让老黄也给我讨个媳妇儿。""老黄!脚丫子别搁我笼子上!"最后更新的是来自老黄的话:"我妈刚打电话来说鱼去了。一岁零六个月。"

仓鼠的一生就是那么短,一个贴子就能记录完。我翻到末尾才知道我看的是那么久前的事情。就好比我看见的星光,它真真切切地在夜空闪耀,而那颗星星在几百万年前就灰飞烟灭了。

二狗就是前面提到的那只不吃不喝啃跑轮求自由的鼠,最后它主人不得不开始了放养生活。二狗的特技是可以站起来跑步,模样简直威武雄壮,小短腿跑得都出现了残相。没事还喜欢嘿鸣笼子里的泥煤和泥玛,把它们吓得吱吱叫躲笼子里不出来。真是一只心机鼠。

冬天来临时总要有一批仓鼠去吱星球。

全是低温症。少数救回来了,多数仙了。我给小黄铺了几层厚厚的棉花,小黄抱着棉花高兴得直打滚,滚完了就去啃玉米棒子,啃得特干净。有天我一掀棉花,嚯,藏了一大堆玉米粒。小黄跑出来护食,我就把手放它小窝里又暖和又软和,完全不想拿出来了。于是我就幻想以后每个冬天养个把仓鼠,手冷的时候就把它们掏出来然后把手放窝里焐,一手个窝,哪个软就挑哪个。

紫霞仙子说:"我猜到了开头,却猜不到结局。"小黄的到来是我一时冲动,因而它的离开也让我猝不及防。

我本以为我能一直霸着它的窝焐手的。

06 管道工黄利奥

写这篇文章开头的时候小黄还乖乖在我家啃瓜子,写结尾时小黄被驱逐了,我把它托付给 E 君。E 君说:"你下次见到小黄会发现它戴着墨镜叼着烟,跷着二郎腿,一张嘴一颗金牙……"

上午我把小黄的棉花、零食、口粮、尿砂浴沙带给 E 君,两袋子东西放在窗台上。经历了英语考试的摧残后,部分同学元气大伤,个别已经丧心病狂。

翠翠:"这是猫粮吗?"

E 君:"不是。这是猫粮的粮。"

HC:"仓鼠零食人能吃吗?"

我:"人能吃狗不能吃。"

HC(急了):"到底可能吃的?!"

我这时意识到他是认真的,于是向他推荐了面包虫和屎,咳,屎圈。后排的翠翠热情地喊 HC 去吃尿砂。

放学后我回家把小黄连箱子一起抱走,小黄伸了个鼻子出来到处闻。我把它抱手上它扁扁地趴着,跟个饼似的。恰逢邻班放学大军经过,几人纷纷问咬不咬人、能不能摸。我说不咬。然后黢黑的爪子们就搭小黄背上了。

……小黄不动口不代表我不动手吧喂。

E 君家已经养了一只钻管道的米熊大黄了,侧面看像长毛的穿山甲,正面看像秃顶的刘姥姥。E 君看着小黄说嗯,够大黄吃一顿了。

我说小黄若遭遇不测,放学后操场见,我叶良辰有一百种方法让你生不如死。

E 君抱着小黄回家了。下午他说他麻麻看到小黄出来赶紧用手摸摸,还表示小仓鼠就是好看。

这从侧面反映了大黄的丑。我不说大黄丑,我只是客观事实的搬运工。

E君要给小黄的箱子也装管道,打造 mini 管道工黄利奥,和大黄组合成 super 黄利奥双黄版,钻管道,找瓜子。

小黄大概会比在我家过得舒服。吃好的喝好的还能钻管道。然而我早上吃鸡蛋的时候会给小黄留蛋白,中午吃虾的时候会用清水煮一只给小黄,晚上吃胡萝卜鸡胸肉也会给小黄一点儿。仓鼠的寿命很短,我想让它多吃点儿好吃的。

"小黄的棉花大黄不准用,大黄的棉花小黄可以随便用。

小黄的零食大黄不准吃,大黄的饼干小黄可以随便啃。

夏天的西瓜尖儿要给小黄吃,西瓜皮给大黄。

要不把大黄扔了留小黄吧……"

——《大 & 小黄不平等条约》

就这样,模范仓鼠章小黄,变成了别人家的鼠。

去吧! 小黄叽。

(2016 年 1 月 6 日,总第 139 期,第三版)

我不再相信来日方长

徐冰宜

灰尘们手拉着手盘踞在我的琴盒上，一层叠了一层，蜿蜒出时光的褶皱。将二胡从中取出的时候，我似听见了一声沉重的叹息。

时至今日，我终于算是攒够了勇气，来将我的老伙计从这幽闲的居所中再次请出来，晒晒老骨头，换几息这尘世浊气，与我共吟一曲浮生若梦。将它冷落并非我本意，可梗在心头的刺，真的是往往直到痛得麻木了后方能将其连血带肉地拔出来，否则又怎会觉得连拉弓按弦都没有力气。

定是许久未练的缘故，指法颇觉生疏，揉弦揉不动了，换把也滑得艰难。每拉一弓，都带着长长的尾颤，声声泣血，生硬地在我的回忆中穿针引线，将关于丁老师的零散的记忆碎片一点点穿了起来，如同一部无声的老电影般在我的心头回放。

我跟丁老师学了八年多的二胡，从小学三年级到高二，贯穿了我这一段的年华岁月。毫无疑问，于我而言，他是一位有着重要意义的恩师。去年，老师因病住院，课程便暂时取消了。因为尚不知具体病情，我以为撑死不过会是开个刀、做个小手术之类的，便也就没太放在心上，担心一番并祝他早日康复之后便忘在了脑后，投身于繁忙的课业中。然而，当有一日我与家人再次打电话过去询问病情，并打算前去探望的时候，得到的却是老师已经在两个月前因癌症去世的噩耗。我永远忘不了那一刻我的感受，借沈嘉柯的话来形容就是——"这痛苦，像衣衫单薄的人，在街头遇到寒雨，雨水很冷，当头浇下，全身湿透。"老天爷着实跟我开了一个天大的玩笑，丁老师不过才六十七岁，还没来得及多享受天伦之乐，一向身体健康的他怎么说没就没了呢？我不敢也不愿相信，这个头发自然卷、温和爱笑的、微胖的好老头儿，就这么永远地消失在我的生活里了。

很多人不喜二胡，说是觉得其音甚是凄凉，多少还是有点道理的。见二胡如见吾师，胡音一响，更是生生挑起我潜藏于心的哀痛和对亡师的无限怀念。即便是今日,经过长达半年的缓冲期,我依然有些承受不住这绵延的哀痛中我所赋予它的那种沉重,几度想要放弃。

我想起了丁老师宽厚而满是老茧的手掌;想起他在帮我给二胡调弦校音时的那种安详专注的神态;想起我每次迟到他都站在巷口等我,确保我平安到达才回身进屋的身影;想起他在拉到喜欢的片段时的摇头晃脑;甚至想起他为了指出我哪儿的音不准、指法错了时未来得及弹掉的长长的烟灰……学二胡的时候,他是尽心尽力的老师,教学之余,他又是一位热心肠的长辈。他会在每年秋天送给我一大袋自家收获的柿子,也会拉上我坐着小板凳与他一块看二胡名家的演奏视频。他曾找来专门用于拉二泉映月的老弦为我的另一把旧二胡换上,也曾为了不耽误我上晚自习而特地将我的上课时间与其他年幼一些的学生进行调换;我体质偏寒,一入冬,手便凉得冰人,他总在上课前为我倒来热水烫手活血,然后带着我,把手搓热;他也会关心我的学习状况,时不时还鼓励我以同门师兄兼同班同学王宇庆为榜样来向他学习……

伴随着弦音的高低折转,与丁老师相处时的点点滴滴全都整整齐齐地码在心头,压得我透不过气来。任何空洞单调的词藻都无法表达我内心的哀痛,我也不知该如何抒发我对丁老师深切的怀念之情。

我只知道一个不争的事实,斯人已逝;而在世之人,却往往总在事后惋惜,惊觉己之过错,追悔莫及。倘若我早些联系老师,说不定还来得及再见他一面,至少也能让他在重病之中感受到一份关怀,一丝慰藉。若是如此,此刻我又怎会陷入无尽的遗憾与自责之中?世间最遗憾之事,莫过于误以为来日方长,而在很久之后品尝昔日酿下的苦果。

谁说来日方长?即便是最聪慧的智者也未必敢说这种话。可人们却总想着以后会有多得数不完的机会去做某件事,总以为还有大把的时间可供挥霍,殊不知生命中总有些令人猝不及防的变故,那些失去的,就再也找不回来了。就像加西亚·马尔克斯所说:"明天不向任何人作保证,无论青年人或老人,今天可能就是你最后一次看到你爱的人。"可是有几人能有珍惜眼前人、莫让身拥之物成为陈迹的觉悟?

我正是那些无知者中的一员,我的心中发出哀叹。肆虐的泪水遮蔽住眼帘,以至于我无法看清琴谱,不得不中断练习来平复一下心情,可我做不到。这裏挟着我强烈的悔恨、悲痛等诸多复杂的情绪倾泻而下的泪水,不仅是竭我所能的最动情之泪,也是一个忏悔者来自良心深处的最隐秘的声音。

每周日下午的两点三十五分原本是我固定的动身去学二胡的时间,可如今,我再也不会在这个点背起二胡手忙脚乱地出门了,那条曾走过不知多少次的路,我再也没有走过。已经没有要再走一遍的意义了,纵使那一路上的每一户人家、每一个转弯、每一个水坑都深深地刻在我的脑中,可无论走多少次,我都无法在路的尽头见到我那被时光带走的老师了。他再也不会微笑着等候着我,哪怕是假装严厉地轻轻敲一敲我的脑袋,再也不能了。

　　我该如何缅怀你,我的老师?

　　我不知当你躺在病榻上的时候,是否会因你众多学生的冷漠而凉了心,但我一想到这一点,就觉得心如刀绞。我错了,老师。你曾那么地关心我、挂念我,可我却在你走之后才念起你的好,我连你的墓在哪里都不知道。你能原谅我吗?当你回想往事的时候,又是否和我一样发现了因相信来日方长而未能完成的事、错过的风景以及留下的遗憾?

　　我将二胡放回了琴盒。自今日起,我不会再相信那些所谓的来日方长的说法。只有当下才是最重要的,而我所该做的,便是竭尽全力地珍惜每分每秒,善待对我好的每一个人。我不想再到了最后,千言万语只能化作一声轻叹,无人可听。

　　流再多的泪,也无法追回从生命里割离的东西,不能总是失去了才开始怀念,错过了才想要弥补……

　　来日并不长。

（2016 年 4 月 6 日,总第 141 期,第二版）

年华有她，如玉似花

小　怪

三月天，格外跌宕，天气阴沉沉的，湿了日子。在经历了开学考的沉重打击后，我和很多人一样，等一个响亮的开头，等一个碧空万里的上等晴天。

天遂人愿。课间向外一瞥，阳光的棱角刺得眼睛略疼，却使整个人都明媚起来，天终于晴了。忽地便想和她分享此刻的美好，干脆利落起身，左拐，下楼。

走廊和教室里来来往往的都是人，可我偏偏一眼就看到了她。乱哄哄的教室里，她一个坐在那里，心平气和地看书。她竟可以端坐低眉，捧一本书读。读什么书都不打紧，关键是这种状态，就如一朵桃花静静开，不问春天事，可是春在枝头已十分。

伴她走过一个又一个春秋，时光在不知不觉中已将我们改变。蓦然回首，她停在窗下悠然地翻书，一朵朵细描光阴，不声不语，隔世烟云一般，而此刻，岁月静好。

Part1:滚蛋吧，脂肪君

田田这个人整天乐呵呵的，仿佛什么事都不往心里去，通俗点说就是缺心眼。其实她是一个蛮多变的姑娘：平时聚会，她英姿豪气义薄云天，颇有一姐当关万夫莫开的气势；搞个活动来惊天动地死命投入，衣饰繁复，三天公主两天乞丐……她就是这样，她还不止这样。一句话概括就是：和她名字中"书辰"两字的气质完全不搭。

我觉得我和她才是真爱，因为一个"百变"一个"小怪"嘛。我和她非常相像。我们都是火象星座，都微胖，还能在彼此的行事中看到自己的影子。

我们还都拥有着相同的爱好——吃。

在枯燥又沉闷的初中时代，每天大休息，我们都会在一起分享彼此带来的好吃的。也许有些不可思议，但这十分钟的确成为了我们坚持一天的动力。即使现在回想起,也还是很温暖的。

古人云:鱼和熊掌不可兼得。今我曰:美食和保持体重不可得兼。我俩体重又到了一个新高度。

"田田,我觉得我们该减肥了。""嗯,我们必须把零食戒了。""赞同。"然而两分钟后,"咦？我这怎么还有包辣条,咱不能浪费粮食,反正也不多这点脂肪。""行。"

我就知道我不该吃那包辣条的,真的,不该吃的。因为吃完我们就饿了,于是放学后我们又去吃了烤面筋、炸薯条、关东煮、奥利奥、珍珠奶茶,以及香喷喷的大肉包子……我俩一直在美食和保持体重间摇摆,即使到了现在,也没找到个平衡点。渐渐明白,每每说减肥其实只是吓吓脂肪而已。

Part2:我们是彼此的安慰

人活一辈子,总会遇到那么几个熊孩子:和你说话不耐烦,专门揭你的短,给你打电话不分时候,吃辣条只分给你一根……在别人面前有素质有品位,唯独在你面前没皮没脸。

但当你难过时,第一个冲上来陪伴你的,往往也是这种熊孩子。小田田就是这么一个熊孩子,于她,我也一样的没皮没脸。

晚十点二十七分,"叮咚！""要一辈子哦！"大半夜不睡觉的人是不是都有毛病？小怪表示被吵醒很不爽,"你智商是被几何题碾压成了负值吗？"我和田田从初中的略有交集到现在的无话不说,经历的种种磨难完全可以拍成一部狗血催泪泡沫剧。过程我不准备多说,我傲骄,不愿拿自己的痛处成为别人茶余饭后的闲聊。

"我只是想听你说一遍。""我……"事实证明,乱发脾气是不对的,我仅打出了一个字,屏幕便弹出"您的手机将在 30 秒后关机",我只能迅速地滚出被窝,默默地蹲在墙角一边充电一边打字。天真冷,我想骂娘。

"我看见你头上多了两个圈。""因为在冒着傻气。""听我说,我们一起走了那么长的路,经历了那么多变故。世事难料,我对你许不了诺言,说不了永远,我不知道能陪你多长时间,不知道能给你多少温暖,但我知道,有个词,叫做尽我所能,我的傻姑娘。"

"好想哭怎么办？我好像更爱你了。"

都骂她傻了,却还说更爱我。估计她现在浑身都冒着傻气,可是为什么傻得让人心疼？"没有什么过不去,不哭,乖,摸摸头。"

天真凉,冻得我肿了眼眶。

Part3:且有且珍惜

人生和朋友就像是列车,有的人这一站下,有的人下一站走。但总有什么留下的,留下什么,我们就变成什么样的人。也许我们会相逢终老,也许我们会曲终人散,但那又怎样,你肯收下我的年华,也在我这里留下一部分岁月。也许我现在笑得那么开朗,就是模仿了你的模样。

曾无意看到一句话:好朋友是你们在彼此面前最自在,因为你爱 tā 们。爱不是要令自己舒服,而是要对方更自在,就是这么简单。而我觉得,tā 叫你傻逼的时候,你听着最舒服,那么恭喜你,tā 就是你的好朋友。

我已经找到了。若你也有,偷着乐且珍惜。

(2016 年 4 月 6 日,总第 141 期,第二版)

你在，心才在

杨　静

高中，遇见你。

第一次与文字结缘，源于一段三年之久的友情，我把含泪拟好的文章投入信箱。暗下决心，能登上则和好如初，若落选则形同陌路。很久以后，文章真的出现在报纸上，而我们却没有像当初约定的那样和好如初。而这篇文章成了祭奠这段过往的祭礼，谁都不舍，却谁也没回头。

第一次打开信箱，手指就被箱门划伤了。信箱的高度刚好是我抬手就可以打开的位置，塞得满满的文章。在开箱的那一刹那，纷纷洒落，从头顶跌落到我的脚下，慌忙拾入手中。这里面凝结了多少同学的费尽心思的字句，述说着多少同学历经的故事。我小心翼翼地拿捏着，心里莫名的喜悦，如数家珍般地细读着。一路小跑到李老师面前，这才发现手流血了，血迹沾染在文章上，鲜红点点，我却一点也不疼，乐呵呵地笑着，"小娘炮"安慰说这是开门红，可为什么红的不是你的手指！

第一次分发校报，我和"小娘炮"乐此不疲地数着，"一个 60 份，二个 60 份，三个 60 份……"不时还会被李老师说的话打乱（数学是硬伤），最后终于整理完了 2100 份。我们每次都在争论谁去分发最高楼层的报纸，谁去通知其他年级，但到最后我们都会相互帮忙。累并收获着，收获了每一份细微而深刻的感动，每一位同学对校报的期待，每一次超越自我的成长。

文字于我而言像是一位永远不会离开的爱人。它知我冷暖，懂我心伤，给予我阳光，免我惊，免我苦，免我无枝可依，免我四下流离。正如三毛所言："心若没有栖息的地方，到哪里都是流浪。"只要文字还在，即便我沦为拾荒的姑娘，仍能嘴角上扬；只要文字还在，不管经历多少不平，有过多少伤痛，我都能舒展着眉头，内心丰盛安宁，性格澄澈豁达。生活降临多大苦难，我就有多大热忱。

都说，选择文字的人一定是有故事的人。曾有一段时间，我在这个故事中却一直找不到自己,我努力地涂鸦着每一个主人公,拼命寻找,不停失落。记得卢思浩在书中写道:"人家的画,怎么会找到自己?"那我自己写出的文章不也一样看不到自己吗?我钟情在堆砌文字的艺术中构建隽永的文学,喜爱咀嚼那些滋润笔墨的东西。都说一个人的心地有多善良,她的文字就有多优美。我生性软弱,多愁善感,偏爱因人而悲,触景生情。我笔下的文字没触动过谁的心,也没与谁碰撞出过共鸣。我仿佛一直都是一个人,又仿佛有许多读者。我没有寸笔之下造就行云流水文章的能力,也曾想写出些令人陶醉的美文,奈何拿起笔来才思枯竭,下笔无着,常常为这种尴尬境地汗颜不已。稍稍搁置一段时间,愈发难以割舍。后来我沿着诗的方向努力着,我相信一定能开出希望的花,我变得有耐心,学会清贫,热衷于一切并坦然欢喜。

终于,我在的文字中读到了自己。

蓦然回首,从 128 期到 141 期。经历了太多太多的快乐,即便再多的快乐都快不过时间,即使我不停地放下笔又捡起笔,仍初心不变。一届将要离去,又一届已经来临。学姐的不舍与离愁、学妹的渴望与憧憬大抵是每个毕业季永恒的旋律,两年来的记忆温柔了岁月,再忆、再念,依旧很美。余下的,将会更美!

(2016 年 5 月 6 日,总第 142 期,第一版)

活 着

刘 欣

上周我从奇石小镇回来,目睹了一次车祸现场。我到的时候伤者已经送往医院了,警察在拉警戒线拍照。撞人的是一辆大型两层的宇通客车,客车前面的玻璃出现了圆形撞击裂纹,血顺着裂纹往下滴。客车前是一大片血泊,血泊映着湛蓝的天空,以一种诡异的姿态向人们诉说着什么。我当时便红了眼眶,我不知道伤者能否活过来,也没敢追问后续。和电视剧不同,当你真的看见一片血泊时,当你知道一条生命可能就此消逝时,那种从内心发出的对死的敬畏、对生的渴望强过一切。

我从回家开始脑袋便浑浑噩噩的,总是想到那片血泊。我骑电车上学,总是仗着车技与刹车性能良好而快速行驶,从那天开始我再也不敢快速骑车。因为我怕,我不敢赌也不能赌,我不知道如果我出事了,我家人该怎么办。

廖智,汶川大地震幸存者,高位截瘫的舞蹈家。地震时,她的婆婆和女儿都死了,她被埋在废墟下,摸到女儿冰凉的手,心如死灰。她想:"我女儿已经死了,我还活着干什么呢?陪她一块去吧。"廖爸爸在废墟上喊她的名字,她听见了,不回答。她听见有人对她爸爸说:"这儿余震不断,你在这儿很危险,等余震过了再找救援队来救你女儿。""我不走,我女儿还在下面,我得找到她。"廖爸爸说。廖智心中却是一点感觉都没有,和她被压的腿一样,心都死了,还能感觉到什么呢?"小智,小智,你听见了吗?你应爸一声啊!"廖爸爸就那样在持续不断的余震中喊她的名字,她不知道过了多久,只听得出爸爸的嗓子已经喊到嘶哑。

很久很久以后,她听到有人和她爸爸吵架:"你这人怎么这样?你先过去,你在这影响我们救援工作。""我不走,我女儿还在下面,我不能走。""这都三天了,人几乎是活不成了。""你胡说!我女儿不会死的!她不会死的!"廖爸爸的语气激烈起来,又好像传来推搡的声音。廖智突然就哭了。她想到父亲辛苦将自己拉扯大，如今她女儿已经死了，父亲只剩下了自己一个亲人。如果自己没了，那父亲该怎么办？"爸，我在这！""小智啊，我喊了你那么久，你怎么就不出声呢？"廖爸爸带了些哭腔。"我在下面睡着了，没听见。"廖智流着泪说。"你可千万别睡，困也别睡，爸在这陪你说话，你马上就能得救了，千万别睡啊！"

"嗯。"廖智获救后才知道，整栋居民楼，只有自己一个幸存者。而支撑自己活下来的，是父亲。她不是为了自己而活，她的生命，对于父亲却是不能承受之重。

说到这我想到了我姥姥。我高一那年，她脑血栓突发，在重症监护室里呆了两周才转到普通病房。那天我姥姥躺在病床上，我妈、舅舅和姨姨们呆在病房里，姥爷说着说着就掩面痛哭起来，不断重复一句话："你说你妈要是走了，我该怎么办？我该怎么办！"所有人红了眼眶。有一天我推着她到院子里晒太阳，她坐在轮椅上，我帮她揉腿，我说："姥姥，你得好好活，看着我嫁人生子，将来我的孩子就趴在您跟前儿喊'太婆'，你说好不好？"姥姥说："就怕我熬不到那时候喽。""胡说，你今年才六十四，有什么熬不到的。到时候我把我喜欢的男孩子带回来给您看，等我出嫁时，你一定要给我多轧两床被，比姐姐、表妹和姨妹的都要好。"姥姥笑了，她握着我的手，眼中带着些憧憬，说："好，到时候我亲自挑棉花选布料，给你轧两床最好的。"你看，我的姥姥由一个勤劳的田间妇女到如今只能坐在轮椅上的残疾老人，这么残酷的角色转换她都咬牙坚持了下来，只是为了她的家人。

她不是为了自己而活着。

所以，很多很多时候，能让我们活下来的信念是亲人。我们的生命对于他们来说是重于泰山。

我今年高三，十七岁，却已有两位同学去世了。一个是生病，一个是溺水。有时候我会梦到那个姑娘，梦到平安夜时她送了我一枚装饰精巧的一角硬币。梦到那个少年，好像因为填什么表格和我吵了一架。可是，她和他都不在了，我们曾在一个教室学习，听一个老师讲课，在一个食堂吃饭，在一个时间放学。我们本该对彼此的生活有着或多或少的影响，在多年后想起对方即使记忆模糊也会对那些年少时光微笑，但是不可能了。我再也见不到他与她，更找不到他与她在世间存在过的痕迹，除了我那不多的记忆。他们就这样以这种残忍而决绝的方式消失在世间。他们都是家中的独子独女，我没敢打听他们家人的事，因为我知道那必然是个更悲伤的故事。

如今关于死亡的报道越来越多,生意被骗自杀,失恋自杀,高考失利自杀,甚至因承受不了一个小小的误会自杀。我从不知道在如今社会生命可以这般廉价。可无论什么原因,除了家国大义,其他任何事情都不值得你为之付出生命的代价。所有的生命都应好好珍视,因为只要活着,什么都可以重头再来。只要活着,你可以衣着光鲜地出现在抛弃你的人渣面前,让他后悔;只要活着,你可以东山再起,再次成就你的辉煌事业;只要活着,你可以再来一年,走进清北人师也未可知。只要,你活着。

因为人死了,就真的什么都没了。

PS:伏愿我三十班全体学子在六月高考中,皆能青云高中,金榜题名。

(2016 年 5 月 6 日,总第 142 期,第三版)

小扣门扉

李姿涵

第一次知道葡萄园，还是在初一的时候。

那时，葡萄园就像那只"小葡萄"（葡萄园收养的一只流浪猫）一样，窝在距我很远的一角。于我，它是一份新奇与期待；于它，我只是一个普通的读者。时针嗒嗒地催着我们向前，初中的三年就这样过去了，我似乎不会与它有太多的交集。

然而生活总是不会如你预想的那般平淡。上了高中的我，在王老师的支持下，怀着半分忐忑地向葡萄园伸去了手，轻扣门扉。奇迹般的，并不如叶绍翁的遭遇一样，那园内的人为我打开了那扇小小的却又让我徘徊良久的门。我与葡萄园从此有了更深的交集。

我很开心我写的东西可以得到园子里的老师的认可，却也知道自己的水平十分有限。我无法用华美的词藻描绘一幅绝美的画面，也无法用淡而有味的语言勾勒出恬淡的意境。但是，我会用心去让我笔下的东西更加美好，让它得到更多人的认可。我想，这个园子就是一个绝妙的契机。它向我们展示了一中的一些事，一些人，一些情，也为我们提供了一方土地。在这里，你可以嬉闹，可以异想天开，可以感时伤怀。它或许并不能给你的生活增添多么壮阔的波澜，但它允许你在这园中小憩一会儿，收拾心情，然后再次出发。

当我知道自己成为新一任社长时，我的心情仿佛又回到了第一次投稿时，那么忐忑，又那么欣喜。葡萄园植根于一中很久了，每一年都会有一个同学坐上社长的宝座。然而，现在，我将接过这个接力棒，继续向前。我不知道我的能力是否足以让葡萄园变得更好，也不知道当我将接力棒传给下一位社长时会是怎样的光景。我只知道我要尽可能地尽到我的职责。我并不奢想我可以把葡萄园变成一个如何厉害的地方，我只希望可以用我、社员们和老师们的努力，让它成为更多的人可以停留的地方。我想让它可以向更多怀有期待与忐忑的人伸出手去，告诉他们："请入园。"

一年又一年,在葡萄园里的人都在努力地把它变成更多人的驿站。我们的生活很枯燥,总是浸在各种习题之中,但我们的生活也有许多不经意的小波澜。在葡萄园,会有很多人将这些小波澜写成文字,或为分享,或为纪念。葡萄园会尽可能地将这些小波澜变成铅字,排在一张张报纸上。园子里的人很多,未来还会有更多,而所有在园中的人,都在自觉或不自觉地让它向更多的人发出邀请:"请入园。"

　　又是一年毕业季,葡萄园的社员们也发生了一些变化。杨静学姐手中社长的接力棒,现在将要传到我的手上。或许一年之后,当我将它再传给另一个人的时候,会有一些不舍与留恋,但在现在,我只有忐忑与期待。期待金秋果熟时,所有考生们都会摘得硕果,期待明年春来日,更多的人会敲开葡萄园那扇小小的门。

　　小扣门扉,应者来。

(2017 年 5 月 26 日,总第 152 期,第一版)

青春回忆帖

杨未名

虽然很不情愿，但我得承认，就生理年龄而言，我不再是少年。就社会地位而言，我还有一个令人发指不愿苟同的定位——社会无业小青年儿。这让我无语凝噎的八个字来源于我和瓶子的一场辩论。当时我力证借病逃课的我仍是好少年一枚，瓶子不屑嗤笑："去你的好少年，我们现在就是俩社会无业小青年儿！"我："……"

这种伤人伤己的无差别攻击我自叹弗如，但我还是要反驳一下，我可以坦然接受我青春不再，骨里缺钙，头发花白，但我日益衰竭的心脏必须始终拥有泵出热血的能力，即使老去，我也要是一个能燃起激情的热血老太太！

长大，老去，我不怕这个。我怕的是在不知不觉中我变成自己最厌烦的样子，像是闰土，长大后呆滞、麻木、可怜。当热爱的不再热爱，美好的不再美好，这不是成长，是日渐衰老。我不想这样，我想在生活的千般刁难万般雕琢之后，我能留有小小的棱角，小小的天真，会温柔地笑，放肆地哭，能在每一个喜爱的地方撒丫子狂奔，一如傻瓜，一如孩童。

"连雨不知春去，一晴方觉夏深。"有时惊觉改变也让人惊喜，比如冉不再眼高于顶，生人勿近。他会开玩笑，会宽慰人心。比如瓶子也曾自由散漫，现在却也适应了二中的高压政策，一边爆粗口，一边虐文综。比如田不再假扮"独行侠"，开始尝试和朋友一起嗨。不过他没事就怼人，虽然这算是我和花儿惯的，但我希望他还是变回去吧。说起花儿，就不得不提到秀才，但在这篇认真抒情的文章里我根本不想提他俩，一个傻白甜，一个小忠犬，一言不合就甩我一脸狗粮，每天就是花式撒娇、花式宠溺、花式虐我……我不想说了，汪汪汪！秀才爱咋咋地，花儿保持本色就好，愿岁月流逝，花儿不懂疾苦，单纯如初。

谁知道我们会变成什么样？也许高考过后，隔年再聚首我们除了性别，啥都变了。也许有一天，我们在平淡的生活里变得平凡，当青春的热血冷去，梦想消亡,少年困于功名利禄,那时我们该是眼盲心瞎了吧?看不见风起柳动,日落潮汐,美景真情不在眼里,不在心上。或许没那么糟,毕竟也有很多人活成梦里的样子。比如大冰既可以朝九晚五,又能够浪迹天涯。那我们呢?裴去教书育人,田去救死扶伤,秀才投身养花事业,我、冉和瓶子去……不确定去干啥,总之会去挣钱养家。

乖乖地朝九晚五,就可以潇洒地浪迹天涯了吗?去每一个向往的地方,用脚印点缀生命的长卷。这一路艰难跋涉,这一心却满是欢喜。

艰难着,欢喜着,少年行至暮年,唱着夕阳红,翻看回忆帖,感叹一生匆匆,一生匆匆。

这匆匆一生中,每一个鲁莽的,疯狂的,温暖的,冒傻气的故事都在这帖子里。即使青春短暂,但当那些故事发生时,青春再临,我们重回少年。

青春回忆帖,帖子在这,帖子别沉。

后记:说点别的,2017 年,我憧憬的一切尚在萌芽,比如写作,比如旅游,比如一只猫咪,比如心心念念的其他。愿这萌芽得以成长,愿二十年、四十年后,我依然热爱这些,并且乐此不疲。

(2017 年 5 月 26 日,总第 152 期,第二版)

一切都是最好的安排

陈 雪

《墨菲定律》的具体内容,我确实不太能记起来。我只知道大概意思是:当你遇到一件倒霉的事情时,那么接下来你会一直倒霉下去。这就像我们都不明白涂了果酱的面包片如果掉到地上就一定是果酱那一面向下一样神奇。当一件事情明明可以有更好的结果时,而你却偏偏遇到了那个最坏的结果。

我致力于去做某一件事时,遇到一些或大或小的插曲(此处插曲多为嘈杂无章)。别人为我感觉到难过的时候,我觉得还好;别人觉得我还好的时候,我却觉得难过。当别人安慰我所认为的还好时,我常常以我已习惯来应答。直到有人对我说:"迟早有一天你会遇到一件你已习惯却接受不了的事。"当时我觉得她说的有道理,后来这件事也确有发生。然而,时间真的可以治愈一切,随着时光渐行渐远,什么事情都可以渐渐想通,对于我们每个人都是。

当我犯了一个错,然后诚恳地向别人道歉时,却得不到别人的原谅。当时心中所想就是为什么她不能将心比心呢?(因我一直对对方感到歉疚,对方选择不原谅,我便更加歉疚。)在我想明白之后,貌似想明白之后的我,是这样认为的:也许并不是所有的错误都能被原谅,就像如果你杀了人,那就是犯法。将心比心并不是每个人都能做到,就像电视剧里的情节若太过于感人便掺杂着虚假。最后,我好像仍然没有被原谅。当然,我没去设想到很久很久以后。

有时候我会羡慕一些人,他们才貌双全。"而我为什么成绩平平,长得也不出众?不是说,上帝给你关上一扇门就必定会给你打开一扇窗吗?那为何上帝给我关了门,却没有给我开窗?"我问静静。她答道:"上帝给你开了空调。"我不知道空调开在了哪里,我无言以对。想了很久以后才大致明白,空调大概一直都在,只不过开关需要你自己去开。就像,就算你很聪明,但你仍然需要努力。现在是五月,晚自习第一节课下课,天还没有完全黑透,而是一种深深的蓝,看着很舒服。我在一楼,对面是高三楼,我想看这种深蓝的天空,可以向东面或西面看。两端各有一小片,但是却始终不能看见一大片深蓝天空。于是靠在班门口的栏杆上开始想,如果在五楼就不一样,五楼很高,可以看见一整片天空。再者是开始后悔,后悔当初为什么没有更努力一点。害怕等不到高三结束后坠入漫长回忆时才开始后悔,于是决定从现在开始努力。

心理学家们喜欢讲这样一个故事:有一个大臣他特别喜欢说一句话:"一切都是最好的安排。"一天国王和大臣去深山打猎,国王被凶猛的狮子咬掉了小手指。于是他十分伤心,与大臣喝酒诉苦。而大臣却笑着说:"一切都是最好的安排。"国王有些气恼,说:"那如果我将你关进监狱也是最好的安排吗?"大臣十分淡然,说道:"如果您执意如此,那么我相信这一定也是最好的安排。"国王将大臣关进了监狱。没过多久,国王又去打猎了。而这次很不幸,恰巧赶上了土著人祭祀神灵,国王被抓去祭祀。在将要杀死国王前,土著首领发现国王少了一个小手指。土著首领认为这个祭祀品是残缺的,如果用来祭祀,那就是对神灵的亵渎。于是国王被放了。国王回到王宫后,立即设宴邀请大臣,国王告诉大臣他经历的一切并说:"你说得对,一切都是最好的安排。"国王对自己将大臣关入监狱的行为表示歉疚,而大臣却说:"这也是最好的安排。"国王不解。大臣说:"您想,您与我关系极好,若我没被关进监狱,您打猎必定与我同去。而土著人发现您不适合当祭祀品,那接下来不就是我了吗?"国王恍然大悟。后来国王和大臣都喜欢说一句话:"一切都是最好的安排。"我想表达的是,当我们遇到不如意的事时,这一切也肯定是最好的安排。不要懊恼,不要沮丧,更不要怨天尤人,永远乐观向上,相信天无绝人之路。

时光与青春都是一汪波澜不惊的湖水,无论是摊开还是紧握,都无法阻止明媚的年华从指缝中悄然滑过。相信一切都是最好的安排,在这样的时光里觅得悠然与安宁,向当初自己的梦想再次扬帆起航。烦恼和忧伤都会过去的,别在乎一时的成败,我们都应该放弃一些让自己画地为牢的东西。饶雪漫曾说:"下午的阳光,它让我相信这个世界任何事情都会有转机,相信命运的宽厚与美好。"

PS:其实一切也都还好,阳光细细碎碎地漫过肩膀,夏日很烫,小巷微凉,寻一段时光把一件事从清晨做到日暮,浅浅淡淡地,岁月悠长。只是那天,我特别喜欢的 smile,突然找不到了。

(2017 年 5 月 26 日,总第 152 期,第六版)

山河故人

苏 政

今天是 2017 年 5 月 14 日，周日，距离 2017 年高考还剩 24 天，距离 2014 年已过千余日。梭罗在《瓦尔登湖》中曾说：时间是一条供我们垂钓的河流。在这日出日落的一日又一日中，究竟是时间在我们的生活中流逝还是我们在时间中流逝？

关于开始

我本以为我会在一个春暖花开、阳光明媚的午后写下一篇关于青春的回忆散文，然而结果还是在一个语文自习课上写下些不知所云。正如当初幻想我的高中三年会策马奔腾，然而结果却是在英语和数学的夹击下艰难前行。就像曾经你以为推开窗，眼前所见都是你的江山，但是现实却是哪来什么江山，映入眼帘的是班主任的容颜。在幻想与现实中穿梭，去找寻属于自己的那一方桃源。你说人生艳丽，我没有异议；你说人生忧郁，我不言语。默默承受数不清的春来冬去，所以将主观的幻想与客观的现实正确地区分开来，才是人生历程的正确打开方式。

关于我们和时间

"我们"是一个概念性的集合名词，可以是两个人、三个人、四个人……八个人九个人就算了吧，毕竟九九归一。俗话说：有朋自远方来，虽远必诛。所以，我们都来自灵璧这座旧城，之所以不说"小城"，是因为灵璧方圆 2054 平方公里，125 万人口，哪点小了？

我们的身影也在灵璧的角落留下过，傍晚的柏油路上也曾有过我们的痕迹，这一片天空下，我们也曾共同呼吸，和所有的好朋友们一样。我们也曾在一起吃饭，聊天，吐槽，在二环路上打发时间。但是唯一不同的是我们有着自己独特的记忆，留着以后，慢慢回味。在人生的这条不归路上，三生有幸可以遇见你们，一起同行，一路欢笑，从春夏走到秋冬，从两排梧桐老树下走到高中楼下，路过的是风景，留下的是岁月，走过的是曾经，向前看是憧憬。

所以,在这未成年与成年的时间,真的谢谢你们,无论将来我们在这条路上是聚是散,都希望我们可以记得这一路同行,一路风景。还在理综挣扎的老毛、冉子、春哥、老胡、荷荷等等,祝你们被理科温柔以待吧;还有小鱼,等以后春水初生,春林初绿,我们一起去可可西里看海吧。好吧,就这样吧,原谅我是一个不会煽情的文科生。

关于青春,不是关于青春期。作为一篇正经的青春回忆文章,应该会出现"老酒""旧友""岁月""白驹""他年"这样的字眼,或者"愿你忧愁时有酒相伴,欢快时不忘彼岸"这样的词句,但问题是,这并不是一篇正经的回忆散文。

网上曾经有句话叫"如果你的青春不逃课,不上网,不打架,不喝酒,那你的青春是被狗吃了吗?"然后又有人说:如果你的青春逃课,上网,打架,喝酒,这样的青春狗吃吗?但是你们这样说来说去,考虑过狗的感受吗?然而我的青春,所谓青春可能狗都找不到。偶尔抬头看一眼倒计时牌,前面的数字已变成了2,由200天变成了20天,那个零哪去了?虽然偶尔也会突然为马上到来的高考而发慌,但是看了一眼试卷,算了,安慰安慰自己,毕竟少年不惧岁月长。青春就这样吧,那些青春电影无非是找一群小鲜肉穿一身量裁合身的校服,摘取几个青春常见片段,去描述一些总体现象,但是总有一些人被感动到泪流满面。如果青春被描摹得浓墨重彩,不如让它淡妆素面。所以青春这种东西还是留给别人写吧,我们来聊聊其他。

关于五班和学习

五班每天早上早来20分钟,五班每周多上两节课,五班每周多做两套试卷。那么问题来了,我们班班主任为什么腿那么长?班主任徐老师从高二开始接手我们班,然后有三个特点:负责,腿长,数学并不难。说实话,作为一名高三学生,每天来得比班主任晚,走得比班主任早,惭愧。历史魏老师经验丰富,衣服很多,衣品很好,而且和我们学生没有代沟。政治谷老师的政治教学让我充分感受到社会主义优越性。政治这门学科真的是集经济、哲学、政治、法学社会学科之大成。英语老师气场很强。地理老师很好学。然后语文老师一直感觉我们体内有压制不住的浮躁之气。

对于高考,我并不想吐槽;关于高三,我也并不想诉苦。但是为什么我下课出去几分钟,回来桌子上就有一沓试卷?每次看着这一沓沓试卷,我的脑海里总有赵德汉处长的声音在回响,"一张都没敢多做,从高三到现在,错怕了。"关于这个试卷,想点一首歌送给出题老师,"简单点,出题的套路简单点……"唉,其实想想当初的我们好歹也是棵大学蒿子,结果一场雨给淹成了这样……

关于高考和大学

高考这种东西,反正我没考过,我不知道,毕竟我的主业是生活,副业是学习,偶尔兼职考考试,但是兼职又不能当饭吃。

前一段时间《人民的名义》热播,这部反腐神剧可能会掀起一股法学热潮,在我国以"五院四系"为代表的法学豪门和以清华、厦大法学院为代表的法学新贵组成了我国法学教育的第一梯队。2017 年是中国政法大学建校 65 周年,恰逢五四前夕,习近平总书记视察法大;拥有上海最美校园的华东政法大学是全国最高人民检察院检察长曹建明的母校;位居重庆的西南政法大学有"法学黄埔"之称。说完大学我们再聊聊理想,我的理想很简单,一栋面朝大海春暖花开的房子,一杯清茶,一室书香,一亿存款。

既考不上五院四系,又没有一亿存款,所以皮皮虾,我们还是走吧。

关于结局

2017 年是香港回归 20 周年,恢复高考 40 周年,建军 90 周年。从时间的这条长河来说,2017 年并没有什么特别,只是历史中翻出了几朵浪花,可是对于我们个人来说,2017 年可能会是惊涛骇浪,也可能是风平浪静。2017 年仍然是 12 个月,52 个星期,365 天,每天有 24 小时,1440 分钟,86400 秒。可能在 6 月中的两天的几个小时中会改变你的人生,但这并不是结局,无论青春岁月,还是人生路途,若是将生与死看成两个端点,那么生是开始,结束是死亡,其中的任何事物都不是结局。人的一生是无奈的,因为我们从生下来就向着死亡,明明知道结局却还是在抗争,但是最终仍是死亡。这是一件知道结果的事情,但是我们不能坐而待毙,毕竟这一路的风景才是这一路的乐趣,否则这一路上将会多痛苦。

高中毕业并不代表学习的结束,高考结束也并不能决定我们的一生,无论是时间在流逝还是我们在流逝,这一切的一切都只是暂时,而并非结局。

毕竟,少年不惧岁月长。

下课了,各位,再见!

(2017 年 5 月 26 日,总第 152 期,第八版)

窃 香

曾 越

好多知道我正忙着养花的人,第一反应便是惊讶地问一句"这么有闲情逸致",我总是这样回答:"高四结束了,花还在。"

养花不仅是因为要从昏天黑地的高四中带点什么纪念品,也因为想让最难熬的一段时光飞得快一点。从花中窃来的,不仅是闲情雅致,不仅是舒畅的心情,更是生活散发出的香气。

"真爱无香",在我的理解中,不是说"真正的爱是无味的",而是"真正的爱是质朴无华的,它所散发出的馨香是未经修饰、自然而然的"。很多奥妙的道理都是浅显的,很多美丽的事物都是简单的,就像最有味道的生活,往往是淡然的。

可能因为有鼻炎,也可能因为太喜欢自然,我总受不了那些迷人的香水味或浓烈的洗衣粉香味。我所喜欢的,是生活不经意间散发出的味道——早上去上学的路上,口中清凉的牙膏味;周末偶尔忙中偷闲,自己下厨时沾染的油烟味;考得好时,奖励自己一碗"不放辣椒多放醋"的面条的味道……

还有,醇美的花香,以及播下种子后等待希望的味道。

不过,养花之后才知道,小小的学问,能悟出来很多人生哲理。

花主人的品性可通过几盆花展现出来。那些花,或是高贵,或是素雅,或是纯情,或是清新,都是主人性格的写照。至于我自己——首先,我选择买种子自己种,而不是现成的盆栽,自己动手才有意义嘛。其次是选种类,我喜欢在花季姹紫嫣红地怒放却又温软不咄咄逼人的大花。有人觉得那种花很媚俗,我却觉得它们温柔,静默而又惊艳,每片层层叠叠的花瓣都是旺盛却低调的生命力的累积,而非刻意展现。

无论做任何事,失败都没什么大不了,只要能为下一次提供有价值的经验。第一次试种时,由于没有经验,浇水太多,土壤都粘在一起,像一大块泡在水中的黏土,里面的 4 粒种子,不是闷死的就是泡死的。这让我有种深深的挫败感——"种地"都种不好。然而还剩下许多种子等待萌芽，就像每次失败时，生活仍在前方等着我们，该我们做的事一件也不会少。"卷土重来"把剩下的种子一次种完，不过吸取上次教训，撒种之前把土拌成颗粒状，并用滴灌的方式浇水，既可以避免"水漫金山"的局面，又能让种子透气。沮丧、彷徨之后，终究还要收拾自己，重新上路。

等待的滋味总是那么奇妙。每天一滴滴地给种子浇水，每天早上把花盆搬出去接收太阳，每天晚上把种子搬回来躲避寒冷——该做的都小心翼翼地做了，剩下的只有虔诚地等待一星期左右，甚至一个月左右，等着嫩芽一个个破土而出。就像追自己所爱之事物，计划好战术，一步一步实施，其他的就不是自己所能控制的了。该努力的时候尽力做，无论结果如何，都会问心无愧。就像如今为高考备考的我们，可能时不时会焦躁、紧张，怀疑最后会得到什么，但仔细想想，做好手中的每一道题，练好纸上的每一笔字，踏实地记住每一个知识点，结果总不会坏的，安心等几个月，一切都会水落石出的。

大自然有份礼物叫"惊喜"。有些时候，我们以为自己身处绝境，希望全无，却有可能会经历"山重水复疑无路，柳暗花明又一村"的转折。尽管小心翼翼，还是有盆种子里的土又板结了。沮丧、自责之余，我把土都倒出来，用手掰成一粒一粒的黄豆大小的颗粒，依旧浇水，搬出去晒太阳，期待能有几颗种子活下来并发芽。当我看到有一颗小芽"坚强"地探出脑袋、向这个世界问好的时候，我内心的喜悦是无法言说的。就像一件唾手可得的心爱之物，将到手边却突然逝去，绝望之际又失而复得——这种复杂的心情，不经历过是不会懂的。我满足地对自己说："就这一颗也很好，足够了。"然而，就像有时想要一口水解渴时，大自然奉送了整个叮叮咚咚的山泉——凡是种下去的种子都长了出来，彼此相互拥挤着，争着看一眼这繁华的世界。走到绝境时，如果我们不自己吓唬自己，如果我们愿意等等看，或许会有意想不到的惊喜。

总有些事物值得等待。听着上了大学的同学说他们的生活如何称心如意：身体弱的不再像高三这样熬夜，每天跑步锻炼，不仅没有水土不服，连感冒也没有，鼻炎、头痛都不犯了；喜爱美食的在大学食堂"吃吃吃"，有国家补贴，花很少的钱就能享受天南海北的美食；喜欢玩乐的加入各种社团，兴趣、特长学得风生水起……而我……我也想啊，我想七点钟起床去跑步，然后吃早饭，上课，泡图书馆，晚上十点之前酣然入睡；我想学种种乐器，参加各种社团；我想在某校三十多个食堂流连忘返……备考的生活虽然充实，但多了就不好了,我虽不厌烦它,但也不想过多停留。不过没关系,我很乐意等,等苦尽甘来的日子。就像被埋在土里的种子,从湿润的泥土中吸水、膨胀,唤醒内部沉睡的生命,缓慢地分泌各种激素,接受光照,厚积薄发,最后,黑乎乎的种子终于变成嫩芽——我们不也一样吗?别焦躁,慢慢等。"你值得等待。"

做自己喜欢的事,永远不会觉得累。不喜欢养花的人,会觉得花花草草是负担,每天户外户内来回搬运,浇水,松土。但对喜欢它们的人来说,那些都是令人心情愉悦的风景。没有什么绝对的好与不好,碰到对的人就是好。我们即将面临着选学校、选专业的问题,很多人都问"什么专业好",我想反问一句,"你有什么喜欢的专业?"我个人看来,兴趣才是第一位,不仅因为做喜欢的事效率高,还因为再苦再累也心甘情愿。无论在社会中扮演什么角色,做何种工作,生活对于大多数人来说都是一样的不易。同样是辛苦,为什么不为自己所爱的事物辛苦呢?我可以为一个小小的单词查牛津、找老师、上百度,甚至看电影时也会留意一些单词的应用情景——累吗?管他呢,我乐意!最近很红的一位歌手——陈粒,被问及为什么从对外经贸大学毕业后选择做音乐时,回答说:"大家都在找工作,生活都很惨,既然这样,不如惨得舒服一点。"我想,能够"爱我所爱"时,即使被生活给了当头一棒,也不会觉得那么痛。

如我所料,高四很快便溜走了,而我不记得自己做了哪些题,多记了哪些单词——估计高四做的最有意义的事就是留下几盆花了吧。等它们长大,开花,结籽,就会有绵延的风景……

PS:练了七年的议论文,几乎没写过散文,不知道"形散而神聚"的要点抓住了几分。7—12段都是个人感悟,我觉得每条都有很多话要写,就没有"详略得当"。

(2017年5月26日,总第152期,第十一版)

二十八年又二十八年

冬 璇

我来到了这里,一个人,离开了时间或空间的局限。我不关心如今所处的年代,亦不关心一个人徒步所能跋出的长度。因为,这里有一个故事,你值得听。

我将向你道来,这个其实包含了数不清的人的数不清的故事的,故事。

眼前景象刹那变为黑白,仿佛阳光褪去它的光芒。人群熙攘喧哗,像潮水一样在我身边涌动。

这是不一样的日子,"暂别",抑或"开始"。我依稀听见少女对情人低语"不久再见",我隐约瞟见那对兄弟分别前是对彼此笑着说的再见……明明只是个局外人的我,却有了种欲流泪的冲动。或许是我不该提前知晓那既定的残酷结局?

我闭上眼,瞬息万变。

绝望,常常诞生于漫长而无果的等待。

90英里的围墙,90英里的屏障。当政府为了某些神圣的目的推行某些决策时,便会有些人失去他们原本就脆弱易逝的东西。

比如,相聚的权利。

比如,对自由的追求。

墙壁固然挡得住大部分人的脚步,但却束缚不了内心的向往。

我看见,那对情侣隔着铁丝网久久相望。

我看见,那个做哥哥的向那堵墙飞奔而去,试图跨越它。那一端,有他的兄弟,有他梦中的自由,他赌上所有可能。然而他们不会让他如愿。

后来我看见他倒在墙边,浑身冰凉。

在之后的二十八年里,贯穿着数不尽的相似的故事。

这个世界在变幻,你所珍重的可以被剥夺,但假如你耐得住等待的折磨,它或许还能回来。

二十八年,二十八年了。曾经的婴孩今已成家,曾经的壮年鬓生白发,曾经的迟暮如今依然在吗?

活着的人等来了这堵墙的倒塌,但这是否已太迟?

我不知道,站在一边目睹了这墙倾覆的人中,有多少在它当初建成时,无声地在某处修筑着另一堵墙?它竣工时,另一个它却从未停止过增长,二十八年,它足以遮挡天日。

也许政府当初做出的是错误的决定,所以现在要纠正错误。

但是,心墙不倒,真墙倒塌又有何用?那错误,果真纠正得了吗?

人们常说,以时间的流逝,来洗涤旧迹。

又过了二十八年。如风似烟的时光,应该渐渐降低了人们心中的屏障。曾经的无情阻隔带来的伤痛,要么随受伤的人一起去往天堂,要么渐渐归于遗忘。

这样挺好。我眼前如今是繁华热闹的街道,还有慕名而来的如织游人。

游人脸上的笑,若有一分曾展现于二十八年又二十八年之前,又该有多好。

即便这样,当你来到这里,也请小心,切莫贸然惊扰了那尘封的秘密。因为啊,遗忘不等于消逝。那些受过的伤,又怎会全然消失?

受过伤的身体会愈合,但疤痕仍在。

曾竖起的高墙已被推倒,但旧迹不灭。

或许这便是为什么,每逢深夜,静听时,耳畔传来低沉的呜咽。

"回不去了。"那日有位白发老者轻抚残壁叹道,"我们再也回不到最初的样子了。"

是啊。

"1961 年,同一国家的两兄弟被迫分开。"

"1989 年,纵阻隔成坦途,现今伫立的其实是完全不同的另一个人了。"

"我们再也不可能回到亲密无间的最初了。"

是谁在歌唱,唱那破碎的历史和故事?

写于柏林墙倒塌后的第二十八年,亦是柏林墙建成后的第二十八年又二十八年。

(2017 年 5 月 26 日,总第 152 期,第十一版)

风　夕

君　执

今日安好,风夕。

我想你大概会出现在这期的报纸上,故而写了这篇文章捧场。某天我在偌大的城市里一个人晃荡时,那种汹涌的情绪忽然灭顶,我沉浸在让人胸口胀痛的气氛中,倾诉的欲望变得分外强烈,以至于我打开文档写下这篇也许别人会觉得矫情的文章。我猜你能猜得到我是谁,可是你又何必猜出我是谁。你可能也不知道我是在称呼你,毕竟这个称呼只是我拗舌难言的私心。

风夕,这个暑假我去了很多地方。说起来也是太久没有出门了,这几乎是我第一次以成人的眼光看待我踏足的每座城市,不知你能不能理解那种感觉。当我站在庞然城市的地铁检票口,感受着熙熙攘攘的人流热闹的隔离时,那一瞬间我孤独至极。然后我若无其事地摆出傲然姿态向目的地走去,心里轻轻想,你在哪里,在做什么呢。

风夕,今夜月色真好。那些在学校的晚上,我时常烦躁得一个字都写不下去,只得一把推开作业出去散心。你的班级离得很近,我佯装散步便能轻易地一次次路过,夜晚是安全的,它让我躲在窗外的黑暗中小心翼翼又心安理得地凝视你,尽管大多数时候你都是埋头做题,有的时候你也会把头埋在肘间睡觉——你为什么不能把脸朝向窗口一边呢。我不免懊恼地想。

风夕,你的眼睛很美。我一直记得,在一个平凡如每个大同小异的白昼的早晨,我打着哈欠路过你的教室,目光习惯性地向你的座位逡巡。恰好这时你转过脸望着我,笑意宛然,明眸清亮如藏着莲花——百千万年里也只可能有那么一刻,我的心脏不受控制地阵痛抽搐,蓬勃的喜悦与战栗海啸般席卷胸腔,而我来不及作出任何双商在线的反应。事实上,我只是和你错了一瞬目光便慌忙逃离,之后的数天,那双眸子牢牢地钤在我脑海里,每每想起来便胸口滚烫。

风夕,你到底知不知道呢。

那些楼梯转角放慢的脚步,悄悄抬头看你的眼神,路过教室找寻你的座位,走遍整个校园只为了耗时间等你吃饭回来。我的高三在喜欢你和喜欢学习之间坎坷滚过,到最后我也没有找回曾经的状态,而在高考时我卡在难关上时,第一反应竟然是"完了,不能和你考一个大学了"。然后就真的完了。我那么认真地努力过,最后也只能接受这个天各一方的结局,其实谁不知道人生就是由大大小小的阴差阳错组成的,真轮到自己还是难受得喘不过气来。

风夕,拜托不要觉得我奇怪或者无礼,哪怕我野史正史风流史张口就来,作文时清姿秀骨的语句也是下笔万千,可是一到你身边却紧张得不是废话连篇就是闭口不言到连我自己过后都嫌弃,很多事情你从来不说,所以我即便觉察也不知从何问起,而以后,大概也是再没有机会了。我设想过久别重逢的戏码,大概最多也只能收获一句"别来无恙"。

风夕,其实我很想摸摸你的头发。软软的黑发自然地垂下时让我想到了名贵的猫咪,其实我看过你小学时的照片,在发现你小时候是蓬蓬乱乱的卷卷毛时一个人在那乐不可支,说起来你长这么大,面容都没怎么改,还是白白净净表情空灵的样子。真想知道你五十年后会不会还是这样一张娃娃脸。人家都说女孩子过了大学几年就像换一张脸,也不知你会不会变。

风夕,我去了那个你即将在那里度过四年的城市。美丽,且雍容。我在你的大学逛了很久,从审美的角度看,它不算多么精致,甚至因为年岁久远而显得陈旧,可是我也明白,这样的学府里重要的从来都不是物而是人,因为丰富不需要崭新。一想起我坐过的地方你以后也可能落座,忽然心尖便开出细细密密的花朵。

风夕,如果你看到这篇文章,我们已经分隔千里啦。异乡这个词语,如今也成了切切实实的感受。我不知道未来的路会多难走,也不知道下一次见面是什么时候。可我还是希望你记得,他年哪怕有秋水千重,云山万里,我还会为你留一轮红日,恒久等候于深夜的山头。可惜聚散难期,离合不定。你若无意惊扰我的人生,那我又何必非要踯躅不前。总会有渡你的人,却未必是我,总会有渡我的人,却也不用非得是你。

罢罢罢,流年倥偬,总抵不过一句江湖相忘。目断青天怀今古,肯尔曹,恩怨相尔汝。

风夕,我写完这篇文章是深夜。你大概已经睡着了,所以这句晚安,被我轻轻说出后,要飞过半个中国,爬过一串串高高的山脉,游过夜里冰凉的江水,在累散成偏旁部首之前落在你枕边,保护你做完一个花开春暖的梦,梦里闪烁的万千星辰,是我隔着整个世界,安静地凝视着你。

我居北海君南海,寄雁传书谢不能。

桃李春风一杯酒,江湖夜雨,十年灯。

(2017 年 9 月 6 日,总第 153 期,第三版)

所谓孤独

张浩阳

我不知道你有没有感到过孤独,我先说说我感到过的"孤独"吧。

我第一次感到孤独是在一个周末的下午。那是我还是小学生的时候,因为考得不好而被剥夺了玩电脑的权利。妈妈正在卫生间里洗衣服,我一步步地挪了过去。

"妈,我无聊。"我抠着门上的花纹说。"无聊?你想干什么?"她头也不抬。"不知道,就是无聊。"我说完这话,她就不理我了。我只得悻悻地回去了。

过了一会儿。

"妈,我无聊。"我又去对她说。

她噌地站起来,瞪着我,说:"无聊?无聊我把衣服让给你洗?"我吓得从哪儿来回哪儿去,在沙发上老老实实坐着了。

接下来铺天盖地的孤独就好像无形的气体那样,从屋子的每一个角落涌入,把我层层裹住。我觉得眼前一切像被泼了水的油画那样褪了色,扭曲成一团。楼下摇摇车的歌声和嘈杂的人声传来,更突显了这里的寂静。我就那样坐着,好像自己成了世界上的最后一人,脚下分生出了根根绿藤,我也好像成了一棵无人问津的树,就这样活着,就这样死去,最终化作泥融入我家的地板,从此消失。这份孤独持续了好久,直到晚饭醋炝豆芽的香味传来才算消失。

还有一次感到孤独是在放学时。我穿着刚买的带帽衫,从口袋里掏出舅舅给我的旧随身听,插上家里摸来的诺基亚耳机听了起来。本来放的都是些阴柔的情歌,后来忽然放了一首许巍的《蓝莲花》,然后我整个人都燃起来了。更巧的是,阴了一整天,此刻正好下雨了。我也不打伞,就戴上帽子,双手插兜,跐跐地走着,只觉得天地间只剩下我和许巍两个人(虽然当时我还不知道这人是谁),其他凡俗生命都是些没有灵魂的躯壳。我是孤独的、正义的伙伴,固执地坚持着自己的道路,走到空无一人的世界尽头也在所不惜。

后来出了校门我就把耳机拔了，打上了伞。我可不想被爸爸知道我上课带随身听并且下雨不打伞。我当时还感叹许巍的声音既沙哑又空灵，后来才知道诺基亚的耳机插在国产随身听上会少一个音轨。怪不得那歌声高远得像在群山之巅。

其实这两件事现在看来，不过是犯了一次网瘾，小小少年胸中氤氲的英雄主义气息爆发了一次而已，和孤独扯不上半点关系。但我那时却真真切切地认定这就是"孤独"。可笑的是，从古到今，从小到大，我们认为"孤独"的事，十件有九件都是这么荒唐。

我以前跟妈妈看 94 年的《射雕英雄传》电视剧，一代高手黄药师见女儿非要和傻小子郭靖不离不弃，不禁想起已逝的老婆，悲从中来，挥手打死两匹骏马，仰头吟道："且夫天地为炉兮，造化为工；阴阳为炭兮，万物为铜。"三流跑龙套刀客韩宝驹听不懂，就去问他有点文化的兄弟朱聪。朱聪说，老东西的意思是人生就好似把人放在一个大炉子里烤，是很煎熬的，心里很难过啊。韩宝驹不屑开口就骂：老东西武功练那么高，还有什么苦恼？

我妈看到这段总笑得合不拢嘴，我倒没觉得有什么好笑的。黄老邪吟这诗是因为他老婆也死了，女儿也跑了，自己孤独得不行。但反过来看看没文化的韩宝驹，干啥啥不行吃啥啥不剩，一辈子功不成名不就，只会和一群狐朋狗友讲义气。人家不也半个孤独都没提？你让黄老邪放弃声名武功去和从不孤独的韩宝驹换，他愿意吗？他要是不愿意，那他的孤独就是装的。

曹文轩写的《孤独之旅》这篇课文无论是语言，还是情节都像白开水一样普通，但读过的人总想再读一遍，特别是某些段落。我想它真正吸引人的地方就是对孤独的刻画了。我相信杜小康绝对不会痛哭流涕地喊："我太孤独了！"因为当他真正意识到自己孤独的时候，已经没有人可以听他诉说他的孤独了。他向谁说？他的爸爸吗？他爸爸又能回答他什么呢？所以他不再文艺，不再伤感，开始数数他有什么。他有爸爸，有一大群鸭子，能让他上学的鸭子，那他还有什么好孤独的呢？他有过真正的孤独，可那早已烟消云散了。

所谓孤独，其实是这样的一种东西：意识到自己的孤独的人，根本就不是真孤独；而真真正正拥有孤独的人，却缺乏认识自己孤独的自觉，也不会让别人知道他是孤独的。

因为不孤独的人怎么能辨认出真正的孤独者呢？

世界上孤独的人根本没你想象的那么多，因为孤独不断地出现，又不断地消失,无论孤独是真是假,它都不可能长久存在。因为"人"是群居动物,是依靠彼此的温暖活下去的,70亿份温暖,难道不足以将全世界的孤独赶跑吗?

个人建议,如果你真的感到孤独,就像我一样,写篇随笔吧。

(2017年12月6日,总第156期,第三版)

电影与人生

云芷昀

不知道从什么时候起，开始喜欢上韩国电影，与那个国度无关。

韩影不紧不慢的叙事节奏所带来的冲击力远大于好莱坞浓墨重彩的蓄意煽情。毫无防备，沾湿衣襟。

《出租车司机》

世上是否存在真正和平的一天？鲍勃·迪伦曾在诗中写道："个人要仰望多少次，才能看见天空；一个人要有多少只耳朵，才能听见人们的哭泣；要牺牲多少条生命，才知道太多的人，已经死去……"

看了一部名为《出租车司机》的电影，内心感慨万千。影材取材于1980年5月韩国光州民主化运动前夕，一个计程车司机载上德国记者来到光州的故事。影片根据真实故事改编，让人潸然泪下。

内心既难过又感动。明明可以苟活，为什么要反抗？因为小人物总被卷入命运的漩涡，而一旦目睹了，就无法置身事外。主角是一名普普通通的出租车司机，在他的眼中，那些封堵道路，妨碍自己做生意的"赤色分子"都是自己的"敌人"，毕竟在那样一个动荡的年代独自抚养女儿是不容易的。一开始的他，市侩、无赖。可当他目睹了光州军人对学生、普通百姓的肆意枪击后，他放弃了利己懦弱，选择了大义勇为。

他载着德国记者逃出光州，护送记者到了首尔，记者到达日本后将新闻公之于世，他用行动告诉那些在光州与无耻军人作斗争的学生与百姓，他们不是孤军奋斗，全世界与他们同在！

小人物也能改变历史，小人物也很伟大。没有想象的煽情，独裁政府军把学生当活靶子打得丧心病狂，看出了民主化进程的血与火的悲歌。惊叹于影片的各种细节，前后的鲜明对比与各种伏笔让人悲痛而又愤恨。

《釜山行》

"小朋友,你看看他,如果将来你不认真学习,就会变得和他一样。"

"妈妈说,说这种话的都是坏人。"

这是《釜山行》这部电影给我印象最深的一句话。

影片讲述主人公女儿与单亲爸爸乘坐高速列车到釜山,列车上有一位少女身上带来的丧尸病毒开始肆虐且不断扩散,顷刻间列车陷入灾难的故事。

豆瓣上有这样一段影评,让我印象深刻:"《釜山行》的最大意义,是坚信在一个崩坏的、末日来临前的恐怖环境当中,人之所以为人,是出于对弱小者的庇护,对同类人的援手,对陌生人的信任,乃至于对人类阴暗面的失望,它们共同组成人类本身的丰富面貌。"日本作家东野圭吾在《白夜行》写道:"世界上有两样东西不可直视:一是太阳,二是人心。"

男主人公不是完美的人,自私、唯利是图,但是他一个人带着女儿,跟身边的几个萍水相逢的同伴一起抵御整个列车的丧尸。一路上,小女孩认识了真实的世界,那不是个美好的世界,但那个世界中有一些美好的人和事正被演绎着。

《七号房的礼物》

1997 年,只有 6 岁智商的智障男子李龙久和女儿艺胜相依为命。某天,龙久被意外地卷入一起案件,死者是警察局局长的女儿。

龙久懵懂无知,搞不清情况,昏头昏脑就被投入监狱。在 7 号牢房中,有着五毒俱全的"社会渣滓",龙久孩子般纯洁的心渐渐感动了这几个"大坏蛋",他们甚至不惜冒险将艺胜带入牢房与父亲相会。

在社会的黑暗与时代的无奈之下,龙久最终还是被判处了死刑。影片进行到一半时就开始催泪,一边让观众痛哭,一边让观众突然笑出声来。临别前的场景,让观众的泪腺爆发,痛哭不止。从几年前的一个综艺节目中得知这部电影,当初以为是嘉宾们的泪点低,如今想来,是我错了。

黑暗冰冷的监牢内,7 号牢房阳光满满……

我们目击的事实,往往只是浮现水面的冰山一角,冰山下面的巨大事实,更排山倒海穿透视听。我们直面的人生舞台,也许只是化蝶幻影,层层垂帘般幕后的故事,更震撼世道人心。

《潘多拉》

寓言里,打开潘多拉的盒子释放了不幸和灾难,但希望依然存在。被铁丝网隔离的核电站成为了墓地,挂满了亡者的遗像,接着充满正能量的画外音响起,"不要因为害怕就闭上眼睛,不要因为畏惧就堵住耳朵",为影片画上了一个意味深长的省略号。透过银幕我们看到了现实重演电影内容的可能性。

2014年岁月号的沉没让世人看到,一场突如其来、死伤惨重的灾难对于一个小国来说打击之大。

这让《潘多拉》中呈现的核泄漏后举国陷入混乱和社会动荡的场景有了极高的可信度。辐射扩散的死亡阴影步步逼近,潮水般慌不择路的逃命人群,转眼沦为废墟的家园故土,都成了人间炼狱的惊悚写照。当人们呕吐、出血、全身溃烂即便穿上笨重的防护服也无济于事时,才知道看不见的死神正悄无声息地在大地上降临。

核电是镇上居民直接的经济来源,尽管男主角的父亲和哥哥都因为辐射去世,但他依然摆脱不掉在核电站工作的命运。危机空前严峻后,已经被辐射的他用虚弱的身体做引爆器,与吞噬了他生命和梦想的核电站同归于尽。这份不得已做出的牺牲显得格外压抑。某种程度而言,这个明知危险但仍大规模开发核电并低估其恶果的国家和那些被他拯救的国民们一起剥削了他。因此,影片没有将他塑造成宣扬个人英雄主义的硬汉,而是将他还原成一个彷徨、脆弱的小人物。影片的戏剧冲突走向了高潮,一个让无辜者为死有余辜者去死的国家,是不值得人民去爱的。

有些时候,电影便是人生。没看过,谁都不知道电影的结局;没经历过,谁都不知道人生的结果。正如电影《熔炉》中所言:"我们之所以努力,不是为了改变世界,而是为了不让世界改变我们。"我们之所以努力,不是为了让世界看见我们,而是为了让我们能够看到世界。

(2017年12月6日,总第156期,第四版)

写作,阅读,精神世界

潘文琪

好文章需要有感而发,读者阅读好文章才也会有一种美的感受。这种感受源自于作者昂扬的思想与积极的人生态度,源自于作者完美、坚定、独立的精神世界。

毫无疑问,我们处在一个信息爆炸的时代,大量思想信息的注入使得许多人可能同时拥有两种矛盾的思想,且相信两种思想都是正确的,即使明知是谎言,也会去相信。这种例子在生活中比比皆是。看看那些拥有着远大理想却又总告诉自己要享乐于当下的人们,看看那些在网络上见得风就是雨的人们,看看那些说着要改变却又安逸于现状的人们……这就是大规模的毁灭。在我们生命中,每天 24 小时,都会驱使我们在沉默中死亡,驱使精神的枯萎。为了保护我们的思想不受侵害,能够与侵入我们思想使我们日渐沉沦的力量抗衡,我们必须学会阅读,以此来激活自身的想象力,去培养属于我们自己的意识和信仰,我们需要这些技能来保卫和维护自己的纯粹的精神世界。

博尔赫斯问道:什么是天堂?博尔赫斯答道:天堂是一座图书馆。阅读与不阅读,区别出两种截然不同的生活方式与精神世界。这中间是一道高墙、一道鸿沟,两边是完全不一样的气象。一面鸟语花香,繁花似锦,一面必定是一望无际的、令人窒息的荒凉和寂寥。在阅读的过程中,我们听到加缪告诉我们"登上顶峰的斗争本就足以充实一个人的心灵",看到毛姆向我们诉说"不要陷于满地的六便士,抬头看看月亮",也听见老子启迪我们"圣人无为故无败,无执故无失"。这个过程是在不停地面对不同思想并从中获取经验与思考,对我们积极人格和精神世界的塑造,对那个鸟语花香的世界的不断修缮创造。

人的精神体现在文章中,作品散发的气质一定与作者本人的气质相差无几,荒凉和寂寥的精神世界又怎能孕育出美好的思想精神,此般文章就算拥有再华丽的辞藻,也掩饰不住背后的空虚和浮夸。而那些思想精神强大的人写出的文章,字里行间洋溢着对生命的美好向往,对人生价值的不懈追求,虽朴实无华的语言也无法遮挡精神的光芒。对于精神世界充实坚强独立的人来说,写作一定不是一件苦差事,他向往美好,心中的愿景,乐在此间油然而生,读者又怎会不沉浸其中。

精神世界的美好铸就昂扬深刻的思想,所以不要再把文章的浅尝辄止一味地归罪于日常练习得不充分,再多的练习也弥补不了思想的贫乏。当然,练习是必不可少的,它使得我们能够用最好的语言来抒发自己的所思所感。但内容空洞与说理肤浅源于精神世界的贫乏浅薄致使的无感可发。我们必须学会阅读,学会思考,充实我们的头脑,张开心灵的翅膀,追逐光明与美好,才能够做到有感而发。

(2018 年 1 月 6 日,总第 157 期,第一版)

在一中

贝奥里安

四年以前,有两人回到了家乡,如今,家乡与那两人就都成了一个。那时同样正处寒冬,天地茫茫一片,街道透着冷清,时不时会有汽车驶来碾碎路上的冰辙,雪覆盖在草地上,肃杀中透着生机,是和解与决裂的季节。

笔 者

如今再回想,那么我的过去,一片朦胧。看不清这几年做了什么。就像一块滚石,自然而然地滑落下去,全然没有停歇。追逐着春天的是秋风。秋风过后,便是夏日。夏日过完又变回到了春天。恍惚中,仿佛时间就是这样流逝下来的,全然没有规律和章法可言了。这是时间的鸿沟,分离着这里与外面。而在这鸿沟之中,我又从属于哪里呢?我毕竟不属于这里,可又在这过得太久而失去了扎在别处的根。那么我就是没有根的了,一个沙滩人,扎在两处之间,摇摇摆摆。人的心里总是藏着不同的东西。不是怪物就是婴儿。有时候婴儿被关在了牢笼之中,从此以脆弱的姿态,失去了自由,把自己局限于一隅。逃出去的婴儿是稀少的,大多数都被放到了摇篮车里。婴儿是细腻的,总是有着和大人不一样的眼睛。我倒相信他们看到的才是真实的。有时怪物隐匿在阴影之中,因为人终究是害怕怪物的,除非它被套上缰绳。被怪物吞噬的人比比皆是,可驾驭住怪物的人,就可以成为超人。我既不是怪物,也不是婴儿,只是连接着两端沟壑的一座桥,一个怪物婴儿。人们厌恶不一样,却渴望着不凡。我常因问题的不合时宜而遭到训斥。毕竟好奇是不对的,有时对与不对的界限也让我迷惑。任何民族不判断价值便无法生存,如果它要生存,就当与邻族不同。我认为无关紧要的,却被父辈们捂得严严实实;而我所珍视的,也常受到他们的轻蔑。这种规则是谁定的?看来谁掌握话语,谁就有权力。我的怪物血统渴望着这种力量,而婴儿性又对此嗤之以鼻,最终他们分裂成了两个。

东方有王阳明，西方就有贝克莱。存在就是感知与被感知，那么我与他互相感知，他就是存在的了。

沙滩人

停滞的时间，终究还会破裂。因为停止不符合热力学第二定律。可我的思绪却一直处于熵增状态，缺乏合适的整理。吸取的越多就感觉空缺的越多。也许一个人自认不完整，只是因为他还年轻。我是察觉到自己的不完整的。就像巴贝奇的差分机，精巧，却超越了自己的时代，以至于永远不能完成。这个事实打击到了我，从而全然不顾迫近的审判日。因为对我来说这是大的，而外界总是小的。

笔

远处的东西总是小的，离近了，才明白它的广阔，我感受过布恩迪亚的孤独，也深入过于连的痛处。曾乘坐炮弹前往月面，也与尤索林思考过国家、民族。与温斯顿一起感受过老大哥的恐惧，也和约翰一起做过文明世界里的野蛮人。但生活，就像一盆重水，由上而下，不给喘息。这个广大的世界终究还是太大了。我曾为拾到石子而欣喜，却忽视了面前的海洋。石子记录的，终究是海洋的一面。而海洋的广阔，足以淹没所有的石子。我现在明白了，我和他是一体的，我有未来，而他有着我的过去。但我们依然还是不完整。因为没有人代表现在，那么我和他的世界，哪个是真实的呢？

我

如今现实渐渐成了幻象，而幻象又慢慢渗透进了现实。两者相互纠缠，最终成了一团迷雾。世界愈发模糊，以往明晰的事物也最终神隐到了雾中。也许我们都是上帝手中的发条橙，充满了可爱的色彩和汁水，却仅仅只是任人摆布的玩具。当唐吉诃德烧去了书，麦田里的守望者也回归了熟悉的一切。当齐天大圣终究成了地上行者，我也终于拿起了笔。也许我们都像驹子那样飞蛾扑火般的追求着不可能之物，最终又无可避免地走向那条无路可走的路。雪还在下着，将斑斓的万物化作一片素帛，而白雪之下的抗争与积蓄都被无声地掩盖消磨。相信到了春天，这里依旧盎然，可今年的草，却永远的见不着了。除此之外，岁月依旧往复，万物齐一。而在这"一"中，我们都在走向庸俗。

我的青春时代到此就结束了。

PS1:首次投稿,大都不合规范,洋洋洒洒,疯言疯语,若有不合时宜的地方删去即可。

PS2:给我动力的主要是两篇文章,一个是高三大二十九,给了我很大鼓励,让我觉得疯言疯语也是可以上报的;另一个是岁月打马那篇,让我惊觉其视角结构之独特细腻。

PS3:本文双关语较多,但绝无影射现实之意,不要牵强附会,以及不要把我的笔名读快。

PS4:本世代销量最高的游戏主机。

(2018年3月6日,总第158期,第三版)

年 年

林清明

二十四时。我还懒懒散散地趴在桌子上玩成语接龙。

思绪在一瞬间被发来的新年祝福打断，一眼看过去竟是几近断了联系的同学。我的手指动了几下，打出烂熟于心的词句，点击发送，把自己的祝福送达聊天界面另一端。寥寥数句，你来我往，气氛微妙。我自知不擅长在如此境地下打持久战，撑不住率先码出"溜了，还有其他的事情要处理"，结束了这场客套居多的交谈。下一次拉扯是什么时候，我不得而知。但我已疲于投身好似化妆舞会的人际交往，每个人的面孔都隐没在似笑非笑的精致面具后，我筋疲力竭地旋转，却始终不够灵巧，徒然消耗自身罢了。左滑删除聊天对话框，随着手指的动作挑起了黏糊糊的惆怅，藕丝般无限拉长。恍恍惚惚，我已经过了可以厚起脸皮自诩二八少女的年纪，迎来了三毛笔下雨季停留的十七岁。

十七岁意味着很多事情。比如说，夏天刚朦朦胧胧炽热起来的时候，学长学姐在短短两天内给十二年画上句号。而我们将坐在他们曾经奋笔疾书进行最后搏斗的地方，感受他们残留在三号楼里的戎马倥偬，接替高三生这个不端正态度双手承载就会悔恨的称号。已经近在咫尺，高考。刺激着我的神经，令我紧张又亢奋；攫住我的心脏，砰砰砰砰。

高考不代表人生的全部。话虽如此，此时此刻与其后几百个日子里的每时每刻，高考就是全部。高考能够带我离开。我挑灯夜战，独自照顾着一百个又一百个夜晚的星辰，只为了能够离开。虽然小城是我的故乡，是最初用沃土包容我接纳我的地方。我学习努力向下扎根时，四面八方都是她。但是我也渴盼能够枝繁叶茂，用我尚还稚嫩的枝桠指向远方，用小小的颤抖的叶片去轻触他乡的天空。这种欲望随着三观的逐渐形成，一年年强盛。

也许从我口中说出来滑稽可笑，但是小城没有什么能绊住我的心，叫我留恋的了。我的心逐渐枯萎荒芜，业已变作黄土高原，千沟万壑。

以梦为鹿,亡与桎梏。有待成熟的理智占据我的身心,名为自由的物质在我体内发酵。每一次每一次,被违反交通规则的人反过来劈头盖脸一通骂时,目睹小市民之间为了私利毫无价值地互泼脏水时,休息时间有人不依不饶自顾自嬉笑怒骂时,我的耳边回荡着尖锐的乡音,它们像电钻一样试图钻破我的鼓膜。有那么一瞬间我真希望它们成功了。我感到已丧失了自己的容身之地,这里属于过去无知的幼童,却已不再属于无知的我。远方,遥远的远方有遥远,这就足够了。让我揣上一把美好的情怀去将陌生的城市充作驿站,停一停歇歇脚,掸去我一身疲惫和尘世纷扰。不去深入弹簧垫一样为了不知名目而结合的人群,也不会狼狈地被他们反抛出来。同二三知己互寄长信,一路追逐黎明,我要保证我有干干净净的灵魂,在想醉一场时下酒。

驱逐和鼓舞并蒂而生,我在被动和主动之间拉扯,小城是我被动接受的结果,而今我要把主动权牢牢握在手心里,攥紧拳头让我的汗水濡湿它,并且高高地举起来宣布它归我所有。尽管成绩毫无起色,笔尖也依旧不放弃与晦涩难懂的题目纠缠,我清楚我要的是什么——离开。为此我情愿做个荒谬的局外人。

我可以回想起许多帧关于离开的画面。

是什么呢——那个时候我还上高一,整日整日踽踽独行,像一抹阳光下落到地面上的淡淡阴影,被拉成细长的一条,幽灵般默默地重复着教学楼、饭摊、厕所的既定路线。后来我爱徘徊在六号楼与大礼堂之间。由于手表的偃旗息鼓,我对于时间的判断十分模糊,为了避免在众目睽睽下不自在地回到座位,只得一边粗糙地咀嚼,一边自然地将周遭景物一并纳入腹中。曾自嘲是在享受孤独盛宴,寒风为伴,即兴呼啸作乐,黛蓝天际流云几缕,橘黄灯光隐在宫灯后伸展柔软肢体,似乎天地间只我一人。

彼时六号楼只有二楼一排教室执拗地亮着灯,学生三三两两趴于栏杆。我不知详情,但猜测他们不久将奔赴高考考场。他们的表情没于夜色之中,我远远地站在台阶上,看不真切。但能知道教室门侧是红色的对联,窗边是俯身书案的学生。宴席将至尾声时,旁边信息楼一周的灯往往突然睁开眼睛。而我在它们的注视下,放松地发散思维,迟缓地夯实一个王国。我跟自己争吵,推翻我自己堆起的塔楼,又重新打稿设计。我下定决心要振作起来,落落大方地离开。正是这个决心,使我屡战屡败却还是要仰起头多存储一口氧气。无论如何,我的目光越过校墙往远处蔓延,在心里大声告诉自己,闯过了眼前的苟且,就有资格去迎接诗和远方。我在那个地方花了相当多的时间,它就像是简陋的秘密基地,人们从我的身边路过,看到我神情呆滞,但永远不会知道我的思绪已经乘风远去。

而今,二楼的灯高考后便长久沉寂下去,我只是偶尔途经那儿,驻足小望片刻。仿佛能看见那个满脸写着失望的自己,胸中燃烧着摇曳的一簇火苗。

依稀记得某日下了晚自习,经老校区赶回家。一辆驰往他乡的客车,窗帘紧闭,缓缓地超过了我。它经过我的时候仿佛抛出了一个氤氲着异乡月光的钩子,挂在我心上。平静的水面荡开涟漪,涌现出一股超越了我的语言表达能力的异样情感。它是载着怎样的乘客开赴何种生活呢。我目送他们远去,拼命想象着:未来的一天,我整理行装,坐在车窗旁,穿过苍茫夜色,身披甲胄征战新的生活。窗外的风景不间歇地更替,熟悉的建筑对我撒了手,保持着拥抱的姿势步步后退。我会留恋,会想念,却不会退缩,不会回头。那一天一定会来到的,并且已经不再遥远。

头顶的天空长期以来是不透明的质感,灰蒙蒙地俯瞰生活在小城里的人们,讥讽着不肯撒出一片云朵给太阳提供容身之地。我是个对晴天上瘾的人,没有晴天连呼吸都变成了复杂的事情。可是,我要去的城市,在这点上并不是特别合意。乃至人们对它赞口不绝之处,我也没有特别的感情。那么为什么做出如此选择?答案早已拟好。因为我产生要去的念头那一刻,我无比坚定,毫不动摇,义无反顾。不是为了特殊的风景,只是因为我决定要去。

零时。我的灵魂随着窗外上升的烟火炸裂得支离破碎,但是我决定享受腾空那一刻的快感。我向我亲爱的对手说,停一停,祝你新年快乐呀。

（2018 年 4 月 6 日,总第 159 期,第三版）

给弟弟的一封信

陈逸然

弟弟：

如果有幸登上小园，将其变成铅字，想来，也临近你的生日了。

生日快乐，弟弟！

从你6岁起，每当你生日前夕，我都会为你写一封信。浮生未歇，匆匆又是一年。今年亦不例外。

现在是晚上十点半，我刚刚从你房间出来。不知何时起，每晚回到家中总要看一看你才能放心。你睡觉时才是最乖巧的，一改白日对我张牙舞爪的样子。你酣然入梦，偶尔还轻喃几声呓语，让我觉得岁月静好也不过是我能一直陪伴于你。但沧海桑田，我好奇且担心，今后的种种会让天真烂漫的你变成怎样的呢？

上个周末，我坐公交车上学。上车时听见几个孩子在讨论"情书"。不过十一二岁的光景，觉得甚是有趣，便挑了他们的近处坐下。我以为少年的心事是尚未成熟的柠檬，酸酸涩涩。却不想，在他们口中满是污言秽语。最可憎的是，其中一个孩子因为提了不同的意见，便被其他人打骂。我忍不住呵斥那些孩子，没想到，非但没让他们有任何反省，而且得到的回应只是他们敌意的眼神和嘟囔的不满。彼时，车子停在校门口，那群孩子推推搡搡地跑下了车。我有些木然，为何现在的孩子这般猖狂无礼？我把这件事告诉朋友，她却说他们还小，懵懂无知。我不懂，我不懂何时起"年幼"这样的词语可以成为一种理由，可以成为解释错误的答案。我们总说当初年幼，没认真学习，可总有同庚的人取得优异成绩。我们总说年幼不知愁，可总有同岁的人关心家事乃至国事。而公交车上那些孩子的行为也断不能用"年幼"来解释。

亲爱的弟弟，我告诉你这些是想让你明白，大千世界中有真有假、有善有恶。你会遇上不同的人、不同的事，他们会影响你甚至是改变你，但无论如何，你都应该是正直的、善良的，并且愿意为此付出行动的人，心中永远有是非之辨。鲁迅先生曾在《热风·随感录四十一》中写过一段话，在此特转送与你："愿中国青年都摆脱冷气，只是向上走，不必听自暴自弃者流的话。能做事的做事,能发声的发声。有一分热,发一分光。就令萤火一般,也可以在黑暗里发一点光,不必等候炬火。"我希望,你能如此。

等你再大一些,或许是五年、十年,就要去看看世界多美好了。穿江,渡河,看见草长莺飞,感受春风扑面,明白山坡的高低,懂得云海的行止,知道天生出白云,地盛满欢喜。如果那时的你仍能惦念着我,就叫上我一起吧。我不拒绝这个世界的爱,更不会拒绝爱世界的你。但若你更倾心独自一人,那也尽管去吧。一个人,才能更好地找到方向;一个人,才能更好地认清自己;一个人,才是最好的朝圣! 愿你永不止步,用这一生来记录这个世界的花开花落。

今后的日子里,你也不必何事都争强好胜。写到这,我突然想到上次你们学校象棋比赛,我问你准备得如何,你却告诉我重在参与……我并没有觉得这有何不妥。如果你此生的态度都是如此,那也不错。你将在寂寞的时光中有着自己的闲情雅致,在荒闹的世界里有着自己的诗情画意。我相信,你会给每一滴水指引大海的方向,给每一朵花浇上清纯的甘露。人生一场,"重在参与"不是消极的心态,不是放纵的方式,而是豁达的追求,生命的享受。

最后,我希望我们都是有着"自我"的人生。我长你十岁,比你多结交了些朋友,多认识了几个路人。他们经过我的身旁,我亦路过他们的世界。这些人在我心中或多或少地占据些地位。但我知道,叶子从不停止飘落,它在风中摇曳得再久,坐标仍是大地。我的坐标则是我自己。我可以考虑所有的因素,但我所有的决定都要遵循本心。你也如此。你忘却的、记得的,辜负的、承诺的,迷失的、坚定的,痛哭的、欢喜的,都要是自己的选择。无论是谁,包括我和爸爸妈妈都没资格控制你的人生。每人都是活一次,我并不觉得那些"过来人"的告知都是有用的。你可以听取他们的意见,但不可以复制他们的人生。要知道,没人可以定格你的人生,没人可以决定你的格局。你可以在高山,也可以在大海,你在荒漠可以是星星,你在森林可以是溪水。你在的所有的地方都有自由的闪光! 人生茫茫,你要成为自己!

5 月 22 日,正值春末夏初之交,你走入我的生命。我相信所有的相逢都是不期而遇,相信所有的欢喜都是真心实意。

骨肉缘枝叶,结交亦相因。愿君崇令德,随时爱景光。

生日快乐,陈墨。

姐姐:陈逸然

2018 年 4 月 26 日

一位考生的"天马行空"

考生 Q

我坐在五楼某考场的最后一个位子,六场考试,可以说,我目睹了一切。

鉴于期中、期末考试这种相对高考而言并不太正式的考试,学校的监考措施好像也并不那么完善。这也就意味着,考生们携带的手机照样可以 play their role,监考老师往往含情脉脉地看着他们的手机(手机:"好像都是我的错。"),也不时地走出考场呼吸一下新鲜空气。这样的环境下,考生们蠢蠢欲动。

我所在考场的老师还算比较严格。一位考生第一场考试就明目张胆地使用手机,被老师逮个正着。监考老师还让她(他)去找什么老师说明情况,引得诸位考生纷纷引颈举目。考试不到一半,趁着老师低头的一瞬,一张纸条被揉成小纸团,从 A 同学手中蹿到了 B 同学手中,划出了一道优美的弧线,B 同学看过纸条后,打了一个 OK 的手势,两人便都轻微点了一下头,嘴角微扬,像是完成了一场巨大的阴谋。坐在考场一个不显眼位置的考生 C,用智能机搜索到了"一切"后扔出一个更大的纸团,于是,这个纸团便进入循环之中。

没错,这些行为是作弊。中国作为一个考试大国,从小到大我们考试无数场,填过无数个 ABCD。侧身偷看,传纸条,在桌子底下偷偷翻书,兜里揣着小抄,隔空打手势。从看见老师抬头时的紧张到不以为然,从老师走到身边时屏住呼吸,逃过一劫时长舒一口气到理所当然,考生们在不断"成长"。我们的这些作弊手段,在泰国影片《天才枪手》中可以略见一斑。在利益面前,我们的义气、诚实、正直都在迅速地消失。

我们在长大,向着成年人迈进,于是是非对错的界限变得越来越模糊,阶层之间的鸿沟越来越清晰。摆在我们面前的是更多的利益与欲望,是更多的不择手段。这让我觉得很可怕,身处最美好的年华,却让这些污垢来玷污自己,让自己变得虚伪与狡猾。一段时间后,我们将会如何看待自己?

这让我想到,每一次考试还有余温时,M 同学就会说:"唉,我不作弊,那些作弊的人就骑到我的头上来了。"就像《天才枪手》中 Lynn 在说服 Bank 加入他们的作弊计划时,说的一句"就算你诚实,生活照样在欺骗你"。这些人渐渐就会发现,世界原本就是不公平的,是非观就在这种不公平之下轻易地被动摇了。不是他们变了,是他们看到的世界变了。还好,还好 N 同学接着说了一句:"他们现在作弊就由他们乱来吧,静观其变,世界还是掌控在真正有实力的人手中的!"啊~又看到了祖国的明天,泪奔……当某些同学因作弊忽然成绩冲到年级前十的时候,还以一张人畜无害脸貌似不好意思地说:"哎呀,不小心考多了。"额额,这些同学呀,你们的父母知道你的"光荣成绩"是咋来的吗?你们的心不会痛吗?

一中的校园很美丽,一中校报上刊载的文章也都很好,但像我今天"天马行空,胡思乱想",将她的污浊之处摊开写的甚至触及到部分人利益的,怕是没有。我写下这些,只是一个考生内心想要一个正常考场环境的渴望。

哈维尔说过:"我们坚持做一件事情,并不是因为这样做了会有效果,而是坚信,这样做是对的。"我也知道,一篇小文章改变不了大环境,但是能够保持一颗辨明是非之心,我认为这是最宝贵的。如果有少数的几个人看过这篇文章之后能有所改变,我就会很满足了。

(2018 年 5 月 6 日,总第 160 期,第二版)

心有猛虎,细嗅蔷薇

张 雯

他曾想过有一天可以做一个漂泊者,以天为被,以地为床,自由潇洒,四海为家。而现在的一切就像是折断了翅膀的知更鸟,它听见骨骼咔咔断裂的声音。自由像是从碎纸机里出来的纸屑,被兑了水,搅成再也回不去的模样。

他曾梦见一条长得看不见尽头的马路, 他在大雨里拼命地奔跑,到最后,跑不动了,就蹲在马路中间放声大哭,没有人愿意为他撑伞,陪他走到雨停。梦里,浮光掠影,他总想抓住些什么,却总是抓不住。梦醒后,看见分针划过表盘,发出滴滴答答的声音。就像米开朗其罗在信中所写:"我的生命快要走到二十四点了。"他坐在这间六十人的教室里,心里总有一股难耐的惆怅。守望麦田的稻草人, 要忍受日夜看守的寂寞。而他也要忍受无人问津的孤独。"我从地狱而来,路过人间,正通往天堂。"他并非是一个悲观主义者,但他仍固执地认为,一个人必须十分清醒地意识到死亡,才会倍加珍惜有限的时光。

在这样一个不谙世事的年龄,他有些毛躁,没有耐心,横冲直撞地过着这未知的生活,期待未来的轰轰烈烈。他没有关于未来明确的目标,有时也会迷惑现在的努力到底值不值得,但生活还在继续,仿佛它一直在围绕一个方向前进,又似乎漫无目的。其实一个真正的漂泊者是不会崇拜漂泊的,因为在许多漂泊者的眼里,"浪迹天涯,四海为家"这八个字所包含的无奈与悲凉远远多过浪漫和洒脱。

波涛汹涌的江面上架起一座独木桥,他依恋江这边的风景,想要建一间竹屋,过着不争荣辱,闲云野鹤"一生一世一双人"的生活,可是身后是千军万马,他的安于现状是一种逃避。"如果命运是一条孤独的河,那么谁会是你灵魂的摆渡人?"他会莫名奇妙的发脾气,把至亲当作发泄情绪的垃圾桶。叛逆的他也曾负气摔门而出,当他冷静下来之后,回到家却发现桌上的饭菜已经凉了,而她躺在榻榻米上睡着了。他突然不可抑制地泪流满面。在这个世界上,再也没有人,像她一样爱你了。只可惜在这喧嚣的人间,我们所爱的人,总是没有办法以对方期待的方式,来回应彼此的爱。就像在荒原里崔斯坦是迪恩摆渡人,在他前行的路上,她也一直是他的摆渡人。

你曾有过别人都在嬉戏打闹,自己却像个傻子站在那里手足无措吗?你曾有过别人越过你和你的同桌说话,你一句话也插不进去,尴尬地把头埋在书里的经历吗?你曾有过被罚蹲讲台,被同学私下嘲笑的体验吗?

他有。他甚至认为它们是他十六年里最昏暗的青春。"若愿素心相赠,何妨悄悄相别。"贝多芬曾为那个他爱过的姑娘谱了一曲《不朽的爱人》,他也曾写过"暗恋如观荷,不打扰是我给你的温柔"。他更愿意将这场情窦初开,当作是成长的动力。而那些"为他好的人"站在道德的制高点上,对他评头品足。似乎鼓励会让他继续犯错,只有鞭打才能让他悬崖勒马。

"一切都明明白白,但我们仍然错过,因为你相信命运,因为我怀疑生活。"我们的一生会有许多过客,人群里匆匆一瞥,遇见即是分离。谈不上失去,因为不曾拥有。当理想与现实并驾齐驱时,我们往往会败于现实。于茫茫人海,转身,继续行走,一瞬间的动作,很容易做到,但也容易错过。他愿意选择去相信《挪威的森林》里那句经典"迷失的人迷失了,相逢的人会再相逢"。在平行的世界里,没有相忘于江湖。

你总觉得与别人不一样,可也终究沦落到与别人别无二致的地步。戴着黑色的面具,披着长满虱子的华丽长袍,在人群里兜兜转转,受到别人的冷眼与嘲笑,抬头挺胸似是高雅的阔步而走,认为前方是漂亮的生活,其实,走的时候便是生活,你连当下也生活不好,又何必妄谈前方。当你选定了一条路,另一条路上的风景便与你无关。他突然意识到,人在征途之初双袖清风应能赢一座城池输也不过输片瓦砾。一个真正一贫如洗的人,才会怀着一腔孤勇。反而是拥有最多的那一个畏首畏尾。就如《解忧杂货铺》里所说:"你的地图是一张白纸,所以一切都是自由的。"

(2018 年 5 月 6 日,总第 160 期,第三版)

他 们

最美的钠离子

在世间，本就是各人下雪，各人有各人的隐晦与皎洁。

——题记

时光在我手里像一只不停扇动着翅膀的鸟儿，不舍昼夜地急急飞向远方的天空。我努力，想让每一秒都听见回响，每一秒都灿烂无比。可时光又变成了一个调皮的孩子，嘻嘻哈哈地加快脚步离我越来越远。

"人似乎总会在某个阶段爆发性的长大，爆发性的懂事，爆发性的知道事情的真相，让原本没有什么意义的时间刻度成了一道分界线。"复读的这一年对我来说不仅是考个好大学的踏板，更是十几年中最特殊的一年。为了以后留个念想，所以记录下这一年中陪伴我的他们。

苍老的小孩——小乙

2017年暑假，小乙总是从噩梦中惊醒，又混混沌沌地睡去。小乙说那时她最喜欢的一首歌叫《坠落》，里面有句歌词她记得最熟："就别抱紧我，别安慰我，就放弃我，让我继续坠落。"

印象中的小乙素来是个爱笑的女孩，可那个夏天，她着实没有几天是真正开心的。旁人三天两头问成绩，父母、家人尴尬地回答，一切都像燥热难耐的夏天，让她闷得喘不过气来。后来复读的钱交了，资料也领了，小乙的心却如同脱缰的野马怎么都收不到学习上。那时小乙的父母看着女儿自甘堕落的样子，只能动动嘴上功夫，又舍不得打，但小乙不但丝毫没有收敛，反而像死火山爆发一样越来越暴躁。

那些日子也不是没有朋友开导、劝慰，但正如尼采所说："当你在凝视深渊时，深渊也在凝视你。"你尚且叫不醒一个装睡的人，又如何救起一个放弃自己的人呢？那时候的小乙给自己戴上了枷锁，任谁叫她她也不愿走出这牢笼。

万幸的是小乙在新环境中结识了他们。虽然不清楚小乙在他们心中的定位,但我知道,在小乙眼中,他们最珍贵。

许多人闯进你的生命里,只是为了给你上一课,然后转身匆匆离去。也许每个人都遇到过这种人,他们可能是同学、朋友、商人、陌生人,他们匆匆离去后只剩下了正在长大的我们。可能一段时间后回想起曾经做过的事,你会后悔、会懊恼,但正是这些零散的音符才奏响了青春的号角。

极限三精

大冰有一段话说得特别好:"人活一辈子,总会认识那么几个王八蛋:和你说话不耐烦,和你吃饭不埋单,给你打电话不分时候,去你家里做客不换鞋,打开冰箱胡乱翻……在别人面前有素质有品位,唯独在你面前没皮没脸。但当你出事时,第一个冲上来维护你的,往往是这种王八蛋。"

绿茶和日寸都是典型的女汉子,我也是。所以我们三个的相处模式有点社会。大家见了面就开始拼嗓门,谁嗓门大谁就能优先夺得话语权。但毕竟骨子里还是女生,你永远猜不到下一秒她们会做什么。去年圣诞节,绿茶寄了大包零食给我,快给我整哭了。因为寄来的不仅是吃的,还有她大晚上写的信。据她自己说,写完信后她实在控制不住眼泪,只能放任它们出来溜达溜达。这之后,我也哭了,因为……她让我还她运费!Oh my god! 你听说过给别人寄零食还敲诈运费的吗?

日寸更别提了。上上周在某个夜深人静的时候,日寸看到了《明日子》的视频,我们都知道去年暑假火了老毛,毛不易。日寸喜欢马伯骞和周震南,疯狂喜欢。看了视频的她想到了去年暑假的日子,于是边回忆边哭,深更半夜才睡去。

看过《极限挑战》的同学都知道"极限三傻",所以为了表明我们仨的实力,我低调的称呼我们是"极限三精"。

圣诞节前给她们寄了信,本想着祝他们节日快乐,谁曾想到2018年了,信还是下落不明。我的一块二就这么没了?大佬的女人岂是轻易放弃的,后来我斥巨资十五元重新寄了一次,结果最后两封信她们都已收到。佛系收信,随缘。而那个圣诞节也是最有意思的,绿茶的零食和信,日寸的特别策划,另外 3 个二傻的陪伴都是珍藏起来的回忆。虽然没吃苹果、橙子,但是柚子吃了不少,嘘~透心凉。

我们总是向前走,却忘了回头。

时光如笑如蹙,我们想要的人或事,往往藏在嘴角的微笑里,隐在眉头里。然而,青春又总是太过于纠结,磕绊,如同一张揉皱了的纸,不愿意舒展,不懂得摊平,不懂得把坏心情折成纸飞机,摇手放飞。

但幸运的是,遇见了你们。

每次想你们时,我就会给自己唱一首《意料之中》:

"然后兜兜转转,然后平平淡淡,一路星移物转,我们没有散。"

但愿到明年的寒假,是这样:

绿蚁新醅酒,红泥小火炉。

晚来天欲雪,能饮一杯无?

44、917

44 是个智障,但我不能当他面说,他个大,我惜命。

44 的个性签名特社会:玉米棒的~八宝粥。

虽然大家都是社会人,可他是小猪乔治帮,我是小猪佩奇帮,大家虽然不是一条道上,论辈分,他当尊称我为大哥。

我说 44 是个智障绝不是毫无根据的。某天晚自习,他试用我耳塞,然后十分不道德的给我差评,转身就推荐班里另外一个同学的高品质耳塞,还问人家在哪买的。万万没想到,高端耳塞原来是个蓝牙耳机,场面一度十分尴尬。

你永远不要和 44 唱反调,反正唱到最后他都会说:"是 dei 哦,你还不是说什么是什么。"

917 是个很不错的女生,唯一的缺点就是审美似乎有问题,也没啥,就是觉得某清华毕业的著名音乐人很帅。晓镜但愁云鬓改,咬定青山不放松。

社会人和社会人交朋友,社会人之间讲和的方式也不一般。

有次我们俩闹别扭,虽然放学之后已经握手言和,但我还是很真诚地发个短信告诉她我很不舒服。过了二十分钟左右,短信通知,我忐忑不安地打开:"下来,阿俩打一架。"

其实最怀念的还是冬天太冷,晚自习不上课的那段日子。俩人买一大堆零食,躺在暖和的床上,看着让人头皮发麻的大侦探。记得有一期特吓人。917 缩在被窝里只听声,而我则一手挡着眼,一边竖着耳朵听,期间还要一直确认"你睡了没?","没呢。"骗人,后来呼吸都匀乎了。还能秒回我。

何其幸运,能遇到他们。

善良的人在追求中纵然迷惘,却终将认识到有一条正途。

十二

十二是我见过的笑起来最好看的男生,就像巧克力味的冰激凌。

其实最不喜欢看他一脸严肃的样子,像万年不化的冰山。

对十二了解不多,也不知道怎样去了解一个人,只知道十二很呆、很固执,面对别人的请求他似乎不懂得怎样拒绝,关键是你提醒他他还跟你急。真是烦得透透的。

每天能见到十二的时间不多,有时路上遇到,绝大多数时间他都是一脸冷漠地和你打招呼。

有时看到十二的小表情会觉得他和我爱豆简直是一个模子搝出来的,于是我认为十二上辈子可能是只电鳗。

十二,下辈子我就叫皮卡丘,记得找我,我们 PK 一下。

十二,毕业了一定要听听花粥的歌。

太　白

太白是我弟,比我大一岁。

太白是学霸,我是学渣,所以高三每次月考完我都会一脸郁闷地向他请教。他也会不厌其烦地告诉我每一科的学习方法。然并卵,别人的就是别人的,大道理听了一箩筐,下一次考试后我还是我,不一样的烟火。

不是一家人不进一家门。去年他生日我寄了个牛顿模型给他,可快递太粗暴,东西打开一看,挂着玻璃球的线也掉得差不多了。绿茶买了只巨逼真的狗给他。太白说,他半夜都不敢睁眼。虽然礼物奇葩,但一颗祝福的心绝对是比真金还真。

收到报纸后,无意中看到日期已是 4 月 6 日,想想下次拿到手后就是五月份了, 于是赶紧给太白发短信叫他写篇文章夸我, 本以为他会扭扭捏捏的,结果他只问了一句:"要咋投稿哦?"

我弟帮了我很多,无论是高三还是高四。

弟,早点儿给我找个弟妹。

谢了,我弟。

最后的最后,一首诗送给所有考生。

鹧鸪天·送廓之秋试

辛弃疾

白苎新袍入嫩凉。春蚕食叶响回廊。禹门已准桃花浪,月殿先收桂子香。

鹏北海,凤朝阳。又携书剑路茫茫。明年此日青云去,却笑人间举子忙。

(2018 年 5 月 26 日,总第 161 期,第二版)

左手倒影，右手年华

王相约

我们经常走在一起傻笑，说着瞬间就忘记的笑话。

——题记

二零一八年九月七日凌晨，大胖给我发了条消息："这一期的葡萄园发了没？拍给我看看。"我是在第二天中午快午睡时看见的，回了句："还没呢！"

我闭着眼，翻来覆去睡不着，这个时候，大胖应该在军训了吧。我们曾说考进同一所大学，无奈，我太菜了。思绪顿时飘到六年前，在老校区上课时，每天下午放学和大胖背着幼稚到不行的书包从校园两侧的梧桐树下走过，叶子总是飒飒作响，那时，总觉得路很短，永远都有说不完的话，损不完的人。大胖有一个习惯，一个让我厌恶到吐血的习惯：每天不管是中午还是下午放学总要去学校旁边的希望书店看书，从来都是光看不买。作为她的死党兼同桌，我每一次都跟着她一起厚脸皮看，不过老板人很好，从来没有像电视上演的那样拿着扫帚把我们撵出来。当然，我喜欢吃学校门口卖的肉夹馍，由于人多，要排队，每次排队时大胖也总鄙夷地看着我："你要是把吃的心思放在学习上，也不至于天天被数学老师找。"我们是同桌，但是她成绩比我好很多，至少在初三之前她一直是我们三班的第一名。"颜值不够，成绩来凑"这句话放在她身上来形容是最合适不过了。

大胖是一个单纯到骨子里的女生，爱憧憬，爱幻想，爱写东西，我总是在她即将散发浪漫气息的时候说出一些不合时宜的话："你看你一个女生，长得五大三粗的，还天天妄想白马王子，其实啊，真正骑在白马上的都不是王子，都是老头子！"然后她总是恼羞成怒："你这么没有情趣，没有幻想，没有艺术细胞的人懂什么！"

当时，我们一起追《小小姐》，在老班课上偷偷看《蔷薇少女馆》《钢琴小淑女》，下课了一起哼唱《棉花糖》。在自恋、自信、自负中变化自如。当然，我们也曾有过非常大的分歧,例如,初二的时候为了钓鱼岛的归属问题吵了几节课,我说她崇洋媚外,她说我迂腐不堪,最后在物理老师的怒目之下握手言和。我们几乎天天吵架,但又天天和好,她会帮我补我那烂得透顶的数学,我也会拖着瘦肉的身子陪她去操场甩肉,可她总是迈不开腿,管不住嘴,越来越胖。

后来,上了高中,她自然而然地去了五楼,学习依然努力,虽说天天爬楼梯,可体重还是不停地涨,我把这归功于她身上的"胖素"。十七八岁是一个情窦初开的年纪,大胖很不幸地也中招了,可惜啊,暗恋失败。谁的青春不迷茫?谁的青春不彷徨?我们总是在错的时间喜欢上不知对错的人,唯有控制,唯有努力,等时间过去了,慢慢就好了。大胖成绩急速下降,后来,在一个月黑风高的夜晚,我们各自翘了一节课坐在艺术楼的楼梯上探讨人生哲理,于是她幡然醒悟,再无心思想其他事情,一心学习。她当时说,喜欢一个人,那个人就算再普通,可当他对你笑的时候,就像是天上的星星,一闪一闪的,那么明亮。高三,对于她来说,真的挺难熬的,好在,挺了过来。忘记了是哪位诗人写的,你脚踩的地狱只是天堂的倒影,我唇角的故事终将是时间的灰烬。

悲伤的日子总会过去,我们依旧每天笑嘻嘻的,我常挽着她的胳膊走路,边走边腻歪歪地说:"大胖啊,如果以后咱俩实在找不到对象就搭伙过日子呗。"她嘴一撇:"如果你是男的我就嫁给你。""但我是男的坚决不娶你!""哎呦喂不得了,还嫌弃我了。"

大胖去上大学了。经常会给我发一些大学的照片,鼓励的话语,还有自恋的照片。我总是回她:真想鼓励我,发点红包多实在。然后就没有消息了。她太抠了,但是她常说这是节俭,还说这是中华民族的传统美德,我应该向她学习。

两个人相遇是一种缘分。找一个可以说话,一起哭,一起笑,一起闹的人真的挺不容易的。七年了,大胖还是那么胖,而我,已经不瘦了。我们总是会在经历中不断成长,在成长中学会珍惜。

PS:杨同学,在青山绿水之间,我想牵着你的手,走过这座桥,桥上是绿树红花,桥下是流水人家,桥的那头是青丝,桥的这头是白发。咳咳,有点小肉麻哈!

(2018 年 10 月 6 日,总第 163 期,第四版)

纪我们的小青春

崔滋龙

如同在沙滩上漫步,每一步都会在沙地上留下或深或浅的脚印。在这一长串的脚印里,总有那么一段是凌乱的,就好比人生漫漫长路上那段最特别的时光——青春期。

步入高中已有两年多的光景了,一路走来,有悲有喜,有酸有甜。此刻,我暂时停下脚步,回首瞻望,竟忍俊不禁。

犹记开学初,我满头大汗地找到四楼我所在的班级,走进时还有些许迟疑——满是陌生的面孔,一种略带羞涩的感觉从心底油然而生,同样知道进班的时间,我竟来得那么晚。从班级的座位来看,大约只有四五张桌子的座位空着了。走到最后排,我看到了两张熟悉的面孔:一个小学同学,他正和邻座的人聊得欢快;一个初中同学,他一个人坐在位子上玩手机。我似找到了归宿般走近初中同学的位子,坐下。那属于少年的青涩,暴露无遗。

我们这一届与历届的不同之处,便是迟到的军训。虽然迟到了,但军训依旧要进行。源于我在小学曾接受过少先队升旗手的培训,我在军训时表现得很好,很受教官的青睐,我被委任为只比教官低一等的副队长,(教官本人是队长嘛!)负责分组训练同学。初为"官员"的我被"位高权重"冲昏了头,满身是刺地对待我的同班同学们。在我小学同学请求喝口水的时候,我甚至讲出了很"大公无私"的一句话:"谁都想喝水,我要是特许你喝了,岂不是对大家的不公平?没有特殊!"于是乎,我与他结下了梁子。当时我幼稚的想法很纯真,正义感十足,能抛开私情,铁面无私,而且敢作敢当。在后来与他相约楼底正面对峙时,面对他找来的小混混们,还微微发颤地发表我的正义言辞。至于结果嘛,我的脸挨了两拳,小腹接了一脚……

来自青春期的雄性荷尔蒙在那次"楼底事件"后激烈地爆发了。通过各种渠道,我变成了那些小混混的其中一员。古有"君子报仇,十年不晚",勾践还卧薪尝胆呢,数年后,牛哄哄的夫差还不是败在了他的手里。我花了很久的时间与"哥们"打好关系,之后"报仇雪恨"了。现在的状况嘛——我和那小学同学勾肩搭背,已是常态……那些小事怎能抵得过多年的同学情谊呢?是吧,也没什么大不了的嘛,都是抬抬脚就能迈过去的坎。

年少轻狂是同学们的说法,在大人眼里,就变成了——叛逆。

与同学斗智斗勇是开学不久。都是刺儿头,谁都碰不得谁,时间长了,再刺儿头也磨合得没了刺,感情上来了,也就没大问题了。但在老师那儿,情况就不一样了。来自心底的放纵不羁追求自由的青春期专属性格突显,与老师、与学校纪律的对抗开始了。

学校不允许早恋,我偏要,还搞得如火如荼、轰轰烈烈、激情四射。公然在学校里手牵手一起走,热情相拥都不觉得过分,还自豪感十足;学校不允许带手机进校园,老师不允许带手机进班,我偏要,不仅带来了,还在班里招呼大伙一起在"王者峡谷里遨游",在方寸的屏幕上出演激烈的手指舞,操纵着方寸屏幕里的虚拟人物无畏厮杀。对局中沉着冷静,分析战况;胜利了高兴呐喊,神采飞扬;失败了也不叹不沮,不卑不亢。就算班主任的魔掌从天而降,风波过后,依旧热情高涨。最胆大勇敢的想法,也不过是:宁愿成绩一落千丈,也不枉青春潇洒、酣畅淋漓一场!

可是,这世道魔高一尺,道高一丈,在班主任的不懈努力下,我们被迫学会了听话,做了一只只温驯乖巧的羔羊……

回想到这里,毫无悬念的,我的嘴角已经上扬了。(忍俊不禁嘛!)青涩,荷尔蒙,叛逆,都已在岁月的冲刷中寻不到踪影,如今的我们已在一步步走着高中最后一段路程了。面对高考的淫威,我们还哪来的那种桀骜不驯的刺儿头劲儿,个个都抄起了家伙——小笔杆子,努力于各科资料面前,满心琢磨着如何对抗那由方块字、阿拉伯数字、鸟语还有各种符号组成的"题联盟"。所谓青春期,留在回忆里等以后再品味吧!先撬开大学的门,我们现在都向往着大学时光里别样的青春呢!

沙滩上,人生不结束,脚印无完章,前方可能还有各种突如其来的状况,那还是未知的呢,不管以后的脚印如何,都不会再有青春期的那种最特别的杂乱无章了。但愿我们都有藏于心底的各种酸甜苦辣小回忆,都能在沙滩上昂首阔步,热情徜徉……

(2018年12月6日,总第165期,第二版)

是我妈妈啊

太空避难舱

　　所有成功学我就记住了史铁生一句话："出了名让别人羡慕我母亲,为了让她骄傲。"初中看到的,脑袋被一道光劈开了。像有人在我心脏的痒痒尖儿,用刚好的力道掐了一个十字,又痛又痒,舒服极了。我的人生目标后来百转千回,变化巨测,唯独这一点没变过。

　　后来高中生病停了一年课,再回来上课,压力巨大。常常一个人在暮色四合里从画室晃荡出来,孤零零迎着来来往往的人流,低头叹气。有时候藏在黑黢黢的楼道里大哭,哭到最后不是情绪收不住,是肌肉收不住,哭得醉醺醺的,哆哆嗦嗦地上楼,问我妈。

　　我说,妈,我真怕自己一辈子都一事无成啊,要是以后我不能给你买大房子,不能带你出去玩,可怎么办啊。

　　我妈说,妈妈不需要,妈妈只要你健康快乐,妈妈有钱,妈妈能养你一辈子。

　　妈妈是这世界上,我唯一,最脆弱的软肋吧。

　　从我上小学开始,几乎每天都跟我妈倾诉,无聊啊,难过啊,高兴啊,所有的情绪都有了一个出口。史铁生说："那时她的儿子,还太年轻,还来不及为母亲想,他被命运击昏了头,一心以为自己是世界上最不幸的一个,不知道儿子的不幸在母亲那儿总是要加倍的。"我从来不克制自己的倾诉欲,伤心委屈都一股脑儿倒给我妈。我从来没想过,我的不好受,要在她那放大。每每我大哭一场酣睡一觉之后, 我妈才敢小心翼翼地问我:有没有好一点?昨晚妈妈一夜没睡。

　　平时忙着上学,一到周末就粘着我妈,从她背后抱着她肩膀,胳膊绕过她的胸怀绕得紧紧的,大腿也箍在她胖胖的肚子上。我妈时常被我抱得喘不来气,把我往外推。我安分一小会儿又没筋没骨地搂上去了。我妈总说,你忘了啊,你妈老了。

　　我妈不老,我妈三十五岁。小学我为了应付老师的作业第一次问她年纪,知道了这个数字。在我记忆里,这个数字就是我妈妈的岁数啦,再也不会变了。

我妈是一座温吞的、能消释掉所有戾气的宇宙。心神不宁的夜里,听见妈妈开卧室门,立刻翻身下床光着脚,吧嗒吧嗒地跟去。

当女孩真好,不管多大都可以跟妈妈挤着睡,在妈妈胳膊下面,我永远是小姑娘。

在她的臂弯里,世间所有的爱和疼痛,都是假的。

在我记忆中,童年其实不怎么快乐,爸妈工作忙,顾不上我。跟朋友在外面疯跑了一天,回到家也没有人,挨到饭点实在饿得不行,只能扒拉几个菜叶子煮着吃。暑假被提溜着写作业,耍小聪明让姐姐帮我写,结果被一眼识破,打着哭嗝把作业重做一遍。有时候我想,年轻的她其实不太明白怎么做一个春风化雨的好妈妈。那时候没有什么育儿节目,她拿着几本文艺的书,在教孩子的事情上面,一心一意地就是把我往一些美好的大字眼上引。

我还不懂事时,有次回老家过年,一屁股坐在刚停下的摩托车烟筒上,大腿烫糊一片,我哭着找大人。她没在意伤口,简单处理了下就鼓励我要坚强,发现我站不起来后她才意识到有多严重。守着我一次又一次地换药,到现在腿后还有两大片突兀的疤。

最近几年她好像真的老了,看见这片疤就伸手摩挲几下。红着眼眶怔怔地后悔那天没有及时处理。她说,平时穿裙子怎么办啊。她看着她女儿慢慢地长大,骨骼伸展开,面目清晰了,疤痕却永远留下来了。她没事就爱多想,以为是母女间一道不可修复的创口。

她说着说着要流泪,怨自己年轻时候怎么心肠那么硬啊。

其实以前也总和我妈吵架。就因为我没收拾房间,我妈火气蹿上来又吼又叫,说自己就是一辈子伺候别人的命。

我听了又气又恼,蜷着一动不动。我刻薄易怒掺上一点点伶俐,很容易往别人痛处说些不计后果冷飕飕的快意话。这时候能保住我体面的,往往是我性子里的软弱,怕难堪。

我会想起她年轻时的样子。她也是家里的老幺儿,她年轻时候也爱漂漂亮亮,手不沾水,煮不熟米饭。生活抽丝剥茧地将出她身上的娇俏多情。那么好看、那么温柔活泼的少女,婉拒了诗和远方,成了一个最不省心孩子的妈妈,沉没在生活的苟且中。

大发光火的第二天早上,她到我床边,摸着我的脸问我,现在还生不生气了。

我迷迷糊糊不说话,我妈又说,你睡吧你睡吧。她自言自语:这几天还要去看你外婆,她年纪大了,我就老想着我以后会不会给你添麻烦,我走了以

后你怎么办,不会照顾自己,以后会不会受委屈啊。

我背对着她,眼泪又要流了。

今天我妈说,你阿姨们都夸你画画好看,我说,她们怎么知道的。她说,我炫耀的啊。

大概忽然有一天,我不知不觉地,就成了你的骄傲吧。

(2019 年 3 月 6 日,总第 167 期,第四版)

悔相道之不察兮

谖 俏

让我们在一颗颗晶莹的泪水中,去感受最真实的生命印记。

曾是 G 校的年级第七,骄傲、张扬、自信;未曾想到有朝一日会暗恋上一个和我成绩相差甚多的人。为了接近他,我考试压低分数,只为和他同考场;为了走近他的圈子,便使自己成为和她们一样的女生,即使那是我所厌恶的;到最后,我忘了最初的自己,甚至上课也不听课了,只为成绩和他一样,有机会在一个班级。所幸的是,我和他被分到了同一个班级。可是啊,这只是我一个人的单恋,我没有正确处理好暗恋这种事,从学霸变成了学渣,从正取变成了定向,人际交往也退出了属于学霸们的圈子,亲人也对我冷嘲热讽。一个暑假,让我成长了不少,我意识到自己的错误,并给自己制定了高中生涯的学习目标。

我就站在你面前,你看我有几分像从前。中考的打击,让我学会了内敛。初入高中,两篇作文被语文老师当作范文来读,因此小有名气,一时间班里所有人都认识我(公认的好孩子哦)。当然,我只沉浸在自己的世界中,只认识同桌和舍友。话说,当时我可是带动了我们宿舍学习的热潮——三点一线。

斯人若彩虹,遇上方知有。A 是我的舍友,B 是我们班物理科代表。一天,A 用我的手机给 B 打电话,B 因此知道我手机号。国庆那天,B 打来了电话,出于礼貌,我接了,并听他说了两个多小时。其间我还和他妹妹交谈了(在这之前,我和 B 未说过一句话,这模式够奇葩吧!)。后来,每天晚自习放学他都会给我发信息,当时的我被他的文采所吸引,就每天晚上和他对对诗,或许所谓的好感就是这样产生的。

终于,舍友发现我的反常。A 说:"你现在每天晚上都不学习,只顾和他对诗,再这样你会喜欢上他的,你还想考大学吧,你们不是同类人,他是那种和每个人都能嗨起来的人,还记得刚入高中的你是多拼的样子吗?"的确,我变了,我不想这么多年的努力付诸东流。于是我告诉B,发短信太浪费钱了,以后就不要再发了。奈何,他不知弦外音,真以为我嫌浪费钱,就建议我用QQ,脸皮薄的我遇到了死缠烂打的B,就同意了。B教会了我玩QQ,错误也由此开始。圣诞前夕,B在教学楼口说:"我不想上了。"当时的我,真心地把B当作好友,同时我最佩服的就是物理成绩好的,而B恰好是科代表,无论哪一方面我都不想他的前程就这样没了。我自顾自地劝了好会儿。"只有你能帮我。"B这样说。"好,我帮你,你一定要继续学下去。"我答道。"那你做我女朋友吧,否则我就不上了。"这句话是真真地吓到我了(我对恋爱这件事特反感)。可是,我在乎B,一直把B当作弟弟一般对待,不想他不上,就答应和他假装几天,而且告诉了他,我有喜欢的人。可是,第二天,B就告诉了我暗恋的那个人,而且我所有的好友都知道我"恋爱"了。偏偏我却不能解释(现在想来,如果我当初知道那个决定对我有多重要,就算他死在我面前,我也不会同情心泛滥了)。

骑虎难下,只好认命。后来,假戏真做,我对他日久生情,可终究是影响到了学习。我不止一次对B说算了吧,每次等我的就是一句"那我就不上了",让我毫无办法。还是被父母察觉到了。我知道,学习对我来说才是最重要的,现在的承诺不可当真,未来的事谁也说不准。我认真地对B说不要再联系了,都要好好学习,他不同意,意料之外的事就这样发生了:那天晚上,B的妈妈哭着求我不要离开B,"我知道你是个好孩子,我不反对你们在一起,我只希望B能考上大学,求你帮帮阿姨,不要离开他,他现在只听你的话。"一边是那可怜的母亲,一边是我的未来。真的不忍心见到B母亲那样伤心,我放弃了所有,去赌B一个不确定的未来。B说他会娶我,留下了十年的承诺,我信了。那一年,乖乖女的我不断和父母争吵,不听朋友的忠言,不顾老师的告诫。后来啊,B改科学文了,"你不学文,没人看着我,我会学不进去的。"B这样和我说。我反问:"那你的意思是我也要改科吗?""我希望你也改,但我不会强求你的。"B答道。老班告诉我爸,即使我不学,也能考个二本,改成文科就没指望了。最后,我对父母亲说,不同意我改科,我就不上了。父母大概知道了B在我心中的地位,就同意了(其实我爸生气不问我事了,说没我这个女儿)。"我只希望你快乐,以后也不逼你学习了,记得妈妈爱你。"这是在电话中妈妈对我说的。一瞬间,我哭了,知道自己的行为深深地伤害到了父母,我想说我不转科了,可是我终究没说。B说学习跟不上,让我等等他,我就真的不学在原地等他……我们都认为并坚信我们可以走进婚姻的殿堂。可是,人生哪有那么多的美好,公主和王子的故事终究只是童话故事里的。

长太息以掩涕兮,哀民生之多艰。B走了,而我还在原地,有人说他渣,但我一点都不怪他,毕竟曾经的诺言也是他当时的心声,急于表现自己,我们都年少,承担不了任何责任,更没有未卜先知的能力。但我真真切切地受到了伤害,两年多的时间换来了血淋淋的教训,使自己"面目可憎"。高三的我,深感时间的紧迫,学习任务的繁重,压力大,后悔当初没有好好学习,以至于现在一无所有。

最近在表白墙上总能看到高一、高二的学生在表白。表白的目的何在?或许憧憬你喜欢的人恰好也喜欢你,最后上演一段关于爱情的悲欢离合。我这样说,并不是带着个人色彩去否定着什么,而是想告诉大家不要被朦胧月迷失了内心,处在学生时代,我们就应该扮演好学生这个角色,努力让自己更优秀,才有资格追求自己想要的。暗恋也好,明恋也罢,这都是成长中的一部分,但我们要学会把这份美好放在心中。努力学习,才有追梦的能力,切莫让将来的自己留下悔恨的泪水。

(2019年3月6日,总第167期,第三版)

生而为人，劝你善良

不加糖

余生很长很长，所以一定要和有趣又有爱的人在一起，那样才会幸福。

——题记

草泥马说："人类太丑恶，还是做匹草泥马吧！"

一八年热播电影《悲伤逆流成河》掀起一阵 diss 校园暴力风。从表面上看，是少男少女的爱恨情仇，而实际上则真实反映了当今校园生活中的欺凌、冷暴力。郭敬明以电影的形式表达了在这场名为"玩笑"的闹剧中，没有旁观者，只有施暴者。

其实在现实的校园生活中，总会有这样一群人，他们好像永远"吃得太饱，作业太少"，总致力于打探别人的隐私，以吐槽他人为快。也有一些人总觉得自己高人一等，对于讨论别人的衣着打扮、外貌长相乐此不疲。买个星巴克故意说你土豪，穿甫田又给你起外号，穿条牛仔裤说你显腿粗，发张自拍说你把脸P歪了。他们喜欢拿别人的短处开玩笑，戳痛别人还不以为然，你生气还说开不起玩笑。这种人虽然不一定邪恶，但真的不讨人喜欢。

刻薄嘴欠和幽默是两回事，口无遮拦和坦率是两回事，没有教养和随性是两回事，轻重不分和耿直是两回事。我不插手你的生活，但我劝你善良。

最近在网上看到一个帖子，讲的是一位甘肃女孩因差点被老师猥亵，上诉被撤后，心情抑郁跳楼自杀的事。当她站在教学楼顶，底下围观的人在起哄，拍照直播，一句"你跳啊！"彻底将她生命中最后一束光熄灭，她心灰意冷，纵身一跃，下落的瞬间，她看到哭的人真的只有那个警察，其他的人则像免费看了场闹剧，一哄而散。地狱空荡荡，魔鬼在人间，这些人又与魔鬼有什么区别？

五个人出去吃饭，多出一个人坐在另外一个桌子，好心不让她落单和她一起坐，结果她"噌"地坐在我刚刚的位置，留我一个人在座位上发呆。

可能有些时候,我们真的需要为自己开一扇窗,毕竟善良这种东西不是人人都有。从来没有什么"人之初,性本善",他们往往会把伤害归结为玩笑,旁观者永远不会承认自己做过的事有多恶毒。

这个世界不是特别好但也不是很坏,你要储蓄你的可爱,眷顾你的善良,变得勇敢。即使当这个世界越来越坏时,只希望善良的人越来越好。

所以无论做什么,不管想什么,初心是什么,结果得到什么,你都要善良,一如既往。

无论世界怎样对你,请你一定保持善良,好运会与你不期而遇!

PS:推荐首歌(日语):《她曾活过啊》

(2019 年 4 月 6 日,总第 168 期,第一版)

雁过也

单 伍

　　昼消夜涨，星斗满天。我吹着晚风看星星。透过银色的一颗颗，仿佛看到了你清亮的双眼。

　　第一次和你遇见也是这样一个晚上，朦胧，璀璨，美好。一切都随着遇见你变得与众不同。我清晰地记得每一个细节。我不经意地回头看，看到一团白，很是奇怪，于是戴上眼镜。待我看清的那一刻，吓得我心都要跳出来了！是一张人脸！我努力稳住呼吸，向后桌打听人脸的名字。放学后路过人脸，终于看清了你的庐山真面目。哈，小生好生俊俏的咧！亮了我不安分的眼，烫在了我不安分的心帘。那一刻，我知道我完蛋了，像"吧嗒"掉进一个密封的罐子。我艰难地呼吸，开始有了蛛丝般细密的心事。我把自己变成一个超大的收纳盒，拼命收藏你的每句话，每种表情，每个动作，每个喜好。我向别人打听你之前，总是铺垫别人的名字，一点都不想让别人知道。从遇见你开始，凛冬散尽，春光长明。

　　我最好和最糟的样子，都是喜欢你时的样子。我开始变得敏感、多疑，一点点小事情都被我拉近，放大。我也三番五次警告自己不能再这样下去了，循环上演着"擅自喜欢上人家，擅自想入非非，然后擅自失恋"的戏码。你安静学习的时候，我借口问后桌问题偷瞟你；你大声说笑的时候，我沉默，耳朵却是绝对竖着的。你越美好我就越渺小，我开始习惯戴眼镜，开始下课放学路过你的座位，开始对你的事情闭口不提，生怕别人有所察觉。情绪总是一瞬间涌上来，每一次都措手不及。你看到的那个总是谈笑风生的女孩，也是那个在夜晚哭着睡着的女孩。你左右着我的喜怒哀乐，有点小插曲都令我内心汹涌，但你对此丝毫不知。于我而言，你可遇不可求，可遇不可留，可遇不可有。你不入尘俗，自然不会有像我这样歪曲复杂的内心。而这场戏，导演是我，编剧是我，制片人、演员、观众都是我。我孤零零地站在台上，肢体语言就是我的内心活动，像疯子一样。人们都说苦尽甘来，可是苦不会尽你也不会来。班里开始泛起流言蜚语，我慌乱解释，倒不如你不解释显得自在。可眼神还是出卖了我。可能我看你的眼神和看别人真的不一样吧。"我喜欢你"似乎已经成了班上心照不宣的事实，我也不去管它了，随它去吧，反正是真的。

我开始喜欢上薛之谦。当塞上耳机，世界里就只剩下他的声音。歌里的人或多或少和我有些契合点。雨果说：真爱的第一个征兆，在女孩身上是大胆。钱钟书说：男女之间借书，一借一还就会有故事了。我以前没读过这两句话，可巧的是它们在我身上得到印证。我首先点亮了我们的第一次谈话。那天我小心翼翼抱着你的书欢喜地轧马路，险些被车撞，虚惊一场。大难不死，必有后福，当时我不知道你在我身后，眼神复杂。

每一次心动的开始，仅仅是因为你的名字。当我反复咀嚼你的名字时，发现它源自两个成语，于是你在我心里又多了个可爱的小绰号"长袖能歌"。为此我改了网名，用到至今。你的名字最好了，字面又干净，笔画又疏朗，音节又好。听说万物皆有裂痕，那是光进来的地方。而你是我心上的裂痕，也是我青春里的光。就像你真的是我的软肋和盔甲，是我内心乱撞的那头小鹿，是在我脑海里整天乱跑的人；你是我不戴眼镜一眼就找得到的存在，是星空中发着光的亮晶晶；你是我白天的欢喜，夜晚蒙在被子里的想念；你是我日记本里的常客，梦中的主角；你还是你，有我一喊就心颤的名字。晚春的枣子，初夏的苦瓜，秋后的辣椒，腊月的橘子，酸甜苦辣像极了我喜欢你时的样子。每次放孔明灯吹生日蜡烛时我眼前总浮现你的身影，只是我不期待，不祈求。少年像一首诗，朗朗上口，含蓄蕴藉。

林夕有句话说得特别好：喜欢一个人，就像喜欢一座富士山，你可以看到它，但是不能搬走它——你唯一能做的，就是自己走过去，去争取爱的人。听说你向往南京那座古城，所以我决定追逐你的脚步，所以先把我喜欢你这件事放一放吧，你很优秀，可我也不差。有些人喜欢小溪，是因为没有见过大海，我见过银河，但我只爱一颗星星。我曾经最喜欢的作者是大冰，他的书放荡不羁，一切都随着性子来；现在我最喜欢的作者是张嘉佳，他的书细腻，让我哭了很多遍。你就像张嘉佳的书一样，让我哭了很多遍，可到最后，你也不知道我读过你。

现在并不很频繁地想你了，毕竟高中余额只剩下两位数了。看着你每天伏案学习的身影，又好看又令我心疼。每当我学习上有些懈怠时，总会抬头看看你。有次正巧和你对上目光，可把我吓得半死。哈哈，这一招真的很有效呢，上次考试我的分数超过你了呢！

最近班里有个女生跟你表白了,不过还好,你拒绝了她。

最好的生活不过白天有说有笑,晚上能睡个好觉。只是为你熬的夜都冷了,数的羊都跑了,就为能多做一题,多考几分,离你更近一点。

"跟你讲个故事吧,故事很长,我长话短说。"

"嗯嗯。"

"我喜欢你,很久了。"

(2019 年 4 月 6 日,总第 168 期,第二版)

在这漫天流言蜚语的世界里存活

三公子

(一)"我"

有没有在有时会有一种冲动,想向全世界坦白,自己到底是个什么样的人。

明明刚从班里出来的时候还心情大好,可是在路上走着走着,就觉得越走越不自在。身后的人在说笑,他们是不是在说我?看那边有人在窃语,是不是在议论我什么还不想让我听到?越想越难受。偶然一次,听到了确实有人在谈论我不真实的过往,传播虚假的谣言,我有种想要当即爆发出来的愤怒,大声呵斥那些议论的人,可我又不敢。我不敢,因为我怕最后的结果是越抹越黑,我也会当场丢尽面子,还会让更多人知道那不堪的谣言。最后,我回到家爆发,摔了东西,对墙练拳,不知是不是手疼的缘故,我趴在床上一阵痛哭,嚎啕中歇斯底里地喊:"我不是那样的人,我不是你们说的那样! 都是谣言! 那都是谣言!! "甚至在某一刻,我想到了自杀。

这是以前的我,饱受流言蜚语攻击过的我。我也知道,有好多的学弟学妹们现在正在面对和当时的我一样的难题。你们无数遍对自己、对也许信得过的朋友们说,自己其实是很好的人,自己没有过像谣言中所说的那种行为。本以为解释完心里会舒服,可偏偏不巧,你也许信得过的朋友在对别人说,你的解释是在掩饰,于是你好累,好心痛,好难受。你忍不住自残,用刀片在胳膊上划开一道道口子,瞬间流了好多鲜红的血。你嘴上说:"好痛!"可你不假思索地又划开了一道……你想借此痛抵制心痛。不知不觉,伤口遍布手臂。更严重的,你可能会像我一样,想到——自杀。可当满把的药递到嘴边、一只脚跨上阳台时,脑海中闪过了好多东西,爱着的亲人们,美好的各种事物,鼻子好酸,眼睛好烫,歇斯底里地喊了一声,扔了药,收住脚。跟自己说一句:"我可以解释清楚的。"或者"做自己不好吗?"面对着镜子,好难看地笑了一下,整理好衣衫,再次鼓起勇气去面对那些丑恶嘴脸。可结局不过周而复始。

……

这些我经历过，所以我理解。想解决这个难题，要有很不一般的坚韧毅力，和不平凡的抗压能力。这并不难，每个人都可以做到。

我从小生活在满是女生的圈子里，所以对女孩子有更多了解，初中时，我对班里的女孩子都关心更多一些。可是，有人却不认为这是纯粹的关心。可能大家都处于青春期吧。有位"贵人"，说我喜欢班级中所有的女生。"滥情""猥琐""恶心"等一系列我们还未完全理解意思的词语，像烙在我身上了一般。就算是我不认识的人，在知道了我名字之后，就看到了那些如蛆般挣扎在我身上的名词。我解释？没了朋友，遭到嫌弃，我被疏远了，我解释给谁听？我每天都在祈祷，赶快结束初中这段苦难日子。

可上帝跟我开了个玩笑。我与那位"贵人"高中仍在一个学校。虽不在一个班级，但班里有他的朋友。这谣言仍在悄然地继续流传。徒于解释的我选择沉默。现在大家都是新来的，相处并不难，纵有流言相伴，也有人愿与我用心交。长时间相处过后，大家发现我并不是谣言中的那种人，流言蜚语不了了之。我，现在，正开心快活地好好过。

我很心疼现在正在受谣言折磨的你们。对你们来说，充满谣言的世界，黑暗无边。你，在这个世界里，孤立无援。我想做你们的太阳，与你们为伴。听我说，生命都是美好的，你，也是独一无二的。不要去管那各路"贵人"是否还在满嘴跑火车，秉着一颗最真实的心，对朋友，向世界，展现最真实的你自己。总有人会发现你的真实，"与君把酒对青天"。在没人懂你们的时候，我愿与你们同行。我相信，大部分人的本性，都是真善美的。

（二）"ta"

可曾有过，你认识一个人，你觉得 ta 不差，可能你们也来往过，你对 ta 的评价也不差。后来，有个人给你说，ta 哪里哪里不好，ta 又哪里哪里怎么样。甚至，这个说 ta 的人，就是你的一个要好朋友。此时，你会怎么做？听信好朋友的话？不！我觉得，你应该冷静大脑，无论是谁，先别听信片面之词。若附带事件作证，也别轻易对 ta 下定论。朋友之间来往，是两个人的事，你，对 ta 的评价，要建立在自己对 ta 的了解上。

打个比方，我曾与 Z 有过来往，交情不深，但印象不错，后来我又认识了 D，因为某些缘故，我与 D 关系渐近，交情慢慢变深。巧的是，Z 与 D 也认识。

某天,D对我说Z的一些不好,碍于感情较好,我不薄他情面,便听下了,并未反驳。我想,我要自己去认识Z,他到底怎么样,我与他来往久了,自然看得出来。而对于D,另有别人对他有些不好的说法。我也只是记在心里。他俩到底怎么样,我总会自己看出来。

"时间会给你答案!"不错,时间告诉了我答案。纵然感情好,最终也是道不同,不相为谋——我与D决裂了。反而与Z日渐交好。因为长时间的相处之后,我确认了别人对D的不好评价,否定了D对Z的差评。其实不止D一个人对Z有不好的说法,但那与我认识的Z不符,我一直摒弃,依然与Z来往。

我们不应该从别人嘴里来认识一个人。一个人,在不同人的眼里是不一样的。我们自己也是。有句话说"一万个人嘴里一万个我",就是这个道理。对一个人的评价,最好是放在心里,而不是与人八卦、谈论。无论是别人说我们,还是我们说别人,从第三角度来说,都与谣言无异。优美赞赏之词也好,恶意抨击也罢,对人对己,都有影响。人都一样,被恶意中伤,便会伤心、难过、压抑、气愤,严重了更可能发起报复,或者得心理疾病;被优美赞赏,会开心、快乐。

我想,谁都不想尝尝被恶意中伤的滋味!

(三)尾声

交朋友时,要自己去认识这个人,与朋友交时,要展现最真实的自己。一个人无论好坏,要靠自己去探索。自己到底是怎样的人,与别人交久了,自然会被看出来。所以,想在这满是流言蜚语的世界里存活,首先要保持真实的自己不被谣言中伤,再用心去认识与你来往的每一个人,别被谣言迷惑了眼睛和心灵。花季的你们都是最美的花,最靓的仔,在这种世界里存活,且活得轻松、自在、快意,才能成为赢家!

(2019年5月6日,总第169期,第一版)

幸得识君桃花面

北辰姑娘

时光是达达的马蹄,一跃千里。你我一转身,忽而今夏;岁月一转身,乱了繁华。许是时光如风,抓不得,藏不得;抑或是这年岁似流水,拦不得,返不得。一瞥便是三年,太短! 然年少的故事却可化作落霞,弥漫着半边天空,融化了我的半个心灵。

我的老友

高一新生报到时,我很幸运地与厉、蒋、倪、李、杨分在一个宿舍。刚认识觉得她们都是标准的淑女,后来相处久了,本性暴露,我才看清她们女疯子的本质。那时候,"狗子"是我们莫名奇妙的"统一"外号,蒋狗、李狗……平时叫起来甚是亲切。厉姐是我们的"大哥",日常拖地一类的活她都揽下,让我们这些"小弟"倍感幸福。大倪是我的大姐姐,温柔且护短。钱钱呢,嘿嘿,是我夫人哦,我俩CP感满满! 杨女神是我们的颜值担当,人漂亮心也美,也是我们几个中唯一觅得良人的女孩。说到蒋,我一直都想让她开着拖拉机带我去村里乱转,蒋外表高冷,实则内心狂野,自带匪气,酷的姐们! 要介绍一下我自己嘛? 大倪说我是她的猪……

思念如马,自别离,未停蹄。虽然在校园里只能偶尔遇上几次,可打招呼的方式却从未变过。我:"嘿! 你咋又胖了(故作嫌弃)? "而她们也是直戳要害:"唉,胖了还能瘦,但矮嘛……过来让我摸摸你的狗头,看看长高了没有……"呵呵,155cm大概是我这辈子的硬伤。虽然,嘴上说着这样那样的玩笑,见到彼此心里还是会开出细细密密的花朵,跃然脸上,笑靥如花。前几天出门刚好遇到钱钱,我激动地扑过去,尖叫,路过的小哥哥一脸懵×地看着我。钱钱夫人像个小妻子一样和我分享她长高了1厘米,哈,夫人甚是可爱! 而遇到大倪,就是可劲地塞给我零食,生怕她家的猪不够胖……

高考迫近,蒋说她想去南方;大倪嘴上哀叹她很差,可也在拼命努力;钱钱也毫不懈怠;而我,也很向往古城南京。北海虽赊,扶摇可接,我们几朵小花一定要努力生长,来人间一趟,不是为了出洋相,得看看太阳,看看月亮,看看不一样的风光。

九班小友

记得刚到九班,话话是我的第一位交心朋友。唉,也正是此人,我剪了刘海,换个发型,她说我像狮子狗,愣是在人前笑了半天。我当时又气又尴尬,就差把她拎出去丢了。不过后来她请我吃了份馄饨,行吧,表现还可以,勉强可以原谅!

我这个人很好相处的。比如刘 YJ 初次见面就叫我小女神。于是我暗下决心:"这个朋友我交定了!"徐 SY 也深得我心,每次我对她嚷嚷饿,她都能变出零食:"吃吧,小仙女!"啊,这是我听过最美的情话!每天晚上回家有婉君陪伴也是一件美事了,我总有千万种方式撩她。

九班的小友们都很有趣。说书达人宁成澳,绅士井 DJ,开心果王 DD,瘦成闪电的程×……学习之余看别人聊天,也有一种看电视剧的味道。

呐,我和你们只有不到一个月的相处时间啦,诚然,眼下最重要的还是高考。十年寒窗,待试锋芒,等风等雨,等一场春风得意马蹄疾!苦心人天不负,有志者事竟成。待你我榜上有名,簪花弄晴伴东风!

七三

今夜,晚风清清,带着丝丝凉意。泡一杯青梅子茶,伏案窗轩,见星河璀璨,思绪像一叶扁舟,纵荡夜空。这样明快的夜晚,你,在看吗?

有一天,我跟一位朋友说到你,讲了你带我去放风筝,送我零食给我剥糖果纸。其实我们之间没有太多的故事,可就是这几件小事也够我记很久,不管回忆多少次都是满心欢喜。

很多人都说,我的眼睛很漂亮,特别是笑起来的时候,眉眼弯弯,眼睛里装着满天星河。被人夸很开心,可我不免有些遗憾,因为夸我的人不是你啊。其实你笑起来的样子也很好看,如同暖春的阳光——洒向心田,很是解忧。我建议你多笑笑,特别是见到我的时候。

在这高中最后的日子里,愿你我以努力为笔,以坚持为墨,以信心作陪,就砺锋刃,活出最棒的样子。先把万事都放一放,待六月归来之日,伴着慵懒的阳光,畅谈那些可爱的废话。

就此搁下最后一笔,都是秘密。

(2019 年 5 月 6 日,总第 169 期,第二版)

致忘了诗的你

沈清平

时光、高考

生平只负云小梦,一步能登天下山。

现在是凌晨 1:30 分,夜也已经深了。风吹在窗子上沙沙作响,我似乎失眠了,坐起来发了会呆,透过窗户依稀可以看到外面四散的点点星火。风还在吹,不禁将我的思绪无限放大,一点一点往回拉,直到那一个夏日傍晚。那似乎是一个很平凡,很平凡的一天。18 年 6 月 8 号下午 5:00 在铃声响起的那一刻,停笔,交卷,随着人流走出考场,等待校门打开,心中有种莫名的感觉,说不上来好,也说不上来不好。或许有一丝迷茫与怅然,忧伤与不舍,憧憬与期待, 总感觉这一刻有些什么东西已经在人生的道路口悄无声息地改变了。而很多时候我们都是不自知的,就像我以为我会激动得落泪,会睡它个几天几夜,会和书还有那些无数的习题说一句滚蛋吧,我再也不需要你们了,然而都没有。每天似乎都有点无聊,偶尔也会猛地惊醒,赶紧爬起来穿衣服,穿到一半发现自己早就毕业了,然后倒头又继续睡觉了(说实话有时候真希望这些发生过的真的只是一场梦而已)。突然就发现手机也不那么好玩了,书本也不那么难懂了,曾经讨厌的人也有点想念了。

时光、青春

金风玉露一相逢,便胜却人间无数。

那一场青春不是写满了飞舟九曲黄河的传奇, 不是在担负千万重历险后的惊喜。而我们总会为一些梦而年少轻狂,总会为一些愿望而奋不顾身,总会为一些美好而心甘情愿,总会为一些人红了眼,总有相知的人相遇最好的时光。一路上走过来很多人就这么悄无声息地走了走了, 曾经的恩恩怨怨、是是非非也随之散了散了。只是还是会不知不觉地去怀念,怀念曾经那些个看似永无尽头的中学时代,怀念操场上烈日下打球的少男,一群无忧无虑的少女,三五成群地谈论着哪个男生长得帅,哪个篮球打得好,最近有什么好看的电视剧,中午吃什么……只是后来,后来那些路过我青春的友人一个两个都去往了四面八方、五湖四海,或许已经连我的模样都想不起来了吧,或许连我的名字都忘记了呢。那便随她吧,随他吧。或许我们就像是圣经香草山里的牧者,各自有各自的羊群,各自有各自的草坡,各自有各自的空间和世界,只是唯愿某日故人入梦之时,还能互道一句珍重。我想人生若只如初见的话,怕是要添酒回灯重开宴了。

时光、复读

四月的天空不肯裂帛,五月的袷衣如何抬头。

不知怎么地,我一向是耻于说自己是高四的。每当别人问起年级,我总是心虚地回答"高三"。但是有一天,我突然发觉说是高四也没有什么不好。说来惭愧,因为有天傍晚在班里觉得实在学不进去,于是我逃课了,然后经过奥博的时候进去买点东西,许是阿姨看到我觉得熟悉就随口问了句:"我记得你毕业了吧,在哪上大学的啊?"然后我很尴尬地回了句:"没呢,还在复读。"这时候阿姨家一个小男孩好奇地问:"什么是复读啊,是因为平时不好好学习考试没考及格才要复读的吗?"问得我更尴尬了,但是我没想到的是,阿姨对他说:"不是的,复读是因为他们有自己的梦想,有更高的追求。"

说实话,在那一刻我似乎才明白复读的真正意义。然后脑海中就出现了我曾经看到过的一句话:当你感到压力大,觉得不顺心的时候,就去逛逛菜市场;当你看到年迈的老人冒着严寒酷暑,守着一小堆菜,一小堆水果,只为挣那几块钱、十几块钱,你所有的矫情装逼和懒惰都会掉在地上碎成渣!然后真心为自己的逃课行为感到可耻。有那么多解决办法我却偏偏选择了逃避,可是该面对的终究还是要面对的,你说,是不是。

如果,我是说如果,将来的你们也面临着复读,那么我希望你们可以坦然地告诉别人你是高四的,真的,没有你想象中的那么难以启齿,也并没有什么丢人的。你只是不甘平庸,只是渴望成功,你有你的梦想与远方,你的七月仍未央!

PS:我时常搬个长凳坐在栏杆旁,看向远方,一排排郁郁葱葱的树木随风起舞,一条无名的小河奔腾不息,河的另一边有一道高墙半亩方塘,天空有大片云朵飘散,晚风将夕阳吹落,霞光落了我满肩,梦里都是一片好时光;

年幼的我们坐在门前石阶上等太阳西沉,看着邻家小孩在跳皮筋,等母亲从窗口探出头来说回家吃饭,卡通片总是如约而至。那时我们觉得时间可以是很慢的东西,那时我们还在为考清华还是北大纠结,还不知道离别才是人生的常态,觉得还会有无限可能的未来。

(2019 年 5 月 26 日,总第 170 期,第二版)

请给我一个漂亮的休止符

颜微生

写给葡萄园

我要写作,否则我会死去。

初识马尔克斯,是接触他的自传《活着为了讲述》。马尔克斯兄弟姐妹11个,没有人相信他能成为作家。但他执念于"要么写作,要么死去"的信念,最终大放异彩。书中有很多经典语句,最触动我的是:"要么写作,要么死去。如果您觉得不写也能活,那就别写。"这句话,我感同身受。我7岁开始读书,12岁开笔。从小被问到"长大后要当什么",我总是不假思索:"作家。"来到一中读书后,第一次向葡萄园投稿写了一首诗,文笔幼稚,无缘园子。这一错过就是近三年,也不是没投过稿,每月3~4篇是常态。我很少提及写作经历,总觉得羞于开口。我写这些是想告诉你们:对于真正热爱的东西,一定要坚持下去,绝不能半途而废。我被pass的次数不多,也就30多篇吧。可我从未想过哪天放弃,因为我认为写作就像呼吸一样是自然而然的,发表只是让更多的人看到而已。如此虔诚,怎么会因为做得不够好就自我否定呢?

朋友们,你知道那种信仰吗?真挚、死磕,非它不可。我欣赏薛之谦,感动于他对音乐的信仰。我理解他的执着与热爱。那是一种深入灵魂、刻于骨髓、融于血液的东西。音乐之于薛之谦,文字之于我,是信仰也是底线。

我的理想,成为作家,若干年后,也会有小朋友在课堂上偷看我的书。

我不喝鸡汤,我就是鸡汤。

灵感是写作的催化剂。灵感这个词既真实又可恶,它稍纵即逝,却摧枯拉朽。于是大量阅读显得必要了。阅读到一定程度时,就会恍然:依山走笔、随水见墨也并非难事。有天我突然意识到一个问题:如果有天我把肚子里的墨水写完了,是不是再也写不出来了?可张老师说了一句让我铭记一生的话:只要你思想是活的,你的笔就不会枯竭。

杨绛说:"年轻的时候以为不读书不足以了解人生,直到后来发现如果不了解人生,是读不懂书的。读书的意义大概就是用生活所感去读书,用读书所得去生活吧。"书中的前车之鉴,有时要比盲目的横冲直撞好很多。

我爱葡萄园,它磨砺了我的文笔。它自由、温暖、知性。我之前天生有对老师的恐惧,在这里被治愈了。前段时间在同城刷到一条微博:"葡萄园还办吗?"配图一张2005年9月6日的一期。看来是老校友了啊!我在下面评论:办的。本月6号又会出啦。他回复:毕业这么多年了,竟然还存在[表情]。

那一瞬间,感觉真好。

致身边的人

我们一如云在天,一如水沉海,此生此世交会。

师长是"才使送春归,又送君归去"。看到一个笑话:一学生毕业后跟老师开玩笑:老师,我知识点都忘了,能退学费吗?老师:可以。从现在开始,你把三年的课堂内容给我讲回来。我笑不出来,内心一片惆怅。

青春就是,即使你受挫到遍体鳞伤,也依然相信世界有天会被你踩在脚下。一场考试散了一个夏天,四张试卷再也聚不齐一个班。年少时我们都曾伤春悲秋"人间不值得",或许等到而立之年,又怀念起少年风光。失眠、压力、标签……踏入社会后你会发现,学校环境才是最单纯的,只是一门心思学习。现在少惹父母生气,长大后心里的负罪感和内疚感会少些。相信我。

世间所有的相遇都是久别重逢。我们因缘得聚,因份得识。操场上的奔跑,篮球架下的加油,班级里的身影,小卖部的路线,叽喳的八卦声,完美抛物线的纸条……真是青春里难以抹去的色彩啊。高考在即,积蓄力量飞翔,只要梦想在,就没有落榜生。送大家一段话:梦里笑迎春风,看花长安城。生花笔,卷文墨,灵气聚神兵,驾风起,化为鹏,破云层。志存高远,气贯长虹,笔跃雄鹰。24班的小可爱们,命由己,不由天,谋事在人。愿你们合上笔盖的刹那,有战士收刀入鞘的骄傲。

我的胡言乱语

人生是没有意义的,但你要赋予它一个意义。

光是年轻的,却是古代的;影子是瞬息的,却生来就老了。花儿是春天的首饰,硕果是秋天的孩子,冰雪梅是冬天的礼物。而冰淇淋是夏天的情人,冷酷一生,为你融化只需三秒。

我曾想,人的生命要是能倒过来生活就好了。重大考试提前知道答案,糟糕的事能预知并避免,美好的时光也能够重视且享受,对珍贵的人也会挽留,而不是"醒时相交欢,醉后各分散"。在看破红尘的年纪却可以越活越年轻,去做想做但一直没机会做的事。最后单纯得像个孩子,跌倒了就哭,给颗糖就笑。了无牵挂,返璞归真,一身轻松。这样的人生是安心与运筹帷幄的,但也少了刺激与诱惑。

高考是一道分水岭,即使你没有跨过去,生活还是要继续的,因为它并非人生的全部。"A man is never too old to learn."我们还很年轻,就应该把时间浪费在美好的事物上。但年轻并不是作的理由,一定要保持善良、自律,对生活始终一腔热情。我们需要很多力量,很多傲气,或者很多爱,相信人的行动是有价值的,相信生命胜过死亡。

不要到处宣泄自己的内心,这世上不止你一个人有故事;也不要到处宣泄自己的痛苦,没人会感同身受。没在深夜痛哭过,不足以语人生。深夜不眠,白天多多少少总有什么逃避掩饰的吧。白昼解不开的结,夜里慢慢耗。夜晚易分泌荷尔蒙,所以不要在晚上做决定。我最喜欢的一本书是《傲慢与偏见》,它和《我们仨》塑造了我的爱情观:两个人的结合应是灵魂相契,并非外界条件催化。

要经过多少贪恋,才知道平平淡淡不等于意兴阑珊。关门声最小的,往往是下决心离开的。其实真正的送别没有长亭古道,没有劝君更尽一杯酒,就是在一个和平时一样的清晨,有的人留在昨天了。

与君共赴一程,之后各奔东西。希望我们可以得到一个漂亮的休止符。

别了,所有我深爱着的。

再会,路过我生命中的。

破例 PS:希望"欢乐颂 22 楼"伍个小可爱今年榜上有名!

Yours sincerely

解雪婷

2019 年 5 月 12 日

平庸之辈

程小凯

序

临近黄昏,厚厚重重的云朵盘踞在天边,而后阳光透过云朵缝隙,缓缓洒在脸上,此时,配上一杯茶,似是要忘记所有不顺,惬意无比。

难得找到一个闲暇的傍晚,来回望这三载匆匆。

一

回首这三年,是为了梦想奋斗的三年。很难相信,会为了一个虚无缥缈的梦,锲而不舍地追逐三年。

步入高中后,浑浑噩噩过了两年。高二接近尾声的时候,接触到编导这一艺术专业。不会想到,这竟成了人生中浓墨重彩的一笔。再也无法割舍。

从开始系统学习,到艺考,再到高考。它突然让我明白,以往看的励志文章,好像确有其事。人真的会为了一个目标,朝着一个方向,而后无所顾忌地走下去。无所谓结局如何。

自然,途中挫折、苦痛、泪水,也是相伴而行。

第一年希望破灭的时候,整个人完全瘫痪,走路都要扶墙。一个人躲在僻静的地方,哭了很久很久。第二年希望来临的时候,整个人都是颤抖的,查出成绩合格的那一刻,先是沉静无比,接着抱着脑袋,泪水夺眶而出。从绝望到有希望,这种感觉,真的美妙。第三年没有希望,因为从一开始,便是绝望,从艺考考场出来的那一刻,就知道,这个学校——中国戏曲学院,与我无缘。梦,彻底碎了。反而很平静。梦碎了,自然是要放弃的。

最后放弃,虽是无可奈何,但也找到了相对较好的方向。人,总要多个选择,要学会变通。这应该是艺考带给我的成长。

我常说,想经历绝望吗?去艺考吧。而绝望之后呢,便是反思,便是成长。

好在,不只是一个人绝望,还有朋友相伴。艺考认识的三五好友,也都是从绝望中突围。知乎上有个问题:为什么艺考认识的朋友感情都那么好?下面有个回答:因为艺考的朋友,是共同经历过生死的兄弟姐妹。

是啊,艺考真的是一场生死较量。因为,没有合格证,接下来,就是万丈深渊。

这三年,最初经历生死的朋友,我们的感情从未变质。不管每个人过得如何,但在一起的时候,总是很欢乐。

这或许也是艺考带来的成长。人生中,有几个人会永远陪着你,支持你?

而这三年,似是眨眼之间。其中过程,逐渐模糊;其中苦涩,也慢慢酿成佳酿。时间可真是个好东西。

二

看过一句话:"你以往经历的所有苦难,都会在未来某一天,绽放出明媚的花朵。"是啊!所有你经历的,都是你人生必须的,它们会点缀你的人生。毕竟,人生那么长,缺了修饰品,岂不是少了乐趣?

偶尔一个人的时候,想起那段为了艺考拼搏的日子,总会笑出声。那或许是自己最强大的时候吧?一个人在陌生的城市里,跟着地图导航,不知方向,一步一步地走。还要忍受疲惫、生病、孤独。在相对便宜的宾馆里,吃着对自己来说昂贵的饭菜。而后,还要强打精神,准备考试。早上闹钟一分钟一次,生怕错过考试时间。背着沉重的行李,站公交,挤地铁。迎着寒风,一往无前。

我记得这三年的元宵节都是在北京过的。北京晚上的灯,真的很亮,亮如白昼。万家灯火,没有一盏为我而亮。却更加坚定,一定要考好,方不负这般奔波。

时间一久,这也就成了执念。

有些事情,一见倾心,再见,便是倾命,怎奈何,拼却了全部心血,仍旧换不来一丝月明。在最冷的季节,背上行囊,远离故乡,带着被别人轻蔑的梦想。有时真的会质疑自己。而在擦干泪水和汗水后,回头看着走过的路,再看看前方,终究是不甘心把结局就这样双手放下。终究是走过来了,也许带着心酸,但绝不后悔。

因为,没后路可走,只能硬着头皮,一步一步走下去。

三

第二年复读,本不想的。但为了父母,顶住所有压力,又来一年。可当父母都不再相信你的时候,该怎么办？比绝望还绝望。

好在,有人一直默默相伴。

人在绝境的时候,特别是经历了所有的苦难后,对感情似乎格外在乎。一个简单的举动,都能镌刻在心房,有种厮守到白头的冲动。

毕竟,人类和人类真的很容易失散,在这人间相遇,本就是需要运气加缘分。

四

不在身旁的老友,喜欢的姑娘,追逐的梦想……这三年的点点滴滴,都值得大书特书,又怕自己写着写着情绪崩溃。

正如标题所言——平庸之辈。

曾以为能活出个人样,到头来,却活成了连自己都讨厌的模样。一边说着梦想可贵,却又告诉自己放荡难得。

平庸之辈啊。

无力改变,只想不被时间改变,却自己改变了自己。

时间真是世界上最好的跨度,让惨痛变得苍白,让执着的人选择离开,然后经历沧桑,游历现实,人来人往,就会明白:万般皆是命,半点不由人。

木心曾说:"所谓万丈深渊,下去,也是鹏程万里。"

是啊,犹如困兽,斗志仍存。

许巍在《那一年》中唱道:"那一年,你正年轻……理想世界就像一道光芒……怎就让这不停燃烧的心,就这样耗尽消失在平庸里……"

人,总该为了一些梦,耗尽全力奔跑。虽然过程漫长,虽然难逃平庸。但我相信,总会有回报。

五

"毕竟,人生最坏的结局,不过就是大器晚成。"

(2019年5月26日,总第170期,第三版)

你少女的样子真的很美

聊　赠

　　不知从何时起，女生们的课间闲聊内容早已经更新了版块，从最初的"她今天说你坏话呢""哎，昨天的那集你有没有看,xxx 超帅"，到现在的"你那个口红颜色挺好看的，在哪买的呀""我想买个气垫，有没有推荐的牌子啊"。是的,继八卦、男神之后,美妆成了小仙女们的新宠儿。

　　当我得知初中那个只知道 EXO 和二次元的 Y 姑娘买了一整套化妆品时，我的惊讶程度不亚于全网知道赵丽颖和冯绍峰在一起时的惊讶程度总和。

　　看着那瓶瓶罐罐:BB 霜、气垫、散粉、腮红、唇釉、眼影、眉笔……我弱弱地问了一句:"这都是怎么用的呀？"接下来的半个小时,Y 姑娘顺利地帮我打开了新世界的大门,各种美妆知识成(qiang)功(xing)塞入我的脑海。被说得心痒痒的我,开始上手在 Y 姑娘的脸上进行"创作",对着 Y 姑娘给我找的美妆视频照葫芦画瓢一番后,好不好看我不知道,反正挺像个调色盘的,正如《气球》里唱的那般:"红的、白的、黑的、紫的、黄的……"最后,我拿起了角落一个像笔一样的东西问:"哎,这个双色蜡笔是怎么用的呀？""那！是！修！容！"Y 姑娘终于忍无可忍,一声怒吼,我愉快地关上了新世界的大门(微笑)。

　　受到伤害的我来到学校想要寻找安慰时,恰巧发现了同桌新买的唇釉,不死心的我觉得自己还可以抢救一下, 多嘴问了一句:"你个这是什么颜色啊？""哦,这个是树莓色。""What！你难道不应该是说这是大红色、玫红色、鲜红色或者淡红色吗？""怎么可能？"听闻口红,前排的小仙女转过了身,后面的小姐姐抬起了头:"还有姨妈色呀""对的, 还有铁锈色""斩男色也很好看啊""我还挺喜欢人鱼色的""不不, 我觉得还是得强推烂番茄色""还有樱花色和红枫色"……瞬间,以我为中心、一米为半径"口红达人"聚集于此。我又弱弱地问:"难道口红不就是红色和橘色吗？""开什么玩笑,怎么可能？"

"哈哈哈,你个直女!"自此我荣获封号,永退彩妆圈。后来同桌告诉我口红不仅分颜色,还要分色号,甚至同一种颜色的同一个色号的两个不同的牌子颜色也有所不同!我瞬间觉得还是幼儿园比较好混,结果上段时间的一个综艺告诉我,幼儿园也有 lucky 这样的小小仙女! 哇哇哇,我要回家,回家!

所以至此,临近十八岁的我除了青春痘,脸上啥也没有。但跟风的我也买过唇釉和眉笔,可惜的是,眉笔我真的当笔用,唇釉也只是一种新颜料,造作完了后还向我的同桌炫耀:"手帐用那个颜色超好看!" 看着我桌子上的"残骸",同桌总是一脸的痛心疾首,直呼:"你没救了!"我撇撇嘴,仍不以为然。其实哪个少女不爱美呢?我并不觉得只注重内涵就是一件多骄傲的事情,我也买水买乳买面膜,恨不得与痘痘再战八百回,就为了能更好看点。但是我还是不碰彩妆。一是我的手不允许我这么做,二是正值豆蔻少女,人生最好的年纪,满脸是 90 后羡慕的胶原蛋白,可偏偏要像"刷墙"那样把脸给糊严实了,眉毛细长,嘴巴殷红,就连眼睛都有美瞳"护体",生怕流露出一丁点的青涩感。年方十六七的姑娘面若桃花,可偏偏她要涂脂抹粉。

我曾经幻想过的小姐姐应该是个身穿棉麻白裙的姑娘,从廊下走过,微风轻轻吹动她的马尾,就连手中的橘子汽水都是一副美好的模样,阳光洒在那不施粉黛的笑脸上,青春的气息扑面而来。而现在从廊下走过的小姐姐,穿着牛仔破洞裤,拿着手机,微风吹起,鬈发飘飘,阳光洒在那层粉上,油腻感扑面而来……

"车厘子自由"所带来的高级感你终究会拥有,明明都是会盛开的鲜花又何必早早绽放?李佳琦的"Oh my god"再直击人心又和你有什么关系?

青春很短,你很好看,化妆品只是修饰而不是掩饰。所以,真的很想对各位小仙女说:"亲爱的,你少女的样子真的很美。请别再用妆容掩饰自己,乖,咱们卸妆去。"

(2019 年 5 月 26 日,总第 170 期,第三版)

与园歌一曲

周病鹤

2017 年 9 月 6 号。

我收到了第一期《葡萄园》。刚步入高中生活,躁动的心还没从军训中走出来的我,拿着那一期报纸,却不想其中一篇文章时隔两年后再读仍然可以惊艳到我。直到现在我的手机相册里还有那篇文章的照片,还是在小破墙上别人求助的评论里收的。

名为风兮,作者君执。事实证明,我不是一个文艺的人。读到好的文章时不会长篇大论地评头论足,而是倒吸一口冷气,叹一句牛 X。

但着实没想到,一年以后我也会在报纸上留有一块地方。如今,送走这个八月,就迎来了我在一中的第三个秋天,我想写一点东西,关于园子,关于写作,写给园,写给周病鹤,写给我。

当时明月在,曾照彩云归

我还记得拿到第一篇有我文章的报纸时,是语文课,上的内容是《夜过鹿门歌》。既然投稿了就肯定是希望可以被选上的,但我笔尖笨拙,实在无法描述那种墨迹化为铅字的喜悦。对于自己的文字,我不喜欢用创作来形容,也不会说是自己赋予了她们灵魂,这个层次太高了,而且会觉得很不平等。我喜欢把她们称作自己的小朋友,她们本身就是藏于人间的,被我发现,她们选择相信并跟随着我。住在我心里,保护着我心里的那把火,即使能力有限,火苗有时候会暗淡,但是只要她们在,就永远不会熄灭。在很多个我颓废的日子里,小朋友们陪我走出黑暗,撕破夜空,将温柔撒下来。我经常会羡慕别人的小朋友:"哇这个句子, 神仙写作。""太厉害了吧, 这辈子都追不上了。"倒从来都没有自卑过,每个人都是一座宇宙啊。

倚楼听风雨,淡看江湖路

我是滚滚红尘中再平凡不过的人。但是在文字的海洋里,我可以只做周病鹤,最大的烦恼不过是这个句子是不是不太通顺,那里用别的词汇是不是更好。我是连第二天吃什么馅的包子都要忧愁的普通人。但在文字的世界里,我可以以笔作剑,浪迹天涯,在自己江湖中做恣意洒脱的英雄。哪怕在别人眼中是个无名小卒,我凭什么要那么在意啊。在我心里,周病鹤就是英雄。

虽然身边有同学调笑间喊我"病鹤",但我心里无比清楚,我从来都不是周病鹤。我是活在百鬼夜行的人间里唯唯诺诺的人,但周病鹤不同。他是骄傲的少年郎。意气风发,莽撞又可爱。我太渺小了,唯一能做的就是尽力守护少年的赤子之心。在我的这片江湖里,永远年轻,永远热泪盈眶,永远侠骨柔情,永远保持个性,永远书情写月,永远快意人生。记得初三时有次下了大雨,教学楼前面积满了水,好多人折了小船,写了愿望放到水中。仿佛那小小的船儿能载动大大的心愿,驶向梦的彼岸。哪怕雨过天晴,小船变成了皱巴巴的废纸,我们都曾经无比真挚。我写的是:永远年轻永远热泪盈眶。当时还有一个同学笑我俗气,也许吧,谁又不俗气呢?直到今天,我仍然把这句话比作信仰。

惊风飘白日,光景西驰流

从父亲的书柜里翻到了一本 2006 年的《意林》装订版,笔迹娟秀风逸,大概是父亲的女学生。她在很多篇文章后面都留了一些感想以及年月日,我也小心翼翼地写下了我的一点思绪,我认真地一笔一画地写着,如同签订一份神秘而庄重的契约。因为我总觉得神奇,相隔 13 年,我们却可以在同一页纸上讨论文学。十三年,当初"和羞走,倚门回首,却把青梅嗅"的少女,或许早已成了家,生儿育女,做了贤妻良母。不知道她现在是否还会在读书时写下几句读后感。我希望是会的,在一篇文章里她写道:没有人能预料未来,一切从今天就可以改变,人生需要勇敢,需要坚持。我在后面写:也许前路遥遥无期,也许后方暗淡无光,但我仍想做自己的信徒,忠于自己,始终如一。

当时每酣醉,不觉行路难

曾经也觉得自己是天选之子,坚信自己是世界的主角。但其实长大是件残忍的事。就好比你告诉渴望屠龙营救公主的少年,"放弃吧,你只不过是个平凡的少年,时间久了,你连少年都不是了!"我也是在成长的过程才知道,生活不是言情小说,更不是热血动漫。我既邂逅不了王子,更做不成盖世英雄。我父亲是一位语文老师,看过很多很多的书。但其实他从不过问我的语文,哪怕是我参加作文竞赛,他也从不指导我。偶有一次,写了一个市里的征文,他随口问了问,还是嘲笑我的。那次题目是"陪伴我成长的一本好书",无非是书的读后感。我写了《红楼梦》。

父亲听了以后,笑道:"哪怕我耗尽一生来读,也不敢说读懂一分,何况是你。"我那时候真的很不服气,每个人都有自己的见解,哪怕年纪小资历浅,也可以有自己的看法吧,何况《红楼梦》我真的读了很多遍。可是后来才明白,我那时候读的哪里是曹雪芹的书,不过是曹雪芹写的字罢了。满纸荒唐言,一把辛酸泪,我哪有一丝丝的体会。我读了一遍又一遍的青少年删减版,真的觉得自己懂了那木石情缘。一千个人心中一千个哈姆雷特,但是也许有些人会觉得那是哈利波特。现在,我依然写不了《红楼梦》之感,不是不想写,是不敢写。

不过年少时自以为是的志得意满也的确可爱,比如我第一次看原著时,读到宝玉袭人初试云雨,大声痛骂贾宝玉就是个渣男!怪不得青少年版要将其删去,他也不过是个泥做的骨肉罢了!

就写到这里吧,等到开学后,校园里又有新面孔了,园子里也有新的果子了。祝大家都快乐,做一个脚下有路,手中有火,眼里有光,心中藏爱的人。

遇园,与园,歌一曲。

请君为我倾耳听。

PS:看了《楚门的世界》后,也想过我是不是灵璧版楚门。不过放心,我察觉到并不是因为你们演技不好,是因为我觉得我是主角。

(2019 年 9 月 6 日,总第 171 期,第一版)

father

李恩惠

我想了很久,还是决定写下这篇文章,尽管它只是我用来安慰自己的借口……对于父亲,我有太多的抱歉。作为父亲最器重的孩子,我却实实在在地扮演了一个白眼狼。

我没有叛逆,却开始学坏,学着别人谈恋爱……却并没有什么收获,没感受到爱情的美好,却让自己惹了一身坏脾气。变得蛮横无理,戾气非凡,这倒有点儿像母亲。可我一点儿也不愿成为母亲那样的人。父亲从没跟我讨论过这些事,他向来不干涉我的自由,我却迫切希望他能像小说里的父亲一样,给予女儿一点经验。父亲虽是开明,但我仍是未把恋爱这回事与他和盘托出。父亲不问我自然不会说。可能父亲比较相信我不会做有违家风之事。可我却在这一方面实实地"打"了他的脸。好在我悬崖勒马回头是岸之后,他仍不知晓我这段"光辉历史",不然旧账重翻也不无可能。

父亲算不上读书人,只能称其为识字而已。听祖母谈起父亲的学生时代,倒也是乏味,好像逃课打游戏是每个男孩子都会有的经历。不过听祖母回忆这些倒也为平凡的夏夜增添了几分趣味。那时候离学校远,村里可没有条件办学校,于是父亲只得和大伯一道赶在太阳出山前出发。父亲年龄偏小,总爱在上学路上惹出这样或那样的麻烦,非要闹到不去上学为好。想不到父亲也是如此无赖,或许后来我上学跟着姐姐撒娇耍赖也是遗传父亲的"优良基因"。祖母说,父亲懒,从不爱自己走路,十几里的求学路,父亲总有法子让大伯背他走个七八里。父亲从不认真学习,被叫家长也是常有的事。往往这个时候,祖父就该出场,一路"跋山涉水",手持"刀枪剑戟",杀得父亲"片甲不留"。这种情况终归是没持续多久,父亲就被劝退了。

我总是在想,今天父亲对我进行自由散养的教育形式可能正是因为他年少时的经历吧。可能他更希望自己的女儿过得快乐。他的理念就是不管你学习成绩怎么样,只要你想学,我就一直供着你。每每想到这,对父亲的愧疚之感就愈发强烈,没能成为父亲期盼的那样,反而活得越来越像曾经讨厌的样子,实在是辜负父亲的一片苦心。从曾经的三好学生,渐渐地颓废,失去目标,开始散漫地过着三点一线的生活。其实我所谓的迷茫,不过是清醒的堕落。甚至是不敢去正视以后的人生。可这些,我从不会去和父亲讲,不然父亲肯定又该骂我逃避,不敢承担。时至今日,成年在即,我再也不能像个公主蜷缩在父母制造的温床之中。

关于工作的苦,父亲只字未曾提起,或许男人都是这样,肩上的担子再重,也舍不得让自己心爱之人跟着心痛。读书看报,对孝顺父母这方面多有了解,却从未与父亲说过一次贴心话,从未在父亲的耳边告诉他,我爱他,心疼他。拉不下面子成了我的借口,年纪不小了,说出这些话怪让人害羞的成了我推脱的理由。父亲学历不高,也没个能养活自己的技术,只得靠出卖劳动力换取那微薄的收入。出门闯荡十几年,任谁都觉得我们家发财了,可真正了解的才知道什么叫入不敷出。父亲刚出去谋生的那几年,家里过得十分拮据,颇有颜回陋巷之意。因为这,母亲没少跟父亲抱怨,渐渐地,母亲越来越暴躁,偶有喜悦之意,也不能持续多久。因此,我也愈发地讨厌母亲,尖酸刻薄的女性形象却在我心里慢慢萌芽。

父亲不会照顾孩子是铁打的事实,他从来不知嘘寒问暖。母亲在的时候,总是能够把孩子安排得妥妥当当,到了父亲这,全然当成野孩子养,一旦凶他,他准会说"这不也挺好的"。可是,您见过秋衣外穿,倒褂正穿的吗。母亲和父亲冷战的时候,就把我们交给父亲,父亲也是犟脾气,明明哄哄就能好,他偏要和母亲对着干,这个时候还要什么面子啊。真是搞不懂大人的世界。于是冷战期间,最受苦的就是我和姐姐,因为父亲总是老三样,周一土豆,周二地瓜,周三马铃薯……偶尔有南瓜粥,却在南瓜里吃不到半点荤腥。可以说,父亲在养孩子方面全然是个"门外汉"。

前段时间是父亲生日,于是发了条语音过去,打探最近的情况。在等待回复期间,才发现原来和父亲的对话这么少,寥寥无几的信息格外扎眼。点开一条3秒钟的语音"嗯嗯嗯,知道了",语气里充满了不耐烦……点开父亲的头像,看着他黝黑的皮肤,略显沧桑的脸庞,不禁鼻子一酸。可能我是这个世界上最混蛋的女儿,不能为父亲承担养家之重任,还总是做让父亲寒心的事。父亲发来视频,聊了天气,嘱咐我多穿衣服,我在这头敲鼓式的点头,却始终没能把那句话说出口。向上翻着记录,全是转账消息,父亲找我的开头第一句——"还缺不缺钱啦(可爱)",亘古不变。想着今年的冬天应该会很冷,南方没有暖气,父亲没有冬衣。于是挑选几件冬衣,想要寄给父亲……

过了那个骑在父亲肩膀胡乱溜达的年龄,也不再是那个趁着父亲睡觉偷偷给他扎辫子的坏丫头,更不再有追着父亲让父亲讲故事的好奇心……突然觉得岁月好无情啊,不费吹灰之力,就将你视为珍宝的东西一一掠走。而我,又怎么能安于现状,自欺欺人呢。

(2019年9月6日,总第171期,第二版)

我与我与世间

柯周慧子

我在那段荒芜的岁月里醒来，还有一句遥远却真切的祷告。

——题记

Chapter　1.

许是我的思维尚困在一个狭小的笼子里，每每提笔，大多内容总关乎自己。有趣的是，我在评论自己时，往往是把我的思想和"我"分隔开的，否则哪怕是写我自己，也很难说出些什么有价值的东西来。在混沌的空间里，两个人依然能够对话，而一个人对着漆黑喊得嘶哑却仍听不见回音。了解一个人便要剖析他的行为，包括言语，我对我自己也不例外。所以我有一个牢固到骨子里的习惯，那就是一遍遍看自己写的东西，试图从一些偶然蹦出来的文字中找出某个我不了解的自己。是的，阅读理解做到自己头上才是一件有趣至极的事情。

还记得五月份的某天，和张美好同学聊聊关于曾经的我们。那天我们都说了很多的话。于是我就这样自然并坦然地开始分析"我"与"我"的关系。如下：

"是啊。我也曾经在某些被搁置了很久的 App 中找到自己从前的影子，有时会对这些很好奇，却又常有一种羞于翻阅的心情。我不得不承认那个自己与我现在是截然不同的生活状态。如今我偶尔遇到想要批驳的观点，想要批判的现象，会猛然察觉那些都是曾经的我所说的，所做的。现在的我很怀念过去的我，但也仅仅只是怀念而已。我不喜欢做一些如果怎么怎么样现在的我会不会有所不同之类的假设，无论喜欢或者讨厌，曾经我所做的每一件事，我都没有后悔的理由，怀念应当是一种情思而非禁锢。

"我们人生中的天翻地覆在别人眼中只能带来一些轻微的印象上的改变，所以我们的成长总在别人眼中有偏差，果然还是只有自己最清楚自己的这段旅程有多少艰辛或者庆幸。

"多么奇妙啊,那个她和我是那么相似却又那么不同,和你一样,我一定会对那个她有很多看不上眼的地方,但她就是我。她的喜或悲就这样催促着我成为了和她完全不同的样子。她死了吗?应该没有吧。偶尔想起她,竟也会添几分勇气给现在的孤独。直到现在,我依然需要着她,得以平衡我如今的生活。

"过去的事就和别人的故事一样,似乎没有什么分别。但我想,无论是曾经还是现在,我都拥有所爱并且守护着我爱的能力,我从没有放弃认真活着。

"你更是如此。如果没有曾经的我们,OK 我说过我不喜欢这些假设的。总之我们还是如此愿意去感谢和那个她的相遇,以及我们的。往后,继续期待吧。"

相对于五月份,时间又向前推进了一些。于是我看五月的样子,又是一种新的视角。果真是一种奇妙的体验。我说我和张美好同学还会以现在这样的方式走很远的路,我想我和那个她大概也会如此。一切都保持着,同时更新着。变,同时是一种永恒。

关于了解自己,我也喜欢反复看别人眼中的曾经的我,比如翻明信片。这件事的魅力在于,它影射着我,还有曾经的他们。那么我不仅可以用他们曾经的视角看我,也可以用我现在的视角看曾经的他们。这就使我找到了我与世间的一些联系。美丽同学有一次看到以前的明信片,说,我突然发现,我好像不讨厌之前讨厌的人了。坦白说,我也会有这样的感受。但我的态度往往是,感性地接受情感,理性地处理思绪。我们会产生这样的情感,也许并不是回想起来之前讨厌的人有多好,而是有些人,再美也只能在回忆里。放下"讨厌"是一种伟大的成功。于我看来,如果说喜欢一个人是弱点,那么讨厌一个人也是。与前一种相较,忌惮才是最恐怖的情绪。不过明信片反映的也就仅止于此了,大多认识只能停留在表象,尽量不要妄想通过别人了解自己,他们可以评价你,可以熟悉你,但世上没有真正的感同身受,他们不了解你,而你不了解某一瞬间的自己。

但也没什么好遗憾的,这就是生命的魅力,生命之间的联系,灵魂与实体的关系。人会在探索自己的路上行进。

Chapter 2.
我很怕被遗忘。我总想留一些来过的痕迹。不是证明给自己,想证明给世人。

我已经很久没有看星星了。星空，晚霞，落叶，残红，这些极美的东西却都有着几分悲剧色彩。我无法去解释这些，为什么美会令人难过。为什么看到落日会怕它携来漫长漆黑的夜，注视着夜里最亮眼的光却在想它下一秒会不会失落，而看到将要被泥土埋葬的叶，突然意识到自己也是要被遗忘的人员之一。人的生命与宇宙的永恒相比，脆弱并且短暂。那漫长的几千年中，多少人不曾拥有或被抹去姓名，尚未搞懂生命的意义就已经离生命这个词远去，可若是从起初的角度想，我们是否也在被遗忘之前，带给了世界关于美的力量。

我热爱"独一无二"这个词语，所以从三年前遇见"unique"这个单词到现在，在熟悉我的人眼中已经成了我的一个标志。我太喜欢事物身上"不可复制与代替"的属性，比如不会再有谁写得出"应是天仙狂醉，乱把白云揉碎"，不会再有下一句"吹灭读书灯，一身都是月"，不会再有下一个布恩迪亚家族的孤独，不会再有下一次奇迹般的亨德尔的复活。被遗忘，是不够惊艳，或者只有一瞬间的惊艳，可以被覆盖的惊艳。我希望自己有特点，我更希望我的作品容易被区分，事实上我是个再普通不过的人，所以被认可已经是幸运，被记得更是荣幸之至。

而我根本不懂得人生的，也完全不明白上帝将每个生命送来人间走这一遭到底出于怎样的缘由。但我向来景仰生命，热爱每一个孤独又泛有蓬勃生机的灵魂。我本不相信前世今生，这世间奉行的一向是真理。可我还是控制不了自己不去想，我与我身边的人从前是否遇见过，刁难我的人或许前世于我有恩。你看项王含恨自刎乌江边，又怎知他不是某个出色的帝王轮回而来的宿命；你看杜甫郁郁不得志，他也不知自己的灵魂竟留滞于不属于他的某个光辉时代。听起来很荒谬，但"轮回"一词却不仅仅是创作者独独相信的。我愿意承认这世上有轮回源于梦境，我们会梦见未来发生的事，会梦见一些跳脱却又似乎符合常理的东西，也会在梦里，以另一个人的身份经历那个人的生活。如果说有什么东西能粉碎鬼神之说，那便是科学；但在人事常理面前，科学也站不稳脚跟。关于一生，有人欲延长自己在世上享受的欢愉，而有人却欲提前结束还未受完的苦难。说人生乐，似乎也有很多苦雨凄风，让你眉头紧蹙；说人生苦，似乎这一程，也曾无数次对着流云与微风会心一笑。

生生之间，遍历山河，纵不得圆满，依旧钟爱生生。

Chapter 3.
是的，虽然难以从自我的框架中逃离，我倒也是写过不少除"我"之外的想法。比如对待"世俗",比如对待"善良"。

你说世俗何尝不算作是门艺术？人适当的自私、虚荣、多疑、复杂,我以为无伤大雅,只不过这个所谓"适当"的界限,还有待商榷。

曾经听雨洁分析某种社会现象,她总有类似悲天悯人的情怀,因此她总希望能找出一个完美的解决方案。哦,特注明,这是曾经的"她"。而这世间制定的很多规则,大多只是为了维持一段短暂时期的相对公平,所以制度总得繁复更新。规定在一开始往往拥有最直接的利处,时间久了便会有越来越多的弊端,或许是因为总有人在反叛。当规则被挑战的时候,一种与规则对立的思想就有了一定的人数支撑,虽然说少数难以战胜多数,那如果有一天,少数派变成了多数派呢？

然而人间需要秩序,希望它最大程度上踩在平衡点附近。我们只需要明白,有些社会现象的存在是必然结果,有人性就会有这些,"恶人"的存在有时在无形中成为了社会稳定无法缺少的一部分。所以世上若是少了所有的猜疑、争执、嫉妒、妄断等等,又是否会变得一团糟呢？参考生态系统的"捕食关系"吧。平衡,就是我认为最高级的美,也是我判断合理性的准则。

因为这世间事,怎会非黑即白,又何曾非此即彼。我不希望人们活在遥远又贴近的生活里,体验悲悯又自我的情绪。如果说快乐是一种情绪,不如说快乐是一种能力。痛苦使人觉醒,不至于成为深陷的理由。可是"在岸效应"的影响力很大,但本人应当明白,你心中既定答案的正确性无关某件事本质上的对错。好吧,我暂且相信这是真理。

我一直很想说关于我的热爱,这次决定还是放到下次吧。可能没人理解为什么我会对作文分数那么看重,仅因为我的分数与我的热爱有了某种关联。即使是考场上,文字也将是我情感的载体,于是作文的分数比其他科目的分数对我而言有了更高贵的意义。此时此刻我在做我喜欢的事情,我很快乐,这足够了。但只要我在写,那么我的所有表现都将被冠以所爱之名。

请无论刻意,还是随意,请您记得我吧,一星半点也好。
我明白很多东西是匆匆的。时间如是,倏尔过,留千万人间客。

就到这了,晚安。

(2019 年 9 月 6 日,总第 171 期,第三版)

黎明一身锈

胡启蒙

"有人住高楼，有人在深沟；有人光芒万丈，有人一身锈。"

一

作为一个循规蹈矩的普通高中生，我在这短短十几年的人生里算不上德智体美全面发展，但至少没掀过什么称得上叛逆的浪。

单逸却是不同的。

相较我们这些甘愿在条条框框的约束下生活的人，他倒是个异类，也让旁人避犹不及。

而对方坐在墙头漫不经心地朝我搭话，这是我始料未及的。

那天头顶的云层很低，空气潮湿得难以吐息，仿佛实质化般沉沉压在胸口上。有人叫住我："喂，刚刚保卫处的人过去没？"

这人据说脾气阴郁，长相倒出乎意料的温润，眼神很干净，柔软的黑发带着点自然卷。

他说我那时一脸傻气，认真回想了保安的去向再和盘托出。当时他就利落地翻墙跑了，留我在原地震惊。

这严重违背了我一贯所接受的教育理念。然后我也跟着跑了。

事实上，当时我手里就拿着被批过的假条，冷静想想我那时脑子可能不大灵光。

单逸惊奇地看我一眼。我带着终于体验了一把刺激的莫名成就感，拍拍袖子，扬长而去。

然而向来过着两点一线生活的我，在这个四通八达的陌生小巷里，迷路了。所以当我在绕了一圈之后再看到单逸时，脑海里只冒出一句——缘，妙不可言。

看清他蹲在不起眼的角落里喂猫时，或许是我呆滞的神情过于瞩目，单逸捏着小鱼干看我："你以为我该干什么？"我无措地眨眨眼,他又嘲讽地扯了下嘴角："喝酒,抽烟,还是聚众斗殴？"

我说不出话来。

单逸小心翼翼地给小猫顺毛,少年正抽条拔高的颀长身躯半蹲着,竟有些可怜。他抬头看我,眉眼间是不解："我怎么不知道自己是这么逞凶斗狠的一个人？"

干净的目光落在我脸上,我想到自己曾深以为然的偏见,忽然哑了声。

可他仅是半挽起衣袖的手臂上,就遍布丑陋的粉色疤痕,细看时额角与下颌也有类似的烙印。我忍不住示意："那这些……"

单逸像被烫到般瑟缩一下,又把伤痕藏进宽大的袖口,清俊的脸上覆了层冰霜。

我岂敢多问,连忙噤声,但也隐隐猜到,这背后便是他不曾争辩自己名声的原因。

他无从解释,也不想解释。

二

喜欢小动物的人总是内心柔软的,至少我这么认为。

平安巷里那只猫最近快被喂成球了,对于单逸的溺爱,我忧心忡忡,疑心它会胖得走不动路。但猫口夺食是愚蠢的,手背挨了一爪子之后,我就默不作声地把东西塞回它嘴里了。

单逸态度强硬地扯我去打疫苗,其间被问到为什么每天这么大费周章而不干脆把它带回家,他又沉默了。只要提及自己的家庭,单逸始终讳莫如深。

他身上总是旧伤未愈又添新伤,这几天脸上甚至划了道一寸长的口子。单逸在校内一直沉默寡言,脸色也是阴沉的,我试图劝他交几个朋友,他盯着我看了一会儿,垂下眼睛说："不用。"他只有在喂猫时才露出柔软的一面,像是孤苦无依的流浪者找到唯一的避风港。

故而当我在众目睽睽下塞给他酒精和棉签时,周遭的目光带着根深蒂固的成见,狐疑地落在我身上。

"那是单逸的小跟班？"

"他看上去挺呆的……是乖学生吧。"

"喂,你们说,该不会是被单逸威胁恐吓的倒霉鬼吧？"

这些细小却尖锐的恶意与猜忌密集地刺过来，我听着或惊惧或窃笑的私语，双手冰凉。单逸低着头，谁都看不清他的表情。午后的阳光下，空气中的微粒聚拢又散开，漫无目的地纷飞着，黑板上一板一眼地写着"致青春"。最后那一捺的笔迹模糊了，显出扭曲的弧度，一如他们嘲讽的笑意。

半晌，他抬起头看着我，眼睛里是让人害怕的疏离。

"周辰，"他近乎哀求的哑声冲我呻吟，"回去吧，别来了。"

三

单逸在躲着我。

我不是偏听偏信的人，何况与他相处过便更不信别人所说的。可那只猫不在平安巷了，我每次去找他，座位也是空的。无力感仿佛一拳砸进棉花般令人沮丧。

直到有天放学在涌动的人潮里瞥到他，我隔着一段距离，不远不近地跟上去，眼看着他走进一扇破落的院门。

我生在幸福美满的家庭，未曾涉足过人性黑暗的那面。可此刻，眼前大门紧闭的院子里，传来醉汉怒骂的声音，他在摔打东西，在毫无章法地殴打——我想我知道那是谁。

单逸冲出来时，正与如坠冰窖的我对视。院门落锁，被里面破口大骂的醉汉踹出巨大声响。他脸上现出难堪与愤怒，捏紧了拳厉声质问："你来干什么！"

恶狠狠的语气惊得我一抖。

小猫不知从哪个角落里钻出来，细软地叫着去蹭单逸的裤脚，他动作轻柔地把它抱起来，没再看我一眼，转身就要走。

"哎，"我连忙出声，"没有地方去的话……来我家，行吗？"

我妈在做晚饭，听说有朋友过来，不忘从厨房里探出头对单逸笑道："随便玩。"他颇不适应，僵硬地回以笑容。他在我的房间里给猫顺毛，垂下眼睛说话，仿佛只是无关痛痒的小事，却听得我难过。

"嗯，我把猫带回家了，这几天他们忙着办离婚手续，在闹财产分割和抚养权的事。

"没什么，从小就这样，习惯了。

"本来他这几天都不在家，今天喝醉了又回来撒酒疯。"

我张了张嘴，又不知所措地将没组织完毕的措辞吞回去，把冒着热气的鸡汤端进来,推到他面前说:"吃点东西吧。"

单逸的脸隔着蒸腾而起的白色雾气,被模糊了表情,他握着筷子低声问:"你妈妈做的?"我点头。他埋头一口一口咽下去,含糊不清地说着好喝。

我说:"那就多喝一点。"

装作没有听见他声音里的哽咽,装作没有看见从他脸上滚进热汤里的眼泪。

四

单逸家那只猫死了。

那男人又喝醉了,单逸那晚不在家,不知道它是怎样被残忍地活活折磨至死的。那团辨不清形状的物体混着凝固的血污,他回去时一打眼就看到它被扔在家门前,还真有点杀鸡儆猴的意思。

我那些苍白无力的安慰哽在喉咙里,又胎死腹中。

我该说什么?又能说什么?

生硬客套的话有时反倒更给人添堵,何况我最是明白那只猫对他来说有多重要。

美好的事物却总是脆弱得不可思议。

"他是不是有病,"单逸脸上全是麻木,"你说他把我妈逼走还不够,又想把我往死胡同里赶?"我把易拉罐举到嘴边,不等气泡在舌尖漫开便囫囵吞下。我听见自己干涩的声音响起:"会好起来的。"其实我才是真正的无头苍蝇,心里空空如也,无从下手。

单逸一脚狠狠蹬在剥落的墙皮上,捏瘪的金属罐"咣"地砸下来,他眼尾泛红地骂:"去他的狗屁青春。"又是那个恶狠狠的调儿,孤狼似的。

他又悲悯地看向我,嘶哑的声音如隔云端:"我有时真羡慕你。"单逸转身走了,浑身肌肉醉醺醺的,他哼着不成调的歌,声音似哭似笑。昏暗的路灯描出他颓废脊背的线条,长而孤独的影子在他身后摇摇晃晃。

我捏着仍冒出冷气的易拉罐,水珠从我手背上滚落,凝结了黑暗的阴翳。

黎明究竟什么时候才愿意吝啬地分给他一点光啊。

五

后来的我见过无数次微熹的晨色。世间万物都从庞大的黑暗中得以解脱,天光乍破之前,沉浸在欲亮未亮的温柔里。

可我到底没能看见单逸迎来自己的黎明。

法院将他判给了父亲,幼时的单逸在他眼里只是能发泄自己对现实不满与怨气的工具,如今他发现这个孩子已褪下稚气。单逸又变成了可以为他谋取金钱的劳动力。

时至今日,我仍记得单逸刚离校的那几天,那些平日里似乎一心只读圣贤书的学生们庆幸的样子。他们长吁短叹着猜测他辍学的原因,又将那些曾经强加在他身上,根本就是莫须有的恶劣行径,再次添油加醋地宣扬了一遍。

我处在他们之间,一颗心慢慢沉到谷底。

空穴来风却比众人言之凿凿的恶意往往更是直击人心,谣言的范围广了,多数人所相信的便比定义成正义。他们无意了解真相,只想着如何占据道德的制高点,一逞口舌之快。

他没有错。而选择沉默的我,也不过是个懦夫,是个可耻的帮凶。

我此后再没遇到过单逸,却仿佛走到哪里都有他的影子。那些遭受着不为人知的苦难的人们有着相似的模样,痛苦挣扎,不屈生长,还在试图接近与触碰锈迹斑斑的黎明。

长夜漫漫,天光究竟能否破晓。

我仍在祈祷。

(2019 年 9 月 6 日,总第 171 期,第四版)

蓝 鸟

代 淇

　　毛坦厂是个小山镇,风景奇特。路边的草坪总是停着一些蓝色鸟儿,喜鹊大小,格外美丽。它们像是故意落下吸引别人,可当人靠近,它便飞开了,留下一片浮乱的空气。

　　当你意识到自己喜欢男人时,整个人变得沉默寡言,学习成绩也下降得厉害。于是你被母亲送到毛坦厂中学。

　　第一次周考后的那晚,老师让孙林同学检查你背书,他把你叫到走廊。干净的短发男生穿着校服靠在窗台,他眼睛只紧紧盯着书本,当他开口问你第一个问题时,你眉头便皱起,随后的几个问题你也不会。

　　他轻叹口气,说你胆子怎么那么大,历史老师罚得特别重。沉默了一会,孙林继续提问。

　　"五十四面最黑的是谁?""关……关汉卿?"

　　"六十二面胡子最长的是谁?"

　　"杜甫。"

　　"好的你过了。"他抬起头,似笑非笑地看了你一下,便走进门去,你立刻跟在他后面走,身后的阳台外,似乎有一群鸟儿刚刚飞过,翅膀扇动着你浮乱的心。

　　你突然开始努力学习,一个月的时间你从倒数变成全班第四。他开始和你讨论学习问题。你也渐渐活泼。那次轮到你检查他的地理知识点。他那天忘记背了,提问他前几个都不会,于是你笑着问:"北海道渔场里面养的啥?"

　　"鱼。"

　　"对了,真聪明,那黄河和长江哪个黄?"你们俩都笑疯了。他开始感慨你的成绩上升得那么快,都跟他不相上下了。

　　你只是看着他继续笑着说:"要不是因为你,我才不学呢。""嘿,你个小gay。"

"嘿，你个闷骚男。"

你又让他给你讲二次函数，他便准备纸笔，一只手拿着橡皮，一只手拿着铅笔画图，给你一步步分析。你眼睛盯着纸不停点着头，还不时应和几声。

手上的芒果干，却已经被你拆开，你拿了个最大的芒果干试探着放到他嘴边，看着他咬到嘴里，看着他慢慢嚼着，忘记了嚼自己的。

十月份迎来了一年一度的运动会，孙林报名了四千米长跑。他上场时，你在场外负责写播报稿，但你的稿子从来没被选上。他跑到靠近你们那边时，你总是喊破喉咙，眼看就最后一圈了，他跟第一名还差十几米的距离，你忙跑去威逼利诱你们班的播音社同学，让他把你的稿子给换了上去，接下来整个运动场上回荡着"阳光正好，微风不燥！运动员们在弥漫着芒果干味道的操场上迈动着矫健的双腿……"孙林在烈日下慢慢超过第一名，冲过了终点线。众人为他欢呼的时候，他却倒了下去。你想冲过去，但蜂拥的同学们把你堵在了外面。

你愣了一会想起你跑步前给他吃的芒果干，飞奔去超市，买矿泉水和纸巾，没喘口气就跑回去。他果然在那吐呢。你给他漱口时，他表情嫌弃地说，胃里是芒果干，耳朵听到的还是芒果干，这辈子不想吃芒果干了。

十一月份，山区的天气总是比外面刺骨一些。自习课上你在写着日记，孙林从后面扔给你张纸条，说他下学期要搬出来住。你眯着眼对他坏笑下，便转过头去，在日记里写下你的美好期待。窗外出现一个人影，在你的位置停下了，是班主任，你故作镇定继续写着，他打开窗户让你把本子交给他。

你停下笔，无动于衷。他将音量提高，你还是直直地坐着，两只胳膊紧紧压着本子。全班的目光都聚向你，你清晰地听见自己的急促呼吸，不敢抬头。他冲进来夺走日记本，你憋着眼泪说那是日记本，求他还给你。他没有理你，直接翻开你刚刚写的那页。一字一句地读："孙林刚刚说他下学期搬出来住，开心，或许还能跟他租在一起呢！"班级里传来哄笑声，而你的脑子轰的一声，一片空白，你什么都不顾冲上去夺走日记本，跑到垃圾桶一点点撕碎，眼泪随着碎片落下。所有的自卑与自我憎恶感重新充斥你破碎的心。

你被停课一周，险些被退学。理由是对老师不尊重，态度极度恶劣。

你再没找过孙林，他也再也没看过你。班主任叫来你母亲，带你去合肥四院，排队时你看着大院里几个强壮的女护士和一个中年男人在拿绳子抓一个和你差不多大的男孩。

你被确诊为急性焦虑症,极易暴躁。医生给你开了药。一月份的时候你的身体已经被药物的副作用折磨到垮掉,没法发出声音,周围也没人找你说话。你疲惫地躺在课桌椅上,闭着眼睛,同桌拿着你的药物说明书,看着上面被圈起来的副作用,在那感叹。你只皱着眉头闭上眼睛嫌他吵,你再把眼睛微微睁开,模糊地看到,孙林从同桌手中拿过说明书,看了许久才还回来。你苦笑了一下,再将眼睛闭上,心里一切都是凉的。

暴风雪把毛坦厂都变成了灰白色,周围的一切都带着冰塑的硬壳。上学路上,你缓缓走着,目光直视,左右车辆躲着你,鸣笛声响起,你自顾自走着,踢开碍事的石子。体育课,你坐在台阶上,看向篮球场,孙林一个人打着篮球,球场外一个女孩拿着一瓶矿泉水。目光直随着他。你别过头,不再看。放学铃响了,你去超市买了三瓶牛栏山,要了个吸管。回到住处坐在马桶盖上,闭着眼屏住呼吸用吸管几口把酒吸光。

路上的冰很滑,你踉跄着走到学校,路边垃圾堆躺着一具鸟儿的尸体,在清一色的灰白中如此暗淡的蓝色也显得格外显眼。你停下看了一会,继续走着。扶着楼梯爬到了五楼,班级里的同学都还没有回来。你脚步软软的,走到孙林的位置,看到他的垃圾袋满了,慢慢拿起,给他倒了,又拿起扫帚把垃圾慢慢扫掉。当你轻轻把扫帚放到垃圾桶旁时,走廊的尽头,孙林正慢慢走过来。你鼓起勇气看向他,可当目光接触你的瞬间,他便低下了头。你再也无法控制泪水,哽咽着问旁边的同学,他为什么这样对你,那位同学只是慌张地说了句,他对谁都这样,便匆匆逃进班级。你也意识到自己像个疯子。你不再哭了,也没再出声,只是朝走廊尽头走去,上课铃响了,你还是站在那里。深冬的风打在脸上,不觉得冷。酒在空荡的胃里灼烧,耳边班级里播放的听力声越来越小,你望向楼底,三楼一个铁板横在那里,你想赌一把,慢慢爬到阳台,坐在上面,睫毛被泪水粘到一起,看不清星星,看不清一切。你再次看那块铁板,它已经隐秘在黑暗中。

你有些胆怯了,可还是把腿慢慢伸下去,只用两只手扒着阳台,力气渐渐没了,你掉了下去,像烂苹果被风吹落,你重重摔在铁板上,撑着剧痛的身体,慢慢爬起来。你盘坐在铁板上抬起头再看满天的星星,慢慢变得无比清晰。

你被接回家,再也没有回到那里。你买来一袋芒果干,放在床头,一直没有开封。小侄儿从合肥回家,看到便要吃。你便给他拆开,一个一个喂给他吃。

你看着他把芒果干吃完。失眠几个月的你那天睡得却格外香。过了半个月,你的医生告诉你可以不用再吃药了,你休学一年,在之前的高中继续上学。

又是一年深冬,也下雪了,你漫步在校园的雪地上,忽然听到一声鸟叫,你抬起头看去,一只蓝色的、喜鹊般大小的美丽鸟儿不停地朝上飞去,消失在云层。

(2019 年 9 月 6 日,总第 171 期,第四版)

失落的港湾

尚 筠

我发现最近一回家心情就很差。原本抗压能力很强的我在家却变得压抑、焦虑。回忆以前也有这种状况,但近日明显增多。我也曾努力将在学校的笑脸带回家,但过不了多久就维持不下去了,内心烦躁不安,情绪不稳定,也不想说话。

我想或许最近不太好的身体状况是原因之一。每天早上药壶的鸣笛声简直就是我的催命铃:它一方面在告诉我我将要起床,一方面又预示着新的一天又要从喝药开始。我很生气,和我妈说以后中午再喝药。

为了看看是否只有我一个人有这样的困扰,我询问了身边的同学。问题是这样的:"你从学校回家(本来心情挺好),会不会变得心情低落、压抑、抑郁?"其中表示经常会、偶尔会、不会的人各占三成。还有人表示自己曾经也被这个问题困扰,我问其原因,她认为是有些抑郁、压力大。难以想象平日里乐观、活泼的同学竟然大部分都有这样的困扰。

于是这几天我一直在思考究竟是什么让我们一回家心情就变差。初中政治课本上就写过,家是温馨的港湾,那既是温馨的港湾,为何不能让我们感到轻松愉快,而是相反呢?

我查了些资料,综合同学们给出的答案,总结了以下三个原因。

第一,隐藏的情绪回到家后暴露出来。我们在学校中与老师、同学交流,尽量将自己最好的一面展示出来,在交往的过程中,可能会产生的不愉快、愤怒、委屈等,常常被掩饰起来。于是这些堆积起来的情绪,在我们回到家后倾泄而出,造成了在学校与在家中心情的两种极端。至于为何回到家后情绪才得以显露,是因为我们潜意识里认为自己不需要对家人有太多顾忌,且相信负面情绪的爆发并不会给自己与家人的关系带来影响。

第二,与家人观念不同。我们与父母可能因为某种观念、某种处理方式、某种人生态度不同而无法达成一致,他们所持有的观点、做法、认知与我们的期望值相差甚远。在多次沟通无效甚至因此争吵不已后,我们失望、愤怒、不甘,自尊心受到了伤害。这些情境无形中演变为一种未竟情节,隐藏于我们心中,以至于我们只要一回到家或一想到家,就会被敏感地激活心中的压抑、焦虑等负面情绪,让我们有种病态的感受。政治课本里所提到的解决矛盾的最好方法是沟通,我承认这是最好的,但它不一定有效。我们与父母沟通了十几年,如今还存在的矛盾,是遗留的问题,是不可能解决的。我们这一代人,因为有更好的条件,有互联网的存在,视野更加开阔,不拘于传统,观念新奇。家长们所致力于维护的观念、生活的方式及生活态度,我们可能并不认同,甚至鄙视。矛盾冲突由此而起,又无法解决。

第三,和父母的交往并未建立在平等基础上。我们在学校的老师、同学,他们知道我们是独立的个体,对我们的观念予以尊重,顾及我们的感受。但家长不会了,我们是他们的孩子,是他们的"私有物":"你是我的孩子你就得听我的","无论你多大,你都是我的孩子,都得听我的"。还有,父母可能比老师、同学更了解我们的弱点,于是戳起刀子来毫不费劲,次次精准,切入要害。同时,他们还会把自己的意志强加在孩子身上:"你现在不听我的,长大一定要后悔","你不要不听我的,我这么做都是为你好",诸如此类,不胜枚举。他们打着"为你好"的旗帜,说教我们,将意志强加于我们,用言行伤害我们。这是专制。他们想的一直是我们应该做什么,而不是我们想要做什么。但朋友们不会,他们支持我们正当的决定,他们会说"有我在",而不是在我们一腔热血兴致勃勃的时候突然泼一盆冷水,说"你不该"。人与人之间的相处,本应该建立在平等的基础上,相互尊重,但我们与父母之间常常缺少这些。

我们的压力很大。拿我自己来说,有一次考试进了年级前十,我得知消息时,第一时间不是兴奋,而是在担忧下一次考试要是退了怎么办。我甚至不想让我的妈妈知道。我了解她,她能够将我的退步放大无数倍,继而无时无刻不监督我的学习,而不是拿我的答题卷去帮我分析原因。我想起来好几天没看仓鼠,于是吃完饭逗逗它,还没有两分钟,我妈就说:"别玩了,玩它有什么用,能帮你学习吗?"我戴牙齿保持器,每天晚上刷牙时顺带刷一遍,我妈说:"别刷了,我给你刷,你快去学习。"有时候太困了,和我妈说这次午睡多睡十分钟。我妈说:"半小时还不够你睡吗?"我感觉自己就是台机器,无时无刻不在转动,无时无刻不在被扭紧发条,无时无刻不在被推着前进。我每次回家,一开门就觉得地底下有无数双手在拉着我,让我往下沉。我不高兴,有时候会很崩溃。

历史老师有一句话说得好："经济基础决定上层建筑。"只要我们还依赖着父母的金钱和人脉，就不能谈自由。尽快做到经济独立，是我们现阶段唯一能做的事情。

我妈妈很爱我。我说想吃包子铺的醋熘土豆丝，她第二天买早点就给我带；我喝中药要提前煎熬，她四点钟就起床打开按钮；我最近肠胃不好，她马上打电话向给我开中药的医生询问。我会因为和她的矛盾分歧，会因为她过激的言辞怨她，怪她，气她，但我不会因此而不爱她。她爱我，我也爱她。

如果有和我相似状况的同学，请务必将情绪宣泄出来，不要把负面情绪都埋藏起来，对身体不好。看，我最近心内有火，导致舌周疼痛，连喜欢的鸡排和麻辣烫也吃不下去，这令我十分痛苦。

（2019 年 10 月 6 日，总第 172 期，第二版）

偶　像

代　淇

　　在我小时候,家里的庭院里有两棵柿子树。据说是当年生我时,外婆埋下的树苗。自打我记事那会,两棵树便长得老高了。院子的北边是爬了满墙的白蔷薇,还有一棵因为缺少阳光而有些畸形的玫瑰树。我常把那棵比较高大的柿子树比作自己的母亲,时常仰望着。

　　还没上小学时,我有段时间常常做噩梦。梦到姐姐掉河里了,我顿时号啕大哭,渐渐成了断断续续的抽泣。母亲温暖的手抚摸着我的头,问我怎么了。我把梦告诉母亲,问她人为什么会死。

　　"梦都是反的,你做了一个坏的梦,现实生活肯定是好事。"

　　"那人死了会去哪里。"

　　"人死了会变成天上的星星,就像太太一样。上次我不是指给你看了嘛?"

　　"那你也会死吗?"我哽咽着问道。

　　"别害怕,妈妈会看到你成人,妈妈会一直陪着你。睡吧,儿子。"母亲的声音像令人安心的摇篮曲,我搂着母亲的脖子,渐渐睡去。

　　母亲为了方便带我上小学,在镇上找了一家超市做奶粉售货员。她第一年就拿到县里面销售冠军,说带我去参加奶粉品牌商开的会。那是我记事起第一次去县城。我紧紧拉着她的手不敢松开。到了会议室的椅子上更是紧张得不知所以。她待会要发言,我只好装作勇敢的样子,给她打气。在我打量着哪个阿姨好看的时候,突然有人喊母亲讲话。我看见母亲微笑着站起来,分享经验,谈吐自如。我才发现,世界上最漂亮的人,是扎着马尾穿着短袖的母亲。我一直觉得母亲是一个从大城市里来的人,就像她最爱养的紫罗兰花,高贵,优雅。

　　小学时候,母亲管教我的方式常常是体罚,母亲从不给我零花钱,不让我吃零食。一天我偶然发现了窗台上的一块钱,那枚硬币闪着银光。我小心翼翼又迅速地将它放进口袋,再溜进屋里藏到笔盒里。偷钱的罪恶感随着辣条咽进肚子,一并消失了。晚上回家趁着母亲没回家我就睡了,可刚睡着就感觉到一只冰凉的手在拍我的脸。母亲叫我起床。我极不情愿地从被窝里爬起来,冬日的凉气驱散了我的困意。

"你可知道我为什么叫你起来?"

"不就拿你一块钱吗,有什么了不起的。"

突然我的耳朵只感觉到一股强大的拉扯力,我跟跄着被拉下了床。随之而来的是母亲用衣服撑的抽打。我的屁股顿时钻心的疼,母亲边打边问:"打你可亏?"我不知回答哪个是对的,胡乱说出口一个,只觉母亲打得更重了。

那晚我疼得没有睡好,后来听姐姐说,那晚母亲也一夜没睡好。母亲严厉的管教让我每次都是全校前三名。院子里的柿子那几年也结得满满的。

初中时候,家里拆迁了,老家成了废墟,柿子树被围墙压断了。其中茂盛的那棵还坚持绿了一个星期。母亲突然检查出来患有甲状腺癌。母亲骗我说是小病,可她做了手术后,说话的声音沙哑,完全变了样子。我去买东西,听到两个女人在讨论我。一个女人说我看着面熟,另一个女人说:"不就是那个超市里讲话刺啦刺啦的女的家孩子吗。"我听完赶紧拿好东西跑了回去。我气愤得跟母亲说这件事。母亲只是叹了口气,说她们说的也没错。那天晚上我跟父亲母亲挤在新屋子的房间里面,窗户没有装上。用个纸板挡着,冷风像空调般带着湿气吹了进来。我睡在小床上唱着"时光时光慢些吧……"母亲用沙哑的声音说:"唱得真好。"我裹紧被子,用力闭上眼睛,一滴冰凉的泪划过脸侧。

母亲不再经常打我。可母亲变得易怒,多疑。老同学从外地回来了,我为了争取跟同学出去玩一天的机会,开始刻意地多干些活,多搬些货。我被蚊子咬了,去喷了花露水。第二天回家后,母亲就拿这件事骂我。说我喷花露水是为了好闻,是为了给我的同学闻。本就处于青春期的我受不了母亲的强加揣测,与母亲吵了起来。我打算不再理母亲,结果母亲当晚便给我道了歉。

"儿子对不起,妈妈吃的药会让妈妈容易生气,妈妈以后会控制自己的情绪的,对不起。"

可我似乎没有妥协的意思。那以后我常惹她生气。我开始上高中,学艺术,学习好多她不懂的东西。我越来越觉得她不可理喻。我常拿"你懂什么?"来搪塞她。

高三时候,母亲剪了短发,在我眼里看起来更老了。母亲不顾我反对,来租房子带我。我常惹她生气，想让她别来。可她处处忍着。只说了句："你明年上大学，就离开家了，以后能见面的机会能有多少呢？我就想珍惜这最后一年，陪陪你。"我说我想补课，没想到母亲当晚就去交了高额的学费。那晚我与母亲和姐姐走在回家的路上，听母亲跟姐姐聊起我刚出生的那些日子。母亲被爷爷不待见，母亲被大爷打，母亲一个人做生意被别人恐吓……我问母亲为什么嫁到农村来受苦。母亲说她不后悔，因为她有我跟姐姐。

昨天晚上我突然肚子疼。疼到不能动。母亲开车带我去医院，陪我吊水。我与母亲互相靠着睡着。醒来时发现我枕在母亲的腿上，一如我小时候吊水时那副模样。第二天醒来后我坐在沙发上玩手机，抬起头看到空调机上的吊兰。突然发现母亲最爱的花，不知何时从紫罗兰变成了吊兰。只因她听说养吊兰可以替常玩手机的人吸收辐射。我昂起头看着那盆吊兰，就像当年仰望那棵柿子树。一阵风吹过，似乎飘过柿子的味道。秋天到了，柿子熟了。

(2019 年 10 月 6 日，总第 172 期，第三版)

表达者

张 宇

对真理作归纳和辩论是毫无意义的，但是一件真理在给予真诚声明时刻，并将付诸行动，发言者的面孔和声音就会有着无比的力量和真实感。

——《风声鹤唳》

语言是极具力量的。

我所接触的表达大多是来源于生活，来源于学校。与同桌争辩一题答案，与同学争辩某一个定义，与任何一个人触及到了一个问题，都会产生表达。表达从我出生的时候，便赋予我想表达的基因。从我说出人生的第一句话那一刻起，我的一辈子都在表达。或者说，我这一辈子都在说话。

表达的目的在于传达自己的情绪、内心感受与思想。表达的语言可以真实地反映自己的内心。比如，在网上看到别人攻击了自己的爱豆，义愤填膺地去与别人展开辩论。在考试之后的考场中，总会有那么几个作死的小朋友大声地在争论这题答案是什么。还有在法庭上的辩论，美国总统大选的辩论，英国国会上的辩论，从诸葛亮的舌战群儒到现在的互联网大战。表达无处不在，因为每个人的思想、生活习性不同，所以一个问题产生了不同的见解，但要将自己的见解给他人分享这就需要表达。所以表达成为了必不可少的工具。而因为有着不同的见解，辩论即由此出现。

在关于真理的辩论中，唯物主义者与唯心主义者辩论了上千年，诸如人性本善本恶，美是客观的还是主观的，逆境出人才还是顺境出人才，知难行易还是知易行难，英雄的成败论，金钱是否万恶之源，等等。在关于物质的本源问题上虽然取得了结果，可在一些问题上，他们仍旧在辩论。不过尽管举行了不计其数的辩论赛，对于这些问题却没有真正的答案。因为真理往往是灰色地带。

90 年代风靡一时的国际大专辩论赛的衰落仅仅因为一个问题：辩论是

有意义的吗？在那个时代后期,随着马来西亚辩风(马来西亚辩风更倾向于使用辩论技巧、语言技巧甚而是强大的气势来获取胜利)兴起之时,有个问题冲击人们的观念:难道我们辩论真的是为了真理么？如果不是为了真理,那我们辩论到底是为了什么？直到1997年,国辩赛决赛的辩题竟然是真理会不会越辩越明,显然辩论已经到了不得不为自己的合理性进行辩护的地步了。在这场比赛中马来西亚在逻辑层面上引导到了不可辩的地步,用事实打出了"如果真理越辩越明为何我们并不相信自己所捍卫的辩题却依然可以取得胜利"的观点。显然,梦碎。在那一晚之后,许多曾经信仰真理之辩的人们永远地离开了辩论,而留下来的人们则踏上了重拾价值的漫漫长路。

辩论的价值和意义到底是什么,这不是我所能全部表达出来的,任何涉及到价值和意义还有定义的问题,都需要斟酌。不过我的浅见是:辩论即是碰撞,一种观念的碰撞,一种生活习惯的碰撞。可这种碰撞带来的并不是你死我活,而是在碰撞之后的感悟或宽容。真正的辩论不是为了征服你,而是我们可以在碰撞后得到不同的见解。辩论是一种思维上的游戏,经过严密的逻辑推理得出结论,在对方严谨的定义中找出漏洞,但辩论的意义不仅于此。

并不是所有的表达都是有意义的,有时候我明明内心深处知道对方可能不完全是那个意思,但就是想要把那个意思挑明。往那个方向解读,便于攻击并证明自己的观点,我所接触的互联网辩论大多都是这样,毫无意义。不过互联网的确很有用,只要是没有什么用的问题都可以拿来问网友。有些辩论者总喜欢过度引经据典,"鲁迅先生说过……""子曰……"甚至我都可以引用一个我都没听过的人说的一句名言来当作佐证,比如"沃斯基硕德(我自己说的)",比如我在开头写的那段话,你们知道有没有这本书吗?这本书有没有这段话吗?我要和你进行沟通,你可以适当地引用哲人作家的话语,但是前提是必须有你的思维逻辑所产出的结果,我们引经据典是为了更好地去总结自己,而不是代替自己,因为我在和你沟通,而不是鲁迅、孔子。在生活中有这样一类人,比如吃饭时说到一个问题,他都要和你争辩个是非,甚至都要坐在你的对面来增强对立性。或者仅仅因为你今天穿的是蓝色还是青色的衣服和你说出蓝色的波长是多少的人,这样的人则是"杠精",他总会说出你这一句话的否定命题。对于这些人我只是微笑。没必要去争辩所有东西,耗时还累。或者在辩论中有时会跟一群有着无数"indisputable moral grounds"的人辩论在绝大多数情况下都没有任何意义。"当然不能杀人了！这还用说吗？""当然要和平博爱了！这还用说吗？""当然要保护人们的隐私了！这还用说吗？"这种 liberal mindset 得出的结论简直全是废话。希望说这些话的人全部先学一遍数学分析。互联网的普及，使得表达更没有空间和时间的限制。我认为互联网上的辩论绝大多数是毫无意义的，有许多人甚至在这里当做了"法外狂徒"，对自己说的话根本不用负责。在这里的观点是这样的，在那里的观点是那样的，大型双标。有些人是最可恶的，连面都没见过一次，远隔万里，就仅仅因为观点不符合，就恨不得用世界上最肮脏的语言去问候对方的家人。"只要人人都多出一点忍耐，互联网就会变成美好的人间。"我的愿望不止世界和平，更想拥有歌词描述的世界，擅自修改歌词，对音律一窍不通的我不知道有没有把这首歌歌词改砸了。还有一类"网络喷子"，他们总是自认为高人一等，用不同的观点甚至于价值观相违背来彰显自己的不同。这种毫无意义的辩论没有必要，而且很累。我不为争吵和展开辩论感到难过，我难过的并不是因为我没有在这场辩论中胜利，我难过的是因为一些隔阂或代沟没有办法做到真正意义上的沟通，并且这种隔阂或者说代沟可能是无法改变的。

　　语言是极具力量的，一句话可以摧毁一个人，也可以挽救一个人。去年新闻报导上海 17 岁男孩因为母亲说"你去死吧"，毫不犹豫地跳了桥。我看了视频，男孩头也不回地奔向了死亡，这是多大的勇气和绝望。有些家长，在当家长时，真的好像失忆了，忘记了自己曾是小孩子，忘记了那些脆弱的、易碎的、小心翼翼的委屈。自负，昏愦，像一个自古以来的成年人。我想起小王子躲在飞行员怀里哭泣的样子，他独自一人坐在 B612 上数着四十三次日落，途经行星上的人都得了"大人病"，没有一个人愿意倾听他的心事。希望我以后不会患上"大人病"，希望你们也是。

　　某天放学看见了两个妇女在街边 battle，出于好奇我围观上去。我着实被震惊了，那种不带脏字却可以问候你爷爷的句子是怎么造出来的，那种雄辩的气势不是每一个辩手都可以学得来的。果然姜还是老的辣。"良言一句三冬暖，恶语伤人六月寒。"适当时可以多说一些良言，毕竟不要钱。希望有些人说话的时候可以少一些戾气，多一些温暖。这又回到了那首歌"只要人人献出一点爱，世界将变成美好的人间"。

　　被误解是表达者的宿命。中华文化博大精深，对于一句话可能有上万种的解读，一语双关的话多得是。所以，被误解则是表达者的宿命。当我在表达自己的时候，肮脏者听到的必定是肮脏的，任何你想表达的东西，肯定就会因为这些肮脏者而变了意义。可,被误解,不就是表达者的宿命吗?我热爱表达,从小到大我一直在表达,我喜欢的是当我说完那段话可以将我最真实的一面展现给你,可有时我又不喜欢说话,因为我不想把我脑袋里想的那么多思想用我的 ATP 去思考怎么叙述给他们听,这是没必要的。这是不矛盾的,因为听众不一样。

其实世界上最痛苦的事情就是,当你意识到这句话不对,但你已经说出口了,而我恰恰属于那种"没有脑子"的人,言多必失,我向那些被我无心用语言伤害的人真挚地道歉。我表达的本意无心伤害任何一个人,无心去侮辱任何一个人,我在此再次向我所伤害的人道歉。我真的没有恶意去用语言伤害任何人,我还有很多东西要学,比如沉默,在适当的时候沉默和表达都有自己的积极意义。人用了不到三年学会说话,却要用一辈子学会沉默。

这篇不是文章的文章,感觉被我写成了论述文本阅读,可能是最近做的语文卷子有点多,有些可以用更温柔的语言来表达的句子,显得那么硬硬的。我甚至在编写完这篇文章后从头到尾习惯性的审视,看有没有跑题,后来发现根本找不出任何中心思想。或者有,不过那是你的,就像作者在写完一篇文章后合笔后这篇文章不再属于他,就像"民谣没有故事,你听见的故事全是你自己的"。不管怎样都好,我在这里奉劝各位并不要因为这篇文章而在课堂上作死接老师话,更不要在自习课上表达自己,这些都是不合时宜的。别等到你们被老师拿胶布粘住了嘴,拿着这篇文章来找我。那是没用的,因为我的嘴已经被老师用胶布粘上过了……

(2019 年 10 月 6 日,总第 172 期,第四版)

一个账号

张浩阳

"强子啊，清明你们那儿放几天假呀？"话筒中传来母亲满怀期待的声音。

"就放一天，妈。我没时间回去了，下次一定回去哈。"阿强说出了已经说过许多遍的话，心里有点儿惭愧。"哦，那你好好学，别想家咯！"母亲轻松地说。阿强听得出来，母亲是有些失望的。

阿强撒谎了。他们学校其实放了三天假，而"一天"的说法，是排除掉周六周日得来的。阿强不想回家，他和舍友们约好了去苏州玩，所以才这么说的。

其实也难怪。阿强本来就不是天资聪慧的孩子。奈何父母望子成龙，面对父母的"高压态势"，阿强高考时复习了整整两年，才考上一所说得过去的大学，开始了他幻想了无数个日夜的大学生活……好不容易从苦海脱身，长了翅膀，谁想把假期花在那片充满了心酸回忆的地方呢？

就这样，阿强坐上了开往苏州的绿皮火车。放下背包，望向窗外，那里是刚刚被一场缠绵的雨洗刷了的乡村景色，翠绿色在眼前一片片绽开，氤氲的湿气裹着尘土的清香，将阿强心中的惭愧一扫而光。大学生活就该这样嘛，来一场说走就走的旅行，在从未去过的地方遇见从未见过的人……阿强回忆着从某本杂志上看过的句子，有点陶醉了。

下了火车没走几步，阿强一行人就迷路了。灰砖青瓦，绿水行舟，典雅精致的徽派建筑群沿着一条条河道而立——美是很美，但站在拱桥上四处张望，阿强觉得往哪走都是一模一样的。来得太冲动，早知道该先做好旅游攻略的，阿强想。

叮。就在这时，一条信息蹦了出来。是老爸发来的微信语音。天，不会是露馅了吧？阿强忐忑地点开消息。

"儿子，学习累不累？"纯拉家常的语气。

呼,吓死我了。这种问题有什么好问的?阿强敷衍地回了个"还行吧"。

"哦。你看你这都只放一天假,要是多放几天的话,还能去跑跑玩玩儿,多好。"

嗯嗯,是,其实我现在就在外面玩儿呢,您老不知道而已,嘿嘿。

"我和你妈当初就去过苏州玩,那风景,那叫一个好啊。不少好玩儿的呢我跟你说!"父亲在那头激动地说。

……苏州?以前没听你俩说过啊……对了!如果他们俩来过的话,不就能让他们介绍几个好玩的地方了吗?

"真的假的,有哪些好玩的?"阿强刚要把语音发出去,上划取消了,改发了文字。他怕父亲从语气啥的听出来不对劲。

过了好一会儿,父亲才回话。"你看啊,这个……白居易纪念馆,对,白居易纪念馆,好看!有文化气息,适合你们学生!还有这……叫什么?糖粥!这长得跟芋团子似的,甜,好喝……"一条几十秒的语音,父亲磕磕绊绊地介绍了几处景点和美食。阿强让舍友一一记了下来,在地图上一搜,哎,还都不算远。

阿强带着一行人循着父亲推荐的路线,尝了糖粥、煎包、松鼠鳜鱼,看了白居易像、山塘街,一路上和父亲有一句没一句地聊着。中途父亲居然还给发了几百元红包,正好,阿强可以不用顾忌瘦瘦的钱包,好好尝尝苏州特色了。

天色渐晚,阿强打算去美食街逛逛。父亲不久前发来消息:"清明时期雨多,以后你们去玩儿的话,千万别忘了带伞!我和你妈当初就被淋了个透!"阿强笑笑,没当回事儿。可谁能料到,阿强刚动了两筷子,外面就真的飘起了小雨!真巧啊,阿强苦笑着想,早知道就买把伞带着了。待会得找个近些的旅馆了。

"还有还有,出门在外,一定要住大宾馆。小的卫生不过关!出来都出来了就不要心疼钱,我当初和你妈住的就是格林豪泰!我记得就在老杨馄饨旁边儿。"父亲又发来消息。真是的,都聊一天了,还没聊够吗爸。不过也好,格林豪泰是吧……吃完看看去。

当阿强站在崭新的、占据了四层楼的、充满现代气息的格林豪泰门前时,他觉得有些不对劲了。这很明显是近两年才开的,爸说他当初来玩住这里,自己又不知道这事,那一定是八九年前了,怎么可能住这里呢?

先找个能躺下的床要紧。阿强摇摇头,暂时放下疑虑,和舍友们开好了房间休息。他打开浏览器,找到历史记录,准备点进昨天关注的那条幽默帖子看看,放松一下……

一道闪电劈中了阿强,头皮发麻。他的眼睛锁定在历史记录的第一条上,移不开了。

"苏州十大必玩景点"。

下一条是"宾馆 苏州""2019苏州旅游必去景点""苏州特色美食"……而此刻,还不断有新的搜索记录蹦到第一条上去,无一例外,都是在查苏州。

阿强想起来了,他想起来了。上次回家给老爸买新手机,他为了省事,给老爸的手机绑定了自己的账号。这个账号将他们的信息一直同步到另一部手机上,包括位置信息,当然,也包括历史记录……

怪不得父亲说自己去过苏州。

怪不得父亲突然给自己发红包、提醒自己带伞。

怪不得……

阿强觉得眼角痒痒的。他摁灭了屏幕,揉了揉眼。他决定下个周末回一趟家,不管放几天假。

(2019年10月6日,总第172期,第三版)

小美好

呆虫虫

当我终于鼓起勇气,执笔写下这个标题的时候,猛一抬头,看见卧室玻璃窗上留下了一道道清晰的光纹,我知道,这正是繁盛流年里一个小小的美好。

小美好,是迤逦光阴里的淡淡欢喜,是生活中不经意间令人心情愉悦的浅浅幸福。小美好,不必太用力,不必说:"山无棱,天地合,乃敢与君绝",更不必说:"上邪,我欲与君相知,长命无绝衰",不用,不用那么用力。小美好,是浅淡的,是丝丝缕缕的,是淡然的时光中最清丽的一笔。

静美年华,心似琉璃,季节更迭。在家里,坐在吊篮上,嗅着微甜的氤氲的空气,独自一人喝一杯下午茶;外出,找一个花香弥漫的地方,翻阅一本未读完的书,任由斑驳的树影打在书上,勾勒出令人心动的痕迹;穿上新衣,骑着单车,张开全身的毛孔,感受微风拂过的细腻;趴在桌子上小憩,任凭阳光透过树叶打在身上,映出青春的光景;途经书店,买几本爱看的杂志,回到家细细品读;闲来无事,做几个手工制品,享受它们带来的成就感与自豪感;偶尔,画幅画,写写字,生活中总是充满诗意;午睡时,放一束花在床头,享有一次甜蜜而又沁人的酣睡……

这些美好的事物,带来简单的快乐。比如,听听舒缓的音乐;比如,养一条小小的金鱼, 学学弹琴; 再比如, 在隔年的纸张上, 写一首过期的抒情诗——这些看上去比较浪漫比较文艺的事情,的确就是生活中的小美好。有人说,自己为生活所负累,亦有人说,生活就像一个讨债者,可是,有这些小美好相伴,我们的生活不是应该有无限的精彩和可能吗?

生活中总有这样的小美好,它们这样浅淡,仿佛对自己的美一点都不自知,但这种不自知,却正是它最美的地方。

静下心去看身边的一切,你会发现所有的人都会变得可爱:平日里腼腆羞涩的同桌,原来也有幽默的时候;平日里不苟言笑的老师,生活中却也十分"接地气";父母眉头紧皱的样子,原来那么生动,那么亲切;你很留心的那个她/他在睡着时嘴角会流下一道可爱的口水……从每个人身上,我们都能发现这样小小的美好。

亦有小烦恼。头上长了个粉刺,黑头开始冒了出来;考试时,有一道难题始终也攻不下来;上课时打瞌睡,遭到了老师的训斥;心爱的杂志已经卖光,只好等下一期;闹钟的电池又没电了,又得下楼去买;费尽心血画的画在最后一笔时,一不小心就把颜料泼在了上面……

烦了一天,放学了,推开门,看到一大包水果,妈妈说,超市打折,几块钱一斤,惠而不贵,买了几斤……再去看自己未完成的画,发现画得比以往更好,欣喜之。躺在床上,听着音乐,进入梦乡,一夜好眠,次日清晨,发现精力充沛,于是更加欣喜……

还是喜欢小美好,不伤筋动骨,不劳神到死。幽王裂帛,长恨情歌,其实都太过用力。我更喜欢这样清淡似水的美好,像王维的诗——空山不见人,但闻人语响,这样的美好,才是内心深处的美好。

很多人终其一生在寻找美好,但其实他们根本不必去找。小美好,究竟藏在哪里呢?

小美好,在那葳蕤的草木中,在那葱茏的青春中,在那迤逦的时光中,是曼曼蔷薇中的喃喃细语,是绚烂烟火中令人心动的痕迹。

小美好,其实就在咫尺之间。

PS:把这篇文章献给我的小伙伴——小W,小L,小Y,愿你们的生活总是充满诗意,愿你们总是与不幸擦肩而过,愿你们的心中总有美好驻足,愿我们的友谊天长地久。

(2019年11月6日,总第173期,第二版)

生之响往

枕 流

人生不应该如此彷徨,它一定不仅是梦幻觉和暗月光。

——刺猬《生之响往》

一

"朝着烈日,才是听摇滚的方向。"

从大学时期的筹备算起,这支今年夏天才火起来的乐队其实和我同龄。十六年来,刺猬从未让国语摇滚失望过。

两个程序员和一位单亲妈妈组成的乐队好像很奇怪,但也很强大。人们永远不知道自己脱离既定的轨道后能有多疯狂,就像久被关锁的困兽挣脱锁链后不顾一切地撕咬世界,就像我的同学们总会在周六的夜晚分泌积攒了一周的多巴胺和肾上腺素,去峡谷里巡游。

主唱是一个外表三十岁内心却只有三岁的大男孩。仿佛永远不知道怎么收拾自己,子健总是以乱糟糟的头发和夸张又滑稽的墨镜出现在镜头前,演出结束也只会发泄一般摔吉他。他不善言辞害怕表达,却又执拗地要把每一句歌词写得斑斓奇幻。石璐说,子健这个人哪,他的缺点多得就像天上的星星,但他的才华又像是太阳,词一出一开口,所有的星光点点都匿于太阳光亮与夏日午后的笑梦中。我喜欢叫鼓手石璐阿童木,这个称号来源于她不灭的爱与信仰。生活不易,但摇滚能驱逐内心的阴暗,阿童木因此兼有母亲的温柔和朋克的力量。她说她老了已经不再朋克,但我们都清楚,那跳动的双马尾永远不会画上休止符。沉默寡言的贝斯手一帆,他从不在舞台上歇斯底里,举手投足是最符合程序员身份的那个人,但也是他平衡着乐队的炽热,让刺猬不那么难以拥抱。

刚开始听刺猬乐队并不是在炙烤了整个盛夏的《乐队的夏天》。相反,是因为日推的《火车驶向云外,梦安魂于九霄》我才坚持看完了由于某支乐队而让我失望的这档节目。对节目的看法有所改观也是因为节目里还有很多乐队让我感受到了摇滚的态度。听歌手的嘶吼与重金属在耳边碰撞，那是理想炸裂的声音。摇滚乐作为舶来品即将迎来在中国的而立之年，尽管与慢调斯理沉静包容的传统中国文化格格不入，它还是顽强地挺了过来，独树一帜，形成了自己鲜明的风格。从窦唯、汪峰、郑钧、崔健、五月天、逃跑计划到刺猬、新裤子、痛仰、黑撒……闭上眼睛我就能看见"初心"的模样。

摇滚不死，信仰依旧。少年应当扛上吉他，奔向烈日。

二

"我年华虚度，空有一身疲倦。"

这篇文章开始于十月十六日上午，彼时我正被圆锥曲线和静电场折磨得死去活来。仰天长啸："人被逼急了什么事都做得出来吗？——不，数学和物理题不能。"而后又无力地把头深深埋进衡水金卷中。

愈是身居阴暗的人愈是向往光明，愈是身受桎梏的人愈是渴望自由。或许这就是我爱上摇滚乐的原因吧。我不知道自己从什么时候开始变得这么糟糕，至少在我自己看来是一直如此。长大后，渐渐发现世界不像想象中那样美好，人生不如意十有八九七六五四三二一，而自己被生活磨平了棱角，也没有活成自己希望的模样。我时常开玩笑说，上了高中后唯一不用担心的是考清华还是北大，因为都考不上。而那些早已被抛到九霄云外的小时候的豪言壮语，也不过是课间的谈资罢了。

从我意识到自己已经不再上进、不再乐观到现在，我几乎每一天都要下定决心好好生活好好学习，又几乎没有一次逃得过某境泽的真香定律。浑浑噩噩地捱过一个又一个沉默的夜晚。我不知道怎样做出改变，做出怎样的改变。海子说："痛苦是人类永恒的财富。"我说："那我一定是全世界最富有的人。"查海生是星际的远客，他本不应该降临在这世俗的时代，尽管创作的后期迷上了西藏和练功，可他洗涤不掉身上那种自己厌恶的尘世的痕迹，因此选择用卧轨这种残忍的方式结束了自己短暂却又辉煌的一生。海子的痛苦在于孤独，最深最暗的孤独，他并不渴望被世人理解，只有通过离开世界才能追寻到自己的太阳城。而我呢，一个十八线小县城的学生，腹内草莽，我那些没来由的痛苦就只会被归结到两个字——矫情。

不管怎样，我还是决定把这样的自己留在昨天。

三

"看脚下一片黑暗,望头顶星光璀璨。"

少年的征途不仅仅是星辰大海,还有梦想和远方。《银河补习班》中说:"梦想就像是箭靶子,如果没有它,你每天的拉弓都是徒劳。只要一直想,一直想,地球上的所有事你就能做得到。"

我不必做到地球上的所有事,我有自己的宇宙。眼下一地鸡毛但远方依然闪亮。黄浦江畔的繁华彻夜未消,宽窄巷子青石板路咚咚作响,大昭寺的门前铺满阳光,玉龙雪山上的冰雪初融,三庆园儿的票还是那么难抢……或许目光所及之处迷雾重重,但心之所向之处如月光清明。即使是在最平凡最艰难的生活中也会有小小的快乐对吧,就像此时的我吹起了 23 楼顶的风。就着摩卡榛仁的德芙喝百事,虽然还是没有分辨出无糖的百事是可乐里兑水还是水里加可乐,也依然在愉快地打了个嗝之后觉得百事可乐。

生活的悲欢离合远在地平线之外,而眺望是一种青春的姿态。身处经济、教育欠发达的地区,我们的起跑线已经比那些大城市的孩子落后了一大截,却被要求和他们达到同一个终点。但这又有何不可呢?我们有野心,我们有方向,我们经历过黑暗才更能感受到光明的可贵,如果是梦想,就要让它飞向远方。正如史铁生所说:"既然是梦想不妨就让它完美些罢。何必连梦想也那么拘谨那么谦虚呢? 我便如痴如醉并且极端自私地梦想下去。"

乾坤未定,你我皆是黑马;乾坤已定,那就扭转乾坤。

任日月交响,唯心恒梦长。所谓生之响往,不过是摇滚、梦想和远方。

(2019 年 11 月 6 日,总第 173 期,第四版)

少年的你

田金鑫

10 月 26 日　晚

和朋友们去影院观看了《少年的你》。

电影情节的伤疤、疼痛、阴暗、温柔、治愈,五味杂陈,扑面而来,久久不能平静。

一

"你一直往前走,我一定在你后面。"

年级前十的陈念初遇小混混刘北山。胡小蝶因扛不住校园欺凌,纵身跳下楼,围观者只会拍照,唏嘘着,隔天仍说说笑笑,仿佛这件事并没有发生。实际上懦弱的不止她,有你,也有我。母亲卖三无产品,欠债,被倒墨水,嘲笑,被推下楼梯,被威胁等等。陈念找到了他,"你可不可以保护我?"此后陈念的身后多了一个人,他的名字叫刘北山,他告诉她:"你一直往前走,我一定在你后面。"

陈念认为高考就意味着长大成人了,一切都过去了,可高中三年,没有一节课教会我们如何去长大,剧中郑警官的一席话道:"长大就像跳水,什么都别想,你只管往河里跳,河里有石子、沙子,也有蚌壳,我们都是这么长大的。"

小时候我也渴望着长大,而现在,我却畏惧着长大。

二

"你保护世界,我保护你。"

因为家庭,因为同学,因为邻居,陈念住在了小北家。小北告诉她在这个世界上不是欺负别人就是被人欺负,被打了一定会打回去。即使小北被打得遍体鳞伤也不忘给陈念带回一大包零食,给她修电灯、削苹果,陪她复习功课。两人躺在床上透露心声,同是天涯沦落人,相逢何必曾相识。早早下学的小北被父母抛弃,做着见不得光的生计,住在破旧的屋子里。在人们看不见的角落里,苟延残喘。年纪轻轻过早进入了成人的世界,他坚硬的外壳在遇到陈念后渐渐变得柔软。小北转过身去,"陈念,你是第一个问我疼不疼的人。"同时左眼流出的眼泪划过了右眼……那一刻,他卸下了所有坚硬的外壳,做回那个需要疼爱的小孩,从小吃尽苦头的人,一点儿甜就能融化他整个心。

在成年与未成年的模糊地带,幼稚与成熟的激烈碰撞,尽是可爱与倔强。陈念坐在小北摩托车的背后,畅谈未来。小北说:"那说好了,你保护世界,我保护你。"

三

"生活在阴沟也要记得仰望星空啊。"

一次意外使小北没能够跟在陈念的身后,陈念遭到了群殴,被撕试卷,被拍裸照,被剪头发。附近的居民看见了也只是不耐烦,没有一个人出来制止,没有一个人帮她。面对警官,陈念无光的眼神告诉他:"你们一个个都说要帮我,可谁能真正帮我。"急匆匆回到家的小北看到蹲在地上,衣不遮体,粘着试卷的陈念,心疼,愤怒。小北陪着陈念,剃了寸头。小北安慰她:"生活在阴沟里,也要记得仰望星空啊。"

一幕幕血腥画面,犹如人间炼狱。把校园欺凌轻描淡写成开玩笑,说自杀的女同学死得好,还能得到一大笔赔偿金。天使面孔的女同学却有一副十分冷血的灵魂,而她的背后也是一个蛇蝎心肠和三观扭曲的母亲。如今社会,我们需要好的老师,可更重要的是有良好的家庭教育。

四

"只有你赢了,我才不算输。"

孤独无助的两个人,唯有抱团取暖才能熬过寒冬。

陈念忍受着欺凌,忍受着痛苦,只为等到高考完,考上北京的大学,带母亲离开这个阴暗冰冷的地方。陈念渴望着阳光,只是命运弄人,没能熬过高考。一个失手,不小心将魏莱推下楼梯,小北替她背下了所有罪名,制造种种假象,对于小北来说,陈念就是他的全世界。小北保护了陈念,也是在保护那个想成为的自己。

他说:"只有你赢了,我才不会输。"他说:"我这个人什么都没有,没脑子,没钱,也没有未来,但我喜欢一个人,我想给她一个好结局。"这就是青春的情感,纯净如水,毫无保留,不顾一切。

五

"我们一定可以肩并肩,光明正大地走在大街上。"

两个伤痕累累的人,面对生活的阴暗和困顿,他们还愿意给彼此那一点光亮。高考结束,陈念考了632分,小北入狱。生活在阴沟里的两个人,相遇相知相爱,我愿意用高考为你冲破黑暗,你愿意用自由换我美好明天。陈念选择了自首,和小北一起,11年入狱,15年出狱。

这种爱不是肌肤之亲,不是一朝一夕,而是灵魂与灵魂之间的惺惺相惜,是命运与命运之间的血脉相通。

原来,一切都会随时间逝去,那些青春的伤痛和伤口,终将在温柔的呵护里结痂愈合。四年后,陈念再次参加了高考,小北不再穿那件帽衫遮蔽自己,但他依旧走在陈念的后面,可以正大光明地走在大街上,面对监控,面对未来。

六

"This   is   our   playground.

This   was   our   playground.

This   used   to   be   our   playground. "

在学校的海洋里,在生活的洪流中,被蚌壳和沙砾磨平了棱角,变得冷静理性,学会权衡利弊。

这部电影,把校园被忽略的角落搬上大屏幕,把人性、校园、家庭赤裸裸地剖析在我们眼前,让我们去反思,去呐喊,去释放。

只愿每一位学子都能远离校园欺凌,只愿社会安宁,家庭美好,只愿你我都能善良。

(2019 年 11 月 6 日,总第 173 期,第一版)

妖精之约

三　水

夜幕降临,坐在课桌旁的我不经意间瞥见葡萄园的报纸,心血来潮写下这篇鼓励自己及身边朋友的文章。

不知不觉中,我的人生从开始到现在已有 17 年之久,在不足 228 天的时限我就要面对我人生的重大转折点。后知后觉才发现, 我也是经过岁月"洗礼"的人了,我也可以以过来人的身份对那些"小老弟们"说我的"阅历"和人生感悟了。

其实让我写下这篇文章的原因很简单, 其一因为上上期报纸有篇文章提到"不想回首往事,却没有留下任何痕迹",我也不想! 其次因为从初中一直看到现在,看了足够久,终于下定决心。最后,因为我和身边的朋友还不是足够地努力!

妖尾(妖精的尾巴,简称妖尾)是我最喜爱的动漫,没有之一,"他"陪伴了我六年多,"他"陪我走过了许多个我坚持不下去的夜晚,"他"教会了我如何处理我理解不了的"困难",他带给我难以言喻的安全感以及这么长岁月的陪伴和鼓励,就像现在的朋友们一样,照顾我,包容我,对此我深表感激。以老男人自称的我在狗蛋眼里是一只还未进化的 "沙雕系精灵"(不止他一个),在晨的眼里我还是浑身散发幼嫩气息的老弟(这样的人也挺多的)。有时候老爸老妈都会因为我到底像谁而大动肝火,相互指责。Who cares,but I don't care!

高三面临的问题还是挺多的。黑化的物理,魔化的数学,仙化的化学,发怔的语文,催眠的生物,来自隔壁星系的英语以及日渐狰狞的表情附带着油化速率加快的头发。每天早上顶着青黑的眼袋对镜子的"鬼"说"又是元气满满的一天",于是背上包,骑上我心爱的小电驴,飞驰在上学的路上。高三就像开了时间加速器一样,黑板上的倒计时一眨眼就成倍地减少。同班的同学也都在奋起直追,但我的"老弟们"却好像无压力一样在自己的世界玩得不亦乐乎,这也是我写下这篇文章的原因之一。走得比别人早,睡得比别人长,起得比别人晚,玩得比别人嗨,做得比别人少,下的功夫还没人多,你凭什么说自己在努力?又何来自信去幻想明年的今天?很喜欢一段话:"高考无非就是很多人同时做同一份卷子,然后决定去哪一座城市,最终发现,错的每一道题都是为了遇见对的人,而做对的每一道,是为了遇见更好的自己。"

妖尾快要完结了,就像高中生活一样距离尾声越来越近了。阿葵亚的自爆为了让露西活下去,西蒙从小直到死都一直相信着艾露莎;尼格尼不和其他龙一起消失是为了杀死黑龙以及保护纳兹一样的灭龙魔法师;乌鲁为了格雷的复仇用了绝对零度献祭了自己的灵魂和肉体;会长还是一如既往的滑稽来掩盖他受到评议院的压力。他们都在以生命守护自己重要的人,那我们现在守护的是什么?是父母的期望、老师的认可以及对未来的渴望。So what's stopping you?在我看来,我的老弟们不努力是因为自己认为基础差,再加上周围人的热嘲冷讽。丰子恺说"不畏将来,不念过往",高三完全可以成为新的开始,为什么不把昨天翻过去,来到今天,从头开始?

猛然回首,回忆我的高中生涯似乎并没有那种激情四射、五彩缤纷的青春回忆,反倒觉得平淡无奇。但大壮有一天突然对另一个同学说:"你带手机了吗?""What?你敢?""嘿嘿,我就是想留几张现在的照片。"一时间思绪飘然,不知想到什么,也不知道想到哪里。不知不觉间,字数就写了那么多,当然我是抱着写一次就要写过瘾的心态,真好!

这个前世"厕所"今世教室的较大空间就像妖尾一样,充满温暖、回忆和快乐,我们总会像妖尾那样解散,但总会有一个"纳兹"(大概是班长吧)出现将我们重新召回来,在解散前公会里每个人都在拼命潜修,那我们为何不立个妖精之约,共赴高考,在下次相聚时活得更加光彩。

最后,离开公会的人要遵守三则铁规:

1、对妖尾(21班)不利的情报一生都不能对其他人谈及;

2、不能擅自和过去的委托人接触,从而从中获取个人利益;

3、就算道路不同,也要竭尽全力地活下去,绝不能轻视自己的生命,一生都不要忘却过去珍视的同伴!

PS:大个、倒立、尚、大牛、胡胖、小澳子、国一、陈飞鸿还有许多的小伙伴没有写到,但情意请收到,砥砺前行,共赴高考。

(2019 年 11 月 6 日,总第 173 期,第一版)

倔 强

故 都

当你有一天发现这个世界上只有你一个人的时候,其实也不会流泪。

——题记

我一直都在怀疑我有没有病,我妈说有,我爸说没有,有的医生说有,有的医生说没有。总是在节假日我妈不顾我爸的劝阻把我拉到各式各样的医院去做各种检查与咨询,哗啦啦地买一大堆五颜六色的药丸。我不会吃药,只得把药包好用刀把一点一点碾碎,那空气中弥漫开来的味道,差一点让人窒息。遇到过硬的药无论我怎么做都没办法让它碎掉的时候,仰望天空,那一朵一朵的云像极了胶囊。我在我妈不注意的时候把药倒掉,藏起来,这个时候,我爸总会露出一张笑脸。

我变成了一个玩具,在我妈和我爸之间拉扯。我妈把我往医院里拉,我爸把我往家里拽。我爸说有病的人是我妈,我妈说我爸不知道疼孩子。他们总爱问我,你是跟妈妈走还是爸爸。我选择妈妈,因为她更需要我。我爸走的那天晚上,我坐在窗口,风刮着我的脸,我听见楼下汽车发动机的声音,轰隆隆地响,最后还是将近光灯打成了远光灯。我没哭,因为月光太美了,那北斗星总是在她的身边安安静静地陪伴着。

我爸还是一如既往地养着我和我妈,我也很平常地升了高二。我妈愈来愈苍老,她的双眼经常无光,我在她房门停下脚步的时候,看着她蜷缩在一起的影子,像个孩子,手不由得点开了我爸的微信头像。"爸,你能回家吗?"无限漫长黑夜里的等待,手机等到了自动关机还是没有响起新消息提示的声音。每个人都是一辆汽车,踩下油门的那一刻生命便在不断消耗,当特别想停止的时候却发现刹车早就坏了。

于是,我认了。不是顽强地想要活下去,而是拼命地想要活得更好。八达岭上的合影我撕了又拼,拼了还撕。我看见爸爸他抱着我,把我举得很高很高,我看见了北京最美的风景,从那一天起我就想永远留在北京,上北京的大学。我恨那些个医生,为什么说我有焦虑症。我问我妈,等我病好了我爸是不是就回来了。我妈说,我和你爸已经彼此牵连十几年了。我问我爸,是不是我不吃药了你就可以回家了。我爸说,我们都有我们自己的生活。那天我才意识到,不是那个医生的错,谁都没有错,只是有些人他们发现自己的轨迹相交是个错误后便会分道扬镳却很少在意处在交点处的我们。而我,是应该感谢他们赐予我生命。

不是埋怨。

吃饭的时候,我跟我妈说,以后我不结婚了,带你去周游世界,拍好多好多照片,我妈笑得合不拢嘴,一遍一遍地说我傻,说着说着,我妈哭了。我很久没有看过我妈哭,我爸走的那天她没哭,生活再难的时候我妈都没哭,拒绝收我爸给她钱的时候我妈没哭,听说我有小妹妹的时候我妈还没哭。我也跟着哭了,我不知道为什么,我就是特别恨,恨这个世界为什么不派天使来保护我妈和我。偶尔我会打趣问我妈为什么不带我去医院了,我妈说,哪有这么好的孩子有病的。妈,如果几年前你也这样说,我爸是不是就真的不会走了,家里的灯泡坏了是不是就不用我们踩桌子修了。我们是不是还可以再去一次八达岭,再去看一次北京,我爸再抱我一次,我踮起脚尖也可以看到北京的日出了。

拼命地想要变得优秀,拼命地想走出这个世界。或许本来该做天使的我爸把这个职责让给了我,我就默默地接受了它。就在我拼命地摆脱这些个咒语的时候,我的成绩走向了滑坡。我到文具店,买了各式各样的美术刀,我却没有勇气插入心脏,我在怕什么。我怕我妈。我一心想要漂亮的成绩,我想告诉我爸,我是很优秀的,我可以飞向很高更远的地方,可是无论怎么做都不能翻身。"你都学这么认真了还考不好。""你看,她都是死学习。""天天学也不如人,挺郁闷的哈。"我开始厌恶,我差一点就想放弃,我请了病假,我把门上锁。我妈说,对不起。

因为窝囊,所以丢脸。

老师跟我说,只要不后悔就好。我所渴望的一切都变成泡沫在天空中消失给予我无穷黑暗的时候,我该怎么站起来。我站起来我爸就回来了吗?我妈就快乐了吗?但是,我要站起来。因为我妈把饭做好了,她还要送我去上课。

我依然是同学们眼里那个活泼的小女孩,我也希望那是我。半夜我妈会来把我的被子盖好,会给我递热牛奶,我会笑,露出八颗牙齿。当我倚在五楼的栏杆上眺望渐沉的夕阳的时候还会感叹一句时光真好。压着上课铃把书翻开,圈圈画画些五百天后可能会出现的题型。不知道我爸在干什么,或许在工作,或许在吃晚餐,真希望他也在想我。我只有十六岁,我的人生还很长。记得一个男孩子跟我说,我们以后去沉船湾看海,在破船上写下我们的名字。我信了,即使他在转身离开的时候一句再见都没说。特别像我爸走的那天,我听着车轮与地面的摩擦,我不知道我爸哭了没,我只知道,我没哭。他去和别的女孩子说一模一样的话的时候,我不怨他,那时在卑微的我面前一句不经意的安慰都是莫大的幸福。

今天是我爸生日。我想了很久还是没有发那句生日快乐。我买了一个小蛋糕,小心翼翼地分成了三半,可是,把自己的那份吃完后鼻尖却酸了,四十一岁的男人了,照顾好自己啊!我又出去了,黄昏很美,我把眼镜放在了口袋里,听着车喇叭滴滴的声音,恍惚间我回到了小时候,淡淡的,甜甜的。我们都会好起来的,我妈正在做晚饭,桌上是英语资料,明天还有考试,虽说成绩还是不尽如人意,比起这些,更庆幸的是还有人等我回家。

悲伤的日子还会有的,但是都很短暂。像考差的时候,像美术刀弄丢的时候。双十一的时候我爸问我想买什么,嗯,再买一把美术刀吧,那把锈了。

爸爸,你知道吗,我看见美术刀的时候就怕死了,就想再努力一下,我们都会好起来的。

突然觉得我也好幸福。我手中紧握的是希望,我还有我该去爱的人,我还有梦想,我还想去北京。我是故都,但是我不孤独。

(2019 年 12 月 6 日,总第 174 期,第三版)

一个复读生的自述

小于 0

　　我在 2019 年的高考中失利,不甘心地选择了复读。换了新环境,不敢留在母校。一是害怕面对老师,二是害怕遇到熟人。

　　新班级规矩很多,比如不允许转笔(耽误时间),不允许在班里睡觉、讲话,不允许迟到(班主任最忌讳这个),只能在大课间接水、上厕所,经常大课连上,中间不下课……新同学很厉害,有的是大学很好(比如合工大、石河子、中南林业、东北林业、安徽师范等)但专业被调剂或滑档的,有的是选择了喜欢的专业但对学校不满意的。

　　而我,既没有好大学也没有好专业,于是成了垫底的那个。

　　一轮复习初期还能跟上,可过了几个月,各科都进入重难点阶段,我渐渐力不从心,作业不能及时完成,课堂上云里雾里。三次大考,我的排名依次是第三名、第二名、第一名。倒数的。

　　那种难堪,让我有一种深深的自卑感。走进教室,感觉他们在看我:哦,是那个差生啊。我想改变,我想进步,我想把这一题弄懂,我不愿每次都在末尾徘徊,让别人看笑话。

　　有天晚自习,我翻看去年的复习资料,看见的是大片的空白,有字的地方明显是抄答案的。我试着回忆去年这个时候,竟什么都想不起来。我没有在该努力的时候拼命努力,所以记忆里就只有一片空白与茫然。一股悔恨突然涌上心头。大家知道英语里有个句型"If　only……"意为"要是当初……就好了",这是我最不愿面对、但又在许多个夜深人静的黑暗里默默想起的句子:要是当初我再努力一些就好了!

　　不过还好,我选择了复读。其实现在越考不好,越是庆幸复读了。我看到空白的大本都如此后悔了,那如果不复读,在以后的路上吃生活的苦时,岂不更后悔?因为中途松懈过,所以一切都得重新来过。

　　在这条奋斗的路上,我不是一个人。本以为考倒数他们会 look　down upon 我,但没有。他们不但不嫌弃我,还带我学习,鼓励我。第一名是一个字迹非常俊逸工整的男孩子,他得知我化学只对了三道选择题后,经常给我讲题,借我笔记;同桌是前十,我可以随时问她任何疑问,无论课上课下;路上遇到学霸,和我打招呼,还分我零食;化学老师讲题特别细致,鼓励我不要灰心;物理老师特意找到我,担心我灰心而松懈;班主任传授我学习方法,拍着我的肩安慰我"没有事儿"。村上春树说:"你要记住大雨中为你撑伞的人,帮你挡住外来之物的人,黑暗中默默抱紧你的人,逗你笑的人,陪你彻夜聊天的人,坐车来看望你的人,陪你哭过的人,在医院陪你的人,总是以你为重的人,是这些人组成你生命中的温暖。"我想,他们就是我的温暖。优秀的人真的是什么都很优秀,我贪恋这种充实的学习气氛,被别人关心的温暖,也在尽力去认真做每件事,不想让他们失望。

我是一个小毛病很多的人,经常放过某个疑点,爱神游,效率低,没条理。现在我已经把它们都列出来了,规定一星期不犯就可以划掉,目前还在过程中。我妈帮我分析原因,说:"可以寄希望于下一次,但不能把什么都推到下一次。"我还准备了一个专门用来记小知识点的本子,这样零碎的时间就可以充分利用起来了(在这里我想说一下,不要因为吃饭、走路时背单词怕别人笑话,你要知道,最后不一定是谁笑话谁。如果你要真的这么在意别人的眼光的话,那更应该好好努力)。我需要努力努力再努力。全国都在高考,全国考生都在拼命,我不想做一个轻言退缩的人。

可能在换个新发型的时候,有人正在换一种解法算题;在对脸涂涂抹抹保养皮肤的时候,有人正匆匆洗了脸挑灯夜战;甚至于你多照一分钟镜子,就有人会在一分钟内超过你。我一个很喜欢的作者在亲历留学名校后,写了一篇文章:"网络上常有人说,晚上熬夜,只能说明白天效率不高。我想他们大概没有见过,这世上许多人白天效率极高,零碎时间全部利用,晚上依旧努力熬夜不知疲倦。这世界充满可能性,要学的、能玩的、想知道的、可改变的都太多了,一周168小时根本不够用。他们或许一生都不会知道,这世上有一种20岁,时间要一小时一小时安排,对下班双休没有概念,人生状态一年一个新样儿,因为年轻的一年时光,实在能做太多事了。"

梦想不曾死亡过,它只是让我们感到艰辛而已。最后,以我一位同学写给我的话作结:"成功的道路并不拥挤,因为能坚持下来的人并不多。"

后记:希望这些文字能对此刻的你有一个向上的力量。

(2019年12月6日,总第174期,第二版)

一路风景

井长尤

　　你管我叫儿子，所以无论你到哪里去都会捎上我。我是一直这样以为的。

　　在我六七岁的时候，家中只有一辆手扶三轮车。而它，是属于你的。好像也是属于我的，记忆里我总是能踮着脚立在车厢里，然后看到你因路的颠簸而摇晃的后脑勺。

　　八月是太阳的天地。知了盯着太阳叫嚣着，连风都被太阳捉住轰散，家狗更是不敢再抬头去瞪它，只得趴在地上，不住地哈着舌头，向不讲道理的太阳献着媚。

　　白天热得久了，你就会躲起来，鱼塘旁边的树林里、村口的门楼下，显得慵懒怠倦极了。可一到夜晚，你就会同手扶三轮车一起欢叫起来。

　　我不知道这是不是真正的第一次，只清楚在印象里，这确然是你第一次开手扶三轮车载我出门。母亲先上车坐在车厢里，然后你的双手擒住我的腋下，手臂一举就将我提起扔到了母亲的身旁。你的老友三子叔一家也利索地跃进了车厢，接着便是一阵轰鸣声。

　　车子是沿着村口的那条渣子路向东前行的。路很烂，并且很窄，但你开得很快。我跪在车厢里，双手紧紧抓着车帮，在颠簸中探头瞧着路两旁的风景。乌黑的一片，我看不见，只好去听。黑夜里的知了还是那样狂躁，路旁的杂草堆里有虫子在叫，在三轮车的轰鸣声下，我依然能听得清。这是乡村自然的恬淡与美好。慢慢地车子驶入了光亮的地方，那是别人的村落。在路的两旁，点点昏黄光亮从一扇扇窗户里透射出来，我瞬时欢愉，这就是乡村夏夜的生活图景，令人着迷、流连。

　　车子还在继续飞快前行。母亲与三子叔一家好像有说不完的话，从庄稼聊到吃喝，从自己家说到别人家。你时不时地也扯着大嗓门插上几句，惹得哄堂大笑。车厢没有光亮，我看不清你们的面容，但是从你们畅谈的话语中，我很轻松地就感受到了和睦与热情。当时觉得你们大人和我们小孩子一样，开心是一件很简单的事。那时候，不用看人们的面目表情就可以知道他们是否开心。如今，就算趴在他们的脸上研究，也不敢确保他们是真的开心，还是在生气。

你喜欢开手扶三轮车，并且总是爱把我扔进车厢里。于此，我嗜而不疲。因为我喜欢三轮车的轰轰声，它像是所向披靡的钢铁侠，我喜欢那种无所畏惧、勇往直前。我还喜欢风，在三轮车的轰鸣声中，风迎面扑进我的怀中，猛地钻进我的衣领里，然后安分地躲在里面。可能，或者说应该，我最喜欢的不过是路旁的一路风景，喜欢乡村自然的恬淡，喜欢乡村生活的图景，喜欢邻里之间的热情，喜欢往日人们的质朴和简单，喜欢跟在你的身后。

每当我快要忘记这一路风景的时候，你总是能够轻巧地将我扔进三轮车的车厢里。就这样我与这条路渐渐地熟络，我记得路旁的谁家麦田里有老坟，我能估计出你要多久时间开到下一个村庄，我还记得哪一段路有大坑。我记得很多，记得你原先的腰杆很直，记得那时你与我一样，都是个开心的孩子。想到这一切都已随着时间烟消云散，我便止不住伤悲。

不觉间，你已经陪我走了很久的路。从渣子路走到柏油路，从春夏走到秋冬。不知不觉，车子换了一辆又一辆，我也从孩童成为少年，你也悄无声息地老去。你带我享受一路风景，带我成长，而我只能无可奈何地陪你变老。

现在的你仍会载着我走上同一条路，却不再是手扶三轮车了，更不再是纯粹为了兜风说笑。我也只能按下车窗向外张望，努力辨认清路旁的一切，找寻着和记忆里重合的一丝一毫。可是，路旁的风景变化飞快，我已经记不清它最初的模样，就像我记不得你以往的模样一般。

路没有尽头，风景也没有看够，只是我慢慢地开始着急有一日你会弃我而去，驾着属于你的手扶三轮车改变你我以往行驶的方向，独享西去的一路风景。

岁月不居，时节如流，暑往冬来。潮水退去，人群也已散场。此时，寒冬悄至，可我眷恋夏夜的清风微醺，怀念你年少模样。

(2020 年 1 月 6 日，总第 175 期，第二版)

不要在黎明前被冻死了

周 深

一

在《坏孩子的天空》里有个片段一直忘不掉。立交桥上飞快转动的单车，一前一后飞驰的少年。打完群架逃离，阿木问阿胜："我们的人生就这样结束了吗？"

阿胜盯着远方，花了几秒才看到尽头。

天空飞过几只鸟。

二

二零一九年四月。

二十日。

空气潮湿，偏冷。我背着沉重的书包走到一个陌生的班级，转身告别送我上楼的爸爸。班里在换组，一月一次，人声鼎沸，桌椅拉扯的声音像百鬼齐鸣，听从班主任的安排，老老实实地在位子上坐好。桌子变小了，灯光变暗了，空气似灌了胶般黏稠，我不断地提醒自己，明天千万别走错！从这一天开始，我接受了整改，交上去的保证书成了满纸荒唐言，一把辛酸泪。也是从这一天开始，我上学可以少爬一层楼，也算是在苦中作乐。

可我为什么会变成这样？

这个问题我问了好多遍，真相与谎言交织的虚幻之境中我费力摸索却只掏出一些零碎的字眼，拼不成字句，令人费解。于是我说不知道，这是个意外，我真的不知道为什么。我是状态不好吧，我不是这样的。

当所有遮遮掩掩的话胎死腹中，于一片残垣断壁中重足而立，我其实知道为什么。我知道那被我荒废的整整一个月于我而言像一把利刃捅进我的生活，在爸妈出差无人管束的日子里，我是飘飘乎如遗世独立，羽化而登仙。晚上插着耳机听歌，聊天，刷 B 站上的神仙视频到半夜一两点。白天上课自然犯困,下课冲咖啡,上课又犯困。说着晚上熬夜学习的壮志豪言,可刚回到家又忍不住摸出手机。我就看十分钟,超了一分钟?那凑个整,到十五,到十五我一定写作业!啊,到十五分了可是我游戏还没结束,那就再看一会儿!十点五十了,我要开始学习了,再不学习我就把我的头拧……真香! 太一发新歌了! 我拿起耳机,丢下笔,推开桌子上空白的一遍过,写了一半的必刷题,又是一个不眠夜。

于是我昏昏噩噩地这样过了几个星期,迎来了月考的当头棒喝。我是谁? 我在哪? 这分是我考的? 那天的成绩单在班里传阅,我在正面已经找不到我的名字了。我死死盯着这张惨白的纸,目光凶狠得像是要杀死一只恐龙。年级排名那一格挤满了数字,像是把我初三的排名都加起来了。友人抽走了那张纸,帮我抄了成绩,"别看了。"她说。

班主任并没有找我谈话,只是打电话给我妈妈询问了一下情况,所有人都被我吓了一跳,不明白为什么我看起来也算努力却突然坠入谷底。我自己却并没有吃惊,对啊,没错的,看起来罢了。这样的结果虽是意料之外,但仍在情理之中。我知道自己上课听了多少,题目做了几道,想想便觉得罪有应得。

可这并不是一个励志的故事。我在之后的考试中再也没能到曾经的位子上,于我而言,掉下去就是真真实实地掉下去,本就空有一副努力上进的好皮囊,兀自隐藏着一身懒怠,一次又一次地失败后,我选择了放弃。

撑不下去了,真的。我要逃走了。

在死灰色与无意识的边境,我拼命地伸出手想触到那终点墙。我虽走得不体面,但我要活出从前仍优秀的样子。那零零碎碎的记忆像是通往过去长长的丝线。只要不断,就还没有绝望,还可以不死心。

三

离开之后的日子是很艰难的,好像世界都空了。街道两旁疏朗的树枝没有剩余的叶子,纵横的枝干线条分割了深蓝的天空。风在身边产生滑翔感,刮在脸上凛冽刺痛,仿佛一朵鼓胀的要绽开的花,一切有迹可寻。开始习惯一个人走,开始躲避放学纷涌的人群,开始害怕看别人的眼睛。也开始慢慢集中上课时的注意力,逐渐笨拙地捡起荒废的学业,努力地使自己不被负能量吞噬,走向生活的正轨。偶尔碰见许久未见的友人,一同上楼。四楼转角处刚要说些什么,却只见我未有上楼之意。惊诧的神色逐渐显露在友人脸上,

"怎么了啊？"解释的话突然哽咽在喉中。

"没事，我走了啊，再见！"

没事，我会好起来的。从害怕到习惯，无法逃离就面对，尽力在不快乐的日子里搜刮下生活的所有温柔。能用自己的力量站在大地上的人都是勇敢的人，而我想成为这样的人。

四

二零一九年十二月十五日。

夜已深了，我的小朋友因不想刷牙而被打了一顿屁股（穿着棉裤打）后乖乖地跑去睡觉了。家里有个小孩子这件事是很神奇且有趣的，你随时可以在地上或角落里见到各式各样的玩具，以及在花瓶里供奉的雷神之锤。放学后追着他满客厅跑，把凉冰冰的手贴在他滚烫的小脸上。有个小尾巴跟在后面喊姐姐，这放在以前是我根本也想不到的。我的心态从我不喜欢小孩子演变到啊他怎么这么沙雕笑死我了。这说明啊，没有什么是一成不变的。像植物向光生长那样，一切都会向好的方向发展，只要你不辜负自己。以梦为马，不负韶华。

要记住，对未来最大的慷慨，是把一切献给现在。

五

我们曾困囿于贫瘠、迷惘和不可知的未来，可我们终会跨越那方狭小的天地，去看蔚蓝的深海与星河。过去的日子就像一场梦，一段戏，那些木偶人用尽全力牵扯着疯癫着，戏幕落时虚惊一场，庆幸仍在人间。

我相信没有什么会一直在，也没有什么会真的一去不回。冥冥之中，我所爱的东西，都会回来。这份执念像是摆放在地藏菩萨面前的一枚枚硬币，不是迷信或是其他的东西，而是看得见光。即使告别了太阳初生的柔软时刻，转到了阴影乍起，午后的两点十分，我依然可以看见那些美好的温柔的，那我有勇气与所有无明对立的存在。

你虽然永远不能杀死那些绝望的灰色，也不能轻易干掉你自己，但如果光足够亮的话，影子就会皱缩成一粒花籽，在窗下的阴影里慢慢发芽，开出一朵花。

六

有一个美国摄影师,Joel Peter Witkim,他从小生活在纽约布鲁克林贫民区,六岁时目睹了一场车祸,被碾的小女孩的头颅滚到他的脚边,这个童年经历影响了他日后的创作,他所有的作品都在探索暴力、痛苦、死亡,指向畸形和人类的病态。

有记者问他,为什么不愿拍清纯的东西,是觉得那样滥俗吗?

他说,我的作品是趋于光明的需要,但必须先经过黑暗。

黎明前是很糟糕,又冷又孤独又漫长。熬过最艰难的时分,你将会看到日出的妥帖的温暖。外婆告诉我,上海话这叫"孵太阳"。

七

阿胜回答:

"我们的人生才刚刚开始。"

(2020 年 1 月 6 日,总第 175 期,第四版)

热爱可抵岁月漫长

周病鹤

　　去年今日,我曾经给葡萄园投过一篇关于我对写作看法的文章,四季更迭,又有新感。腹稿一打,絮絮叨叨扯了一些无关的话。不忍删去,望诸君勿厌。未曾开言我先笑场,笑场完了听我诉一诉衷肠。

　　写完《杀死那个三角形》以后,我跟自己说,我该生一场大病来为此增添一种仪式感。它的确费了我不少气力,但我仍然呈现得不好,很抱歉。几年前的脑洞了,它是黑夜的产物,并不是一气呵成。我看杨永信事件、豫章书院事件,怒,写几句;见"活熊取胆"、海洋馆虐待虎鲸,哭,写几句。

　　那种无力感太让人窒息了,像一根根的小刺,一点一点地扎进你的心里,密密麻麻的,痛得钻心。我什么都做不了。我只有一只笔,几近用力到要把稿纸戳烂,但什么也无法改变。有时候朦朦胧胧的有三分心疼起鲁迅先生来了,他把百鬼夜行的人间看得很透彻,哪怕是大片辛辣的讽刺,也是从来没有放弃过勉励青年们的。对此我是万分敬佩的,《杀三》原文我写了六千字左右,删去大片大片过于尖刻的语句以及幼稚的讽刺后还剩三千。中间好多次想过,我写这个干什么?有什么用?　我改变不了这个世界的,可我还是写了,并且把它写完。

　　小学的时候有一篇文章,当我开始有几分明白的时候意味着我长大了。涨潮过后,海滩上有很多海星,等到太阳出来,成千上万个海星都会被晒死。有一个小男孩儿在不停重复着一个动作,捡起海星再将它们扔回海里。路过的老人看到了不禁很奇怪:"沙滩上有千千万万个海星,你根本不可能把每一只都送回去,再说了又有谁在乎呢?"男孩儿手中的动作没有停,一边扔一边说:"这只海星在乎,这只也在乎,我在乎。"

　　时光流逝,如今我早已不记得当时老师是怎么解读这篇文章的了。可再读,"我在乎"三个字就让我红了眼眶。是的,我在乎。我知道自己渺小如尘埃,可是我爱它啊,我爱写作。哪怕没有一个人听到,哪怕最后感动的只有我一个人,没关系啊,我依然会如同凯旋的将士骄傲地抬头挺胸,雄赳赳气昂昂地走在这条只有我一个人的路上,在没有星星的夜晚高声唱着我的歌,我会唱得无比嘹亮。

因为热爱啊。我很少用到这个词,因为我觉得这是个无比严肃的词汇。三分钟热度的喜欢,心血来潮一段时间的痴迷都是万万不可配得上这个词的。我也有其他爱好,比如手帐,看脱口秀。我爱花花绿绿的贴纸明暗交替为我拼接一个又一个华丽的梦,我爱脱口秀演员风平浪静背后波涛汹涌的黑色幽默。可这些都不可以称得上热爱,热爱是真挚且热切的爱啊。好多次我写东西的时候,都忍不住想流眼泪,心里一阵又一阵绵绵密密的痛,仿佛指尖里流窜着燃烧的火焰,跳动着,流转着,一直烧到心尖尖里。所以我说,写作是我终生的浪漫,是我可抵漫长岁月的热爱。

幸运的是有人听见我的声音的,我亦在园中看到了同我一般热爱文字的果子。前几日翻到九月份的报纸,再读了一遍胡启蒙的文章。默念了几遍主人公的名字,惊觉“单逸”是不是“善意”,世界亏欠于这个少年三分善意。这让我想到了我的旬四月,文章发表以后有一些人会觉得我写得太悲伤了。其实我本意不是如此,之所以叫旬四月,是因为他的死,我并不想表达成向世界投降,选择逃避。我希望少年的离去,是为了更好的花开。他去寻找他的四月天了,那是属于旬四月的活色生香。一个人的力量太微小了,人不能胜天,可世界想要驯服我,那我就如他所愿漂亮地挣扎到最后。小说毕竟是小说,是存在夸张成分的,可我仍想说,也许被世俗打磨掉棱角的圆形,在这个世界的确行走得很快,但是稍不留心,也会滚得很远。那么,祝世界永远热闹,祝我永远是我。

目前在灵中修炼的学姐“小于0”,想着发扬中华传统文化的白芷,对世界充满向往的橙子。我知道我对于写作是“痴”的,可我也明白“莫说相公痴,更有痴似相公者”。我在她们身上看到了一种坚韧的力量,那种对文字的热爱,更让我坚持我的信仰。有一次去编辑部,一个男孩子拿着笔进去跟老师说要改一点什么东西。这瞬间引起了我的共鸣,我猜应该是投完稿以后,回想又觉得哪里不太对,明明投稿之前仔仔细细地看过好多次。别问我为什么知道,因为我也是这样的。电子投稿的时候,每次都要检查邮箱是不是对的有没有错别字。发出去以后的那一个月,我还不时看一看邮箱到底有没有写错?之前和橙子聊天的时候,她说投稿了以后就会一直期待着,被认真对待的感觉太棒了。七童年说:“我们仍需共生命的精彩与繁华相送,哪怕岁月以刻薄和荒芜相欺。"也许成人世界有些无聊,可总会有闪光的点,我就是为了这些让人欢呼雀跃的瞬间努力地活下去。

向来把写作当做一个人在渡船,摆渡的是我自己潮湿的灵魂。却当真没想到有人愿意坐我的船。

"哎,你这个船的花纹好酷!"

"我也有一艘船,花纹和你的好像。"

"不过还是有不同的地方,这里不一样,那里也不一样,那边好像也不一样!"

当然了,每个人的船都是独一无二的。

我认为每个人都是一座独立盛大的宇宙,都可以绽放灿烂耀眼的星云。我也无比真诚地相信,我们都是流浪的孤岛,在漂泊的过程里彼此依靠。园里的果子都是可爱的,你们是我相信人间很值得的美好存在。

要到 2020 年了,我一直不大喜欢"冬天来了,春天还会远吗?"这句话。冬天要是知道了该有多难过,仿佛冬天就是为了衬托春天的存在,巴不得冬天快点过去一样。我爱冬天,希望吾友不要拿"你早起骑车子的时候怎么嚷着手冻掉了恨死冬天了"这种话揶揄我,不管不管,是有着让人想起来就心里暖乎乎的冰糖雪梨的冬天啊,而且还有红红的年。我期待着 2020 年的到来,亦如我曾经期盼着 2019 的来临,即使它不像我小学时候写的作文:2020年,可以飞的私家汽车已经满天跑了。

祝大家新年快乐,万事胜意。

2020,依旧鲜活温柔。

(2020 年 1 月 6 日,总第 175 期,第三版)

冬天里

谢子贤

　　提醒我冬天到了的并不是突如其来的降温，而是下午放学时便已全黑了的天。我对冬天实在没有什么概念，我只把它当成了丈量时间的工具，以告诉我昼夜的变换和高考的期限。

　　冬天是没有温度的，高考也是。

　　回想起今年夏天高考的场景，仍是记忆犹新的。仅两天时间，就完成了对我十几年学习生涯的测评，真实又残酷。我直到查分的前一秒都没想过我会复读，但查了分的后一秒我又坚定了我必须复读。我是个骄傲的人，即便高中以来的无数打击告诉我我并不优秀，我仍不甘心。高考没有温度，但我有。

　　复读的生活算是一次人生的特殊经历吧。我是在应届班复读，因此我总抱着一种"无非是再读一年高三"的念头混在毕业生中间。有时我甚至觉得自己就是个高三学生，但每当课间上厕所时，遇见的一个个陌生面孔便会让我瞬间清醒。是啊，我今年高四了。我肩上背负的东西或许要比他们重得多。尽管我认为自己的适应能力还不赖，但坐在新班级里，和新同学一起面对新老师时，总还会有些自己不属于这里的念头在脑里打转。或者有时也会有一刹那的失神吧，坐在位子上看着窗外渐黑的天色，会想起曾经的人和事。我再一次感觉到自己是个有温度的人，我会怀念，会憧憬，也会心怀热忱地面对生活。

　　二零一九对我来说是很特别的一年。我在这一年里步入了成年人的行列，也在这一年做出了我人生的重大选择。我不会后悔走复读这条路，既然选择了就一定要坚定地走下去。我的十八岁很普通，但我不希望这种普通会变成未来的平庸，因为我是个虚荣的人，也希望能靠自己的努力去支撑这份虚荣。二零一九走得太匆忙了，我还没来得及和我飘到五湖四海的朋友们道个别，也没来得及和过去幼稚的自己道个别，转眼二零二零就要来了。新的一年对我来说意味着什么,我想要什么,我要做什么,我会迷茫会害怕吗?我不愿去想太多,我只知道现实叫我只许进不许退,这就足够了。

前段时间的一个周末,我和几个同样复读的朋友一起吃饭。席间聊到了各自的生活,听他们神采飞扬地描述自己班级的日常,时而捧腹大笑,时而手舞足蹈。我在这活跃的气氛中流连忘返,跟着傻乐了一个晚上。吃完饭各自回家,我独自走在小城的小路上,外面的温度依然零下,但我一点也没觉着冷。我回味着朋友们的笑脸,打闹着计划未来的种种,终于发现自己之前都太过在意自己"复读生"这个身份了。现在想想,无论是复读生还是应届生,文科生还是理科生,艺术生还是体育生,只要是为了自己的追求而努力,哪一个都值得被肯定。大家都目光标着顶端,只不过兵分几路罢了。想到这里,我不由得释然了。

小城的冬夜很安静,行人们或将手插口袋里快步行走,或是骑着电动车把头缩起来,偶尔也会有几声车鸣划破夜空,但总还是比大城市少了几分嘈杂。我在小路上走得悠然,反而显得有些格格不入。我忽然有些庆幸能在这里多待上一年,让我能够真切地感受小城的冬天。

我仍慢悠悠地走在一条小路上,忽地打了个哆嗦,让我不得不加快了脚步。"冬天还是很冷的嘛。"我想着,"但没关系,我心里住着座火山呢。"

一切都是未完待续。

(2020年1月6日,总第175期,第三版)

借我执拗如少年

——写给恒梦

清　狂

亲爱的恒梦:

见字如面。

十二月的夜晚,我伏在桌上对着那惨不忍睹的分数写月考反思,脑海里却陡然浮现出你一笔一画写下"风声依旧,信仰亦久"的样子。很奇怪,我们隔着千山万水,心却挨得很近,连考试失利都是同步进行。想来我们并肩战斗已有两三个月,平日里懒到骨子里的我也是时候写些东西了。

皖北小城的冬天来得格外晚,以往十一月我就把自己裹成了粽子,而今年到了十二月还温暖无比的天气无疑让全球变暖这个话题在灵璧一中又火了一把。该来的还是要来,一场雨过后气温骤降,我终究还是套上了厚厚的棉服裹着围巾蹦蹦跳跳。东北的寒冬是不是一如既往的刺骨呢,我想你应该早已穿了粉色的雪地靴,"吱呀吱呀"地踩吉林的雪。

又想起和你的初遇和得知你是东北人时的惊讶。我对白山黑水的印象有很多,有漫天的风雪,有猪肉炖粉条儿,有"吉大的极大极大",有可以粘住小孩子舌头的铁栏杆,有自带笑点的满嘴"玻棱盖卡秃噜皮了"的东北人儿……唯独没有你这种喜欢汪峰、喜欢舞文弄墨又心思细腻的女孩子。遇见你之后,我才知道东北不只有"九亿少女的梦",还有心怀梦想的少女。我永远记得我们相识的契机是摇滚乐。你是我在站内第一个真正意义上关注的人,喜欢看你的文章,悄悄点赞收藏,即使从来都不会评论一句——因为"像恒梦这种粉丝四位数的人怎么会在乎我的评论呢?"我总是这样想。真正的相识是源于我那篇无关痛痒也无人问津的文章,是偶然有一天,看见你评论了我那篇摇滚话题的文字。那天你说了很多,我闭上眼就背得出来,"有人能对摇滚乐有这么独到的见解,真的难能可贵……"这句话像一束阳光,照进了我心中所有阴暗潮湿的角落,双手颤颤巍巍地回复你的那一刻,我看见世间所有的美好与温暖跌跌撞撞朝我奔来。

你喜欢汪峰,我喜欢郑钧;你说"人间没有光,你便是光",我说"一代人终将老去,总有人正在年轻"。像是浩瀚宇宙中的两粒星,看似毫不相干,却在轨迹交汇触碰到对方的那一刹那真真切切地感受到在这茫茫星海与你相遇是一件多么美妙的事。高三的生活充实而忙碌。你却坚持每次联考后都要更文。这份快乐或许并不奢侈,却带给你莫大的安慰。你说你写文有很大一部分应试的原因,但那些被翻来覆去写了千百遍的话题却总能在你手里重获新生,像尘封已久的老屋被粉刷一新一样明亮耀眼。而每次的点赞收藏和偶尔评论就成了我的例行公事。没办法嘛,粉上你这件事,始于才华,忠于才华,陷于才华。

前几天发现你把名字改成了"恒梦(失梦之路,生来彷徨)",而那个括号里曾是"逐梦北邮,与君暂别"的位置。这次联考后你破天荒地没有发文,不用多想也知道是发生了什么。其实啊,月考过后,我也悄悄地把个人简介的"THU 预备生"换成了"NKU 预备生"——终究还是被生活磨平了棱角,我们都学会把嘴边的梦想埋在心里。有时候我会想,过去尚未过去,未来一直在来;但更多的时候我在想,过去总会过去,未来一定会来。因为北邮一直在那里。路也一直在那里,不必彷徨,只要走的方向正确,无论多远的地方都会抵达。王小波说:"生活是一个缓慢受锤的过程,然而锤炼过后是精华还是灰烬就仁智各异。"我始终坚定地相信,文章多次被评为"精华"的你一定是精华。

还记得你说过很喜欢我的一段摘抄:"你哭得最厉害的那个晚上变成大人了吗?""不,是我忍住没哭的那个晚上。"所以啊,恒梦同学,不要哭,黎明总会到来。

最后再送给你一首我很喜欢的诗:借我一个暮年/借我碎片/借我瞻前与顾后/借我执拗如少年/借我后天长成的先天/借我变如不曾改变……

行笔至此,夜已深,你应该刷完了今天的试卷,如释重负地撂下了笔。那么,希望我的这句"晚安"可以跨越千里,在被冷寂的夜吞噬之前飞到你的枕边,给你送去一丝温暖,包裹你的睡眠。

晚安。明早醒来,请带着你的少年心气,继续坚定地走下去。

祝

百事可乐,万事胜意!

清 狂

2019 年 12 月 20 日夜

PS:

1、我们都是恒梦,或曾是恒梦。谁不曾踌躇满志又颓废沮丧,谁不曾用力地奔跑,再狼狈地跌倒。无论如何,都要永远地相信远方,永远相信梦想,和自己,和你们共勉。

2、该文完成的第二天夜里恒梦发了长文,文笔自然还是我不能望其项背的。"愿我们都能历经漫漫长夜,却依旧恒梦。"加油。

(2020 年 1 月 6 日,总第 175 期,第四版)

一个阿 Q 的满篇胡诌

齐 人

一个冷笑话

我问叔本华："叔大师,我感觉很痛苦？"

叔本华："众生皆苦,人欲望得不到满足就会痛苦,而欲望满足后则会无聊,人生就是不断在这二者之间转换的,是没办法摆脱,只能忍受的。"

我又问叔本华："那叔大师,你是怎么摆脱痛苦和无聊的呢。"

叔本华想了想说:"因为我已经嗝屁了。"

让我们翻开书本的第二页,看看那些黑白照片。上面面色深沉的老头们用了几个世纪想要说明,幸福而活的秘诀就是,保持无知(而他们恰恰并不是无知的)。无知即是纯洁,是最可贵的,只有孩童与不甚敏感者才拥有的美德。脱离无知并不代表脱离了昏聩,而是明白了辽阔蓝天之后,仍有着晦暗无边的宇宙,那些黑洞,寂静,不可预知的,庞然的危险。一些无生活实用的知识,思考它们并不会使你获得任何东西,相反,它是某种不可挣脱的枷锁,是一条舞动的鞭子,让你的心灵永远不得安息。欲望不会被知识抑制,它们相伴相生,一个教唆你在人群中嚎叫,一个又告诉你需谨言慎行。知识让你看到什么,欲望就会扑上去将它啃噬得一干二净。人的求生欲,与兽的毁灭欲,最后交织成了自我毁灭的欲望,到最后,一切事物似乎都在协助你完成一场对自己的谋杀。"我为什么不是一只臭虫?"这是一个逃避责任的荒诞疑问。臭虫就比人类更低劣吗?我们骂人常用"猪狗"之类的牲畜去与对方扯上关系,这不禁让人想到鲁迅一篇杂文里被狗嘲讽吓得逃跑的人,以及《笑面人》里乌苏斯对奥摩说的一句话"你可千万不要堕落成人了啊"。《动物庄园》最后一幕里像人一样打牌的猪们,与我们这种傲慢相比真是有意思极了。智人,高级动物,我们不过是动物园里那些被投喂者的"富亲戚"。兽性可从未泯灭过,它们有的,我们一应俱全,还变着花样通过它们塑造出道德、罪恶。

并在二者的基础上尽情发扬光大。

例如群居动物的抱团行为，我们从小便被教育要爱家，爱社区，爱城市，爱民族，爱国家，最后到爱人类，爱我们利益的共同体，归根结底还是源于一种冥冥中生物繁衍的本能。爱这个字也是非常有意思的词，谁也没法给它彻底下一个定义。我们一边排除异己，一方面又给各自像商品一样打上标签，追求自己在群体的特异性。这样自相矛盾的事太多了，比较病态扭曲的，就像明朝时候大臣们以得罪皇帝被打板子为荣。这种人从来不缺，哪怕现在也还是挺多。学生，知识分子，自诩道义化身，代表着公理，口口声声为"人民"立命，而他们自身又瞧不上他们嘴中的"人民"。他们不是读书读傻了，就是有坏心思，别有用心。时代在前进，而它没有召唤，却在叫唤，多了许多无事生非，一些以前没有的招人魔怔的东西也冒了出来，估计越往后，人要想在精神上成年，越是件难事。许多所谓的文艺电影只是玩弄玩弄情调、色调罢了，创造出来也不知意义为何，也成了今日娱乐大潮的一部分。诗人、小说家、评论家通通像在哭丧，他们的愤怒柔弱不堪，同时偏执而短视，像是赌气的叛逆期青少年，又好似被阉割了一般。"当代先锋艺术人士"总喜欢把一切问题都归咎到本国政府和制度上，实际上就是人类自己的问题，何须灾难，人类自己都能把自己毁了。有时候我觉得人要骂什么之前，首先得彻底地审视一番自己，看看自己；这个人，有没有所谓梁木之于横刺。文学小说如今我不太看了，风花雪月之故事大抵相同，而阳春白雪、人类命运之类实非我之兴趣，我已明晓我是天生俗骨。文艺者，本就为读书人吃饱了而作(冯友兰戏语)。欲求娱乐消遣，不如干脆直接去听些靡靡之音。作家行文好似魔术师们的骗人把戏，印刷字在纸上像一具具黑色干尸，供当代青年趋之若鹜排着队凑热闹。想来我曾经那些事真是羞耻，成天就想着搞搞小布尔乔亚情调，哀这哀那，天地之间无所不可哀，落花了，哀之(cosplay 林黛玉)；猪肉涨价了，哀之；老爸老妈骂你了，哀之。从日本文学，或者从什么旮旯地方的文学里几个全是漂亮话的作品里薅几根毛，插在身上装饰自己，享受些没什么用的赞美。写东西我觉得直接阐述自己观点即可，效仿原作者口吻，看起来高深莫测，实际就是狐假虎威，而且这文章华美，华美也是贵在独一无二，千篇一律的抒情毫无意义。至于因为哲学魔怔的，看了些哲学著作就不会说人话了，天天结构不解构的，张嘴闭嘴就是福柯妇科的，这真跟武侠小说里练了葵花宝典一样，直接"天人化生"变成满嘴阴阳怪气的阴阳人，那可太不值得了。你只要关注一个哲学公众号，去背几个历史角落里的冷门哲学家名字和他们的几句名言,你就也可以混进去,和他们像"哲学家"一样"谈笑风生",把裤腰带提高,就可以豪气万丈地去说"图样图森破""闷声发大财"了。

在过去,我总是过多地去解释,解释许许多多误解,我不确定理解是否存在。人是傲慢的,别扭的,古怪的,畸形的。这些说明人与其他动物截然不同。牛羊,肉食动物,同类之间毫无差异,但人与人,却常常差异如两种生物。当我说出一句话,误解便不可避免地来了,它植根于语言,在空气中像孢子一样。好像只有不去说,沉默寡言,才能避免些不必要的、惹人心烦意乱的事。可惜本能是无法摆脱的,我就是个多嘴狂唠的命,就如西西弗斯推石头一样,重复着,轮回着,言多必失,我这加特林一样嘟嘟嘟不停的嘴遇到个人愿意听我哗哗的,基本上能把我从小尿裤子的事都说出来。高处不胜寒,尽管我只是站在二楼,这鬼天气也冻得我打哆嗦,我不相信有人的天性便是憎恶群体,爱孤独寂寞(如果有,那他一定叫西门吹雪这样骚气满满的名字)。古时的隐者贤人,他们有足够的毅力,克制住了本能,忍受一点小的痛苦,但远离了一大团乱麻,可惜我没有他们的惊人意志。面对惹人气恼的话语,最恰当的回应,该是笑着迎合过去,然后反复演练阿 Q 之精神胜利大法。解释意味着衍生出更多的误解,一生二,二生三,三后就数不清了。但我写出这些东西却又是本能的一次, 对理解的渴望。或许有个人会认真看我的胡言乱语,并试图理解一下呢?孤独像是衣服底下的皮肤,皮肤里面的是思想,这点我也知道,但那些无望无谓之举是不可避免的,出于劣根性,人总是没法放弃幻想,彻底遁入理性。

凌晨四点钟,在一个阴雨天气里,世界是灰蓝色的,雾霭重重的一片海,人最深沉的理性时刻,最深沉的绝望时刻。白天看到的景象一遍遍在脑海中放映着,绿色的环卫工人坐在绿色的树丛中,灰色的流浪汉躺在灰色的地面上,其余的人,他们都在各种属于自己颜色的痛苦和欢乐中。五颜六色相融在一起,如此复杂,难以形容这景象。但几个小时后,我又会慢慢成为他们中间的一部分。从另一种角度看,倒是挺有趣味。

(2020 年 4 月 16 日,总第 176 期,第一版)

为自己上演一次不平凡的救赎

辛　味

看到这次的作文命题，我真觉得无从入手，便去请教了我那阅历丰富、学识渊博的母亲大人。

可平日素喜吟诵古典诗文的她，第一句话却是这样的疑问：

"啊呀，这竟是袁枚先生的诗，我还以为……"

"以为什么？"我问道。

"也没什么，就是经常听他挂在口边，以为是现代励志鸡汤呢！"

"他又是谁？"我依旧不解。

"一位前辈。"我妈边说边点开了几年前的一张照片。我仔细一看，照片中的我妈穿一套绿色套装，捧着"全省法治竞赛团体第一"的奖状，与两个队友一起笑得很灿烂。

"喏，最右边的那个就是。穿军服的那一个。"她指给我看。

我又一次仔细地端详起这个普通的军人。难怪喜欢这首诗，原来他自己就是那种放在大街上认不出的苔花型路人。

苔花坚持按照牡丹那样经历烦琐的程序而开放，却终究只是如米粒般转瞬即逝的片刻芳华，永远无法与真国色的牡丹相比，倒不如放弃绽放，用一生，去追求自己的自由。

我想，这个爱将"苔花如米小，也学牡丹开"挂在嘴边的人，也一定是模仿者一般的辛苦。可事实证明，我错了。

作为一个差生，在那些别人家的孩子学得如火如荼、吹拉弹唱样样精通时，被失望的父母送去军营磨炼，应该是最好的选择吧？

而他，正是如此。

念高中的时候，他实在无法负担沉重的课业与老师苦口婆心的教导，便接受了父母的提议，成为部队中的新兵。

一开始，他很是新鲜，对摆脱原来的束缚很欣喜，兴致勃勃地参加部队中的每一项集体活动。可渐渐地,训练强度增大,他对重复上百次的动作感到乏味。他羡慕地看着那些可以轻松达到教官要求的兵中强者,似乎又感觉到了在学校被同学碾压的悲哀。

每个腰酸背痛得睡不着觉的夜晚,他强撑快要散架的躯体,努力忘记疼痛,思考人生。他总是回想起父母失落的眼神,同学们窃窃嘲笑班级里的拖后腿大王,心里总是存有一丝不甘,认为自己卑微到了尘埃里。

他想:"我已经怯懦了一次,绝不能再有第二次。"

朦胧夜色中,硕大的拉练场上,独有一人负重奔跑。当他停下脚步时,东方已微露白光。他完成了,对自己的初步救赎。

他开始看书,因为部队内训练紧张,且图书资源有限,他在军中看完的第一本书居然是指导员的《队内规章一百则》。他写信给父母报平安时,在信末附上了寄送古诗文的希望。一个月后,一个军人抱着箱子向宿舍走去,箱子里沉甸甸,装的全是诸如《唐诗三百首》《三字经》之类的幼儿启蒙读本。

读完了所有的书,他发现了自己最喜爱的是清代诗人袁枚的一首小诗:"白日不到处,青春恰自来。苔花如米小,也学牡丹开。"

从此,军队中多了一个爱将"苔花如米小,也学牡丹开"挂在嘴边的军官。

岁月如梭,白驹过隙,到了退伍时间。他早已练就了一身本领,拥有了超乎常人的定力,却打破自己的优势,走上了政法道路。

他听说业界内有很多大神都考不过司法考试,起了兴致,一拍脑门,干。接着,他就过上了非常人的生活,极不规律的作息时间却从未让军人的身体与意志倒下。为了追逐黑夜中的那颗流星的微光,挑灯夜战,与时间赛跑。最终,他通过了考试。他用短短的八十天,创造了人生中的又一个奇迹。

此时进行的,早已不是救赎,而是升华。

"那他的成绩如何?"我好奇地问。

"你妈人生当中唯一的第二名,就是因为他。"我妈脸上半是咬牙切齿,半是崇拜敬仰。

到了后来,他又创造了自己微信公众号"醉里挑灯看 shū",为迷茫的年轻人拨开前进的迷雾,分享军营体验经历,总结人生小智慧,以段子的形式让人在哈哈大笑的同时有所收获。

苔花虽小,却仍像牡丹一样经历蜕变的磨难,选择自己不平凡的花之物语。而我们生活中的许多人,在一次沉沦过后,就放弃了自我救赎的机会,我们放弃了生活的希望，放弃了严格的自我约束，也放弃了我们的未来。因为生活沉沦而造成的身心上的伤痕，成了我们面对挫折时逃避的唯一借口。我们用借口去填满那个能出逃的洞口，而在阴暗的、冰冷的墙角处，放弃了绽放的权利，化为他人肆意生长、绽放的养料。认为自己怀才不遇，生活不幸，人生不公，却没有想过自己本身与后天的价值，在晦涩难懂的字眼里故步自封，走向灭亡。

"年轻人，你听说过一句话叫……"他笑着，拍拍我的肩。

"白日不到处，青春恰自来。苔花如米小，也学牡丹开。"我实话说，您完成了一次不平凡的自我救赎。

他似乎没听懂，愣了片刻，随后笑了："我如苔花，也学牡丹。"

（2020 年 4 月 16 日，总第 176 期，第二版）

臆 语

单昌昊

我蜷缩在租的屋子里,嗓子开始隐隐作痛了。刚刚洗完澡从澡堂出来,一推门,恰好"呼"地过来一股风——你能想象这样一个魔法时刻吗?门后的喧杂,女人们的笑与孩子们的叫,一瞬间都不存在了。明净的风穿过我湿漉漉的发梢,清凉清凉的——我甚至可以听见它的声音,浅浅的,像是来自远方的使女的祈祷,哈利路亚。在这一刻,我成了风的俘虏,我成了宇宙的子民。

一

上午的理综考试不尽如人意,不少题目看上去很陌生了(这已是很客气的说法了)。意料之中但难免会有沮丧,说到底我不是一个很努力的人。高一高二每夜熬至凌晨一两点也是常态,现在想想确实很悲哀。我一直不很明了自己的追求是什么。在一座陌生的城市找一份陌生的工作,买一间陌生的房子,最后娶一个陌生的女人?如果活成这样,那我也成了陌生的自己了。我开始逃避现实,我不愿意让自己被现实颠覆——我害怕十年后的我会活成那种千篇一律的面孔:微微板着脸,麻木的,冷漠的——那种面孔。我麻痹自己,我试图在网络中找到自己的归宿。很显然,这也只是我虚度光阴的借口罢了。

有时想想倒也有趣,所谓人生不过是在不同的时间不同的地点不同的人怀着同样的心情走完同样的一段路。曾与你父亲谈心,谈及他的梦想。父亲说着说着就把脸转向一边,看向光秃秃的窗子。

越来越没有梦想了。

一种难以名状的感觉在我心中升腾而起。我的那个无所不能的父亲,他在这一刻把心底所有的柔软都暴露在我面前了。我不忍心再去看父亲的脸,也转向光秃秃的窗子。恍惚间瞥见父亲头上竟闪动着一片白发,我不说话。

窗外的路灯亮起来了,明晃晃让人心烦。已入夜了。

我知道,我现在的迷茫也是父亲曾经的迷茫,父亲现在的无助也会是我以后的无助。一代又一代,几千年过去,世界好像有了很大变化。但仔细去看,发现每一代都有些共同点,似乎往昔的某个时代又重现了。80后与90后不同,90后与我们00后也不同。但我相信总有一些情绪是我们共有的。譬如苦涩。譬如喜悦。譬如爱。

二

真正的改变应该是在高三前的暑假,心常常会被一个女孩荡起阵阵涟漪。是那种软软的,夹着早春的树辛辣味道的感觉——我被它击中了。她不是我的同学,一个月下来能见到她的次数也屈指可数——但这种心跳加速的感觉,是每个人都无法抗拒的毒药。我知道了自己的目标,一瞬间。由此可见,好的坏的并不是泾渭分明的,最起码我从这份青涩中找到了希望与爱。而这正是一个人前进时不可或缺的。

那个暑假每晚我都会去夜跑。晚上九点,四下无人,整个世界都属于我的时候。我尽可以脱掉上衣,让远边的灯微熏自己并不健壮的胸膛,不用担心别人的指指点点。天上星光闪烁,恰如伊甸的光,纯净安详。我会拼尽力气全力加速,直到累得瘫倒在地。这时我会看到她从银河之中款款向我走来,浅浅一笑。夜幕一下子把我笼罩,不留余地。

无奈的是,我迄今的力量,只有三个来源:我吃的米与面,我长辈的教诲,那个暑假我魂灵的出离。

不过很遗憾,开学考试我的名次下降了近一百名。

三

我是个狡诈的人,总想着用尽可能少的努力去换取尽可能多的成绩。可料想的是,现在的我要为以前自己的不负责任还债了。我要用超出常人的努力去得到同样的成绩。所以也很诚恳地希望大家在高一高二时多做些有意义的事。至少,至少不会在未来为现在的日子后悔。

绝大多数的时候,我很难看清我自己。只有当写下一些文字时,我才可以与另一个自己对话。但身处高三的我时常也会很焦虑,我常常会觉得与自己的目标渐行渐远。我很喜欢电影《无问西东》中的一句台词:"每时每刻,不要忘记对生命的思索。"看到这句话时,我如获至宝,虔诚地把它写在我的日记本上。但现在,有多长时间没有与自己对话了,十天?半个月?数都数不清了。从这方面上,我不很喜欢"千万人过独木桥"的教育,它让我得到一些的同时,总会带走一些我认为更宝贵的。

但我们必须接受它,并且战胜它。

我的嗓子还在隐隐作痛,应是湿头毛被凉风吹着让我受凉了。我打开手机,随手放了一首歌,是许巍的《那里》:

你让我看见这世间

闪烁千万灯火

超越梦里所有想象

还更美

直到我看见这世间

闪烁千万灯火

超越梦里所有想象

还更美

捧着热腾腾的"复方金银花颗粒",轻轻抿了一口,甜丝丝的。干净的声音与朦胧的雾气在房间氤氲,突然就想起了她。我知道,这是属于我的爱与精彩。

并且,并且。明天会更好。

(2020 年 5 月 16 日,总第 177 期,第二版)

城南花又开

朱桐桐

有些话,一定要在春天说。因为夏天炙热,蝉鸣喧嚣;秋天风浓,一不小心就会被风吹散;而冬天,冬天又太冷,未出口的字句就已结成了冰,得拿回家细细烤来听。

所以在立春那天,我悄悄地回到了那座老房子前,躲在新建的围墙后面,我咽了一下口水,算是润了润干涩的喉。我盯着眼前这座在翻新过后也依然可以通过蛛丝马迹找回从前模样的建筑,这种熟悉感是刻在骨子里的。可我手碰到的是干燥冰凉的墙,耳朵里听到的是陌生人家的谈话。

满腔委屈哽在喉中,"这里,不再是仅属于我们家的地方了。"

我闭着眼就能画出来的地方,我闭着眼也能走到的地方。

它现在就在我的眼前。但我发现,这一瞬间我好像突然找不到它了。

一

外婆家在这座小城的南边,老一中对面。那儿有一个很陡的斜坡,非常陡。记得我刚上小学的时候,外公牵着我的手去买糖糕,刚走到巷口,看见一个男人骑着车风驰电掣地从坡上冲下来,直接连人带车翻进了路旁的臭水沟里,满脸是血。那条水沟特别窄,他卡在里面出不来,也没人拉他。最后外公去把他救出来,一身的血迹与酒气。周围人一边说活该,一边在旁边抱着手看得起劲。最后外公让我自己走回去,他把那个人送到旁边的医院。我记得当时外公沾满血迹的大手,记得那个狼狈不堪的男人。从那天起,我对这个坡就怀着某种莫名的敬畏。小小的脑袋滴溜溜地转,得到了结论:如果有一天我也犯了严重的错误,可能也会卡在那条水沟里,身边也是不会有上来帮助的人。

二

下了这个斜坡再转一个弯,有一片小竹林,再直走就是长长的几户人家共用的院子。外婆家的门口有两棵树:一棵是银杏树,一棵是枇杷树。树下种了几株月季,门口的石台上,还有许多紫色的蝴蝶花。

我从小在这座小城里长大,围着护城河绕圈。开发商把一块巨大的水泥砸出无数个小洞洞,每个小洞洞都住着人。我就住在其中的一个小洞洞里,悬在半空中,脚底下踩着的不是温热的土地,而是没有温度的钢筋水泥。平时就是跳舞、画画、弹琴各种各样的兴趣班跑一跑,而外婆家这里,是我真正能体会到自然的美的地方。

就在这儿,我追过春天的蝴蝶,淋过夏天的阵雨;秋天的时候我打过树上的白果,捡过地下的银树叶;冬天的时候我嚼过房檐下的冰,舔过梅花上的雪。

因为时间过去得越久,再回想起来,那些画面就越不真实,便如被泅湿的年画,有一种湿漉漉的垂挂的色彩感。里头的每一道人影,都带着一道柔软的、彩色的晕边。

夏天阳光最刺眼的时候,门口的空地上早就爬满了黄瓜藤和丝瓜藤,它们紧紧缠绕在一起,遮住了头顶上的天空,偶尔从缝隙里掉出一个黄瓜,偶尔一抬手碰掉一个丝瓜。外公就坐在一个老竹椅上跷着脚在阴凉地里看报纸,妈妈和外婆在超级凉快的厨房里做饭,我和爸爸蹲在窗户下面往墙上画兔子。爸爸画的兔子很好看,我就在那只兔子下面画出一堆奇形怪状的小兔子。我养的小兔子有时候会过来看一眼,但我画完之后它就扭着屁股走了,在院子里跑了几圈之后就回到笼子里吃菜叶,笼子是外公自己做的特大号。实小门口卖什么养大的兔子都是骗人的。

吃完饭大家就去楼上午睡,我睡不着就抱着半个冰镇西瓜在楼下客厅里看电视或者看书画画。外面闷热,蝉鸣一阵高过一阵,屋里面是空调嗡嗡的轻响,是西瓜皮上凝结着下滑的水珠,是皮肤与竹席触的冰凉。

傍晚有风,关了空调下楼去院子里晃,踩上石阶去摘银杏树的叶子当扇子摇,还用喷水壶淹过墙角的蚂蚁窝。

日子就这样细水长流地过。我每个星期六来,放寒假来,放暑假来。但是一直被我忽略或者被我避开的事终究是来了。

三

外婆要回上海了。

外婆是"文革"期间下放的知青。十六岁孤身一人来到这座小城,一过就是几十年。当时她还是重点中学的学生,学习好,长得很漂亮。太公和太婆都有一份体面而且稳定的工作,如果不是当时特殊的时代环境,外婆的人生应该是顺着那条平坦的路往下走的。我总觉得惋惜,虽然外婆从不抱怨什么,但是每当她拿出她以前的照片给我看的时候,语气里的不甘是总有几分的。

照片里那个黑色长发眉清目秀的小姑娘眼睛里,是藏着光的。

该回去的。

这座小城只是第二故乡,那里才是外婆的家,是父母、亲友、同学都在的地方。

四

当一切事物和钱有一星半点关系的时候,有些东西就变了。

外婆搬回上海定居。这里的房子一直空着,也不是很让人放心。我们定期回去打扫,检查电器,清理花园,但这里的一切,以肉眼可见的速度迅速衰老着。花园里的植物都死了,仅剩的几棵也快要烂在地里,门前的地面上铺满了落叶,一层又一层,房间里的几件东西快要被灰压倒,墙角的蛛网精致地织着。

于是我们决定把这里租掉。

租掉。

听到这两个字,我总觉得心里很重,像是系了根绳子,有人在下面扯了扯。这里马上会住进新的人家,这里由他们打扫,他们维护,房子有人住才不会那么快的老掉。这里一直空着也不安全。道理我都懂,可是我总觉得有什么东西悄悄溜走了。

藏在多年前的泛着油墨气息的报纸里,被一页页翻过,消失在时间的缝隙,无迹可循。

为了表示对租客的尊重,也为了能开出相对可观的租金,这栋老房子需要修整。而这时,许多东西变得现实起来。

墙纸很老了,好多地方都脱落以及发霉了,要撕掉重买;房门是一扇铁门和一扇木门,不够安全,要换成防盗门;沙发也很多年了,所以换了一个很大的黑色皮沙发;空调已经不凉快了,要换新的。

那幅画着两个小娃娃的老画,连同上面粘着的我的作品,一同被撤下来收进樟木箱子里,那面空白的墙上挂了一幅牡丹。

水陆草木之花,可爱者甚蕃。

世人甚爱牡丹。

牡丹,花之富贵者也。

五

房子租出去了,是带孩子上学的人家。

有人搬进来,有人搬走,一切都已经变成一家一户亮着的灯光下一段佐餐佳品。

那天是深秋,我们最后一次去收拾东西。我帮不了什么忙,就围着新建的围墙转,花园被清掉了,只留了最后一株月季。我种的迎春花还留着,在墙边孤零零地垂着。银杏树叶黄了,小扇子落了一地。

这里彻底变了,不过好像又没变。你看啊,窗户下墙上画的兔子,它还在的! 我从没想过粉笔可以在墙上留那么久,我用手在上面擦,抹了一手灰。

有风吹。

你听,被抹掉的慌张。

天色渐暗,我们要走了。我突然觉得没有什么不一样的感觉,就像平时我们星期六傍晚离开时一般,没有什么不一样,等下一个星期六……

下一个星期六这里住的就不是我们了。

“走了。”

我停下,回头,对着这座焕然一新的房子说。窗口紧闭,屋内漆黑,回应我的只有耳边的风声以及青石板砖下几声挣扎的蝉鸣。

我想,踩碎了迷茫。

走过时光,睁开眼你就会听到。

六

我躺在床上,手指抠着冰凉的墙。

有些事平时不去想就没感觉,一旦放任那些画面循环播放,心里就觉得堵得慌。感觉什么也抓不着,脚底下也没东西,就这么悬着。

就这么在半空挂着。

我很想那里,可我回不去。

我总觉得我的迎春花开了,我得回去! 我要回去看一眼。

七

于是立春那天,我回到了那里。

我的花不在了。

八

花死了?还是被小孩子揪走了?

我不想知道了。

但我又发现好多熟悉的花开了。还有那一株月季,它长得好高啊!比我都高了。它在高处开着,像要飞起来似的。

地上还有很多五颜六色的星星点点的小花,都开了。

我走之前,扯下了一株蒲公英,使劲把它吹散,看着它飞过对面的房檐,去向更远的地方。

一起去啊,更远的地方。

(2020 年 6 月 6 日,总第 178 期,第三版)

送你一捧苏叶

陈苏叶

"半夏,辛、温、有毒,燥湿化痰、降逆止咳、消痞散结。"

To:M

"Precious things can't go back 要怎么翻译?"

收到这张字条的我思考了一会,写下"那就'风花雪月'吧"便扔了回去,是啊,风花雪月怎可再回头呢。

上期《葡萄园》分发到手后你就打趣道:"你确定不趁机记录一下我们的革命友谊?"其实,那时候我已经把此文大纲列了出来。像是被猜到了心事一般,可我还是故作镇定,拿出我多年撒谎"面不改色心不跳"的本领来,嫌弃一瞥:"写什么啊?花式吹你的彩虹屁呀!"

与你真正的投机还是从高三开始。

你好像很喜欢读诗,可不巧,我朗朗上口的都是从他人附庸风雅的口头吟诵中窃听风云;貌似你还很喜欢用 B 站,看动漫,无奈,这些我也很少触碰;你好像还很喜欢看各式小说,每每你给我介绍一些新名词,我总是听过就忘;对了,你最爱的就是踩点进班,偶尔迟到和下课睡觉。你看我们的圈子连交集都没有,可又是怎样做到合并同类项的呢?写下这篇文章非但没有吹你的彩虹屁,还把你的家底都兜了出来。少安毋躁,我这种手法叫做欲扬先抑。(敲黑板,高考考点记下来。)可我又要扬你什么呢?哦,想起来了!你皮肤很好,白胖白胖的,我猜你可能要打我了,不急不急,耐着性子,长长的路我们慢慢打。可我这一下下的表情达意,只重不轻,着实不应该被处分啊。

"郁金,辛、苦、寒,活血止痛、行气解郁、利胆退黄、清心凉血。

To:ZH

世人对你误解太多,只看到你光鲜亮丽的皮囊,却没有在意那皮囊下少了一半的脑瓜子。我常提醒自己不要被你那表象迷惑,别忘了你是个傻缺。

班主任正在讲台上开班会，说："高三情绪不稳定，易暴怒，家长陪着你们高考，有脾气不要发到他们身上。" 你顺嘴一接："我一般发泄都是回家揍小弟。"最近又因为起晚了，赶紧让你妈给你请假，希望黑板上不会有你的名字，等你信步走到卫生间，抬头看镜子里的自己时，你哭了："阿妈！我要真的请假了，我嘴肿了，头也肿了！成猪头了，呜呜呜……"所以傻缺，速速现出原形，勿让为师施法。你虽然傻，但也不乏有愤世嫉俗之心，有时言语间会冲了一些，但终归是好心，尽你所能匡扶正义罢了。但你爱哭是真的，或许你泪腺较一般人发达，不免要发挥它的功能。我总是打趣你："又哭又笑，不好受呗？"虽然只是打趣，可我还是很疑惑，这种迷惑行为是怎么做到的？莫不是横刀立马长坂桥，众人皆退你独行？

"甘草，甘、平，益气补中、清热解毒、祛痰止咳、缓急止痛、调和药性。"
To:ZU

"别的动物会哀鸣、嚎叫，没有一种动物会哭泣流泪，我们的泪水本就是为了滋润眼睛，这种润滑剂产量很少，我们在悲伤的时候大滴大滴地掉眼泪，真是暴殄天物。"今年初春收到的第一个礼物便是这本书。把这书中的句子送给你再合适不过，等上了大学……哦！我好像又触碰了你的禁忌，这是你的泪闸，不过那脸上的泪痕、通红的眼睛和被泪水打湿后并在一起的睫毛，也印证了一些真实存在于我们之间的一些什么——夏日五点，虞美人大桥上的日出；被风吹起一角的英语课本；身后擦肩而过却没有和我们打招呼的"豪哥"，并且坏笑着抱起手机在班级群里戳穿我们；在闷热的午后，伏案一起奋笔疾书；课间对着答案哼着《两只老虎》；精心挑选后，看了一场只有五个观众的电影，在电影院昏暗的灯光下，你悄摸摸地拿出生物试卷又悄摸摸放回；你嗜英语如命，梦想着北外，虽然我对北京不喜，但也不会阻挡我们期年后再见的步伐。高中的时间过得多快呀，快到我还没有用心去体会，它就要宣布停止了。教室前方不停滚动的倒计时数字牌，后墙钟表马不停蹄地转动，终将把抱团取暖的我们转得七零八落，不知飘落到何处。你呢？此刻又泪打芭蕉叶，情断离人肠了吗？好了啦，抽一张纸巾拭去那暴殄天物的眼泪，别让别人看见你软弱的模样。

"白薇，苦、咸、寒，青热凉血、利尿通淋、解毒疗疮。"
TO:ME

《不正常人类症候群》的序中写道:"一个好的创作者必须拥有一些只有自己才知晓的创作方式和表达密码。"而于我,记录人情之事最为头疼,并非写不出,而是往事散落在记忆庄园的各个角落,难以捡拾和清扫,有些甚至结了蜘蛛网,费我好些时辰才挖掘出来。这三年,少用了很多脑子,结识了很多朋友和麦霸,续了散断的情义,经历了数学的巅峰也跌入过谷底。在数学的世界里人如漂萍,便下定决心深入地研究"微积分""线性代数"和"高等数学",一星期后惊奇地发现"微积分"都是第一声,"线性代数"都是第四声,而"高等数学"四声都有!领略到数学的奇妙便拂袖离他而去。我常想,若多年后我再回眸,俯首这段不算磕绊的路程,会不会有遗憾,感到惋惜呢?我们常听到读书无用,可事实如此吗?到底是读书无用还是我们无用?现在悬崖边思考下一步该往哪儿走,不荒谬可笑吗?于我之外的许多人,我只是与他们擦肩而过的形影,我接受了众星捧月,之后也必将被众人从高处摔下。他们并不表露笑声,可这声音却始终回荡在寂寥的夜里,回荡在最安静的空气里,如此刻,深如古龙水的夜,白兰地都浇不暖的寒肠又企盼什么来温暖呢?

"杏仁,苦、微热、有小毒,止咳平喘、润肠通便。"

To:X

你的困扰也是大多数人的困扰。一如姜振宇在博士论文答辩现场中的回答:"科技是处理伽利略用望远镜杀死嫦娥之后,我们面对死寂的环形山,该如何写诗的问题。"感情也是如此。广义地说就是在错误的时间遇到了心动的人,博弈之时该如何取舍的问题。这里且不说爱情,因为它有时会建立在物质上面。而年少的感情总是这样,一方拼命地逼近,另一方在后退的同时,总想不被人察觉地靠近,结果有时会一拍即合,有时就会发生非弹性碰撞——会有能量损失。这是理论,理论落到现实总会差强人意。那个男孩我了解一些。那个夜里,雷雨倾盆,一把小伞撑起了我们仁。也从你的口中断断续续听到一些有关他的传奇经历,可你依然在踌躇,在试探,虽然刚开始我不太赞成,但事后又想,感情被人为拉扯后,会变性吗?但我写下这些,不是鼓励你去做些什么,就当我自说自话,其他的便遵从自己内心或顺其自然。马斯洛需求层次理论指出人最基本的需求是生理的需求,其次是安全需求,满足了这两者才有资格讨论后三个精神需求:爱与归属,尊重和自我实现。无论你做什么,只要你自己觉得不忸怩就放手去做。

"薄荷,辛、凉,疏散风色、情利头目、利咽、透疹、疏肝解郁。"

TO:You

人类学会语言后,用的最多的是吹牛和撒谎。而眼睛里除了爱和希望,更多的是逃避和不聚焦。我们都和很多人变得无言过,时间将过往的一切狠狠地撕离开来。那一帧帧模糊的影像再也无法拼接到一起,真的不能像蹴鞠一样,你一脚我一脚地周而复始了吗?可我却开始享受这种无言了。我们平日里滔滔不绝,阔声侃谈江河,却忘记静下来感受彼此。听你随意的哼声,感受你绵长均匀的呼吸,对视你可容纳的眼神,一起攀爬后再分道扬镳。我们默契得不开口说话,只是静静地行走,这又何尝不是一种量子叠加状态呢?只要你我够契合均不开口,那我们之间发生的一切就不会被否认,那便永远不开口,让过往云烟做一只被囚禁的"猫"。你否认也好,挣扎也罢,事实便是如此,我们都曾诚恳地袒露过很多年的时光在彼此面前,可谁又不是穿着父母鞋子的小孩呢?罢罢罢,目尽青天怀今古,肯儿曹、恩怨相尔汝。

"苏叶,性温、味辛,发汗解表、行气宽中。"

TO:23

这个班级自成立以来,走散过很多人。尺璧寸阴,往事迢递,有高一文理分科时去 30 班的,有在"知识改革"期间去了 12、15、18、20、32 班的。别怕会断了联系,有些人有些事我们会永远记住,根深蒂固的发丝不会因一次的修剪而停止生长。一个集体会有各种各样可爱的人,每个班级都会有一个活宝、一个小胖和一对 cp,曾想过遣造出几十个形容词和你们一一对应,可这确实是个庞大的工程。我非字字珠玉,怕勾勒不出你们的卓尔之迹,我本想拿出平时的幽默劲来调节一下压抑的气氛,可我使尽浑身解数愣是写不出一句有包袱的话来。我本想赚你们几滴眼泪,可我毕竟文学功底有限,也没到那种出神入化的文笔。桃李春风一杯酒,江湖夜雨十年灯。当我写下这些文字时,距离高考还有 43 天,百校联盟的二模刚结束,分数还没有出来,想必当这些话语映入你们的眼帘时,三模就快要到来,接着便是高考,便是分离。此去经年,希望别是良辰好景虚设。在高三,成绩的波动会给我们带来压力,但你仍然要拍着胸脯,想方设法地要登到山顶,俯瞰那一切你梦里梦到的东西。剩余的那些为数不多的日子,只剩拼搏与努力。一直很庆幸与你们这一行人的相遇,自那以后,醉将青梅嗅,观云满眼笑,晦气化乌有,瑞脑销金兽。

七味中药,慢火熬炖,其中滋味辛温凉苦。

七位中药,文火煎制,记录了和一些小朋友的闲碎琐事。

半半之夏,郁郁之金,甘露逢草,白灼染薇,杏仁可平气,薄荷可沁心,怀中有苏叶,愠尔凉凉心。

你手指卷绕发梢如同搅拌这苦心煎熬的汤药,那掌心的纹路是通向未来的桥,来日虽不长,但有千千阙歌,千千繁星,寻找你身边的那片"苏叶",和他(她)一起向光而生吧!

(2020 年 6 月 26 日,总第 179 期,第四版)

月亮很亮

张若水

"我当然不会试图摘月，我要月亮奔我而来。"

——题记

　　划过脸颊的风愈发萧瑟，指尖开始微微泛凉，白昼越来越短，黑夜时常早早地到来。我们坐在教室里，被明亮的灯光笼罩着，黑板上是上节课残留的痕迹，在电灯的映衬下，洁白如光。手捧一个保温杯，面包塞了满嘴。窗外是黑夜，黑色穿梭于叶的空隙间，是一片无声的寂静，而在夜的另一旁，是一个个亮起的灯，装点着无尽黑夜，那是永远的明亮。

　　时常会在黑暗中细数着，今天是否收获了快乐，有什么感动的事，有什么可爱的人儿。只有悄悄记录着生活的美好，才能让日复一日的生活漾出别样的色彩。但是我们唯一的观众——生活，从来就不是个太好的观看者，它像一个苛刻的导演，用一个个现实对我们指手画脚甚至加进很多戏码，似乎想帮助我们找到各自对的状态。

　　可我仍想尝试着努力。老班说，三年就是一眨眼的事。当我稀里糊涂地荒废一年后，才发现时间真的是个令人猝不及防的东西。都初二了啊，中考正快马加鞭地赶来，我却未做好准备。天真地以为自己仍是那个拥有一颗糖就能开心一整天的孩子，如今，吃下去的糖块甜在了嘴里，却溢不到心头。

　　当然，少年的世界不该如此，我们的征途是星辰和大海。我喜欢和三五好友一同吹着晚风，任由发丝在空中凌乱，看麻雀划过头顶，看太阳升起落下，我们诉说着最平凡的小事，心中却藏着无数星光。不知道自己为什么总会忽然间感慨万千（我可不承认是矫情），只是这世间最为平凡的小事，偏偏拨动了少女心中最柔软的弦罢了。

　　想说说我可爱的老师们，因为在某时某刻，他们真真切切地让我感受到了温暖。Mrs.Su 对于生活的热情总是能感染到我，偶尔的一个玩笑，可以让我们每个人甜上很久。极其热爱考试且总喜欢给我们一个 surprise(惊吓)的老杨,前几天他生病了,落下几天的课程。对于晚上没有作业,我倒是感到挺悠然自得的;几天后他回来了,用那略显疲惫的声音评讲试卷,竟使我红了眼眶,只是突如其来的嘲讽打了我一个措手不及:"xxx 你考得挺好啊!"(我很不幸的在那次考试失利了),在眼中转了几圈的泪珠生生被打了回去,不愧是他,疲惫之中还不忘损我一把;好吧,其实,我很感谢。桑葚(对语文老师的爱称),上课时若是激动到了极处,眼中就如同有星星在闪烁般地发出亮光,真的是一个很可爱的人啊。

生活很苦,但因为他们都存在,生活被加了糖。可别辜负了所有真正关心你的人啊,就让那眼中的光永远亮下去吧。

感谢你能够静下心听我闲扯。此时此刻,你是否正被乌云笼罩,是否正在放手一搏,是否拥有快乐。我们都在拼尽全力做一个优秀的人,那就朝前去吧,你曾是一张白纸,而现在将被写满故事。

"且挨过三冬四夏,暂受些此痛苦,雪尽后再看梅花。"

月亮很亮,亮也没用,没用也亮。

PS:最后,想对九班的同学们说,我们都是会发光的孩子,勇敢地朝前冲吧,在冬深,在初春,在夏至,在秋末。

(2020 年 12 月 6 日,总第 183 期,第二版)

52Hz

洛　九

　　"一个人有两个我,一个在黑暗中醒着,一个在光明中睡着。"

　　我充实着并孤单着活着,我开朗着又忧郁着,我身边有很多人陪伴我又只有我一个人独自前行。我极爱众多朋友相聚一起时的热闹却同时贪恋着独自一人的清净。曾经试图去拥抱世界然而又不想跨出自己画的圆。我勇敢并胆怯着,我肆意又局促着,我是我又不是我。

　　自记事以来我都不应该是孤独的,在家中有姐姐和弟弟陪我,在外面又有许多伙伴陪我玩耍。我的身边似乎从来都不缺人,用我母亲的话来说我就是个野孩子,一刻也不能清闲,放在哪儿都能野蛮生长。我承认这个形容却不接受它,或者说这个形容的只是我的一部分。从某个方面来说,我是一个极其喜静的人:我喜欢一个人捧着书细品,喜欢一个人散步在田间小道,喜欢一个人听着音乐静坐将思绪放飞,喜欢走在路灯下看自己的影子,喜欢在黑暗中冥想……

　　世界上曾经有这么一条发着52hz声音频率的鲸鱼Alice,它歌唱时无人聆听,难过时无人理睬,Alice成了世界上最孤独的鲸鱼亦是最独特的,而这个世界上又有很多人是Alice。

　　我是一个孤独的人,我一直在寻找一个和我灵魂相契合的人,寻找一个和我一样却又不一样的人。在科技发达、电子产品层出不穷、信息传递迅速的时代,我却独爱写信独爱纸质书,书桌上有一沓信,有未曾送出去的也有收到的。高一时与一位高三的学姐通了一学期的信,很奇特的是我们虽然有联系方式但也仅仅用来通知拿信件的时候偶尔联系,似乎有一种莫名的默契。我们从未见过也未曾提过见面,也许我们曾在偌大的校园擦肩而过,又或是在书店买过同一本书,我们熟悉并陌生着。我想大概这可能是我一直所追求的灵魂共鸣,可惜的是我们在今年六月三号失了联系,我们走散在夏天,不知又会在什么季节相逢,也许不会再相遇了。

十月份的天气微凉，绵密的秋雨与桂花纠缠着，高二教学楼下的那棵金桂，散落下来的花儿掉在茂密的小草上，金色镶嵌在绿色中就好像错落的星火，我想要留住这片美好，我拾起这星火将它夹在我的本子中，我知道我不能留住它，但希望用另一种方式让它存在更久一些。我好像看到一个袅袅婷婷的女子，扛着一个药锄，我似乎听见"一朝春尽红颜老，花落人亡两不知"。我不知道黛玉葬花时是怎样的忧思，但我想她大概也在思念着什么。

我热爱这孤独，这对我来说更像是一种自由。我享受孤独，享受一个人的世界，即使在有人的地方，我依然孤独。贾平凹先生在《孤独地走向未来》中说到"孤独不是受到了冷落和遗弃，而是无知己，不被理解"；蒋勋先生也在《孤独六讲》中提到"孤独和寂寞不一样，寂寞会发慌，孤独则是饱满的"；"一个人的孤独不叫孤独，一个人寻找另一个人，一句话寻找另一句话，才叫孤独。"（刘震云《一句顶一万句》）孤独是一个人的狂欢。

你是否停下来过，为了某一刻的天空？我曾坐在汴河的河岸边听着歌，从天亮坐到天黑，看着太阳缓缓落下，看着它最后一丝轮廓消失在天际，微风浮动起河水，带来阵阵清凉，柳叶轻轻地飘浮着，这也许就是柳永所描述的"杨柳岸晓风残月"罢。浮现在天空中的月亮是同一个，但我们看到的也许是千差万别。

这世间有太多的风景，是需要一个人静静地品尝的，我永远爱傍晚吹拂的微风和日落的黄昏，那是我一个人的宝贝，某种意义上来说他也只属于我一个人。

我是颗孤独的星球，闪烁着，微弱的橘黄色的光芒叙说着我的故事。

给学姐的最后一封信被我拿了回来，我把它夹在了书桌的最底层，因为我知道我不会再打开它，它也不会再被送出去。后来我也陆续收到来自别人的信，像《葡萄园》的白芷学姐和病鹤学姐，我很庆幸我在离我很近的地方找到了与我一样热爱文字的人，病鹤学姐说"热爱文字的人儿都可爱"，是啊！我们都是热爱文字的可爱人儿，我们孤独且充实着。

我想我还是喜欢三五熟知人的热闹，一或两人的安静，以及一个人的孤独。

四季更迭，世间万物变幻莫测，而我依旧在人间游荡，世人见我独自一人，皆笑我无人伴左右，而我却不置可否，依然如旧。

（2020 年 12 月 6 日，总第 183 期，第三版）

住在我心里的城

白 芷

白鹭洲头,乌衣巷口,前贤把酒论诗文;

桃叶渡口,瓦官阁上,王谢堂前燕双飞。

——题记

一

南京又一次在我的梦里出现,向我展示他极致美好的一面。我极力向他奔去,就在我即将要抱住他的那一刻,梦醒了。

我曾梦到过南京千百次,每一次梦醒,我都会陷入深深的思念之中,久久不能走出。南京啊,是我最爱的城。他就像是一本活的历史书,比京沪多了几分古韵,比苏杭多了几分摩登,足以惊艳时光,温柔岁月。南京城的一切,山川草木,新道古塔,石阶萤火,枫叶樱花,皆我所爱。南京它既经历了中华民族最为鼎盛的黄金时代,却也曾蒙受华夏历史上最为惨痛的耻辱,承受了最为撕心裂肺的疼痛。那些散布在城中的遗迹风物,处处留下了这种矛盾、复杂的印记。可以说,没有哪一座城市能够像南京这样把中华民族历史的骄傲和忧伤如此纠缠在一起。行走在南京城的街道, 总觉得天地间被柔光笼罩,一切的一切都令我沉浸在这座城的美好之中。

先锋书店算是南京城的一个独特地标。我最喜欢去五台山总店。玻璃门外有个小小的黑板,推门进去,有一个大大的十字架挂在墙上,总给人一种神圣感,仿佛心灵被洗涤了一样。书店里有咖啡厅,有舒缓的音乐。如果你愿意,可以写一张明信片在这里留下你曾来过的痕迹。先锋书店可以让我放空一切,在这个宁静的空间里,我深深地陷入书的世界,仿佛尘世的喧嚣与我再无关系。提到南京城,可能很多人第一想到的就是夫子庙。十里秦淮河,有多少世事变迁如烟火般转瞬即逝。"梨花似雪草如烟,春在秦淮两岸边。一带妆楼临水盖,家家粉影照婵娟。"秦淮河的夜晚是热闹的。行人熙熙攘攘,船只首尾相接。彩灯都亮着,像是一片不夜天。

去南京的城墙上走一走,去看一看总统府,去看一看"樱花之路",去看一看紫金山天文台。闲时喝一杯雨花茶,又是不可多得的宁静时光。

二

"我去秦淮河给你敲了 22 下钟。高四加油,我在南京等你。"

电话那头是很熟悉的声音。一股暖流涌上心头,我哽咽着,想开口说什么,却一个字也发不出声。我极力调整好我的情绪,对着手机屏幕扯出极其不自然的笑。我当然很想去南京,也希望自己可以做到。

我的一位姐姐在南京上学。我和她有共同的兴趣爱好,有共同喜欢的明星。她总是告诉我一些关于南京的事情:她所在的学校里的樱花又开了,玄武湖的夜景很美。她都萌生了翻墙出去的念头,又有很多人去鸡鸣寺求姻缘……每每听到关于那座城的一切,我的嘴角总是会在不经意间上扬。曾经约定一起跳舞,榨果汁,做烘焙,她在南京等我,我的每一天,都在一步一步向南京靠近。我的一个闺蜜也在南京上学。本以为大学的周末,我们可以一起在南京城的各个角落留下我们的笑声,过了几个地铁站就能见到对方。怎奈计划不得不破灭于现实,还请麻烦她再等我一年。我依稀记得来学校交复读费的那个下午,她在手机的另一边一遍又一遍哭着问我,问我真的确定要复读吗。我不敢去听她的声音,眼泪如决堤般,不断涌出眼眶。我只能告诉她,我一定会拼尽全力,在南京拥有属于自己的一方天地。我爸爸所在的公司由合肥搬到了南京。我说,我想去的地方只有南京。于是我父母便有了在南京买房的想法。真好,以后父母还可以一直在身边,有个家可以让我在南京做回孩子。

周病鹤是我很重要的一个朋友。她告诉我说,南京虽然不适合旅游,但特别适合人居住。南京的风一定会向我们吹来,未来的路我们一定会一直走下去,我的故事会不断扩写。明年的九月,我们一定都可以踏上前往南京的列车。亲爱的鹤鹤,我们会在南京忘掉一切之前的不美好,开始新的人生旅程。

他们都在。我也坚信,南京城灯火万千盏,终会有一盏,是我所点亮的。

三

南京对我来说是特殊的。

那已经是六年级时候的事情了。我的脊柱弯曲了五十度,2014 年,我在南京鼓楼医院接受脊柱侧弯手术。这是一次大手术。我趴在手术台上,因为是全身麻醉,我渐渐地失去了感觉,沉沉地睡了一觉。医生拿着手术刀在我的背部划了一道 13cm 长的伤口,露出脊柱骨头,把弯曲的地方掰直,钻了十个洞,钉了十个钉和一个钢板。手术之后我增高了 2cm,但是被固定住的那几节骨头不会再长了,永远都是那个模样。术后的前几个晚上,我根本就睡不着觉。我也不敢哭,怕护士听见了之后来给我注射尼古丁。到最后,我学着翻身,学着从床上坐起来,学着下床走路。手术需要全面检查,当我知道自己有先天性心脏病时,我感觉整个世界都在天旋地转,命运啊,你是在同我开玩笑吗?

所以,我是经历过真实的扎心钻骨之痛,才有了今天的这份身体上的坚强。有无数人说过我伤疤的丑陋恐怖,有无数人看不惯我可以不去上体育课。在这些闲言碎语中,我变得敏感,心里脆弱容易多想。但,当我到了南京城,就觉得身心轻松,只想好好享受身边的一切,来不及去想那些悲观的事。因为要复查,我去过很多次南京,完全可以在南京当一名小导游。我把南京视为我的第二个故乡,每次去南京,明明刚到那里,就开始想着,下一次再去会是什么时候。

我确立我的梦想也是在南京,因此,南京是我梦开始的地方。我想去的地方,只有一个。只因南京,是我此生最爱的城。

Ending

距离高考只有二百天左右。二百天,很快就过去了。我的心里住着一座城,拼尽全力,我一定可以去我想去的地方。

(P.S.也是经历过一次高考的人了,二百天很快就会过去。希望大家都可以被心里的那座城拥抱。也对周病鹤、橙子、西麓以及阿水说,每一天的我们都是全新的,请保持好心情,南京见。)

(2020 年 12 月 6 日,总第 183 期,第四版)

我们仨

三水吉

我会遇见很多有趣的人,但永远不会落下你们。

——题记

有人说关系好的人就像马桶。人在马桶上才会放轻松,你不用时时刻刻和它在一起,但你着急的时候一定会想到它。娜呐呐和一点点就是我的"御用马桶"。

一

初一刚开学,旁边一位女同学拿了支"香蕉笔"给我说:"给你支笔。"我一头雾水地接过来放到笔盒里,心里想的不是"她怎么这么好啊!"而是"这女生干嘛?脑子不行?来挤兑我的?"后来才知道,原来她听见我说没笔用了,借给我的。她说:"我当时想着我不是借给你的吗?你怎么还装起来了,我还以为你有病。"(哈哈哈哈这个故事真是想起一次笑一次)这位"有病"的女同学就是"马桶"之一娜呐呐。

后来我因为生病经常不去上学,每次去学校都会有一群女生把我围住。一点点就是其中一个。她说:"当时我还随大流地关心了你两句。""看出来了,挺没感情的。"后来她经常找我吃饭,我们也就成了"狐朋狗友"。

古人云君子之交淡如水。可我觉得形影不离,"腻腻歪歪"的交往也并非是小人之举,但有一说一,我们仨确实是比小人还能折腾。

我们在大街上唱过歌,最爱的还是古巨基的那首《情歌王》;凌晨从床上爬起来拍照,真是八仙过海,各显神通。我觉得一点点的评价一点也没错——矫揉造作。站在床上,"金鸡独立",盘坐着,半跪着……真有股《五禽戏》那味儿;我们还另辟蹊径爬上了凤凰山,作死地挑了最陡的山坡,一阵阵的惨叫后我们成功登顶!虽然裤子差点都被搓破了,但站在山顶上俯视半个灵璧,真的会不由自主地学着诗人捋胡子的样子说道:"会当凌绝顶,一览众山小。"

二

中考志愿填报是我们仨四年来遇到的最大的一个岔路口。志愿填报结束那天,娜呐呐在班级群里说自己报了马鞍山师范学校……我让自己缓了五六分钟后,强装平静地问为什么。她用着轻描淡写到有点欠揍的语气说:"不想上高中了。"(这句话到现在我还记得一字不差,而且会一直记得。)

所有的难过、迷茫、无助甚至是愤怒化成了一句:"哦,行吧。"我幻想过很多关于我们上高中的故事。娜呐呐上学忘带作业了,我们仨回家去拿;一点点和班里同学闹别扭了,我们仨一起吐槽;月考我们仨都没考好,一边抱头痛哭一边问周末去哪玩……所有的所有我都想过,可我最想的还是我们仨在一起。

我怎么也接受不了这个现实。直到后来我学到了一个词"人各有志",是啊,我也只能无可奈何地用一句"人各有志"来抚平那些永远也抚平不了的遗憾。(Ps:写到这里有点不想写了,这真是我高中最大的遗憾。)

三

现在唯一能安慰我的就是我们仨还是能天天聊天,听她们分享身边的新鲜事,我总是被逗得喘不上气。尤其是一点点,每天都在吐槽别人,活像个河蚌成精了哈哈哈哈哈。每次在学校遇到,我们俩不会"高谈阔论",恨不得买包瓜子席地而坐,说他个三天三夜。不过是简单说两句,在别人看来我们的感情不过如此。其实不是,而是我们看着对方的样子就能猜到她的情绪。毕竟是高中,没有太多时间可以浪费。她知道我永远站在她这一边,所以有什么事一定会告诉我的。

当然,我们仨也并不完全像前面写的那么惺惺相惜。偶尔吵架、冷战都能把彼此气得半死。一点点大脸一冷,眼睛一瞥,淡淡地说句:"哦,那随便你吧。"我恨不得把她皮撕了当搓澡巾。就连不在一起,隔着屏幕也能吵起来。娜呐呐对着话筒一顿输出,完全不给我说话的机会,隔了大半个安徽都能感受到她的唾沫星子(咦,脏死了)。我们仨说过,以后和别人吵架,我们仨绝对实力碾压。一点点是气场担当,娜呐呐是输出担当,我是讽刺担当。上场时,一点点脸一黑,眼一斜,对方当场愣住;开战时,娜呐呐"天女散花",语言输出犹如滔滔江水,连绵不绝,对方哑口无言。我负责收尾,两三句 punchline,让对方百口莫辩。Ok,game over.

四

今年下半年是我们仨认识的第五个年头啦!这四年来,我们见证了彼此的成长与光荣,也陪伴了彼此的低谷与失意,更激励着彼此的奋斗与前进。虽然经常说她俩好吃懒做,给我丢人,但是当她们真的有点小成功的时候,我还是会得意地对自己说:"不愧是我的好闺蜜,真管。"我猜,她们看到这篇文章后,也会偷偷地为我竖起大拇指说:"我的好闺蜜还真不孬。"还会拿着报纸向身边的朋友炫耀。行,拿去显摆吧,我就是你们可以炫耀的资本和底气。

(娜呐呐,一点点,要好好看哦,接下来是个煽情 part 啦!)

五

同桌问过我最好的朋友是谁,这还用说?她又说:"必须选一个。""这怎么选,娜呐呐和一点点是一体的,我们仨是一体的,少了任何一个都不行!她俩合在一起才是我最爱的女孩。"对,我们仨在一起才叫我们仨!我是个非常容易胡思乱想的人,有点小事就想这想那的,所以你俩不得不多照顾我的情绪,迁就我的小脾气,还真是辛苦你俩啦。有人说:"一个人会走得很快,但两个人走会更有趣。"我无比同意这句话,一个人做事是会很快,吃饭可以不说话,上厕所可以不用等。但我们仨在一起叽叽喳喳的时候我才笑得很大声,才会少一点多愁善感,才会觉得我的生活充满阳光和快乐。著名辩手肖骁在节目里谈起自己的好朋友时这样说:"我什么都不怕,我就怕颜如晶不和我玩了。"是的,我不怕你们去了更远的远方,不怕你们很少和我联系,不怕你们有了更好的朋友(其实都很怕啊),我最怕你们不和我玩了,那我真的不知道要怎么办了。我不要"莫愁前路无知己,天下谁人不识君",我也不要"海内存知己,天涯若比邻"。我只要我们永远在一起,永远是彼此最好的朋友!所有人都可以是我生命里的过客,可你俩必须是我的常驻嘉宾,是天天烦我,挤对我的最佳拍档。(怎么感觉有点油腻呢?)

在写给一点点的生日祝福里我说:"希望我们都能有一个最好的未来。"

现在我想把它改成:我们都会有一个更好的未来。

(最后想学我偶像的套路说一句。有吵架的朋友,现在用这篇文章和好吧。千万不要因为一时的冲动和误会,离开了那个真心对你,陪你哭陪你笑的最好朋友。)

(2020 年 12 月 6 日,总第 183 期,第二版)

黑色宇宙

雁　北

　　手机上显示的数字跳到了两点三十分的时候，我伸个懒腰，不小心抓到了一只飞舞的小虫。对虫类天然的恐惧让我又飞快地甩了甩手，看它跌跌撞撞最终归为平稳地飞出了窗外。我闭眼重新倒回床上，又重新睁开眼睛关了手机关了灯，看着不断跳跃的屏幕指纹解锁按键——这片黑暗中唯一的光。

　　深夜是个很容易让人发散思绪的时间段。深夜里，我关上房门关上灯，溺入黑夜，我进入了另一个宇宙。任意流露出的情感肆意张狂，小行星般在我眼前、身旁旋转。在我的宇宙中，我一眼望去，便将整个世界纳入心中，随手一揽，便可与任何一颗小行星拥抱。我想到风，想到雨，想到曾经恍然心动的男孩，想到我即将落幕的仓皇匆忙的青春，又想到雾障茫茫不知所向不明所往的将来。

　　我的思绪毫无目的地飘啊飘，随我所想，随我所念。所有的尘世与喧嚣都被我的思绪吹起来的风赶走了，只有我被埋葬在这片浩瀚宇宙中，获得新生。

　　我总在深夜时原谅自己的一切，过去的一切责难都在黑暗中隐去。白日里是浴火，夜晚才是我的重生。真实的自我在太阳的耀眼光辉下愈发黯淡，深夜时我才是这片黑色宇宙中唯一的光。黑色总被和毁灭联系在一起，少有人看见毁灭的背后亦是救赎与重生。在深夜，我纵容自己，抛却一切，在独属于我的宇宙中像亚历山大大帝那样说："我若不是我，我愿是第欧根尼，做一只蜷在木桶里的犬。"当然仍是一片沉寂。无人听见我所说，无人明白我所想，但我总能看见在某处有被持续激荡起的层层涟漪。阳光让我无所遁形，关于我的一切都如此卑微而渺小。无论是我那找不到的目标，遇不到的人，还是到不了的远方。我在白日的时间中沉淀又沉淀，等待着下一次黑夜的降临，我便拥有机会收拾我的一切，褪去所有的浮躁与焦虑，过滤掉所有的碎屑，最终看到一个透明澄净的自我，由跌跌撞撞变成稳步前行。

首次踏入黑夜这片宇宙时，我被无限的恐惧支配了，只得在冷寂中瑟瑟发抖。在此后仿若遥遥无期的漫长岁月里，我穿越了星际无数，适应了黑夜并享受黑夜。人们对黑色不屑一顾或者避而远之，我却钟情有加。无关消极，无关抑郁，不过就是在享受一片无人知晓的宇宙罢了。欣赏独属于黑夜的魅力，感受独属于黑夜的高傲。我的一生短暂却又无边漫长，这片宇宙即是见证者。有人来了，有人曾经来了。我的宇宙留不住他们，便不再留他们。

　　有人用一生去躲避黑夜，有的人却在用一生去理解黑夜。而我站在虚无的黑色宇宙中，享受着虚无。生活被翻译太多次就失去了本来的意义，被阳光照耀太久就失去了原本的色彩。与其在所谓的"光明"中苟延残喘，不如在黑夜中保持原始的自我与本真。待到有暴雨冲洗我灵魂的底片时，我所呈现出的自我依然是一片明晰。

　　现在大概算作凌晨，我将"晚安"说成"早安"，在我的黑夜中归为沉寂。而我的黑色宇宙也在天边将要腾跃出地平线的曙光中无声落幕，等待着下一次重临。

（2020 年 12 月 6 日，总第 183 期，第三版）

借 我

陈 畅

　　人间忽晚,残月如钩。天色昏沉,几颗孤单的星星相互依偎,在寒风中微微颤抖。广播里放着含混不清的歌,声音忽大忽小,像一个人说话有了上句没了下句。我抖紧了帽子,把自己缩成鹌鹑,冽冽风中,近乎忘却的句子在脑海里突然闪现:"借我一场秋啊,可你说这已是冬天。"

　　是啊,这已是冬天。凛冬已至,山河远阔。这世间的每一寸生动、每一点人间烟火, 无不沉默但坚定地宣告了晚秋不再的事实。但这世间总有些坚持,是明知一切无法将就,仍不可能接受将就;是即使全世界都告诉我要下雪了,我也愿意固执地守候向上天借的那一场秋。

　　"借"这个词很美好。因为来之不易,所以倍加珍惜;因为不曾占有,所以无谓失去。当美好的事物被占有,美好也就不再成为美好。正如很多东西,当我们轻易地得到而又长久地拥有时,我们常不觉我们已经得到或拥有。常听人说:"我从未认真地年轻,所以我要认真地老去。"恍然惊觉,正年轻的我从未想过我要认真地年轻。抑或说,整日背着有关青春的各种名言,在考场作文里用得烂熟,这样的我,从未真正感受到年轻的脉搏。它也正像脉搏,我无需任何证明就知道我拥有,然而我从未认真倾听。而立誓认真老去的人,毕竟还没有老去。而当真正老去的时候,他们也未必有意识地认真。

　　如此想来,没有认真年轻和老去的人,陷入的困境都是已经得到、正在拥有的淡漠。而"借"和"拥有"的差别也恰在于此,前者是想要得到,后者是已经得到;前者是陌生的憧憬,后者是熟悉的淡漠。而常常是差的这一点,决定了我们对待生活的方式。拥有使我们对生命的美好习以为常以致冷漠,而"借"的期待让我们固执地守候心中的晚秋,始终有所期盼,不慌不忙地奔向隐隐约约但又明亮的未来。青春也好,生命中的其他事物也罢,我们终其一生所追求的,其实也就是我们已经失去的和我们尚未得到的。这也许没有结果,但没有结果并不代表没有意义。海子说,风后面是风,天空上面是天空,道路前面还是道路。风、天空、道路都没有尽头,但我们的追逐本身就是一种意义,生命的意义或许恰在于这种渴望和探寻,在于我们内心的向外奔走,在于追求的过程而不仅仅是目的。

"借"之美好不仅在于尚未到达的期盼,更在于纯粹的付出和全心全意的守望。正如林清玄笔下的那株野百合,不去想能到达何地,只是全心全意地默默开花,因为它知道它是一株美丽的花,所以它要穷尽毕生之力去开出自己一生中最绚烂的模样。辛夷花自开自落,云朵来来往往,莫不如此。"吾来看汝,汝自开落,缘起同一。"每一片花瓣的舒展,每一朵云的漂泊,都是属于它们自己的灿烂,而非为了某个人的惊叹。我们全心全意地默默等待着,我们全心全意地默默付出着,无所谓是否等到我们所渴求的,值得在意的本来就是守望本身。

而我们究竟又向谁借呢?这世间到底没有上帝,圣光的降临也便无从指望。而万事万物都是守恒的,我们从旁处借来的,最后总要还回去。由此可见,我们最终总是在向自己借取我们所向往的,从自己那里接受而又向自己给予。佛说,前世的五百次回眸,换来今生的一次擦肩而过。换言之,我们今生借来的一次邂逅不过是我们以前世所予的五百次回眸所换取的。不过,我们一般人没有所谓前世,有的只是今生,所以今生所借的这一世便要提前还取。我们借光芒尽头的自己,向往光芒之中,我们便把夜归还给过去的自己;我们借这世间温柔,向往被风绕过灵魂,我们便给予教养和善良作为回馈;我们借单纯和初心,向往这一生"变如不曾改变",我们便把世故和市侩抛在身后……我们全心全意地默默等待着,我们全心全意地默默付出着,无所谓是否等到我们所渴求的,值得在意的本来就是守望本身,是给予本身。这不是什么高尚抑或所谓矢志不渝,无怨无悔,只是一个顺应内心的平凡选择,是听从内心真实的渴望和向往。

细细一想,人生中的绝大部分事物不过只有已经借到和尚未借到之分。正如我们借三年最好的时光,即便最好的年纪终将过去,三年记忆的青春永不磨灭;我们尚未借到未来那个最好的自己,所以我们努力地奔赴这场山海。借我,既是一种憧憬,又是一种奔赴。憧憬心中的晚秋,奔赴隐约的未来,带着点尚未拥有的惆怅和渴望到达的企盼,也许明知不一定到达,但我愿依然守着一点淡淡的固执,在麦田里默默守望。在这个繁弦急管的时代,成功励志学逆潮而上,当励志染上了功利的色彩,我们更倾向于从一个成功的故事里获取相当一节五号电池的正能量,其他人走得如此之快,乃至我们也忘了自己为什么出发。所以,我格外地热爱"借我",热爱这种纯粹的向往和单纯的坚定,这是不染世俗气息的执着。我爱的是:因为热爱,所以热爱;因为热爱,所以坚持。

借我一场秋啊,即使你说这已是冬天。

(2021 年 1 月 6 日,总第 184 期,第三版)

我说今晚月色这么美

小 吉

"你的笑凝结在风里面,像白雪一样淹没我的眼。"

——题记

脑袋昏沉,心情平淡。近来凌晨的灵感,乱糟糟的像是考试后尚未整理的书桌。

曾有一段时间专门剖析过葡萄园的文章,想着我是不是也应该模仿他们的笔风,是否应该用华丽的词藻来装点自己。后来才明白不是这样,情感达到极致就要写,因为我们都有一个值得记录的生活。

"我的朋友小吉吃饭的时候抓耳挠腮"

觉得自己能给青春创造出一个奇迹,这个想法喜欢在奔向食堂的路上冒出。当大楼开始轰动,我知道干饭人准备开跑。拉着朋友的衣角,生怕她被挤丢,犹豫着该选哪家,看周围人目标明确,心里更是慌乱,于是从此每天中午便开始盘算着晚饭。

天黑未黑人影匆忙,那种真正跑起来的感觉真好,饭塞满嘴的充实感真好(形象没有了呜呜),与你们边吃边聊、相视一笑的日子,让我无数次感受到我们的青春满是烟火气,所以所以,大家一起热热闹闹地走下去好不好?

广播站的歌声响起,估摸着迟到了五分钟。

"玉树临风美少年,揽镜自顾夜不眠"

怎么说呢,班上男生一个比一个可爱(我这泛滥的母爱啊)。such as 戴了眼镜颜值越来越高的田田田(虽然有些耳背);长得像只大眼狼的周子(腼腆 boy);笑起来很邪魅的高冷抑郁小王子赵儿(说你憨憨是在赞美你的 cute),大名鼎鼎的沈沈帮(小心一点,张若水要把你窝成球,塞进兜里),and so on.当然九班班草这个称号谁都别跟我抢,我要定了!

闲来无事,就想夸夸你们。"好吧,感谢感谢,感谢你们制造快乐,有趣的灵魂这个称号送你们好了。"

"我们把黑夜里跳舞的心脏叫做月亮"

生活像一个蹩脚而吝啬的老师,一次只肯教会我一点点新东西,更多的时候只是让我一遍一遍复习。他照本宣科、陈词滥调,念得我昏昏欲睡,然而每次考试的时候,却花样翻新,我还是考不好。(忘不了把这句话分享给朋友时,他回复的那个饱经风霜的表情包。)果然,杂乱的事情不想面对,矫情的女孩只会流眼泪。

停不下来,我发现所有的所有都停不下来了。相互的陪伴已经变成依赖,白天的开怀大笑和夜里的迷茫无措让我搞不明白自己。一个歌单循环几十遍都不腻,又能怎样呢。面对着屏幕发呆,八百米已经开跑,没有一个人中途放弃,我好无奈但是片刻不敢逗留。算了,隐晦的话语说太多没有用,你要知道努力不能停,不能停。(此段原写于凌晨八分,夜晚真是感性。)

很不巧地以这个悲伤的故事收尾,第四次考试失利了呢。不知怎地,当我回忆起来,先浮现的都是快乐的事情,傻瓜才会一边难过一边堕落,我们都会向前走。

亲爱的朋友,本想当第一片雪花落下的时候,把一切都分享给你,可是我错过了这座小城的第一场雪。那么在往后的时光里,你是否愿意继续聆听这段关于青春的故事?

PS:拖拖拉拉终于结尾,小吉的话就到这里。今晚夜好深,没有人跟我道晚安,那么祝大家天天小吉,万事胜意,晚安!

(2021 年 1 月 6 日,总第 184 期,第二版)

觅　渡

弦　间

　　"我们不必再联系了，年纪越长，越觉得孤独，是正常的。独立出生，独立去死。人和人无法沟通，人间的情态，已不值一笑，人生是一次荒凉的旅行。"

　　老番茄的十七岁，在爱好和学业两者间选择了后者——理所当然。却又不是简单的理所当然。做出努力并为之付出努力，坚定不移地向前迈进，并不那么简单。

　　我的高中生活已经过了一半了，切切实实地将要迎来第三次期末考。可回首过去的一半里，我挣扎着却又放弃着的日子占了大半。初中刚毕业时对未来的好奇、憧憬和迷茫，到现在都像雾霭般轻散开来，留下的只有冰冷的现实和满心的无力与焦躁。

　　浑浑噩噩且碌碌无为。我沉浸在自我松懈又懊悔不已中度过一天一天。侥幸心理和惰性总占上风。浮在空中的不踏实感像围在心脏周围的细线，不知何时就会把我扼杀。

　　听了几首歌，看了几个 B 站的 mad。对于近一个月来与网络隔绝一样的我来说，好像触碰到了现代的一切，变成了实感。

　　听《春雷》，听《灰色与青》，我想起八爷与苏打在演唱会上的对视、微笑和拥抱，以及在我心中泛起的涟漪。听 YUI 的《Again》，我想起躲在被子里补《钢之炼金术师》的时光。也想起爱德华的坚毅开朗，和他背负的黑暗与光。

　　各种各样的情绪要将我淹没。鸣人、路飞、纳兹、翔阳，热血少年漫的男主们总有些共同的特质——永远向上的力量。哪怕目标那么远那么远，他们也总能坚定着，迈进着。我似乎没有那些天赋抑或潜质。我清楚自己的不完美，自己黯淡的光，鄙夷着这样的自己，与之斗争着。直到今天，在压抑过很久又小心翼翼地泄露出自己的想法后，被我哥一句"没有不好的人，也没有优秀的定义。每个人都是很好的"击溃。好像等这句话等了很久，泪流满面后便渐渐有些释然。姆明写道："独角兽、美人鱼、蛇妖、女巫、戈耳戈——你说她是什么我都不会惊讶或害怕,我爱的是我所爱之人。"不管怎样,我想,我总也是他人所爱之人。

坚定些,勇敢些。一个人走,一个人跑。沉默些,内敛些。不要再说做不到。"最大化地利用你身边的资源是改变你不满意现状的唯一途径。"

"我心里有一簇迎着烈日而生的花/比一切美酒都要芬芳/滚烫的馨香淹没稻草人的胸膛/草扎的精神/从此万寿无疆。"

向前迈进吧。

跟着光。

(2021 年 1 月 6 日,总第 184 期,第四版)

父亲与数学

孙浩然

一个月朗星稀的夜晚，我正在台灯圈出的一小片光明里聚精会神地演算着数学题，突然，眼前浮现出父亲眉头紧锁、欲言又止的神情。丢下手中那支任劳任怨的笔，我的心头刹那间被一种说不清道不明的感情牢牢摄住。是怨愤，是悲伤，还是悔恨？似乎兼有之。我苦笑着揉揉太阳穴，想要把注意力集中在眼前的数学题上。可思绪，却不由自主地飞向了那个我最不愿回忆的、尘封的角落。

我的父亲是一位对数学颇有心得的老师。但讽刺的是，我自幼便讨厌数学。他指望我的数学能在同龄人中出类拔萃，但我却对文学、历史如痴如醉。因此，我的数学成绩并没有像他所期冀的那样"抟扶摇而上者九万里"，而是"翱翔蓬蒿之间，此亦飞之至也"。于是，恨铁不成钢的父亲开始逼迫我做奥数题。但一向厌恶数学的我自然不肯乖乖就范。一场没有硝烟的战争就这样爆发了。

如果说别人的童年是缤纷的彩色，我的童年就是困厄的灰色。由于种种原因，我的家境十分困难。搬家在我的记忆中已经成了家常便饭。在小学时，我们家好不容易才找到固定的居所，但也不过是四十多平米。一家人夜里睡觉甚至要挤在一张床上。尽管日子困窘到这种地步，父亲也要拿出自己微薄的工资去换奥数书。买到书还不算完，他还要将书里的每一题仔细演算一遍，以便向我讲解其中的奥妙。我心知父亲已经打定主意让我接受奥数题的"魔鬼训练"，再违抗他就是"敬酒不吃吃罚酒"了。我不情不愿地开始了自己漫长的做题生涯。

一开始做奥数题时，我如同坠入五里云雾，根本摸不着东西南北。那些千奇百怪、五花八门的题型，个个都像融入深渊的怪物。当我凝视着它们，觉得自己的理智正在被缓缓撕碎时，它们也在凝视着我，肆意地嘲笑我的愚蠢与无能。

我仍记得在一个深秋的夜晚，蟋蟀们有气无力的琴声不断传入我的耳畔。当时，我正试图与把鸡和兔子关在一起的变态老农，又进水放水的疯狂泳池管理员深入交流，可最后却无功而返。我的头脑仿佛伸出许多钳子，想要从那有限的几行铅字里抓住真理。时间一分一秒地流逝，我的进度却像蜗牛一样慢得惊人。那天父亲正巧不在家，于是我便把讨厌的奥数书一把丢开，将藏好的小说拿出来。我仿佛恶狼一般扑在书上，恨不得饮其血啖其肉吸其髓。我读得是那样痴迷，以至于忘记了时间，没注意父亲早已推开门进入我的房间……

每当父亲发现我"不务正业"，他便用惊雷般的声音向我怒吼。倘若他一时性起，翻了翻我桌子上的奥数书，我便免不了一顿皮肉之苦。这时，他宛若天上的"凶神"，额头条条青筋绽出，双眼透血，下手没轻没重。我挨打时还不许哭，一旦哭得歇斯底里，暴雨般的拳头便会落下来。我虽然知道自己理亏，但我总是理直气壮地怨恨父亲，恨他下手太重。奥数与父亲，成了童年的我最反感的记忆。那时的我，一直巴不得父亲与奥数从我的生活里消失。可上天却对我开了个致命的玩笑，用我怎么也想不到的方式，满足了我的愿望。

改变我一生的日子来到了。在故乡，我见到了再也无法苏醒的父亲。一股难以言说的悲哀笼罩在我的心头，教我痛彻骨髓，泪如泉涌。我努力想告诉自己这只是一场噩梦，但铁一般的事实却如同异物般梗在我的喉头。往事像电影放映般一幕幕地涌入脑海。还是一个明媚的午后，我破天荒地觉得做奥数题做得得心应手。父亲似乎很欣慰，于是就对我详细地讲述了他的过往。曾经，他与一群"狐朋狗友"一起游山玩水，沉溺在享乐中不能自拔。后来，他才顿悟自己所作所为的荒唐，回到了数年不曾踏入的学校。果不其然，他在第一次考试中落榜了。失败接二连三地向他袭来，但他却凭着一股倔劲，夜以继日地"刷"数学题，屡败屡战。终于，当他做满一麻袋的练习后，他的水平达到了炉火纯青的地步，在最后的考试中拿到了满分的数学成绩。他语重心长地对我说："你的资质比我要好一点，如果你按我说的去做，你的数学一定不会差。"但我当初哪里听得进去这番话？现在一回想，泪水又像决了堤的洪水似的涌出。

夕阳依依不舍地投入大地的怀抱，留下了漫天绯红的云。父亲的坟，也被慷慨地洒上一层金色的光辉。站在他的坟前，我觉得自己该给父亲一个交代，该和数学做个了结。数学与父亲，逐渐交织在一起。曾经，我没能在父亲的生命之火依然旺盛时让他为我在数学上的进步而骄傲，现在，我决定不再

留下遗憾。我还是不喜欢数学,一如我不喜欢父亲。但我已然明白,它们都是我生命中不可或缺的部分。我将带着父亲的希望,父亲的不甘,以及我自己的觉悟,向数学发起一次又一次挑战。

思绪,又回到眼前的数学题上,此刻,父亲似乎露出了微笑。我仿佛得到慰藉,又重新提起勇气,在数学上默默耕耘了。

(2021 年 3 月 6 日,总第 185 期,第四版)

无声的承诺

周天柏

即使是一汪平静的湖水,也会藏匿着幸福的暗流。

——题记

我这一生无大志,在苟延残喘的生活里早已过得无方向,无动力,于是便早早地给自己定下人生这一短暂路程的大致规划。

这一生,最让我放不下的就是我的母亲。不知怎的,随着年龄的增长,自己也更能深深地体会到我对母亲大人的爱是那么的深沉,也更能理解到她用她的青春美丽来换得我的康宁平顺的那份艰酸与不易。她早已被狭小、压抑的生活圈子逼得弯下了腰。早早地患上了一身的病,生得一头花发,她才四十三岁呀!四十三岁的女人啊!在别的女人每天涂脂抹粉、光鲜亮丽地出入自己的工作圈生活圈的时候,她每天为了我们却无暇顾及自己,而时间这个恶贼却在她的脸上刻下一刀又一刀的痕迹。但她不在意,因为她认为自己做了一件在她眼中极其伟大的事——用一生来供养自己的孩子上大学,成材。多傻的一个女人啊,世上有哪个人会花费十八年的青春投资没有任何回报,甚至看不到未来的事,整整十八年的时间啊!而且在十八年里,她早已为自己的脚、自己的心上了一把枷锁,一心围着我和哥哥转。

所以这一生,她是我觉得最对不起的人,在她活于世间的每一天,我希望能安稳地陪在她的身边。她曾说过自己喜欢去旅游,所以我的前半生就带着她走世间万千路,看风轻云淡的平原,游无尽海洋,找荒漠古都——神秘楼兰……在我前半生,不求多热烈,只求能与她过好她为数不多的每一天,直至将她送入天堂……

也许只有她幸福而不留遗憾地离开人世方是我能做的一件对得起她的事了。她已经为我付出太多太多,我的前半生不求其他,只求她释然地会心一笑。

她走了以后,也就是我的后半生了,不求别的,就在这个世界唯一爱我的人的坟边开垦四亩花田:一亩种桃樱入世,一池种荷莲不妖,一亩种杜鹃袭人,一亩种寒梅浸雪。她也曾说她爱花,每一旬放上应季的花在她的坟前,让在天上的她仍然能感受到四季的更迭与温柔。

岁月又走了无数个轮回,四亩花田的花已成花海,但早已无人再照看,只不过母亲的坟边多了一个坟,我的一生就这样走到头了,母亲是世间与我最亲的人,没有之一。一生陪伴着她,守护着她,无怨无悔!此生颇有一丝春风吹来几片桃樱于心间的感觉——幸福!

陌上花开,可缓缓归矣!

(2021年3月6日,总第185期,第四版)

小　城

白　芷

这座城它太小了,小到走到哪里都有忧伤的景象。

——题记

但屈指西风几时来,又不道流年暗中偷换。我在这小城已生活了十八年了。

这座城没有什么太特别的。春风料峭,夏风暖煦,秋风萧瑟,冬风凛冽。有太多相似的故事,在不同的角落同时上演。四季更迭,物转星移,小城已和幼时记忆中的小城不一样了。有时真的会幻想白起从恋与的世界走出来,利用他的 Evol,带我乘风阅遍小城人间色。零点的脚步声愈发清晰,风夹杂着些许凉意,丢了午后的那份温柔。熄了灯后,我望着窗外星星点点的灯光,回忆着关于小城的点点滴滴。

我想起了自己被校园冷暴力及流言蜚语环绕的那些日子。六年级时我刚做过脊柱侧弯手术,不能背书包,我的妈妈每天都会在校门口等我的同班同学出现,让她帮我背书包,因此我成了班里某些人的言语攻击对象。初中时,不能剧烈运动的我觉得站在一旁很是多余,便申请不去上体育课,这成了他们看不惯我的理由,每次体育课后去接水,他们总觉得我该让他们先接。到了高中,因为我不出众的外表,他们觉得我不该穿汉服、jk 和 Lolita,觉得我不配喜欢别人。这个世界总有莫名其妙的恶意出现。钱钟书曾说,流言这东西,比流感蔓延的速度更快,比流星所蕴含的能量更巨大,比流氓更具有恶意,比流产更能让人心力憔悴。不只是我,在我认识的朋友中,有相当一部分人被舆论困扰着。我坚信我们每个人都是值得被爱的,我们在世上都是必不可少的存在。海明威说,生活总是让我们遍体鳞伤,但到后来,那些受伤的地方一定会变成我们最强壮的地方。难过的时候戴上你的耳机,播放你喜欢的音乐,骑着车,风中的你心情会好很多的。最后分享阿尔贝·加缪的一句话——重要的不是治愈，而是带着病痛活下去。

我想起了自己为了梦想所付出的所有努力。欧·亨利说，人生是个含泪的微笑。就像比尔·盖茨的那句话——这个世界并不在乎你的自尊，只在乎你做出来的成绩，然后再去强调你的感受。社会终究还是残酷的，使我们不得不低下头来。我并不是个成绩优秀的人，可能我也并不聪明，但我坚信我可以通过拼命努力来改变这一切。人生不能止步不前，梦想值得去争取，我今天的生活，绝不是我昨天生活的冷淡抄袭。人生不只是坐着等待，好运就会从天而降。就算命中注定，也要自己去把它找出来。所谓好运，就是足够的努力和充足的准备遇上了合适的机遇。未成质变，那就是量变不够。和很多同学一样，我一直期待自己的成绩能好点好点再好点，一直因为一塌糊涂的成绩焦虑着。看着那一大堆已经写完了的作业，再看看连续退步三次、惨不忍睹的成绩，心里万分压抑。高考的脚步越来越近，而我不会的很多，错的很多。身边的人也送来了各种安慰，尽力就好，不是所有的付出都会有回报。命运总是不如愿，好在我并不脆弱，还不至于倒下。在心态崩溃的状态下，我观看了于良艳老师多次推荐的电影《生活大爆炸》。里面有句台词是这样的：不是所有人都能功成名就，我们中有些人，注定要在日常生活的点滴中寻找生命的意义。

岁月不堪数，故人不知处。在这座小城，我喜欢一个永远都不会有结果的人，我丢失了最好的朋友。很多人都觉得我和她只是小打小闹，但我是真真切切地弄丢了她，直到现在，我还是会想她，她的照片我一直夹在床边的网格书柜上。总觉得，她一直都在。刚绝交那时，我总是幻想，我到家就可以收到她的消息。我尝试用各种方法和好，现实却告诉我，我已经是她的过去了。曾看到一句话，如果你频繁地梦到一个人，就说明那个人正在遗忘你。我希望，她可以开心快乐健康幸福，和她有关的回忆与幻想也许不会消失，就放在那里吧。铁凝说，我们都太喜欢等，固执地相信等待没有错，美好的岁月就这样一日又一日被等待消耗掉。我们总是会忽略已有的，忽略当下，失去的东西被时光盖上尘土，再提出来，回不去的往昔岁月竟能让人失去理性。泰戈尔曾写下这样一句话：如果你为错过太阳而流泪，你也将为错过繁星而黯然神伤。看看你身边那些爱你的人，你会发现，你从不是孤身一人。不乱于心，不困于情。不畏将来，不念过往。如此，安好！

"你以后想成为什么样的人？""什么意思，难道我以后就不能成为我自己了吗？"在这座不尽如意的小城里，每个人都羡慕着别人，每个人对每件事都有着太多、太复杂的顾虑,每件事都受各种因素的限制。《饮食男女》中有一句台词:人生不能像做菜,把所有的料都准备好了才下锅。时光的沙漏里,细沙流走的是光阴;淡淡檀香里,袅袅燃尽的是光阴。如果每件事都算来算去,那么等到想明白,可能就来不及做了。没有人能预测未来,所以总有人在后悔当初。每个人都会心累的啊,活得纯粹些不好吗?这世上只有一个我,我不用成为任何人,我只需做好我自己,为自己而活。我对未来的我有规划,有期待,我也坚信我能做到。周国平说,一个不曾用自己的脚在路上踩下脚印的人,不会找到一条真正属于自己的路。我认为,一个人最悲催的是,因为某些无关紧要的人而丢失了自己。当一个人不再为如何给别人留下好印象而发愁时,这个人已经成长了。

仔细看看,这座城有很多可爱的人。一直不离不弃的鹤鹤,一直信任我的洛九,每周五互通信件的晴晴,始终双向奔赴的橙子,互相鼓励的暖栀、静静子、决明子,未曾离开的奶柒、荞麦、青山、乐乐、一凡、窦窦、凡哥、乔木、Jack、阿水、小软、王彧、轩轩、婉婷,话狠但又很铁的老金、晏飞、杨俊,给我暖心安慰的瑶瑶、萍萍,还有未曾谋面但一直陪伴着我的芯婷、莹莹、瑞瑞、格子、许诺、一楠、山谷,以及2020届高三七班的六位老师和《葡萄园》的两位老师。很庆幸能遇到你们,谢谢你们不嫌弃不够优秀的我。

莫言说,世界上的事情,最忌讳的就是个十全十美,你看那天上的月亮,一旦圆满了,马上就要亏欠;树上的果子,一旦熟透了,马上就要坠落。凡事总要稍留欠缺,才能持恒。

这座小城并不完美,但它有它独特的美。

(2021年4月6日,总第186期,第一版)

青春未满,成长将至

申园园

"天是要下雨了吗?""但是预报没有雨呀!""或许天气有变吧。"

低沉的天空似要碰到楼顶,又仿佛伸手可以触到云朵。

我们的未来,在别人的叙述里,若有似无地摆在眼前。却在伸手触碰中,碎了一地。

幼年时以为,长大后可以为所欲为;少年时以为,我们可以光芒万丈,可以所向披靡;后来才知道,活着本身就已极其不易了。

生活就是一杯白开水。你给它什么形状,它就成为了什么形状。可你一旦往里面添加了东西一经投放,永难撤回。于是,我们开始在寻找中遗憾,在遗憾中慢慢领悟。才发现没有一种饮料能够喜欢一辈子。只有那杯白开水,在最初的氤氲里,有了情感的升温。

小时候喝水,没有滋味的总是不爱。我们看到形形色色的人,拿着各种各样的水。我们眼花缭乱,头晕目眩,羡慕至极。可是那些人,在我们还没有清楚地看见他们时,就告诉我们,你们太小了,只可以喝白开水。可我们的目光,总是紧紧盯着他们手中不同形状、不同味道的水。于是长大,成为了很迫切的事。

稍大一点的时候,我们开始给手中的那杯水,变幻成不同的形状。偶尔还可以尝一尝甜的水或有一点点苦的水。总之味道挺单一的,可心里有东西开始发芽了。我们开始想要挣脱束缚,我们开始想要走出所谓的牢笼。开始横冲直撞并且乐此不疲。

可到了如今呢?我们已然知道有所束缚的生命的常态。保持内心的丰富才可以摆脱生活表面的相似。我们见识了许多形状的水,或狭隘,或宽宏;我们品过了许多口味的水,或甘甜,或苦涩。但更多时候,是各种各样的交织,是无法形容的悲喜。个中滋味,必须自己一一体味。

到了成年的十字路口,我们该怎么办呢? 又不能中途退场,连中场休息都是一种奢望。你手里是否还端有一杯水呢,它是什么样子的,它是什么味道的呢?我们总是给倒掉,又给盛满,生怕那杯水不够好。所以端着的那杯水开始拿不稳了。其实,这杯水如何,能怎么样呢? 反正杯子在自己的手里呀,总能接到水的。口味变了,换一杯就是;暂时换不了,你且认真品品,总归是能够解渴的。

我们的生命本就不会一成不变,更何况,成长将至,但是青春未满呀。我们也不可直接戴上大人的面具,不然,岂不是很滑稽呀?不如当一个安分的小朋友好了。在不停止的脚步里坦然接受成长的洗礼。

关于亲情、友情、甚至于爱情,我们都要保有绝对的理智,不伤人亦不伤己。夕阳西下,也预示故事新的开始。晨光熹微里,也要看见一切的终极。各类的情感之于生活,就好比盐溶于水,饮者知咸,却不知何者为盐,何者为水。得过且过是一种智慧,不庸人自扰,自陷其中。生活是一场关于孤独的修行。而"慎独"是生命的另一种升华。

青春未满,成长将至。我们有大片的留白可以书写,却在提笔的那一刻晃了神。

"天要下雨了吧!""下不下有什么关系,反正生活总要继续呀。"

它并不耽误,操场上,少年挥汗如雨后,大口灌着可乐;也不耽误,房间里,少女看完手机,爽朗的笑声;更不耽误,在教室里的我们,埋头刷题。当风轻轻吹过发梢,青春有了具体的形状;当故事开始酝酿,烈酒已然飘香,三三两两的人,又是新的青春。

如果我们可以接受白开水的看似普通,甚至于平庸,也就能够拥有它的无限可能。如果我们可以接纳这样的自己,也就能够享受生活中突如其来的惊喜。

高考这场没有硝烟的战争,已至高潮,它的结局就要浮出水面了。如果没有打算放弃,就一定要坚持到底。远方已然让我们产生向往,目标已经让我们心生期待,选择踏上征程,就要不顾一切。相信你有走到最后一刻的勇气,也有逆风翻盘的魄力。最后无论是顺流而下,还是逆流而上,只要你可以接受,就没有什么不可以。假如你是沉默的,连海水也会停止喧哗。而你手中的那杯水,什么形状,什么口味,都不要紧,你喜欢,它就是宝贝。

如果我们的长大,并不能让父母摆脱艰辛,那么我们的成长还有什么意义呢?

号角已经吹响,不经一番殊死搏斗,怎能疯狂生长。

最后愿我所念之人,年年多聚少离散,无病无忧心且宽。

车如流水,马如龙,花月正春风。

　　——附余秀华诗中的片段:

我也有过欲望的盛年,

有过无数身心俱裂的夜晚,

但我从未放逐过我自己,

我要我的身体和心灵一样干净。

(2021 年 4 月 6 日,总第 186 期,第三版)

我喜欢皱皱的书

解筱冰

我喜欢皱皱的书,胜过喜欢光滑平整的书。正如有人喜欢雨后湿泥,有人喜欢新修草地,有人喜欢汽车尾气。

问他为什么,他就说:"不知道,就是一种感觉。"

我喜欢皱皱的书,也是一种感觉。至于究竟是喜欢这样的书,还是喜欢这种感觉,说不清,也许没人说得清。说不清并不等同没有缘由。

缘由是一定存在的,所以人对刨根问底乐此不疲。倘若仅说给自己听,那正如忽然活着,不讲道理一般,喜欢皱书也是无需缘由的;然而写成了文章,要让众人都来看看,那缘由就跟着必要了起来,否则只是胡言乱语,胡作非为,胡说八道。苏轼写《水调歌头》,要补叙"兼怀子由"。故而我之后生,既然出口喜欢皱书,也还是补叙缘由为妙。

书皱,则必然翻过;翻过,则必然布满指纹。指纹独一无二,人尽皆知,那布满指纹的书,也顺理成章"独一无二"起来。这样的书,不同于孤本不同于绝版本,仅是听起来好似无甚用处的"我本",每一页都盖了名为"我"的章,每一页都是痕迹四见的犯罪现场。独特并不总很好,这种却无疑是好的独特,好的独特便能引人喜欢。一部书,印出来成千上万本,不幸被我挑了一本出来,由是成了"我的书"。喜欢我的书,自然胜过旁的书,于是自然喜欢皱的书。

有的书皱,声音好听,翻起来哗哗响,颇有些飒爽侠义味道。有的皱的却是翻得久了,再也哗哗响不起来,软塌塌极好拿捏,翻也不费劲,压在许多书下面,拽出来封皮都掉了。于是包上书皮,写上书名,自己装帧设计,书重又新起来,重又有笔带来的墨香。

诗云:"清风不识字,何故乱翻书。"如若春风翻动书页,沙沙作响,因皱而更嘹亮,纵使隔着间屋子也听得清。喜欢清脆的皱书的伴奏,于是自然喜欢皱的书。

　　书皱,则必然有古老的陈香。与我相仿年纪的那些皱书,油墨味道散尽了,曾经吃的小笼包汤水淋漓洒在上面,翻动起来还有陈年的经久的奇异的饭香。又或是过去的我读到某些情节,感动得落下泪来,在书上留下皱皱的痕迹,凑近了嗅闻,还有淡淡的咸味。有的书放久了,吸足了露水,翻开来扑面是一股潮气;有的书掉在床下,积了比书还厚的灰,多年后翻出来,冲鼻是一股尘气。喜欢皱书千奇百怪的香气,于是自然喜欢皱的书。

　　书皱,不言自明年代悠久。小时候读过的小人书、童话书、漫画书,翻开脆脆的纸页,上面经常有这样那样自作主张的插图。插图作得丑,孙悟空浑似猪八戒,林黛玉成了伏地魔。

　　后来竟学会了写字,从此改在书上作批注。荧光笔装模作样地划上几道,再添一两句读后感,如今观来透着傻气。于是煞有介事地在模糊字迹旁补上新的心得,既为头脑的成长自满,亦为过去的无知赧然。喜欢回首与旧时光对话,于是自然喜欢皱的书。

　　书皱,不是什么书都能皱。皱书的种类多有不同,小说皱得最多,因为情节环环相扣,直教人手不释卷,吃饭捧着,睡觉抱着,洗漱时远远观望着,书们饱受摧残;诗歌皱得最少,因为诗歌字少,字字句句须得细细揣摩,一首琢磨一天,读完已不知猴年马月。皱书都有趣,读多了才皱。钱穆先生的书精彩,简装封皮压不住皱页;费老的书有趣,翻开精装封皮净是洼坑;卢梭大喊冤枉,说他的书哪里没趣?可惜可惜,断续读不下去。看一个人的书架,不看书有几多,但看哪些皱得多,哪些光洁如新,便可一窥书主志趣爱好。装或不装。

　　书皱,一望而知着一种精神。大凡世间万物,人们都觉得新的最好。说"旧的不去,新的不来",是宽慰新的更好;说"爆竹声中一岁除",是恭喜新年到来。什么都是新的好,唯书愈旧愈厚重。只在书上,人不再喜新厌旧,而是"喜新喜旧",从一而终。我想这是种精神,是鲁壁藏书,是囊萤映雪,是从竹简流到宣纸,源源不绝流到如今的精神。喜欢捧着皱书的长情的人,于是自然喜欢皱的书。

　　皱书里常有一种小动物,浑号书虫,它也喜欢皱皱的书。我所言书虫,并非衣鱼,衣鱼不仅吃书,还吃衣服,吃树叶,长相丑恶,是贪心的坏虫。我所见书虫,至今不知真姓大名,只觉得是一种好虫,因它藏在书里,却并不蠹书。也许它蠹了,只是我不能瞧见,不然它何以那么白?要想给这种书虫定罪,只需做一本黑书,若是虫也跟着变黑,那必然偷吃了书。书虫是虫,渺如尘埃,却蜗居在人类最伟大的智慧里,一本本地吞吃,耗尽全部生命而在所不辞。在这方面,人竟然和虫一样卑微却痴心十足!故而不管它究竟可不可恨,我见了书虫仍随手捏死,这叫同类相斥。

我打不过水,而书皱往往是因为喝饱了水。谁说的"水善利万物而不争"?在占有书这方面,它比任何书虫都贪婪!无法,我只得同水分享皱皱的书。书吃饱了水,就遵循木头的本性,皱出它的本相,皱得像是饱经风霜的沧桑的脸,皱成一张张雪白的树皮。

每一本皱书,都是一本裹着岁月的树皮。

(2021 年 5 月 6 日,总第 187 期,第二版)

告　别

白　芷

就此告别吧，即使再留恋，也不要停留。

一

我在灵璧一中七年了，在夏天遇见的就在夏天告别吧。

还记得七年前，我坐在电脑前等待分校消息，心里默默祈祷着一定要在一中。那时的我对一中有着莫名的依赖，六年级时也总幻想着，红墙另一边的校园里会有什么样的风景。我至今仍记得，第一次背着书包以一中学生的身份进入一中时，踏进校门的那份喜悦。初中三年的我还甚是任性冲动，做过许多错事，说过许多让现在的我后悔的话。四年前，我以高中生的身份再一次踏进这个熟悉的校园，进门后的方向也由向左变成了向右。高中三年的我慢慢地知道了我想要的是什么，知道了自己想要成为什么样的人。一年前，我再一次选择了一中。我这个人啊，很念旧，更何况，一中还有葡萄园这么美好的地方。

这七年，一中予我遗憾亦予我惊喜，给我带来了万千风景。学校超市的货架仍在不断更新着，以后的超市和食堂会是什么样子，我已经不能常常见到了。学校附近常去的几家店，早就和店里的人打成一片，以后也不会再经常去了。这七年我在一中经历了很多，所有人、所有事都使我不断成长。知交零落实是人间常态，能够偶尔回忆起，哪怕是曾经让我痛哭的事，心里也会有一丝柔情。七年如梦，转瞬即逝，真到了告别的时候，突然又伤感起来。纵有千古，横有八荒；前途似海，来日方长。一中和我，都会越来越好。

小道的落叶和花香，操场的微风和阳光，校园的春衣和银装。虽暂时告别，也期待着下一次遇见。

二

终于可以结束这种生活了，这种每天数着日子过的生活。

很多人问我,复读累吗?怎么可能不累。之前阿水说,上一年高三可真够少活三年的。那我觉得,复读一年可得少活六年。一开始觉得,复读的这一年和高三一年没什么差别,都是每天背书做题,都是从必修一开始一点点复习。后来我发现我错了。这一年,总是有一种无形的压力让我喘不过来气,总觉得自己太菜太垃圾(好像事实也确实如此),总觉得未来很迷茫。累,每一天都很心累。记得上学期有一次考试,考试的那两天晚自习我都在哭,对答案的那两天我还会哭。成绩出来了又哭。一次考试,我连续哭了六天。我不想哭,我一直认为哭就是懦弱,哭就是退缩,可是我忍不住。不知道大家有没有体会过躺在床上,一只眼睛里的泪水流进另一只眼睛的经历。高考的脚步声越来越清晰,身边也有一些人开始心态崩溃,每天不知道要干什么,忙活了一天觉得毫无收获,甚至还会通过撕试卷来发泄。这都是常态,太多人输给了情绪和心态。高考的压力确实很大,不妨吹一吹晚风,看一看落日,听一听歌。哪怕一天看了四十四次日落又有什么关系呢?生活总是要继续下去的。

我总是很在意别人怎么看我,总是忘不掉之前的一些经历。没必要拿别人的错误来惩罚自己啊。我要告别这种生活,站在新的起跑线上迎接新的开始。凡是过往,皆为序章。是时候把回忆封在魔盒里了,我要开始新的生活了。

生活原本沉闷,但跑起来就会有风。

三

说实话,我不喜欢现在的我,这个自卑到极点的我。都说每个人都有故事,没有点特殊经历的人是不存在的。但我所经历的事,确实是让我变了很多。

之前鹤鹤对我说,"他们说什么做什么,都不该和你有关。"是啊,我也无数次对着镜子问为什么是我。可确实是我啊,他们针对的人就是我。我变了,我开始控制不住自己的情绪,开始莫名其妙落泪。开始封闭自己,开始敏感多疑患得患失。道理我都懂,可是我还是输给了自己。我知道没必要拿别人的错误来惩罚自己,可我学不会放下和释怀。每次有人离开,我都会觉得是我的错,是我不够好才会有人不要我。通过葡萄园我也认识了很多人,有的会经常联系,有的消息记录很久没有更新。但是他们每一个人来加我我都感到万分荣幸:看来,我也并不是一无是处。

曾经我爸说我其实可以不要那么封闭,曾经一个朋友说我脾气怎么那么奇怪,曾经一位老师说其实没有人对我感到失望。我不想再自卑,不想再社恐,我要告别曾经的我,做我喜欢的事,成为自己想成为的人,给自己想要的生活。

一切都会好的,不只是我,大家都会越来越好。所谓加油不是说一定成功,而是想说,人生不止于此,一定要一直走下去,未来可期。

没人规定一朵花必须长成向日葵或玫瑰。季节总要走向金黄,少年也终将成为宝藏。

四

虽是告别,但对未来也有些期许。

我一直在遇见许多可爱善良的人继而又不得不暂时告别。他们既脚踏实地,又仰望星空,既向往着随处可栖的江湖,又拥有追风逐梦的骁勇。与君同船渡,达岸各自归。此去前程似锦,相逢依然如故。庆幸相遇,无憾离别。百世可乐,万事芬达,祝你们也祝我。

人的一生会经历无数次夏天。我想,应该不会再有哪一年,如今夏一般,如此可爱,如此让我不能释怀。我期待着和每一个人的每一次见面啊,不只是和我一起毕业的他们,还有未毕业的你们。我遇到的学弟学妹们也都是很温暖的人。

千百万个人,千百万个夏天,相同的只有告别。那就好好告别吧,这不是遗忘,更不是失去。告别一中,告别这个小城,告别以往的生活,告别曾经的自己。重新收拾行囊,继续向着梦想和未来前行。

我不会离开,希望你们也是。

(2021 年 5 月 26 日,总第 188 期,第二版)

一路向南

葛　娜

"我是一个任性的孩子,我想涂去一切不幸,我想在大地上,画满窗子,让所有习惯黑暗的眼睛,都习惯光明。"

8 月 8,距离高考结束整整两个月,立秋的第二天,我踩着夕阳的影子,牵着喜欢的人的手回家,把故事都放在了这个夏天:高考、教室、黑板、五三……保安叔叔还是不让我进校园,就像当初我拎着奶茶一样,可现在的我涂上了一点点淡淡的口红。突然专注于生活,小城的晚霞格外地温暖,高三的晚饭时间偷偷看过许多次,粉色紫色红色黄色,走在落叶的路上,向往晚霞后的世界,逐渐等待着日落,第一节晚自习下课后,迎接世界的漆黑。

我的高中生活只有甜和咸,充满了迷茫和无助。仿佛穷极了三年去寻找自己是一个什么样的人,走出办公室的门,总觉得错付了时光。办公室门口的文竹潇洒成长,狼狈不堪。现在想起自己故意填错答题卡大幅度退步去证明些什么就心觉搞笑,最后无论怎么提分都无法提高的报应无力。我是不愿回忆高三的生活,虽然高三拥有许多的欢声笑语,老师在努力地调节气氛,家长也在协调工作陪伴我们,但我讨厌各种苍白和无力的试卷,我讨厌晚自习操场上寂静无人抬头连星星都看不见,路灯下自己的影子太落寞,内卷化与虚伪交杂一起的气氛让人窒息。大抵是失去了对生活的热爱,我郁郁寡欢,整夜地失眠。我渴望去北京上海。我想去故宫,我想看北京的雪,想裹着棉衣去找树上的冰琉璃,我想陪着闺蜜去吃甜蜜饯儿;我想去东方魔都,我想听上海的声音,我想一览上海的夜色,去找开瓶器和注射器,我想牵着他的手在外滩散步,我想投身于热爱的城市在热爱的领域拼命付出。憧憬着上海的车水马龙高楼耸立形影匆匆年轻活力,憧憬着累瘫在地铁里的生活,焦急着呼吸上海的金融空气。我坚持着,努力着,挣扎着,我像一只痛苦的小兽,想离开三点一线的生活,我想离开安徽,投身于一个崭新的城市,憧憬高考后的未来。

最后。

我留在了安徽。

世界上只有一个太阳，只有一个月亮，在同一片天空下，脚踏同一片大地。

我没有去北京上海，因为分数在北京上海选择大学会亏分，211的名声还是让小县城的我心动了，因为211学生考研究生会有优势。很多报考志愿组都说安大是我最好的选择。在现实与梦想面前，我选择了听取别人的意见，偶尔晚上看到上海的魔都视频还是黯然伤神，看到老番茄的视频大声喊着财大nb内心也在挣扎自己要不要再来一次。我的男孩在上海，我的闺蜜在北京，我曾在无数个夜晚醒来看着毕业留影在思考，大口喘气大口呼吸，我在想，为什么自己不能多考几分呢？为什么自己不能再踏实一点呢？都是空话，遗憾的事情为什么叫遗憾，因为无法弥补。无法弥补，我只能接受，在未来改变。期待又畏惧大学的一切，站在合肥的四岔路口，低头看着影子的移动，虽然孤单，但是温暖依然在。如果拥有时光穿梭机让我回到高三开学的那天，我会告诉那个女孩，做自己一切热爱的事情，哪怕未来不是想象中的精彩。我第一志愿写了安大，很遗憾，很不开心，但是不后悔。

一个人不幸福一段时间后，下一段时间一定会特别幸福。穿上自己喜欢的小裙裙，吃甜甜的蛋糕，涂着淡淡的粉，盛夏的小城，流汗都很棒。结识了一个可爱的妹妹，拥有了人生的第一桶金。和喜欢的人一起学了吉他曲，考了一份驾照，重新找到了书法的感觉，做了人生的第一份烧鸡腿，来了一场预谋已久又说走就走的旅行，烫了一次看不出来的卷发，喝了一次酣畅淋漓的酒……意外收获太多惊喜，温柔的晚风吹走了好多好多的不开心，假期是葡萄味的，西瓜味的，和爱你的味道。升学宴的时候，丢弃了内卷化的我们拥有的欢声笑语数不胜数，抛开了未知和压力的我们彻底拥有了自由，来一场夜晚的撸串，喝一瓶有点烈的酒，小伙伴们，快失去的时候才觉得弥足珍贵。来合肥的那天，我们已经不知道什么时候可以再聚，嘿嘿，不能做高四同学吧。

所爱隔山海，山海皆可平。

所念隔星河，星河皆可及。

8月23日，合肥天气阴。上海天气晴。北京天气晴。闷热的空气里多了一份焦急，结识了大学的三位舍友，把自己的信息完完整整地填在安大的官网上。耳机里循环播放陈奕迅的《阴天快乐》——

"听阴天说什么,在昏暗中的我,想对着天讲,说无论如何,阴天快乐。"

刚刚接到安大招生办老师的电话,"请问安大是你的第一志愿吗?""是的。""那恭喜你了。"还记得八月初接到了一中老师的电话,"有没有意愿复读呢?""没有。""那祝你大学愉快。"劝我复读的人太多,每一次我都会心动,但是我确实畏惧高四的生活,我害怕一个人在孤独的时候走在人群拥挤的街头。或许高四也不是想象中的狼狈,或许一年以后我可以去念上海的大学,去找我的男孩……但最后我还是选择离开吧。2020 年下的第一场雪我发了一条朋友圈,"明年冬天我就不在这座小城了吧"。当悲伤大于快乐的时候,人们往往会选择改变现状。未来可期吧,毕竟前方有爱的人在,在不久之后的新的大学生活会有属于我的精彩。我热爱着生活,还有音乐和麻辣烫。

纸短情长,不够优秀的我依然被老师们帮助着,被同学们喜爱着。小城留下的美好回忆大部分是同学和老师给予的,会因为一句话而感动不已,会因为看到了彩虹欣喜若狂,会因为一个背影而恋恋不舍,谢谢你们接受与理解着不完美的我,也或许生命便是如此在你们陪伴我的同时我也在悄悄地长大在悄悄地失去你们,幸好我还有那段回忆那段不可磨灭的记忆在支撑我幸福快乐着。所以,我还是很幸运的女孩子,我的快乐远大于悲伤,我的幸福远大于不幸福,在最悲伤的时候一定一定要相信一句话,这一段时间不开心下一段时间就一定会开心的。

"想过离开,当阳光败给阴霾,没想到你会拼命为我拨开。曾想过离开,又坚持到现在。熬过了那些旁白,那些姿态,那些伤害。"

(祝 29 班的老师们永远年轻永远热泪盈眶。初三毕业班的张愉昕妹妹要加油哦!)

(2021 年 9 月 6 日,总第 189 期,第二版)

闲　话

胡启蒙

记忆里仍是那个喧嚷的午后。

热气扑面而来,恍惚着望过去,灼目的白光炙烤着柏油路旁的草木,大汗淋漓的人群,还有紧抓着透明笔袋的手,未脱稚气的面庞。

被按下静音键的画面是考生挤在走廊下或是车库里交谈的样子,又在某个时刻涌去同一方向。镜头摇摇晃晃着拉远,定格,静默而忠实地记录下少年们张扬而恣意的笑容。

校门外人声鼎沸,婆娑树影后是红霞满天。

——我们毕业了。

一

其实早在去年,大概是十一月伊始,就存了写点东西投回园子的想法。可高中毕业后刚步入大学生活的我确是有些茫然无措的,屡次下笔,却又不知所云。

彼时我刚走出晚修结束的机房,就被走廊窗户灌入的夜风浇了个透心凉。扯着书包带子慢吞吞地顺着人流下了楼,又从自动贩售机里拎了瓶阿萨姆。

上次我妈打电话过来说家里降温了的时候,我还在穿着短袖撒欢儿,直到那天才迟钝地意识到深秋已至。许是当夜风大,仰脸看去的夜幕仿佛不掺丝毫杂质,是纯粹的黑。

南方的风倒是没那么凶巴巴的,迎面将打卷的发尾吹得扬起,使人不自觉放空思绪。正如每一个熄灯后趿拉着凉拖去阳台晾衣服的夜晚,远处是万家灯火,再抬起头,繁星满天,月色皎洁。

回寝室的路上,灯光篮球场传来跑动时鞋底摩擦地面的声响,身边有刚从图书馆出来抱着书本匆匆路过的女孩子。在那一瞬间突然意识到,于我而言,那个小城的学生时代已经一去不返了。

尽管我的高中三年堪称命途多舛,周周转转待了三个班,这种颠沛不可避免地消磨掉了我对这所学校的归属感——这导致毕业时的我内心几乎没有什么波澜,不如说,更像是一种解脱。

毕竟让我怀念的只是高中校园无法被取代的特有氛围,那些双向奔赴的友人,以及那个也曾抹着眼泪咬牙做题的自己。

高三最后几十天的时候,被堆积成山的模拟卷压得喘不过气,很多次在晚自习借着上厕所的名义跑出班散心。甚至有一回吃完晚饭后站在楼底下,我跟后桌那个全班第一的女孩子双双对视了片刻。

我:"……你想去上课吗?"

她:"翘了吧。"

我们枕着臂弯躺在空荡荡的操场中央,安静地凝视着初夏穹顶渐黯的天色。夜风裹挟着未散尽的暑气扑在脸上,两个人絮絮地说了很多。

谈到自己喜欢的人,谈到自己的不安与焦灼,谈到那个已近在咫尺却依旧蒙着迷雾的未来。

但在四十五分钟的任性和放纵后,终究还是要回归现实,在那个白炽灯下刺眼又压抑的教室里坐定。翻开充斥着劣质印刷油墨气息的卷纸,深深地叹了口气,将思绪重新投入到题海,动作机械地奋笔疾书。

数学这门学科真的很折磨人,至少对我来说如此。在我总算意识到自己该好好学习的时候,只能茫然地面对自己破破烂烂、根本构不成网的知识体系,而它轻而易举就能击溃我脆弱的心理防线。

因疫情延长的那个寒假,我在家里被摁着刷了几千道数学真题。在几经周转还证不出立体几何大题时,在算过五遍压轴题得到了五个截然不同的结果时,我都会忍不住一边哭一边开始下一次验算,气自己无可救药的蠢笨和愚钝。

最后的结果算不上多好,但起码原本38分的数学在高考没有拖了后腿。116分,很平常的数字,但也是我这个数学废物为它付出过心血的证明。

处于高中的最后一年是天昏地暗的,每天两点一线地折腾,在穷冬冷风里跑到外面背过英语单词,也在夏日炎热中擦着汗闷在教室里安静刷题。时间在这样日复一日的身心俱疲里流逝,有时苦中作乐地聊聊天,带上MP3塞着耳机听纯音乐,独自一人时也有很多次不知缘由地崩溃大哭。

但当一切化为过往烟云,再回过头看似乎也就那样。无数画面在脑海定格,盛夏蝉鸣弥漫着斑斓色彩滞留在无法回溯的过去,而我们拖着长长的影子挥手作别,仍要继续向前。

二

不过我必须得说,无论家长还是老师,说大学就轻松了这种话……全是诓人的,明明是才出龙潭又入虎穴。

创新创业课的小组作业有几千字的商业策划案,近三十页的 PPT,做完以后还要在课上路演。含着眼泪一啃再啃塔尔德的《模仿律》,绞尽脑汁把两千字的学术著作读书报告赶出来。半夜在寝室里开着电脑琢磨 Ps 和 Au 的操作要点,卡着交作业的点把一堆文件打包压缩提交到平台。动漫社 cv 部五月份还有上台表演的节目,交完试音要跟部门的大家磨合练习。昨天校拔河队体训前的体育课刚测完了八百米——是的,大学每学年都有体测,项目比中考还多。

而且我永远猜不到班里还会有什么乱七八糟的琐事在等着我,加上调休的补课,只觉得自己每天坚持起床上课都是一件极其痛苦的事情。

大学的确没有高三那样沉重的升学压力,但赶 ddl 是人均常态。上学期全寝一起晃晃悠悠考过了英语四级,然后期末周连夜挑灯苦读专业课的书,生怕自己绩点太低。总之我从小到大唯一没有变过的念想就是……炸学校。

不过平心而论,尽管忙成了个陀螺,我在学校大多数时候还是活得自由而快乐的。很大一部分原因在于山高皇帝远,不会再有长辈天天到面前管束说教,所有的课余时间都归自己支配。

每逢周五晚上都是寝室例行团建时间,四个人抱着零食饮料缩在同一台电脑前看鬼片。淡定嗦火鸡面的我经常会被人怂瘾大的室长猝不及防地扒拉一下,反而被吓了一跳。

周末搭公交时坐反过两次车……还是一站到底的那种。此前几乎从没晕过车的我生无可恋地缓缓蹲下,在室友的欢声笑语里抱紧路边的灯柱。这大半年来,我们一起去博物馆安静观赏留影,逛商场拎着奶茶蛋糕到处窜,玩密室逃脱被吓得吱哇乱叫,窝私人影院撸老板养的可爱猫猫。

眼下也能放心投入精力做自己喜欢的事情,一头栽进乙游坑后沉迷写同人文。上课之余,我有许多时间可以多读一些书,并且慢慢构思打磨脑海中浮现的故事,总算感受到了码一篇文动辄万字的快乐。

从去年年底到现在见缝插针地写了十几万字,在老福特为爱发电,用心产粮,也被一些读者喜欢。还跟同坑的朋友一起制作了完成度相当高的原创同人曲,我在策划和填词之余参与了部分作曲,过程中也学到了新的东西。

所以大学生活是开放包容的,即使它其实并不轻松,也可以努力过得充实而有趣——毕竟也不能完完全全打破你们对高考后美好生活的幻想是吧。

三

这段时间断断续续想了很多,比如逐渐平和地接受了自己不过是大千世界的一介庸人,与前十八年那个纠结而稚拙的自己和解。不如意事常八九,可与人言无二三。

在这一路上,许多事情都仓促结尾,连带着我七零八落的情绪杂糅在一起——或许还有那么一丝转瞬即逝的怨怼,但很快就会觉得自己这样着实不堪,将想法修正扳回原轨。

而后被时间这股洪流挤压着推搡着,又不得不继续向前拥去。

那个枯萎、凋谢并渐趋腐败的过去却仍能滋养新生的我,汲取来时路上的勇气与希冀。

不可否认的是,我是一个在思考时感性远远多过于理性的人,这也就意味着我必须要依靠着某些美好的人或事——姑且统称为精神支柱,才有动力好好生活下去。

尽管回顾我十五六岁时的少年时期,那种热忱而执拗的喜欢,以后也再不会有了。

时至今日,我依然是一个无可救药的浪漫主义者。我爱馥郁芬芳的玫瑰丛,爱荆棘丛生的朝圣路,也爱求而不得的意难平。

如今同样还会困囿于沉没成本,不受控制地回望来时路,遗憾于已错过之人事。

但总归学会了沉默和克制,各人的悲喜永远没有办法被完全共情,理应清扫自家门前雪。翻来覆去的碎语只会惹旁人厌烦,没那么多人在意你究竟在为了什么而挣扎苦痛。

我是一个固执到甚至于有些偏执的人,遇到喜欢的歌曲不厌其烦地单曲循环,合胃口的零食没完没了地回购,得到共鸣的书籍翻来覆去地重读,所以对待在意的人同样可能一味自我感动地投入。

但在努力积极生活的同时也想通了许多事情。无论愿不愿意,我们总会经历一次又一次的分别,消沉颓废也什么都改变不了,倒不如把握当下,好比某个深夜我在一篇文里敲下的一段结尾——

是啊,温蒂总会长大。

但彼得·潘依旧记得曾经的一切,那些都是无法被时间抹去的烙印。

这样倒也并不算遗憾了吧。

至少,他们曾经也很近,很近。

尽力在闲暇时间写完了这篇语无伦次的随笔,只是想到哪就写到哪的产物,希望多少能表达出一些我毕业至今的感想,也希望看到这里的你们——所行化坦途,所得皆如愿。

(2021 年 10 月 6 日,总第 190 期,第一版)

星 星

马蔚萌

我们是天上的星星,我们在孤单地旅行,相遇是种奇迹。

——题记

少年莫惮风雪,迎光共赴明朝

晚自习前的霞光是橘子汽水浸泡后,少年于天光间窥见的仅存心动。在教室内向窗外眺望时,经常会想着两年后的自己是什么模样:会变强大吗?数学会变好一点吗?十六岁的年纪,不算大,心中却装得下那么多毛茸茸的烦恼。

而生活似乎也在这些烦恼交织中缓慢地前进着,一切都是水一样的无波无澜——做数学、读历史、背政治……一日又一日机械地重复。其实这正是作为一名文科生应尽的本分,但要知道,在这样的青葱年华里,我们总是有着乌托邦的愿望,在笔记本上天马行空地写下一行行独属于自己的白日幻想。这时就会很庆幸,班级里那些每日限定的小惊喜——或许是冬日里一杯意外的奶茶,或许是数学不考试的"喜讯",抑或每每引发他班欢呼的一句"明日休息"。十六岁的年纪,不算大,一个小确幸可以让心中一天都流淌着蜜糖。

正因如此,我时常觉得很幸运。30班真的是一个很温暖的班级。记得还在32班时,Jackie说:"相遇是一种缘分,不论是对我,或你们。"我一直坚信这句话。我们每个人都像星星,在自己的道路上前行,在高中的这三年航线交遇,在彼此的人生中留下痕迹。无论是课堂时因飞飞子再次跑题而失笑,还是课间时为慧慧的酷girl形象而开怀,心中总是一笔又一笔地被镌刻下印记。少年向来肩担清风明月,眼中容得下过去,亦承得下未来。当我一次次的因老班的"金句"而跟着憧憬未来,当我一次次的为"权威"的踏实刻苦而自勉,当我一次次的被hx的珠玉词章惊艳,我总会意识到——这万里长路,终究不是我一人踽踽前行。于是会勾起更多回忆：第四节课后关于晚饭的讨论，临交作业时紧张的氛围，还有考试后因心情压抑失控时得到的安慰。海子曾写道："你说你孤独，就像很久以前，长星照耀十三个州府。"我曾一度认为我对这句话已感同身受，但回首一看，发现这里总有人因我而来，懂我心事，不让我孤独。所以真的很幸运啊，与你们相遇。高中生活或许并不容易，甚至苦涩，但祝愿满怀希望的你们，为自己添颗糖，然后所向披靡。

追风赶月莫停留，平芜尽头是春山

这些天又读了些关于读书用处的文章。随着年岁增长，逐渐的，"读书有用"，似乎于我来说，已不仅是幼时大人们耳提面命的教导，而是一种心灵认同。读书究竟有什么用？现实中对这个问题的讨论一直经久不息。以前很认同的说法是"无用即为大用"，但仔细咀嚼，又深觉这句话太深奥，不能真正地领会其中意味。后来偶然间读到一篇文章，其中有一个观点至今仍很喜欢——智慧共享。其实，我们每个人都是一个平凡的个体，但通过书有幸感受在历史灰烬深处的余温，触摸到蕴藏于纸墨之间的人文力量。书，就像在网络时代的风雨长亭，凝望疲敝的人文古道，难舍劫后的万卷斜阳。茨威格在《人类群星闪耀时》中，向我们展示了 12 个决定世界历史的瞬间。这种极富戏剧性并且生死攸关的时刻，在个人的一生和历史的进程中都是难得一见的。但仅从这本书中，你就可以从不同的时代和领域，回顾那些群星闪耀的一刻，它们宛若星辰一般永远散射着光辉。它们告诉你，历史犹如人生业已失去的瞬间，不会因为抱憾的心情而重返，仅仅一个小时所贻误的东西，用千年的时光也难以赎回。历史因为文字，在书页间留下厚重的震颤；河山因为文字，在书页间留下安坐的凛然；而生命，在心灵与文字的交流中就被给予了一种绵延不绝的精神，渴望不断上升，变得伟大而高贵。

我深信学习也是这样。金老师总是在班里说"奋斗的青春最美丽"，青春这样的时光真的太好，好到你愿意倾尽一生的热情与希望去留下人生中最富色彩的篇章。于此，我常常烦恼于每日的宏大梦想，也深恶于自己的确切平庸；我深知自己未必是块美玉，但我也甘愿通过学习自我雕琢。毕竟北大九月的风，是无数文科人寒窗数载的苦苦追求。

转瞬间，我的高中生活已度过近一半。刚入学时在 32 班扬帆起航的期待，分科时来到 30 班踏上新程的忐忑，在我眼前一一掠过。现在，我仍不知道前路怎样，或许会有悲伤迷惘，但我无惧苦难飞霜，决心要为自己加冕荣光。

最后,对 30 班共同奋斗的各位,在今后的日子,我们"于道各努力,千里自同风"。我相信,两年之后的夏天,我们一定在各自的轨道上飞向更浩瀚的前方,we will get there together.

PS:祝 lyy,zyh,mxy 小朋友在理科的世界里熠熠生辉呀!

(2021 年 11 月 6 日,总第 191 期,第一版)

小湖也拥抱着月光

晏 扬

(1)

下课走出教室,才发现雨已经停了。四下望去,看到大块的青色云朵扶摇于远处的天空之上。换季来得有些仓促,一场雨之后便是秋天,再几场雨之后便是冬天。

可我总是迟钝些,淋了雨,真以为是淋了雨,从不设防紧随而至的季节变换。

从食堂和朋友一起缓缓向教学楼走去,抬头看天,天色渐灰,而那团云朵也偷偷变了颜色。脑袋里忽然想到萱萱的那句歌词"冬天或许不是那么冷吧"。

原来时光流散并非了无痕迹,有时候也会多一些粉红。

早起上课前给自己冲的咖啡,下课时与同学们的几句调侃与斗嘴,还有不同颜色的黄昏,都是生活本身。

山河万朵,盈盈灯火,这些于我,都是生活。

(2)

有时候会觉得自己是个超级学习狂。倒不是说我有什么多么远大的理想,只是有时候有些争强好胜,不喜欢输给别人。

我知道自己是个很笨的人,天分不够,唯有加倍付出,足够努力,才能与别人持平。但在追逐的过程中,我发现有时我可以凭借努力比别人做得更好,于是备受鼓舞,更加努力于学业。

忙碌于学业,不可避免地就会冲淡自己的交际。忙碌是一说,也怪我懒惰。懒得出门,懒得赴约,懒得聊天。总想着忙完这一阵,过了这场考试,再好好聚,好好说。

可等我忙完这一阵,等待我的,是毫无空档期的忙下一阵子。以前总觉得人是过一辈子,现在觉得人是过一阵子,又过一阵子,再过一阵子。

那些朝夕相处,会在时间的风狂雨急中不断风化,切割为无数小小的微粒,在不知不觉中弥散入空气,从此再难以辨别与捉摸。更何况那些无关痛痒的泛泛之交,更是轻易地无迹可寻。

前段时间,忽然听到一个以前的同学已经一段时间没有去学校的消息。虽然几乎没有什么交集,但听到消息时,还会多多少少有些感慨。人与人之间的交集总是远远近近,有些遗憾没有怎么和她说过话,然而在不知觉中,对方就再无音讯。

前路如何,我们都没有答案。毕竟大部分的我们,不过是漫漫银河中的小小尘埃。蚍蜉无力撼树,蚍蜉又何必撼树。

原谅我的无力与短浅,挣扎在琐碎之中,我只能做自己该做的,自己能做的。

往日暗沉不可追,明日散发弄扁舟。

活得近一些,或许才能活得酷一点。

(3)

都说高三的日子很苦很难熬,但有时一想到老师、家人、朋友们给予的温暖与力量,就又有了勇气继续前行。生命中总有许多人来了又走,但总有一些人,与你一同看人间攘攘烟火,看夜空耿耿星河,如同北斗,照亮整个苍穹。

之前和某个人说过:"人与人之间相处就像拆盲盒,拆开一个,天哪他不理解我;拆开一个,天哪他理解我。有时候得到那么一小部分人的关心,觉得自己是被爱着的,就已经很开心啦,谢谢你做我的惊喜盲盒。"所以我始终感谢你们,被我编织了难忘的时光,给了我重新开始的底气与可能。

那个春天的一切都幻化成雨,遥远地灌溉着来日的道阻且长。

(4)

繁琐人间,欣喜相逢。

初次见面,我说春来草自青,认识你很高兴。

现在我要说的是,愿我们明年六月时,夏至荷满塘,乘风且破浪。

距离高考仅剩下二百多天。我希望大家,稳住心态,脚踏实地,我也祝福大家势如破竹,如愿以偿。

明年,我们就会踏上新的征程,去往自己想去的地方,成为自己想成为的样子。

若非群玉山头见,会向瑶台月下逢。

如日之升,如月之恒,愿你们一切安好。

(5)

漫长的冬季,
我也写一封信给自己。
如果可以的话,等我奔向你,
当乌云散去,自会有满天繁星。

(2021 年 11 月 6 日,总第 191 期,第三版)

初 三

张若水

我听说,有人忍痛跑完了八百米,有人上课为了保持清醒掐自己的腿,两个非常优秀的女孩子会每天在彼此的手上写"加油";我听说,去食堂是用跑的,课间是用来写作业的,握着笔的手是麻的……

我听说,生命是用来燃烧的。

"困意永相随"

我们好像习惯了晚睡,习惯了越来越少的假期,习惯了一场接一场的考试,习惯了日复一日的疲惫;我们又好像什么都没有习惯,应对一切仍旧是那么的手忙脚乱。起床时困成一摊烂泥,面对准备好的早餐没有一点食欲,假期缩短时叫嚣着要举报学校,试卷铺天盖地涌来时带着哭腔向老师卖惨……我在一个个寂静的夜晚挑灯夜读,可终究还是败给了时间,表演了个一秒入睡的绝技。

我终究还是成为了一身倦意的读书人,一个高举睡觉旗帜的读书人。我会去幻想这样的场景:太阳升起的时候,我刚好睡到自然醒,踩着朝霞去上学。早自习的时候班里书声琅琅,我精神抖擞,背完政治直呼不够,又一头埋进历史书里。

然而,我必须承认,我虽迷恋那温暖的被窝,但我已然处在冷风之中。

"按时看日出"

"我拼命工作,天天洗澡,不接待来访,不看报纸,按时看日出(像现在这样)。我工作到深夜,窗户敞开,不穿外衣,在寂静的书房里……"

我记得那天清晨的天空,霞光落在窗户上,我打开,踮脚,探头——红云布满天空,像是大片洒落天空的玫瑰花瓣。我的心受到了重重一击,沉默已久的灰尘四下起舞。我是一个正在睡觉的孩子,有人拍醒了我,指着天空说,要多看日出。

在食堂遇到了现在在初二的同学,一瞬间竟语无伦次了。有好多话想要告诉她:初三真的很忙,如今的心境与初二已是大不相同了。时间是不够用的,是需要挤的。同学们会打趣说:"小孩子才会背政治,大人都在准备后事。"但跑操时也是在默背的。一切都在随着时间脚步的逼近而愈演愈烈,而此刻响起的音乐只不过是前奏,但我们的生活永远充满希望。

如果时间过于仓促,如果彼此过于忙碌,就请我们记住:要多看日出。因为日出象征着希望,热爱,勤劳,坚强⋯⋯因为我相信我们都会越来越好。

"冬天不寒冷"

好久没堆过雪人了,这个冬天是否有机会?

我怀念那个冬天,来自四面八方的雪球砸在衣服上,好像一切都错乱了,一切都静止了。那捧着热汤不断颤抖的手,那藏在围巾里的雪花,那个没有一丝温度的暖宝宝都使我深深铭记。时间好像从那场雪后便按下了加快键,一切的事物都在这倍速中丢失了清晰轮廓,唯有雪地上杂乱脚印深深嵌在土地里,顺带埋没了那时的我们。

而现在,我再次对冬天满怀期待:雪花飘舞在黄色路灯下,你仰头看天,雪花杂乱无章地洒在脸上,凉丝丝的。你伸手去接,看雪花如何融化,然后搓搓通红的手;你高兴地跑起来,险些滑倒,朋友笑得前仰后合。门口卖糖葫芦的爷爷旁围了许多人,爷爷会告诉你,他做的糖葫芦可好吃了⋯⋯

快了,就快了,冬天和雪花都将如约而至。

"再见星期天"

回想初二,我们曾时常在楼下放猫粮,下课偶尔感慨,体育课也很好,做做锻炼感觉很放松。而现在,下课铃已形同虚设,教室门是很少再踏出的,笔尖是在不停舞蹈的,体育课是令人抗拒的,随时的八百米体测使我感到喘不过气。上周八百米跑完,我猝不及防地流了鼻血,感觉挺悲伤的,一时竟不知道这么拼,是对是错。

后来我想明白了,啥也没身体重要。我若被石头绊倒,那就干脆趴在地上养好伤,然后爬起来把它一脚踹开,再骂骂咧咧继续赶路。

"热热闹闹寂寞的星期天啊,我要固执地将你缝进这条快乐而明艳的裙子里去。"

时间不早了,明儿又是星期一,期中考要到了,还有八百米……我这可怜的星期天,终是敌不过这漫长的一周。

那就再见吧,这个星期天。

最后,想要同大家分享一句话——"我注意过,那些相信命运不可抗的人,在过马路时也会左右看。"

(2021 年 11 月 6 日,总第 191 期,第四版)

疯

小　君

自变量，因变量，化学反应与爆炸。

——疯言疯语

又是下午最后一节的体育课。作为被体育老师散养的班级，除了义无反顾地奔向他们抛洒热血的篮球场的男生们，还有积极干饭的女生——比如我和北寻。

我俩照例在操场游荡了一会儿，待上课时间过半之后，便奔向了日常打卡圣地——食堂。操场上只有一小小小块被揪得秃噜皮的草坪（请勿模仿），证明"我们曾来过这'世界'"。

待到食堂，我熟练地掏出2块5，递给了北寻。

确认过眼神，我们分头行动！

两双筷子，两碗免费的番茄鸡蛋青菜汤，再加上俩空铁碗，我丝滑地占了俩座位，做好准备工作。静待我那"一拍即合"的"拼面搭档"北寻端着一碗5元的葱油拌面归来。

你一半，我一半。吃不饱？不存在！那家店可是能续面的哈哈哈哈！（叉腰狂笑），简直是味美价廉！

真羡慕北寻有我这样靠谱的朋友，我就没有。对，没错！想法我提出来的！

在吃面过程中，我又一次提出了"把面碗带回家，明天继续续面"的想法，并再一次被搭档否定了。"缺德儿！太缺德儿了！"北寻如此说道。

"汤"足"面"饱，我们满足地踏出食堂。

"叮铃铃——"诶，正好下课。"敌军还有5秒钟到达战场。"

我看着一大片冲向我们的干饭人，说道："我们去听音乐叭！"

于是——

我们坐在了图书馆旁喇叭附近的路灯底下，是滴，坐在草坪边的石阶上。至于为什么不在食堂那边的喇叭听呢？一，吵；二，人多，站累了不好意思蹲着。

要说一天中最放松的时候，那肯定是傍晚，夕阳与音乐相衬的那一段时间。我和北寻坐着，静默不语，呆呆看着头顶的夜色，感受风、空气与光影。晚风过，人群默。静坐着，静默着，变成石头，把自己与喧嚣隔离。在灯光下又渐渐融为影子，被世界包裹着，拥抱着。

后来我们聊起了天。气氛这——么好，讲什么未来梦想、诗和远方，小小俗人两位，才不扯这些高大上的呢！全是些粗茶淡饭，打趣互损，疯言乱语；尽是些风尘俗怨，乐得自在！

快哉爽哉疯哉乐哉！

正聊到兴头上，忽而一团红色的火在我们面前停下（原谅我中度近视加散光），然后弯腰伸手，手里一个银光闪闪的东西。他放在地上了，诶，他又收回去了，逗我喵？

我一脸茫然，而北寻反应极快，立马喊道："szg，你给我回来！一块钱放地上就不能收回去！"

哦~原来银光闪闪是一块钱呐！等等！

"szg，你把钱放回来！"我喊道。

可恶，要不是不想动，我肯定追上去了。

小插曲无伤大雅过去了，听歌听歌，继续感受我那灵魂的升华。

诶等等，北寻你要我蜜谷果汁茶的盖子干神马？

北寻这孩子默默地把盖子倒放在我们面前的地上——没错，就 szg 放钱的那位置，然后扒了扒口袋，掏出了仅有的俩五毛丢进了里面。

我似乎明白了什么。

北寻乐呵呵道："等会瞅瞅可有熟人路过，要 money 去！"好主意！我火速同意，至于节操是什么，能赚钱吗？

……

可怜我俩近视眼，四只眼睛瞅了半天，硬是没有一个熟人路过，天可怜见。忽地，一团黑影在我们面前一个潇洒地"漂移"，停下。一个声音出现："你俩坐在这干什么呢？"

嘶，这谁呀？声音有点耳熟，我眯了眯眼，然后一脸惊恐，是班主任！

"乞讨呢！"北寻不愧是嘴快小能手，她摇了摇那个"碗"，一颠一颠地说：

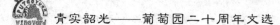

"给点钱叭！"

只见班主任掏出了手机。

微信扫码？怎么还真给钱吗？我满脸恍惚地看向了他。

他一脸乐呵呵的模样，犹如弥勒佛，举起手机："来，我给你俩拍一个！"

"不了不了不了！不至于不至于！"我终于赶上了节奏，捂着北寻的嘴，生怕她再蹦出啥惊人的话。

"那……好吧。"班主任明显有点失望，但还是收起了手机。

待那身影远去，我和北寻才猛地狂笑，你一言，我一语。

"哈哈哈哈！有前途，向班主任要钱！""我直接反手一个举报，举报班主任校园骑车！""找熟人找熟人，直接来了特熟的，这运气！""差点上头条了！"——"不行了，笑得肚子疼！"……

哦~快乐！

到底谁是谁的自变量，谁是谁的因变量，我俩碰一起，幂函数般的疯狂，就像两个毫不起眼的化学元素遇见，形成的华丽的爆炸！

我们是疯，袭卷人间，疯无处不在，疯嬉皮笑脸，疯吹过的地方，烦恼碎了一地，只剩欢声笑语。

人生能碰到几个可以一起疯的人儿啊！世界待我以幸运，我有三个一起疯的可人儿，羡慕不？

PS：温暖的灵魂终将相遇，要珍惜那些个人儿啊！

PS：初次见面，文笔略生硬，这篇文的风格大概是清流中的一股泥石流叭，见谅见谅。

(2021 年 12 月 6 日，总第 192 期，第三版)

赠予他

安冬暖阳

于千万人之中,遇见你所要遇见的人,于千万年之中,时间的无涯的荒野里,没有早一步,也没有晚一步,刚巧赶上了,那也没有别的话可说,惟有轻轻地说一声:"噢,你也在这里吗?"

——张爱玲

一

儿时,家中有一个小卖部。小卖部的门前是一棵高大、枝叶繁茂的梧桐树。每到夏天,附近的人们会搬着自家板凳坐在树下拉呱唠嗑,孩子们则在树下玩"老鹰抓小鸡",哭声、笑声、骂声不断从树下传来。

第一次遇见他,就是这样炎热的夏天。但我的暑假已经接近尾声,开学就要升入初中了。

那是再平凡不过的傍晚。我坐在梧桐树下,看已被晚霞渲染成粉红的天空。几颗星星先发夺人地闪亮起来,月亮也已经朦朦胧胧地显现出轮廓。明明夏天的风是温热的,但在现在的我回忆起来,却是柔软、凉丝丝的。

翠绿的梧桐树叶缓缓落下,不偏不倚,刚好落在我的脚边。刚想捡起,一辆自行车"唰"地一下,停在我身旁。

抬起头,他的模样印入我的眼帘。他穿一身军训的服装,高挺的鼻梁上架着一副眼镜,算不上英俊,但十分白净。

他左手拿一瓶百事可乐,右手十分娴熟地掏出三个硬币,整个人看起来朝气蓬勃。本以为出门后,他会骑单车立刻回家,谁知他竟坐在树下和我爸爸攀谈起来。从人生哲理一直到他的理想抱负。他似乎很健谈,讲起话来整个人都熠熠生辉,眼睛里闪烁着生气勃勃的光。

一片梧桐树叶落在了他的头顶,他抬手扫去,却不小心将头顶的帽子碰掉。我不小心笑出了声,他不好意思地看了我一眼,亮晶晶的眼睛至今给我留下不可磨灭的印象。

当年觉得那个傍晚很漫长，长到他说的每一句话，我都要记很久。但三年过去，他说过的话，终究还是被时光洪流所吞没，任我怎样努力，也无法让回忆清晰。

二

在暑假剩余的十几天里，我每天都可以见到他。

他常与我爸爸谈论一些人生理想，那时的我听起来，是极深奥的。他说了什么，我不记得了，可那双晚霞下闪闪发光的眼睛永久地刻在了我的心里。

天边有灿烂的晚霞，晚风轻柔地吹过，梧桐树下，少年谈论着他的理想。

开学后，我初一，他高一。虽同在一个校园，但我一次也没遇到过他。

繁重的课业也使我渐渐将他淡忘。日子平淡地缓缓而过，每天的生活——吃饭、上学、睡觉、两点一线——平静得荡不起一丝涟漪。仿佛在那个蝉鸣清脆的暑假里，他从未出现过。

距离上次见面又隔了很久，那时已是深秋。怕冷的我连围巾都裹上了，懒洋洋地坐在玻璃门前晒太阳。门前的梧桐树秃秃的，满地都是金黄的树叶。秋风吹过，树叶飘飞起来，像数只金黄的蝴蝶。我眯起眼睛看天上的太阳，脑海有阵阵眩晕。迷迷糊糊间，我看到远处有人走来。高瘦的身影，明黄色的外套。他越走越近，我也越来越清醒，心跳得飞快。因为，我看清楚了他的模样。那一刻，于我来说，他的身上披满了阳光。

也许是因为天凉了吧，他没有买百事可乐，而是买了几袋乐事薯片。

可我多希望，时间能永远停留在那一刻，我把零钱放在他手掌的那一刻。

三

后来，他的面庞总在我脑海中挥之不去。

平均每两个周末，我会见到他一面。而我每次都在期待着，盼望着，也许下一秒，他会同我说些什么。那时候的日子，简单而美好。只要见到他一次，我便会开心一整天。

事实上，我们之间没说过一句话。

仅仅又见过三面，我便再也没见过他。

每次路过他居住的巷子口,我时常会幻想:"下一秒,他就会出现吧。"辗转间,我得知他搬到了状元府。那里离学校很近,确实方便了不少。我明白,他是有理想的少年,他的征途是星辰大海,他需要一个好的居住环境。可眼泪还是不争气地往下掉。

未来还那么遥远,我也许再也见不到他了吧。

但学业的压力不容我停缓一下。纵使心中再怎样失落难过,我还是一头扎进数学题中,喘不过气来。是啊,数学那么难懂,政治历史还有很多不会背,我怎么可以在这个时候为一个连我是谁都不知道的人而难过。

只是偶尔,我也会毫无征兆地想起他,或是在某个阳光灿烂的午后,又或是在某个刷题到崩溃的夜晚。他的模样会在我的脑海中一闪而过。算不上英俊,但十分白净,只是那双亮晶晶的眼睛,一直闪亮到我心底。

突然好想回到那个蝉鸣清脆的夏天。

让我再站在小卖部。

让我再好好看看他吧。

也许,再也没有机会和他说一句:"百事可乐三块钱。"

也许,再也没有机会将零钱放到他的手掌心。

也许,从今以后我再也不会见到他。

我不愿留下遗憾,就让我和他说一句话吧,一句也行!心中有股热流涌动,我用尽了毕生的勇气扭头向他跑去。犹豫半秒,我喊出了那个藏在心底很久很久的名字。

"同学!你是不是叫邢可逸(邢柯印)?!"我的嘴唇在抖,心也跳得飞快。这三个字终于被我以这样的方式光明正大地喊了出来。

他停住脚步,向我看来。眼睛一直亮到我心底。

"对,你是?——"他迟疑地看着我。

原来,他真的从未记得过我啊。酸涩感涌来,似乎要把我吞没。"我是你家以前对面小卖部的那个小女孩!"

他还是想了起来,冲我笑笑,"你今年初三了吧?中考加油!"

望着眼前明媚似阳光的少年,忽然觉得心中有千万分委屈。我哽咽着说出:"对,那你,高考成功!再见!"

好了,就这样再见吧。

我飞快地跑回班中,眼泪止不住地流下。

我挂念着他,他还很记得我;他赠我一句"加油",我送他一句"成功";这样就足够了。毕竟我还想要什么？他注定只是路过。

少年明媚似阳光，叫我不敢忘。

四

后来的后来，梧桐树被砍掉了。附近的大人、孩子陆续搬了家，老人也相继去世。最后，那里被拆迁，马上将要盖起高大敞亮的新楼房。而我也搬去了离学校更近的地方。

一切都变化得那样快，时间贪婪地吞噬了一切，仿佛我们都不曾居住在那里。

升入初三，学业更加繁忙。这相隔的两年里，我再没见过他。渐渐地，他的模样开始变得模糊，音容笑貌我也记不清楚。他好像终于被我遗忘在了记忆的角落，好久都没再想起。只是偶尔夜深人静时，疲惫不堪的我也会想到"高三的他也一定更辛苦"。但这个念头仅仅是一闪而过，而后我便沉沉睡去。

本以为随着时间的推移，我会将他忘个干净，从此我们再无交集。但相逢总是那么猝不及防。

又是拼命跳绳的大课间，终于达到指标线的我，气喘吁吁地收起跳绳，准备回班。转身的瞬间，我在熙熙攘攘的人群中一眼便看到了他！他仍穿件明黄色的外套，脸色略显疲惫，那双眼睛仍然是亮晶晶的，充满了朝气。那天明明是阴天，但在我看来，他浑身都披满了耀眼的阳光。以至于在茫茫人海中，我总是最先看到他。

他终于与我擦肩而过。那一刻，我感觉时间被按下了暂停键。

只愿他，往后的岁岁年年里永远平安喜乐。

五

2021 年的暑假，我千方百计地打听了他的成绩。

他被安徽理工大学录取了。

我激动地落下眼泪，我真心为他高兴！

三年前的那个夏天，少年站在梧桐树下，眼睛闪闪发亮，语气坚定地说："考不上 985、211，我起码得上个一本吧！"

"我以后要做自己想做的事！"

"起码得成为自己想成为的人！"

每次路过他居住的巷子口,我时常会幻想:"下一秒,他就会出现吧。"辗转间,我得知他搬到了状元府。那里离学校很近,确实方便了不少。我明白,他是有理想的少年,他的征途是星辰大海,他需要一个好的居住环境。可眼泪还是不争气地往下掉。

未来还那么遥远,我也许再也见不到他了吧。

但学业的压力不容我停缓一下。纵使心中再怎样失落难过,我还是一头扎进数学题中,喘不过气来。是啊,数学那么难懂,政治历史还有很多不会背,我怎么可以在这个时候为一个连我是谁都不知道的人而难过。

只是偶尔,我也会毫无征兆地想起他,或是在某个阳光灿烂的午后,又或是在某个刷题到崩溃的夜晚。他的模样会在我的脑海中一闪而过。算不上英俊,但十分白净,只是那双亮晶晶的眼睛,一直闪亮到我心底。

突然好想回到那个蝉鸣清脆的夏天。

让我再站在小卖部。

让我再好好看看他吧。

也许,再也没有机会和他说一句:"百事可乐三块钱。"

也许,再也没有机会将零钱放到他的手掌心。

也许,从今以后我再也不会见到他。

我不愿留下遗憾,就让我和他说一句话吧,一句也行!心中有股热流涌动,我用尽了毕生的勇气扭头向他跑去。犹豫半秒,我喊出了那个藏在心底很久很久的名字。

"同学!你是不是叫邢可逸(邢柯印)?!"我的嘴唇在抖,心也跳得飞快。这三个字终于被我以这样的方式光明正大地喊了出来。

他停住脚步,向我看来。眼睛一直亮到我心底。

"对,你是?——"他迟疑地看着我。

原来,他真的从未记得过我啊。酸涩感涌来,似乎要把我吞没。"我是你家以前对面小卖部的那个小女孩!"

他还是想了起来,冲我笑笑,"你今年初三了吧?中考加油!"

望着眼前明媚似阳光的少年,忽然觉得心中有千万分委屈。我哽咽着说出:"对,那你,高考成功!再见!"

好了,就这样再见吧。

我飞快地跑回班中,眼泪止不住地流下。

我挂念着他,他还很记得我;他赠我一句"加油",我送他一句"成功";这

样就足够了。毕竟我还想要什么？他注定只是路过。

少年明媚似阳光，叫我不敢忘。

四

后来的后来，梧桐树被砍掉了。附近的大人、孩子陆续搬了家，老人也相继去世。最后，那里被拆迁，马上将要盖起高大敞亮的新楼房。而我也搬去了离学校更近的地方。

一切都变化得那样快，时间贪婪地吞噬了一切，仿佛我们都不曾居住在那里。

升入初三，学业更加繁忙。这相隔的两年里，我再没见过他。渐渐地，他的模样开始变得模糊，音容笑貌我也记不清楚。他好像终于被我遗忘在了记忆的角落，好久都没再想起。只是偶尔夜深人静时，疲惫不堪的我也会想到"高三的他也一定更辛苦"。但这个念头仅仅是一闪而过，而后我便沉沉睡去。

本以为随着时间的推移，我会将他忘个干净，从此我们再无交集。但相逢总是那么猝不及防。

又是拼命跳绳的大课间，终于达到指标线的我，气喘吁吁地收起跳绳，准备回班。转身的瞬间，我在熙熙攘攘的人群中一眼便看到了他！他仍穿件明黄色的外套，脸色略显疲惫，那双眼睛仍然是亮晶晶的，充满了朝气。那天明明是阴天，但在我看来，他浑身都披满了耀眼的阳光。以至于在茫茫人海中，我总是最先看到他。

他终于与我擦肩而过。那一刻，我感觉时间被按下了暂停键。

只愿他，往后的岁岁年年里永远平安喜乐。

五

2021 年的暑假，我千方百计地打听了他的成绩。

他被安徽理工大学录取了。

我激动地落下眼泪，我真心为他高兴！

三年前的那个夏天，少年站在梧桐树下，眼睛闪闪发亮，语气坚定地说："考不上 985、211，我起码得上个一本吧！"

"我以后要做自己想做的事！"

"起码得成为自己想成为的人！"

往事历历在目,放电影般在脑海中一幕一幕回现。没错!他做到了,他的努力没有白费!他可以去追寻他的理想了!

挺好的,一切都挺好的。

他将奔赴美好的未来,他将遇到更好的人,他将成为自己想成为的人。而我也将收拾好行囊前往下一站,迎来新的人生旅程,遇见更多的人,懂得更多的道理。我们都将不断成长,走向更美好的明天。

谨以此文,赠予他,也赠予那段美好的岁月。

PS:"如何让你遇见我,在我最美丽的时刻,为这,我已在佛前求了五百年,求他让我们结一段尘缘。"我会拼命努力成为和你一样优秀的人。终有一日,我还会再次见到你!

(2022年3月6日,总第194期,第三版)

我们都在用力地活着

马晶晶

我们最终都要远行,最终都要与稚嫩的自己告别,告别是通往成功的苦行之路。

——题记

独自走在校园的小径上,看着秋叶一片一片落下,一阵风吹来,便带走了它们,它们在空中肆意飞舞。高考的风却没有带走我这片落叶,我仍在一中大地的怀抱中焦灼而迫切地等待下一次的起风。

一

看到自己高考分数的那一刻,我才真真切切地体会到了"希望有多大,失望就有多大"背后那刻骨铭心的悲痛,之前的种种无所谓皆化为虚无。

在爸妈面前放声嚎哭。高三时考得不满意,会自己默默流泪,是因为有变得更好、更强的欲望;这一次旁若无人的大哭,却是失望、不甘与无助。揩干泪水,"我要复读!",声音铿锵有力。爸爸望着我,沉默了……

填志愿那天,我准时去了,坐在电脑前"认真"地翻看报考指南,怀着对大城市的憧憬,报了几所一线城市的大学,结果被上海的一所录取了。说实话,看到录取结果时是有些震惊与窃喜的。当学校打电话询问是否有意愿去上时,爸爸斩钉截铁地说:"不去!"当我得知情况后,与爸爸发生了争执,因为他的话让我真的没有退路了。爸爸见状反问道:"你还想去吗?"我顿时语塞:"我……"虽然那里很美,但我并不选择停留,因为那里不是我要的风景,不是我想抵达的终点。

二

一张高考成绩单和卷土重来的疫情冷冻了所有的美好:

看不到长江"星垂平野阔，月涌大江流"的景象了；去不了鬼斧神工的筑洞、钟乳倒立练神功的凤阳县；听不到渴望已久、激情四溢的 EXO 演唱会；但伤心归一半，快乐也要占一半。我还是找了些自己喜欢做的事情：白天在补习班当老师，傍晚偶尔和爸爸一块去打篮球。特别是在补课期间，认识了一群可爱的小朋友，课间一起做游戏，给他们讲解历史故事，讲叙自己的经历感悟，解决他们之间的小矛盾，告诉他们做人的道理，成就感满满。那时候，才发现童心未泯也是一件值得骄傲的事情。

三

岁月不居，暑假匆匆而过，迎来了似是战斗的复读生活。我有些恍惚，这里的一切既是那么熟悉又是那么陌生：依旧是早起晚归的生活，依旧预备铃响起慌慌张张的脚步，依旧是放学后萨克斯的美妙旋律；却没有了四楼走道早五点的琅琅读书声，没有了"独秀班"的小可爱们在教室的挑灯夜读，没有了周二上午的文综大考……于是，落泪，无声。正如杨绛先生所言：人总要咽下一些委屈，然后一字不提地擦干眼泪，继续向前走。

习惯不习惯的习惯会习惯。刚进入班级，黑板上面"有来路没退路，留退路是绝路"的标语让我为之一震，说得太贴切了。而众多陌生的面孔，喧闹的氛围，风格迥异的老师，使我与环境"格格不入"，有了对 30 班从未有过的思念，因此，每天沉浸在发呆与落泪之中。但经过两星期调整后，发现了各科老师的魅力：尽职尽责的智者韩老师，能说会道的精致 old boy 王老师，温文尔雅的 Gentleman 孙，和蔼可亲的、毛爷爷的 super Fan 杨老师，雍容娴雅的仙女魏老师，依旧(曾教我)尽善尽美的佛系本人崔老师。在时光的流逝中，我逐渐忘记了疼痛，将其转化为对未来美好的期许。这也许就如亚里士多德所说的那样：时间碾碎万物，一切都因时间的力量而衰老，在时间流逝中被遗忘。

四

《平凡而伟大》中写道："在生命辉煌圣殿上，曾留下自己的仰望，谁甘于无声的消亡。"我努力爬得更高，不是想让全世界看见，而是想看看全世界。我一直觉得我的这次失败的高考经历只是下错了站台，并不影响我去追逐更美的风景，到达更美的远方，反而丰富了我的阅历，认识了更多的老师同学，学会在绝望中寻找希望，在遗憾中重塑自己。

现在的我,每天过得很充实,有目标,有计划,有力量,不在意别人的眼光。我坚信看似不起波澜的日复一日,终有一天,会让我看到坚持的意义。毕竟星光不负赶路人,时光不负有心人。愿你我都能在这光怪陆离的世界心无旁骛,永远相信,"追风赶月莫停留,平芜尽处是春山"。

Add:从高考结束到现在,经历了很多很多事情,想通过这篇文章对过去作个总结,告别。另外,希望远在无锡的马念念,还有王二蕾、张子权、田金鑫、高慧琳、郑雪燕、王美琪等诸君安好,我们前途似海,来日方长!

(2022 年 3 月 6 日,总第 194 期,第二版)

可惜思念无声

晏钰婷

2017年12月31日,凌晨三点二十分,远在老家的外婆在元旦的爆竹声中永眠。

——题记

十八年以来,每每想提笔纪念外婆,但无奈文笔不成熟,思想也不成熟,一篇篇白话记述让我实在深觉愧疚,总觉得只有百般华丽词藻方可配得上外婆在我心里的重量。一而再再而三地拖,对于快要毕业的我来说,若再不写点东西,怕是不太有机会让我对外婆的思念向世人诉说。

于是提笔,随着在这夜深人静藏于心底的情绪慢慢揭开,我想起了2017年12月31日,凌晨三点二十分,远在老家的外婆在元旦的爆竹声中永眠,我永远失去了外婆。

(一)伴着梦境织成的月光长大

儿时,对外婆家老灶台的大锅颇有记忆,每周五下午放假,我便和哥哥一起坐车去外婆家。因为到家也差不多七八点,我和哥哥会一头扎进厨房开始抢着要烧锅。旁边的墙上有我和哥哥用烧黑的木棍写下的我们的名字。照理来说,大人看到我们这般胡闹,一定会撵我们出去并大声训斥,但外婆从来不会,她总迁就我们的胡闹。用她的话来说,她想守护我们的童真。可当时年少的我哪里懂,只是觉得外婆的脾气好。

农村的夜晚布满星辰,为了欣赏这般浪漫,外婆常常带着我们到阁楼支起一张小床,带着白天买的零食,我们便躺在星空下。或许这浪漫太过于温柔,外婆喜欢向我们缓缓诉说她的过往。我从小听到大,只用一个字便可以概括,那就是"苦"。面朝黄土背朝天就是外婆的一生。邻里邻外的无赖纠缠,生于女性被歧视的时代,外婆这辈子没过过一天好日子。或许是情到深处,我常常看到泪水沿着外婆脸上深深的纹路落下,稍稍擦去,然后看向远方。我和哥哥每次都默契,不说话,谁都不敢打破这深夜的寂静。那时,我便在心底埋下了一定要带外婆过好日子的梦想。

(二)伴着时光酿成的过往前行

再大些,我便到了县城上学,这一走就是六年。去外婆家的次数变得屈指可数,见到外婆的机会也是少之又少。自此,便只有过年才能见到外婆,大抵是太过于平常的生活,总会让人觉得理所应当的淡然。在我还以为外婆过着她那日复一日的生活之时,外婆突然打电话给我,问我在那边还习惯吗,吃住都没问题吧,缺钱花吗。突如其来的关心,让我有点不大习惯。更为惊叹的是,我跟外婆提了一下喜欢吃石榴,她竟种了一大片石榴树!她告诉我院子里种的玫瑰开了,有空回来看看。我草草答应,说过几天一定回去。可外婆没有等到她的外孙女,自己却因病重来了。晚上,我躺在外婆身边,问她觉得怎么样了,她说没事。第二天便回去了。可就在第二天,外婆突然心脏病发作,不得已转去大城市,妈妈让我好好上学,并向我承诺每晚都会拍外婆视频给我看看。手术前一晚,妈妈发来一条视频,说外婆今天吃了好多饭,现在也面色红润,一定没问题,我便沉沉睡去。梦里,我看见了外婆向我招手,让我等她回去一起摘石榴,我满心欢喜。许是太过于沉浸这份喜悦,妈妈半夜打来的电话我没接到。早上醒来已经是九点了,妈妈又打来电话,电话接通的那一刻,嘈杂哭喊声刺着我的耳膜,但终是听到了那句:"妈妈没有妈妈了。"我没有说话,也不敢说话,挂断电话后,我并没有太多感受,甚至都没反应过来。一上午十分平淡地过去。没有哭,没有痛苦,没有表情。

(三)伴着痛苦揉成的回忆深思

玫瑰花一夜凋零,外婆踏着凄悲的路回了家。中午我赶回老家,门前已经布置了花圈和哀乐,我走进庭院,万物凋零。望着大堂里外婆躺在小小的床上,白色的被子盖过额头,我看到白花花的一片,外婆的头发刺中了我的心,脑海里回荡着妈妈的那句"妈妈没有妈妈了",我跪下,将头叩下去的瞬间,心如刀绞,终于意识到外婆的真正离去。我无法相信,也不敢面对。直到哥哥将我拉起,把我拉回了房间里。晚上,见到了全家人只围着一盘菜吃得很寂寞,看到了舅舅眼眶里红色久久不能褪去,听到了大姨和妈妈哭哑的声音;而我最没用,只躲在房间里抱着外婆经常穿的罩衣偷偷哭泣。

(四)伴着思念搓成的难忍归来

我没办法做到不睹物思人。高中三年,每年放假我都会去到外婆那儿,诉说着她可怜的外孙女在学校遇到的烦心事。她幸运的外孙女在哪次考试中取得了好成绩,但最为多数的,便是对外婆的思念。回到那老宅,再也没有人等我回家了。会特意带上一枝玫瑰,我偷偷把它埋进土里,希望他带着我的爱一起生根发芽。厨房里的老灶台还在那儿,或许此时也在怀念外婆做出来的美味佳肴,坐在院子里年迈的大黄和那口干涸的枯井,似乎也在责怪外婆的不辞而别。

我想如果思念有声,那必将震耳欲聋,秋风起兮木叶飞,吴江水兮鲈正肥,外婆的家里总有我惦念的味道。像是书中说的,"露从今夜白,月是故乡明",外婆的家牵引着"画图恰似归家梦,千里河山寸许长"的乡愁。

(五)伴着希望牵成的未来前进

我说我要往前看,病树前头万木春,玫瑰不在了,石榴花还在迎风开着,生命也会一直绵延下去。把爱告诉风,它会沿途告诉每一朵花,所以我永远爱着这里的春暖花开。山前山后各有哀愁,有风无风都不自由。此刻,我再次躺在了布满星辰的阁楼,抬眼,便想起:"你就在星空里,我会永远看着你,像你一样坚强,像你一样盼望,经历的风和雨,都变成了印记,让我骄傲地努力下去,你伴我同行。"即便你已不在我身边,但只要抬眼看一看闪烁的星空,便知道你也在想念我。所以即便思念无声,爱也能跨越万里告诉你,我在想你,外婆。

PS:第一次尝试写长文纪念,无论有不有幸可以登上园子,我已不再有任何遗憾。

(2022年4月6日,总第195期,第三版)

关于我和你

田　欣

关于我和你，我想把每一句"谢谢你"和"对不起"都送进你的心里。

——题记

回望过去两年多的时间，犹如函数图像上匆忙连出的一条曲线，看上去平平淡淡的，可放大后仔细观察才知晓，原来从我们身边流逝的年华，就藏在这时间坐标的繁枝细节里。

你是坐标轴，我是反比例函数双曲线，我们本应永不触及，却在 19 年的那个夏天意外发生碰撞。

初见那天，碧空如洗，惠风和畅，我揣着一颗懵懂不安的心迈进了熟悉的校园，而此时我的身份也发生了翻天覆地的变化。四周是灌木丛窸窸窣窣的声响，温暖的阳光经过教室窗户投下的影子错落有致，轻柔地撒在新同学身上。开学第一天，我们学着小孩子的招式，给自己做了一个名牌。一排方方正正的名牌中，就属你的最特殊。生怕别人注意不到，特意将名字大写加粗，套在了矿泉水瓶子上，让人一眼望去便移不开眼了。

作为上午刚上任、当天下午就被撤职的班长，你真的很具记忆点。虽然当时闹了些笑话，可在后来三年里，你也成功凭借自己的实力夺得了副班长的职位。

以前我总是搞不明白，你明明都那么优秀了，为什么还是不放松在学业上刻苦钻研。而后来发现你每次出考场都是一副久经沙场的将军凯旋的模样，我才深刻地认识到，那种风度我是无论如何也学不到的。

再后来，许是我的主动让你百般不适，我们之间便开始越走越远。偶尔偷懒躲在教室里，不想出去跑步，偷偷瞥见后排座位上的你。烈日杲杲的天气，不长不短的距离，我们之间没有对话，整个世界都显得异常静寂。

临近毕业的一个晚上，我满怀欣喜地将回忆录放置在你的课桌上，猜想你会给我写一些什么赠言。毕竟都要毕业了，也该释然了吧？你是会祝我"good good study, day day up"之类，还是随便涂涂写写呢？大考即将来临，原本因紧张而膨胀快炸开的心，在一位同学随手将回忆录送还时，瞬间被击破。温热的泪水冲开泪腺的掌控，盈满了我的眼眶，一滴一滴落在纸上，洇开了一片墨迹。你仅有的字迹渐渐模糊起来，像是我们之间发生的所有始料不及，我的所有期待都在呆怔和无措中定格。原来这份特殊的温情是在我们分开之后，我连一句各自安好都不配拥有，干净整洁的留言板，像是我一片空白的青春。

有的人，有的事，都深藏在心底吧，别再说出口了，别人会笑话的。孤傲落寞的内心深处，用情感一笔一画刻画出的字迹，每一笔都锥心刺骨，这才叫真正的成长日记。三年时光的磨洗，我们都改变了太多，到最后，我终是没能再找到曾经那个喜欢逗我玩、哄我开心的清澈少年。

19年很喜欢听一首歌叫《追光者》，前段时间无意在校园广播中听到熟悉的旋律，心中尘封的那段记忆唤醒了。"我可以跟在你身后，像影子追着光梦游。"我正是把你当成了我生命里的光，情愿饮尽寒霜，也跟随你前行。"每当我为你抬起头，连眼泪都觉得自由。"我追求了你那么久，多么渴望得到回应，而今看来是多么可笑可悲。也是，我又不是什么年级之中的佼佼者，我只是想努力变得优秀，却连站在你身边的机会都不曾拥有的田欣。

要毕业了，作个总结吧，我应是欠了你两句话的。一是谢谢你，因为你，我认识到了自己的很多不足，于是仿效你，开始涉猎大量书籍，竟阴差阳错找到了自己的特长。二是对不起，也因为我，你本是年级之中万众瞩目的傲世明珠，却因此饱受流言蜚语，我也很自责但同样无奈。我只是觉得：少年时期的青春萌动本没什么，我们曾在这段相处中相得益彰，有所收获，这对我们来说就已足够。每当我伤心难过几度想放弃时，想到还有人在默默陪我，就还想再坚持下去，不辜负你。

我亦知青春是该动脑的年纪，可我还是没办法控制自己的心。我害怕别离，害怕在一个看不到太阳的日子和你说了再见后就真的再也看不见你了。现实很残酷，毕业在即，我终是免不了最后一次和你一起坐在教室里，书写自己的梦想，轰轰烈烈地分离。我的梦想自是比不上其他同学似鸿鹄之志，我愿这个夏天，你能一举高中，更愿你能抚心自问，无愧于青春。

好遗憾啊，我最终还是要把你归还于茫茫人海之中了。未来，你会遇到比我更漂亮更优秀的女孩子的。夏天的遇见就在夏天告别吧，往后天南地北,要各自安好。

后记:这篇毕业小记自去年霜降之时就开始打稿构思,中途撕改了很多次,直至今年四月才最终定稿誊抄。其部分记叙性文字成型较早,整合之时已觉繁冗羞涩。但我仍不加修改放在文章里。

注:本文旨在感念三年来"我们"之间的种种过往,亦是我对所谓情感做出最后的释然。可"我"希望你能记得:我们曾经相交过,只是角度在缓缓倾斜,"我们"才以平行淡出了彼此的视线。剩下的一个多月里,"我们"想集中精力备考,不希望有不绝于耳的绯闻再来干扰"我们",故不注明真实姓名与班级,望见谅。

至此,"我们"正式变回"我"和"你"。"我"对"你"的喜欢,始于昨昔,匿于今朝。

(2022年5月6日,总第196期,第三版)

我的世界大于这世界

张若水

我们的日子是满的,生命却是空的;头脑是满的,心却是空的。

——题记

你看这世界阳光明媚如初,花儿如约开放,云朵也依旧无忧无虑,但我们的生活却始终无法回到从前……

因为疫情,因为初三,因为未来,我们开始变得浮躁,变得不受控制,变得漫无目的,于是只是想在夜晚逃跑。

跑到教学楼的对面,跑到小花园的后面,跑到艺术楼的侧面……一瞬间的恍惚,一瞬间的放空,一瞬间的逃离,一瞬间的找回了自己,才发现教学楼是如此拥挤,班级里的白色灯光满得好像要溢出来。它真的太小了,小到装不下一个人完整的灵魂,小到装不下一个人丰盈的心,小到只能盛下一个人麻木的躯体。它摇摇欲坠,它岌岌可危,它挺着大肚子,问道我是谁。

我还想继续跑,最好在太阳重新升起前跑到云朵上。但云朵是不是也会有烦恼啊,不然怎么会落泪呢……

我只能停住脚步了啊,站在一字型的池塘前,浅浅的水拨弄细碎的光,软软的风撩细碎的头发,小小的我就紧紧抱住这一整个夜。

等疫情结束我们该干些什么。

最近的日子很不太平——疫情反反复复,防不胜防;在扭曲的人性面前,一切的努力都显得微不足道……我以为我们的初三会由一场百日誓师拉开它盛大的帷幕,但是很遗憾,我们的百日誓师因为疫情取消,各种考试却总是不会缺席。每天晚上的培优班总是会让我觉得自己是来人间"凑数"的,但总会有人跳出来细数我的优点。他们说着我的种种,他们谈着自己的种种,他们携着世间上最纯净的光,照亮我内心最苍白的角落。使我坚持下去的理由是我们始终并肩作战,所以能不能不要轻易说离开。我们一起闯,在这个令人又爱又恨的世界里。

想过未来吗,我们该是怎么样的呢。

那个女孩趴在栏杆上,淡淡得说着她的梦。我第一次如此清晰得感受到青春的存在,就是现在这迷茫与期望交织而成的复杂时光啊。我们之所以对这浑浑噩噩的日子感到惶恐,是因为对未来有所期待。听,时间正在以惊人的速度流去,就从我们的一词一句间。

在那段阴沉的日子里,我清晰记着体育课上这样的情景:我趴在地上拉着韧带,清晰的拉扯感使大脑一片空白。身边跑过一群体测的人,他们沉重的喘息声像一个重重的鼓槌,咚咚咚地敲打我的脑袋,两种不同的痛苦感搅拌在一起,我一饮而尽,一瞬间天昏地暗。这是我近日经历过最窒息的时刻,是懒惰与欲望撕扯,胆怯与勇敢相撞。然而,我所惧怕的一切并不会因为我的怯懦而走开,他们只会大张旗鼓地向我走来,与我展开殊死搏斗。

等体考结束后,我会重新爱上那片操场的吧,不会在意那令人作呕的橡胶味,不会抱怨毛衣上沾满的碎草,当然也不会忘记贯穿了整个初三的八百米噩梦……

疫情让很多事情都变成了未知,我们就在这个循环往复的圆圈里打转。你说你找不到方向了,我随即抛出一大堆心灵鸡汤。你拒绝接收,说心做不到。那怎么办呢,我们是互相拉扯还是相互救赎?不如一起摆烂——"躺在自己的小笨床上,逃避着自己的小笨责任"。

但是不对呀,这可是我们的青春啊,应该高扬奋斗大旗呀。再多的迷茫徘徊都应该被一笔带过啊。

"We did it together"

"We will do it together"

我该如何去形容现在的日子呢,如果它一定是美好未来的序言,我们的泪会不会少流一点。如果理智可以战胜欲望,我们的理解会不会多一点。如果我的世界大于这世界,迷茫徘徊否定猜忌是不是会少一点。

我将用一整个五月去搏一个未知的未来。

永远做自己吧,让我的世界大于这世界。

(2022 年 5 月 6 日,总第 196 期,第三版)

赊得春光

马蔚萌

我想要两颗西柚。

——题记

谢春花的歌词中说:"借我一束光照亮黯淡,借我笑颜灿烂如春天。"春天一直是生命力独显风流的季节,长风栉雨,艳阳明月,田野被喜悦铺满,天地间充满着活力与豪情。春天那么珍贵,那春光的身价也就水涨船高了。

但我仍然选择去赊来一段春光。无它,这是个太适合结缘的季节。雪小禅在《四季》中写春天,仿佛写到初恋——"念出来都余音袅袅,读出来都一口余香"。但春天绝不仅是少女怀着绯红心思又不曾言说的时光,它亦适合我们以笔为介,与文字开启一场邂逅。

我与园子的缘分确源于姐姐。作为 06 届园子的一员,她留在家中的《葡萄园》里有不少往期回忆。给我印象最深的是一张关于超女的专栏,报纸已经泛黄,但细细品读时仍能从字里行间感受到他们当年的青春与欢笑。我想这也是文字的魅力吧,它可以凌厉,也可以温润,可以简单或纯粹,但它不会抹杀掉记忆与情感中所该有的风度或韵味,甚至能让倒流的年岁再一次大张旗鼓地在生命中出现,随你肆意临摹或诵读,一字字,一行行,一遍遍……

我在园子中读过缓慢渐浓的点点暧昧,读过无关风月的炙热理想;记得白芷学姐与胡启蒙学姐那一段段令人感怀颇深的文字,记得毕业后已奔赴远方的学长学姐们再抒对母校的深切怀念。我也曾提笔,与各位共享自己的感悟。加入园子,是为自己的中学生活增添一抹亮色,也是在毕业回望时令人心动的一场结缘。所以,在这易逝的几年时光里,不妨拿起笔,记录身边的琐碎、欢笑或思绪。记得一位学姐写下:相遇即是上上签。确实,每一篇文章,都像一点微光,而微光会吸引微光,微光会照亮微光,然后一起发光,这种光就能把心中的阴霾照亮。简媜曾说:"上辈子是不是个偷米的人?为什么这辈子要以字还粮？"很多人都会有一种抒发情怀的冲动,能够尽情在字里行间或惆怅,或愤懑,或欣喜,或悲伤。或许,在日后某段光阴里,再读青春年华中的字句,哪怕是草草写下,也会留住片刻的欢愉。

　　那么,既然赊得如此春光,希望在园子中能够与诸位以文相识,用文字留给青春一片满纸情长。正如题记中所说:我想要两颗西柚。——I want to see you.

　　PS:祝学长学姐们蟾宫折桂,金榜题名!

　　(2022年5月26日,总第197期,第一版)

忆

秋 哲

那是白驹过隙，是流星划过夜幕，悄悄地来，无声地走，那是青春。

——题记

我

我一直以为我的初中生活会淡如白水，无色无味，和小说电影中的多姿多彩毫无关系。但在那个九月和那个崭新的 15 岁，他和她的出现，在我原本黯淡无光的初中留下了一抹美丽的印迹，我称它为"青春"。

他

秋日的阳光并不耀眼，甚至微弱得快要熄灭，但对面手捧英语书的少年身上的确有一束光。怎样的一位少年呢？记不太清，只是少年趴在栏杆上记英语单词的场景在我天马行空的脑袋里烙下了一个永久的印迹。后来有幸与少年相识，便每日期待课间十分钟，为的是在楼下偷偷向少年的班级张望，寻找少年的身影。再后来，我每日上学放学的身影多了一位少年。我和少年好像总有说不完的话，而少年也总是很温柔，与当时秋风萧瑟无情截然不同。更多的像暮春的风，细腻地环绕着我一层又一层。少年身上独特的清香似乎与春风相融，构造了一位光一样的少年，使我那淡如白水的日子里多了一份色彩。后来我每日张望的地方，总会有少年的身影，少年看着我笑，像梦幻照进现实，我相信那一刻我是开心的。少年是 LJZ，很高兴认识你，在我这浪漫的 15 岁。

她

初见她时，她是长发，束着高马尾，和她的性格一样，乐观又张扬。银丝边的眼镜，粉白的皮肤，让我记忆好久。我感觉她很特别。而那无意间的对视,也展开了一段属于两个少女的故事。

她说她转学以来不开心的事只和我说过,她说我和 Jisoo 很像,她说她很喜欢我。我愿意听她说。她就像一个开心果,和她在一起我总是很开心,我喜欢和她在一起。

我们一起去吃饭,又一起去操场散步。伴着广播里的歌,我们说着独属少女的秘密。九月的春风吹弄着少女的碎发,夹带着远处田间的禾香。少女的秘密也会被九月的风吹走吧,吹到天涯海角,和少女的心一样,比天大,比海蓝……

我拙笨的文笔描绘不出绚烂的青春。此篇献给我的他和她,两个可爱的人儿,希望你们一直都在。最后,祝你,祝我,祝我们中考顺利,万事胜意。

PS:最后 cue 一下我的好朋友们,小徐美女,我当然会记得和你一起吃米线的日子啦;还有 17 班的冰冰姐姐,中考加油。还有一些朋友,原谅我能力有限!

(2022 年 5 月 26 日,总第 197 期,第七版)

愿有人陪你颠沛流离

晏钰婷

他们都以最陌生的姿态，清晰地出现在我的脑海里，我没有办法不去回想我们的那些小日子、小情绪、小梦想，以及小到我记不起来的故事。

——题记

借佳节一天假，我送走了最后一位前往大学求学的你。而我则选择留在这座小城再次向高考宣战。挥手告别，在你走进车厢的那刻，没入人海，留下我一人。

仿佛一切都慢了许多。一天在校的时间莫名变得十分难熬，什么事都显得格外焦躁。我想没什么原因，只是，我想我的老朋友了。

短暂的陪伴惩罚念旧的人。刚好，你我都十分念旧。我从不将分离看得太重，是因我相信爱的人永远不会分离。可我亲爱的你，厦门的风景很美，夜晚的海风吹来了你的思念，乐观独立的你怎会在他乡独承孤寂，我又何尝不在深夜痛哭，因你通红的眼睛告诉我："想家，想你们。"在此之前，我总一度委屈地以为自己才是那个独自咀嚼所有孤寂的人，你告诉我学校旁天桥上有好多好吃的，只能自己去尝。我又何尝不为你心疼？那个万事都要有人陪的小姑娘逐渐有了大人的模样。再者，你说江西离家远，害怕所谓的"宿舍交际"，但幸好你找到了一位与你同姓的舍友，以便相互有个照应。亲爱的你，若有时间，回来看看，看看我。这被枯燥乏味的试卷浸透的灵魂在见到你的那一刻定会得以释放。

我曾说可惜思念无声，可如今思念早已震耳欲聋。这一晚，我仿佛一只突然失去方向感的孤鸟，连飞翔的力气都消失殆尽。现在再想起那段时光，仿佛我还在穿越那段昏暗的隧道，仍然在看不清的四周里，那些人，那些事，那些校园里的青葱时光，仿佛倏忽与我擦肩而过，带着巨大的轰鸣声响，一起倒塌在，沉睡在，不朽在我一去不复返的青春。

物是人非事事休,欲语泪先流。

但还是要往前看,不是吗?

患得患失,是所有人的通病。但青春不惧岁月长,此刻正是万丈光芒。哪怕从此我们很难再相遇,但我真的希望你可以遇到很好的人,孤单时也会有人相伴;我也希望你是真的快乐。时间可以带走很多东西,但永远带不走与你步调一致的人。

少年偏爱摇摇欲坠的日落黄,殊不知此刻正拥有的,是一生中最明媚的曙光;少女期许红霞下的鸢尾花,却不知此刻手握的,恰是一生中最灿烂的年华。九磅十五便士的青春又即将降临,突然不再埋怨曾经一度的放纵,我想高四为高三放纵的买单,又将是一个让我成长的机遇。想起曾经喜欢的男孩立志地对我说:"我一定一定要成为自己想要成为的人。"他的军人梦,我的医学梦,此刻这句话便也可以当作未来一年里我的励志宣言。

"那个夏天枝繁叶茂的梧桐树上的蝉鸣,鸣出了盛夏,窗外的晚风拂过身边,六月末少年时代的落幕,我们相遇在夏天,而夏天从未结束。"或留我独自孤军奋战,或你为梦想再次拼搏,无论如何,我都希望,从此在这陌生水深的未知环境中,都能有人陪着你我颠沛流离。

(2022 年 10 月 6 日,总第 199 期,第三版)

葡萄园·缘·圆

崔滋龙

  我与葡萄园结下梁子，是九岁那年，不过七岁的时候，我就已经知道他的存在了。

  家里常有印着"葡萄园"三个大字儿的黑灰色报纸，我爹很爱读，回回读回回呷吧着嘴，嘀咕着些什么"嗯~，好哇……"我一直以为那是街边发来的小报，零几年那会儿，报纸到处都是，我喜欢读那些中间的逗乐小故事。但那"葡萄园"上没有，找了几回都没看到，是当真觉得无趣。那会儿的我哪知道"葡萄园"是什么，只认为那是一个只种葡萄、到处爬满了葡萄藤条的葡萄果园，里边有人写报纸，内容还很无聊……

  直到三年级的某一天，这三个字深深印在了我的脑仁上。

  小学作文的出现，让我再也拿不到双百分(语文数学)。我的作文每次都要经过我爹深度解读很多遍，修改无数次，才能勉强过关。再后来，应我爹的要求，我的书桌上就堆放了一堆"葡萄园"。可小学的我哪看得进去，准确地说，也看不懂。什么技巧、感情，统统与我无关，我的作文水平没有任何提高。我爹怒了，他有着"棍棒底下出孝子"的教育观念，见我不用心读，没有上进心，对着幼小的我就是一顿物理输出，再加上各种讽刺话语的额外伤害，小小的我从此跟"葡萄园"较上了劲。

  和我结下梁子的后果就是，我爹让我读的"葡萄园"，不是被我用火烧了，就是拿去卫生间消耗了。当然，被发现后的"教育"也是意料之中，情理之中，在屋子中。

  就这么摸爬滚打好些年，我的作文也一直保持着十几分的水平。但是在此期间，我得知了，我爹无穷无尽赠与我的"葡萄园"，全是我大姐的奉献。她在一中读书，葡萄园定期发放，之所以我跟他对抗了好些年都无果，就是这个原因，烧不尽，灭不完，我败得一塌糊涂。

  后来，我也进入了一中。看着校门口高悬墙壁之上的"今日我以一中为荣,明日一中为我骄傲",我叹了一口气:"终究是逃不出你的魔掌。"不出所料,我爹定期跟我要报纸,并且要求我看完,还要写读后感。这是只有一个选项的单选题,除了妥协,只剩拖鞋!我从来没那么恳求过老天,求求它让葡萄园发新刊的速度慢一点,再慢一点……

往后的日子里,我发现,这是个有两个选项的多选题。我妥协了,看报学习写读后感,记流水账的精髓被我摸得一清二楚,不难想象,拖鞋的百般滋味也被我一一尝尽。

就这样,一身反骨的我,从小学叛逆到高中;流水账记了很多,水平还没点长进;不过谁都没想到的是,就这么个我,后来居然有幸参加了葡萄园的纪念合照。

高中跟小学初中不一样啦,小学初中的老师,薅着后脖颈子学习,加上我爹强劲有力的教育观,我的成绩虽不能说很可观,但也还算能摸到一中高中的分数线,混上来了。可到了高中,那得自主管理学习了,我最终坐落于教室的角落,每日瞌睡打盹,浑噩度日。晚自习放学都要同学叫我一声"放学了,回家睡"。久而久之,精神饱满起来了,无聊至极,又不能打破班级常规玩手机,就开始了看书。《青年文摘》《读者》等所有班级里存在的文学类书籍,包括隔壁班的,我在半年时间内读完了,就连"葡萄园"这个小时候的梦魇的发刊速度,也跟不上我看书的节奏。到最后只剩无聊的狗血剧情小说。终于,读了太多文笔绚烂的文刊,我看不下去野生作者的小说了。那些剧情属实无厘头、没意思,我决定动笔写自己的小说。

从熟悉的校园剧情发展到幻想的科幻灾难,我同桌居然开始每日催更——他趁我没写的时间,居然偷看我写的小说,还看得津津有味,催我更新时还不忘叹喟:"这＊＊比那些几十块钱买来的小说还好看,可惜可惜,就是更新速度有点慢。"受宠若惊!!我同桌,是看了无数小说的小说忠实爱好者,能这么夸我,属实让我受宠若惊,我也从那会儿开始,从随意写写,变成了字字斟酌。之前看过的文刊也会时不时拿出来再看一遍,研究一字一句的表达。

某一天,我同桌在等我写小说,没书看的他拾掇了一下桌子,摸来一张报纸,边看边说:"你说你,能写小说,为什么不试试投葡萄园啊,登上校刊,祖辈光荣。"一旁绞尽脑汁编写故事的我顿了一下。

不经意的一句话,唤醒了我脑仁上的印记,同时也让我萌生出了投稿的念头。脑中回忆我记流水账挨揍的画面,我爹那些讽刺的语言,我本觉得我与葡萄园相隔十万八千里,而此时此刻,我被同桌一句话送出了一个筋斗云的距离。那应该是我同桌最苦恼的几天。

我没再更新小说，而是开始着手准备投稿，把之前看过的文刊拿过来又嚼几遍，其中就包括"葡萄园"。我仔细看了下期投稿主题，确定立意，到选材，再到设置结构……一点一滴，仔仔细细。初步完成后，我谁都没给看，自己又读了几遍，稍稍修改后，投稿了。

这过后，不仅是我同桌苦恼，我也没了继续写小说的心思，反而每日煎熬着度过。我从来没如此渴望过去学校，没那么期待过新一期的葡萄园报刊发布。

一个大课间，教室里弥漫着困意的时候，我等来了，那一沓报纸放进班级后，我故作镇定地等到别人发到我手里，随后慵懒地起身，一篇篇翻阅题名，终于，我看到了熟悉的字影。那一期葡萄园在我眼中，不再是黑灰色的报纸，而是闪着金光的宝藏。有同学看到了我的名字，起哄声此起彼伏，什么"深藏不露"、"背地里学习"等等等等，我脸上写着无所谓，心里却早已像子弹炸了膛般火热、膨胀，激动得差点跳出来。

那晚回到家，我把报纸甩给了我爹。后来是我妈红着眼眶到我房间坐了一会儿，我玩着手机，一言不发……第二天，我才看到，那张报纸上，有几片字，晕染成了一朵朵墨花。

"葡萄园"不再是我的梦魇了，反而成为了救助我的天使。

随后我又尝试投了几篇，有失败的，也有成功的。凡成功发表的，我都会拿给我爹看看，那时候，我只想告诉他，我，也能在他读了十几年的报纸上发表文章了。不过一次次的心理却不一样，从第一篇的炫耀，到后来想让我爹为我感到骄傲。他默默流下的泪，不仅仅晕染了墨，也融化了我的心，他没有吝啬夸奖，我也终于感受到他希望我有出息的急切愿望。

暑期，我荣幸受邀参加了葡萄园的纪念合影。也算是给我糟糕的中学生涯，添了对于我来说浓墨重彩的一笔。

大学里，我几番想要投稿，却发现始终写不出一篇满意的稿件。也确实，离开了高中那间教室后，我没有继续再读更多的书，自然也钝了笔尖。无意间看到葡萄园 20 周年，思绪翩翩，梦回 2019，高中的最后一年。脑仁上的印记再次被点亮，用最最普通的话语，记录下我与"葡萄园"的缘，也算是为我与葡萄园之间，画上一个圆。

《葡萄园》随想

徐计文　老师

　　"不沾泥土自高雅,悠悠架上度年华;能结百串晶莹果,无需一朵娇妍花;既当佳品人千口,更作醇酿醉万家。"读着这首描写葡萄的小诗,不由得就想到了我校的校报《葡萄园》,校报何以取此名呢?早在农村工作时就读过《葡萄园》上的文章,当时,真是爱不释手,与此同时也曾对这报名作过猜想:一中是否有块偌大的葡萄园地?里面有排排高大的葡萄架,上面爬满了纵横交错的葡萄藤,春夏季节,郁郁葱葱,生机盎然;秋高气爽之时,一串串成熟的葡萄,或晶莹如珍珠,或鲜艳如玛瑙,散发着诱人的芳香。

　　人生有缘,后来来到了一中工作。

　　我和《葡萄园》有了更亲密的接触。《葡萄园》上的文章我每期必读,我班的不少学生也被《葡萄园》这块发表园地所吸引,爱上了作文,不时有学生的作文见诸报端,李瑶还被评为优秀社员呢。还有我的女儿就是在《葡萄园》的熏陶下,走上了学习新闻写作的道路。与此同时,我对《葡萄园》的了解也越来越多,它是一中文学社的主要阵地,以激发学生写作兴趣、培育文学幼苗为宗旨,它上面的文章有200多篇被国家级刊物转载,被评为全省中学十佳文学社第一名。主编李荣堂老师文学造诣颇深,平易近人。一次,我去文学社推荐一学生的日记,向他介绍了这个学生小学时就喜爱作文的经历及梦想,李老师闻之欣喜,让我叫这个学生亲自去他那里,我不知他们的具体谈话内容,只知道这个因爱写作影响了成绩的女孩原本很自卑,回来时却脸上挂着阳光般自信的笑容,手里还拿着李老师送她的几本文学书籍。李老师就是这样认真对待每一篇稿件,认真对待每一位学生,把自己生命的养分都滋养了这片美丽的葡萄园地。

　　几年来,在一中工作着、快乐着,我也发现了一中的独特魅力,弄清了一中为何会年年中高考成绩遥遥领先了。原先在"围城"之外都认为那是一中的生源好,原来一中人都像李主编一样孜孜以求,奋发向上,都有"要做就做最好"的极端责任感。朦胧中，我眼前的整个一中似乎幻化成了那个生机勃勃、硕果满枝的葡萄园。那葡萄由吐芽、开花、结果到成熟的过程不就是一届届学生成长历程的写照吗？"一花独放不是春，万紫千红春满园"，葡萄的成熟是"一成就成一串"，这串串晶莹剔透的葡萄昭示的不就是一中大面积提高教育质量的理念吗？那一枝枝紧密相连努力向上的藤蔓寄寓的不就是一中师生团结奋斗、昂扬进取的精神吗？那颜色各异、绚丽多彩的葡萄象征的不就是一中德、智、体、美、劳全面发展的素质教育的累累硕果吗？

那些全身心投入教育教学工作、甚至被他校戏称为"疯子"的教师不就像那精心栽培、细心护理葡萄园的辛勤"园丁"吗？啊，美丽的一中——美丽的葡萄园。

至此我觉得似乎已悟出"葡萄园"之名的些许意味了。古往今来，人们视葡萄为吉祥、美满和幸福；历史上赞美葡萄的诗文数不胜数，韩愈的"柿红葡萄紫，看果相扶檠"、白居易的"常撷紫葡萄，绮花红石竹"、王翰的"葡萄美酒夜光杯，欲饮琵琶马上催"等名言佳句脍炙人口。葡萄园真是一个难以言说的梦想之地，它滋养出许多艺术家：梵·高生前卖出的一幅画是《红色葡萄园》；二十世纪著名画家、"世界文化名人"齐白石的一幅《松鼠葡萄》，与他的其他名画一样，早已印成邮票发行，被广大集邮爱好者收藏；莫文蔚最大的梦想甚至就是"拥有一个葡萄园"。葡萄园，确是一个美好圣洁之地，涌动着许多人微妙的情结。忽然，耳畔响起了韩剧《葡萄园之恋》的主题曲《爱上你》，那表露的不就是我此时此刻的心迹吗？我也愿竭尽自己生命的养分，以汗水的形式传给一中这片美丽的葡萄园。

（2009 年 1 月 6 日，总第 73 期，第一版）

回忆母校

陈晓卿

一九八〇年八月底的一天，我撑着一把没有柄儿的雨伞，走在白花花的雨水中。就要开学了，和同学约好到初中班主任家取我们的毕业合影，我初中在另一所中学读的，到了班主任家的时候，雨渐渐小了。

拿到照片，寒暄了几句，大家便往回走。看看周围的同学们，不知怎的，我突然有了一种陌生的感觉……那个暑假，我个头蹿得有些离谱（这一点，在开学不久排座位时更加明显：初中毕业我还坐在班里的第三排，到高一居然变成了倒数第二排），看昔日的同窗甚至有点居高临下了。我至今还记得那天初中班同座位的秋蕙，在伞下跟吃惊地对我说："你怎么好像长大了呢。"说完嫣然一笑，便带着她的明黄色油布伞消失在雨里……

我初中的成绩不好，没有达到重点中学录取的分数线，但因为父母是一中教师——做老师的也就这么点"福利"——我被"照顾"上了属于地区重点的这所学校，原来关系好的同学大部分留在了原地，这让我有些难过——当然，现在用怅惘这个词说仿佛更酷一些——我或许怅惘着吧，初中时代就这么结束了？

说来挺宿命的，县城西南角的灵璧一中曾经是我出生的地方，那时候，这里还叫灵璧初级中学。后来我们家搬到了东关的灵璧中学，这所学校又改名叫"五七大学"了。一九七八年，国家发生了很多事情，现在知道都是些可以载入历史的重大事件，真理标准讨论、小岗村农民秘密契约、中共十一届三中全会……而对我们那个小县城来说，懵懂的我只能记起我爸去一中上班了，那是个新学校，在全县一共招收了四个高考毕业班，我爹带语文。不久，我妈也调到了一中，我们家，在这之后也搬到这座校园，在城墙上，从南数第四排平房。

我在慢慢适应这个新的环境。上了高中，除了长个头，我也知道了不读书将来没有出路的道理（见《故乡地理　城墙》），用功之后，成绩也有些起色,这是我爹我妈喜闻乐见的。让我个人高兴的是我们家和我的教室只隔了一个小水塘,每次都是听到三分钟预备铃声,我才从家里的院墙翻出去,急匆匆地朝教室跑。所以,和班里的同学交往不像初中时候那么多,印象中连架都没打过,每天生活在自己的世界里。但这种好日子只过了一年,到了文理分科之后的高二,我逐渐感觉到了压力。

我是一个特别害怕考试的人,直到参加工作后很多年,我经历的最恐怖一次噩梦,还是梦见老师通知我必须重新参加高考!一中是全县招生,远乡的同学都集中住在临时搭建的草棚里,一间屋住二三十人。他们非常用功,很多人周末也不回家,晚自习点蜡烛读书,到半夜点是常事(教室九点半关灯),而第二天早上五点半钟又要开始早自习。直到今天,每每遇到什么困难,我都会想起那些秉烛夜读的同学,那一付付营养不良的面容和赌徒一般坚定的神色……还有什么比高考冲刺更加恐怖呢?

这种和初中完全不同的气氛一点点影响着我。我永远记得那些寒冷的清晨,五点多,天还没有亮,我已经和同学们在操场上跑圈,因为太黑,撞到前面同学的情况时有发生。我把冻得像胡萝卜一样的双手,交错插在袖筒里,半睁着眼睛,机械地摆动双腿,盲目地一路跟进,根本看不清前方,不知道未来……

从高二开始,整整一年的时间,我最大的感受就是睡不醒。尤其是上午第一、二节课,困意总是像大山一样压将过来(现在知道是因为胃在工作导致大脑供血不足),要是再遇到自己不喜欢的科目,眼皮便像灌了铅。我当时是班长,又坐在后排靠墙的位置,所以每次喊完起立,就索性兀自站在那儿听课。开始老师还会过问,时间长了,他们也都习以为常。就这样,我整整站了一年!

毕业很多年后和同学李大鹏旧地重游,一路游荡回到了原来的教室,他指认出自己曾经"战斗过"的座位,我也找到了自己的,说"我就坐在这儿"。大鹏说:"那哪儿是你坐的地方,那儿明明是你站的地方。"看来我站着上课还是有点名气的,呵呵。上帝保佑,我是安徽最后一届二年制高中的学生,秋蕙、大鹏和我,后来也都考上大学见到了外面的世界。有时我会想,如果自己也读到高三,我到底能不能坚持下去呢?

至今想起高考的那段日子,我记忆里好像没有一个晴天。和大城市同龄人相比,像我这样出生在皖北一隅的学子,考大学是看上去最稳妥的一条出路。从这个意义上说,我特别感激当初辅导过我的那些老师们,感激那个在我记忆中灰暗的学校。没有那一年的坚持，我肯定无法想象世界有多么博大，天地有多么开阔。所以，在给母校的那封邮件里我写道："感谢母校在我们改变自己命运的机会来临时，给了我巨大的帮助。"这也是我最想说的。

（作者简介：陈晓卿，灵璧一中校友，1986年毕业于中国传媒大学（原北京广播学院），现为中央电视台高级编辑，著名纪录片导演。代表作品《舌尖上的中国》。本文选自他的《故乡地理》。）

（2014年3月6日，总第123期，第一版）

灵璧一中葡萄园搬迁新校区,园址坐落教学④号楼西首一层之下(外一首)

李荣堂 老师

十三寒暑费经营,无雨无风亦无晴。
芹意只为播火种,本心岂许媚虚名。
由来仰望至高点,习惯安居最底层。
一任桑田变沧海,园丁依旧守门庭。

冬日见海棠枯枝着花

芳菲已过任凋零,弃置边缘半死生。
河汉多情分玉露,粉蝶不顾合青蝇。
惜惜妙质无人见①,款款奇葩晃眼明。
小我性天藏日月,大樗心地锁春风②。

注:①妙质:出自《庄子·徐无鬼第二十四》匠石运斤成风的典故。"质"指质的,箭靶,比喻投契的人。王安石《思王逢原》(其二)有"妙质不为平世得"句。

②大樗:樗chū,落叶乔木,亦名"臭椿"。《庄子·逍遥游》:路旁有大樗,树身臃肿,枝条弯曲,不能成材,匠人不用;因此得以延年,长成高大,供鸟兽栖息,游人纳凉。

(2014年12月6日,总第129期,第三版)

校园赏月

李荣堂　老师

> 罗丹说，不是缺少美，是缺少发现美的眼睛。与此同理，不是缺少乐，是缺少寻找乐的情怀。
>
> ——题记

乙未八月十五，家宴过后，另在葡萄园略备果蔬，携酒，与几位新老师在校园赏月。

新老师分别来自东北、湖北、淮北，可谓来自五湖四海，为了一个共同的目标，我们走到一起来了。

白日里万人熙攘的校园，今晚寂寥无声。唯葡萄园一窗微明，"唯闻蟋蟀吟相伴"，当然，还和着丹桂的幽香缭绕。我们在葡萄园小屋，把两张课桌拼成餐台，摆上月饼、酒肴，推杯换盏，共庆中秋。

"草草杯盘供笑语，昏昏灯火话平生。"酒酣兴起，有人歌《红楼梦》一曲，有人唱越剧片断，有人说笑话，有人讲掌故……忽然潜意识觉得我们忽略了一个重要环节，今晚的主旋律：赏月。我们应该"举杯邀明月"呀。于是关掉灯，打开窗，敬请月亮进来和我们同席共饮。关灯后，屋里一片昏暗；打开窗，进来的不是月光，而是刺眼恼人的灯光！真是大煞风景！我们忙关上窗，步出小屋，到院子里去追寻月的踪影。

教学区里，高杆灯高高在上，灿烂辉煌，了无月的痕迹可寻。我们追到花园东边、操场看台下面，才追上月亮——因为那里的高杆灯没亮。如果那里有体育活动，高杆灯亮了，今晚我们恐怕要一直追出校园，到汴河边上去追了。想起小时候在月亮底下行走唱的儿歌："月朗朗跟我走，我打烧饼你卖酒，你一盅，我一盅，俺俩拜个小弟兄。"

据天文专家说，今年的中秋超级月亮和月全食相连，十分罕见。且今年的中秋月是2006年以来距离地球最近、视直径最大的，这种现象平均九年才出现一次。

遥望南天，圆圆的金月底下有一道长长的云带。似巨鲸，如海岸，横亘汴水上方。想那云边应有"鸿雁长飞""浮黄鹤"吧。但因"光不度",飞不出月的光影,我们看之不见。而那云下汴水中也应有"鱼龙潜跃"激起层层波纹、浪下起白烟的景象,我们亦看它不见。

同一所校园,今晚泾渭分明分成了两个世界:西边昭昭,东边昏昏;西边察察,东边闷闷;西边炽盛,东边淡泊;西边似火,东边如水。

这就是灯光与月光的区别,是灯与月不同品格的外见。

月性类水。古往今来,人们说月总是与水相连。鲁迅说"月光如水",苏轼说"如积水空明",而张若虚则说"似霰"似"流霜",可见月性水性一也。水处众人之所恶,利万物而不争,月亦然也。

月性阴柔,深藏若虚。不自见,不自伐。是太阳热心荐引,始谦恭腼腆亮相:慈眉善眼,含情脉脉,羞答答地看着世人。有时会躲到云彩里,那是因为它看见人间佳丽在凝望它,怕自己的容颜羞煞她们,折了她们的自信。比如今晚,我们一行五六人赏月,有时月亮就悄悄进了云层,说明我们中间或周围就有闭月羞花之貌。只是美人不自知,或者我们俗眼没发现。所以,建议年轻朋友,月亮地里寻美是不错的选择。这是题外话。

月圆即亏,从不长圆不亏,是谓俭束而不自矜。

旭日东升,月即退隐,非夜幕降临不出,不敢占天下先机。

月深知自己伟岸浩瀚,而不与灯争雄,把空间让给灯,自己默处一隅,独守其雌。它知道自己光辉明亮,而为了让灯光彰显辉煌,自己甘守其黑。它雍容华美,但始终以卑微姿态示人。

这就是月的品格。

"上德不德,是以有德;下德不失德,是以无德。"月与灯分属两种德性,判若云泥,岂可和光同尘。

我犹自胡思乱想,忽有年轻老师慨叹:"可惜这里没竹柏。"她是说,如果有竹柏,我们就可以欣赏一下那"藻荇交横"的竹柏之影了。其实,即使有竹柏也不会在月光的辖区里。你看那丹桂、玉兰、红叶李、银杏……不都在灯光的辖区里吗?凡可资门楣生辉、脸上贴金之物,无一不被灯光兜揽旗下;而月光所辖之一隅,除空旷的操场之外就是两栋众人之所恶的男女公厕而已。

今晚在校园我们观赏到九年方可一遇之皎月,已是难得之乐,何憾之有。

孟子曰:"独乐乐不若与人乐乐;与少乐乐不若与众乐乐。"三人为众,我们一行六人同游,是谓众也。

(2015 年 10 月 16 日,总第 136 期,第三版)

满庭芳

李荣堂　老师

半闲茶座(并序)

　　乙未之初,有近二年加盟一中之新秀凡七人于葡萄园成立"半闲茶座",探讨语文教学问题。两周一聚,亦茶亦酒,相悦甚欢,因此作《满庭芳》一曲以记之。

　　汴水星寒,校园灯暖,葡萄园正飞觞。群贤高会,晒叶老文章。偷得闲身半日,来茶座放我疏狂。教书苦,育人尤苦,探讨觅良方。

　　相邀同道者,能诗能酒,血气方刚。纵青春翘楚不露锋芒。幸有京师骏足,且统领,南国红妆。争知那世人冷眼,应笑我荒唐。

　　(2016 年 3 月 6 日,总第 140 期,第三版)

诗词二首

李荣堂　老师

葡萄园茶会

丁酉五月十六(6月10日)午后,高考甫过,有部分考生顶雨聚会葡萄园。俄顷,雨歇,光风初霁,东虹横空,众人仰目,怅触为凑四韵以纪之。

试罢牛刀初展鬈,

葡萄园里邀闻琴。

狂风淅沥群芳累,

东虹昂扬七彩真。

燕语呢喃新旧雨,

莺声啼唠疾徐音。

未央曲调情难尽,

犹待明朝祝酒樽。

沁园春·高考季

用毛泽东韵

红了樱桃,绿了芭蕉,杨柳雪飘。望南窗斜依,书山莽莽,西楼倒转,题海滔滔。笔走龙蛇,人争桃李,北大清华谁最高？何须论,此心光明矣,我自妖娆。　　政法五院逢娇,引学霸神仙竞折腰。惜京师圣地,忧愁烟雾;巴山蜀水,空惹离骚。且选南湖,泛舟击水,黄鹤白云浮大雕。长缨手,缚苍龙伏虎,志在今朝。

注:①高三教学楼在校园西南角。进入高三后,各班以倒计时计日。

(2017年9月6日,总第153期,第三版)

后　记

　　五一长假的最后一天，正好是立夏。我终于沉下心来准备为这部文选写一篇后记了。窗外，一夜微雨过后，空气中弥漫着各色植株绿汪汪的气息，清亮的鸟鸣声也情不自禁地播散开来，格外肆意，格外热情。青春不再，满眼红紫成尘，于此春夏替归之际，节物相催的紧张感油然而生。

　　葡萄园人是有心的，所做的事情大都有板有眼，有章有法。2020年底，他们筹划这个文选绝不是一时兴起。在我看来，此前几册合订本的制作，是这本文选得以诞生的一个非常重要的铺垫。尽管如此，到2022年11月，葡萄园共出了200期，优秀稿件琳琅满目，再优中选优，这项工作的难度和需要投放的精力可想而知。然而，一旦决定了的事情，他们就不计成本地付出应有的努力。

　　起初，大家各自把200期报纸通览一遍，背对背地选出自己中意的文章，那些共同选中的文章自然就确定为入选的篇目。尽管有多年的合作，每个人对文章入选的标准还会有不小的出入；出于对工作一贯的谨严和负责态度，葡萄园人对"得票率低"的文章，又一次进行研读和筛选。至2022年11月，入选篇目基本确定。

　　此时，由于葡萄园人事上的变动，也因着与葡萄园的缘契，我便接手了葡萄园文选后期的工作。我先是从葡萄园保存的电子文档中把入选的文章找出并复制，以便提供给印刷厂，有些电子文档还是赶在葡萄园建的网站中止服务的前一天找到的。也有一些稿件电子文档缺失，其中大部分是前50期葡萄园入选的稿件，只好拜托印刷厂通过合订本扫描了。

　　到了2023年5月初，文选的电子稿整理已经完成，共计52万字，差不多一部《西游记》的分量。接下来是校对。参与其事者除李荣堂老师和我之外，另有肖兆东和崔亚新两位老师。他们两人年富力强，之前也常常参与校报的校对工作，对不少入选稿件非常熟悉，自然是不二人选。李老师因年事已高而离开了葡萄园，但他念兹在兹，仍然不遗余力，一如身在其位一样。肖、崔二位老师和我都有比较繁重的教学任务，又分属不同的学校或不同的年级,给校对工作带来了很多不便;即便这样,我们还是克服各种困难,做了不少工作:纠正了扫描过程中出现的很多识别性错误,也纠正了一些原始电子文档未能修改的问题,我们也对少部分稿件进行了一些必要的二次加工。直至文选付印,清样总共出了四次之多!

另外,第一次清样结束后,经我与李老师几次商讨,又撤除二三十篇入选稿件。由此可以看出,这部文选是十分重视作品的质量的,至少我们的态度是审慎的。然而,我们时常心怀不安,一些好的文章难免遗珠之憾,入选的文章也未必能尽如人意,想必葡萄园的作者和读者们会有所体察,有所体谅。

"两句三年得,一吟双泪流。"贾岛的诗句道出了艺术创作的无限艰辛。在文选校对的过程中,我们对其中一些问题的发现和解决常常也需要足够的时间,更何况这样一个浩大的工程。读别人的后记看到"水平有限""时间仓促"云云,如今对那些曾经以为客套的用语却是多了一份深切的感受。我想,无论我们的工作是多么不完美,留有多少遗憾,但借着文选的编选我们也完成了对葡萄园过往历程的一个很好检视,这对葡萄园的成长也肯定是有所裨益的。葡萄园成长二十年来,成为一中学子心目中"全国最好的校报",值得体味的地方太多太多。

几天前,在葡萄园办公室外的葡萄藤下邂逅了几位老师。葡萄是葡萄园人亲手种下的,如今已经长成。两株葡萄主干隐于冬青树后,并不显眼。初春时候,它们对地气的感知似乎不怎么敏感,嫩芽复苏得稍嫌迟钝,也没有悦目的花朵和沁人的花香,而恰在春末时分,它们的枝叶仿佛猛然间铺张扬厉开来,枝叶间早已挂满了串串可人的幼果。一位老师想起曾经的葡萄园人,用上了"情怀"这个词。我想,葡萄园在灵璧一中的成长是多种因缘际会的结果,有赖于一大群有情怀的师生——有历任领导的支持与包容,有老师们的真诚和付出,有同学们的热情和参与,自然也与葡萄园人超乎凡俗、十分执著的底线坚守,有所为有所不为分不开……

最后,衷心感谢王帅校长等校领导对文选编纂工作的指导和主持。感谢新任葡萄园主编张敏老师、肖兆东老师等人在后期编辑出版中的辛勤付出。同时感谢安博印务祝传芝厂长、凤婷婷女士以及上海文艺出版社责任编辑徐如麒、毛静彦和出版策划唐根华等几位老师的大力协助。

欢迎各位读者提出宝贵意见!

罗　石
2025 年 5 月 25 日